백철 연구

| **김윤식** 金允植 Kim Yoon Shik |

문학평론가, 서울대 명예교수. 저서로『일제 말기 한국인 학병세대의 체험적 글쓰기론』,
『비평가의 사계』,『임화연구』,『이광수와 그의 시대』,『김동인연구』,『염상섭연구』,『김동리와
그의 시대』 등이 있다.

# 백철 연구 한없이 지루한 글쓰기, 참을 수 없이 가벼운 글쓰기

2008년 1월 05일 1판 1쇄 인쇄
2008년 1월 15일 1판 1쇄 발행

지은이 _ 김윤식
펴낸이 _ 박성모
펴낸곳 _ 소명출판
등록 _ 제13-522호
주소 _ 137-878 서울시 서초구 서초동 1621-18 (란빌딩 1층)
대표전화 _ (02) 585-7840
팩시밀리 _ (02) 585-7848

somyong@korea.com | www.somyong.co.kr
값 32,000원
ISBN 978-89-5626-286-4 93810

# 백철 연구

A Critical Biography of
Paek Chul

김윤식 지음

## 1. 문학평론가 되기의 길


1920년대 중반 한반도 국경도시 신의주에 세워진 신의주고보를, 소지주의 차남이자 천도교에 심취한 형을 가진 한 소년이 수석으로 졸업했다. 당시의 민족지 『동아일보』(1927.3.8)는 사진과 더불어 이 사실을 보도했다. 그도 그럴 것이 동경고사(東京高師)에 합격하였기 때문이었다. 당연히도 대일본제국의 최고 교사양성기관인 동경고사 합격이 이 소년의 운명을 가름하였다. 그렇기는 하나 소년은 이 대단한 학교의 이념에 순종하는 대신 줄기차게 저항의 몸부림을 쳤다. 학업을 팽개치다시피 하면서 문학운동판을 헤매었고, 그 방면에서 제법 명성을 얻었다. 그 방면이란 당시의 거센 시대사조인 프롤레타리아문학운동이었다. 식민지 출신의 열정을 단련키 위해 이 운동만큼 보람된 것이 달리 없다고 굳게 믿은 그는, 가문의 때묻은 이름을 버리고 스스로 '단단한 쇠붙이', 백철(白鐵)이라 자처했다. 이로써 그의 전생애에 걸친 긴 글쓰기의 도정이 시작되었다.

그 도정엔 갖가지 도표들이 서 있었다. 그 첫 번째 도표는 일본어 글쓰기였다. 식민지 출신인 그는, 아무리 만국의 노동자 이념이라 할지라도 역부족의 한계에 부딪힐 수밖에 없었다. 프롤레타리아문학도 문학인지라 표현의 일종이었던 것. 가까스로 졸업을 한 그의 귀국 앞에는 두 번째 도표가 서 있었다. 모국어 글쓰기가 그것. 여기에는 또 다른 역부족의 한계가 입을 벌리고 있었던 바, 그 한계는 개인의 자질이나 능력을 훨씬 웃도는 것이어서 그 절망의 밀도는 비교할 수 없을 만큼 높았다. 이른바 식민지적 조건을 결정한 근대가 그것이다. 근대라 이름하는 이 괴물은 표변을 일삼는 거의 절대적인 것이어서 어떠한 대처방법도 사실상 불가능할 뿐 아니라 무의미했다. 이에 대응하는 태도가 겨우 있을 수 있었던 바, 무방비·무대책이 그것이다. 바로 이 태도로서의, 방법론 아닌 방법론에 그만큼 민첩하고도 철저한 경우는 달리 없었던 바, 저 악명 높은 백철 식 '웰컴!주의' 글쓰기가 이를 가리킨다.

어떤 이데올로기나 사조나 사상도 일말의 망설임 없이 그때그때 받아들이기가 그것. 어떤 이데올로기나 사조나 사상도 일말의 망설임 없이 그때그때 내팽개쳐 버리기가 그것. 어떤 이데올로기나 사조나 사상도 괴물 근대가 빚어낸 일시적 환각에 지나지 않는다는 사실의 인식이 이런 태도를 가능케 했다. 저널리즘의 생리와 명분과 논리도 이에서 말미암은 것임을 직감적으로 그는 파악했다. 남들이 애써 쓴 글을 읽고 그것에 대한 글쓰기를 저널리즘의 생리에 따라 감행하기에 그는 철저히 매달릴 수밖에 없었다. 이 참담한 자기부재(自己不在), 죄 없는 자기기만. 이 철없는 겸허. 갈 데 없는 공허함. 이런 글쓰기가 외형상 일시 정지된 것은 그 자신이 저널리즘에 온몸을 실었을 때, 곧 총독부 기관지 『매일신보』 학예부장(베이징 특파원 및 지사장)에 나아갔을 적이었다. 이 기자직이 곧바로 글쓰기와 등가였으니까. 학업을 마치고 귀국한 후 무려 5년간 영생고보 교사직에 있었던 사실을 송두리째, 감쪽같이, 공개적으로 묵살한 것도 비로소 설명된다. 문학평론가 되기의 글쓰기에 그가 얼마나 몰두했는가를 이 사실만큼 직접적으로, 또는 상징적으로 말해주는

것은 달리 찾을 수 없다. 그의 생애 전반부가 문학평론가 되기로 요약
되고 있는 것은 이런 곡절에서 왔다.


## 2. 문학교수 되기의 길


해방공간과 더불어 비롯되는 백철의 후반부 생은 어떠했을까. 무엇
보다 근대에 대한 인식의 변화를 들지 않을 수 없다. 괴물 근대가 바로
눈앞에 와 있었기에 그는 이제 이것을 피할 수 없었다. 세 가지 나라 만
들기 모델의 선택에 직면하지 않으면 안 되었다. 부르주아 단독독재냐,
노동계급 단독독재냐, 혹은 연합독재냐가 그것. 괴물 근대는 이젠 갈 데
없이 세 가지 모습으로 고정되었던 것. 이 장면에서 제일 낭패를 본 것
은 '웰컴!주의'였다. 세 가지 근대 중 하나를 선택하지 않으면 안 되었
기에 무턱대고 '웰컴!주의'에 임할 수가 없었다. 그중 하나를 선택하거
나 셋 모두를 포기해도 사정은 마찬가지였다. 이 신을 섬기면 저쪽 신
을 모독하는 논리가 거기에 은밀히 작동하고 있었다. 이를 알아차린 마
당이기에 문학평론가로서의 글쓰기는 종을 칠 수밖에 없었다. 다만 습
관적인 글쓰기에 나아갈 따름이었기에 그런 글은 글쓰기 축에 이미 들
수 없었다. 무의미한 평론적 글쓰기가 아닌, 또 다른 글쓰기의 영토 모
색이 운명적 과제로 주어졌다.
새 영토의 발견이란 새삼 무엇인가. 이 물음에 결정적인 열쇠는 해방
공간이 쥐고 있었다. 풍문으로만 알던 근대를 직접 체험하기가 그것. 무
엇보다 근대란 국민국가의 건설(실현)이라는 것. 그것은 정확히는 제도
적 이념과 실천이라는 것. 이 큰 제도 속에 놓인 작은 것의 하나로 대학
이 있었다. 동경고사 출신인 그에 있어 대학제도는 현실적 실천의 장으

1982년 이상문학상 시상식. 왼쪽부터 김윤식, 김동리, 백철 선생.

로 육박해왔다. 그 대학제도 속의 작은 단위가 문과대학이고, 그 속의 또 다른 단위에 국어국문학과가 있었다.

　서울 여자사대, 동국대 문과 그리고 중앙대 문과대학 백철 교수의 글쓰기는 과연 어떠했던가. 다음 세 가지 유형이 이루어졌다. ① 문학개론의 글쓰기, ② 신문학사의 글쓰기, ③ 문학이론의 글쓰기가 그것. 백철의 최초 저술인 『문학개론』(1947), 이어서 나온 『조선신문학사조사』(1948~1949)는 황무지에 진배없는 문과대학 국어국문학과 이념의 유일한 버팀목이자 실천의 장이었다. 오늘날의 국어국문학과 삼분법적 제도(국어학, 고전문학, 현대문학)의 근거를 따질 땐, 아무리 인색하고 회의적인 논자라도 백철의 이 선구적 업적에 닿지 않을 수 없게 되어 있다. 또 이런 논자가

③에까지 생각이 미치면 어떠할까. 뉴크리티시즘의 도입 및 『문학의 이론』(워렌·웰렉, 김병철·백철 역, 1969)에 직면하면 헉 하니 숨을 멈추지 않을까. 이는 논자가 제도의 이념이자 실천의 근거를 알아차리는 체험을 한 증거이리라. 그렇다면 저 『문학개론』, 저 『조선신문학사조사』 그리고 『문학의 이론』이란 새삼 또 무엇인가. 물론 글쓰기의 하나이리라. 글쓰기의 하나이되, 이번엔 인류가 공들여 간추려놓은 거대한 생각에 대한 글쓰기가 아니겠는가. 시류에 즉각적으로 대응하던 현장비평의 글쓰기와 너무나 닮지 않았던가. 이 참담한 자기부재, 순진무구한 사기기만. 형언할 수 없는 겸허함.


## 3. 한없이 긴 호흡, 참을 수 없이 짧은 호흡


'한없이 지루한 글쓰기, 참을 수 없이 조급한 글쓰기'란 제목의 이 책이 겨냥한 곳은 두 가지 글쓰기의 형태론에 있다. '문학평론가 되기의 글쓰기'와 '문학교수(사) 되기의 글쓰기'가 그것. 문학평론가 백철의 글쓰기의 깊이와 밀도·영향력, 교수 백철의 글쓰기의 깊이나 영향력 등, 이른바 가치평가에 관해서는 아주 부분적으로만 다룬 것은 이 때문이다. 중요한 것은 따로 있다고 저자가 믿기에 그러하다.

'한국 근대문학'이란 새삼 무엇인가. '한국'과 '문학'의 한가운데 놓인 것이 '근대'이다. 근대를 단지 풍문으로 체험한 시기가 국권상실기였다면 이에 상응하는 전형적인 글쓰기가 백철 평론이었을 터이다. 나라만들기로 규정되는 해방공간에서는 어떤 형태의 글쓰기가 요망되었을까. 최소한, 근대를 이념과 그 실천의 장으로 인식하는 만큼 이에 상응된 글쓰기가 요망되었다. 대학, 문과대학, 국어국문학과라는 제도적 이념과 그 실천적 글쓰기의 전형적 형태로 백철의 글쓰기가 있었다.

풍문의 글쓰기란 참을 수 없이 조급한 것이 아니면 안 되었다. 순간순간이 '웰컴!'의 조급성으로 이루어지기에 그러했다. 제도에 뿌리를 둔 글쓰기란 어떠했던가. 한없이 지루한 글쓰기가 아니면 안 되었다. 한번 성립된 제도란 시멘트 모양 삽시간에 굳어지는 만큼 한없이 지루한 글쓰기가 이에 상응될 수밖에 없었다. 현장 비평의 저 조급한 쇄말주의 및 현미경적 시선과, 지루하기 짝이 없는 문학사적·거시적 시선의 동시적 수용 속에 백철 식 글쓰기가 놓여 있었다. 세월이 지날수록, 이 한없이 지루한 글쓰기, 저 참을 수 없이 조급한 글쓰기, 이 참담한 자기부정, 이 무구한 겸허함이 저자는 부러워지기 시작했다. 이 한없이 긴 호흡과 저 참을 수 없이 짧은 호흡이 삶의 율동으로 감지되기 시작한 것은 언제부터였던가. 이 책을 완성함에 10년이 넘게 세월이 걸린 것은 어인 까닭이었을까. 마침내 이 물음에 대답해야 할 책무에 저자는 피할 수 없이 직면했다. 그것은 저자의 글쓰기의 출발점에 놓인 모종의 자의식과 무관하지 않다. 문학이란 삶에 앞선다는 명제, 그러기에 자기만의 개성적·주체적 글쓰기에 임해야 한다는 것. 이 오만한 자의식을 제압하기에 저자는 10여 년의 세월을 필요로 했다. 그렇다고 해서 그 자의식이 제압되었을까. 또 다른 자기기만, 보잘것없는 위선이라 비판당하기를 저자는 이 책과 더불어 바랄 따름이다.

2007년 12월

김윤식

# 제1부

# 제1장 신의주고보의 수재

## 1. 입신출세주의와 신교육

민족과 겨레가 일제 통치하에 힘겨웠던 무렵, 삼대 민간 신문 중의 하나인 『동아일보』는 1927년 3월, 새 희망을 품은 전국 각 학교 졸업생 소개란을 꾸미는 마당에서 유독 신의주고보(新義州高普)를, 그 최우수 학생의 사진과 함께 맨 앞에 내세웠다.

신의주 공립 고등보통학교에서는 지난 5일 오전 11시경 동교 강당에서 제2회 졸업식을 거행하였는데 (…중략…) 금번 졸업생 수는 56명이라 하며 우등생은 없었으나 제1호는 의주군 비현(枇峴) 출생인 백세철(白世哲, 21세)군이라 하며 동군은 동경고사(東京高師)에 금번 합격되었다 한다. 졸업생 중 경대원자(京大願者) 13명, 체조학교 2명, 경성의전 2명, 만주교육전문학교 3명, 광

도고사(廣島高師) 1명, 경성사범학교 속수과(速修科) 1명으로 상급학교에 가
는 사람들이 23명이라 하더라.

—『동아일보』, 1927.3.8

이 짤막한 보도가 안고 있는 현실적 내용은 당대를 살아간 사람들에
겐 실로 복잡하고도 절실한 것이었다. 그것은 일제 식민지하에서의 교
육제도와 관련된 것이다.

서구 제국주의 위협 아래 개항을 강요당하고 불평등조약의 수모를
겪으면서 일본이 선택한 길은 근대 국민국가였다. 국민국가와 자본제
생산양식을 두 바퀴로 한 근대를 국가적 이념으로 내세운 일본 국가가
그 수행방식으로 내세운 것 중의 하나가 교육제도이다. 프랑스식 교육
제도를 준거로 한 일본은 무엇보다 교육을, 국가가 완전히 그리고 철저
히 장악함을 원칙으로 삼았다. 교회가 장악하고 있던 교육을 근대 국가
가 사생결단으로 쟁취한 프랑스의 경우와는 달리 그러한 교회의 압력
이 전무한 일본에서는 이 점이 실로 용이했다.

그렇다면 일본 국가가 내세운 국민교육의 목표는 과연 무엇이었던가.
이 물음이야말로 일본 본토 교육은 물론 식민지교육에서도 염두에 두
어야 할 첫 번째 명제가 아닐 수 없다. 1872년(메이지 5년) 일본정부는 프
랑스 교육제도를 준거로 해서 학제를 공포했다. "반드시 마을마다 배우
지 않은 집이 없어야 하고, 배우지 않은 사람이 없기를 기대"한 학제는
전국에 합계 5만 3천 7백 6십 개의 소학교를 설치하기로 했던 바, 그 교
육 목표를 이렇게 제시해 놓았다.

사람은 능히 그 재능 있는 바에 응해서 노력하여 이에 종사하고 그 다음에
비로소 삶을 다스리고 산업을 일으키고 이를 발전시킬 수 있다. 그러기에 학문
은 입신하는 데 근본인 것으로 사람 된 자는 누구나 배워야 마땅하지 않겠는가.

학문함(배우기)이란 입신출세에 직결된다는 이 교육목표야말로 이후 일

본 사회의 기본적 신념, 곧 '학교라는 이름의 종교'에 해당된다. 1872년의 이 학제는 1879년의 교육령에 의해 폐지되고 그 다음해엔 개정교육령, 이어서 1886년엔 학교령(제국대학령·사범학교령·중학교령·소학교령)이 제정된다. 완전한 의무교육(4년)의 실현은 1900년에 와서야 실현되었고, 6년으로 그것이 연장된 것은 1907년이었다. 대학의 경우 도쿄제국대학(1897)뿐이

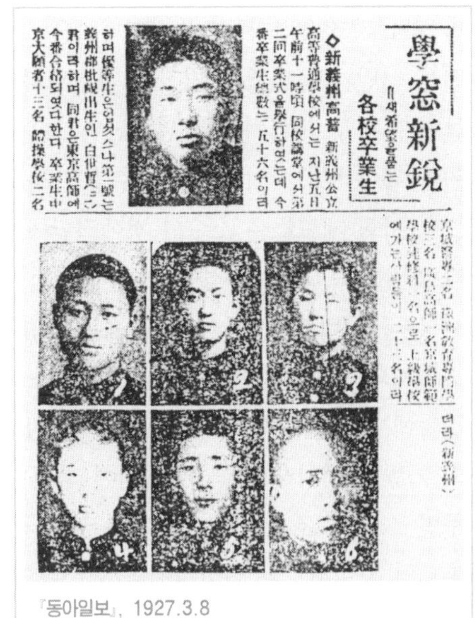

『동아일보』, 1927.3.8

었으나 1908년엔 교토제대·도호쿠제대·규슈제대 등으로 늘어났고, 최종적으로는 9개의 제국대학으로 되었다. 1918년 대학령에 의해 1920년대엔 사립대학이 탄생했고 1929년엔 총 대학 수가 46개로 되었다. 입신출세의 지름길이 학교(교육)에 있었다는 사실은, 1912년 무렵 의무교육(소학교 6년) 취학률이 98%로 되어 있음에서 잘 볼 수 있다. 세계에 유례가 없는 현상으로 평가되고 있음도 결코 우연이라 할 수 없다(사쿠라이 데쓰오 櫻井哲夫, 『'근대'의 의미』, NHKブックス, 1984. 제4장).

종주국 일본의 교육제도가 큰 흐름에서 이러하다면 그들이 조선통치에서 행한 교육제도는 어떠했을까. 이런 물음에는 많은 전문적 설명이 요망되겠으나 원리적으로는 조선 통치의 기본방침에 의거되었을 터이다. 사회경제사적 연구에 따르면 일제의 조선통치의 방식은 '제도(기구) 가설(institution hypothesis)'로 설명될 때 비교적 이해하기 쉽다. 사회제도들의 성격과 효율이 한 사회의 경제적·사회적·정치적 발전에서 결정적

인 요소로 작용한다는 이 제도가설론에 따른다면, 제도의 확립과 그 실천은 식민지의 환경과 밀접히 관련된다. 만일 식민지의 환경이 식민자들에게 너무 불편하거나 위험하면 그들은 식민지에 정착하지 않고 자원을 뽑아내어 이익을 얻는 '추출적 사회(extractive society)'를 만들게 되며 그런 사회 제도들은 소수의 정예집단에게 유리하도록 만들어져 운영된다. 만일 식민지의 환경이 그들에게 적합하면 그들은 식민지에 정착해서 본국과 비슷한 '정착사회(settler society)'를 이룬다는 것이다.

일제의 조선통치는 과연 어떠했을까. 이 물음은 그들이 36년간 해온 결과에서 선명히 드러난다. 강력한 국가적 권력으로써 그들은 조선통치의 기반을 정착사회로 규정, 이에 따른 제도 확립에 주력했다. 말을 바꾸면 그들의 조선통치 기본방침은 본국의 제도이식에 있었다. 일제는 본토의 사회제도와 산업정책을 최소한의 변형을 통해 조선에 들여왔던 것이다(복거일, 『죽은 자들을 위한 변호』, 들린아침, 2003. 서언). 행정제도·경찰제도·사법제도·금융제도·교통제도 등과 함께 교육제도가 들어왔고 동시에 많은 일본인 관리들이 조선에 정착하기에 이르렀거니와 그중에서도 가능성의 중심부에 놓인 것이 교육제도였다. 일본국가가 입신출세주의를 거기에다 보장해 놓았던 때문이다. 이 사실은 크게 강조될 성질의 것이 아닐 수 없다. 식민지 조선인의 처지에서 보면 입신출세주의로서의 교육제도란 이중성으로 작동할 수 있었던 것이다. 조선인으로서의 입신출세주의와 일본인으로서의 입신출세주의 사이에는 동일성과 차이성이 공존해 있었던 바, 이 이중성이 증폭 현상을 일으킴으로써 학교제도는 일종의 무지개 현상을 일으키기에 모자람이 없었다. 이러한 사례의 하나로 신의주고보 수석 졸업자이자 동경고사 합격생인 백세철을 들 수 있다.

## 2. 평북 천도교 집안, 소지주의 차남

평안북도 의주군 비현면(枇峴面) 정산동(亭山洞)의 백씨 가문에 한 사
내아이가 태어났다. 위로는 여섯 살 된 형이 있었고 아래로 훗날 누이
와 사내 아이가 태어났다. 3남 1녀의 이 백씨 가문은 이곳 평북의 소지
주 계급이었다. 이 사실의 중요성은 이 가문의 장남이 지닌 천도교 지
향성과 무관하지 않다. 이름은 세명(世明). 그는 천도교 간부로 크게 활
약한 인물이며, 훗날 백철(白鐵)이란 이름으로 문학의 거목으로 자란 아
우와 분리시켜 논의하기 어려운 관계에 놓인다. 요컨대 이들 형제의 일
생을 지배한 제1원리가 있다면 바로 이 천도교라는 조선적인 종교의 이
데올로기 및 그 뿌리라 하지 않을 수 없다. 이 점은 뒤에 자세히 논의될
것이다.

천도교란 서양사상에 맞서기 위해 창출된, 이른바 동학(東學)인 만큼
원리적으로는 서양 근대사상과 어울리지 않는 것으로, 민족주의적이자
동시에 토착적이라 할 것이다. 그러나 국권상실에 이르면, 입신출세주
의로 표상되는 일제의 교육제도를 외면할 수 없는 상태에 이르렀다.
1908년에 태어난 백철이 신교육에 어떻게 접근해갔는가를 검토하는 일
은 이 한 청소년에 국한된 것일 수 없는 보편적 시대정신의 검토와도
관련된다. 백철이 태어난 1908년(융희 2년)은 조선에 일제의 통감부가 설
치된 지 3년이나 지난 시점이며 한일병합이 되기 두해 전이었다. 이러
한 급변하는 시대적 폭풍이 백씨 가문이 살고 있는 벽촌 정산동에도 불
어 닥쳤다. 서당에 다니며 한문공부만을 일삼던 11살 된 백철 소년이
직면한 3·1운동은 어떠했던가.

내 어린 눈을 뜨게 된 것도 1919년 3·1운동이 전국적으로 일어나고 그 커
다란 물결이 뒤늦게나마 우리 마을 정산동에까지 밀려 왔을 때이다. 아마 3월

중순의 일이리라. 아직도 평안북도의 날씨는 얼음끼가 가시지 않은 어느 아침 날 나는 형님을 따라서 취봉이라는 조그만 근방의 거리로 갔다. 거기에는 내 어린 눈에 온 나라 사람들이 다 모인 듯한 광경이 벌어지고 있었다. 글자 그 대로 백의민족이 흰 양떼처럼 모여들고 있었다. (…중략…) 군중은 면사무소를 점령하고 대회의 절차를 서두르고 있었다. 우선 태극기를 그려야 했는데 누구 하나 그것을 그리는 방법을 모르고 있었다. 그때 사형(舍兄)인 세명(世明)이 중앙에 나가 앉아서 실끈을 가지고서 한끝을 광목천의 중앙에 대고 다른 끈 을 두루 그어서 원을 그리던 광경이 지금도 눈에 선연하다. 나는 그때 형님을 얼마나 숭배하는 눈으로 바라보았는지 모른다. 형님은 거기 모인 중에서 유일 한 서울 유학생이었다. 이 만세 대회에서도 선두에 선 지도자였다.

— 백철, 『문학자서전』(전편)*, 박영사, 1975, 28~29면

평안북도 벽촌의 한 소년이 처음으로 역사·사회적 상상력에 눈뜨는 장면이 3·1운동이었음은, 이후 이 소년의 삶의 방향성에 알게 모르게 커다란 그림자를 드리운 사건성이라 할 것이다. 이 사건성은 3·1운동이 라는 민족사적인 측면과 그것이 소년의 가문에 직결되었음을 가리키는 만큼 민족적이자 천도교적 이념의 이중성으로 구성되었음을 특징으로 한다. 3·1운동과 천도교의 관련성을 가문의 문제로 수용함으로써 살아 가야 했던 이 소년에게 이 두 거대한 이데올로기적 존재의 군림은 강력 한 보호막이자 자존심의 근거이지만 동시에 이 소년의 개인적·야성적 자기 확대의 가능성을 억압하고 물리치게 한 걸림돌이 아닐 수 없었다. 훗날 도쿄유학에 나아간 이 소년의 마르크스주의에의 몰두도 이러한 이 중의 압력 속에 놓인 한 개인의 자기표현 방식의 하나였을 터이다.

소년의 눈을 뜨게 한 인물이 맏형이었음은 아무리 강조되어도 지나 치지 않다. 정산동 일대에서 맏형 세명이 유일한 서울 유학생이었다고 함은 다음 두 가지 사실과 직결되어 있다. 소지주 계층이었다는 점이 그 하나, 다른 하나는 앞에서 이미 지적했듯 천도교 세례를 받았다는

---

* 『문학자서전』의 인용은 『전편』, 『후편』으로 약기함.

저서 속의 백세명

점이다. 한때 동학의 별칭인 진보회(1904)의 활동인물(간부) 명단에 따르면 평북엔 백씨계로 백인옥·백운기·백응규·백문선 등이 포함되어 있음에서, 이 북쪽 변방지역에서의 동학계 세력권의 일방적 우세와 그 속에서 백씨계가 점하는 비중의 어떠함도 잠시 엿볼 수 있다. 이러한 동학계 백씨 가문의 출중한 인물이 바로 백세명이었다.

그는 제일 먼저 서울에 유학했던 바, 그가 공부한 곳은 훗날 법학전문학교가 된 경성 법과양성소였다. 3·1운동에 앞장섰던 일이 화근이 되어 청년 백세명이 일본 헌병대에 쫓겨 압록강 넘어 만주 쪽으로 두 해 동안 도피하였고 이로 말미암아 집에 남아 있던 어머니가 헌병에게 몰매를 맞기까지 했다. 소년 백철은 이러한 헌병의 모습을 공포와 더불어 바라보지 않으면 안 되었고 수개월간 앓고 있는 어머니를 옆에서 지켜보지 않으면 안 되었다.

실로 우러러 뵈는 맏형이 어린 아우에게 지시한 것은 따로 있었다. 서당에서 한문이나 공부하고 있을 시대가 아니라는 것, 새 학문을 배워야 한다는 것, 새 학문 속에 세상을 이해할 수 있는 해법이 들어 있다는 것, 헌병대에 의해 어머니가 당한 '지독한 고문'에 대한 보복의 수단이나 방법도 새 학문 속에 있다는 것. 소년은 막연한 기대와 불안을 안은 채 집을 떠나지 않으면 안 되었다. 그러나 소년은 서울행 '무쇠말'(기차)을 타는 대신 경의선 북행열차에 몸을 실었다. 천도교 강습 차 서울에 가 있는 맏형 쪽이 아니라, 학교진학을 위해 사촌형들이 먼저 가 있던 용천(龍川)에 가야 했다. 무쇠말이 서는 석하(石下)역에 내린 소년은 사촌들이 다니는 사립 입성(立成) 소학교 4학년에 막 바로 입학한 것이었다. 당시의 일본 교육제도에서는 심상소학교가 6년이었으나 조선인의 그것은 1921년까지 4년제로 되어 있었던 만큼 소년은 곧바로 졸업반에 든 셈이다. 역시 무리였다. 덩치와 나이만 제법 컸을 뿐 머리가 텅 비었던 탓이었다. 맏형의 도움으로 산술(가감승제법)과 일어독본 따위를 조금 익힌 그로서는 아무리 초라한 사립학교라지만 수업을 따라가기는 어려운 형편이었다. 사촌형 세엽의 도움을 받지 않으면 안 되었다. 그러나 만 13세의 소년은 여기 온 지 몇 달이 안 된 1921년 2월, 서울 있는 맏형의 편지를 읽게 된다. 그것은 종형 세엽에게 보낸 것이었다. 한문에 토를 단 구식 문투로 된 편지 내용은 이러했다.



—『전편』, 36면

남대문역에 소년이 내린 것은 음력 2월 초순 새벽이었고, 맏형이 마중 나와 있었다. 난생 처음 전차를 탔고 하숙에 머물며 한 달 남짓 후에 닥칠 중학 입시 준비에 몰두했다. 가짜 입성학교 졸업증과 성적으로 입시를 치루고 난 다음날, 구두시험을 아직 남겨놓은 상태에서 '부 사망'이란 전보를 받았다. 두 형제가 만사 제하고 귀향할 수밖에. 그런데 이 전보는 '백부 사망'의 착오임이 판명되었고, 보성중학 입학은 물거품이 되고 말았다. 이러한 착오가 소년의 생에 있어 어떤 의미를 띠는가, 라고 묻는 것은 물론 운명 그것처럼 무의미할 터이다.

천도교의 배경을 믿어 감행한 보성중학 입학 건이 전보 착오로 말미암아 물거품이 되었지만 삶이란 묘한 것이어서 또 다른 기회가 소년을 기다리고 있었다. 1921년 바로 그해 신의주에 새로이 관립 고등보통학교(5년제, 오늘의 중고등학교에 해당)가 세워졌던 것. 신설인지라 5월 상순에 입시가 예정되어 있었다. 그에겐 2개월의 준비기간이 있었다. 이번에도 가짜 서류를 낼 수밖에 없었다. 그러나 이 새로 생기는 평안북도 최고의 고등보통학교에 입학할 만한 실력이 갑자기 생길 이치도 없었다. 방법은 하나. 내리시험이 그것. 종형 세엽의 묘안인 이 대리시험의 방식은 이러했다. 보통학교를 나온 큰집의 둘째 종형의 아들이자 상급학교를 포기한 봉서와 이름을 바꾸어 필기시험을 치렀던 것. 그러나 필기시험 합격은 백세철 쪽이고, 실력 있다는 봉서는 오히려 낙방하고 말았던 것이다. 이렇게 되자 문제는 또 커졌다. 구두시험이 있었기 때문이다. 구두시험도 백세철 아닌 봉서(합격자 이름이니까)의 행세를 해야 했다. 아주 다행히 혹은 사필귀정이라고나 할까, 일어 및 일어 회화에 아주 취약한 백세철은 여지없이 불합격할 수밖에 없었다. 대리시험사건은 이로써 무산되고 말았다. 그렇다고 아무런 소득이 없었던 것은 아니었다. 고등보통학교 입시의 필답시험에 합격한 사실을 내세워 신의주 보통학교 6학년으로 입학할 수 있었음이 그것. 그때만 해도 아직 교육행정이 어수룩한 시절이었다. 지인인 그곳 수석 교사의 힘으로 소년은 1921년 5월 하순 정식으로 공립 신의주 보통학교생이 될 수 있었다.


## 3. 압록강 철교를 건너는 소년


공립 신의주 보통학교의 최상급반인 6학년에 든 소년의 일 년간의 공부와 그 마음자리는 어떠했을까. 신식 공교육에 서툰 세철 소년에게 제일 난처한 과목이 일본어였다. 그도 그럴 것이 아무리 아이큐가 높고 영리하더라도 외국어 습득에는 많은 시간을 요하기 때문이다. 이 점을 염두에 둔다면 그가 집에서 조금 공부한 일어로는 신식 학교 교육을 받기엔 역부족이었음을 쉽게 짐작할 수 있다. 훗날 신의주 고등보통학교에 진학한 후에도 이 사정은 쉽사리 극복되지 않았다. "배꽃은 붉은색이냐 흰색이냐?"라는 일본어(나시노 하나와 아까이까 시로이까)도 그는 알아차리지 못하는 수준이었다. 그럼에도 그는 신의주 보통학교 6년급에서는 6번째로 졸업했다. 석차 6등이라 했으나, 학생 총수 10명이었음을 염두에 둔다면 하위에 속한 셈이다. 창가시간, 체육시간도 소년에겐 매우 낯설었다. 몸으로 익혀야 하는 과목들인 만큼 어학 그것모양 시간과의 싸움이 아니면 안 되었다.

보통학교 6년생인 소년의 마음자리는 어떠했을까. 학교생활이 조금 익숙해지자 소년의 호기심은 외부에로 향할 여유도 생겼다. 가을 어느 토요일 방과 후 소년은 지척에 있는 압록강 철교를 건너기 시작했다. 일제가 압록강 철교(착공 1909.8)를 완성한 것은 1911년 10월이었다.

> 한양아 잘 있거라 갔다 오리라
> 앞길이 질편하다 수륙 십만 리
> 천년 옛 도읍 평양 지나니
> 굉장할사 압록강 큰 쇠다리여
>
> ―육당, 「세계일주가」, 『청춘』, 1914.10

신의주에서 이 다리를 사이에 두고 만주와 조선이 국경을 이루고 있었다. 소년은 이국 땅 안동현에 가는 것이 주말마다 가지는 즐거움이었다. 구시가지와 신시가지로 구분되어 있었는바 소년은 구가지에 마음이 끌렸다. 일본인들이 모여 사는 신시가지와는 달리 거기엔 이국취향이 풍겼던 것이다. 소년은 또 그 유명한 압록강 뗏목에도 흥미를 느꼈다. 〈이카다부시[筏節]〉라는 일본식 유행가가 한창일 즈음이었다. 소년은 철교 한가운데 서서 다리 밑의 흐름에 넋을 잃곤 했다. 그러다 어느 날 수비대 헌병에 걸렸다. "너 거기서 뭣 하느냐"라고 윽박질렀다. 겁에 질린 소년이 더구나 일어에 서툰지라 우물주물하자 헌병은 뺨을 후려치는 것이었다. "이 멍청한 놈 같으니라고" 푸르뎅뎅한 모시두루마기를 입고 편상화를 신은 소년이 얼마나 기겁을 했던가.

이 사건은 소년으로 하여금 수치심과 분함을 함께 체험케 했다. 우선 창피스러웠다. 얻어맞는 장면을 누가 보지는 않았을까. 이 생각이 앞질 렀다. 또 그것은 분함을 동반했다. 일본인에게 얻어맞았다는 것이 분했 다. 그것은 또 그의 가문의 사건과도 무관하지 않았다. 3·1운동의 주모 자로 꼽힌 세명 형을 잡으러 집에 들이닥친 일본 헌병이 어머니를 때리 고 협박한 사건이 그것이다. 소년은 그날도 그 다음날도 잠을 못잘 정 도로 상처를 입었다. 이러한 수치심과 분함은 소년으로 하여금 엉뚱한 생각으로 치닫게 했다. 신시가지에 있는 일본인 문방구점 문영당(文榮堂) 에서 파는 물건을 훔치자는 것. 동급생 중 R이 소년에게 호기롭게 자랑 한 것도 한 원인이었다. R의 말에 의하면 자기는 문영당에 들릴 적마다 문방구를 훔친다는 것이었다. 일본인 주인은 감시를 잘 안 한다는 것, 게다가 일본인 물건이기에 훔쳐도 죄책감을 갖지 않는다는 것. 너도 그 래 보라는 것. 매우 당연히도 소년은 이를 실천에 옮겼다.

학용품 훔치기란, 더구나 일본인의 것이라 스릴과 쾌감이 뒤따랐다. 한두 번은 무사히 스릴과 쾌감을 만끽했으나 결국 발각되고야 말았다. 어느 겨울 오후 소년은 다른 때와 마찬가지로 문영당에 들러 연필, 고 무지우개, 컴퍼스 등을 훔쳐 두루마기 안조끼 지갑에 넣고 유유히 거리 로 나섰다. 바로 그때 등 뒤에서 "학생 나 좀 봐!"라는 여인의 목소리가 들려왔고 기겁을 해서 돌아보자 30세 내외로 보이는 부인이었다. 부인 의 목소리는 지극히 낮고 부드러웠다. 맑고 분명해야 할 소년이 왜 그 런 짓을 하느냐. 두 번 다시 그런 일을 저질러서는 안 된다. 부탁하듯 애원하듯 부인의 목소리는 흡사 누나의 그것 같았다. "내게 않는다고 맹세해줘요!"라고. 소년은 순순히 그 말에 복종했다. "맹세합니다!"라고. 그러자 부인은 이번엔 "고마워요. 학생!"이라고 하지 않겠는가.

이번에는 부끄러움과 뉘우침으로 하여 소년은 잠을 이루지 못했다. 그 뒤에도 소년은 여러 번 문영당에 가 보았다. 그 부인의 모습을 다시 보기 위함이었다. 참으로 유감스럽게도 그 부인의 모습은 다시 볼 수 없었다. 훗날 소년은 이 사건을 이렇게 적어마지 않았다. "한번 잠시 만난 그 부인이지만 그는 내 일생의 길잡이가 된 연상의 베아트리체”(『전편』, 62~63면) 또는 “『젊은 베르테르의 슬픔』에 나오는 로테”라고.

스릴과 자부심, 부끄러움과 뉘우침 사이에 소년이 놓일 수 있었던 것은 국경 도시 신의주의 지정학적 배경과 결코 무관하지 않다. 그 전면에 내세워진 것은 문명개화라는 근대지향성이었다. 이 시대성은 신의주라는 지역의 지정학적 해명을 요구한다. 압록강 철교로 표상되는 근대성은 국경지대와 맞물려 일종의 제국주의적 표상을 띠고 있었는데, 변방 평북에 침투된 동학(천도교)의 뿌리를 가진 이 백씨 가문은 나름대로 토착 사상적 성격을 띠었지만 동시에 인내천(人乃天)이 표상하듯 평등원칙에 입각한 근대성에 혈맥이 닿아 있었다. 백씨 가문의 적자인 맏형 백세명이 누구보다 근대사상에 먼저 눈떴지만 동시에 그것은 기독교와는 별개인 민족주의적 사상으로서의 동학이었다. 제국주의적 근대성과 민족주의적 근대성의 동시적 수용이 어떻게 가능할까. 이 물음은 국경지대라는 지정학적 조건과 함께 천도교 및 백세명의 지도 속에서 자란 소년 백세철이 짊어진 뜻 깊은 사상적 과제였다. 이를 상징하는 내면적 징후가 바로 압록강 철교 위에서의 봉변과 문영당사건이었다. ‘분함’과 ‘뉘우침’ 사이를 둘러싼 것이 ‘부끄러움’이었다. 소년 백세철의 자존심의 근거도 이 삼박자의 리듬으로 출렁거렸다. 이 리듬감각을 가슴속 깊이 내면화하면서 그는 신의주에 새로 생긴 근대 중등교육기관인 신의주 고등보통학교의 학생으로서 근대교육의 장에 뛰어든 것이다.


## 4. 동경고사에 합격한 백세철


신의주 고등보통학교가 개설된 때는 1921년이다. 보통학교(초등학교)

신의주고보 시절의 백세철

문전에도 가본 바 없는 백세철 소년이 종형 세엽과 맏형 세명의 종용으로 가짜 서류를 만들어 응시했으나 보기 좋게 떨어진 경위는 이미 앞에서 살폈거니와 그 결과로 소년은 신의주 보통학교 6학년에 편입하였다. 학생 10명 중 석차 6번으로 보통학교를 졸업한 것은 1922년 이른 봄이었다. 그해 소년은, 개설된 지 1년밖에 안 된 신의주 고등보통학교(중고등학교)에 당당히 합격했다. 그것도 6번째 성적이었다. 이번 합격이야말로 소년에겐 갈비뼈가 휘어질 만큼 가슴 벅찬 일이었다. 그렇지 않으면 고향 월화면(月華面) 산골로 물러갈 수밖에 없었던 형국이었다. 종형은 기념으로 시계를 사주었다. 즉석에서 소년은 교복을 맞추고 두 줄의 흰 선을 두른 교모를 샀다. 백선 두른 교모야말로 누구나 부러워하는 물건이었다.

소년의 5년간의 고보생활은 어떠했을까. 다음 세 가지로 정리해볼 수 있는 바, 두 가지는 학업과 진학문제이고 나머지 하나는 학업과는 별개인 혼인문제였다. 첫째, 그의 공부방식은 어디까지나 학과 중심이었다. '공부벌레'라는 말이 있거니와 이는 학생 중 성적 올리기에 치중한 경우를 가리키는, 약간은 비꼬면서도 기리는 그런 별명이었다. 어느 한 학과에 치중하지 않고 골고루 공부함이 성적 올리기의 지름길인 만큼 세철 소년은 수석을 유지할 수 있었다. 이는 비상한 기억력과 노력 덕분이며 또한 성실성이 가져온 선물이었다.

둘째, 학과공부와 진학문제의 관련성. 수석차지와 공부와의 관계란 실상 따지고 보면 가르치는 교사의 실력과 결코 무관하지 않는 법이다. 문학이나 영어에 덜 치중하고 수학에 흥미를 느낀 것도 이런 사정을 말해주는데, 그가 고보 4학년 때 당시 명문으로 알려진 만주에 있는 여순

(旅順) 공과대학 예과에 시험을 치른 것도 수학 취향과 무관하지 않았을 터이다. 만철(滿鐵)이 세운 이 명문 공대에는 조선인이 꼭 한 사람 있었다. 1926년 봄 백세철은 이 조선인 안(安)모라는 학생을 기숙사로 찾아 갔고 도움을 받았으나 시험에는 여지없이 실패했다. 만철 직영의 이 공대는 청일, 러일 양 전쟁으로 일본이 얻은 항도 대련(大連)에 있었다. 당시 학제로는 대학진학의 과정은 고등학교(3년)를 거치든지 고등학교가 없는 지역의 경우엔 거기에 준하는 대학 예과(豫科)를 거치게 되어 있었다. 고등학교는 일본 본토에만 있었기에 식민지인 관동주나 조선에서는 대학을 세워도 예과를 먼저 설치해야 했다. 서울에 세워진 경성제대 (1926)도 먼저 예과(1924)부터 만들었던 것이다.

비록 그의 관심이 수학과 화학 등에 기울어졌다 하나 그는 시험에서 여지없이 떨어졌다. 운이 나빴다고 말하기 쉽지만 자기의 실력으로도 역부족이었다. 고보 5년 때 그는 수학취향에서 문과계로 방향을 바꾸었다. 도시샤[同志社]대학을 나온 영어교사에 은근히 이끌렸고 영어과목에 유별난 관심을 쏟기 시작했다. 한창 교양물 시대로 성숙해간 일본 사상계에서는 세계문학전집을 비롯, 갖가지 문학·철학 서적이 범람했다. 이 무렵 한국문단에서는 카프계 문학이 크게 위세를 떨쳤지만 그런 것에 눈을 돌릴 처지는 아니었다. 이러한 문과계로의 방향전환은 마침내 그의 진로를 결정하기에 이른다. 제1차 진학목표란 동경고사(東京高師) 영문학 전공이었다. 어째서 하필 동경고사여야 했던가. 여기에는 역시 지도교사의 입김이 작용되어 있었다. 그것은 교무주임의 권유에 따른 것이었다. 제2지망으로는 경성제대 예과라든가, 일본에만 있는 고등학교가 그 대상이었다.

동경고사는 중등교원 양성을 목적으로 설립된 것으로서, 도쿄와 히로시마[廣島]에 각각 세워진 국가기관이었다. 이 학교의 특수성은 국가가 특별관리함에서 찾아진다. 근대 일본이 신진 시양의 문물제도를 받아들여 근대국가를 세웠음은 모두가 아는 일. 헌법은 독일, 해군 및 우편제도는 영국, 경찰 및 교육제도는 프랑스의 것을 수용하였다. 프랑스의 교육제도는 무엇보다 국가권력을 배경으로 한 것이었다. 전통적으로 교회가 막강한 힘으로 장악한 교육을 국가가 탈취한 결과, 교사 양성기관이 급히 필요했고 거기에 국가는 힘을 쏟았다. 이를 적극적으로 수용한 것이 사범계 교육기관이었다. 교사야말로 전시대의 사제(司祭)에 해당되었으며 이는 입신출세주의를 교육을 통해 국가가 보증한 것이었다. 그 최고기관이 고등사범학교였다. 학비 전액을 국가가 부담할 뿐 아니라 일정한 월급까지 학생에게 지불했다. 오늘의 프랑스의 고등사범이 그 모델이었다.

동경고사의 입시 또한 특이했다. 일반 학교와는 달리 그해 12월에 실시했다. 조선과 대만에는 출장입시소를 두어 굳이 도쿄까지 안 가도 응시할 수 있게끔 되어 있었다. 백세철이 합격 통지를 받은 것은 이듬해(1927) 2월이었다. 아직 졸업도 하기 전이었다. 그해 3월 21일 졸업식에서 그는 '호타루노 히카리[형설의 노래]'의 감격적 노래 속에서 수석 졸업생으로 졸업생 답사를 했다. 식민지 통치하 조선인 학생 백세철의 동경고사 합격은 그 자체가 하나의 사회적 사건이었다. 민간 신문『동아일보』는 신의주고보 수석졸업자 백세철의 동경고사 합격을 사진과 함께 크게 보도해마지 않았다(1927.3.8). 이로써 평북 산골 비현 출생인 한 소년의 앞길이 근대의 한복판으로 향해 훤히 열려진 것이었다. 그러나 소년의 이러한 열린 세계에로 진입은 서툴게 치루어진 결혼과 더불어 신경증이라는 고통을 동반하지 않으면 안 되었다.

## 5. 운명의 옷자락 – 초혼

진학을 앞둔 1926년, 고보 졸업반인 백세철이 2학기에 접어들어 약혼을 해버린 사건은, 아무리 당시에 조혼 유풍이 남아 있었다고 해도 쉽사리 이해되기 어려운 대목이다. 그 자신도 훗날 이 사건의 설명에 '운명'이란 낱말을 앞세울 정도였다.

우리 인생이 가는 길을 지시하고 있는 운명의 신은 분명코 맹목이라는 생각이 든다. 어떤 일 같은 것은 일어나야 할 하등의 뜻이 없고 또 그 일이 안 났더라면 좋았을 터인데, 마치 그 사건이 생기는 시간에는 그것이 으레 생겨야 할 것 같은 표정을 하고 등장을 한다. 그리고 한번 일이 성사되고 나면 그 결과는 한 사람의 생애에 치명적인 영향을 끼치고 만다는 것이다. 말하자면 내 5학년 시절에 생긴 그 혼인 이야기란 맹목적인 운명의 장난이 아니면 일어나선 안 될 것이었다.

—『전편』, 98면

그 '운명의 장난'이란 그 자신의 고백에 따르면 아래와 같다. 그해 여름 방학 그는 심하게 앓았다. 병에 차도가 생기자 8월 중순경 용천에 있는 종형 세엽으로부터 편지가 왔다. 좋은 혼처가 났으니 곧 오라는 사연이었다. 응하지 않자 두 번째 편지가 왔다. 이번엔 미인계까지 동원되었다. 일본 옷을 입은 여학생 사진이 그것. 당사자인 이 여자는 서울의 S여고보 4년생이며 인물·학식이 나무랄 데가 없는데다가 큰 유산의 상속자라는 것. 홀어미 밑의 두 딸 중 맏이인 만큼 지참금 소불하 200석 지기쯤은 가져오리라는 것. 신식 여학생인데다가 부잣집 딸이라는 이 두 가지 조건이 지닌 유혹을, 고보 졸업반의 청소년 수준으로서는 물리치기 어려웠다. 그러나 이런 중대사를 결정함에 그는 참으로 무모했다. 부모와 맏형과는 상의도 하지 않았기 때문이다. 어찌 이런 일이 가능했을까.

신랑 신부 선보는 자리는 큰집(작고한 숙부의 집, 종형 세엽의 집)의 다락방(응접실용)에서 이루어졌다. 첫 번째는 장모와의 만남이었고, 두 번째는 그가 직접 신부집에 가서 선을 보게 된다. 색시가 사는 곳은 같은 용천(龍川)지방이지만 30km 떨어진 농촌이었다. 삯말을 빌어 탄 신랑. 방울 소리와 함께 가히 요란한 행차였다. 칙사 대접을 받았다. 온동리가 떠들썩할 정도로 사건은 기정사실로 된 형국이었다. 신부의 이름은 신도(信道), 호적명은 신숙(信淑). 장(張)씨 가문이었다. 사진에서 본 것과는 달리 몸체가 크고 전체가 어딘가 엉성해보였으나 이미 돌이킬 수 없는 상태에 빠졌다. 그날 밤 장모가 다시 못을 박았다. 온 동네가 다 아는 일이 된 만큼 만일 어긋난다면 장씨 가문의 큰 수치라는 것. 약혼이 공식으로 이루어진 셈이었다.

진학 문제가 코앞에 닥쳤는데 이런 인생의 중대사가 그것도 맏형과 부모 몰래 이루어졌다. 대체 이것은 어떻게 가능했을까. 진학과 결혼의 압력에 백세철 학생은 고민하지 않으면 안 되었다. 신경쇠약증에 걸릴 만도 했다. 그렇지만 운명은 이 사내를 또 한 번 놀라게 해주었으니, 명문 동경고사 합격이 그것이었다.

운명이라 하나 이러한 사건 뒤에는 백씨 가계의 허점이 가로놓여 있었다. 부모나 형의 허락 없이 약혼을 성립시킬 만큼 그것은 유별났다. 혹시 천도교라는 종교가 그만큼 개방적이었음을 암시하는 것일까. 또 다른 이유가 숨겨져 있었을까. 이런 물음에 결정적인 해답을 얻어내긴 어렵지만 그가 실토해 놓은 다음과 같은 대목은 암시하는 바가 없지도 않다.

① 나의 어머니 조(趙)씨는 재취로 백씨 가문에 들어왔다. 전실에는 소생이 없고 어머니가 낳으신 자녀가 7남매. 5남 2녀를 낳으셨지만, 세명 형님의 위와 형님과 나 사이에 아들 하나씩이 다 어려서 죽고 내 밑으로 누이동생, 다음이 세걸이, 그 밑에 누이동생 귀례였는데 (…중략…) 귀례 역시 여섯 살 때에 이질로 죽어버리고 4남매가 남은 셈이었다. 그러나 세걸이와 큰 누이동생도 20

을 전후해서 죽고 말았다. 그러고 보면 어머니께선 일곱 남매를 낳으셨다가
다섯을 여의고 세명 형과 나만을 남긴 셈이다.

—『전편』, 80면

②아버지는 일종의 간질병을 갖고 계셨다. 내가 여덟 살 때 그때 2월인가
이른 봄날 저녁에 내가 글방에서 돌아오니까 아버지께서 졸도를 하셨다고 집
안이 모두 안방에 모여서 누워 계신 아버지를 에워싸고 있었다. (…중략…) 어
머니 말씀을 들으면 그 일이 처음이 아니고 전에도 몇 번 그런 발작증세가 있
었는데 본시 그 병은 선천적인 것이 아니고 장가드실 때에 근처 젊은이들이
모여서 신랑 달구치기를 하다가 옆구리를 심하게 다친 충격으로 그런 지병을
얻으셨다는 것이다.

—『전편』, 46면

③고보 3학년 때 부모님 반대도 무릅쓰고 비현(枇峴) 거리로 이사를 나온
것은 세명(世明) 형으로선 진보하는 개화사상에서 주장을 세운 처사였다. 이
비현 거리는 내 소설 「전망」(1939)의 배경이 된 조그마한 시골거리이다. (…중
략…) 이 장터에서 한번 개화운동을 일으키리라고 세명 형은 생각했던 것 같
다. 사실 그 뒤 그는 정말(丁抹)체조라고 해서 요즘 있는 라디오 체조 같은 것
을 보급시킨다고 아침마다 거리의 젊은이들을 모아가지고 뒷산에 올라가선
보건운동을 했는가 하면 뒤에는 천도교의 계몽기관인 농민사(農民社)의 지방
간부로서 활동하기도 하고, 가재를 털어서 비현 부근에 농민학교를 세워서 농
민지도자들 양성에 힘쓰기도 하였다. (…중략…) 그리하여 백씨가문은 새 시대
의 문명을 향하여 전진하고 있는 것이다.

—『전편』, 83면

①에서 드러나듯 7남매 중 다섯을 잃고 형 세명과 자기만 남았음이
판명된다. 형제는 그러니까 단 둘인 셈이다. 무엇보다 의미 있는 것은
②이다. 가문의 중심점이 부에 있지 않았음이 암시되어 있기 때문이다.
간질병이 유전과 무관하다고 했으나 이는 설득력이 부족하다. 백부의
사망을 설명하는 자리에서 실토해 놓은 바에 따르면 부는 일찍이 도박

판에 드나들었다. "어머니 말씀을 들으면 아버지는 젊었을 때에 노름에 미치신 일이 있었다."(『전편』, 49면) 주변에서 이를 극구 말린 결과 오늘에 이른 것이 아버지라는 것이다. 간질병에다 한때 도박꾼이었다는 사실은 무엇을 가리킴일까. 한 가지 분명해지는 것은 이 가문의 가장인 아비의 상(像)은 상당히 부정적이라는 사실이다. 그렇다면 어머니가 가문의 중심이었을까. 그도 아니었다. 장남 세명이야말로 실질적인 가문의 수장이었다. 일찍이 서울에서 배우고 3·1운동 때 앞장서 만세를 부른 지식인이며 그 때문에 한동안 헌병을 피해 다닌 이 지식청년 백세명이 훗날 천도교 간부가 되었다. 『동학사상과 천도교』(1956)를 비롯하여 논문집 『하나로 가는 길』(1968)의 저자이기도 한 백세명이야말로 가문의 중심이었다. 천도교와 백세명이 가운데에 놓여 백철은 나름대로의 균형감각을 회복할 수 있었다.

이는 백세철에겐 거의 절대적인 강점이자 생의 에너지의 조절장치였다. 그럼에도 불구하고 형과 상의도 없이 덜컥 약혼을 해버린 사건은 대체 무엇인가. 약혼이라 하나 결혼과 진배없는 이 사건은 대체 무엇인가. 그 당시 형이 서울의 천도교 일에 나아갔기에 미처 상의치 못했다고 변명하고 있지만, 실상 고보생 백세철의 신경증의 지향점은 형에 대한 죄의식이 아니었을까. 이 설명 불가능한 사건을 두고 그는 아주 편리하게 '운명'이라 못 박았다. 다른 어떤 논리적 설명도 불가능한 일이었던 것이다. 신부가 지닌 조건, 곧 신식여학생이라는 것, 지참금 200석이란 것 따위란 훗날 대비평가로, 학자로 평생을 살아온 백철의 처지에서 보면 한갓 에피소드라 할 것이다. 첫 결혼의 실패(1931년 이혼), 아기와 산모를 함께 잃은 재혼(1938년), 아기만 살리고 산모를 잃은 삼혼(1940년) 그리고 마침내 36세 때 총독부 기관지 『매일신보』의 학예부장으로서 19세의 신부를 맞은 사혼(1941년)까지 해서, 사혼 소생 5남매와 삼혼 소생의 딸, 초혼 소생 아들을 합쳐 모두 7남매를 이룬 백세철의 일대기에서 보면 특히 그러하다.

# 제2장 동경고사생, 프롤레타리아문학운동

## 1. 1927년의 동경고사

말 그대로 청운의 뜻을 품은 백철이 도쿄를 향해 집을 떠난 것은 1927년 3월 25일 저녁이었다. 비현역에는 어머니, 형, 형수, 아우 세걸, 조카 딸 둘이 배웅했다. 아버지만이 집에 있었던 셈이다. 새로 산 도리우치(헌팅) 모자에 검은 망토를 두른 차림이었다. 런던·뉴욕과 맞먹는다고 알려진 대일본제국의 수도행이란 그 자체가 꿈의 실현이지만, 더구나 명문이자 관립 최고 교육기관인 동경고사 행임에랴. 서울을 지나 저녁 무렵에는 부산에 닿았다. 관부연락선을 타야 했다. 조선인이라면 누구나 당해야 했던 신분조사도 여지없이 통과했다. 동경고사 합격증에 형사의 표정은 금방 누그러졌다. 수재라는 칭찬까지 들을 수 있었다.

이튿날 아침 산요센[山陽線] 열차를 탔고 한밤중에 교토역에 닿았고,

목적지 도쿄에 닿은 것은 아침 10시였다. 거대한 도쿄역에 내리자 신의 주고보 선배이자 동경고사생인 이석숭과 김효경(다이쇼대 학생)이 마중 나와 있었다. 전차로 이석숭이 있는 기숙사에 가서 행장을 풀었다. 드디어 근대문명의 도시 도쿄 한복판에 던져진 것이었다.

4월 1일의 입학식을 앞둔 3월 30일, 간단한 구두시험이 있었다. 외지에서 입학시험을 본 학생들은 형식적이나마 따로 면접시험을 거쳐야 했다. 도합 열 명이 넘지 않았다. 그러나 문과 3부(영문학 전공)로서는 백세철 혼자였다. 시험관은 「영문학상에 나타난 꽃의 연구」로 유명한 이시카와 린시로[石川林四郎] 교수였다. 영어로 문답하는 것이 아니라 그냥 일본어로 했다. 영어책을 보이며 읽어보라 했다. 발음에 주의하라는 것, 앞으로 열심히 하라는 요지의 말을 했다.

드디어 4월 1일 입학식. 훗날 그는 입학식 장면을 이렇게 묘사했다.

4월 1일, 드디어 대망해 온 입학식 날이었다. 교장은 미야께라는 교육학자였다. 소구의 단신이었으나 하얗게 센 백발의 단정한 용모는 전신에 학자풍이 깃들여 있는 것 같아서 스스로 그 인격이 우러러 보였다. 그밖에 단상에는 일본에서, 또는 세계적으로 이름난 권위들이 정말 기라성과 같이 열좌하고 있었다.
영문학 교수만 해도 주임인 이시까와[石川林四郎] 교수를 비롯하여 영어학으로 저명한 진보오 가꾸[神保格], C.O.D(옥스포드 영어사전)를 암송하다시피 해서 C.O.D의 별명을 가진 와다나베 한지로오[渡邊半次郎], 뒤에 영문학자로 크게 이름난 후꾸하라 린따로오[福原麟太郎], 그리고 영문학자면서 저명한 시인인 다께도모 소오후우[竹友藻風] 등이 자리를 잡고 있었다. 뒤에 들은 이야기지만 그 시절 일본의 영문학계는 두 개로 갈라져 있어서 동경제국대학의 이치가와 산키[市川三喜], 사이토 이사무[齊藤勇] 등과 맞서서 동경고사의 학파와 대립이 되고 서로 논쟁을 많이 하고 있을 만치 고사(高師)의 교수진은 권위자들이던 것이다. 내가 입학한 해만 해도 竹友藻風과 齊藤勇 사이에 키이츠의 작품을 갖고 해석의 차이로 서로 격렬한 논쟁을 했던 것이다.

—『전편』, 117면

제국의 권위로 이루어진 교육기관으로서의 도쿄제대와 어깨를 겨눌 수 있는 제도적 장치가 동경고사였다. 동경고사란, 교원양성의 최고 기관이고 제국 일본의 국가적 이데올로기의 학술기관이었던 만큼 그 제도적 규율도 유별난 바 있었다. 입학하면 일 학년 동안은 기숙사 생활이 강요되었으나, 식민지 조선이나 대만 등에서 온 학생에겐 본인 의사에 맡기기로 되어 있었다. 백세철 학생이 기숙사에 들어간 것은 당연한 선택이었다.

백세철이 든 학과는 문과 제3부였다. 수신, 교육학, 영어, 심리학, 윤리학, 철학, 국어한문, 역사, 언어학, 체육 등을 이수하는 영어전공의 학생은 모두 30명. 그중 백철의 신분은 어떠했을까. 여기에는 상당한 설명이 없을 수 없다. 정원 30명이라 하나 이 학교의 규정상 백세철 학생의 신분은 사비생(私費生)이었던 것이다. 학생들은 특별생·급비생·사비생 등으로 3분되어 있었다. 전국 각 지역에서 국가적 시책으로 선발된 경우(도지사 후원)가 특별생이라면, 급비생은 성적 우수 학생인데 비해, 사비생이란, 격이 크게 떨어지는 신분이었다. 30명 중 급비생은 9명이었고, 조선인 백세철은 사비생에 지나지 않았다(『동경고사 일람』, 1930, 169면).

①비현 거리로 나온 뒤에 집으로선 아무런 생산적인 일을 하지 못하고 월화면(月華面)에 남겨둔 전답에서 거두어 오는 소작조(小作租)로 지내는데 차츰 수지 균형이 맞지 않게 되어가는 것이었다. 중소지주의 몰락 과정 같은 것이 우리집의 경우에도 들어맞았다.

기우는 가세에 아들을 일본에까지 유학을 시킨다는 것은 퍽 무리한 일이라는 것이 철없는 내게도 생각되는 일이었다. 미안한 일이 아닐 수 없었다.

—『전편』, 129면

②내가 졸업을 하고도 귀국을 하지 않게 되자 내 주변에 여러 가지 부작용이 일어나게 되었다. 우선 집에서 내 처신을 못마땅하게 생각하였다. 사형(舍兄)만 하더라도 넉넉지 못한 가세로써 4년간 학비를 보냈으면 이젠 돌아와서

일본 동경고사 시절의 백철

취직도 하고 집안도 돕는 게 경우인데 그대로 동경에 머문다는 건 이유가 닿
는 이야기가 아니었으리라.

—『전편』, 192면

백세철의 도쿄생활은 어떠했던가. 그의 도쿄생활은 1927년 3월에서
1931년 10월까지이다. 이중 동경고사에서 공부한 기간은 만4년(1927.3～
1930.3)이다. 졸업논문까지 썼고, 정식으로 영문학 전공을 마쳤음에도 불
구하고 어째서 그는 교직에도 나아가지 않고 일 년 반 동안이나 도쿄에
남아 있었을까. 이 물음은 동경고사와 백철을 연결시킬 때 제일 먼저
떠오르는 의문이 아닐 수 없다. 그토록 들어가기 어려운 동경고사가 아
니었던가. 제국 일본이 보장하고 있는 교사의 길이 펼쳐져 있지 않았던
가. 입신출세주의가 교육목표로 되어 있음에도 불구하고, 그로 하여금
이를 물리치게 한 원동력은 대체 무엇이었던가. 이 물음은 백철론에서
는 결정적이라 하지 않을 수 없다. 여기에는 필시 복합적인 이유가 있
을 터이다.

첫째, 그가 사비생이라는 점을 들 것이다. 특별생도 급비생도 아니었기 때문에 적어도 형식상으로는 교육기관에 종사할 의무에서 벗어날 수 있었을 터이다. 수업료는 물론, 생활비까지도 국가가 부담하는 급비생(9명)에 끼지 못한 식민지 학생, 그에겐 학비 및 생활비의 부담이란 모종의 심리적 부담으로 작동되었을 터이다. 약혼자의 지참금 200석에 끌려 말을 타고 장가가는 연습(약혼식)까지 한 그가 아니었던가. 훗날 그가 이를 두고 '운명'이라 불렀지만 그것은 실상 무책임한 표현이라 할 것이다. 사비생이라는 사실은 그만큼 이 조선인 학생에게 모종의 '자유로움'을 안겨주었음에 틀림없다.

둘째, 천도교 가문이라는 점을 들 것이다. 실상 천도교 가문이라 하나, 따지고 보면 맏형 백세명의 훈도 아래 그가 놓였음을 가리킨다. 간질병력을 지닌 아버지 대신 그에겐 맏형이 바로 형이자 아비로 군림했다. 천도교와 백세철의 관계란, 매개항으로서의 맏형으로 말미암아 한층 증폭되었다. 이 점은 백철 연구에선 크게 강조되어야 할 성질의 것이 아니면 안 된다. 평론가 백철의 전 생애를 통해 은밀히 작동된 일관성이 있다면 바로 이 점이다. 해방공간에서도, 말년에 가서도, 천도교의 이데올로기는 흐트러짐 없이 일관되었던 것이다.

천도교란 새삼 무엇인가. 사람 곧 하늘[人乃天]이란 가치를 표방하는 동학은 한국이 창출한 종교로 규정된다. 이러한 동학이 천도교로 명칭을 바꾼 것은 1905년 12월 1일이었다. 러·일전쟁에 임해 일본쪽에 도박을 건 3대 교주 손병희의 작전이 이용구(일진회)의 배신으로 난관에 부딪치자 손병희의 대결단은 아래와 같았다.

광고
夫吾敎는 天道之大原일시 曰天道라 吾敎之彰明이 及今四十六年에 信奉之人이 如是其廣하며 如是其多호디 敎堂之不遑築은 其爲遺憾이 不容提設이요 現今人文이 쳔개하야 各敎之自信仰이 爲萬國之公例오 其敎堂之自由

建築도 亦係成例니 吾教會堂之翼然大立이 亦應天順人之一大表準也라 惟
我同胞諸君은 亮悉홈
　教會堂建築開工은 明年 二月노 爲始事
　天道教大道主 孫秉熙 고빅

―『천도교 백년약사』(上), 1981, 355면

동학에서 천도교에로의 변신이 얼마나 정치적 사건이었는가는, 포덕
45년(1904) 러·일 전쟁에 거금의 군자금을 일본 육군성에 기부한 사실에
도 능히 엿보이며, 조정에 보낸 상소문(「의정대신 각하전 상서」)에서도 확연
하다. 동학혁명으로 상징되는 이 종교는, 강렬한 민족자존과 인내천 사
상으로 무장되어 있었다. 민족사의 대사건 3·1운동의 중심인물이 손병
희이며 이를 총지휘한 최린이 그 뒤를 이었음도 역사적 사실로 되어 있
거니와, 손병희가 학생 24명을 일본으로 데려간 것은 1902년이었고, 그
뒤 다시 전후 두 차례에 걸쳐 64명의 유학생을 일본에 유학시켰다. 그
속엔 이광수가 포함되었음도 알려진 사실이다. 을사늑약(1905.11.17)으로
나라를 잃게 되자 이들 유학생들이 한국공관에 몰려가 대책을 논의했을
때 이광수도 거기 있었다(『나의 고백』, 224면). 당시 손병희는 가와카미 마
타지[川上又次]라는 변명으로 도쿄에 있었는데, 어째야 하느냐는 유학생
들의 질문에 선생은 아무 말도 아니하였으나 "대단히 근심스러운 표정"
이었다고 이광수는 적었다. 그만큼 천도교는 일본과의 관계에 낯설지
않았다. 그러면 백철의 유학 시절인 1930년을 전후한 당시의 천도교는
어떠했을까.

　나는 동경에 가 있으면서 동경에 있는 천도교인들과 가깝게 접촉하고 있었
다. 천도교에선 동경에 종리원(宗理院)을 설치하고 천도교인들의 집회장으로
하면서 포교에 힘쓰고 있었다. 그들은 인내천(人乃天)이라는 민주적인 평등
사상을 내걸고 일본인의 지식층에까지 침투할 야심을 갖고 있었는지도 모른
다. 그러나 이 야심이 달성될 수는 없는 노릇이었다. 문화나 종교의 힘은 정치

적 세력과 상호의 관계를 갖고 있는 것인데 식민지의 종교가 제국주의적인 본국인들에게 들어 먹힐 리는 없었다. 다만 몇 사람의 종교학자들이 호기심으로 접근해 보는 데 그칠 정도였다.

—『전편』, 166면

흡사 제3자가 옆에서 엿본 듯이 그는 쓰고 있다. 천도교에 관한 한 백철의 기록은 이처럼 제3자적 국외자 시선으로 일관되었음이 특징으로 지적될 수 있다. 이것은 그가 얼마나 천도교에 깊이 관여되었는가를 에둘러 표현한 것이었다. 자유주의도 공산주의도, 남한도 북한도 아닌 제3의 노선이야말로 평론가 백철의 은밀하고도 힘 있게 또 지속적으로 지닌 마음의 좌표이자 그 흐름이었다. 국외자의 행위를 함으로써 그는 천도교를 기리고 옹호하였다. 이런 방식은 그가 존경해마지 않았고 또 아비 몫을 한 맏형에 대한 신뢰이기도 했다. 이러한 마음의 은밀한 흐름은, 해방공간에서 친밀했던 임화와 결별하고, 또 대한민국 정식 정부의 이데올로기인 김동리 중심의 '문협 정통파'와 맞서 문단의 제3노선을 내세울 때에도 은밀히 작동되었다(김윤식, 「백철 비평의 특질과 그 변모과정 연구」, 『한국 근대문학사와의 대화』, 새미, 2002). 비유컨대 이는 집안의 보물을 은밀히 자랑하는 방식이며 동시에 난치병에 걸려 있는 식구를 둔 가장의 마음자리와도 흡사한 것이었다.

손병희에서 비롯된 동학교도 자녀들의 일본유학의 역사는 길고도 길었다. 30년대 전후의 도쿄유학생 중 천도교와 관련된 학생이라면 당연히도 이 종리원 중심으로 모여들었다. 교회인지라 기독교의 주일(主日)에 해당되는 것이 시일(侍日)이었다. 일요일이면 종리원에 집합하여 교회적인 의식을 가지곤 했다. 냉수를 떠놓고 심고(心告)·주문(呪文) 그리고 천덕송(天德頌)을 합창했고, 이어서 지도층의 설교로 마치게 된다. 당시 종리원장은 천도교 중앙본부의 간부 조기간(趙其栞)이었다. 시일을 위한 모임이긴 해도, 예배가 끝난 오후엔 으레 청년층 중심의 토론회가 있었다.

청년운동을 연구하고 수행하기 위한 것이었다. 바로 이것이 천도교 국내 본부에 조직되어 있는 청우당(靑友黨)의 도쿄지부 활동이었다. 청년 백세철이고 보면 더구나 천도교의 풀 스칼라십을 받아 공부하는 처지에 있고 보면 이 청우당에 그가 소속되었음은 당연지사였다.

청우당이란 대체 무엇인가. 천도교의 당적(党的) 기구인 청우당은 오늘의 북한 곧 조선 민주주의 인민공화국(1948.9.9~)에서 공산당과 더불어 두 번째의 공적 정당으로 군림하고 있다. 역대 천도교 두령들(최득신·오익제)이 대한민국을 떠나 월북한 사실은 널리 알려진 일이다. 이 점이 천도교가 지닌 제3의 노선의 한 가지 모습이다.

이 무렵 도쿄지부의 중심인물은 이응진·김형준·김정주 등이었다. 이응진은 천도교 중앙본부에서 남아 활동했으나, 김정주는 해방 이후 북한에서 청우당 대표로 김일성 정권의 노동상을 지낸 바 있는 인물. 김형준은 바로 문학평론을 일삼던 김오성(金午星)이었다. 해방 뒤에 남로당에 들었고, 월북했으며, 6·25때에 문화선전 부상(副相)이 되어 서울에 주재한 바 있는 인물. 이 인물의 중요성은 어디에서 말미암았을까. 그것은 실상 천도교가 지닌 사상적 특성과 마르크스주의 사상의 연계성에서 찾아진다. 대체 천도교의 어떤 사상적 측면이 공산주의와 접할 수 있을까. 이 과제는 물론 간단히 설명되기 어렵다. 그렇다고 해서 머뭇거릴 수 있는 과제일 수도 없다. 일찍이 동학에서 구원을 얻은 고아 이광수는 포덕천하(布德天下)·광제창생(廣濟蒼生)·보국안민지대도대덕(輔國安民之大道大德) 그리고 인내천(人乃天)을 표어로 한 동학의 유학생으로 일본에서 공부한 바 있거니와 그는 훗날 이렇게 썼다. "세상을 위하는 일만이 사람의 직분이란 생각이 좋았다"(『나의 고백』, 우신사, 224면)라고. 좀 자세히 인용하면 이러하다.

포덕천하, 광제창생이라는 것은 세계적인 것이니, 동학의 구경의 목표는 전 세계의 개조요, 전인류의 개조이지 결코 저 유대교 모양으로 그 민족만의 도는 아니다. 그러므로 동학은 그 교리 자체가 민족주의적인 것은 아니다. 동학이 민족주의적인 까닭은 그가 이상하는 세계를 이 나라, 이 백성 속에서 처음으로 실현한다는 점에서 민족주의적인 것이다. 동학이 천주학을 서학이라 하여서 배격하는 것은 그것이 서양에서 온 때문이어서가 아니라, 그 이치가 이미 선천(先天)에 속한 불완전한 것인 데다 그 뒤에는 서양의 침략주의가 따른다고 보기 때문이었다.

동학에서 선천 오만 년, 후천 오만 년이라는 말을 쓰거니와, 그 설에 의하면 석가·공자·예수 등, 지나간 모든 성인의 가르침과 그것을 원리로 세워진 모든 제도는 다 이미 효과를 잃은 불완전한 것이어서 이러한 도를 가지고는 인류를 행복하게 할 수 없고, 후천 오만 년 운에 들어서는 오직 동학만이 인류를 지도하여 새로운 행복된 세계를 실현할 수 있으며, 그리고 그 새 세계는 우리나라에서 시작될 운명을 가졌다는 것이었다.

선천의 세계는 계급의 세계요, 폭력의 세계요, 따라서 법률과 전쟁의 세계였다. 이긴 자와 진 자가 있고, 높은 자와 낮은 자가 있는 세계였다. 그러므로 이긴 자는 진 자를 눌러야 하고 진 자는 이긴 자를 둘러엎어서 보복을 하여야 한다. 이리하여 항상 불평과 쟁투가 있었다. 그러나 후천의 세계는 힘과 법의 세계가 아니요, 도와 사람의 세계다. (…중략…) 그러므로 그 세계에는 빈부도 귀천도 강약도 없고 오직 평등과 서로 섬김이 있을 뿐이다. 서로 섬긴다는 것은 서로 돕는 것을 넘어선 더 높은 경계요, 인류가 가질 수 있는 구경의 경계다. 그러므로 이러한 세계를 실현하는 방법도 폭력적인 혁명이 아니요, 창도(彰道)라는 정신적 평화인 것이다. (…중략…) 저 3·1운동의 무저항 운동이 실로 이 동학의 교리에서 나온 것이다.

—『나의 고백』, 225~226면

이광수가 배운 것은, 첫째 겸손과 친절, 둘째 평등사상이며, 셋째 민족주의 정신이다. 친절과 겸손은 고아로 방황하던 그를 안정시키는 심리적 계기가 되었고, 평등사상은 그로 하여금 타인과 경쟁할 수 있는 자존심을 일깨웠으며, 민족주의 사상은 그로 하여금 막연하나마 무엇인가 '큰일'이 따로 있다는 느낌을 가지게 했다. 훗날 또 그는 이렇게 썼다.

레닌의 운동은 인류의 사고 습관에 맞는 것이기 때문에 얼른 그럴듯하다고 이해하고 동정하거니와, 간디의 것은 너무 인류 사고 습관과 거리가 있는 것이기 때문에 전통을 벗기 어려운 인류에게는 간디의 것은 공상 같고 도무지 일 같지 아니해 보이는 까닭이외다. 그러나 인류 구제의 정로(正路)를 표준으로 가치를 판단할진댄, 간디의 종교적인 '진리파지'를 목적으로, '무저항'을 방법으로 하는 운동은 레닌의 '무산자 전제'를 목적으로, '폭력과 정치'를 수단으로 하는 운동보다도 훨씬 높은 것이외다. 폭력을 근거로 하는 정치는 과거의 유물이외다. 소멸할 운명을 가진 것이외다. 진리와 애(愛)를 기초로 한 무저항! 이 것이야말로 오는 세기를 지배할 혁명 원리요, 또 인류 구제의 정로외다.
　　―「상쟁(相爭)의 세계에서 상애(相愛)의 세계에」, 『이광수 전집』(10), 172면

　이광수의 동학에 대한 이러한 견해도 응당 수용될 수 있을 것이다. 그러나 동시에 동학사상이 투쟁의 사상이라는 점도 수용될 수 있음에 틀림없다. 보리수도, 감람나무도 아닌, 감나무로 표상되는 이 한국적 사상으로서의 동학은 인내천을 목표로 했기에 이에 어긋나는 어떤 제도나 사상과도 정면에서 마주쳐 싸워야 될 방향성이 주어져 있다. 곧 실천행위가 그것이다. 막상 그 실천행위에 임하면 조선적 신분제의 철폐가 앞서기 마련이다. 성사(聖師) 제1대 수운, 제2대 해월, 제3대 의암 등이 모두 서자출신이어서 적자반열에 들지 못했음을 염두에 둔다면 인내천의 함의가 얼마나 직접적이었던가를 단적으로 보여준다고 할 것이다. 이러한 조선조의 제도적 모순을 한몸에 안고 있는 동학이 대외적으로 나설 땐 강렬한 민족주의로 되지 않을 수 없었다. 의암의 유명한 '삼전론(三戰論)'이 이를 잘 말해준다. 3·1운동의 주도적 세력이 동학이었음은 이 점을 새삼 확인케 했다. 인내천과 민족주의라는 양면성을 서양식 사상으로 번역하면 저 레닌의 혁명사상과 족히 대응된다고 할 것이다. 김오성이 서 있는 자리가 바로 여기였다.

　천도교인으로 일본대학 철학과에 적을 둔 김오성은 진작부터 마르크스주의를 깊이 습득했다. 그의 명민함은 '인내천'사상과 마르크스적 사

상의 결함에서 찾을 수 있다. 인내천 사상이란, 쉽사리 마르크스주의로 해석 수정될 수 있었고, 이로써 그는 천도교회의 전국대회에서 크게 두각을 드러내었다. 1930년 4월 국내 전국대회에서도 김오성의 역량이 주목되었다. 이성환 중심의 농민사(農民社) 독립문제가 제기되자 김오성은 공산당 이론 중 농민운동은 별개가 아니고 부분이기 때문에 농민운동의 독립은 될 수 없다는 이론을 펴, 천도교 본부측을 옹호하여 큰 인기를 끈 바도 있다. 훗날 백철의 국내 첫 데뷔작이 「농민문학문제」(1931.10)였음도 이와 무관하지 않다.

　이러한 사상적 분위기 속에 도쿄 천도교 종무원이 놓여 있었다면 동경고사생인 백철은 어떤 사상적 성향으로 변해갔을까.


## 2. 일본 프롤레타리아문단에서의 활동


　천도교 도쿄 종무원에서 백철은 무엇을 했을까. 그 엄청난 영향력을 가진, 마음의 고향이자 안식처인 종무원과 자기의 관계를 그는 흡사 남의 일인 듯 적고 있을 따름이다.

　두 가지 사례가 그것인 바, 하나는 그가 연극을 했다는 것이다. 1930년 9월 5일 천도교 1대 교주의 기념일인 천일기념(天日記念)을 맞아 고등사범생인 백철은 「홍수 뒤의 마을」이라는 연극에서 집필·감독·출연을 맡은 이른바 원맨쇼를 했다. 표제에서 보듯, 수재로 인해 폐허가 되다시피 한 농촌이 재기하는 것을 내용으로 한 작품이되, 계급의식을 담은 것이어서 일종의 프롤레타리아계 연극이었다. 다른 하나는, 그가 자강회(自疆會)의 장학금을 받았다는 것. 천도교인 민석현이 만든 자강회는 고학력 조선인 유학생을 위한 단체였으며, 주로 일본인 재벌의 후원으로 이루어졌다. 풀 스칼라십을 받은 학생과 매달 약간의 돈을 받는 학생 두 종류였는바, 전자의 숫자는 매우 제한적이었다. 훗날 평론가로 활동한 해외문학파 이헌구(와세다대학 불문과)와 함께 백세철도 풀 스칼라십을 1년간 받았다는 것.

이 두 가지 사례만 들었지만 이것만으로도 종무원이 그에게 끼친 바는 헤아리기 어려울 만큼 무거웠음을 알 수 있다. 이러한 고향과도 흡사한 심리적 안전장치를 배경으로 했기에 동경고사생인 백세철의 야심은 다른 곳을 향해 크게 불타오를 수가 있었다. 그 지향성을 알게 모르게 조종한 것은 물을 것도 없이 천도교이며 그 터전인 종무원의 존재였다. 고등사범 4년 동안, 조선학생이자 천도교도 가문의 아들인 백세철의 지향성은 과연 어디로 향했던가.

NAPF(일본 프롤레타리아 예술동맹)에 가입하기, 계급사상가로 활동하기, 마르크스주의 사상으로 무장하기가 그 정답이었다. 제국의 교사양성을 목적으로 세워진 동경고사의 존재 따위란 그의 안중엔 없었다. 그것에 맞서는 이데올로기로서 반제투쟁의 직접성이란 천황제 부정의 계급사상이었다. 그 강도는 동경고사가 지닌 이데올로기의 강도에 비례하여 증대되었다. 이 점은 두 종류의 이중성을 이루고 있었는바, 동경고사 이데올로기와 그 부정으로서의 마르크스사상에 동시에 그가 반응함으로써 생긴 이중성이 그 하나. 다른 하나의 이중성이란, 이 점이 한층 중요한데, 천도교와 마르크스주의의 한 가운데 놓이기로서의 이중성이 그것. 이 이중성에 대한 철저한 훈련과정이 그의 도쿄유학 5년 반 동안이었다. 도쿄 체류 5년 반 동안 동경고사 조선인 학생 백세철의, NAPF를 향한 활동 양상은 과연 어떠했던가.

백세철의 일본문단 데뷔는 주로 급우생 시라카와 마사오[白川正夫]의 안내로, 또 선배 한식(韓植)의 영향으로 시전문지 『지상낙원(地上樂園)』(1926~1938, 통권 87호)에서 이루어졌다. 이 시전문지는 민주주의적이자 자유주의적 성향을 가진 시인 시라토리 쇼오고(白鳥省吾, 본명은 시로토리 세이고, 1890

~1973)가 주도한 것이었다. 시라토리는 이 외에도 『신소년』, 『노서아 평론』 등의 잡지도 주도했고, 『휘트먼 시집』도 번역했으며, 특히 『흙의 예술을 말하다』, 『시와 농민생활』 등의 수필집도 낸 바 있다. 요컨대 예술파와 맞선 민중파의 거두였다(『현대일본문학대사전』, 明治書院, 1969, 569~570면). 백세철이 『지상낙원』에 발표한 시 및 평론의 목차를 보면 이러하다.

시
雹の降つた日(우박이 내리던 날), 4권 11호, 1929.11
妹よ(누이여), 4권 12호, 1929.12
彼等だつて······ (그들 또한······), 5권 1호, 1930.1
追悼(추도), 5권 3호, 1930.3
隅田川, 夕陽(스미다가와, 석양), 5권 4호, 1930.4
Xざれた仲間へ(X당한 동무에게), 5권 5호, 1930.5
鷗群(갈매기떼), 5권 5호, 1930.5
春とXされた同志(봄과 X당한 동지), 5권 6호, 1930.6
松林(송림), 5권 6호, 1930.6

평론
プロレタリア詩の現實問題について(프롤레타리아 시의 현실문제에 관하여), 5권 5호, 1930.5
プロレタリア詩論の具體的檢討(프롤레타리아 시론의 구체적 검토), 5권 6호, 1930.6
—권영민, 「비평가 백철과 일본동경의 『지상낙원』 시대」, 『문학사상』, 1998.2, 88면


백철은 『지상낙원』의 동인이 되었을 뿐 아니라 동인지 『붉은 깃발 밑으로』에도 참가했으며 같은 계열의 동인지 『전위시인』에서는 주도적 위치를 차지하기에 이르렀다. 이에 대한 그 자신의 기록은 장황할 정도로 자세하여 종무원 묘사와는 매우 대조적이다. 그만큼 그가 마르크스 사상에 기울어지고 일본문단에 나름대로 군림한 사실을 무엇보다 소중

히, 그리고 자존심에 관한 사항으로 인식했음과 무관하지 않다.

시라가와(白川. 백철의 동경고사 동창생—인용자)의 안내로 민중 시인이라
고 이름한 시라도리 쇼오고[白鳥省吾]의 문을 두드린 것도 이 무렵(1929년 백
철이 동경고사 3학년에 재학하던 시절—인용자)이다. 시라도리 쇼오고는 『지
상낙원(地上樂園)』이라는 시지(詩誌)를 동인제로 간행하고 있었다. 시라도리
는 그때 후꾸다[福田正夫] 등과 함께 휘트먼의 시풍을 따라 일본의 민중시파
를 이끄는 권위같이 알려져 있었고 저널리즘에선 한물 가버린 인상을 주는
기성파의 한 사람이었다. 시라가와는 전부터 시라도리 쇼오고 씨와 안면이 있
는 듯했다. 내가 조선 출신의 젊은 문학 재사라고 추천 소개했다. 그때, 시라
도리 쇼오고 씨는 내게 김소운을 아느냐고 물었다. 김 씨가 한때 『지상낙
원』의 동인이었다는 말과 일본어 재주가 뛰어난 사람이라고 일러 주었다. 나
는 찾아간 날로부터 『지상낙원』의 동인이 되었고, 그 동인의 자격으로 시편을
동시에 발표하기 시작했다. 동인 중엔 치바현[千葉縣] 출신으로 미즈하래[水
原]라는 교원 시인이 있어서 나와 가깝게 사귀게 되어 치바현으로 놀러간 일
도 있는데, 치바시 근방의 임업 시험장에서 채취한 「삼림(森林)」이란 내 시편
이 평판작이 되었다. 하늘을 뻗치듯이 자라나는 신록의 수림에다가 야망에 찬
청춘의 정열적인 이미지를 오버랩시켰던 것이다. 발표된 동인의 시편들에 대
한 월평적인 시평문을 발표하기 시작한 것도 이때부터이다.
—『전편』, 140~141면

『지상낙원』에 발표된 작품 중 「우박이 내리던 날」, 「누이여」 두 편을
보면 다음과 같다.

우박이 내리던 날

구름 구름 구름 구름
무수한 구름떼가 대군처럼 밀려간다
……
"굉장한 구름이군!"

어머니는 한숨을 쉬었다.
"제기랄, 또 내리려누나,
내리는 것도 좋지만, 우리에겐 생사가 걸린 문제다."
얼마 전 그 홍수의 광경이
여윈 형의 옆얼굴을 창백하게 비쳤다.
큰비! 홍수!
다리가 떠나가고 가옥이 뒤집히고
가엾은 짐승들은 비명을 지르며 거친 물살 속으로 휩쓸려 들어간다.
그리고, 논밭은 물에 잠기고 벼는 모두 쓸려 버렸다.
"오늘밤도 또 그럴까?"
나는 불안하게 형의 얼굴을 보았다.
그런데 갑자기!
엄청난 번개가 지하의 다이너마이트처럼 꽝하고 울렸다.
그리고 그것을 뒤따르듯 우르르 꽝 하고 울려오는
천둥!
우리는 모두 함께 벌떡 일어났다.
그리고 뜰로 뛰어 내려갔을 때
불가사의한 하얀 포탄이 수없이 흩어져 있었다.
프랑스를 구하기 위해 소녀가 용감히 폭탄을 맞았던 것처럼,
어머니는 마을을 구하려는 생각에 그 불가사의한 우박을 입에 집어 넣었다.
조선의 전설에
(그것은 나의 먼 어린 시절 어느 날의 기억 속에 있었다)
내리기 시작하는 우박을 부인이
주워 먹으면 갑자기 멎는다고 하는
이야기가 있었다.
그러나 이번은 그렇게 멈춰 설 것이 아니었다.
순간순간 세력은 커져갈 뿐이다.
1분, 2분, 30분
아, 그것은 얼마나 오랜 시간이었을까.
"제기랄! 멋대로 쏟아져라"
형이 부널거리자 곧 우박이 넘췄나.
그런 것을 알아차리기라도 한 듯 딱 멎어 버렸다.

서쪽으로는 어처구니없게도 푸른 하늘까지 보였다.
"벌써 농작물은 다 휩쓸려 버렸다."
형의 얼굴 근육이 부들부들 떨리고 있었다.

(권영민 역)


누이여


누이여
아니, 아름다운 한 사람 소지주의 따님이여.
너는 잘도 그런 건방진 말을 할 수가 있었구나.
그 소작인의 딸들은 얼마나 더러운지 몰라요.
마치 우리들과는 종자가 다른
돼지 새끼들처럼
일생, 한번도 씻어 본 일이 없는 듯한 흙투성이의 얼굴
누덕누덕 기어입은 옷.
그런데다 특유의 악취까지 풍기는
저는 그녀들 근처에 가는 것조차 싫어요.
그러기에 저는 미친 듯이 소작인들을 위해 일하는 오빠의 마음을 헤아릴 수
가 없어요……라고
누이여,
네가 하는 말은 정말이다. 아니 사실이다.
그러나 누이여,
네게 그런 경멸의 마음을 갖게 할 정도로 그녀들을 천하게 만든 놈은 누구
인가.
돼지 새끼로까지 그녀들을 타락하게 만든 것은 어느 놈인가.
그녀들로부터 입을 것 먹을 것을 빼앗은 자들은 어디의 어느 놈인가.
지금 여기에 앉아 있는 너 또한 그중 한 사람이 아니겠는가.
그리고,
네가 자신의 아름다움에 도취될 정도로 너를 아름답게 만들어 준 사람은 누
구라고 생각하는가.

　네게 그 화려한 옷과 네 소중한 화장품들을 만들어 준 사람은 누구라고 생각하는가.

　저 안락의자에서 잠들고 있는 너의 부친이나 그 외의 자본가들의 문 앞으로 두세 명의 젊은 농부들이 격분한 어조로 무언가 떠들어 대며 지나갔다.

　우리들도 어떤 무서운 예감에 휩싸여

　그들의 뒤를 따라 들로 나갔다.

　겨우 30분!

　그러나 어처구니없는 일이 생겨 버렸다.

　오늘 점심 때까지만 해도 쏵쏵, 파도치던 논과 밭이었는데,

　볏잎 하나 남김없이 깨끗이 쓰러져 있었다.

　단지, 퍼어런 벼 줄기만이 보기 흉하게 쓰러져 있을 뿐이다.

　어느 것 하나 수리가 정돈되지 않은

　이 농촌.

　옛 원시인들이 하던 그대로의 경작법으로,

　어제는 내리쬐는 햇볕으로 가뭄이 들고, 오늘은 홍수로 떠들썩해 있는 그들

　단 하루만이라도 편안한 밤을 맞이해 본 날은 없다.

　그래도 살아가는 데 이 길밖에 없다고 여기는 그들은

　몇 번이고 몇 번이고 삽과 괭이를 다시 든다.

　그처럼 힘들이고 고생하여 겨우 키워논 작물들이었거늘.

　오늘은 또 이와 같은 뜻하지 않은 재난이 엄습해 왔다.

　아아― 말끔히 걷혀진 저녁 하늘

　그들은 이렇게 완전히 빈털털이가 되어 버렸다.

　빼앗길 것은 이것저것 모두 줘버리면 된다.

　가엾게도 그들이 자작농이다 소지주를

　꿈꿔온 작은 희망은 이제 사라지고,

　말없이 쓰러져 있는 벼의 잔해를 바라보고 있다.

　"그들은 지금 무엇을 생각해야 할 것인가."

　나는 그것이 답답하다.

　누이여,

　너는 이러한 마음이 헤아리지지 않노라 할 수 있겠는가.

(권영민 역)

「우박이 내리던 날」은 농경사회의 생존권과 자연의 거대한 폭력을 다룬 것으로 매우 솔직한 소지주 출신의 자기자신의 생활 체험을 다룬 것이다. 여기 등장하는 가문의 지주인 형에 주목할 것이다. 농경사회 상상력에 기댄 이 작품은 조선적 농촌현실을 그대로 반영한 것이어서 조금도 이데올로기적이지 않다. 자연의 폭력 앞에 얼마나 인간의 삶이 무력한가를 읊었을 뿐이다. 「누이여」의 경우도 사정은 비슷하지만, 다음 두 가지 점에서 구별된다. 하나는 소지주의 딸의 계급성을 문제 삼았음이고, 다른 하나는 이 점이 문제적인 바, '누이'라는 감성적 낱말을 시적인 면에 도입시켰음이다. 계급성이라고는 하나, 농경사회의 터전에서인 만큼 날카로운 이데올로기적 대결보다는 차라리 자연스런 현상에 가까운 것이어서 도시적 본질적 노동자 문제와는 일단 구별된다. 이에 비해 '누이'의 도입은 이른바 '누이 콤플렉스'의 정서적 범주로 말미암아 센티멘털리즘을 크게 불러일으킴으로써 시적 분위기를 자아낼 수 있었다. 이 점에서 제일 민첩한 경우로는 카프시인 임화의 「네거리의 순이」(1929.1), 「우리 오빠와 화로」(1929.2) 등을 들 수 있다. 임화의 누이 콤플렉스가 지닌 시적 의의가 얼마나 압도적이었는가는 당대의 평론가 김팔봉의 「단편서사시의 길로」(1929.5)에서 능히 엿볼 수 있다.

「우박이 내리던 날」과 「누이여」의 두 편이 지닌 성격이 농경사회 상상력의 소산이며 그것이 『지상낙원』지의 편집방침에 적합했다는 점을 아울러 고려할 때 농촌 출신인 백철로서는 아마도 자연스런 정서의 토로라 할 것이다. 요컨대 거의 자연발생적 수준이었던 것이다. 분방한 청년 백철이 이 단계에 계속 머물 수 없었다. 일본 저널리즘의 중심부에 놓인 사상적 흐름이 압도적으로 마르크스주의에 휩싸여 있었던 상황에서는 『지상낙원』의 농촌 자연의 노래란 스스로 그 한계점이 드러났던 것이다. 그 자신의 기록을 보면 아래와 같다.

내가 『지상낙원』에 동인으로 머문 것은 약 일 년간, 차츰 이 『지상낙원』파에 대하여 싫증을 느끼게 되었다. 거기 모인 시인들은 대개가 농촌 자연을 따르는 전원파로서, 젊은 사람들의 눈에는 그 시풍이 낡아빠진 것을 감촉하게 되었을 뿐더러 내가 개인적으로 더 그들을 경멸하게 된 동기는 동인회 같은 것이 있을 때마다 그들은 생활과 시에 대한 태도나 취미가 한인적(閑人的)인 안이성의 것으로 도무지 진지한 경건성을 느낄 수 없는 일이었다. 한 예를 들면 모임 뒤에 회식 같은 것을 할 때만 해도 그들 사이에 오가는 대화의 내용이 진취적인 진지한 것이 없고 마치 일본의 ‘만자이[漫才]’와 같이 재담을 경쟁하는 것 같은 이야기들이 모두 내 비위에 거슬리고 구역질나는 기분이었다. 아마 이것은 이때 벌써 나는 그 시대 풍조인 마르크시즘의 사상에 물들어가고 있는 증거의 반영일는지 몰랐다. 왜 그러냐 하면 나의 고사 3학년, 그러니까 1929년 경부터 나는 어느새 마르크시즘의 근처를 드나들고 있었던 것이다. 교내에서 열리는 R.S(독서회-인용자)라는 데도 가 앉아보고, 『자본론』 같은 것도 뒤져보고, 그들의 사회 활동에도 관심을 가져보고, 그쪽에서 동정하는 좌익파의 급우들과도 접근하는 일이 많게 되었다. 조선 사람과 같이 특수한 환경에서 자라난 사람들로서 먼저 그들에게 호감을 갖게 되는 것은 그들의 인간적 태도였다. 그들에겐 민족적인 차별 의식이 전혀 없고 동등한 동지의 입장으로서 대해오는 그 태도에 친근미가 느껴졌다. 오직 ‘도오시[同志]’라는 말이 그들의 계급적인 단결을 약속하는 평등의 호칭이었는데 이런 것들은 내게다 새로운 관심을 갖게 하였다.

—『전편』, 141~142면

동경고사 3년생일 무렵 그는 선배 한식과 동급생 이노우에[井上]의 영향을 받았을 뿐만 아니라 당대의 프롤레타리아 시인 모리야마 게이[森山啓]의 시 「스미다가와」에 크게 고무되기 시작, 마침내 일 년간 활동하던 『지상낙원』을 탈퇴하기에 이른다. 백철은 좌익계 문학도와 함께 동인지 『붉은 깃발 밑으로』를 내기도 했다. 이러한 선전 팜플릿이 우후죽순처럼 솟아나자 이들 분산적 동인지들을 통합하라는 지령에 따라 탄생된 것이 이른바 『전위시인』이었다. 백철 자신의 기록을 보이면 다음과 같다.

내가 동인지문단에서 차츰 주도적인 위치를 차지한 것은 이 『전위시인』에
서였다. 나는 그때 쉬프레히콜이라고 해서 대중합창시의 형식으로서 일본인
노동자와 조선인 노동자들을 A.B.C.D.E의 주인공들로 한 민족을 초월한 계급
적인 동지로서의 협동전선을 부르짖는 선동 시편을 발표하여 크게 평판을 얻
었다. 동시에 날마다 작품시를 써내어, 이 동인시지에서 리더쉽을 차지한 것
이다. 이 동인지에서 무라다 하루오[村田春夫]라는 재능있는 젊은 시인과 사
귀고 또 아나키스트 시인으로서 본시 조선에서 교직생활도 했던 內田健兒가
아라이 테츠[新井徹]라는 필명으로 이름을 바꾸고 마르크시스트로 전향하면
서 그의 부인이며 여류시인인 고도오 이꾸꼬[後藤郁子]와 함께 『전위시인』에
합류한 사실이 기억에 남는다. 특히 이 동인시지에서 만난 조선 출신의 시인
김용제와 만나게 된 것은 특기할 일이다.

　그때 김용제는 젊은 신인으로서 그 재능이 크게 인정을 받기 시작하였다.
뒤에 그는 「대륙의 노래」라는 시를 일본 공산당의 합법적인 대중기관지격인
『전기』에 발표하여 역작의 평판을 올렸던 것이다.

　이리하여 나는 문학생애의 초입구에서 폭풍의 시대와 만났던 것이다.

—『전편』, 144~145면

　『전위시인』의 성격은 어떠했고, 백철과의 발전적 관계는 어디까지였
을까. 정리해보면 다음과 같다. 프롤레타리아 시인의 통일적인 행동이
개시되기에 이른 것은 NAPF(일본 프롤레타리아 예술동맹) 결성보다 늦은
1930년 1월로 되어 있다. 그 무렵 세력을 가진 『프롤레타리아 시인』과
『신흥시학의 기치 아래로』가 합병되어 『전위시인』이 창간된 것은 1930
년 3월이었다. 동 9월 무렵 NAPF의 지도아래 프롤레타리아 시인협회가
결성되었다. 『전위시인』을 위시, 『신흥시인』(여기엔 김용제가 크게 활동했다),
『신흥일본시인』, 『선언』 등이 참가했고, 마침내 기관지 『프롤레타리아
시』가 탄생했다. 이 단체가 해체되어 NAPF에 합류된 것은 1932년 12월
이었고, 『프롤레타리아 시』가 종간된 것은 그해 3월이었다(『현대 일본문학
대사전』, 998~999면). 이 단체에서 시종 맹렬히 활동했고, 잡지 『우리동무』
건으로 옥중투쟁을 했으며, NAPF의 서기까지 역임한 최연소 시인이 바

로 김용제였다. 『전위시인』 동인으로 『프롤레타리아 시』에 들어온 조선 시인이 백철이었지만 그는 여기에 오래 머물지 않았다.

> 격렬한 프롤레타리아 시에서 출발한 점에서는 김용제와 백철은 비슷하나, 백철은 여기서 그치고 귀국하여 KAPF 평론가로 활동했다. 김용제와 별개의 삶의 방식이긴 해도 백철 역시 격동의 인생을 산 조선인 문학자라 할 수 있다고 평가된다.
> ― 오오무라 마스오[大村益夫], 『사랑하는 대륙이여』, 大和書院, 1992, 30면

## 3. 슈프레히콜과 「다시 봉기하라」의 의의

『지상낙원』에서 출발, 『전위시인』으로 나아가고, 자기 말대로 그것도 "주도적인 위치"를 차지한 동경고사 3년생인 조선인 백세철의 활동이 얼마나 격렬했고 또 얼마나 주도적이었던가를 알아볼 수 있는 지표는 무엇인가. 이런 물음을 만족할 만큼 사료가 모자라기에 어느 수준에서 한계가 있으나(『전위시인』의 창간호, 제5호, 제8호가 알려져 있지 않음), 매우 다행히도 백철의 시 「나는 알았다. 삐라의 의미를」(제2호, 1930.4), 「9월 1일」(동7호, 1930.9)을 볼 수 있고, 여기에 실린 평론 「프롤레타리아 시인과 실천문제」(동6호, 1930.8)도 확인된다. 백철의 평론 중에서 썩 공들인 것은 「유물변증법적 이해와 시창작」(『프롤레타리아 시』, 1931.10, 본서 〈부록〉에 수록)이다. '서론으로'라는 부제가 붙은 이 평론은 소련의 경우와 대비하면서 일본 프로시단의 방향을 모색한 점에서 평가될 수 있는 야심작이었다(김윤식, 「1930년대 초 일본 프롤레타리아문학에서 활동한 백철 평론에 대해서」, 『현대문학』, 2006.5).

먼저 『전위시인』에 실린 「나는 알았다. 삐라의 의미를」과 「9월 1일」
부터 살펴보기로 한다(이 두 시의 인용은 권영민의 「1930년대 일본 프로시단에서
의 백철」, 『문학사상』, 1989.9에서 그대로 가져옴).

그는 일터의 구석에서 말없이 붉은 쪽지를 건네준 적이 있었다.
가나(일본글자)를 읽지 못하는 나는 오직 한자만을 주워 읽었다.
노동자……단결……
노동자…… ×기……
분명히 그런 글씨가 씌여 있었다.
그러나 나는 그것이 어떤 뜻인지 알지 못했다.
누가 그것을 썼는지도 알지 못했던 나였다.
그것이 무엇인가를 오늘 알았다. 오늘에야!
금속의 소음! 난타, 굴욕, 수치!
나는 공포와 실망에 어깨를 부들부들 떨었다.
(××한 놈에게 심하게 당했던 것이다)
그때, 그는 힘찬 어조로 말을 걸어왔다.
나의 기름 때 묻은, 생채기 난 손을 힘있게 꽉 잡으며,
오, 조선의 형제여!
그대는 무엇 때문에 두려워하는가.
그대는 더욱더 강해져야 한다. 더욱더 굳세게.
나는 이제야 모든 것을 보고 들었다.
놈은-식민지놈들! 하고 소리쳤다.
"너희들은 일본인과 다르다. 알았느냐? 식민지 놈들이 본국인과 같은 대우
를 받는다는 것은 도리가 아니다"라고.
그러면서 마구 차고 짐승을 다루듯이 함부로 쳤다.
그것이 충실히 일하는 그대에겐 참을 수 없는 굴욕이리라.
그러나 형제여! 내 말을 분명히 들으라. 그리고 믿으라.
지금 놈은 식민지라는 것을 말하고 있다.
하지만 식민지란 무엇인가?
놈들의 식민지란 우리들 일본노동자들에게 무슨 상관이 있단 말인가?

노예와 굴욕의 고통에 지친 우리는

배고픈 것밖에 아무것도 가진 것이 없다. 우리들에게는―.

다같이 일하는 자, 똑같이 착취당하는 자, 서로가 모멸당하고 있는 것이 아
닌가?

제기랄, 놈들은 더욱 우리를 속이려 하고 있다.

(놈들에겐 단결이 무서운 것이다)

우리들은 똑같은 노동자가 아닌가? 똑같은 마음을 갖고 있지 않은가?

우리들에게는 ✕이 없고, 조국도 없다!

아! 저 소리를 들으라, 저 소리를!

황황하게 허덕이는 듯한 모터의 소음이

강하고 두터운 철판의 소리가

분명히 우리에게 무엇인가를 알려주고 있지 않은가?

그대들의 적은 이국인이나 이민족이 아니다.

그대들을 착취하고 괴롭히는 자본가 계급이다 라고.

자, 형제여!

그대는 이제 모든 것을 알아야만 한다.

놈들은 그대의 적이며, 우리들 일본인 노동자들은 그대들의 편임을 알아야
한다. 같은 형제임을.

똑같은 형제여! 똑같은 노동자여!

단결! 강철같은 단결!

전 세계의 노동자가 굳게 단결해야 한다.

그러면 우리들에게는 새롭고 찬란한 ✕✕가 올 것이니.

일하는 사이렌 소리가 나면, 그는 총총히 돌아간다.

그리고 나의 손에는 새로운 붉은 쪽지가 쥐어져 있다.

또 하나의 새로운 삐라!

꼭 전에 것과 같은 삐라가!

노동자! …… 단결 ……!

노동군! …… ✕기✕수……!

잘 알았다. 이번에는 분명히 알았다.

우리늘이 왜 단결해야 하는가를

저 붉은 깃발이 우리에게 무엇을 약속하는가를

그렇다! 진정 이 삐라가 말해주는 것처럼
단결! 적기(赤旗)!
이 얼마나 위대한 진리인가
일본의 형제여
나는 알았다. 삐라의 의미를
>                    ―「나는 알았다. 삐라의 의미를」, 『전위시인』, 1930.4

　　여기에서 분명해지는 것은 조선인을 다루었다는 점이다. 일본글자인 '가나'문자를 읽지 못하는 재일 조선인 노동자가 주인공으로 되어 화자까지 겸하고 있는 이 시의 문제성은 무엇인가. "만국의 노동자여 단결하라. 그대들은 쇠사슬밖에 잃을 것이 없다"(『공산당 선언』 표어)가 정면으로 드러나 있음에 먼저 주목할 것이다. 일본노동자와 조선노동자의 동질성이 조선인 쪽에서 '막바로' 제시된 사례에 해당되고 있기 때문이다. 시 자체가 서술체로 되어 있는 장시이거니와, 그에 알맞게 여과되지 않은 문제성이 그대로 노출되어 있음이야말로 이 시의 비할 데 없는 강점이었다. 복자 투성이로 된, 한해 먼저 발표된 나카노 시게하루[中野重治]의 「비내리는 시나가와[品川]역」(『개조』, 1929.2)에 나오는 양국 노동자의 관계와 비교해보면 백철쪽이 얼마나 '막바로'인가를 쉽사리 알 수 있다.

　　오오!
조선의 산아이요 계집인 그대들
머리끗 뼈끗까지 꿋꿋한 동무
일본 프로레타리아트의 압짭이요 뒷군
가거든 그 딱딱하고 둣터운 번질번질한 얼음장을 투딜여 깻쳐라
오래동안 갓치였든 물로 분방한 홍수를 지여라
그리고 또다시
해협을 건너 뛰여 닥쳐 오너라
>            ―「비 내리는 品川驛」 제9연, 『무산자』 제1호, 1929, 한글 역(역자미상)

이 시를 둘러싸고 그 후 많은 논란이 일본 및 한국측에서 벌어졌음은 널리 알려져 있다(김윤식, 『한·일 근대문학의 관련 양상 신론』, 서울대 출판부, 2001, 제3부 2장). 어째 조선노동자가 일본 프롤레타리아의 "앞잡이며 뒷군"인가. 이는 분명 민족차별이 아닐 수 없음은 훗날 시인 자신도 시인한 바 있거니와, 백철의 시에서는 이 점을 소박하나마 극복하고 있었다.

『전위시인』에서의 백철의 활동은 이런 국경초월의 노동자 동지애에 멈추지 않고, 새로운 미디어의 실험으로도 나아갔다. 『전위시인』(제7호, 1930.9)에 발표된 시 「9월 1일」에서 백철은 이른바 슈프레히콜(Sprechchor)을 시도했다. 일단의 사람들이 한 대사를 노래 부르는 것이 아니고, 억양과 조를 붙여 낭창하는 표현양식으로, 제1차 세계대전 이후 독일의 좌파문학 쪽에서 시도된 이 새로운 형식은 박진감 있는, 모토나 슬로건을 침투시키기에 매우 효과적인 형식인 까닭에 정치적 운동에 아주 알맞은 형식 중의 하나였다. 우선 「9월 1일」(권영민 역)을 보이면 다음과 같다.

> 명확하고 단조로운 소리(멀리서) :
> 찬란한 아침이 다가온다!
> 밝아오는
> 자유의 불길이 휘날리며 퍼진다
> 동방에 멀리
> 서방에 멀리
> 세계의 모든 나라에서 투쟁의 불길이 타오른다.
> 찬란한 아침이 다가온다!
> 조선노동자(A) :
> 우리들은 일어난다.
> 우리들은 더욱 앞으로 나아가야 한다.
> ××의 아래에서 투쟁하면서
> 더욱 강해져야 한다.
> 조신노동자(B) :
> 투쟁의 날이 다가온다

9월 ×일이─.

**조선노동자(C) :**

우리는 생각하고 있다.

8년 전의 9월 ×일에 대해.

놈들의 악랄한 ××에 대해.

그것을 단행하기 위한 놈들의 유언비어에 대해─.

우리들은 지금껏 묵묵히 이날을 맞이해야 했지만

언제나 우리들이 그렇게 말없이 있으리라고 그들은 생각하고 있을까?

우리들은 생각하고 있다.

이제야말로 어떻게 이날을 맞이해야 할 것인가를.

오, 형제들이여!

드디어 그날은 왔다

9월 ×일이─.

**조선노동자(D) :**

나의 아버지가 죽은 날이─.

**조선노동자(E) :**

나의 형이 죽은 날이─.

**조선노동자(F) :**

나의 동지를 잃어버린 날이─.

그는 우리들의 유일한 지도자였다.

그는 맨 먼저 죽음을 당했다.

놈들에게 항상 억압을 받았다.

**조선 부인 :**

놈들은 나의 남편을 빼앗아갔다.

나는 그이가 나무밑동에 묶여 있는 것을 보면서 도망쳐야 했다.

**소년 :**

나는 아버지의 얼굴을 모른다.

그러나 나는 아버지를 죽인 놈을 알고 있다.

**노인 :**

나의 외동아들을 놈들은 죽였다.

아직 열 살도 안 된 아들을!

아, 여러분
아이들이 무슨 죄가 있단 말인가!
모든 이의 소리(함께) :
아무 죄도 없다.
조선노동자(A) :
아무도 잘못한 일이 없다.
조금도 잘못한 일이 없다.
하지만 놈들은 죽였다.
아무 죄없이
우리들의 아버지는
형들은
동지들은
형제들은
죽었다.
그들의 ✕에 맞아
✕✕에 찔려
움막에 묶여 불태워졌다.
모든 이들의 소리(함께) :
우리들은 이 모든 일에 대해 항의해야 한다.
우리들의 아버지를, 형을 되찾아야 한다.
✕✕해야 한다
✕✕의 날은 우리들의 승리한 날이다.
명확하고 단조로운 소리(멀리에서) :
찬란한 아침이 다가온다.
밝아오는
자유의 불길이 휘날리며 퍼진다
동방에서 멀리
서방에서 멀리
세상의 모든 나라에서 투쟁의 불길이 타오른다
찬란한 아침이 다가온다
일본노동자들(함께) :

우리들도 모였다.
조선의 형제들과 함께 이날을 기념하기 위하여
우리들의 과거의 잘못을 투쟁을 통해 회개하기 위하여
우리들은 같은 노동자가 노동자를 죽였다
같은 형제가 형제를 죽였다
놈들의 흉악한 유언비어에 속아서
일본노동자(A) :
그날은 우리들의 기분도 미칠 지경으로 격앙되어 있었다.
무엇이든 때려부수고 싶은 분노가 모든 사람들의 가슴에 꽉 차 있었다.
더 조금만 있었더라면 우리는 일어났을 것이다.
그때다. 놈들이 아마도 유언비어를 만들어냈던 것이다.
××인이 난리를 일으켰다
××인이 ××우물에 ××약을 집어넣었다
××인을 모조리 ××하라고
일본노동자(B) :
우리들의 신성한 분노는 천박한 민족적 반감으로 바뀌어버렸다.
같은 형제를 ××하면서
우리들은 진짜 적군처럼 불타버린 거리를 싸돌아다녔다.
우리는 그 이상을 알고 있지 않다.
일본노동자(C) :
그러나 우리들은 이제 알고 있다.
낯 뜨거운 수치심으로 그날을 돌이켜보고 있다.
앞날의 일은 조선의 형제들과 함께 투쟁하는 것이다.
우리들은 조선의 형제와 굳게 손을 잡아야 한다.
조선노동자들(함께) :
우리들은 서로 굳게 악수를 나누어야 한다.
어떤 경우라도 붙잡은 손을 놓아서는 안 된다.
공공의 적에 대항하기 위하여
그들의 모든 ××에 대항하기 위하여.
일본노동자(함께) :
우리들은 서로 다른 돌덩이

그러나 같은 건물을 만들기 위한 돌기둥
우리들은 서로 의지하여 하나가 된다
우리들의 건물을 지어야 한다.
조선노동자(함께) :
찬란한 건물을 건설하고
우리들은 놈들의 전당을 파괴한다.
그날은 놈들의 테러의 날
그러나 오늘은 복수를 이루는 날
그날은 우리들의 실패의 날
그러나 오늘은 승리를 향한 최초의 아침
일본노동자 · 조선노동자(모두 함께) :
우리들은 일어났다
서로 부둥켜안은 팔짱은 굳세고
놈들은 ××한 것이라도
놈들의 ××한 것이라도
우리들은 굴하지 않고 나아간다, 나아간다.
그날의 복수를 위해
내일의 승리를 위해
명확하고 단조로운 소리(멀리에서) :
찬란한 아침이 다가온다.
밝아오는 자유의 불길이 휘날리며 퍼진다
동방에 멀리
서방에 멀리
세계의 모든 나라에서 투쟁의 불길이 타오른다
찬란한 아침이 다가온다

—「9월 1일」, 『전위시인』 7호, 1930.9


슈프레히콜의 형식적 특징이 위의 인용에서 저절로 드러나 있거니와,
어느 편이냐 하면 시 쪽이기보다는 다분히 연극에 기울어져 있다. 그만
큼 행동적이자 현장성을 감지케 하는 것이어서 시와 연극의 결합체로

도 볼 수 있다. 연극의 전통이 강한 독일문학의 특징이기도 한 슈프레히콜은 또한 제1차 세계대전 후의 이른바 표현주의와도 무관하지 않다(김윤식, 「혁명시인 에른스트 톨러와 카프시인 권환」, 『작가론의 새 영역』, 강, 2006). 이런 형식과는 구별되는 기타의 백철의 시들(가령 「우박이 쏟아지는 날」, 「3월 1일을 위하여」 등)은 일종의 '서술시'라고도 규정될 수 있다(윤여탁, 「1930년대 서술시에 대한 연구」, 『국어국문학』, 1989.5). 슈프레히콜이란 형식이 서술시에 비해 진일보된 것이냐 아니냐의 문제는 시형식과 연극형식 자체로서 결정되기에 앞서 '운동의 현장성'의 강도(효과)에서 판가름 날 성질의 것이거니와 그렇다면 백철은 슈프레히콜의 형식을 어떤 경로를 통해 도입했을까. 이 물음에 응해오는 것이 다음과 같은 자신의 기록이다.

> 나프 맹원이 된 이후에 나는 작품을 쓰기보다 어학 공부를 할 겸 작품번역에 착수해서 미국의 프로시인 마이켈 고울드의 시편을 몇 편 『전위시인』에 발표하였다. 그때 일본에 들어온 좌익 주간잡지로서 『뉴 매세즈(New Masses)』라는 것이 있었는데 여기에 발표된 시와 소설이 내가 번역 공부하는 텍스트 구실을 한 것이다.
>
> —『전편』, 185~186면

위에서 말한 "나프 맹원이 된 이후"에 주목할 필요가 있다. 그가 나프 맹원이 될 수 있었던 것은 다음 기록에도 보듯 시작품 「봉기」에 말미암았다.

> 내가 정식으로 일본 프로예술가동맹인 '나프'의 맹원으로 된 것도 이해 겨울(1931년 1월—인용자)의 일이다. 좌익 잡지 『프롤레타리아』에 발표한 「봉기」라는 시가 평판을 얻어 나프 중앙위원회 추천을 받게 된 것이다. 그런데 내가 '나프' 맹원이 될 때도 그 전 같으면 굉장한 명예같이 느껴졌을 텐데 그런 감격이 되지 않고 그저 심상하게 생각되었다. 그만치 프로문학운동에 대한 내 태도가 모호해지기 시작한 것을 보인 것인지 모른다.
>
> —『전편』, 185면

백철로 하여금 나프 맹원(과연 백철이 나프 맹원인가의 여부에 대해 나프 서기 역임자인 김용제는 잘 모르겠다는 회고를 한 바 있다. 윤여탁, 위의 글, 165면)이 되게끔 한 시가 자기 말대로 「봉기」라면 아마도 그것은 정확히는 「다시 봉기하라」를 가리킴이었으리라.


A
얼어붙은 만주의 하늘에 쫓겨 내려온 눈보라
영하 20도를 내리는 가시같은 추위에
우리집은 그 속에서 떨고 있다.
차가운 은백의 눈과 얼음 밑에서 두더지처럼
우리들의 오막살이는 묵묵히 대지를 움켜잡고 있다.
온돌방—그것은 죽음과 같은 냉장고다!
그것은 이미 사람을 녹여주지 못한다—.
이 매서운 추위를 막아줄 나무가 없다.
우리들의 겨울을
언제나 아늑하게 해주던 땔감이—.
연기가 나지 않는 겨울의 마을
생활의 맥박이 끊겨가는 참담한 북조선의 마을
어슴프레한 방구석에 움츠리고 있는
누이여! 아버지여! 또한 어머니여, 어린 동생이여!
얼음 섞인 차디찬 조밥에 겨우 끼니를 이으며 조그만 육신의 피와 피로
문밖의 눈보라 소리를 귓가에 흘려보내지 아니하려는가?
여름 옷가지 이불이고 모두 뒤집어쓰고
그리고 저 패전의 분노를 불태워라.


B
일본 지주들의 삼림조합(森林組合)이란 무엇인가?
우리들의 땔나무를 착취해간 놈들의 약탈기관.
우리들의 소유였던 산들을
대삼림으로 하겠다는 이름아래 빼앗아가 버린 합리화 ✕소(所)

－오개월 전
그것을 부수려고 마을마다 형제들은 봉기하였다.
삼천의 군중들!
침묵 속에서
목숨을 함께 하는 학대받은 민족의 신호
봉기!
군청은 우리들의 손에 장악되고
경찰서는 개미구멍도 없을 정도로 ××하고
정의를 요구하는 우리들에게
승리는 곧 눈앞에 다가왔다.
그러나 놈들은 쇠망치를 들고 나왔다.
××을 힘주어 ××을!
×에 쓰러진 할아버지와 아이들
그 위에서 놈들은 외쳐댔다
－ 반항자를 검거하라, 잡아넣어라!
－ 조사할 것도 없다. 폭동취체다.


C
눈보라 속에서도 꿈쩍도 않는 놈들의 사무소
괴물처럼 돌출한 벽돌집
연기가 깃발처럼 피어오르는데
놈들은 난로 곁에서 중얼거린다.
－문제없다.
－반항자들은 틀림없이 항복할 것이다.
그러나 놈들은 알지 못한다
우리 동지들이 얼마나 굳게 단결했는가를.
패배로부터 생겨난 철통같은 조합을.
아, 보아라 우리들의 '단천(端川) 소작인 조합'을!
팔과 팔, 가슴과 가슴이
굵은 쇠사슬같이 굳게 연결된 것을!
그렇다! 하루라도 우리들은

그날의 일들을 잊을 수는 없다.
그리고 다시 돌아오는 그날을.
오개월간의 끈질긴 투쟁
타오르는 분노의 불길은
바야흐로 하나로 뭉쳐져 불타오르는 것을.


D
형제들이여!
드디어 봉기의 날은 왔다.
폭압에 항거하여 다시 투쟁으로!
놈들의 조합이 부서지는가
아니면 우리의 힘이 부족한가를
패배하고 맞이하는 북선(北鮮)의 겨울은 한층 추우나,
여기 휘몰아치는 세찬 바람에 불타는 의지를 다지며, 형제들이여!
제2의 결전의 날이 바야흐로 닥쳐온다.
준비는 어떠한가, 동지들이여!
폭풍을 뚫고
다시 봉기하라!

—권영민 역, 『프롤레타리아』 제2호, 1931.1.


## 4. 초월성으로서의 20년대 교양주의


동경고등사범생인 조선인 청년 백세철이 학업을 저만치 제쳐두고 저널리즘을 휩쓰는 사회주의 사상에 덤벼들었음은, 그의 개인적 기질과도 무관하지 않겠지만, 적어도 논리적으로는 다음 두 가지 설명이 가능해진다.

영문학 전공을 택했음이 그 하나. 여기에는 상당한 설명이 요망되지 않을 수 없다. 영문학 전공이라 했지만, 말이 전공이지 영문학과가 별도로 설치되어 있는 것은 아니었다. 당시 일본의 학제가 그러했다. 맨 먼저 세워진 도쿄제대와 두 번째로 만들어진 교토제대에서만 문학부가 법학부와 더불어 각각 독립되어 있었고, 여타의 제국대학은 법문학부로 통합되어 있었으며 문학과이든 문학부이든, '문학과'라는 큰 테두리의 학과인 까닭에 영문학·독문학 등은 단지 '전공'에 지나지 않았다. 그렇다면 대체 문학과(부)에서는 무엇을 가르쳤고, 거기에 들어간 학생들은 무엇을 얻고자 했을까. 이 물음이 소중한데, 이를 외면한다면 동경고사의 식민지 청년 백세철의 저러한 문단적 행동을 적절히 설명할 수 없기 때문이다. 문학과(부)란 과연 무엇일까. 무슨 매력이 있어 뛰어난 청소년들의 동경의 대상이 되었을까. 판검사가 되어 출세가도를 달리는 법학과(부)에 맞먹는, 또는 그보다 더 소중한 그 무엇이 있지 않았다면 민감한 학생들이 문학과로 모여들 이치가 없다.

그 마력이랄까 매력을 두고 일반적으로는 교양주의(敎養主義)라 불렀다. 대체 교양주의란 무엇일까. '교양'이란 낱말에 먼저 주목할 것이다. 교양소설이란 장르가 있거니와 괴테의 『빌헬름 마이스터─수업시대』를 머리에 두고 있는 이 형식이 독일문학 및 사상을 배경으로 하고 있음은 모두가 아는 일이다. 교양주의란 무엇인가를 밝히는 자리에서 한 연구가는 첫줄에 이렇게 단언해 놓고 있어 인상적이다. "구제고교(旧制高校)와 독일을 결합해 놓은 것이 교양주의다"라고. 잇달아 또 이렇게 지적했다. "독일의 문화, 철학, 문학 그리고 그 근저를 이루는 독일적 교양이라는 사상을 모체로 하고, 그러나 거기에 대한 일본인의 오해와 과대평가와도 무연하지 않은 그런 것이 저 악명높은 교양주의다"(다카다 리에코[高田里惠子], 『문학부를 에워싼 병』, 松籟社, 2001, 18면)라고.

독일적 교양을 사상이라 했을 때 그 근저에 놓인 것은 신칸트철학으로 알려져 있다. 후진국 독일이 선진국인 영국·프랑스 등과 견주기 위해서 고안한 사상적 지향성이란, 이른바 정신사적인 것이지 않으면 안 되었다. 문화·예술·사상 등에 과도한 비중을 두어 물질적 빈곤을 이로 써 극복하려는 경향이 강했던 것이다. 바야흐로 서구식 근대를 배우는 일본의 처지에서 보면, 이러한 독일식 근대화가 바람직해보였다. 신칸트 철학이란 새삼 무엇인가. 19세기 후반에서 20세기 초에 걸쳐 독일 철학 계를 중심으로 전개된 일련의 인식론 철학을 가리킴이며, 여기엔 마르부 르크학파와 서남독일학파가 함께 포함되거니와, 그 이론적 지향점은 '가 치판단'과 '사실판단'의 구별에서 찾아진다. 가치판단에 주력함인 만큼 판단의식에 의해 승인된 최고의 가치는 이른바 진·선·미이며, 이를 체 현한 것이 '문화'이다. 그러기에 문화의 초월성·지상성을 바탕으로 한 가치철학이 수립된다. 법칙정립적(nomothetisch) 자연과학에 대해 개성기술 적(ideographisch) 방법에 의한 문화과학인 것, 이른바 교양이라 하는 사상은 문학적·철학적인 셈이다. 물질적인 것의 영역인 문명을 경시함도 이에 서 말미암는다. 이것이 청일·러일전쟁의 전승국인 후발 자본주의국가 일본 중산층의 이상주의 철학이었다(미야카와 도루[宮川透], 『일본정신사에의 서론』, 紀伊國屋新書, 1966, 64~65면). 이런 점에 비추어 보면, 교양주의란 크 게 긍정적인 의의를 가졌고, 따라서 그것은 지향성이기도 했음을 엿볼 수 있다.

그렇다면 이 교양주의가 어째서 훗날 "악명 높은"으로 평가되었을까. 이 물음은 1930년대 후반 독일의 파시즘과 연관되었음과 무관하지 않 다. 먼저 교양주의가 일본 사상계에 끼친 순수성으로서의 긍정적 측면 을 살펴볼 필요가 있다. 순수성이라 했거니와 좀 자세히는 초월성이라 할 것이다. 서구적 근대지향성을 국가적 표적으로 삼은 일본 근대국가 는 무엇보다 먼저 교육제도의 정비에서 비롯되었다. 이른바 엘리트교육 기관으로 설정된 고등학교가 그것이다. 종전 후에 사라진 이 고등학교 세도를 두고 구제고교(旧制高校)리 부르거니와 이 제도는 일본 내에서만 성립되어 있었다. 도쿄의 제1고를 위시 교토의 제3고 등, 국공립으로 제

8고를 포함 10개의 고등학교가 있었다. 일본 내의 7개 제국대학엔 이들 고등학교를 나와야 정규 엘리트 코스로 지원할 수 있었다(고등학교 없는 조선에서 세워진 제6번째 제국대학인 경성제대엔 고교에 준하는 예과가 설치되어 이를 거치게 되어 있었다. 소학교 5년, 중학교 5년, 고등학교 3년, 대학 3년의 학제가 기본노선이며, 이에 비해 전문학교는 4년제였고, 고등학교와 대학의 어중간한 위치에 있는 직업학교였다). 이른바 엘리트주의를 표상하는 구제고교에 다닌 대부분 학생의 출신성분이 농촌이었음에 주목할 것이다. 이들 청년들은 농촌공동체에서 돌연 근대국가의 엘리트 코스에 올라 전혀 다른 근대사회에 내던졌기에 이들은 한동안 가치의 격동(무규범 상태, 아노미)에 노출될 수밖에 없었다. 곧 한편으로는 더이상 농촌 공동체의 규범에 돌아갈 수 없고 그렇다고 아직 개인으로 독립된 근대인이 될 수도 없었다. 이때 이들의 아노미를 구출한 것이 독일 관념 철학이며 그 연장선상에 놓인 것이 이른바 니시다 철학[西田哲學]이었다. "이들의 철학은 농촌공동체와 근대적 개인을 신비적으로 지양(止揚)한 국가주의적 목표를 금욕적 고행의 대상으로서 보여줌으로써 학생들에게 일정한 마음의 평안을 가져다 주었다"(다지마 마사키[田島正樹], 『철학사를 읽는 방법』, ちくま新書, 1998, 32면)라는 것이다. 독일 관념철학과 그 대안으로 치부된 니시다 철학이야말로 20년대 교양주의의 핵심인 셈이다. 그것은 또 저절로 농촌적 에토스를 전제로 한 이상감이랄까 초월감으로 빛났다. 고교생이었던 한 사람의 기록을 잠시 보이면 이러하다.

'교양주의'라는 것에서 회고되는 것은 구제고등학교의 그 향기이다. 흑판에 대수롭지 않게 교수가 쓰는 ×××카이트(keit)라 하는 독일어의 나열. 그것은 진흙 냄새나는 우리들이 태어난 고향과는 전혀 근본적으로 동떨어진 굉장히 먼 세계를 암시했고, 그러나 그것을 쓰는 교수는 아주 일상적인 일본옷의 모습이었다. 그런 교수의 괴테, 슈니츨러, 니체의 얘기를 들으면 자기는 뭔가 너무도 기질적 냄새나는 부모나 친척을 떠나 아주 자유롭고 아름다운 코스모폴리탄의 세계에서 학문예술에 신바람이 난 느낌이었다. 후일, 소세키[漱石]의 서

간집 같은 것을 문득 읽는다. 놀랍게도 그 교수는 소세키로부터 편지를 받고 있었다. 또한 도서실의 여름 오후는 조용한데 그 책장에는 한결같이 아카데믹한 『소크라테스의 변명』이라든지 『바쇼 하이쿠 연구』, 축소판 『서구유람잡기』 등이 있다. 이런 것들이 범할 수 없는 권위와 어떤 고요한 자신감에 가득찬 미소로 이쪽으로 오라고 부르고 있다. 나는 아직도 예전 본 독일어가 가진 흥분이 남아 있는 머리로 그 책을 손에서 펼친다. 이와 같은 그리운 느낌의 과거가 '교양주의'라는 말과 함께 갖가지로 떠오르는 것이다.

—다케우치 요[竹內洋], 『교양주의의 몰락』, 中公新書, 2003, 170면

이 회고의 글은 구제 야마가타[山形]고교를 나와 훗날 프랑스문학자가 된 니이제키 다케오[新關岳雄]의 『빛과 그림자』에서 따온 것이다. 농촌 공동체의 가치관에서 자란 학생들이 근대적 개인주의라는 국가적 이념 사이에서 길을 잃고 있을 때 새벽하늘의 별빛 몫을 한 것이 바로 독일 관념철학이었다. 이러한 분위기를 싸잡아 교양주의라 불렀다. 그것은 근면절약·각고노력의 인격주의 완성에로 열려진 단 하나의 지평이었다.

야마가타 고교생인 이 일본인에게 교양주의가 이러한 초월성으로 다가왔다면, 식민지 조선청년의 경우는 어떠할까. 야마가타 고등학교에 다닌 조선인 학생이 당시로서는 제일 많았는바, 그중에서도 이 교양주의에 아주 전형적으로 노출된 인물이 권환(1903~1954)이었다. 경상남도 창원군 진전면 오서리에서 태어난 권환의 환경은 어떠했던가. 대종교 가문이자 추수 500석을 하는 지주의 장남인 권환에게 구제고교인 야마가타 고교의 체험은, 그 곳의 일본인 학생의 경우와 견주어 보면 같은 바탕이면서도 유별한 요인으로 작동되었음에 틀림없다. 종주국 일본인 학생이 체험한 교양주의의 현실 초월성에 뿌리를 두면서도 그 강도랄까 밀도가 한층 가파르고도 단호했을 터이다. 그에게는, 식민지 출신이라는, 그로서는 어쩔 수 없는 운명적인 요인이 마음속에 자리 잡고 있었다. 초월성에다 격렬성이 겹쳐진 형국이었다. 그가 교토제대 문학과

에 들고, 그것도 독문학전공으로 향했음은 어쩌면 자연스런 마음의 흐름이었을 터이다. 졸업논문으로 「혁명시인 Ernst Toller의 작품에 나타난 사상」을 쓴 것도 이러한 마음의 흐름의 발로이다.

제1차 대전 직후 패전국 독일의 사상적 혼란 속에서 새로운 세계의 지평을 열어 보인 사상 중에서 제일 극단적인 것이 이른바 표현주의 운동이었다. 그것은 무엇보다 먼저 기성의 질서를 철저히 부정, 파괴함이었고 따라서 과격성을 그 속성으로 하였다. 이 표현주의 운동의 혁명성과 과격성이 자연스럽게 마르크스주의와 겹칠 수가 있었다. 겹칠 수 있었다 하나, 잘 살펴보면 마르크스주의의 방법론 쪽보다는, 부르주아 사회의 파괴 및 해체가 앞선 형국이었다. NAPF가 실상은 일본제국이 낳은 사생아였고 그 때문에 NAPF는 나름대로 마르크스주의 방법론으로부터 시선을 돌릴 여유가 있었지만, 식민지의 KAPF(조선 프롤레타리아 예술가 동맹)는 어느 쪽이냐 하면 파괴와 해체 쪽에 무게중심이 놓여 있었다. 『카프시인집』(1931)에 수록된 시편들이 이를 잘 말해주고 있거니와 이 점에서 권환이 아주 전형적이었다. 표현주의와 마르크스주의를 동일한 것으로 봄으로써 그 어떤 것과도 격리될 수 있었다. 카프문인 대부분이 한국문학의 주류적 흐름에로 점진적으로 변신함으로써 문학적 역량을 획득했지만 이와는 무관한 자리, 곧 '파괴와 해체'의 순수한 단계에 놓임으로써 권환은 카프의 초기단계의 전형성을 보여주었다(김윤식, 「카프시인 권환과 교도제대」, 『문학사상』, 2005.6).

표현주의의 원형을 보존함으로써 카프시의 전형을 보여준 권환에게 교양주의란 무엇이었던가. 구제고교 및 제국대학의 교양주의의 초월성과 식민지적 현실에 대한 초월성이 겹침으로써 권환은 자기의 심리적 균형을 갖출 수 있었다. 농촌공동체에서 구제고교의 교양주의에 전면적으로 노출되었으나 그렇다고 근대적 서구의 개인주의로도 선뜻 나설 수 없는 아노미를 구출한 것이 독일식 관념철학이었고, 그 일본판이 이른바 니시다 철학이었다. 이 철학은 그들의 아노미(사회적 무질서)를 신비적으로 지양한 국가주의적 목표를 금욕적 고행의 대상으로 보여준 것이었다. 이를 한층 강화시킨 것이 식민지적 현실을 온몸으로 감당해야 될 조선학생 권환의 문학행위였다. '혁명시인=카프시인'의 등식이 초논리이고 신비성을 띨 수조차 있었던 것은 이런 곡절에서 왔다. 제국대학의 교양주의가 지닌 초월성의 증폭이 가져온 희귀한 사례라 할 것이다.

권환의 경우와 비교해볼 때, 동경고사생 백철의 형편은 어떠했을까. 두 학생의 출신성분은 비슷하면서도 다르다는 사실에 일단 주목할 것이다. 권환이 500석 가문의 장남이며 대종교 집안의 자식이며 백철이 소지주계층 가문의 자식이자 천도교 집안의 차남이란 점에서 보면 이 둘은 표면상 유사해보이기 쉽다. 그러나 따지고 보면 대종교와 천도교의 차이, 장남과 차남과의 차이가 쉽게 지적될 수 있다. 대종교란 무엇인가. 한국 고유 종교의 하나이며 단군신앙(환인, 환웅, 환검의 삼위일체)에 기초한 것이며 1905년 나철(羅喆)에 의해 시작된 것인데, 그 교리가 말해주듯 민족주의적 신앙형태이다. 한때 신도 20만을 가졌다고 하나, 너무 단시일에 이루어져 천도교(동학)와 비교하기엔 그 규모나 신앙 및 사상체계랄까 조직이 그만큼 엷고 또 낮다고 볼 것이다. 바로 이 부분이 권환이 교양주의에로 이륙하기 쉬운 지점이었다. 거대한 무게를 지닌 천도교의 압력에 비해 대종교가 가진 수압이 낮았던 까닭이다. 백철은 이 점에서 몸이 조금은 무거웠을 터이다.

또 하나의 차이를 든다면 권환이 장남이고 백철은 차남이란 점이다. 사상적 활동에 대한 전자의 무거움과 후자의 경쾌함이 지적될 수 있다. 앞에서 이미 보았듯 차남 백철은 천도교 간부인 맏형 백세명의 지도 밑에서 한발자국도 벗어나지 않는 형국이어서 그 자신의 책임의식이나 독자적 사고 범위가 제한적이었다. 이 점에서 백철은 일종의 허깨비이며 유아기적 사고에서 벗어날 수 없었다. 그러나 두 사람의 차이를 본질적 측면에서 점검한다면 교양주의 체험의 깊이에서 그 차이점이 찾아진다.

앞에서 보았듯 교양주의란 구제고교의 표상이었다. 농촌공동체와 근대적 자아를 신비적으로 지양한 국가주의적 목표를 금욕적 고행의 대상으로 표상함으로써 학생들에게 마음의 균형(평안)을 주었던 것이 독일 관념철학 및 그 변형판인 니시다의 『선의 연구』(1911)였다. 고등학교에서 10년간 강의한 내용을 토대로 하여 쓰인 이 책은 이른바 순수경험의 처지에서 조직된 철학체계임에도 불구하고 굳이 '선'의 연구라 한 것은 인생 문제가 중심이며 또 종결이라 사유한 까닭이었다. 지식·도덕·종교 모두를 아우르고자 한 강인한 사유체계란, 그 자체가 국가주의적 목표를 금욕적 고행(내면화)의 대상으로 함이었다. 구제고교의 이러한 초월성·신비성 및 금욕성이 그대로 종합된 것이 이른바 철학이었다. 그렇다면, 도쿄와 교토 두 제국대학에서만 특별히 세워진 '문학과(부)'란 무엇인가. 이 물음은 철학과 문학, 곧 종합성과 개별성의 갈림길에로 향하기 마련이다. 다음과 같은 지적 속에서 그 해답의 실마리를 얻을 수 있다.

> 일본의 산업화, 근대화에 직접적으로 공헌하지 않는 '문학부'의 지위는 "국가의 수요(須要)에 응하는 학술 기예(技藝)를 교수 및 그 온오를 고구함"을 목적으로 세워진 제국대학 속에서 보면 매우 낮은 처지라 하겠거니와, 뿐만 아니라 서양문학, 주로 러시아문학과 프랑스문학을 규범으로 한 근대문학의 성립 자체는 제국대학과는 무연한 장소에서 일어났기에 '문학부'의 무능은 이중으로 증명되었다.
>
> 다시 여기에는 독문과 고유의 문제가 부가된다. 곧 서양화를 겨냥하는 가운데, 독일어 자체는 중시되었는바 어학교사 양성소로서의 기능은 인정되어 있었다. 그러나 이 어학교사라는 소시민적 안정이 또 '문학'에 관련된 자에 있어서는 일종의 자기경멸의 대상이기도 했다. 이 사실은 당연히도 영문과에도 해당되었다. 그러나 같은 서양계 외국문학과라도 당초부터 '문학'의 언어라 간주된 프랑스어를 다루는 부서에는 적용되지 않았다.
>
> —『문학부를 둘러싼 병』, 134면

영어 및 독일어가 일본의 서양화·근대화·산업화에 필요한 언어로 인식되었다면 프랑스어는 근대 일본에 있어 '문학'이라는, 곧 국가의 간섭을 받지 않는, 혹은 국가의 의도에 반하는 하나의 서양화의 대표격으로 자부되었던 것이다. 대종교의 권환, 천도교의 백철의, 프롤레타리아 사상으로의 경도란, 결국은 문학적 현상으로 수렴될 시대적 성질을 띠고 있었다.


## 5. 천도교 가문의 사비 유학생


20년대 구제고교의 이러한 성격이 식민지 청년 백세철에겐 어떻게 보였을까. 이 물음은, 그가 택한 동경고사에 대한 무의식적 거부 혹은 부정적 심상이 그의 마음속에 자리 잡게 되었음을 가리킴이어서 음미될 대목이 아닐 수 없다. 동경고사란, 이름 그대로 고보(중등과정) 교사양성을 목표로 한 제국 일본의 교육기관이다. 전문학교의 일종이어서 4년제로 되어 있었으며, 여타의 직업학교와는 달리 국가적 이념을 교수함이 원칙이었다. 관비생과 사비생으로 구분한 것도, 이 사정의 반영이라 할 것이다. 백세철 자신이 말해놓은 대목을 잠시 보기로 한다.

20년대 후반기라면 일본의 문단은 한창 사회주의 풍조가 판을 치고 있던 때였다. 그런 풍조는 내가 다니고 있는 가장 보수적인 학교 동경고사 안에도 흘러 들어와서 마르크스 교양강좌가 공공연하게 게시판에 나붙을 정도였다.
한창 감수성이 강하던 때의 나로서는 더구나 당시 조선 사람의 경우와 같이 일본 식민지의 환경에 처해 있던 불만이 겹치고 보면 그 방면으로 관심이 쏠리게 된 것은 결코 우연이 아니다. 책만 읽을 땐 그렇게 유토피아적인 이념일 수 없는 그 이데올로기에 도취되다시피 하여 공부를 한창 해야 할 때에 교실에 들어가지 않고 메이데이 같은 때는 가두로 뛰어나가 노동자들 사이에 끼여 시위 데모의 행렬에 참가하는 등 몰지각한 행동을 영웅 심리로 착각하는 시절이었다.

—『인간탐구의 문학―백철문학선』, 창미사, 1985, 222면

매우 담담하게 회고되어 있지만 그 속에는 시대성과 함께 조선인 학생만이 갖는 모종의 반항의식이 겹쳐 있음을 발견할 수 있다. 가장 보수적인 학교, 그러니까 제국의 교육자 양성기관 속에서 조선학생 백철이 설 자리는 적어도 학교 내에서는 없어 보였던 것이다.

> 고사 1학년 때의 내 학과 성적은 클라스에서 하위에서도 훨씬 뒤쳐진 불량한 것이었다. 그러나 학과성적은 문제가 아니었다. 2학년으로 되면서 어느 사이에 내리는 학과성적 같은 것은 오불관언 …… 이라는 배짱이 생기고 있었다. 예의 데카당한 시대풍조의 영향도 있은 셈이다. 일반적으로 학생 간엔 학과공부를 멸시하고 외도적이고 탈선적인 데 더 열중하는 경향도 이 시대의 한 풍조였다. 겸해서 마르크시즘의 세계관도 학과공부를 멸시하도록 되어 있었다. 부르주아의 학문을 해서 뭣 하느냐, 그것은 차라리 인간의식을 마비시키는 작용을 한다는 이데올로기적인 비판 같은 것이 휩쓸던 시절이었다. (…중략…) 나는 그때까지 아직 마르크시즘의 풍조에는 물들지 않고 있었으나, 그 대신 나는 자기는 이단자라는 것을 자처하게 되고 학과공부는 집어치우고 창작 공부를 해서 문학자가 된다는 '청운의 뜻'을 품게 되었다.

—『전편』, 138면

두 가지 점이 지적될 수 있다. 그가 학교공부를 거의 포기하다시피 한 사실은, 첫째 구제고교생 청소년 일반이 겪는 데카당한 풍조와 무관하지 않으며, 둘째는 당시를 휩쓴 마르크스주의 사조와 관련성을 가지고 있었다는 점이다. 데카당한 풍조란 무엇인가. 이 물음에 금방 대응되는 것은 20년대 구제고교 일반이 갖는 데카당한 풍조이다. 구제고교가 지닌 초월성이 가져온 이 데카당한 풍조의 특색은 현실 따위를 실로 우습게 봄에서 왔다. 가치 있는 것은 '데칸쇼(데카르트·칸트·쇼펜하우어)'로

동경고사 4학년 시절. 동아일보사 주최 수영강습회장면(원산 송도원)

서, 이 대단한 독일 관념철학이 무지개처럼 하늘 저편에 걸쳐 있었다.
이에 비추어보면 현실이란 아무리 초라해도 상관없었다. 고등학교에
준하는 식민지에 세워진 경성제대 예과(1924)에 수석으로 입학한 유진오
의 예과생활에서도 이 점이 확연하여 인상적이다.

다만 이러한 교육방침은 경성제대 예과에서만 보는 특이한 것은 아니었다.
일본 본토의 고등학교에 공통되는 현상이었다. 고등학교를 거쳐 대학을 졸업한
학사라면 틀림없이 사회의 지도층으로 불리던 명치(明治)시대의 유물이었는지
모른다. 마실 줄도 모르는 술을 퍼마시고 "나중에는 박사냐 대신이냐"는 노래
를 소리쳐 부르면서 머리를 길게 하고 찢어진 망또를 걸치고 대로를 활보하는
것이 그때 일본 고등학교 학생들의 일반적인 풍조였는데 경성제대 예과의 일
본인 학생들은 일본 내의 그러한 풍속을 그대로 배워다 옮겨놓았던 것이다.
— 유진오, 「편편야화」, 『동아일보』, 1974.3.20

고등학교의 경험이 없는 식민지 청년 백세철의 동경고사 생활이란

그 자체가 어떤 점에서는 고등학교에 준하는 것이었다. 가장 보수적으로 알려진 동경고사의 공부란 천도교 가문의 백세철 학생에겐 참기 어려웠을 터이다. 게다가 그는 급비생이 아니라 사비생이 아니었던가. 자기 돈으로 공부해야 했던 까닭에 그는 좀 더 자유로웠을 터이다. 뿐만 아니라 그는 식민지 출신이 아니었던가.

둘째 당시의 사회적·사상적 풍조가 반제 투쟁의 앞자리에 놓인 마르크스주의였음을 들 수 있다. 마르크스주의란 단순한 학문적 대상이거나 관념철학이 아니라, 반제투쟁을 내건 과학으로서의 새로운 세계상의 사상이었다. 그것은 이론이자 동시에 실천을 원리적으로 동반한 것이고, 문학예술 역시 이러한 혁명사상의 공부와 그 실천에 해당되는 것이었다. 이러한 반제투쟁으로서의 혁명적 사상을 한동안 일본제국이 용인했다는 사실도 지적될 수 있다.

제1차 세계대전의 전승국으로 부상한 일본제국은 그것에 걸맞게 사상의 자유를 보장했음에 유의할 필요가 있다. 그러나 경제공황에 직면한 일본제국은 어느 수준에서 다이쇼[大正] 데모크라시의 소산인 사상의 자유에 일정한 제약을 가하지 않으면 안 되었으니, 마침내 공산주의자의 대거 재판과 전향으로 치닫기 시작했다(R. M. 미첼, 김윤식 역, 『일제의 사상통제』, 1976, 일지사). 백세철이 동경고사에 다니던 4년간은, 제국 일본이 바야흐로 통제국가로 향하기 위해 대대적인 사상탄압을 준비하던 시기에 해당된다.

# 유물변증법적 이해와 시의 창작

## 그 서론으로서

### 백철(白鐵)

## 1. 문제의 제안

"시가는 바보같지 않으면 안 된다!"

푸슈킨(1789~1837, 『청동의 기사』, 『에프게니 오네긴』 등으로 러시아 국민문학의 기초를 이룬 문인 ― 역자)의 이러한 금언을 더욱 완성된 철학으로 만들기 위해 노력하면서 보론스키(Aleksandr Konstantinovich Voronskii, 1884~1943, 소련평론가 ― 역자) 그는 다음과 같은 정중한 주석을 붙였다.

"예술적 능력을 자유롭게 발휘하기 위해서는 무지해야 하며 어리석어야 하며, 원시적인 지각 속에 판단을 끌고 들어가는 일체의 것에서 멀어지지 않으면 안 된다. 예술가는 세계를 흡사 처음 본 것 같이 단순한 눈으로 바라볼 수 있지 않으면 안 된다. 우리들의 원시적인 지각에 있어 두뇌가 행하는 바의 일체의 오성적 수정은 과학적·실제적 행동에 있어서는 매우 가치있고 또 필요하다. 그것 없이는 우리들은 세계의 분석적 인식에 있어서 한발도 뗄 수 없다. 그러나 예술에 있어서는 그것은 불필요할 뿐 아니라 반대로 항상 유해할 뿐이다"라고.

이런 철학이 대체 프롤레타리아문학을 어떤 관계에 두게 되는가에 관해서 러시아에서는 해학적이 아니라 진지하게 토론되고 있는 모양이나, 내 생각으로는, 이것은 러시아에서뿐만 아니라 바로 일본의 프롤레타리아문학에서도, 특히 시 분야에서 그 같은 것이 제기되고 토론되지 않으면 안 되리라. 그리고 다른 나라 아닌 바로 일본에 있어서 우리들도 "프롤레타리아문학은 그 바보 같은 철학을 결연하게 밟고 넘어서지 않으면 안 된다"라고 하는 것을 우리들 자신의 문제로 해결하지 않으면 안 된다. 게다가 그것은 단순한 말의 주해적(註解的) 부정이 아니고 근본적 부정이 이해되게끔 문제를 제출하고 또 규정하지 않으면 안 된다고 하는 의미에 있어서.

그렇게 하기 위해서 우리들은 어떤 노력을 해야 할까.

제일 먼저 우리들은 이것이 '무지한 철학'임을 분명히 인식하기 위해서 이 철학이 어떤 계급의 사회적 기초 위에서 발생했고 또 지지되고 있는가를 파악하고 해명해야 한다. 더군다나 그럴 경우엔 그것을 전체성에서 본 일부적 현상으로서 현실적으로는 어떠한 의의와 영향을 갖고 있는가를 밝혀내는 과정에 있어서이다!

여기서 나는 생각하건대 이 무지한 철학의 해결을 위해서 소비에트에서는 문제의 토론중심을 보론스키에 두고 있다면, 우리들의 경우는 무조건적으로 그 기점(基點)을 다른 쪽으로 옮기는 것이 필요하리라. 우리들처럼 유물변증법적으로 사물을 이해하려고 노력하는 사람들에 있어서는 일정한 현상을 그 근저의 사회적 존재와 관련하여 생각하는 것을 잊어서는 안 되며 동시에 마찬가지로 역사적으로 그것을 일정한 시기로 환원시켜 이해할 필요가 있기 때문이다.

이런 경우 우리들은 이 무지한 철학에 대한 주의와 관심을 보론스키로부터 푸슈킨 쪽에로 되돌릴 수가 있지만, 그러나 우리들은 어떠한 현상을 다룰 경우에도 현실의 적을 우리들의 뇌리에서 완전히 망각해버리는 것은 옳지 않다. 이런 의미에서 이 경우도 더욱 실천적 의의를 요구하기 위해 이 문제의 중심점을 푸슈킨 대신에 일정한 부르주아의 대표자로 바꾸어 놓기 위해 문제를 제출하는 것이다.

이런 투로 문제를 제출함이란 문제를 거꾸로 제기한 것처럼 보일까? 낡은 표현으로 구름을 잡는 것 같은 하나의 가상에서 출발하는 것이다! 라고. 아니다! 우리들은 모든 경우에 문제를 바르게 일정한 현실적 기초 위에서 파악하고 해명하지 않으면 안 된다. 그리하여 이번에도 올바르게 여기에서 출발하는 것이다.

우리들은 이 신성한 푸슈킨의 금언조차도 결코 하늘에서 내려온 것으로는 여기지 않는다. 어떤 때, 어떠한 경우에도 그러한 것처럼 올바르게 일정한 사회적 현상으로 보고 있기 때문이다. 우리들은 이 금언을 떠나서 문제를 제출하고 있는 것은 아니다. 반대로 이 문제의 계급적 기초를 역사적으로 파내려가는 것에 관해 말하고 있다!

이러한 이해와 노력으로써 이 문제를 대할 때 우리들은 이 철학의 명예로운 선각자를, 자칭 맑스주의자라 불리는 우리의 보론스키 대신에, 또는 궁정시인인 푸슈킨 대신에, 일정한 부르주아 미학자, 가령 빈델반트(Wilhelm Windelband, 1848~1915, 신칸트 철학자―역자)에서 발견함이란 비교적 쉬운 일이다.

우리의 부르주아 철학자 빈델반트는 그의 미학에서 말하고 있다. 예술창작가는 무의식적일 때만, 맹목적일 때만, 비로소 창작할 수 있다! 어떤 경우에도 창작적 행동과 의식적 행동은 일치하는 것이 아니다! 라고.

이 철학자와 거의 맞먹는 자리에 놓여야 할 에스로프의 창작론이 빈델반트의 미학론에 합치되어 있음은 결코 우연이 아니다! 에스로프는 말한다. "예술가란 일반적으로 사고하는 것을 알지 못한다. 그뿐만 아니다. 그는 사고할 의무가 없다. 예술에 있어서는 신중함으로써 사고하지 않으면 안 된다. 원시적으로는 이지란 여기서는 유해하다. 더욱 적게 사고함이 선하며 전혀 사고하지 않음은 한층 선하다”(파지에프의 인용에서, 방점–백철)라고.

주의할 필요가 있다. 전혀 사고하지 않음이 더욱 선하다고 하지 않는가! 많은 부르주아 학자들에게 지지되고 상찬되면서.

이 경우 이 철학의 지지자는 부르주아 학자나 평론가들만이 아니라 그중에는 위에서 본 바와 같이 보론스키도 포함된다! 이렇게 말하는 것은 그다지 중요한 것은 아니다. 결정적으로 중요한 것은 우리의 보론스키가 그 무지한 철학을 지지할 정도로 올바른 맑스·레닌주의자였다! 라는 점이다.

우리들은 객관적으로는 일종의 스메나웨프(표지전환파–역자)인 보론스키를 뛰어넘어 문제를 앞으로 밀고나가지 않으면 안 된다.

이상에서 우리들은 이 무지한 철학이 보론스키가 생각하고 있는 것처럼 프롤레타리아 계급에 있어서가 아니라 바로 몰락기에 있는 부르주아 계급의 기초 위에 성립되고 지지되고 있음을 이해한다.

그렇다면 부르주아에 있어서는 어째서 이 ‘무지한 철학’이 그토록 필요하며 마음에 맞는 것일까?

일시적으로는 진보적이었던 부르주아는 오늘엔 전혀 진보적이지 않게 되었다! 이와 거의 같은 의미를, 우리의 리프크네히트(Karl Liebknecht, 1871~1919, 독일 사회주의자–역자)는 이런 표현을 사용하여 말하고 있다. “프롤레타리아가 부르주아로부터 독립하는, 또 자기의 이해에 있어 그들에 적대하는 계급으로 진출하기 시작하는 때로부터 부르주아는 민주주의적이기를 그만두었다”라고.

오늘의 부르주아는 이미 진보적이지도 민주주의적이지도 않다. 이는 오직 실제적 의의에 있어서만이 아니라 다른 문화적 의의에 있어서도 완전히 적용되는 것이다. 예컨대 우리들이 직접 문제 삼고 있는 예술의 경우도 “그 계급이 생산 제력(諸力)의 발전과 생산 제관계 사이의 모순을 해결치 못하는 단계에 이르면, 그 계급의 예술은 사회적 발전의 올바른 전망을 잃고 반동화한다"(고미야매[小宮山])라고.

이 설명은 이 단계에 있어서의 부르주아 예술가들은 필연적으로 올바른 역사적 전망을 잃게 됨을 말함과 동시에 그 반대, 즉 부르주아 예술가들은 의식적으로 사회발전의 올바른 전망 앞에 눈을 감는 것을 의미하기도 하다.

벨린스키(Vissarion Grigorevich Belinskii, 1811~1848, 러시아 리얼리즘 이론의 지도자—역자)에 의하면 예술은 과학과 마찬가지로, 비록 그 방법이 다르긴 해도, 진리를 파악하는 것이다. 만약 벨린스키의 이 말만으로 믿을 수 있는 진리가 있을 수 있다면(그는 확실히 올바르게 말하고 있거니와), 부르주아 예술가들이란 이미 오늘에 있어서는 이 진리의 파악을 참을 수 없게끔 된 것이다. 그리하여 바로 그 이유로 올바른 역사적 전망 속에는 유물론적 관념이 존재한다고 하는 그 조건에 의해, 그들은 후퇴하는 것이다.

그러나 그것을 이행하기 위해서 그들에게는 부끄러워할 만한 어떠한 노력이 필요하게 되었던가. 그들은 그들 계급에 충실하기 위해서는 올바른 역사적 발전의 전망 앞에 의식적으로 눈을 감음으로써, 올바른 진리 앞에 맹목적으로 됨으로써만, 달성될 수 있는 것이다. 반동화되어가는 그들에게는 사회발전의 올바른 전망은 불필요할 뿐 아니라 항시 대단히 유해하기 때문이다.

이와 같은 노력과 의도 하에 만들어진 부르주아 예술은 매우 어리석을 필요가 있으며 또한 사실 그러하다. 예술은 무지(어리석음)한 것이다! 이 '무지한 철학'이 부르주아 예술가에 있어서 얼마나 필요하며 얼마나 편리한가를 증명하기 위해 나는 이 이상의 노력과 번거로움을 피하기로 한다. 이 경우 아주 중요한 것은 우리들 프롤레타리아 시인은, 필요하지 않을 뿐만 아니라 매우 해로운 이 무지한 철학에서 하루빨리 벗어나지 않으면 안 된다.

그러나 그럼에도 불구하고 우리들은 "프롤레타리아문학의 발달의 경

우엔 이러한 철학을 결합하게 된 오류들이 있었다." 이는 오직 소비에
트에서 리베진스키가 소위 직접적 인상문제에서 이 철학과 결합되어
있을 뿐만 아니라, 직접적으로는 일본의 프롤레타리아문학운동 같은 데
있어서는, 일반적으로 이 철학이 결합되어 있다고 생각된다.

물론 일본에 있어서는 이 철학은 러시아에서와 같은 얼굴을 하고 나
타나는 것은 아니다. 러시아에 있어서는 이 철학은 먼저 독자적인 얼굴
을 하고 나타난 후, 다시 그것은 그의 기계주의 일파와(그들 베스파로프 일
파는 표면적으로는 보론스키를 강력히 비난하고 있다) 사실상으로는 결탁되어
나타났다. 그러나 일본의 경우는 이와는 사정을 달리한다! 러시아와 같
이 이 두 개의 경향은 우선 구별되어 나타나는 것이 아니라 한편이, 곧
저 무지한 철학의 신봉자나 묵수자들이 기계주의적 흐름 속에 섞여들
어 서로 결합하고 서로 돕는 형세인 것이다.

이 경우 우리들은 소비에트에 있어서의 그것과는 다른 얼굴을 하고
나타났다고 해서 일본에 있어서의 이 경향을 부정할 수 있을까? 아니
다! 이것이야말로 "말(馬)은 올로프 경주마보다 우수하다!"라는 주장이
되리라. 올로프종은 말의 변종에 다름 아니다.

과연 일본의 시인들은 ××적 프롤레타리아의 시점이라든가 전위의
눈으로써 노래하기 등과 같은, 일견 내가 지적하고 있는 현상과는 상반
되는 결과를 가져오지 않으면 안 된다고 주장해왔다. 그러나 이 외침은
사실에 있어서는 어떻게 이해되고 실행되었던가.

그것은 객관적으로는 제멋대로 주관적 이상향을 설정함에 의해 언제
라도 문제를 역방향에서 출발시킴으로써 그의 베스바로프 일파가 형식
적으로는 현실의 객관적 인식을 외치면서 결과는 "자기의 주관적 목
적·이익을 표현함에 의해 프롤레타리아는 역사적 과정의 객관적 논리
를 표현한다"라고 말하는 기계주의적 주장에 일치되었을 뿐 아니라 언
제든지 그 근저에는 우리들 시인은 단지 직접적 인상에 충실하면 그만
인 것이지 그 밑바닥 본류는 이해할 의무는 없다고 말하는 경향에 의해

지배되고 있다.

이 현상에 대해서는 우리들은 갖가지 예증으로 지적할 수가 있다. 예를 들면 시연구회 같은 데서 자주 귀에 들리는 것으로, 우리들 시는 그것이 예술인 까닭에 어떠한 형이상학적인 것이라도 마음대로 써도 되는 듯이 "그래, 이건 시이기 때문에 그래도 돼!"라든가, 또는 우리들의 시를 매우 신비화된 것으로 보면서 "이 부분은 분명히 말할 수는 없지만, 아마 일종의 이러한 풍이 아닐까!"라든가 하면서 얼버무리는 것이 여하튼 가장 예술적 비평(따라서 과학적이지 않으면 안 되는 것이지만)인 것처럼 여겨져 왔다!

이러한 식으로 시를 이해함이란 객관적으로는 우리들의 시는 직감적인 것이어서 그 이상의 것으로 깊이 들어갈 필요가 없을 뿐 아니라 오히려 그것이 해롭다는 것을 의미함에 다름이 아니다! 그리하여 이런 경향은 직접적으로 그의 무지의 철학에 의해 완전히 뒷받침되어 있다!

이 경우 이런 철학적 경향이 기계주의적 경향의 발생에 있어서는 매우 쓸모 있었음은 물론이다. 이와 같이 두 경향은 서로 결합되지만, 표면상엔 하나의 경향, 즉 기계주의적 편향으로 나타났던 것이다.

이 기계주의적 편향은 내가 이해하는 바로는 두 개의 얼굴, 곧 좌익적 편향과 우익적 편향 속에 표현되어 있다. 우리들 프롤레타리아 시인에 있어서는 좌익적 편향이 치명적이라 한다면 우익적 편향도 마찬가지로 치명적이다. 우리들은 이 두 개의 편향을 용감히 넘어서야 비로소 전진할 수가 있다!

## 2. 좌익적 편향에 대해

이런 꺼림칙한 경향은 적어도 현재에 속한 것은 아니다. 그러나 "우리들은 언제나 옛일을 잊어서는 안 돼. 우리들은 옛 상처를 기억하지 않으면 안 되지, 상처 입었기에 기억하지 않으면 안 되지."(「빈농조합」의 자칼의 말에서) 우리들은 낡은 상처를 기억함으로써 분명히 전진을 생각할 수 있다! 이런 의미에서 우리들은 간단하지만 우리들의 과거의 오류를 다시 한번 떠올리는 것은 비교적으로 무의미한 일이 아니다!

우리들은 이런 식으로 이해하고 있다. 테마의 ××(혁명?-역자)성을 생각하듯이 제재의 ××성을 생각하는 것이라고. 사람에 따라서는 테마의 ××성, 이콜(equal) 제재의 ××성, 이라는 식으로 이해했다. 그리고 제3의 경우는(앞의 두 가지와 밀접하게 관련되어 있거니와), 어느 새인가 제재의 ××성은 있을 수 있다고 결정해두고 모든 것을 이 제재의 ××성에 의거해 해결하고자 했다.

(이 경우 우리들은 제재의 ××성과 제재의 적극성이라는 것을 구별해서 생각해야 한다고 본다. 제재의 ××성은 생각될 수 없지만 제재의 적극성은 생각될 수 있기 때문이다. 우리들은 일반적으로 대상존재를 객관적 존재와 교섭적 존재로 나누어 생각한다. 이 경우 제재는 교섭적 존재 속에 포함되지만 이 교섭적 존재가 하등 적극성을 갖지 않는다고 하는 것은 형이상학자들만이 주장하는 것이다! 그러나 이 적극성 자체는 혹자들이 의미하는 ××성 자체는 아니다!)

이런 식으로 우리들이 제재의 ××성이란 것을 기계적으로 생각해내서 그것에만 의뢰하고자 한 것은 필연적으로 표현문제 등에도 치명적 영향을 끼쳤다. 우리들은 일정한 표현을 현실적으로 살아 있는 일정한 노동 대중의 살아있는 감정을 수반한 것으로서가 아니라, 추상화된 ××적 언어의 선택으로 그것을 대신하고자 했다.

이러한 경향이 얼마나 우리의 시를 화석화했는가는 우리들이 보아온 바와 같다. 그러나 물론 이것은 '어떤 동지'가 지적한 바와 같이 우리들은 "계급투쟁에 충실했기 때문에 극좌적 오류를 범했다"는 것이 아니라 반대로 관념적으로는 좌익적이었지만 실천적으로는 기회주의화되었음이 오류였던 것이다(좌익적 편향에 관해서는 본지 7월호에서 나카노[中野重治]가 올바르게 지적했기에 나는 이 이상 많은 것을 언급하지 않는다).

## 3. 우익적 편향에 관하여

우익적 편향은 올바르게 지적되었다. 그리하여 즉각 고쳐진 듯했다. 그러나 문제는 그것으로 해결되었던가? 아니다! 이 경우 좌익적 편향은 올바른 유물변증법적 이해 아래 비판되어 바로잡혔을까? 라고 한다면 결코 그렇지 못했다. 우리들은 오직 그것을 기계적으로 반발했을 뿐이었다.

제재의 고정으로부터 자유로워짐은 그것이 실천적으로 올바르게 해결되어야 비로소 일보전진을 의미한다! 더군다나 우리들의 경우에 일보전진은 언제나 고난의 도상에서 보상됨을 각오하지 않으면 안 된다. 그러나 이번의 경우는 어찌된 판인지 우리들은 일보전진하기 전에 다시 다른 위험한 기로에 들어가려 하고 있다. 물론 제재는 어떠한 틀에도 구속되지 않고 자유롭게 다루어져도 좋고 또 그렇게 하지 않으면 안 되리라. 그러나 그것은 우리들이 유일한 양식(변증법적 유물론의 한계 내에서 그 기준이 확보될 수 있는 범위내에서 다루어지지 않으면 안 된다고 하는 규정)마저 내버리는 것은 아니다. 아니다! 그 반대, 곧 "일반적으로 제재가 광범위하면 할수록 좋지만 만약 그가 ××주의자라면, 첫째로 그는 프롤레타리아와 그의 ×(당―역주)의 필요에서 완전히 동떨어진 제재를 취급할 수 없다"(구라하라[藏原惟人])는 것이다.

그렇기는 하나 우리 시인의 경우는 올바른 ××주의자가 아닌 탓인지 이것이 그다지 올바르게 이해되지 않는데, 첫째 이 제재의 자유로움이란 것을 형이상학적으로 왜곡하여 이해하고, 둘째로는 "모든 문제를 그 시대의 프롤레타리아의 ××적 과제와 결합시키는 전위의 관점", 곧 ××적 테마로써 제재를 대하고 내용을 심화시켜가는 것을 잊어버리고 있다! 우리들은 한 그루 화초를 노래할 때에도 "사회 발전과정의 본질적 계기를 사람들에게 전할 수 있도록…… 사회발전의 능동적 계기"가 되게끔 프롤레타리아적 진실성을 가지고 읊지 않으면 안 된다는 관점에서 볼 때, 우리들의 최근의 시, 니시자와[西澤]의 「젊은 선반공의 노래」, 「라디오를 듣다」, 이토[伊藤]의 「가계」, 하세가와[長谷川]의 「세 사람」, 사노[佐野]의 「병영통신」 등은 과연 그러한 풍으로 읊었다고 할 수 있을까? 유감스러우나 아니다! 라고 답할 수밖에 없다.

여기에는 변증법적 규준에 의해 정리되고 강화된 작품 대신에 안이한(일종의 비속화) 혹은 작자의 소시민적 감정에 의해 개인주의화된 작품이 나타나 있다. 이러한 작품 중에는 계급투쟁이란 것이 극히 부주의하게만 다루어져 있다. 이것은 역사적 과정의 객관적 본류에 의해 자기의 주관적 관점이나 감정이 표현되어 있는 형국이 아니라, 거꾸로 개인주의적 감정에 의해 객관적 기준인 계급투쟁이 개인적인 것이 되고 안이한 것이 되어 유희화되고 말았다.

우리들에 있어 이런 현상은 좌익적 편향에 못지않게 걱정스런 것이다. 여기에 대해서 나는 좀더 따지고 싶지만 지면의 여유가 없어 멈추기로 한다.

끝으로 우리들은 언제까지나 같은 오류를 되풀이하는 어리석은 시인이 아니라, 참으로 현명한 유물변증법론자로서의 시인이 되지 않으면 안 된다. 물론 이 경우에도 유물변증법이란 것은 형이상학적 해석에 의함이 아니고 올바른 "유물변증법의 세계관의 파악, 프롤레타리아문학의 예술적 방법으로 이 세계관을 키워나가는 것이다. 이것은 한 권의 책이나 학교에서의 공부의 결과로는 해결될 수 없는 과제이다. 이 과제는 대중의 일상적 ××적 실천과의 긴밀한 연관에 있어서만 해결될 수 있다"(파데예프)라는 의미에 있어서. (서론 끝)

(김윤식 역)

# 1930년대 초 일본의 프롤레타리아문학에서 활동한 백철 평론에 대해서

평론가 백철의 국내 데뷔 평론은 「농민문학문제」(『조선일보』, 1931.10.1~20)로 되어 있다. 이런 지적에는 설명이 조금 없을 수 없다. 신의주고보 수석 졸업자 백세철이 관립교사 양성 최고기관 동경고사(東京高師)에 입학한 것은 1927년 4월이었다. 그의 입학은, 사진과 더불어 언론에서 소개될 정도였다. 천도교 가문의 둘째 아들인 백세철은 이 학교의 사비생(私費生)이었으며, 영문학 전공으로 4년의 과정을 마쳤다. 졸업 직후 그는 귀국하지 않고 한동안 체류했다가 결국 귀국하고 말았는바, 그 귀국 논문이 「농민문학문제」였다. 이 장문의 평론이 지닌 의의는 하리코프대회(1930.11)의 결과물 가운데 하나인 농민문제의 의의를 일본을 통한 최신정보로 들고 나온 것으로서, 카프 내에서 한동안 논의되던 '농민문학=카프문학'의 도식에서 '농민문학=동맹자문학'으로의 전환을 가져왔다는 점이다. 이 다크호스의 등장에 당시의 평단이 크게 주목했음은 물론이다. 그러나 잘 살펴보면 이러한 것은 결코 우연이 아니었음이 판명된다. 도쿄 학창생활 동안 그는 학교공부를 거의 팽개치다시피하고 엉뚱한 것에 몰두했다. 그 엉뚱한 것이란 당시 사상계 및 저널리즘을 지배하던 프롤레타리아문학에 몰입하기가 그것이다.

이 사실을 처음으로 발굴·공개된 것은 권영민 교수의 「1930년대 일본 프로시단에서의 백철」(『문학사상』, 1989.9), 「비평가 백철과 일본 동경의 『지상낙원』시대」(『문학사상』, 1998.2) 등에서이다. 두 차례에 걸친 이 발굴작업에서 프롤레타리아 시인으로서의 백철의 면모가 거의 남김없이 밝혀졌다. 백철론에서는 빠뜨릴 수 없는 자료발굴이라 할 것이다. 다만 한 가지 미흡한 점이 있다면, 일본에서의 백철의 평론활동의 소개·발굴이 그 평론 제목 제시에 그쳐 미흡했다고 할 것이다. 그가 평론가로 평생을 보냈음에 생각이 미칠 때, 권교수가 빠뜨린 평론부분에 주목할 것이다. 조선적 지방성과는 전혀 무관한 자리, 곧 일본문단 주류에서 평론활동을 한 유일한 존재가 백철인 까닭이다. 『지상낙원』을 비롯, 『전위시인』, 『프롤레타리아 시』 등에서 「9월 1일」(슈프레히콜 형식), 「다시 봉기하다」, 「국경을 넘어서」 등으로 백철이란 이름을 드러내어 나프맹원까지된 그는 평론도 여러 편 썼다. 그 목록을 보이면 다음과 같다.

① 「프롤레타리아 시의 현실문제에 관하여」(『지상낙원』, 1930.5)
② 「프롤레타리아 시론의 구체적 검토」(동, 1930.6)
③ 「프롤레타리아 시인과 실천문제(『전위시인』, 1930.8)
④ 「유물변증법적 이해와 시의 창작」(『프롤레타리아 시』, 1931.10)

필명 백철(白鐵)은 이때부터 사용된 것이었다. 이 중에서 백철이란 이름에 제일 무게가 실려 있고 또 귀국직전에 발표된 것이 ④라 할 것이다. 부제에서 보듯 이 평론은 장차 전개될 평론과제의 서론이며 기회가 닿았다면 그는 아마 본론으로 나아갔을지도 모른다(그는 1931년도 중앙공론사 현상공모에 평론을 투고했으나 낙선했다). 행인지 불행인지 그는 이를 중단하고, 1931년 가을에 귀국하고 말았다. 귀국 후에 그가 쓴 평론에 「창작방법문제―계급적 분석과 시」(『조선일보』, 1932.3.6~20)라는 장문의 글이 있는데, 이는 일본에서 논의되는 창작방법론의 소개에 멈추지 않았다. 이 평론의 중요성은 『카프시인집』(1931)을 텍스트로 삼아 임화·권환 등의 시를 구체적으로 논함으로써, 모호성에서 벗어난 점에 있다. 곧 아무도 무서워 언급하지 않는 『카프시인집』의 작품 현장비평이었던 것이다. 이 글과 일어로 쓴 그의 마지막 평론 「유물변증법적 이해와 시의 창작」을 견주어 본다면 백철 평론의 그 나름의 저력을 감지할 수 있다. 「유물변증법적 이해와 시의 창작」의 중요성은 푸슈킨과 이를 옹호한, 관념론자이며 순수예술 옹호자인 보론스키의 말에서 촉발되어 이른바 1931년도의 프롤레타리아 시에서의 두 가지 비평대상인 '좌익적 편향'과 '우익적 편향'을 동시에 넘어서고자 한 점에서 찾아진다. 그의 일본어 표현이 하도 황잡(荒雜)하고 서툴러서 우리말로 옮기기에 매우 부적절했다. 그렇다고 역자 맘대로 세련된 문장으로 옮길 수도 없었다. 평론도 한 가지 고유한 표현이기에 그러하다.

## 1. 프롤레타리아문학운동의 단계적 고찰

백철(白鐵)이란 필명으로 일본 프롤레타리아문학운동에 뛰어든 동경고 사생 백세철의 활동양상은 다름 5단계로 정리될 수 있다. 이러한 단계별 고찰에서 비로소 그의 야망의 범위 및 한계를 조명할 수 있을 터이다.

첫 번째 단계는 시전문지 『지상낙원』(1929~1930)에서의 활동이다. 동경고사 3년에서 4년에 걸쳐 한층 대담해진 그는, 『지상낙원』이 지닌 전원파적인 분위기에 더 이상 머물 수 없었다. 그들의 취향이 "한인적(閑人的)인 안이성의 것으로 도무지 진지한 경건성을 느낄 수 없는 일"(『전편』, 141면)이었기 때문이다. 경건성이라 했거니와 그것은 이른바 구제고교(舊制高校)가 표상하는 '초월성'에 다름 아니었다.

두 번째 단계는 모더니즘적 기법의 실험작 시대를 들 수 있다. 이른바 슈프레히콜(Sprechchor, 낭창시)의 실험이 그것. 이 독일식 최신 모더니즘 기법의 도입은 일본 프롤레타리아문학이 지닌 전위적 성격을 새삼 말해주는 것이기도 하다. 이러한 모더니즘은 프롤레타리아문학사상의 본질과 결코 무관하지 않다. 독일 표현주의 운동이 그러하듯 전위적 성격이야말로 프롤레타리아 예술의 다른 명칭일 수조차 있었다. 동경고사 교지 『학예(學芸)』 창간호에 발표된 백철의 두 편의 시는 이런 시각에서 쓰였다.

창외산견<br>
NO. W. 301 敎室에서

A. S大學建築場


1. 나른한 하늘의 불투명함!
2. 뻗어진 호스트…… 그것을 중단시키는 토스트!
3. 튕겨나온 크레인!
4. 공중을 찌르는 곡괭이!
5. 일하고 있는 검은 팔과 팔!
6. 파 내려가는 대지…… 수직한 절벽!
7. 날라지는 황토, 냄비, 하물(荷物)자동차!
8. 마차, 헐떡거리는 말, 충혈된 그 눈!
9. 그러나 유유히 걷는 세 사람의 레인코우트!
　단, 그들의 뇌수를 우울하게 만드는 것은 범벅이 된 윈치의 음향과 미샤의 소음뿐이다!


B. 공사장 옆, 다리
●몇 개씩 되는 학모, 얼굴이 틀을 따라 늘어섰다.
갑. 손톱이 흙을 파던 시대, 그리고 날라야 됐었다니.
　저것은 크레인이라는 것이다, 화물자동차다, 모두 흙을 나르고 있다.
　간단히, 민첩하게.

을. 아케이데이야의 목원과 그 사랑,

　　농촌의 아름다움, 느긋함,

　　왕궁의 장엄함

　　그러나 지금의 기계에 대한 미적관념!

병. 공업문명이 뭐야? 울바니즘이란?

　　기계의 범식이다,

　　곧 농촌의 평화함조차 그대로 놔두지 않을 것이다,

　　그것은 적어도 반가운 일이 아니다.

정. 톱밥이 되어 기어다니는 사람, 사람,

　　그러나 거기 서는 건물과 그들과의 관계는?

　　우리는 단지 그 새로운 교실에서 강의를 들으면 된다, 그만이다.

● 마지막 〈戌〉은 이렇게 단정했다.

　　…… 아니, 참, 위대한 팔이다!

　　그리고, 저 기계의 구성!

　　그 힘 …… 팔, 기계의 구성!

　　그것은 지하에서 발돋움하는 것, 폭발하는 힘!

　　그것이 곧 하늘까지 뻗어가지 않는다고 누가 말할 수 있겠는가. 모든 것
을 짓누를 정도로, 무겁고, 튼튼한 바위가 되기까지 성장하지 않는다고
단언할 놈이 있는가

‘뻗어가는 팔!’

—『學芸』 창간호, 1930.5.25

　　세 번째 단계는 NAPF 동인지의 통합적인 시전문지 『전위시인』에서
의 활동이다. 『지상낙원』에서 벗어나 좀 더 적극적인 자리로 옮긴 데가
『전위시인』이었다. 프롤레타리아계 전위적 시동인지들의 발전적 해소에
의해 통합된 새로운 이 동인지(1930.3~8)는 8호까지 간행되었고 모리야마
게이[森山啓], 가와구치 아키라[川口明] 등이 주축이었다. 여기에 발표된
백철의 글은 「나는 알았다, 삐라의 의미를」(2호, 1930.4), 「알았으면 일어나
라」(5호, 1930.7), 「9월 1일」(7호, 1930.9) 등 시가 세 편, 평론으로는 「프롤레

타리아 시인과 실천문제」(6호, 1930.8) 등 모두 4편을 헤아린다. 이 중 백철다운 면모를 드러낸 것을 보이기로 한다.

　　너는 해고다, 나가라, 라고 놈들은 내게 명령한다.
　　그리하여 일본의 형제들에겐 이런 투로 말한다.－일본인의 실업방지를 위해
조선인을 해고한 것이라고.
　　한 사람의 조선인을 해고하는 것이 어째서 내일 백 명의 실업을 구하는 것
인가.
　　내 한사람 해고됨이 일본의 형제 실업에 어떤 영향이 있단 말인가?
　　너희들 ××공장장이여 또 전무(專務)여!
　　너희들은 그 권력으로 나를 추방하고자 한다.
　　내가 조선인이라 해서, 그런 까닭이라 말하면서
　　일본 형제들을 속이고자 한다.
　　하지만 너희들의 속임수는 너무 뻔하지 않은가.
　　일본의 형제들이여!
　　놈들의 손을 보라!
　　놈들에 대한 우리들 계급의 불만을 민족의 경멸에로 바꾸려고 하고 있다.
　　그리하여 놈들만의 이익의 산업합리화로 우리들을 더욱 착취코자 한다.
　　조선인이기에 나는 해고되었는가?
　　그러나 형제여! 백만의 일본인 실업자를 보라.
　　일본인 실업자 방지를 위해 백만의 일본인을 실업케 했는가
　　일본의 형제여!
　　내가 형제들과 같은 노동자임을 생각해 달라
　　우리들은 진실을 알지 않으면 안 된다
　　놈들은 형제들의 편인가
　　조선 노동자 형제들의 적인가
　　그리하여 '분명히' 알지 않으면 안 된다.
　　오늘 해고된 내 운명은
　　어째서 내일 형제들의 운명이 아니라고 말하는가
　　그러기에, 형제들이여! 조심할 것은 지금이다

놈들이 손을 쓰기 전에 우리들은 싸움을 준비해야 한다.
일하는 형제와 백만의 실업자가 굳게 손을 잡아
일본의 노동자와 쫓겨난 조선인이 굳게 팔뚝을 걸어
우리들의 크고 힘센 쇠사슬을 만들어야 하리라.
그리하여 우리들 계급의 데모에 스트라이크에.

—「알았으면 일어나라」 전문

‘조선인’이라는 점을 뺀다면 누가 보아도 실로 유치한 시라 하지 않을 수 없다. 그럼에도 나름대로 명분을 가질 수 있었던 것은 ‘백철＝조선인’이라는 점에 있었음이 확연하다. "만국의 노동자여 단결하라. 그대들은 쇠사슬 밖에 잃을 것이 없다"(『공산당선언』)가 조선인 백철의 머리 위에 원광을 씌워준 것이었다. 이 원광의 힘으로 백철은 매우 의의 있는 한편의 시 「9월 1일」을 보일 수 있었다. 슈프레히콜(Sprechchor)이라 불리는 독일식 낭창시(朗唱詩) 형식을 도입함으로써, 그는 조선인과 일본인 노동자의 결합 양상을 무대 위에서 펼칠 수가 있었다. ‘슈프레히콜’이란 표제를 전면에 내세운 「9월 1일」은 백철의 면모를 제일 잘 보여주었다.

명확하고 단조로운 소리(멀리서) :
찬란한 아침이 다가온다!
밝아오는
자유의 불길이 휘날리며 퍼진다
동방에 멀리
서방에 멀리
세계의 모든 나라에서 투쟁의 불길이 타오른다
찬란한 아침이 다가온다!

조선노동자(A) :
우리들은 일어난다
우리들은 더욱 앞으로 나아가야 한다

××의 아래에서 투쟁하면서
더욱 강해져야 한다

조선의 노동자(B) :
투쟁의 날이 다가온다
9월 ×일이―

조선노동자(C) :
우리는 생각하고 있다
8년 전의 9월 ×일에 대해
놈들의 악랄한 ××에 대해……

(권영민 역)

이처럼 조선노동자 (A)~(E)가 부두 위에 나와 읊조리는 집단적 문학 행위가 첨단의 형식 슈프레히콜이었다. 일본제국주의와의 투쟁에서 식민지 조선인의 투쟁이란 특수한 강점을 가지고 있었음을 백철이 자각한 증거이자 동시에 이는 일본인 동지와의 변별성이기도 했다.


## 2. NAPF 맹원에의 길


백철의 네 번째 단계의 활동은 『전위시인』에서 벗어나 새로이 발족한 '프롤레타리아 시인회'에 참가한 이후이다. 1930년 9월에 결성되어 1932년 3월에 해체된 다음 나프에 합류한 이 단체는 일본 프롤레타리아 작가동맹 등의 사노 다케오[佐野嶽天], 무라타 다쓰오[對田達夫] 그리고 조선인 김용제 등이 주축이 되어 나프의 지도하에 작가동맹의 외각 단체로 예술운동의 여러 분야에 참여했다. 그 기관지가 『프롤레타리아 시』였다. 이 단체가 1931년 6월, 제1회 대회를 열었을 때 회원은 60여 명이었다. 나프가 해산되어 코프(KOPF 1931.11)에 편입되는바, 그 해산대회가 있었던 것은 1932년 3월이었다. 이 잡지의 종간도 1932년 3월이었다(『현대 일본문학 대사전』, 明治書院, 998면). 60여 명이 참가한 제1차 대회에서 백철은 6인의 중앙집행위원회의 한 사람으로 뽑혔는데, 이는 그가 이 모임에서 주도적 인물의 하나로 인정되었음을 증명한다. 여기엔 또 한 사람의 뚜렷한 조선인이 있었다. 훗날 나프 서기에 오른 옥중투쟁의 시인 김용제가 그다.

김용제는 훗날 백철의 나프 가입 사실을 몰랐다고 했지만(윤여탁, 「1930년대 서술시에 대한 연구」, 『국어국문학』, 1989.5, 65면), 백철은 김용제의 존재를 크게 인정해 놓고 있다. "그때 김용제는 젊은 신인으로서 그 재능이 크게 인정을 받기 시작하였다. 뒤에 그는 「대륙의 노래」라는 시를 일본 공산당의 합법적인 대중기관지격인 『전기(戰旗)』에 발표하여 역작의 평판을 올렸던 것"(『전편』, 145면)이라 함으로써 당시의 백철 자신의 활동과 아울러 드러내었다. 그러나 그의 회고록 속에는 이런 대목도 들어있다. 1930년, 4학년 때였다.

나는 여전하게 전위 시인파에서 리더십을 쥐고 있으며 문학서클의 활동도 계속하고 있었다. 내가 정식으로 일본프로예술가 동맹인 '나프'의 맹원으로 된 것도 이 해 겨울의 일이다. 좌익 잡지 『프롤레타리아』에 발표한 「봉기」,(「다시 봉기하라」임—인용자)라는 시가 평판을 얻어 '나프' 중앙위원회 추천을 받게 된 것이다. 그런데 내가 '나프' 맹원이 될 때도 그 전 같으면 굉장한 명예같이 느꼈을 텐데 그런 감격이 되지 않고 그저 심상하게 생각되었다. 그만치 프로문학운동에 대한 내 태도가 모호해지기 시작한 것을 보인 것인지 모른다.

—『전편』, 185면

또 다른 백철의 회고록 속에는 이런 대목도 있다.

한편 당시 일본 프로문학예술 연맹인 나프(NAPF)의 준기관지인 『프롤레타리아』지에 「봉기」라는 장시를 발표한 것이 계기가 되어 1930년에 와서 일본 프롤레타리아 예술연맹인 나프의 맹원으로 추천이 되어 당시 시인인 김용제와 함께 나프의 정식맹원으로 입회를 하게 된 것이다. 말하자면 이런 것이 국내 문단으로 데뷔하기 전의 내 문학이력으로서 내가 31년 말 귀국했을 때는 그 나프 맹원의 신분을 그대로 가지고 등장한 것이다.

—『인간탐구의 문학』, 창미사, 1985, 223면

뿐만 아니라, 임화와 첫 만남을 기록하는 장면 역시 지적해둘 만한 사항이다. 카프서기장 임화를, 그의 가정집이자 사무소인 『집단(集團)』지에서 백철이 만났을 때, 임화는 백철의 귀국소식은 도쿄의 나프 본부로부터 연락이 와 있어서 진작 알고 있었다고 했다. 백철은 이렇게 적었다. "내가 귀국할 때에 일본의 나프로부터 거의 지령을 받다시피 귀국을 하는 대로 곧 카프와 연락을 취하도록 되어 있었기 때문"(『인간탐구의 문학』, 248면)이라고. 잇달아 이를 소홀히 한 이유를 이렇게 적었다. 카프와 연락을 하지 않은 것은 카프사건(제1차 검거사건, 1931)도 있었지만 '조직성' 자체에서 "벗어날 좋은 기회를 삼기 위함이었다"라고. 이런 기록으로 미루어 보아 백철이 나프맹원으로 된 것에는 별다른 의심을 갖기 어렵다.

이상에서 드러나는 점은 시인으로서의 역량이 인정됨으로써 나프 멤버가 될 수 있었다는 사실과 나프 가입이, 졸업을 코앞에 둔 백철에겐 벌써 덤덤해졌다는 사실이다.

## 3. 맹렬한 평론활동

다섯 번째 단계로 내세울 수 있는 것은 평론활동이다. 백철의 평론활동은 시의 활동과 나란히 가는 것이어서 분리시켜 논의하기 어려운 면도 없지 않지만 평론이라는 특수한 산문형식이 지닌 관념성은 시의 그것과는 별개의 재능을 요망하는 것이다. 이 점은 뜻 깊게 바라보아야 될 사항인 바 그 이유는 백철의 그 뒤의 활동이 오직 평론분야에 국한되었음에서 온다.

백철의 평론활동은 『지상낙원』에서부터이다. 「프롤레타리아 시의 현실 문제에 대하여」(『지상낙원』, 1930.5), 「프롤레타리아 시론의 구체적 검토」(동, 1930.6)를 비롯하여 「프롤레타리아 시인과 실천문제」(『전위시인』, 1930.9), 「유물변증법적 이해와 시의 창작」(『프롤레타리아 시』, 1931.4) 등이 그 목록이다. 그의 평론의 성격은 어떠했던가. 이 물음은 당시 나프계의 여러 평문들과 비교할 때(나카오 시게하루[中野重治], 가지 와타루[鹿地亘] 등) 그 차이점이 뚜렷해진다. 곧 과격하고도 도식적인 구호와 흡사한 직설적 표현으로 되어 있음이 확연하다. 일본어에 대한 백철의 표현력 부족도 이러한 차이점을 가져왔을 것이다. 「프롤레타리아 시인과 실천문제」를 사례로 분석해보기로 한다.

"자본주의 제3기의 하나의 현저한 현상은 사회민주주의자의 반동화이다"라고 서두를 삼은 이 평론은 1930년도의 세계상황을 사회 민주주의자의 반동화로 규정함으로써 이를 물리쳐야 될 이유와 그 실천 방향을 문학적 범주에서 제시한 점에서 평가될 수 있다. 구체적으로 이 평론이 기댄 곳은 제2회 러시아 프롤레타리아 작가동맹(RAPF) 총회(1929. 10.20~27)의 결의 사항이었다. 이 총회에서 강조된 것은 라프 내에서의 사회 민주주의적 경향에 대한 투쟁과 그 자체에서 한층 볼셰비키화의 강도를 높임이었다. 백철은 이 총회의 두 가지 결의사상에 주목했다.

① 프롤레타리아문학의 역사적 획들과 그 헤게모니의 실현을 위해 문학전선에 있어서 투쟁하고 있는 변증법적 유물론의 옹호를 위해, 부르주아 민주주의 교화의 궤도에로 미끄러져가는 경향, 또 나아가 복다노프주의 프롤레타리아주의의 재×의 비타협적 투쟁을 위해 프롤레타리아작가의 집단적 운동의 볼세비키화라는, 해결되고 있는 과제가 특별한 힘으로써 RAPF 앞에 일어나고 있다. (에르, 아우엘밧하)

② 이중의 첨예화를 필요로 하는 RAPP 앞에 당면한 과제는 **인연없는 분자들**의 청산과 함께 끊임없이 새로운 생산노동자를 창작활동에 이끌어 들이기 위해 자기의 전열을 만들어내는 일이다. 총회는 일 년 사이에 이러한 노동자의 확률이 RAPF 및 여러 그룹들에 있어 70%에 꼭 이르지 않으면 안 된다. 이러한 전열의 청산과 수정은 1930년 3월까지 완결해야 한다. (부에, 다우토스키) (고딕강조는 백철)

이러한 두 가지 결의에서 드러난 것은 종주국 소련 내에서의 자기비판의 초점이 사회민주주의와의 투쟁에 놓여 있다는 사실이다. 자본주의와 타협해가는 사회 민주주의적 경향이 위험수위에 이르렀다고 판단, 그 대책으로 내세운 것이 볼세비키화임을 이로써 알 수 있다. 종주국의 이러한 결정이 코민테른에 직접 영향을 미쳤을 때 제일 민감한 반응을 보인 것은 또 어김없이 NAPF였다. NAPF 제2차 총회(1930.4)에서 금후 예술운동의 볼세비키화 및 대중화 문제가 다루어졌거니와, 백철의 이 평론은 5개월이나 뒤진 것이어서 그 참신성을 인정받기는 어려웠다. 그럼에도 불구하고 백철의 평론은 나름대로의 존재이유가 따로 있었다. 곧 그것은 『전위시인』에서 시쓰기를 일삼고 있는 백철 자신의 내적 욕구와 관련된다. 그가 다음과 같은 주장은 실상은 그 자신에게 향한 것이었을 터이다.

우리는 현재의 일본 시단을 전망해 보자. 오늘의 일본 프롤레타리아 시는 소시민적 · 민주주의적 시의 시대를 지나 전위적 실천적 시가 생산되지 않으면 안 될 현실에 당면하고 있음은 이 글 앞부분에서 말한 그대로이다. 그런데 실제는 어떠한가. 과연 최근엔 좌익잡지의 어지러운 대두와 더불어 가히 떨치는 현상을 보여주고 있다. 그러나 이것이 막 바로 일본의 프롤레타리아 시의 승리도, 또한 우리 시의 운동의 성장도 의미하지 않음 또한 말할 것도 없다. 무엇보다 위에서 제기한 중요문제들과 관련해서 고려해보면 중요한 문제는 양이 아니라 질의 문제인 까닭이다.

현재 일본의 프롤레타리아 시인은 그 대부분이 중간계급에 속하는 동반자적 시인이다. 또한 소부르주아성에 가득 찬 무리조차 있다. 그들에게는 실제의 프롤레타리아트의 생활이 없다. 단지 시의 작품상에서만 프롤레타리아 생활을 하고 있다. 즉 기분상에서 일시적 감정에서 프롤레타리아트의 생활을 맛보고 있다.

그들은 일찍이 용광로를 본 적도 없이 감히 그것을 시 속에 이끌어 넣고자 한다. 파업이란 말을 알고 있다는 것만으로 근사한 투사를 그리고자 하며 ×의 어떠함도 모르면서 이상적인 조직자를 읊고자 시도하고 있다. 그들이 하고 있는 행동은, 그 심리는, 결코 프롤레타리아적이 아니며 창작적 상상적이다.

이러한 (사이비)시인은 과연 노동자 농민이 제출하고 요구하는 근본적 중핵에 닿을 수 있겠는가. 정당한 마르크스·레닌주의의 수준적 양이 없는 그들이 과연 '마르크스주의적 세계관에 의해 일관된 예술태도'가 요구하는 올바른 계급적 테마를 살아나게 할 수 있을까. 대답은 전혀 '아니다!'이다. 그들과 노동자 농민의 간극은 너무도 크다!

—『전위시인』, 1930.8, 9면


이러한 지적은 실상 백철 자신을 가리킴이 아닐 수 없다. 동경고사생이며 식민지 조선의 청년 백철에게 시단활동이란, 더구나 프롤레타리아 시인으로 행세하기란, 자기 말대로 용광로 근처에도, 파업 현장 근처에도 가지 않은, 실로 창작적 상상물에 지나지 않았다. 일종의 유행을 추종한 것이며 저널리즘에 편승하여 이름을 드러낸 정도의 수준에 다름 아니었다. 「나는 알았다 삐라의 의미를」, 「알았거든 일어나라」, 「9월 1일」 등의 시를 거침없이 외치고 있지만 실상 시인으로서의 백철에겐 한갓 헛소리에 다름 아니었다. 소부르주아적 지식인의 저널리즘적 활동임을 백철 자신이 통렬히 깨달았다는 점이야말로 그의 정직성이다. 평생 동안 평론 활동의 핵심은 이러한 유행 쫓기에 있었다. 새로운 사조가 유행하면 대 번에 앞장서서 "웰컴!" 하고 외치기, 이것이 백철 평론의 본질이자 그 정 직성이었다.

졸업을 한 해 앞둔 동경고사생 백철의 위의 평론은 전위시인으로서 의 한계를 은밀히 드러내었던 것. 이를 정직성이라 함에는 또 다른 많 은 설명이 요망된다.


## 4. 교양주의의 부재와 천도교, NAPF의 초월성


1930년이란 백철에겐 모종의 결단을 스스로 해야 할 고비에 해당된 다. 그해 가을, 그러니까 조선인 노동자와 일본인 노동자의 상호의존적 목소리로 된 슈프레히콜 「9월 1일」(『전위시인』, 1930.9)을 쓰던 그 무렵, 백 세철 학생은 동경고사 졸업을 한 학기 남겨둔 상태였다. 학업을 돌보지 않고 거리의 부랑아와 흡사하게 떠돈 4년이란 무엇이었던가. 이 물음이 뒤늦게나마 그의 앞을 가로막지 않겠는가.

적어도 나는 그동안 본말을 전도한 인간수업을 해왔다는 생각이 들기 시작 했다. 비록 내 소망이 문학을 하는 데 있었다 하더라도 먼저 문과의 교과목들 로 되어 있는 문학 고전들을 착실히 공부하고 나서 해야 할 일이 아니던가. 생각하면 내가 너무 무분별하게 당시의 프로문학의 세계관이 가두를 휩쓸던 시대풍조에 뛰어들어 자기를 가누지 못한 아나키한 생활에 함몰되어 있었다 는 느낌이 희미하게 눈앞에 오는 것이었다.

—『전편』, 184면

백세철 학생이 이렇게 부랑아로 내몰리게 된 진짜 이유는 앞장에서 상세히 검토한 바와 같이 다음 두 가지였다. 구제고교의 교양주의가 갖고 있는 현실 초월성의 신비적 힘이었고, 다른 하나는 천도교의 종교적 혁명사상이었다. 이 두 가지 사실이 백세철 학생을 '전위시인 백철'로 몰아갔던 것이다. 따지고 보면 그 자신도 어쩔 수 없었다고 볼 것이다. 이러한 두 가지 이데올로기가 그로 하여금 마침내 NAPF 멤버에 들게 하였다. 이 점은 좀 더 분명히 해둘 필요가 있다. 그것은 그와 카프 도쿄지부와의 관계를 새삼 묻는 것으로 향한다. 카프 도쿄지부는 재일 유학생인 조중곤·김두용·한식·홍효민·이북만 등을 중심으로 1927년 9월에 결성되어 이른바 카프 제1차 방향전환을 주도했는데, 그 중심인물은 이북만이었다. 카프 도쿄지부는 기관지 『예술운동』(1927.11)을 『무산자』로 발전시키고 본국의 동 조직과 여러 가지 의견충돌을 가져올 만큼 과격성을 띠고 있었다. 카프 도쿄지부는 본국을 지도할 정도로 조직적이고 또 이론 투쟁면에서도 선진적이었다. 그럼에도 불구하고 백철은 이들과는 담을 쌓고 있었다. 카프 도쿄지부를 깡그리 무시하기야말로 백철의 자존심이었다. 이 초월성이란 따지고 보면 구제고교의 교양주의와 천도교 도쿄지부의 보이지 않는 힘에서 왔다. 카프가 아니라 NAPF에 직접 참여함이란 그에게는 대단한 초월성이자 그만의 변별성이기도 했다.

늦가을(1930년 −인용자)의 어느 날 나프의 저명한 시인 森山啓가 내게다가 임화 이야기를 했다. 조선의 시인 임화를 아느냐는 것이다. 이름은 들은 일이 있지만 만나본 일은 없노라고 했더니 지금 동경에 와 있는데 한번 만나보지 않겠느냐고 하는 것이다. 나도 임화가 동경에 와 있다는 소식을 듣고 있었다. 그때 일본 좌익잡지에 정치논문을 발표하고 있는 이북만의 이름을 안 것도 이 무렵이다. (…중략…) 그때 임화는 이찌가야[市ヶ谷]에 있는 이북만의 집에서 여러 사람과 합숙을 하고 있는 모양이었다. 이북만의 누이동생인 이귀례와 동서 생활을 한다는 풍문도 들려 왔다. 김남천, 한재덕 등도 같은 근방에 모여

사는 모양이었다. 그러나 나는 지금까지 일부러 그들을 피하다시피 하면서 만나지 않고 있었다. 무슨 이유에서인지는 모르지만 그들과 만날 기분이 생기지 않았다. 森山이 임화 이야기를 했을 때에도 나는 어름어름해 버렸다.

—『전편』, 186면

"무슨 이유에서인지는 모르지만"이라 했거니와 실상 바로 초월성으로서의 나프가 그 이유에 해당한다. 그 초월성이란, 카프가 나프의 지부 정도로 인식됨에서 온 것이다. 나프의 정식 멤버인 백철의 처지에서 보면 카프(본국)라든가 그 도쿄지부 따위란, 저만치 아래의 단계로 인식되었던 것이다. 이러한 백철의 초월성은 귀국 후에도 지속되었다. 백철이 임화의 요청으로 그를 만난 것이 귀국 후 반년이 지난 1932년 3월이었음도 이 점을 잘 말해준다. 카프 서기장인 임화에게 백철이란 커다란 다크호스이자 선배이고 선생격이었다. 임화의 이러한 존경심이 두 사람의 우정을 지속시킨 동인이었다(김윤식, 『임화연구』, 문학사상사, 1989. 제12장). 카프 및 그 도쿄지부를 굽어보기, 그것이 식민지 청년 문사 백철의 자존심의 근거였다.

그러나 따지고 보면, 이러한 초월성 및 우월성의 밑바닥에 놓인 것은 바로 동경고사에 다름 아니었다. 이 점은 나프와 백철의 관계를 논의함에 있어 열쇠개념의 하나이다. 졸업을 한 학기 앞둔 그가 얼마나 초조했던가는 그동안의 생활과 활동을 싸잡아 "부랑아와 같다"라고 표현했음에서 잘 드러난다. 이 통렬한 자기반성은 그의 방패막이 몫을 해준 것이 제국의 최고 교육기관인 동경고사였다는 사실에 대한 시인에서 왔다.

동경고사를 오른편 방패로, 천도교 도쿄지부인 '종무회'를 왼팔의 방패로 삼은 백철이 나프 멤버가 되었을 때 그것은 그에겐 견고한 갑옷과도 같았다. 이러한 방패나 갑옷이 분리되기 어려운 유기체를 이룬 형국이기도 했다. 동경고사 졸업이란 그에겐 넘어야 할 고비였다. 제일 중요한 오른손 방패를 잃느냐, 아니면 더욱 강한 방패를 얻느냐. 이 갈림길이 넘어야 할 고비였다. 비록 사비생이지만 그는 이 고비를 피할 수 없었다. 그 고비의 어려움을 그는 훗날 이렇게 실토했다.

졸업논문으로서 '셸리론'을 결정하고 있었으나 (…중략…) 워낙 공부를 게을리해왔기 때문에 참고자료를 찾는 일부터가 손에 익지 않았다. 주임교수인 石川林四郎와 영인 교수인 브라운에 상의하여 M. 아놀드의 '셸리론'을 비롯하여 몇 권의 참고서를 도서관에서 빌려냈으나 공부 않은 내 어학실력으로선 해독하기조차 힘들 정도였다. 하여튼 나는 셸리의 장시 중 내 마음에 제일 드는 「해방된 프로메튜스(Prometheus Unbound)」를 중심하고 셸리의 시에 대한 일역들을 참고로 하면서 이 논문을 힘들게 쓰는 동안 처음으로 학문의 어려움과 함께 그 맛을 알게 되었다.

—『전편』, 186~187면

논문이 가까스로 통과되었음은 새삼 말할 것도 없다. 또한 교생실습의 고비도 남아 있었다. 명문중학인 고사 부설학교에서, 그것도 영어로 가르쳐야 했다. 영어가 서툰 그가 꾀를 낸 것은 시청각 방법(그림을 그려 설명하기)이었다. 고비를 넘긴 것이었다.

졸업식은 1931년 3월 19일이었다. 교장 오오세 진타로(大瀨甚太郎, 윤리학자)의 훈시에 이어 초청인사로 인기작가 기쿠치 간(菊池寬, 고사출신)의 축사가 있었다. 드디어 그는 사비생으로 졸업을 한 것이다. 졸업 직후 주임교수로부터 개성고보(開城高普)에서 교사 추천의뢰 공문이 와 있다는 통보를 받았다. 그러나 그는 이에 응하지 않았다. 이유는 다음 두 가지. 현실적인 이유로는 영어교사로서의 실력부족을 들 것이다. 4년 동안 영어공부를 안 했기에 학생을 가르칠 만한 실력이 없었다. 이 실력 없음에 대해 스스로 썩 어긋난 말을 해놓은 바 있다.

①우연하게도 함흥에 있는 영생여고의 교사 자리가 나서 내 취직이야기가 오고 갔는데 그때 내가 승낙을 잘 않고(사실 영어교사로서 자신이 서질 않아

서였다) 주저만 하니까.

—『전편』, 436면

②내가 신문사의 입사를 결정하기 전에 그래도 한번 만나서 상의하고 싶은 사람이 임화였다. 내가 영생여고로 가서 교사로 되는 일과『매일신보』로 입사하는 일의 두 가지를 놓고 어느 편을 취해야겠느냐 하는 것을 물었을 때에 임화는 얼마동안 생각을 한 뒤에 역시 신문사 편이 낫지 않겠느냐는 뜻을 표시하였다.

—『후편』, 36면

이러한 훗날의 고백은 여러 가지로 문제적이다. 귀국한 그는 한동안 잡지기자로 또 무직으로 방황하다가 1935년 4월에서 1939년 3월까지 함흥 영생고보 교사직에 있었다(중앙대학 인사기록카드 속의 백철 자필 이력서). 그럼에도 이 사실을 은폐하고 아예 교사 따위를 한 바 없다고 주장한 것은 웬 까닭일까.『매일신보』기자직에 대한 열정과 무엇보다 글쓰기에 대한 지향성을 옹호하기 위한 일종의 간계가 아니었을까. 실력도 어느 수준에서는 사실이긴 해도 그보다는 먼저 고도의 백철 식 아이러니였을 터이다. 이 사실은 백철론에서라면 응당 짚고 넘어가야 할 대목이라 할 만하다. 나프로 향한 초월성의 대가로 정작 교사의 능력을 희생시킨 형국이라 할 것이다. 제국 일본의 가장 보수적인 교원양성기관, 제국의 국가관을 학습시키는 동경고사의 너울을 쓰고 백철은 모종의 초월성으로 자기 나름의 심리적 균형감각을 4년간 확보할 수 있었다. 그러나 이제 졸업한 마당이라면 어떠해야 했을까. 그를 비호해주던 오른팔의 방패가 바야흐로 사라지는 위기감에 그가 휩싸인 것은 당연한 일이었을 터이다.

## 5. 야심의 좌절 – 일본문단 진출의 실패

오른쪽 손에 들려진 방패가 사라졌을 때 백철은 어떤 방식으로 이 위기를 돌파해갔을까. "그러나 나는 귀국을 하지 않았다. 무슨 미련에 더 동경바닥에 남아 있었던지 떠날 생각을 하지 않고 주저앉아 버렸다"(『전편』, 190면)라고 했다. 이어서 그는 또 이렇게 적었다. "주저 앉아야할 이유라는 것은 분명한 것이 아니었다"라고. 분명하지 않음이라 했지만 이 막연함 속에는 '분명한 이유'가 은밀히 잠복해 있었다. 그것은 바로 출세에 대한 청년다운 야망으로 규정될 성질의 것이어서 무엇보다 분명한 것이었다. 그럼에도 그것은 또 막연한 것이었는바, 출세의 지향성이 '문학'이었음에서 왔다. 문학이란 무엇인가. 이 물음이 분명한 것 같지만 이것만큼 불투명한 것도 없음을 염두에 둔다면, 청년 백철의 무의식 속에 잠복된 '문학'이야말로 실체였을 터이다. '문학'이란 새삼 무엇인가. 실상은 없고, 있는 것이라고는 '문학적 현상'뿐이었다. 이것이 이른바 구제고교의 현상과 맞먹는 또 다른 초월성이었다. 적어도 식민지 청년에 있어서는 그러했다. 이미 나프 멤버까지 되었고 모리야마 게이와 더불어 『전위시인』 그룹을 주도하던 처지에 있던 백철로서는 그 자체로 제일차적 초월성은 나름대로 충족되었다. 그러나 이것으로는 그의 야심을 잠재울 수 없었다. 그의 야심이 향한 곳은, 동인지 수준의 『전위시인』 넘어서기였다. 나프 멤버가 되었다고는 하나, 나프 역시 특수한 동인지적 성격, 이른바 '동지적 우애' 위에 성립된 동아리의 일종이었다. 이를 넘어선 저널리즘 속의 일본 본토문학이 백철에게 저만치서 손짓하고 있었다. 동인지적 성격을 넘어선 진짜 일본문학계에 진출하기야말로 그의 무의식 속에 잠복된 지향성이었다. 그가 『개조(改造)』와 짝을 이루는 『중앙공론(中央公論)』 신인작품(평론) 현상에 응모했음이 이를 증거하고 있다. 「신흥 예술파와 퇴폐적 경향」(400×70매)이 그가 응모한 평론이었던 바 이

는 당시의 인기작가 요코미쓰 리이치[橫光利一] 일파의 신감각적 경향을
두고 일본 자본주의 말기의 퇴폐성의 반영이라고 본 것이었다. 이것은
어쩌면 1929년 『개조』지 평론 현상모집에 1석으로 당선된 미야모토 겐
지[宮本顯治]의 「패배의 문학」과 비슷한 내용이었을지도 모른다. 아쿠타
가와 류노스케[芥川龍之介]의 자살을 두고 패배의 문학이라 비판한 이 평
론은 마르크스주의적 시선에서 자본제 사회의 퇴폐성을 비판한 것이 주
조저음을 이루고 있었다. 아쿠타가와의 자살을 '실천적 자기부정'이라
규정한 미야모토의 평론이 선 자리는 제2석 당선자인 고바야시 히데오
[小林秀雄]의 「갖가지 디자인」과는 정반대의 것이었다. 이에 견줄 때 백
철의 응모작은 3년의 시차가 벌어져 있었다.

"그때 내 논문이 당선되었더라면 그 뒤에 온 내 문학생애에도 많은
변동이 생겼을지 모른다"(『전편』, 191면)라고 백철이 회고하고 있거니와
행인지 불행인지 그는 보기 좋게 낙선했다. 당선자는 가메이 가쓰이치
로[龜井勝一郎]였고 백세철(白世鐵)의 이름 석자는 최종예선 7명에 들어
있을 뿐이었다(『중앙공론』 지상에서는 확인 불능). 일본문학의 본류에서 볼
때 백철의 논문이란 3년이나 뒤진 것이었다. 뿐만 아니라 「프롤레타리
아 시인과 실천문제」의 수준으로 미루어 볼 때, 그 연장선상에 있었던
것으로 추정되는 응모작이 낙선되었음은 당연한 일이었을 터이다. 이러
하여 일본문단 진출의 꿈은 여지없이 무너졌다. 그럼에도 그가 귀국을
미룬 이유는 무엇일까.

졸업을 했는데도 금의환향을 거부하고 도쿄에 그대로 머문 이유가
또 하나 있었다. 앞에서 본 대로 개성고보 교사로 선뜻 나아갈 수 없음
을 들 수 있다. 중학 교사직이 그에겐 실로 초라해보였고 동시에 영어
실력도 없었다. 영어실력 없음이 중학교사직 멸시로 치달았다. 이제 나
아갈 길은 진짜 막연했다. 일본문단 진출도 막혔고 그렇다고 개성 고보
행도 막혔다. 다시 주임교수 이시카와[石川]를 찾아갔으나 이미 개학이
시작된 4월이어서 개성행도 때를 놓쳤던 것이다. 이럴 수도 저럴 수도

없는 상태에 빠진 그에게 4년 동안 학비를 보내준 맏형 세명으로부터 귀국독촉이 왔다. 맏형에게 보낸 그의 답장은 대충 이런 내용이었다. 이 왕이면 이곳에서 좀 더 공부를 하고 싶다는 것. 동경고사가 교육대학으로 승격되는데, 대학공부를 하고 싶다는 것. 형의 답장은 이러했다. "학비를 더 이상 보낼 여유가 없다." 그러나 교육대학에 가는 대신 그가 신분보장 목적으로 학적을 둔 곳은 니횐[日本]대학 예술과였다. 이류급 사립대학이었다. 고학이라도 할 판이었는데 아직도 그는 『전위시인』그룹과 어울리며 뭔가를 쓰고 있었다. 일종의 타성이었다. 졸업한지 두 달이 지났을 때 그는 뜻하지 않은 사태에 부딪혔다. 그해 5월 상순, 전보 한 장이 하숙집으로 왔다. "명조 9시 동경역 착. 신도"가 그것. 이 전보 한 장이 그의 도쿄체류를 당분간 연장시킬 수 있는 명분을 제공해주었다.

## 6. 인자의 도리에 낭패하기

이튿날 아침 도쿄역에 나간 백철은 당황한 아내 신도를 맞이했다. 그것은 뜻밖의 반가움과 모종의 안도감을 그에게 안겨주었다. 낯선 땅에서 그것도 불안한 상태에서 남편을 만난 신도의 모습은 아름다웠다. "오종종한 얼굴모습에 신경성이 가시와 같이 비쳐서 이쪽의 신경을 초조하게 하는 데가 있"(『전편』, 194면)는 아내가 이 순간만은 아름답게 보였다 함은 신혼부부다운 젊음의 솔직함이자 그 이상의 것이었다. 졸업하고도 귀국하지 않자 신부 측의 궁금증이 극도에 이르렀을 터이다. 방법은 단 하나. 직접 도쿄에 가서 확인하는 길이 가장 확실했다. 신도의 기습적 도쿄행은 그만큼 그녀의 불안과 초조와 다급함을 직접적으로 표출하는 것이었다. 도쿄역두에서 남편 백철을 만나자 그녀의 불안·초조·다급함이 일시에 가셨다. '신경성' 있는 그녀의 표정이 아름다워지는 순간이었다. 그것은 젊은이만이 연출할 수 있는 특권이라 할 만했다. 그러나 이 연출은 몇 가지 점에서 통상의 신혼부부의 측도로는 잴 수 없는 곡절이 잠복해 있었다.

동경고사 4년 동안 백철은 두 번 귀국했다. 첫 번째는 일 학년 여름방학 때였다. 반 년간의 외국 생활이 젊은 시골 출신 백세철 학생에게 향수를 불러 일으켰음은 새삼 말할 것도 없지만 그 외에도 그에겐 두 가지 가정문제가 겹쳐 있어 그의 발걸음을 재촉케 했다. 그가 비현역에 내리자 가족 친지가 모두 나와 있었으나 제일 그리운 어머니와 아우 세걸의 모습은 보이지 않았다. 중병에 걸린 세걸은 근처 섬에서 어머니와 함께 요양하고 있었다. 세걸이 19세의 나이로 죽은 것은 그가 도쿄에 온 지 20일만이었다. 한 나무에서 난 가지 하나가 꺾인 것이었다. 그 뿐만 아니라 소지주계급인 자기 가족의 경제적 몰락도 똑똑히 보아야 했다. 또 하나의 가정 문제는 약혼자에 관한 것이었다. 신의주고보 졸업반이었던 1926년에 그는 그 지방에서는 재산이 제법 있는 과부의 딸과 덜컥 약혼을 했던 것이다. 이번 귀국으로 결혼문제가 대두된 것은 너무도 당연했음에도 불구하고 그는 그렇게 할 수 없었다. 그는 귀국한지 3주가 지날 때까지 약혼자를 찾지 않았다. 약혼자 편에서 가만히 있을 턱이 없었다. 그는 약혼자 집으로 가서 이틀 머물렀다. 결혼 독촉에 그는 발뺌을 했다. 그도 그럴 것이 가환이 있는데다 집안도 기울었고 게다가 약혼자도 그도 마찬가지로 학생신분이기 때문이었다. 사비생인 그로서는 경제문제, 가족문제 등 비극적 상황을 핑계로 이를 모면할 수 있었다.

두 번째 귀국은 3년 만이었다. 동경고사 4학년째인 1930년 여름방학이었다. 맏형의 긴 편지를 받자 귀국하지 않으면 안 될 처지에 몰렸다. 바로 결혼문제가 그것. 맏형은 '인자(人子)의 도리'를 강조했다. 게다가 약혼자 신도는 1929년 봄에 여학교를 졸업했던 것이다. 신부 측이 기독교, 신랑 측이 천도교이긴 해도 그런 것은 '여필종부'의 관습 앞에서라면 더 이상 머뭇거릴 명분이 될 수 없었다. 또한 『전위시인』 동인으로 맹활약을 하고 있는 그에게 코른타이의 '붉은 사랑'을 연상시키는 일본 여인 K에의 매혹도, 조선적 '인자의 도리' 앞에서는 떳떳한 명분일 수 없었다. 결혼식은 1930년 8월 21일이었고 처가에 3일 머문 뒤 아내와 함께 본가에 두 주간 머물렀다. 누구나 하는 일반적인 절차였다. 다시 도쿄로 갈 때 아내는 차련관까지 함께 배웅해주었다. 이 역시 신혼부부다움이었다.

아내 신도의 처지에서 보면 아주 어렵사리 결혼한 것이어서 남편에 대한 그리움이랄까 조급성이 마음 깊은 곳에 있었다. 졸업을 한 지 두 달이 되어도 귀국하지 않는 남편이란 작자는 무엇인가. 대체 그는 왜 귀국하지 않는가. 신부는 직접 자기 눈으로 확인해야 했다. 일종의 기습이었다. 그만큼 신도는 대담했다. "오종종한 얼굴모습에 신경성이 가시와 같이 비쳐서 이쪽의 신경을 초조하게 하는 데"가 있었다고 백철은 적었거니와 그만큼 그는 아내와의 심리적 거리감을 갖고 있었다. 쫓고 쫓기는 그런 부부관계였음이 드러난다. 이런 부부관계가 더 이상 지속되기 어려움도 이런 성격적 부조화에서 왔을 터이다. 여기자 송계월과의 연애사건에 이어 백철이 아내에게 이혼을 선언하기에 이른 것도 이런 심리적 어긋남과 무관하지 않았다. 그들 사이엔 아들 하나를 두었다.

그러나 도쿄역두에서 만난 신혼부부의 정다움을 백철은 "아름답다"라고 적었다. 자기의 야망을 위해서 도쿄 바닥에 남아 있는 사내가 거기 있었다. 사내의 야망도 오직 식민지 지식인의 문학에서의 출세에 있었기에 이보다 더 성스럽고 순결한 것은 없었다. 의심에 초조했던 아내도 비로소 이 사정을 이해할 수 있었다. 아내가 아름다웠다고 그가 말한 것도 따지고 보면 그의 열정의 순수성에서 왔다. 아내가 가지고 온 돈 50여 원에서 30원으로 4조 반과 8조 다다미 두 칸 방을 전세로 얻어 신혼의 비둘기집을 꾸몄다. 그는 아내를 데리고, 그의 도쿄생활을 심리적으로도 실질적으로 보장해준 천도교 종무원에 가기도 했고, 『전위시인』 동인들의 작품합평회도 신혼집에서 자주 벌이곤 했다. 문단 합숙소 몫을 한 것이었다.

여기에는 모종의 연기가 요망되었다. 동인들 앞에서 아내 신도를 누이동생으로 행세케 한 점이 그것이다. 그동안 미혼청년 문사로 행세해 온 그의 처지로서는 자연스런 일이라 할 만하다. 일본인들 앞에서만 누이행세하기에 대해 훗날 그는 이렇게 적어 스스로를 자책하고 있어 인상적이다.

> 비겁하고 위선적인 일임에 틀림이 없었다. 본시 내 인격의 한구석에는 그런 위선적인 일면이 들어 있는 것이 사실이다.
>
> —『전편』, 195면

일본인 동인 앞에서 누이동생 연기를 시킨 사실을 두고 '위선적 일'이라고 죄의식을 말해놓고 있지만 실상 따지고 보면 이것은 NAPF 문사 백철의 순수성이랄까 순진성을 말해준 것이 아닐 수 없다. 그 이유는 아주 단순명쾌한 데서 찾아진다. 아내 신도 편에서는 큰 불만이 없었다는 사실이 그것. 그런 것 속에서도 그녀가 '어떤 행복'을 느꼈다는 사실이 이를 뒷받침하고 있다. 그녀로서는 처음 겪는 신혼생활이었던 것이다. 그리고 그것은 마지막이기도 했다.


## 7. 귀국과 천도교


백철 부부가 귀국한 것은 1931년 10월 중순이었다. 4년 10개월이 넘는 도쿄생활을 하직하고 귀국할 때 천도교 도쿄 종무원에서는 송별회를 열어주었다. 백철이 더 이상 도쿄에 머물 수 없었던 것은 무엇보다 생활비 때문이었다. 아내가 가져온 돈은 두 달 만에 바닥이 났고 그해 5월 집에서 보내온 30원도 얼마 남지 않았다. 그렇다고 무슨 돈벌이가 있을 턱이 없었다. 동경고사 출신이라 하나 실업사태 속의 일본에서 발 붙일 곳은 없었다. 그렇다고 무턱대고 주저앉을 수도 없었다. 귀국을 해야 했다. 그러나 거기에는 그다운 명분이 있지 않으면 안 되었다.

명분이란 새삼 무엇인가. 이 물음은 한 사내의 자존심을 묻는 것이 아닐 수 없다. 백철의 자존심이 걸려 있는 데가 일본문단 진출이었음은 앞에서 자세히 살펴보았다. 그의 역량으로서는 불가능했다. 이런 자각은 그를 크게 실망시켰지만 어쩔 도리가 없었다. 이럴 경우 사람은 그와 유사한 대상물을 찾기 마련이다. 꿩 대신 닭이라고 하는 속담도 이런 사실을 표명하고 있다. 일본문단 진출이 벽에 부딪혔다면, 그 대안으로 조선문단이 저만치서 손짓하고 있었다. 그동안 거들떠보지도 않던 조선문단으로 시선을 돌리지 않으면 안 되었다. 조선문단에 진출하되 압도적으로 해야 한다고 스스로 다짐했음에 틀림없다.

실로 다행스럽게도 천도교 도쿄지부 종무원이 그로 하여금 이를 충동질했다. 조선에서 나오는 신문, 잡지를 그곳에서 자세히 볼 수 있었다. 여기에는 설명이 없을 수 없다. 3·1운동의 주역세력이 천도교였다는 것은 세상이 아는 일이다. 당시로서는 민족 종교라 해도 결코 지나치지 않은 천도교는 조직적이고 계몽적인 방대한 저널리즘 체계를 갖추고 있었다. 그 중심체의 표층에 내세워진 것이 『개벽』(1920.6~1926.8)이었다. 다른 잡지와는 달리 『개벽』은 이른바 신문지법을 통과한 잡지여서 정치·경제·사회문제들을 다룰 수 있는 거의 유일하고도 강력한 계몽지였다. 7년간 통권 72호를 내면서 발매금지 34회, 정간 1회, 벌금 1회 등을 당했고 마침내 72호 때 발매금지로 마감되었다. 카프의 전신인 계급주의문학(신경향파)의 온상이기도 했다.

아― 풍운! 아― 벽력! 모래가 날리며 돍이 닷도다. 나무가 부러지며 풀이
쓸어지도다. 아― 혹천지로다. 수라장이로다. 천(天)의 악이냐? 세(世)의 죄이
냐? 아니 이것이 혼돈이 아닌가? 아― 총검! 아! 쇄도! 머리가 떨어지며 다리
가 끊어지도다. 이놈도 거꿀어지고 저놈도 자빠지도다. 아―워텔루로다. 해하
야(垓下野)로다. 생을 위함이냐? 사를 위함이냐? 아니 이것이 번복이 아닌가?
새 바람이 일도다. 흰빛이 비치도다. 온 세계는 찬란한 광(光)의 세계로다. 평
화의 소리가 높도다. 개조를 부르짖도다. 온 인류는 신선한 자유의 인류로다.
운이 내(來)함이냐? 시(時)가 도(到)함이냐? 아니 이것이 개벽이로다.

—『개벽』창간사

이 『개벽』을 내던 개벽사에서는 『개벽』지가 정간되자 이와는 조금
성격이 다른 『별건곤』·『혜성』·『신여성』 등 월간지를 계속 내고 있었
다. 도쿄지부 종무원엔 이런 잡지들과 국내 신문들이 충실히 비치되어
있어 마음만 먹으면 국내 저널리즘 및 문학의 쟁점 따위를 손쉽게 접할
수 있었다. 구하는 자에겐 길이 열리는 법. 그는 마침내 국내에서 센세
이셔널한 문학적 쟁점을 파악하기에 이르렀다. 농민문학론이 바로 그것
이었다. 카프 제1차 검거사건으로 숨죽인 국내 좌익문단에 던질 수 있
는 돌파구가 농민문학론으로 보였던 것이다. 그러나 이것만으로는 명분
으로서는 모자랐다. 금의환향까지는 아닐지라도 적어도 국내에서 먹고
살기에 필요한 직장이 요망되었다. 이 점에서도 천도교는 그에게 응답
해주었다.

그가 맏형에게 구원을 요청한 것이 7월 말이었다. 취직부탁이 그것이
다. 그는 간곡히 편지에다 썼다. 교사는 되고 싶지 않다는 것, 대신 신문
사나 그렇지 못하면 잡지사를 원한다는 것. 천도교 지방 간부격인 형의
힘은 막강했다. 8월 하순에 개벽사 기자로 취직이 결정되었음을 알려
왔다. 형의 편지는 두 가지 점에 강조되어 있었다. 평북 출신으로 천도
교 중앙종무원의 고위 간부인 최석연(崔碩連)의 힘으로 가까스로 결정되
었으니 그 분에게 감사하다는 편지를 올려야 한다는 것이 그 하나. 다

른 하나는『개벽』이 인기 절정에 있던 시절과는 달리 지금은 매우 어려운 형편에 놓여 있기에 큰 기대란 금물이라는 것. 마지막 송금으로 35원을 부쳐왔다. 개벽사로부터 속히 귀국해서 출근하라는 통지가 온 것은 그해 9월 중순이었다. 이로써 나름대로 두 가지 명분이 충족되었다. 이 중에서도 그가 혼신의 힘으로 역량을 발휘한 것이 농민문학론이었다. 4년 동안 일본의『전위시인』동인으로, 또 나프의 맹원으로 쌓은 명성과 실력을 훈장삼아 그가 현해탄을 건넌 것은 그해 10월이었다. 여기에는 백철의 천부적 소질이 은밀히 작동되어 있었다. 이른바 저널리즘에의 민감성이 그것이다. 프롤레타리아 문사이면서도 저널리즘에 가장 민감히 반응하여 인기를 독차지한 도쿄제대 출신의 평론가 하야시 후사오[林房雄]를 눈여겨보았던 백철이 아니었던가. 국내 저널리즘을 새로운 가능성으로 포착한 것은 그의 민감성이었다.『전위시인』동인으로 체득한 뛰어난 저널리즘에의 감각이 마침내 국내에서 발휘되기에 이른 것이었다. 구체적으로 그것은 제1차 카프 검거사건에 관련된 것이었다. 일본의 NAPF가 비록 개별적으로는 당국의 탄압이나 견제 속에 있긴 했으나 전면적인 검거사건은 없었다. 여기에 카프와 나프의 변별점이 잠복해 있었다.

 카프 제1차 검거사건의 법적 명칭은 재건공산당사건(1931.3~8)이다. 만주사변(1931)과 신간회 해체, 카프의 볼세비키화 등이 배경에 깔린 이 사건은 코민테른 8월 테제(1928)에 의한 일국 일당주의에까지 거슬러 올라간다. 조선공산당(1925년 창립)은 국가가 없는 만큼 해체되지 않으면 안되었다. 그러나 이 해체된 조선공산당의 재건운동이 일어났던 바 그 중심 분자는 고경흠·김두용을 비롯, 임화·박영희 등, 총 17명이었다. 이들이 종로서에 검거된 사건이 재건 공산당사건이었다(카프 맹원 중엔 김남천만 기소되어 1년 반 복역했다). 나프 맹원의 신분을 가진 백철의 시선에서 보면 이 사건은 실로 예사롭지 않았다. 저널리즘적 감각이 뛰어난 백철은 이로써 카프의 새로운 국면을 예감했다.

카프가 타개할 새로운 국면이란 바로 농민문학문제였다. 하리코프대회(1930.11.1~10)에서 결의된 농민문학론의 새로운 정보를 알아차린 백철은 국제적 감각에 민첩했다. 마침내 그는 왼손에 이 국제 감각을 방패로 삼고, 오른손에 천도교 저널리즘을 무기로 삼아 거대한 날개를 펼치며 현해탄을 건너왔다. 「농민문학문제」(『조선일보』, 1931.10.1~20)라는 이 거대한 날개는 국내 저널리즘 한복판에 커다란 그림자를 드리우기에 모자람이 없었다. 그를 두고 저널리즘은 '다크호스'의 출현이라 불러마지 않았다. 이 저널리즘과 문학의 관계를 인식하는 민감성이 아마추어리즘이라 하여 때로는 빈축을 사긴 했지만 이는 단연 백철 비평의 특징이자 강점이었다. 전공자의 정확한 지식에 근거한 글쓰기와 평론의 글쓰기란 별개의 영역임을 염두에 둔다면, 또 강단비평이 부재한 한국평론의 저널리즘 성격을 염두에 둔다면, 이 사정의 중요성이 새삼 드러날 것이다.

# 제2부

# 제1장 탕아의 귀가

## 1. 천도교 품에 안기다

백만 교도에 백만 거재(巨財)를 봉하고 서울 중앙 운현궁 월편의 운소(雲霄)에 솟은 건물 속에 거하여 과거에 기다의 찬연한 역사적 기록을 가지고 있으며 현재에 있어서도 다방면으로 활동을 시(試)하여 조선사회의 이만의 웅적(雄的) 거연한 존재를 가지고 있는 천도교는 여러 가지 의미로 오인(吾人)이 주시의 대상이 된다. (…중략…) 현재 이 거연한 결사를 운전하는 중앙의 최고 간부로는 대령에 정광조씨, 부대령에 최준모씨, 고문으로 최린, 권동진, 오세창, 나용환, 이병춘 제씨와 그 밖에 이돈화, 이종원 제씨가 기라와 같이 천도교 전국(全局)에 배치되어 중앙 종무원(宗務院)을 거하여 교령을 발하고 있다. 그렇지만 이것은 기성세력이다. 기성세력이란 언제나 성장하는 새 세력에 그 지위를 물려주는 것이 원칙이라 다만 전통의 힘이 큰 천도교에 있어 그 교대기가 10년 후가 될는지 20년 후가 될는지 그것은 미지수라고 아니 할 수 없겠다.

차대를 계승할 세력의 시장(市場)을 드비자면 위선 현재 교내의 전위당으로
있는 청우당(靑友黨)에 눈을 보내지 아니하면 안 될 것이다.
　　　―「백만 교도에 백만 거재를 활용할 천도교의 후계 지도자들」, 『삼천리』, 1932.3,
42면

　청우당의 대표는 손재기(의암의 종손, 보성전문 출신, 39세), 부대표로는 정
응진(보전 출신, 39세). 청우당은 그 안에 농민·노동자·부인·청년·학
생·소년·상민(商民) 등 7부서를 두고 있는 천도교의 실무행정 권력기
관이었다. 한편 천도교에는 또 다른 중심체가 있었던 바 중앙집행위원
회가 그것이다. 약 40명으로 구성된 이들의 머리에 오른 인물이 김기전
(37세, 보전출신, 청우당의 전신인 청년당의 당수)을 비롯, 박완·최기필·차상
찬(춘천 출신, 40세, 보전교수, 신문기자 등을 거친 언론계의 맹장) 등이었다.
　동경고사를 가까스로 졸업한 나프 출신 백철이 아내 신도와 함께 도
쿄를 떠나 서울역에 내린 것은 1931년 10월이었다. 인력거에 몸을 싣고
남대문을 지나면서 고개 숙이며 그는 속으로 중얼거렸다. '이렇게 탕아
로 돌아왔습니다'라고. 그야말로 성경에 적힌 대로 '탕아의 귀가'였던
것이다. 성경에 적힌 바와 마찬가지로 이 탕아는 그를 버선발로 맞아주
는 당당하고 정겨운 아비가 있었다.

　아들이 가로되 아버지여 내가 하늘과 아버지에 죄를 얻었사오니 지금부터
는 아버지의 아들이라 일컬음을 감당치 못하겠나이다. 하나 아버지는 종들에
이르되 제일 좋은 옷을 내어다 입히고 손에 가락지를 끼우고 발에 신을 신기
라. 그리고 살진 송아지를 끌어다 잡으라. 우리가 먹고 즐기자. 내 아들은 죽
었다가 다시 살아났으며 내가 잃었다가 다시 얻었노라. 하니 저희가 즐거워하
더라.
　　　―「누가복음」 15장

탕아 백철에겐 이와 흡사한 힘센 아비가 그를 맞이하고 있었다.

인력거가 종로를 지나 계동 쪽 언덕으로 올라왔다. 취직을 알선해준 최석연 선생이 사는 동네였다. 그 근거리에 아내와 기거할 단칸 살림방이 마련되어 있었다. 아내는 일주일쯤 있다가 본가로 가버렸지만 백철은 그러지 않았다. 부모님께 인사하기에 앞서 또 다른 정신적 부모인 천도교와 직장이 앞섰던 까닭이다. 아내보다 친부모보다 우선하는 부모, 그것이 백철에겐 무엇보다 중요했던 것이다. 그에게 천도교가 평생을 두고 얼마나 큰 존재이며 의미 있는 실체인가를 가장 잘 말해놓고 있는 대목이 아닐 수 없다.

서울에 도착한 이튿날 최석연 선생의 뒤를 따라 개벽사로 갔다. 당시 개벽사는 경운동 천도교당 경내 앞면에 있는 천도교 기념관의 전면 이층을 편집실로 쓰고 있었다. 여기가 언론의 대명사인 개벽사라고 속으로 외치며 그는 흡사 로마의 성문을 통과하는 심정으로 이층 층계를 올랐다. 주간은 청오(青吾) 차상찬(車相瓚)이었다. 왜소한 몸집이지만 탄탄해보였고 벗겨진 이마에 광채가 나는 청오가 손을 꽉 쥐며 흔들었다. "잘 부탁하우, 이 개벽사는 본시부터 젊은 사람들을 환영해왔소……. 저렇게 얼굴도 잘나고 재조도 있어 뵈고……. 하옇든 앞을 기대하겠소!" 빠른 목소리가 다정했다. 막 바로 이어서 편집실 부서마다 인사를 시켰다. 『혜성』지의 편집장은 채만식, 『신여성』의 편집장은 최영주였고 여기자 송계월이 여기 소속이었다. 『어린이』는 방정환의 수제자 이정호가 맡고 있었다. 이 세 잡지의 총주간이 청오였다. 백철이 배당된 부서는 『혜성』지였다.

편집장 채만식은 체격이 갈비씨이지만 그의 체질은 그 이상의 갈비씨였다. 그럴 수 없이 신경질적이었다. 손끝 하나만 건드려도 터질 것 같은 그런 인간으로 백철에겐 보였다. 자기 말대로 성격이 모질지 않고 남과 충돌하기를 피하는 자유분방한, 그래서 좀 헐렁한 백철로서는 매일 그와 책상을 마주하고 대함이란 여간 고충이 아니었다. 무엇이든지 백철의 제안에 일일이 반대하는 성미인지라 언성을 높이며 싸우는 일이 하루에도 몇 차례 일어났다. 그렇지만 악의에서가 아니었고 저녁이면 씻은 듯이 풀어지는, 멋도 있는 작가였다. 결벽증 또한 이 작가의 유별난 점이었다. 문밖으로 나갔다 오면 손에 무슨 벌레라도 붙은 듯 손을 털었고 세숫대야에 손을 씻곤 했다. 이 결벽성은 옷에도 그대로 나타났다. 진한 남색 코트에 회색 바지를 즐겨 입었고 이 점에서라면 족히 시인 백석(白石)과 맞수가 될 만했다.

약 1년 동안 여기에 몸담고 있으면서 백철에게 제일 큰 사건이 따로 준비되어 있었던 바 미녀기자 송계월과의 연애사건이 바로 그것이다.


## 2. 탕아의 남은 열정 – 연애사건


내가 인사를 했을 때 송은 "송계월이에요" 하고 냉랭한 어조였다. 그의 얼굴에 대한 내 첫인상은 '정말 모던한데!' 하는 놀라움이었지만.

—『전편』, 209면


눈초리가 위로 치째진 것이 여간 자극적이 아니었다. 동시에 몹시 오만스럽게 느껴졌다. 백철은 도쿄 시절 이미 지면으로 송을 알고 있었다. 광주학생사건 때 조선의 '잔다르크'로 신문에도 났을 뿐만 아니라 여류작가이기도 했다. 또한 그녀는 좌익 쪽으로 기울어져 있었다. 백철은 우선 작전상 한발 물러섰다. '네가 알면 얼마나 알겠느냐, 이리 봬도 나는 도쿄의 제일선에서 새 지식을 갖고 온 사람이다. 천천히 두고 보자'라고 도전적인 생각을 품었다.

『혜성』지에서의 백철의 활동은 주변의 기대에 어긋나지 않을 만큼 눈부신 바 있었다. 일본 저널리즘의 방식대로 '창작시평'란에서 그는 매

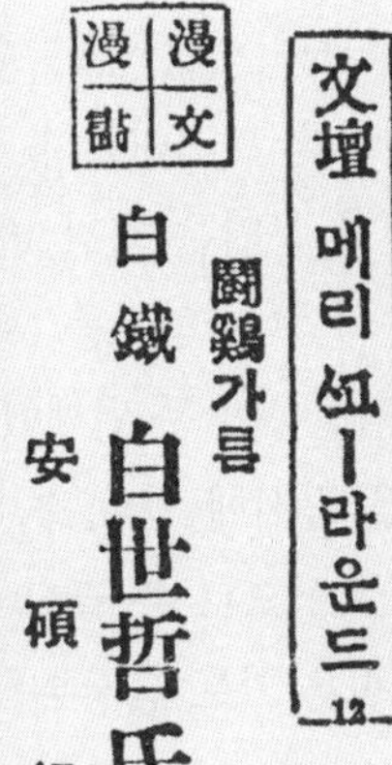

文壇 메리 꼬―라운드 ⑫

漫文 / 漫畵

鬪鷄가튼

白鐵 白世哲氏

安碩柱 畵

「조선일보」, 1933.2.6

달 월평을 썼다. 그는 이데올로기 위주의 정치성이 농후한 홍두깨 식 평필을 휘둘렀으며 시는 물론 소설에서 유물변증법적 창작방법으로 평단에 크게 머리를 드러내었다.

맨 먼저 만난 문인은 회월 박영희. 재건공산당사건에서 풀려난 1931년 11월 초순이었다. 천연동 69번지를 찾아갔으나 원고청탁을 냉랭히 거절당했다. 김팔봉이 두 번째였다. 『조선일보』 사회부장인 팔봉과 학예부장 안석영을 동시에 만날 수 있었다. 당시 조선일보사는 견지동에 있었다. 석영의 요청으로 쓴 글이 문제적인 「유물변증법적 창작방법」이었는데 그의 평필은 카프 심장부를 폭파할 만한 폭약을 안고 있어 보였다. 『개벽』을 이어받은 『별건곤』은 이 무렵 『삼천리』에 밀렸고 그 후로는 신문사에서 낸 『조광』·『신동아』 등에 밀리기 시작했다. 기울어가는 개벽사에서 1년 반을 보낸 백철에겐 두 가지 목표가 뚜렷이 설정되어 있었다. 하나는 평단에 우뚝 서기이며 이를 위해 그는 좌충우돌 했다. 이토록 맹렬한 백철의 문단활동을 정작 안석영은 「문단 메리 고 라운드」란에서 풍자적 그림과 함께 "투계같다"라고 했다.

> 백세철 백철 기타 옛날 노국인의 이름같이 개벽사의 제 잡지로부터 웬만한 잡지면 필봉을 휘두르고 있는 이 다 백철이라 하니 백열된 철(鐵)을 말함인가? 태양을 말함인가? 새로운 함성을 말함인가 백미철(白尾鐵)이라 하였더면 혜성을 말하였을 것인데 전자가 다 아니라면 용광로를 말함인가? 아무래도 프롤레타리아 문예인의 뜻 두고 진 이름 같으며 사나이 이름으로 좋은 이름이다.

이렇게 운을 뗀 이 '만문만화'에서 석영은 백철의 활동모습을 만화처럼, 그러나 아주 실감나게 묘사해보였다.

> 언제나 에푸수수한 것이 여름에 보면 투계(鬪鷄) 같고 겨울에 보면 으스스하여 막걸리 생각을 하는 자유노동자의 어느 순간 같으나 언제나 빈번한 안면 근육의 활동은 마주 대하는 사람의 얼굴에 봄의 훈풍을 껴얹는 듯함에 진

득한 여인의 가슴도 태워주었을 듯 어느 모로 보나 문인다운 곳이 숨길 수 없어 보인다.

씨 역시 장광설이나 음성이 늘 주침하고 곧 일어난 나이 듬직한 여인의 음성 같은데다가 늘 웃음을 포함한 것은 남의 집 주부가 되었다면 신경질적인 남편의 속을 태울 듯하다가 반겨 들어오도록 되었을는지 모르게 호인으로 보이면서 웃는 그 눈에서는 자광선이 번적하는 데는 누구나 경시하지 못할 점이 있다.

평가도 많으나 새로. 나온 이로 욕설이 없기는 씨이며 남의 작품을 신중히 취급하며 꼬집고 뜯고 할고 할기고 하는 수작이 없음이 앞으로 씨의 평론이 권위가 있게 될지도 모른다. 씨와는 합반주는 못하였으되 씨가 술을 자신 대신 얼굴이 백철이 되도록 잡수일 역량이 보이나 어느 분의 권고와 간청에 의함인지 황토색 얼굴만 보여주니 술 외에 딴 재미가 있으면 하였으나 학구(學究)에 뜻을 둔 씨는 술하고는 천생으로 남이 된 듯싶다. 문인이면 술, 하지만 지금부터는 진실된 문장이 술에서 나오는 것이 아니라는 것이 씨의 말이 없으나 씨를 보면 들은 바 없으되 들은 듯 싶은 것이다.

양복은 쩍 잘라 붙인 양복이로되 씨는 양복을 해 입을 때마다 털솔 365개는 사야 될 모양인지 새 옷을 입어도 고물상 맨 밑바닥 서랍에서 나온 것 같이 진애가 적여구산(積如丘山)이니 아무래도 속히 주부를 모셔와야 될 모양이라고 남의 걱정에 마르는 자가 만화자(漫畵子)다.
—안석주, 「투계같은 백철 백세철씨」, 『조선일보』, 1933.2.6


인품이 털털하다는 것, 술을 별로 하지 않는다는 것, 욕설 없는 비평가라는 것, 늘 밝고 웃는 모습이라는 것, 장광설이라는 것, 그리고 의복에 거의 신경을 쓰지 않는다는 것 등으로 요약되는 이 만필에서 백철의 이 무렵의 행색이 눈에 잡힐 듯이 묘사되어 있다. 그중에도 양복에 대한 부분에서 감지되는 것은 아내가 없다는 점이다. 말하자면 홀아비 생활을 하면서 활동했음이 그것이다.

개벽사 시절, 백철의 또 다른 모습은 바로 이 홀아비 생활과 연계된 연애사건에서 드러난다. 개벽사에서 백철이 받은 월급은 20원. 그나마

제때에 받는 일은 거의 없었다. 새로 등장한 『삼천리』·『신동아』 등과의 경쟁에서 밀리고 있는 판이며 또 경제공황 중이기도 한 시기였다. 고료 역시 거의 없는 때이기도 했다(그가 처음으로 『동아일보』 투고 원고에서 일금 2원 50전을 받은 것은 1934년도였다). 그렇다면 아내 신도는 어디에 있었을까. 귀국 직후의 사정을 이렇게만 적었다.

> 하숙집은 계동 꼭대기에 비둘기집처럼 오뚝하게 언덕에 달려 있는 조그만 기와집의 단간 건넌방이었다. 여기서 신도와 나는 새로 신접살림을 시작하게 되는 셈이었는데 신도는 너무 초라한 살림살이가 크게 불만스러워서 처음부터 얼굴을 찌푸렸다. 사실 부엌도 달려 있지 않고 밥도 밖의 한데서 지어야 하고, 겨울은 닥쳐오고 하는 생각을 하면 그녀로선 불만이 당연한 것이었다. 그래서 한 주일인가 있다가 그녀는 고향의 본가로 내려가 버렸다. 봄철이 되면 다시 상경하기로 하고 임시 조처를 한 셈이다.
>
> —『전편』, 206면

첫 번째 아내 신도와의 결혼에는 실로 우여곡절이 많았음을 이미 살펴보았거니와 그 후의 정황으로 미루어 볼 때, 부부의, 이른바 궁합이란 것이 잘 맞지 않았다. 결혼도 거의 신부 측의 일방적 요구에 의해 마지못해 한 것으로 되어 있었고 도쿄에까지 찾아온 아내를 동지들에겐 누이동생이라고 속인 바 있었다.

귀국한 뒤의 위의 기록으로 보면 백철에겐 출세가 제일 소중했음이 판명된다. 귀국 후 부모가 있는 고향에도 가지 않았음이 이를 말해준다. 아내 역시 남편을 하늘같이 받드는 유형이 못 되었다. 살림살이의 초라함이 남편보다 우선했던 형국이었다. 이 허점을 비집고 백철의 열정을 뒤흔든 여인이 있었다. 송계월이 그녀였다. 대체 그녀는 어떤 매력을 지녔기에 백철로 하여금 아내 신도와 이혼을 일방적으로 선언하게 했을까. 훗날 백철은 여러 곳에서 자신의 연애사건을 자랑스러울 정도로 망설임도 없이 회고해 놓았다.

알고 보니 송계월(宋桂月) 하면 개벽사 스텝에서 홍일점일 뿐더러 국내 저널리즘의 총인기를 모으다시피하고 있는 장안의 홍일점이었다······ 그러면 미스 송의 인기란 어디서 온 것이었던가. 우선 그의 미모였다. 현대여성 중에서도 전위파적인 미라 할까. 높은 콧마루에 위로 치켜진 눈꼬리와 얼굴 전체의 윤곽이 분명한 날카로운 정형미(整形美), 그리고 균형 잡힌 몸매 전체에서 모더니티가 풍겼다. 그런 외형미의 조건만을 가지고도 미스 송은 장안의 인기를 끄는 매력이 충분했다고 할 수 있다. 그 위에 그가 여성운동의 선두에 선 이미지가 센세이션을 더하였다. 예의 광주학생사건 때에 아직 여상(女商) 재학생으로 항일전선의 앞장을 섰던 것이다. 그런 앞뒤의 인기 조건들 때문에 개벽사에서는 미스 송을 모셔오다시피 하여 『신여성』의 여기자로 초빙했던 것이다.

—『전편』, 228면

모더니티를 갖춘 미녀라는 점, 그리고 여성운동가라는 점에 야심 많은 젊은 백철의 가슴이 불타기 시작했음은 극히 자연스럽다. 제국의 수도 도쿄에서 제국의 최고 교육기관 동경고사를 졸업하고 문단의 전위부대인 나프의 최전선에서 두각을 드러낸 조선 청년 백철이고 보면 아무리 도도한 송계월이라도 능히 정복할 수 있다고 믿었을 터이다. 또한 이런 사실을 민감한 송계월이 알아차리지 못했을 이치가 없다. 무엇보다 그녀는 우선 여류작가였다. 박화성·최정희·강경애·김자혜 등 5명의 여류작가 연작(『신여성』, 1933.1~5)에 송계월이 단편 「젊은 어머니」로 참가했으며 수필 「부인 기자의 일기」(『신동아』, 1932.11), 「그리운 내고향」(『삼천리』, 1931.12), 「가보고 싶은 곳, 만나고 싶은 이」(『삼천리』, 1932.3), 「북국의 동무」(『신동아』, 1932.12), 평론 「조선문인의 프로필」(『문예월간』, 1932.1), 「여인 문예가 크릅 문제」(『신여성』, 1932.3)를 쓴 송계월은 함북 북청(신창)에서 태어나 1933년 5월 30일 폐결핵으로 짧은 생애를 마쳤다.

"작품 하나를 쓰노라고 했는데 도무지 자신이 없습니다. 한번 읽어봐 주십시오 부탁합니다." 냉랭하던 송계월이 이렇게 말했을 때는 백철에겐 실로 감격적 순간이 아닐 수 없었다. 백철은 온갖 일을 제쳐두고 자기의 주석까지 붙여 송에게 보냈음은 새삼 말할 것도 없다. 그 작품이 이효석의 「오리온과 임금」과 더불어 발표된 단편 「가도연락의 첫날」(『삼천리』, 1932.2)이었다.

"방금 점심시간을 고하는 사이렌이 울리어 왔다. 제사복의 윈 동무들은 마치 우리에게 처음으로 놓여난 짐승떼처럼 좋아 날뛰면서 책보 속에 든 차디찬 벤도를 가슴에 안고 동편쪽 식당으로 몰려간다"라는 서두로 시작되는 이 단편은 서울 소재 모방직회사 여공 중의 한 명인 '나'가 주인공이다. 점심시간에 몰래 빠져 나온 '나'는 시방 버스로 황금정(을지로) 네 거리의 중간으로 가고 있다. 접선 장소인 까닭이다. 처음으로 분회(分會)에서 연락원으로 간택된 '나'의 초조한 심사와 그 임무수행의 초조한 과정을 썩 밀도 있게 묘사한 이 작품의 참주제는 처음으로 비밀연락원으로 간택된 한 여자노동자의 초조함과 그 뒤에 오는 조직원의 자존심이라 할 것이다. 점심시간을 틈타 거리에서 접선하는 여성근로자의 심리에 비친 종로거리, 백화점, 버스차장, 길거리 등등이 '나'의 눈에는 별개의 세계일 수밖에 없었다. 일을 시작하기 8분 전에 접선을 마친 '나'의 자부심의 근거가 이런 심리묘사에 그치고 만 것은 그만큼 조직운동의 초보적 단계임을 말해주는 것이어서, 이 소설은 카프문학의 수준에서 보면 아마추어적인 것이며 수필식 한 컷의 심리묘사에 머무른 것이라고 할 것이다. 구성력이 전무한 작품인 까닭이다. 이 작품에 백철의 지도와 입김이 작동했음은 그 자신의 회고에서 보는 바와 같다.

이 작품을 계기로 두 사람의 관계는 급속히 진행됐다. 퇴근 시간엔 두 사람이 데이트에 열중했다. 처음엔 문학애기로 저녁식사로, 그러다 극장행으로 이어졌다. 최승희의 춤(단성사) 구경도 했다. 그 다음 순서는 송계월의 하숙집 가기. 송의 하숙에는 장안의 인사들이 드나들었으나 백철이 가장 환대받았다. 운명의 한 순간이 드디어 찾아왔다. 1932년 선달이 다 갈 무렵 송의 하숙집에서 백철은 그녀와 팔맞기 화투를 쳤다. "비약의 대순간이었다"라고 백철은 회고했다. 어느새 두 사람의 입술이 마주쳤다. "그날 밤을 송과 같이 지냈다. 넘어서는 안 될 월경을 한 것"(『전편』, 237면)이었다.

백철이 기혼자임을 송계월이 알고 있었는지 백철로서는 판단이 서지 않았다. 좌익 신식 여자여서 그런 조건을 초월했는지 분간이 되지 않았다. 꼭 이혼을 하고 송과 결혼하리라고 백철은 결심했다. 그러나 이러한 결심은 순조롭게 진행될 수 없었다. 1932년 1월 말 구정을 며칠 앞두고 그가 경의선 밤차에 몸을 실은 것은 귀국 후 처음으로 부모님을 뵈러가기에 앞서 첫 번째 아내 신도와의 이혼을 단행하기 위함이었다. 폭탄선언을 위해 가슴 속에 청룡도를 품은 이른바 '전쟁길'이었다.

이 '배신자의 행장'은 과연 어떠했던가. 겉으로의 명분은 제법 그럴듯한 것이다. 이른바 '자유연애', '붉은 사랑' 등이 그가 내세운 명분이었다. 낡아빠진 봉건적 윤리에 얼마나 많은 남녀의 눈물이 있었던가. 이를 용감히 깨뜨리기 위한 청룡도라 스스로 합리화했다.

이튿날 아침 비현역에 내리자 형 세명이 마중 나와 있었다. 그 길로 본가에 가서 노부모를 뵙고 형수와 조카들을 보았다. 모두가 즐거운 가족 재회였다. 그럴수록 청룡도를 품고 온 그의 마음은 불안했다. 3일 뒤 그는 용천에 있는 처가로 갔다. 그들의 반가움 앞에 염치없는 자기의 결의를 금방 꺼낼 수 없었다. 하룻밤을 그대로 지내고 아침에 아내에게 고백체로 호소하며 성격이 맞지 않음을 강조하고 이대로 살면 서로 불행해질 것을 말하고 하루라도 빨리 갈라설 것을 말했다. 아내와 장모의 반응은 걷잡을 수 없었다. 그는 온몸으로 이를 감당해야 했다. 다른 방도가 없었다. 처가 쪽에서는 사위와의 담판을 제치고 집안끼리의 해결 방도로 치달았다. 장모, 아내 그리고 그가 함께 본가로 돌아왔을 때 본가에서도 대소동이 일어났다. 탕아의 귀가는 이처럼 두 가문의 사건으로 번질 수밖에 없었다. 부모는 물론, 진보적 지식인이자 그의 정신적 지주였던 형 세명도 이번 일에서만은 그의 편이 아니었다.

백씨 가문의 실질적 책임자인 세명이 나서서 이 문제를 해결하지 않으면 안 되었다. 그 형이 사돈댁과 함께 주선한 수습책은 이러했다. 혼인신고를 하면 자연 수습되리라는 것이 수습책의 핵심사항이었다. 결혼한 지 두 해가 지났는데도 법적으로 그들은 부부가 아닌 상태인 만큼 무엇보다 시급한 것이 이 문제의 해결이었다. 이 사실을 알아챈 백철의 대응책은 어떠했던가.

이 방면엔 아는 바 없는 그가 찾아간 곳은 주례를 섰던, 메이지대학 출신으로 변호사시험 준비 중인 김명학이었다. 당시의 현행법으로 입적 문제는 부모들끼리 하게 되어있다는 것, 그러나 "본인 불참이면 입적할 수 없다"라는 뜻의 내용증명서를 면사무소에 넣어두면 이를 막을 수 있다고 그는 귀띔해주었다. 그날도 백철은 내용증명서를 월화면 사무소로 보냈다. 5년 전 비현면으로 이사를 나왔으나 아직 호적을 옮기지 않아 그대로 월화면(月華面)에 있었던 것이다. 그러나 그가 실수한 것은 바로 이 대목. 그 내용증명에다가 호적을 다른 면으로 옮길 땐 그 내용증명이 같이 붙어가도록 주를 다는 것을 몰랐던 것이다. 이로써 모든 문제가 해결된 것으로 안 이 탕아는 용감히 미래를 향해 상경했다. 인생이란 쟁취하는 것이라 속으로 외면서.

서울역에는 송계월이 마중 나와 있었다. 한 시간이라도 빨리 만나기 위해 그가 전보를 쳤던 까닭이다. 그러나 사태는 정반대였다. 귀향 뒤의 전후사정을 들은 송계월은 펄쩍 뛰었다. 그런 일을 왜 숨겨왔느냐고 따지지 않겠는가. 다른 여자에 상처를 주어가면서까지 자기 행복을 찾을 순 없다는 단호한 태도였다. 필사적 심경으로 변명했으나 그것으로 사태를 되돌릴 수 없었다. 아무리 콜론타이의 『붉은 사랑』을 읽은 신여성 송계월이라도 머릿속의 관념과는 달리 심정적으로는 '사랑 따로 결혼 따로'를 수용할 수 없었다. 그뿐만 아니라 아내인 신도가 몰래 상경하여 숙명여고 동기생인 소설가 최정희(『삼천리』 여기자)를 찾아가 전후 사정을 말했고, 최정희는 적극적으로 그녀를 도왔다. 『삼천리』와 『신여성』은 라이벌 관계였기에 최정희 대 송계월로 이 사정이 압축된 것이었다.

최정희가 송계월을 찾아왔다. 소문은 점점 커졌다. 송의 태도는 점점 냉담해졌다. 설상가상으로 두 가지 일이 그에게 겹쳤다. R·S사건이 그 하나. 귀국시 좌경 일본시인 아라이 데쓰[新井徹]로부터 부탁을 받아 백철은 아라이의 여제자인 일본 여인들이 만나는 독서회(R·S) 모임에 나가 그들을 지도하곤 했다. 1932년 1월 이 모임이 수사대상으로 올라 몸을 피하게 된 것이다. 그는 아프다는 이유로 10일간 회사를 쉬고 은신했다. 이 일은 회사에도 알려져 결국 자진해서 경찰서로 갔다. 간단히 해결되긴 했으나 그로서는 처음 겪는 사건이었다.

다른 하나는 R·S사건보다 훨씬 충격적인 것이었다. 변호사 공부하는 고향의 김명학으로부터 편지가 와 있었다. "자네 부모께서 호적을 비현면으로 옮기고 그분과의 혼인신고를 끝낸 모양일세"(『전편』, 264면)가 그것. 송계월의 귀에 먼저 이 사실이 알려졌다. 게다가 송계월은 폐를 앓았다. 회사 출근도 하지 않았다. 송계월은 휴양 차 고향인 북청 신창(新昌)으로 낙향했다. 몇 권의 값나가는 책과 스프링코트, 손가방 등을 전당포로 가져가 만든 일금 9원을 백철이 치료비에 보태라고 했을 때 송은 완강히 거절했다. 이듬해인 1933년 5월 30일 폐결핵으로 그녀는 죽었다.

첫 번째 아내 신도와 그 사이엔 아들이 있었다. 이름은 인준(仁俊). 1·4후퇴 시 아버지를 찾아 월남했다. 아들은 사나이다워서 아버지가 과거에 한 일은 씻은 듯이 내색조차 하지 않았다고 백철은 적었다(『후편』, 118면).

## 3. 민족이냐 계급이냐

백철이 개벽사를 떠난 것은 1932년 초겨울이었다. 송계월 대신 장덕조가 들어온 개벽사는 더 이상 그가 머물 분위기가 아니었다. 마침 좌익계 잡지 『신계단』이 그를 초청했다. 『비판』·『이러타』 등과 비슷한 『신계단』(유진희 발간)이 그래도 신뢰된다고 임화가 권유했다. 개벽사와 가까이 있는 『신계단』인데다 이데올로기상으로도 맞서는 것이어서 천도교도인 그에겐 이율배반의 행동이기도 했다. 하숙에서 나와 그는 사무실 이층 편집실 한 구석에 기거하며, 농민사 발행 『농민』의 주간을 맡아 상경한 형의 집에서 식사를 하기로 했다. 가난한 형의 전셋집에서 얻어먹기란 아무리 형제끼리라도 서로 힘겨웠다. 이 무렵 『신계단』사건이 터졌다.

『신계단』이 천도교에 대한 폭로기사를 게재했고 이를 계기로 개벽사 와 갈등관계에 빠진 것이다(정혜정, 『동학·천도교의 교육사상과 실천』, 혜안, 2001, 386~388면). 천도교란 소위 민족개량주의파, 제국주의와의 협상파, 일제 부르주아의 주구라는 내용이 『신계단』에 실리자 개벽사에서 가만 있을 이치가 없었다. 천도교측은 신계단사를 습격했다(1932.11). 백철은 더 이상 『신계단』에 남아 있을 수 없었다. 유진희에게는 백철이 천도교 파견 프락치로 생각되었기 때문이다. 무슨 사회적 결정을 내릴 적마다 백철은 항시 임화와 상의했거니와 이번에도 임화에게 어째야 할지 물 었다. 그때 임화는 세브란스 의전의 봄 공연 연출을 맡아 보성전문 교 실에 기거하고 있었다. 임화는 그의 의견에 찬동하면서 유진희 쪽은 자 기가 책임지겠다는 것과 자기 집에 와 있으면서 『집단』지의 일을 도와 달라는 등의 호의를 보였다.

1933년 봄에서 1939년 3월 『매일신보』 입사에 이르기까지 약 6년 동 안 백철의 이른바 문단 방황시대, 자기표현으로는 '룸펜 생활'이 시작되 었다. 이 시기는 또한 국내는 물론 세계사적 정세에 있어서도 불안하기 짝이 없는 때이기도 했다.

개벽사에도 『신계단』에도 발을 붙이지 못하고 쫓겨난 이 사건성은 실상 백철문학의 특징을 상징해주고 있어 거듭 음미할 사항이 아닐 수 없다. 천도교와 공산주의(사회주의), 그 어느 쪽에도 끼지 못함이란 실상 그 어느 쪽에도 낄 수 있음을 의미하는 것, 이른바 경계인의 성격이 여기에 숨 쉬고 있다. 이와 같은 이중성이야말로 백철 비평의 애매성이다. 그러나 주목할 점은 이러한 사상적 논리에 앞서는 것이 따로 엄연히 있다는 사실이다.

천도교란 새삼 무엇인가. 포덕천하(布德天下)·광제창생(廣濟蒼生)·보국안민지대도대덕(輔國安民之大道大德)이 동학 곧 천도교가 내건 표어였고 그 실천적 기초엔 인내천(人乃天) 사상이 깃들어 있다. 동학에선 선천 오만 년, 후천 오만 년이라는 말을 쓰거니와 선천의 세계는 계급의 세계, 폭력의 세계요, 따라서 법률과 전쟁의 세계이지만, 후천의 세계는 도와 사랑의 세계이며, 따라서 서로 평등하고 서로 돕는 경지이다. 이러한 세계를 실현하는 방법은 폭력적 혁명이 아니고 창도(彰道)라는 정신적·평화적인 것이다. 이런 점에서 비추어보면 사회주의 사상이 첫 번째로 내세우는 여러 가지 이념과 서로 통하는 대목이 많지만, 근본적 차이점은 천도교가 민족적이라는 점이다. 여기서 말하는 '민족적'이란 '민족주의적'과는 썩 다름에 주목할 것이다. 민족이란 이 경우 종족에 가까운 개념이지만 민족주의란 국민국가와 자본제 생산양식에 기초한 근대적 산물이어서 저 사회주의와 동격의 보편적 개념이다. 『신계단』 측에서 천도교를 두고 민족개량주의파, 제국주의와의 협상파, 심지어 일제 부르주아의 주구 등등으로 규정한 것은 매우 폭력적이었다. 핵심 과제에서 크게 벗어난 것이다. 천도교는 민족주의적이기에 앞서 '민족적'인 것이다. 원래의 명칭이 동학이었음을 안다면 이 점이 쉽사리 이해된다. 이 경우 '민족적'이란 종족으로서의 한국적인 것에 가까운 개념인 만큼 관념적인 사상으로서의 이데올로기에서 썩 벗어난 것으로, 일상적 삶과 분리되지 않음을 특징으로 한다. 천도교적 가풍과 습속에서 자라난 백철에 있어 천도교는 투명한 공기와 진배없었다. 공기 없이는 숨 쉴 수 없지만 하도 몸에 배어 친근한 것이어서 일상에서는 그 존재를 거의 느낄 수 없었다.

이에 비해 맑스주의란, 백철에게는 다분히 의식적인 이데올로기로 작용했던 것이다. 백철 자신도 이 점에 자각적이지는 못했다. 그는 스스로를 경계에 선 인간으로 인식했을 뿐이었다. 비유컨대 무의식 속에서는 천도교인이었고 의식 속에서는 맑스주의자였다. 이 점에서 백철은 경계인이자 이중적 성격의 소유자였고 박쥐와 같은 심리구조를 가졌던 것이다. 이러한 성격이란 심리학상으로 보면 분열증에 해당될 것이다. 그러나 이 분열증이란 의식의 측면이 무의미해지거나 약해질 땐 서서히 치유되기 마련이다. 세월과 더불어, 맨 밑바닥에 남는 것은 몸으로 익힌 천도교뿐. 이를 제일 잘 보여주는 것이 백철 비평이다.

의식 속의 이데올로기란 시대성을 가리킴인 것. 따라서 항시 물거품 모양 변하는 법이다. 백철의 표현으로 하면 의식적 측면의 갖가지 이데올로기란, '저널리즘적 현상'에 지나지 않는다. 맑스주의도 카프문학도 한갓 저널리즘적 현상일 뿐. 패션모양 수시로 바뀌는 것이기에 어떤 것이든 '웰컴!'인 것이다. 이 '웰컴!'의 표층 아래 부동으로 놓인 것이 무의식 속의 천도교였고 그 생활감각이었다. 이 백철적 분열증의 치유가 이루어진 것은 해방공간에서이다. 사회주의쪽도, 민족주의쪽도 아닌 제3노선(중간파)에 남게 되는 해방 이후의 백철 비평이 크게 돋보이는 것은, 이런 곡절에서 말미암는다.

이러한 자각에 이르기까지 백철의 분열증의 기간은 참으로 철저하고 또 맹렬하였다. 물고기가 물을 갈망하듯 그는 저널리즘에 매달렸고 그럴수록 저널리즘은 때로는 그에게서 멀어지기도 했다. 흡사 이룰 수 없는 저널리즘과의 짝사랑이 6년간의 그의 룸펜시대를 관통하고 있었다. 이 룸펜시대를 자세히 검토함으로써 백철 평론에 좀 더 구체적으로 접근할 수 있음은 이런 곡절에서 말미암는다.

## 4. 룸펜으로 전락하기

1933년 이른 봄, 어설픈 직장이지만 이곳에서 밀려난 그는 실업자의 신세가 되지 않으면 안 되었다. 훗날 그는 이렇게 적었다. "현대의 김삿갓인 양, 혈혈단신으로 서울 장안을 전전 기숙하는 룸펜으로 전락한 것"(『전편』, 289면)이라고. 무슨 일이든 스스로 밥벌이를 해야 했다. 경기고보 2년생의 가정교사 노릇도 했지만 글은 아무리 써 보아야 고료가 없는 터이라 아무런 보탬이 되지 않았다(1934년 『동아일보』에서 고료 2원50전을 받은 것이 처음이었다). 글쓰기란 일종의 지사(志士)의 신성한 일이거나 허영심이어서 그런 모럴에 기대어 글쓰기 행위가 겨우 버티고 있는 시대였다. 가정교사, 심지어 막노동이라도 하여 입에 풀칠을 해야 했다. 동가식 서가숙의 백철의 행장이 「백철과 호떡」이란 제목으로 신문 가십란에 오른 것도 이 무렵이다.

이러한 동가식 서가숙의 백철에게 뜻하지 않은 한 가지 에피소드가 발생했다. 구차한 백철의 사정을 안 고향(용천) 후배가 그를 도왔다. 자기가 있는 낙원여관에 와 있으라고 했다. 모든 비용은 자기가 알아서 하겠다는 것이었다. 『조선일보』는 1933년 9월 5일자 소식란에서 백철의 주소를 낙원동 169번지라 했다. 여관 주인은 그 후배의 외할머니였다. 그러나 겨우 두 달만에 숙박비를 독촉 받았다. 이명국이라는 친구를 찾아가 호소하자 당장 자기하숙집에 와 있으라 했다. 집을 옮기려 하자 여관집 노파가 밀린 숙박비를 따지며 담보물을 두고 가라했다. 갖고 있던 책을 차압당할 수밖에 도리가 없었다. 백철을 도와준 그 고향후배란 훗날 「탁류」(1936)로 등단한 허준(許俊)이었다.

허준의 대표작으로는 「야한기」(1938), 「습작실에서」(1941) 등이 있으며 출구 막힌 지식인의 고민을 다룬 점에서 특출했다. 이 무렵 이른바 세대논쟁에서 신세대 정신의 대표자로 「심문」(1939)의 최명익 및 단층파들과 함께 허준의 역량이 발휘된 바 있다. 이렇게 '허무'에 빠졌던 지식인들은 해방공간(1945~1948)에서 어떻게 처신해야 했을까. 이 물음에 대한 답변으로 한 가지 특이한 유형을 보여준 것이 허준의 「속습작실에서」(1948)이다. 해방공간을 맞아 모두가 흥분하는 마당에 작가 허준만은 매우 예외적이었다. 허무의 늪에 빠졌던 「습작실에서」의 주인공 남몽이 해방공간이라 해서 그 허무를 대번에 극복할 이치가 없다. 그만큼 허무의식이 깊었던 까닭이다. 그렇다고 해서 해방공간의 흥분을 외면할 수도 없다. 「속습작실에서」는 이 점에서 평가될 수 있다(김윤식, 『김동리와 그의 시대』, 민음사, 1995 참조).

이 작품엔 하숙을 업으로 하는 허준의 외조모가 등장한다. 외조모집 여관에서 심부름이나 하며 출구 없는 청춘을 보내고 있던, 일본유학까지 한 청년이 중년의 숙박객과 사귄다. 그는 공산당원이었다. 이 객을 위해 외조모가 서대문 감옥에까지 찾아갔고 그 객의 옷까지 빨아서 마당에 널어놓는다. 룸펜 백철의 눈에 비친 현실 속의 여관집 노파란 비정한 노파에 지나지 않으며, 또 조카 허준조차 안중에 두지 않았지만 정작 허준의 창작에서 보면 그럴 수 없이 인정 많고 게다가 공산당에 대한 시국적 안목까지 겸한 사람이었다. 요컨대 온몸으로 문학판을 헤집고 다닌 룸펜인 백철은 현실과 허구 속을 아우르고 있었다.

여관에서 쫓겨난 백철에게 구원의 손길이 여기저기에서 왔다. 문학·연극 애호가 이명식, 민중의원 원장 유석창(劉錫昶) 등이 별다른 이유도 없이 이 궁지에 몰린 지식인이자 비평가인 백철의 글쓰기 생활을 음으로 양으로 도왔다. 이 중에서도 유석창(훗날 건국대학교 이사장)의 도움은 지속적이었다. 유원장의 호의로 그는 가회동 유씨 집에서 머물 수 있었다. 카프 전주사건(1934~1935) 직전까지 여기서 머물렀을 뿐 아니라 감옥에서 나오자마자 또 그는 유원장의 신세를 졌다.

이 무렵 백철은 출근하다시피 조선총독부 도서관에 다녔다. 자기충전을 위함이기도 했지만 달리 소일할 방도도 없었기 때문이기도 했다.

그러나 이 자기충전의 기회는 실로 소중했다. 당시로서는 도서관이야말로 모든 지식 및 정보의 보고이자 원천이었다. "그때까지도 남보다 하나라도 더 읽고 알고 싶어 했던 노력 같은 것이 있었다는 것은 지금 생각해도 자랑할 만한 일"(『전편』, 298면)이라 훗날 회고한 바 있다. 한설야의 장편 『청춘기』(『동아일보』, 1937.7~11)에 나오는, 기자직에서 밀려나 도서관에서 소일하는 주인공의 행로와 이 점에서 백철은 매우 닮아 있어 당시 지식인의 삶의 일단을 증언해 놓고 있다. 도서관에서는, 변호사 시험공부에 몰두하여 개근을 하는 친구 10여 명과 경쟁이라도 하듯 백철은 열심이었다. 심지어 10여 년 이상 다니는 자도 있었다. 백철의 야심도 이들 변호사 지망생과 심리적으로는 거의 같았다. 그들이 변호사 시험에 합격을 고대하듯 그 역시 역량을 키워 문단의 총아가 될 희망을 가슴 깊이 새기고 있었다. 물론 그가 도서관에서 열심히 한 공부는 이론적 탐구와는 거리가 멀었다. 저널리스틱한 정보 입수에 그 목적이 있었다. 일본의 신문잡지 읽기가 그것이다. 조금이라도 새로운 뉴스거리가 생기기만 하면 재빨리 소화하여 국내 신문·잡지에 소개했다. A. 지드의 전향론 『소련서 돌아오다』를 제일 먼저 소개한 것도 백철이었다. 이를 본 학예부(조선일보) 김기림이 비꼬기도 했다. "백선생은 언제부터 그렇게 지드를 알고 있었소?"라고. 비슷한 비판을 박완식(조선일보 기자)도 했다. "하여튼 그때마다 시사적인 새 뉴스에 재빨리 손을 쓰는 데는 제일 가더군"(『인간탐구의 문학』, 291면)이라고.

이 민첩하고 용감한 저널리즘적 몸짓은 백철 비평에 있어 처세술 이상의 의의를 갖는다. 백철 비평은 김동리의 비평인 '구경적 생의 형식'과 그 근본에서 극히 유사한 구조를 지니고 있기 때문이다. 무엇이 '유사한 구조'인가. 백철에게는 어떠한 이데올로기나 근대적 사상이나 주장이나 장치(디자인)도 끊임없이 변하는 것으로 흡사 물거품과 같다. 이데올로기란, 그러니까 근대의 역사 진행방향에서 보면 일종의 폐허더미와 흡사하다. 벤야민은 그의 묵시록적 역사관을 설명할 때 P. 클레의 「새로운 천사」(1920)의 비유를 내세운 바 있다. 날개를 편 천사는 천국으로부터 불어오는 강풍에 뒤로 떠밀려 갈 뿐 그의 시야에 들어오는 것은 문명이라는 폐허의 더미뿐이었다. 백철의 비평관도 이와 꼭 같다. 끊임없이 천국에서 불어 닥치는 폭풍우에 떠밀려 갈 뿐 눈에 뵈는 것은 지나간 역사의 잔해더미 뿐이다. 그러니까 끊임없이 새로운 것을 맞이하고 동시에 끊임없이 이를 내팽개쳐버려야 한다. 음미하고 뭐하고 할 틈이 없다. 이렇게 되면 백철이라는 자기 자신은 한갓 거울이거나 촉매 작용하는 백금선 같아서 조금도 변하지 않고 가만히 있는 형국인 것이다.

김동리의 경우는 어떠한가. 그는 당초부터 근대적 이데올로기 자체를 물거품으로 규정, 일체를 부정하거나 대수롭지 않은 것으로 본다. '구경적 생의 형식'이야말로 만고불변의 진리이기에 여기에 기초하여 사상이나 문학을 해야 한다고 주장했다. 이른바 불교에서 말하는 오온(五蘊)이란 개공(皆空)에 다름 아닌 것. 이 관점에 설 때 문학이란, 그리고 이데올로기(민족주의, 맑스주의, 파시즘 등등)란 한갓 허접 쓰레기거나 물거품과 같이 일시적인 것. 다만 김동리가 백철과 다른 점은 자각적으로 이 현상을 파악했음에서 온다. 백철은 이 점에서 비자각적이었다. 이데올로기란 어떤 것이든 '웰컴!' 하며 수용하고 또 새로운 것이 들어오기까지 그 효용성을 인정한다. 만일 그 효용성이 다른 것에 의해 밀려나면 그 다른 것을 향해 여지없이 '웰컴!' 한다. 백철 비평은 이 점에서 가장 뚜렷한 유형을 창출했다. 김동리가 여지없이 비판한 일시적 현상인 이데올로기 따위를 백철은 가장 중요한 보물로 보았다. 그러나 그 보물의 시효가 매우 짧았을 뿐이다.

이 때 백철 자신은 김동리 모양 거울과 같아서 조금도 변하지 않는다. 이 불변성은 김동리의 '구경적 생의 형식'이 지닌 불변성과 등가이자 동격이 아닐 수 없다. 더욱 놀라운 것은 논지의 두루뭉수리식 전개도 문장의 허술함에서도 이 불변성은 어김없이 지켜졌다는 점. 1936년을 결산하는 평론가 홍효민은, 백철을 두고 가장 많이 활동하는 자라 하고 그러나 "열 개의 평론이 발표되었다면 2, 3개 내지 1, 2개 밖에 우수한 것이 없다"(「문예평단 회고와 전망」, 『조선문학』, 1937.1, 42면)라고 했다. 이 점에서 당시 평단의 유행아 김문집과 족히 비교되지만, 다른 점은 백철 쪽이 '글에 대한 성의 없음', 다시 말해 문장에 대한 성의 없음이 심하다고 했다. 김문집은 그래도 문장에 대한 성의만은 대단하다는 것이다. 그렇다면 백철의 저 불변성과 지속성이야말로 백철 스타일이라 부르지 않을 수 없다.

# 제2장 귀국 첫 목소리, 농민문학론

## 1. 농민문학론의 위상

1931년 10월 현해탄을 건너 귀국한, 동경고사 출신이자 나프멤버이기도 한 24살 백철의 커다란 날개에는 농민문학론이 펄럭거렸다. 그것이 지닌 중요성은, 국내에서 논의되던 흙의 문학론이나, 천도교 소장간부 맏형 백세명이 경영하다가 문을 닫은 천도교 농민사와는 전혀 무관함에서 왔다. 재건공산당사건으로 공백이 생긴 1931년도 카프문학을 혼신의 힘으로 버티며 또 그 빈틈을 메울 수 있는 과제로서 농민문학문제가 제기되었던 까닭이다. 프롤레타리아문학과 농민문학의 관계항은 종주국인 소련에서조차 문제적이었다. 그 영향하에 있는 코민테른 소속 각국의 지도부에서 이를 둘러싸고 자주 혼선이 일어나곤 했거니와 이 과제가 일정한 방향성을 획득한 사건이 일어났다. 하리코프 대회의 결과가 그것이다. 이 사정을 백철만큼 민첩히 파악한 논자는 국내에선 아직 없었다. 이 최신무기는 『전위시인』 동인으로서의 백철의 탁월한 저널리즘적 능력에서 획득된 것인 만큼 그 어느 이론보다 참신했고 또 그만큼 민첩한 것이었다. 카프문학 운동사뿐만 아니라 한국 근대문학 비평사를 논의하는 데 이 논문은 건너 뛸 수 없는 중요한 것이다. 문학사적 고찰이 요망되는 이유는 여기에서 온다.


## 2. 농민문학의 세 갈래 이념


　농민문학이라는 개념이 성립할 수 있는가의 여부 자체가 문제가 없는 것은 아니나, 그와는 별도로 1930년대 초반에 논의된 농민문학론의 수준은 충분한 검토의 대상이 될 수 있다. 만일 농민문학 개념이 창작 쪽에다 기반을 둔 것이라면, 응당 그 개념규정은 작품과 그것의 배경을 이루는 이데올로기 사이에서 형성될 것이라서, 구체적인 작품을 일단 전제로 하지 않으면 안 된다. 구체적 작품이란 객관적 조건으로서의 현실감각에 의해 좌우되는 것이기 때문에 작가의 주관적 생각이나 빌려온 이데올로기는 큰 의의가 없다. 그러나 농민문학론이란, 한갓 이론이기 때문에 구체적인 실천과 분리시켜 논해볼 수도 있다. 물론 그러한 농민문학론이란 실천 문제와 결부된 농민문학론과 비교할 때 물을 것도 없이 미미하고 보잘것 없기조차 할 것이다. 그럼에도 불구하고 실천과 분리된 농민문학론은 어떤 특정한 시기에 특정한 문제를 제기한 것으로 문학사에서 논의해볼 수 있다. 그러므로 농민문학론은 우리 근대문학사상사 및 비평사에서 그 나름의 자리를 차지하게 된다. 따라서 우리는 이 글에서 농민문학과는 일단 구분하여 농민문학론의 이념과 그 시대적 한계 및 문학론으로서의 수준을 살펴보기로 한다.

농민문학이란 용어와 함께 농민문학론이 우리 문단 속에 끼어든 것은 이성환(李晟煥)의 「신년문단을 향하야 농민문학을 일으키라」(『조선문단』, 1925.1)에서부터인 듯하다. 글쓴이가 문단인이 아니라는 점, 그의 주장이 전원생활, 향토애를 예찬하고 농민에게 기쁨을 베풀어주어야 한다는 것 정도의 수준임을 우리는 손쉽게 엿볼 수가 있다.

> 조선의 문사여! 당신이 참으로 조선을 사랑한다면 또 참마음으로 흰옷 입은 사람이 잘되어지기를 바람으로써 붓대를 든다면 조선의 1천 4백만 농민으로 하여금 흙에 친하고 자연에 봉사하야 조국애와 향토와 생활의 자유를 위하야 울고 부르짖고 노래하고 춤추게 하라.
> ― 이성환, 「신년문단을 향하야 농민문학을 일으키라」, 『조선문단』, 1925.1, 166~167면

이러한 주장이 문학론의 레벨에서 나온 것이 아님은 명백하다. 글쓴이의 신상을 분명히 알기는 어려우나 천도교에서 낸 잡지 『조선농민』을 보면 「농민문학의 제창」(1927.6)이 같은 사람에 의해 씌어 있다. 여기에서도 농민문학이란 도시문학의 대타 개념인 전원문학 수준으로 주장되어 있을 따름이며, 「농민문예운동에 대한 제창」(『조선농민』, 1929.3)에서도 사정은 변하지 않는다. 이것을 우리는 편의상 농민문학파의 농민문학론이라 부르기로 한다.

이와는 다른 자리에 선, 동우회(同友會) 이념에 입각한 한 줄기의 농민문학론을 또한 우리는 들 수 있는데, 「농촌계발」(『매일신보』, 1917.2)에서 시작되어 작품 『흙』(1932)으로 이어진 이광수의 문학이 바로 그것이다. 이광수가 『동아일보』의 편집국장으로, 그 회사가 신문부수를 올리기 위해 전개한 문맹퇴치 운동의 일환인 '브나로드 운동'을 대대적으로 지휘·선전한 것은 사실이나 『흙』은 브나로드 운동의 이념이 아니라 동우회(흥사단의 국내단체)의 이념을 담고자 한 것이다. 『흙』에서는 이의 지

도자로 서울의 한민교 선생이 등장하며 그 제자로서 허숭·윤정선·김 갑진·이건영·심순례 등이 모여 인격수양을 도모한다. 이러한 모임이 계기가 되어 농촌계몽도, 연애도 하게 되는 것이다.

　문맹퇴치를 목적으로 한 브나로드 운동에 의해 남녀가 모이고 서로 사랑하게 되는 『상록수』나 『먼동이 틀 제』 등의 작품과 『흙』은 이 점에서 구별된다. 물론 이광수는 농민문학이라든가 농촌문학에 대한 이론적인 글은 쓴 바가 없다. 단지 『동광』을 통해 동우회의 이데올로기를 맹렬히 주장했을 뿐이다. 『상록수』나 『먼동이 틀 제』 등은 브나로드 운동의 일환이라고 하지만, 그 작품의 이데올로기는 퍽 막연하여 한 작가의 주관과 상식의 레벨에서 크게 벗어난 것이라 하기는 어렵다. 농민문학론이 그들의 손에 의해 쓰이지 않은 것은 따라서 결코 우연이 아니다.

　농민문학론이 창작과 더불어 어느 정도의 레벨에서 논의되기 시작한 것은 프롤레타리아문학파에서이다. 권환의 「목화와 콩」, 이기영의 「홍수」 등을 담은 『농민소설집』(1932) 같은 성과를 낳은 1930년대 초반의 KAPF 진영은 그들의 이데올로기를 농민문학론으로 집약키기에 이른 것이다. 이기영의 『고향』(1933)이라든가 송영의 「오전 9시」(1931), 이북명의 「답사리」(1937) 등의 소설은 그 내용이 무엇이든 간에 농민을 다룬 여타의 소설과는 매우 다른 성격을 띤 것이라 보아야 된다. 그런 작품 뒤에, 집단화된 카프 비평가의 이데올로기가 버티고 있기 때문이다. 다른 말로 하면, 한 작가의 명민함이라든가 창작의 기량이란 그것을 뒷받침하는 집단적인 옹호세력이 없다면 미미한 것에 지나지 않는다는 뜻이다.

　이렇게 본다면 『조선농민』지 중심의 농민문학론은 작가가 관여하지 않은 것이어서 공허한 울림에 멈출 수밖에 없는 성질의 것임을 알게 된다. 한편 동우회 이념을 배경으로 한 『흙』의 세계는 직접적인 농민문학론에 의해 지탱된 것은 아니나 동우회 운동의 실천 속에 흡수된 것이어서 어느 정도의 문학론을 가능케 한 것이다. 다른 한편, 『고향』이나 「목화와 콩」을 뒷받침하는 프롤레타리아문학론의 일환으로서의 농민문학론이야말로, 하나의 문학론의 성격을 띠는 것이다. 그것이 한국적 농민의 성격파악에 실패한 공리공론에 지나지 못했다 하더라도 위의 파악은 정당하다. 농민문학론이란 이론의 일종인 것이며 그 이론이 실천과 어긋난다 하더라도 이론 자체의 논리는 존중되어 마땅하기에 그러하다.


## 3. 하리코프대회의 성격


농민문학론이 카프진영의 중요과제로 등장한 것은 안함광의 「농민문학에 대한 일고찰」(『조선일보』, 1931.8), 백철의 「농민문학문제」(동, 1931.10), 안함광의 「농민문학재론」(동, 1931.10) 등에서이다. 안함광과 백철이 제기한 농민문학론과 그들 사이의 논쟁은 그 나름의 특색을 지닌 것이나 그것이 함께 프롤레타리아문학론의 입장에서 행해진 논의라는 데 그 중요성이 있다.

농민문학 논의에서 농민계급의 사회·역사적 존재형태 및 그 계급적 특성에 대한 이해는 가장 본질적인 문제가 아닐 수 없다. 프롤레타리아문학은 근본에 있어서 프롤레타리아 계급을 주축으로 한 프롤레타리아 혁명을 전략적 목표로 하며 따라서 프롤레타리아 계급에 대한 농민계급의 상대적 위치파악은 이 논의의 핵심에 놓일 수밖에 없기 때문이다. 이 점에서 보면 안함광이나 백철의 이론 수준은 어느 단계에 속하는 것일까. 이 물음에서 논의가 비롯된다.

싸벳트 러시아의 하리코푸 회의에서는 푸로레타리아문학운동에 있어서의 농민문학의 관심이 제기되고 해(該)대회의 일본문학위원회의 결의에 의하여 일본 푸로레타리아 작가동맹 내에서 '농민문학연구회'라는 새로운 기관이 결성되었다 한다. 이는 정치적 사회적 장세(狀勢)의 동향이 푸로레타리아문학운동에 제기한 가장 중요한 과제의 하나로서 농민 및 농촌에 관한 제문제에 대한 의식적 관심의 사회적 필요를 말하는 것이며 또는 이에 축출된 그의 사회적 구상화의 소식을 전하고 있는 것이다. 그러면 조선의 객관적 사회적 정실(情實)은 어떠한가? 다시 말하면 자본주의 이장(理狀)에 대한 조선 푸로레타리아운동의 현단계는 그 문학적 활동영역에 있어서의 농민문학문제에 대한 관심을 필요로 하는가?

—안함광, 「농민문학문제에 대한 일고찰」, 『조선일보』, 1931.8.12

적어도 이런 레벨에서 비롯된 것이 안함광의 농민문학론이다. 그의 논의가 한국농민의 현실적 조건에 대한 검토에 의해서가 아니라 하리코프대회에서 제기된 논의에 의해 촉발되었다는 사실은 그의 논의를, 비평가인 그 자신의 단순한 주관적 견해와 결정적으로 구분케 만든다. 그는 하리코프대회에서 농민문학 연구회가 결성되었다는 점을 들어 이것이 프롤레타리아문학운동에서의 농촌 및 농민에 대한 관심을 드러낸 것이라고 보고 카프에 있어서도 농민문학 문제의 중요성을 강조하였다. 일본의 NAPF가 코민테른의 지령 아래 움직인 단체임을 염두에 둔다면, 그 종주국인 소련에서 농민문학이 강조될 경우 그것은 곧 NAPF의 지도방침이 되는 것이다. 그렇기에 그 직접적 영향권에 놓인 KAPF가 이 문제에 민감히 반응한 것은 조금도 놀랄 일이 아닐 뿐 아니라 이 논의의 비중이 비평가 안함광의 개인의견과는 질적으로 다르다는 사실을 새삼 말해주는 것이다. NAPF가 코민테른에 직접 연결되어 있었던 것은 일본공산당의 경우와 마찬가지였다. 일본공산당 간부 사노 마나부[佐野學]·나베야마 사다치카[鍋山貞親]의 전향성명에서 이 점이 선명히 부각되거니와 요컨대 하리코프 대회에서 농민문제가 제기되었다는 사실이야말로 농민문학론의 대단한 비중을 말해준다.

그렇다면 대체 하리코프 대회란 무엇인가. 하리코프 대회란, 소련 우크라이나의 수도 하리코프(Harikov)시에서 1930년 11월 1일부터 10일간에 걸처 행해진 '국제혁명작가동맹(Internationale Vereingung Revolutionären Schrifsteller)' 제2회 대회를 이름이다. 이 대회에는 소련, 독일, 미국, 영국, 일본, 중국, 아라비아, 체코 등 22개국 대표가 정식으로 초청되었으며, 독일대표는 혁명적 소시민 인텔리겐챠를 혁명적 프롤레타리아의 동맹원으로 획득하는 일을 제안하였고, 일본은 농민문학을 제기하였다(이노우에 쇼조[井上正藏], 「독일프롤레타리아문학」, 『文學』, 1958.11, 174면). 이 대회의 일반결의 속에는 「농촌 프롤레타리아 및 근로농민의 혁명적 문학에 관한 결의」와 일본 소위원회의 제안인 「일본에 있어서의 프롤레타리아문학운동에 대한 동지 마쓰야마[松山]의 보고에 대한 결의」가 포함되어 있거니와, 이 두 결의를 중심으로 하여 일본에서는 ① 1931년 3월 NAPF 소속 작가동맹 내에 '농민문학연구회'가 결성되기에 이른다. ② 그 여세를 몰아 같은 해 5월에 개최된 전국 작가대회에서 「농민문학 진흥안」이 결의되었으며, ③ 이듬해엔 당국의 탄압을 받아 지도적 인물인 구라하라 고레히토[藏原惟人], 나카노 시게하루[中野重治] 등이 검거되기에 이르러 농민문학 논의도 쇠퇴하고 만다.

이처럼 농민문학론은 내발적이라기보다는 외부에서 주어진 자극에 의존해 일어난 것으로 다분히 저널리즘적인 측면이 많았다. 작가동맹 제3회 대회(1931.5)에서 결정된 활동방침의 머리말에는 "일본 프롤레타리아 작가동맹의 활동방침은 하리코프 대회의 성과, 그 일본문학위원회의 결의에 바탕을 둔다"(다카하시 하루오[高橋春雄], 「농민문학론사」, 『프롤레타리아문학』, 有精堂, 1971, 183면)라고 씌어 있다. 하리코프 대회의 결정에 일본 프롤레타리아 작가동맹이 얼마나 직접 간접의 영향을 받았는가를 이로써 알 수 있거니와 또한 그들의 진로를 좌우할 정도였던 하리코프 대회의 결정들에 대한 해석에 혼란과 오해가 있었던 것도 사실이었다. 그러나 그러한 오해나 혼란이란 미숙함에서 온 것이어서 그 결정 자체는 절대적인 금과옥조로 받아들여졌다. 코민테른의 지령 아래 놓인 이상 그것은 당연한 일이었으리라. 대체 하리코프 대회에서 결의된 농민문학이란 어떤 성격이며 일본인 마쓰야마(松山, 가쓰모토 세이치로[勝本淸一郎]의 필명임)가 보고한 내용은 무엇이며 그것은 일본에 어떤 구체적 영향을 미쳤는가.

첫째, 하리코프의 결의 중의 하나인 「농촌 프롤레타리아트 및 근로농민의 ××적 문학에 관한 결의」를 살펴보기로 한다. "농촌 프롤레타리아 및 근로농민 사이에서 자라고 있는 강력한 문화창조적 세력, 특히 문학적 세력은 국제적 프롤레타리아 작가운동의 거대한 예비군의 하나가 될 수 있으며 또한 되지 않으면 안 된다"라는 것을 전제로 하면서 "국제 작가회의는 국제혁명(프롤레타리아란 용어는 사용되지 않았음) 작가동맹에게, 농촌 프롤레타리아트 및 근로 농민의 ××적 문학을 위한 하나의 섹션을 설치하고 세계의 모든 ××작가에 대하여 또한 농촌 및 노동자 통신원에 대하여 특별한 관심환기가 필요하다고 본다"라고 하고, 농민문학 섹션의 할 일의 내용과 그 지부조직의 구성원조건을 지시하였다. "농민문학 섹션은 국제 혁명작가 동맹에 대표자를 보내고 또 국제 혁명작가 동맹으로부터 대표자를 받아들인다"라고 되어 있기에 이에 따라 하리코프에 참가한 22개국 중 일본 이외의 몇몇 나라에서도 '농민문학'이 문제되게 된 것이다.

둘째, 일본대표가 제의한 안건의 결의에 관련된 부분에 대한 것. 「일본에 있어서의 프롤레타리아문학운동에 대한 동지 마쓰야마의 보고에 대한 결의」는 총 8항목으로 되어 있거니와 그중 제3항이 농민에 관한 것이다.

> 국내에 커다란 농민층을 가진 일본에 있어서는 농민문학에 대한 프롤레타리아트의 영향을 심화하는 운동이 한층 주목될 필요가 있다. 일본 프롤레타리아 작가동맹 내부에 농민문학 연구회가 특별히 설치되지 않으면 안 된다. 그러나 말할 것도 없이 그것은 어디까지나 프롤레타리아트의 헤게모니 아래에 두어지지 않으면 안 된다.
>
> ─다카하시 하루오, 「농민문학론사」, 184면

셋째, 이러한 규정에 따라 일본에도 '농민문학 연구회'가 태어났다. 1931년 3월에 발족된 농민문학 연구회는 전일본 제3회 작가대회에서 결의된 것이며 NAPF 속에 특설되었다. 이 모임이 한 일은 과거의 농민 문학에 대한 비판, 농민문학에 관한 이론의 연구, 농민조합과의 협력 등 셋이었다. 이러한 과제는 창졸간에 만들어낸 것이어서 커다란 테두리를 정한 것에 지나지 않았다. 따라서 많은 작가·비평가에 의해 논쟁이 일 어나고, 혼란과 인식부족이 되풀이되고 말았는데, 그 중요한 문제점은 농민문학이 프롤레타리아문학의 하나냐 단순한 동맹자문학에 지나지 않느냐에 있었다. 일급에 속하는 도쿠나가 스나오[德永直]의 「농민문학 에의 암시」, 나카노 시게하루[中野重治]의 「농민문학론의 문제」, 미야모 토 겐지[宮本顯治]의 「농민문학론의 발전」, 고바야시 다키지[小林多喜二] 의 「계급으로서의 농민과 프롤레타리아트」 등의 논의가 모두 그러한 범주에 든다. 그중에서 가장 높은 수준을 보인 것이 시바타 도시오(柴田 利雄, 구라하라 고레히토의 필명)의 논문이다.


## 4. 동맹자문학으로로서의 농민문학—구라하라의 이론


"혁명적 이론 없이 혁명적 운동은 없다"라는 레닌의 명제에 따라 구 라하라는 농민문학운동이 하나의 혁명적 운동이 되기 위해서는 농민문 학이론을 정립해야 한다는 주장을 내세웠다. NAPF 내에 농민문학 연구 회를 설치했음에도 불구하고 그 이론을 세우지 못한 형편임을 지적하 고, 또한 전원문학적이며 보수적인 부르주아 측의 『농민』파의 공격을 막아내지도 못하는 형편임을 안타까워하면서, 구라하라는 혁명적 농민 문학을 규정하기에 앞서 현실적인 농민계층의 분석을 시도하였다. 그에

의하면 1925년 현재 일본의 토지소유자 호수는 10정보 이상이 5만, 3정
보 이상이 34만, 1정보 이상이 89만, 1정보 이하가 370만이고, 토지 없
는 농민이 약 150만으로 되어 있다. 이를 통해 지주와 농민의 관계를 상
세히 분석해본 결과 일본적 농업경영형태가 밝혀졌다. 대지주는 점점
자본가화 되어 간다는 점. 그들은 소작인에게서 착취한 지대를 농업발
전에 투자하지 않고 그것을 점점 자본화함으로써 농업자본가에서 차차
상업자본가, 고리대 자본가, 금융 자본가에로 나아가게 마련이었다. 한
편 중소지주는 소작료의 저락과 일반적 경제곤란의 결과, 점차 몰락하
여 자작농으로 전락하는 데 비해 대지주는 몰락농민의 토지를 사들여
기계를 사용하고 농민 대신 노동근로자를 고용함으로써 기업화하게 된
다. 농민은 더욱 궁핍해져 가고 중농도 몰락함으로서, 농민의 '농업노동
자화'가 진행되고 있는 형편이었다.

그러나 일본에서는 이 무렵 아직도 농업기계화가 확립되어 있지 못
한 형편이어서, 일부에서는 농민이 노동근로자화되어 감으로써 착취당
하고 다른 한편으로는 여전히 빈농으로 지주에게 착취당하는 이른바
이중적인 딜레마에 빠져 있었다. 이 이중의 곤란에서 빠져나오기 위해
일본의 빈농과 중농의 하층부분은 투쟁을 하지 않으면 안 되는데 그 투
쟁은 첫째로 지주적 토지소유에 대한 소작인의 투쟁(토지를 위한 투쟁)이
라는 형태로 나타난다. '토지를 농민에게'라는 슬로건 아래 투쟁하는 과
정에서 농민은 점차 현재의 자본주의 사회가 존재하는 한 그들의 영구
한 해방이 불가능함을 깨닫게 되며, 따라서 둘째로 그들의 투쟁은 자본
주의 제도와의 투쟁이 되는 것이다. 금융자본가와 싸우는 도시프롤레타
리아트와 지주계급과 싸우는 농촌 프롤레타리아트를 맺어주는 물질적
기초가 여기에 있다.

구라하라는 여기까지 논의한 다음 소련과 일본의 농민을 비교함으로
써 사회주의체제와 자본주의체제 속에서 농민이 차지하는 위치를 가늠
하고 있다. 1917년 11월 노동자, 농민에 의해 소비에트 혁명정부가 수립

되자 지주적 토지 소유제는 영원히 폐지되고 전토지의 90%가 근로농민에게 분배되기 시작했다. 여러 우여곡절을 겪긴 했으나 소련에서는 농업의 집단화와 기계화가 서서히 본궤도에 오르게 되었다. 집단화란 정부경영의 소프호스와 민간인의 자유의지에 기초를 둔 소농민의 경영인 콜호스로 나눠지거니와 특히 후자는 경작조합, 생산조합, 공동체 등 세 가지 형태를 갖추었다. 그러나 어느 것이든 기계화를 기본으로 한 정책이기 때문에 정부의 절대적인 지원에서 벗어날 수 없으며, 또 기계화로 말미암아 농민은 농업근로자로 되지 않을 수 없게 된다. 완전한 노동법이 적용되어 8시간 노동을 비롯한 사회보장제가 실시되고 보니, 도시근로자와 농민은 전혀 구별할 수 없는 정도에 이르고 만 것이다.

문화적 시설, 생산조건, 노동임금 기타에서 도시와 농촌간의 모순은 해소되었다. 물론 일본은 자본주의체제이기 때문에 농민의 해방은 간단히 해결될 수가 없지만, 혁명적인 농민운동의 목표는 소련의 현황에 비추어 명백해진 셈이다. 토지를 농민이 갖도록 하기 위한 온갖 투쟁과 그것의 궁극적 달성을 위한 자본주의체제와의 투쟁이 농민문학의 혁명적 요구이다. 이것이 도시 프롤레타리아 운동과 공동전선임은 새삼 말할 것도 없다. 그것은 벌써 유토피아가 아니라 소련에서 실현되고 있는 엄연한 현실이었다.

그러나 구라하라는 일본에서의 혁명적 농민해방의 문학운동은, 우선 지주들을 지지하는 이른바 반동적인 잡지 『농민』에 모인 '농민주의에 입각한 농민문학'파와 정면으로 대결하지 않으면 안 될 처지에 있다고 보았다. 『농민』파에 의한 농민문학이란 1927년에 나온 것으로 향토를 사랑하고 농촌을 아끼는 문학을 일컫는다. 그것은 도시문학과 반대되는 자연문학, 전원문학, 농본주의적 문학이라 불릴 수 있는 것으로, 한국의 경우 천도교에서 낸 『조선농민』지의 이념과 흡사한 것이다. 구라하라에 의하면 이들의 이데올로기는 ① 농촌 우매화주의, ② 반프롤레타리아적 성격, ③ 민족주의적 성격으로 규정된다. 『농민』파들은 농업의 공업화에 반대한다. 자연훼손을 거부하기 때문에 태고적 생산방식을 영구화하고자 하며 따라서 농민의 눈을 영영 깨지 못하게 막고자 함으로써 지주와 자본가를 이롭게 한다. 그들은 겉으로는 자본주의에 반대하는 척하나 기실은 농민을 위한 프롤레타리아트의 헤게모니 장악을 극구 반대한다. 그들은 일제히 NAPF파의 농민문학이 "바다 저쪽의 지령"(하리코프 대회결의)에 의거된 노예의 문학이라 주장함으로써 자기들만이 민족주의자이자 애국자인 듯 내세웠다. 이 세 가지 이유로 하여 『농민』일파가 내세운 '농민문학'은 완전히 농촌에 있어서의 파시스트적 지배의 무기로 파악되었다. 구라하라가 주장하는 농민문학은, 요컨대 『농민』파가 주장하는 농민문학이 부농지주의 처지를 지지함에 대해 빈농의 입장에 서는 것이다.

여기까지에 이르면, NAPF 진영에서 내세우는 농민문학의 대외적인 개념이 대체로 드러난 셈이다. 그러나 중요한 점은 NAPF 진영 내에서 농민문학이론을 수립하는 데에 있었다. 같은 진영 속에서도 농민문학이 프롤레타리아문학의 일종이냐, 한갓 동반자 내지는 동맹자의 일종이냐에 관한 논의는 커다란 쟁점이 아닐 수 없었던 때문이다. 이제 우리는 NAPF 진영에서 가장 논리적이고 뛰어난 이론적 지도자로 정평이 난 구라하라가 이 쟁점을 어떻게 처리하였는가를 살펴볼 차례에 드디어 이른 셈이다.

그는 우선 "동맹자문학으로서의 농민문학"이라 못을 박음으로써 논의의 출발점을 삼았다. NAPF 진영 내에서는 대체로 농민문학을 '프롤레타리아문학의 일부'로 보는 견해가 지배적이었다. 그 증거로 구라하라는 다음 두 가지 예를 들었다.

① 우리가 '농민문학'이라 할 때, 그것은 어디까지나 프롤레타리아의 관점에서 농민을 취급한 작품이라는 의미여서 프롤레타리아문학 이외의 그 아무것도 아니다. 단지 도시의 프롤레타리아를 다룬 작품에 대하여 편의상 농민문학이

라 부름에 지나지 않는다.

—고바야시 다키지, 「문예시평」, 『중앙공론』, 1931.5

②우리가 농민생활을 제재로 한 문학을 농민문학이라 부를 때 그것은 프롤레타리아문학과 병렬하여 대항적으로 말하는 것은 아니다. 반전·반군국주의 문학을 반전문학이라 부른다. 그와 같은 의미로 농민을 제재로 한 문학을 농민문학이라 부른다. 농민문학이란 따라서 프롤레타리아문학 내의 한 분야로서 프롤레타리아문학에 포괄되는 바의 것이다.

—구로시가 덴지黑島傳治, 「농민문학의 바른 진전을 위하여」,<br>『요미우리신문』, 1931.6.5

①·②는 모두 나프 진영내의 거물급 문사가 제시한 견해이거니와 구라하라는 이런 견해가 잘못임을 날카롭게 지적한다. 어째서 그러한가. 그에 기대면, 프롤레타리아와 농민의 성격의 다른 점과 그 관계를 검토하는 일이 우선 필요한 과정이라는 것이다. 나프의 투쟁목표가 자본주의체제를 무너뜨리고 사회주의체제를 세움으로써 모든 피압박 민중을 해방시키는 데 있다면, 그 투쟁의 주력부대가 프롤레타리아임은 분명한 일이다. 대개 프롤레타리아야말로 자본주의와 결정적으로 대립하며, 따라서 사회주의에 이르는 모든 단계에 있어 끝까지 혁명적인 성격을 유지하는 유일한 계급이기 때문이다. 그러나 프롤레타리아 혼자의 힘으로는 혁명이 불가능하다. 그들은 이 역사적 사명을 이루기 위해서 민중 대부분의 지지를 필요로 한다. 그 주된 세력은 도시의 소부르주아와 농민이며 그중 농민이 중요하다. 일본과 같이 농민이 전인구의 45%를 차지하는 나라에서는 더욱 그러하다. 일본에 있어서는 농민 중에서도 빈농과 프롤레타리아는 강력한 동맹을 맺지 않으면 안 되는 것이다. 그런데 프롤레타리아의 동맹자인 빈농은 현재 무엇을 목표로 싸우고 있는가. 이렇게 구라하라는 묻고, 다음과 같이 매우 날카롭고 깊은 통찰을 가하고 있다.

빈농들은 주로 토지를 얻기 위해 지주와 싸우고 있다. 우리는 빈농의 이 싸움을 도우지 않으면 안 된다. 그러나 토지를 위한 투쟁은 아직 사회주의를 위한 싸움은 아니다. 그 자체로서는 아직 부르조아 민주주의를 위한 싸움이다. 뿐만 아니라 농민의 대부분은 작은 소유자이며 소부르주아이다. 그러므로 그들은 자본주의와의 결정적 투쟁에서는 흔들릴 가능성을 가지고 있다. 이 점에서 우리는 그들의 흔들림을 가장 작게 하고 그들의 근로부분으로 하여금 부르주아적 착취의 부분과 대립케 함으로써 그들의 투쟁을 부르주아 민주주의적인 것에서 사회주의적인 것으로 높이기 위해 농민에 대한 프롤레타리아의 헤게모니를 확보할 필요가 있다.

—구라하라 고레히토, 「농민문학의 바른 이해를 위하여」, 『구라하라<br>고레히토 평론집』(2), 新日本出版社, 1967, 158면

소유욕 때문에 농민을 경원한 레닌의 견해를 이 속에서 다시 읽는 셈이거니와, 위의 지적은 상식적이긴 하나 매우 날카로운 것이라 할 만하다. 1930년대 초기의 일본 농민, 특히 빈농이 프롤레타리아의 동맹자일 수 있는 조건은 오직 그들이 주로 지주적 자본기와 결정적으로 싸우고 있다는 것에 있고 그런 한도에서 그들은 프롤레타리아와 이해가 완전히 일치된다. 그렇다고 해서 지금의 혁명적 빈농의 이데올로기가 그대로 프롤레타리아 이데올로기일 수는 없다. 물론 빈농의 전위적 부분은 이미 프롤레타리아 이데올로기를 획득하고 있으나 절대 다수의 빈농이 혁명적 프롤레타리아적인 것은 아니다. 이 혁명적인 빈농의 욕구, 즉 이 이데올로기 위에 세워진 문학은 그 자체가 프롤레타리아문학은 아니다. 만일 이것을 프롤레타리아문학이라 한다면 이것은 이론상에서뿐 아니라 정치적으로도 잘못이 아닐 수 없다. 이것은 무엇보다도 농민문학에 대한 프롤레타리아문학의 지도성을 애매모호하게 하기 때문에 엄격한 구별이 요청된다. 농민문학의 문제제기에서 이 점은 극히 중요한 사항이 아니면 안 된다. 뿐만 아니라 농민문학이란 '농민을 다룬 프롤레타리아문학'이라 규정해도 큰 잘못이다. ②에서 농민문학을 '반전문학'과

비교하고 있으나 '반전문학'이라 부르는 것 속에는 프롤레타리아적인 것뿐만 아니라 소부르주아적인 것, 농민적인 것, 부르주아 자유주의적인 것 등이 포함되어 일정한 계급적 내용을 갖지 않기에 그것은 정확한 용어법이 못된다. 이에 반해 농민문학이란 일정한 계급적 내용을 갖고 있으므로 제재만을 지시하는 개념과는 스스로 구별된다. 구라하라는 여기서 저 하리코프 대회의 결의사항을 들고 그 한 구절인 "농민문학에 대한 프롤레타리아의 영향을 심화한다"에 주목하였다. "농민문학을 프롤레타리아문학의 한 부분으로 한다"라고 하지 않았다는 것이다.

　이렇게 본다면, 농민문학의 최후단계란 스스로 분명해진다. 그것은 프롤레타리아문학과 일치하는 것이다. 농민문학에 대한 프롤레타리아적 영향을 확보하고 점차 그 전위적 부분은 프롤레타리아문학에 수렴시키도록 노력해야 함은 물론이다. 그런데 전체로서의 농민문학이 프롤레타리아문학 속에 해소되기 위해서는 긴 역사적 단계가 필요하다. 구라하라는 여기서 소련을 모델로 하고 있다. 소련의 국가경영인 소프호스나 콜호스의 운동이 심화되면 될수록 도시와 농촌의 모순이 차차 해소된다는 사례를 들어 이것이 비단 소련의 경우일 뿐 아니라 역사적 필연이라고 그는 보았다. 아직도 소련엔 농민작가동맹이 프롤레타리아 작가동맹과는 별도로 현존하고 있기는 하나, 그것은 역사적 단계의 하나로 이해된다. 농촌이 집단화·조직화·기계화된 소련에서는 농민은 점차 '농업근로자'로 되고 토지는 국가소유가 된다. 농업근로자는 그 근로조건이나 근로성격에서 도시의 근로자와 완전히 동일한 성격을 띠게 될 것이다. 그럴 때 농업근로자문학은 바로 도시근로자의 문학인 프롤레타리아문학과 동일한 것이 되고 만다. 그러나 이러한 것은 긴 역사적 단계를 거쳐야 된다. 그러한 단계를 더욱 단축시키기 위해 할 수 있는 방법은 무엇일까. 그것은 무엇보다 농민문학의 올바른 개념을 이론적으로 정립하는 일이다. 그는 이것을 아래와 같이 정의하고 있다.

우리는 혁명적 소부르주아의 문학으로서 동반자문학을 갖고 있다. 이와 같이 혁명적 빈농의 문학으로서 농민문학이 있을 수 있고 또 있지 않으면 안 된다. 그것은 동반자문학에 대한 동맹자문학이다.

—「농민문학의 바른 이해를 위하여」, 160면

동반자문학과 동맹자문학의 개념을 도입하고 그 사이에 프롤레타리아문학을 놓음으로써 상호간에 새로운 거리를 재고자 한 것은 1931년에 있어서의 나프의 조직 및 이론상의 수준을 보이는 장면이라 할 만하다. 구라하라에 의하면 일본의 프롤레타리아 작가동맹이 동반자 문학자라든가 동맹자 문학자를 일찍부터 조직 속에 포섭했는데, 이것은 "현재 일본의 정세에 비추어 볼 때 잘못은 아니지만 이러한 것을 막바로 프롤레타리아문학이라고 다루는 것은 이론적으로는 물론 정치적으로도 잘못"이라 보았다. 이러한 근거에서 작가동맹 내에 만들어진 농민문학연구회의 당면과제란, 첫째 농민문학에 대한 바른 이해를 바탕으로 한 농민문학 이론을 확립하는 일, 둘째 농민작가의 창작활동을 지도하는 일, 셋째 농민작가를 조직화하는 일 등이라고 구라하라는 결론지었다.

이상과 같은 그의 이론은 도식적이라 할 만큼 명쾌하다. 이 논문은 『나프』(1931.7)에 발표된 것인데 그 부기엔 "동지 나카노 시게하루가 나와 같은 견해를 보였다"라고 적혀 있다. 나카노의 논문은 「농민문학의 문제」(『改造』, 1931.7)였다. 이로 미루어 보면 작가동맹 내의 농민문학론은 고바야시 다키지, 구로시마 덴지의 견해와, 구라하라 고레히토, 나카노 시게하루의 견해가 쌍을 이루었으나 뒤의 것이 올바른 노선으로 받아들여졌다는 것을 알 수 있다. 다른 말로 하면 프롤레타리아문학이 전위의 눈으로 봄으로써 모든 것을 해결하고자 하는 매우 미분화된 도식적 이론수준에서 다소 벗어났으며, 1931년 중반에 가서야 농민문학론을 계기로 하여 더욱 분화되고 또한 세련되었음을 뜻하는 것이다. 이처럼 이론의 성장이란 역사적 단계를 거쳐서 비로소 이룩되는 것임을 우리는 알 수 있다.

## 5. 백철의 농민문학론

 NAPF의 작가동맹이 코민테른의 권위를 스스로의 존재이유로 삼았음은 널리 알려진 일이다. 이 사실을 선명히 드러내는 것이 하리코프 대회에서의 농민문학 결의이다. 심지어 구라하라조차도 이 노선에서 한발자국도 벗어날 수 없었다. “민족주의—그들은 모두 일제히 나프의 농민문학이 ‘바다 저쪽에서 온 지령’에 바탕을 두고 있다고 비난하고 있으나 (…중략…) 우리의 국제적 결의는 하나의 국가가 다른 국가에 강제함이 아니라 국제적 무대에서 행한 우리 자신의 결의”라고 그는 내세웠던 것이다. 실상 하리코프 대회에서의 「일본 프롤레타리아문학운동의 동지 마쓰야마의 보고에 대한 결의」란, 마쓰야마의 회고록에 기대면 “일본에서는 인터내셔날의 조직에서 세상을 충격하면 매우 효과가 있기에 하나의 테제를 터뜨리자”(다카하시 하루오, 「농민문학론사」, 194면)라는 발상법에 의거된 것이었다. 소련의 마법권에서 벗어나지 못한 것이 나프라면 그 나프의 마법에서 벗어나지 못한 것이 카프라 해도 큰 잘못은 없다. 이는 카프의 조직변모 및 이론전개와 나프의 그것을 비교해서 살펴보면 확연히 드러난다. 농민문학론의 경우도 예외는 아니다. 그렇다고 카프의 독자성이 없다는 뜻은 아니다. 소련의 RAPP와 나프가 구별되는 독자성을 각기 갖듯 카프에도 나프와 다른 특성이 있지만 이론의 큰 흐름의 처지에서 보면 일련탁생의 운명적인 모습을 보여주었다.

 일본의 나프 맹원이며, 『프롤레타리아 시인』 그룹의 멤버인 동경고사 영문과 사비생 출신인 백철의 국내 데뷔 논문이 「농민문학문제」였다. 이 논문은 구라하라의 것보다 3개월 뒤에 발표된 것으로, ①문제의 제기, ②농민문학에 대하여, ③농민문학의 제재 문제, ④농민문학의 표현 문제 등으로 구성된 긴 논문이다. 이중 핵심부문은 ②이며, 그중에서도 제②항인 ‘농민문학에 대한 안함광군의 견해’와 제④항인 ‘농민문학의 귀착성'은 경청할 만한 이론을 담고 있다. 카프맹원이며, 이 진영 내에서 농민문학론을 본격적으로 제창한 비평가가 안함광이었는데 그를 비판함으로써 백철은 바야흐로 카프비평가로 등장하는 셈이며, 동시에 그것이 당시 농민문학론의 수준을 드러낸 것이어서, 우리에게 비평사적 관심을 불러일으킨다. 백철의 안함광 비판은 부분적인 것임에도 불구하고 농민문학론의 수준향상에 기여했음이 판명되었는데 그 부분을 옮기면 아래와 같다.

안 군은 명백히 계급적 열정을 가지고 조선의 농민문학 건설을 위하여 노력하는 일피자(一彼者)로서 이 문제를 취급하였으므로 그중의 부분부분의 문구의 사용에 오류가 있다고 하여도 전체가 정당하면 별로 큰 문제는 아니다. 그러나 그렇다고 하여서 우리들은 사회민주주의 평론가들과 같이 자체 내의 의견이면 무엇이든지 서로 변호하여 은폐한다는 것을 의미치 않는다. 우리들은 같은 자체 내의 의견이라도—아니 자체 내인 까닭에 일층 엄혹하게—모든 것을 정당한 계급적 입지에서 서로 지적하며 검토하여 가야 될 것이다. 내가 안 군의 논문을 취할 때에도 이런 의미에서 모든 것을 출발시키려고 한다. 이 의미에서 안 군의 논문 중 다음의 것은 확연히 오류였다.

"농민계급에게 대한 프롤레타리아 이데올로기의 적극적 주입을 운운"(방점—鐵)

이 가운데는 확연히 경계해야 될 기계적 좌익주의적 편향(따라서 우익적)이 잠재하고 있다. 그리고 이 기계주의적 편견은 단지 문학적 의미에서만 편향적 의의를 가질 뿐 아니라, 다시 정치적 의미에서도 배척해야 될 그것이었다. 프롤레타리아 X의 정상한 빈농에 대한 견해와 정책은 결코 빈농계급에게 프롤레타리아 이데올로기를 기계적 명령적으로 주입시키는 것이 아니고 일정한 구체적 실천내용에 관철된 프롤레타리아의 감화력에 의하여 빈농에게 일정한 방향을 가르치며 일정한 "행동의 지남석"이 되는 데서 빈농계급이 자발적으로 그 영향하에 들어오는 것을 의미하는 것이다. 프롤레타리아가 현계급의 유력한 동맹군인 농민을 적당히 지도하기 위하여는 "도시 프롤레타리아와 빈농대중과의 밀접한 결합을 짓기 위하여 도시 노동자를 이 목적으로 농촌에 파견하는 등의 구체적 방책을 일층 정력적으로 전개시켜야 된다. 노동조합과 농민조합과의 대표자회의, 공장위원회와 농민위원회와의 ××××××의 공동×쟁 위원회를 조직하는 것 ……××중의 상호×× 등은 중요한 의의를 가진다"(×××××31년 테에제 초안에서)

—백철, 「농민문학문제」, 『조선일보』, 1931.10.10

이 글의 요점은 안함광이 국내에서 먼저 제기한 농민문학론에 대한 비판부분에 있다. 프롤레타리아문학과 농민문학 사이의 개념파악에 있어서 미미한 점이 안함광 논문에서는 여러 곳에서 노출되었기 때문이다. 백철이 지적하고 인용한 그 구절의 앞뒤 문장을 음미하는 일은 따라서 이 무렵의 농민문학론의 수준이 어떠했고, 어떻게 백철에 의해 향상 내지 세련되는가를 알게 되는 지름길이다.

푸로레타리아문학의 발전도정과의 관련성에 있어서 농민문학의 발전을 생각하지 않으면 아니되는 것이다. 토착 부르조아지들에게 억압과 착취를 당하며 또한 그네들의 비경제적 착취방법인 고리, 기만 등에 의하여 생의 殉難을 부절히 받는 빈농계급에 있어서는 자본주의사회로의 충실한 귀속적 몰락을 면할 수가 없는 것이니 우리는 우리의 農民文學에 있어서 노동자 농민의 유기적 제휴 따라서 빈농계급에게 대한 푸로레타리아 이데올로기의 적극적 주입을 염두에 두지 않으면 아니되는 것이다.

—안함광, 「농민문학문제에 대한 일고찰」, 『조선일보』, 1931.8.11(고딕강조—인용자)

위의 구절 속의 고딕 강조 부분 중 '우리의 농민문학'이란 구체적으로 무엇을 지칭하는 것일까를 우리는 새삼 묻지 않으면 안 된다. '우리의 농민문학'이라고 할 때 그 우리가, 안함광이 지지하는 프롤레타리아 문학 일반을 지칭하는 것인지 한국 농민문학이라는 구체적인 것을 지칭하는지 확실치 않다는 사실은 새삼 음미를 필요로 한다. 마찬가지로 안함광이 "자본주의사회로의 충실한 귀속적 몰락을 면치 못한다"라고 했을 때도 일반적인 사실을 말하는 것인지 한국의 농촌현실이라는 구체적 사실을 지칭하는 것인지 매우 모호한 형편에 있다. 만일 '우리'가

'한국'을 지칭하며, "자본주의사회로의 충실한……"이 한국의 현실을 지칭한 것이라면 물을 것도 없이 인식부족의 기계주의적 적용이어서 쓸모없는 의견에 지나지 못한다. 한편 그것이 일반적인 것의 설명이라면 거칠기는 하나, 어느 정도 의미를 갖게 된다. 즉 일반적인 것의 지칭이라면, 1920년대 NAPF나 KAPF의 이론수준에서 본 농민문학론의 수준에 해당되는 것이다. 전위의 눈으로 세상을 보며, 계급 증오와 투쟁일변도의 문학이야말로 프롤레타리아문학이라 규정한 것이 1930년도 전후까지 나프나 카프가 보여준 일반적 견해였다면 그 수준에서 농민문학을 볼 때는 안함광의 앞의 글과 같은 것으로 된다.

그러나 백철의 농민문학론은 안함광의 수준에서 한걸음 나간 것이며 이 수준 향상이야말로, 하리코프 대회에 의해 자극된 일본의 농민문학론의 수준을 그대로 반영한 것이긴 하나, 일종의 이론적 성장에 다름 아닌 것이다. "농민문학은 프롤레타리아의 것이 아니고 농민 자신의 것"(「농민문학문제」)이라고 백철이 힘주어 말하는 것은 물을 것도 없이 나카노, 구라하라 이론에 기대어서이다. 사회적 요구에 있어 농민(빈농)은 프롤레타리아와는 다르며 농민이 소부르주아라는 점에서도 프롤레타리아와 그 의식층이 다르다는 점을 표 나게 내세운 것은 그만큼 농민의 현실적 조건을 파악했거나, 하고자 노력한 증좌로 간주된다. 백철이 그의 논문의 ③에서 "농민문학은 어떠한 계급적 기초에 서는가"를 논술한 것은 높이 평가될 만하다. 그는 1929년도 한국농민의 호구통계를 분석하고 이를 통해 한국농민의 특수성을 검출해내고자 하였다. 물론 백철은 조선농촌의 특수성을 지적하면서도, 거기에 자본주의적 발전의 일반적 측면이 적용되고 있다는 것, 그렇다고 결코 조선농촌이 완전히 자본주의화된 것을 의미하지는 않는다는 것 등의 이해수준을 넘어서지 못했지만 이런 것만으로도 안함광의 수준보다는 더욱 진전된 이론이었다고 할 수 있다.

백철이 안함광의 견해를 문제 삼아 농민문학론을 이토록 표 나게, 자기의 출세 논문으로 삼게 된 것은 그의 개인적인 기질과도 무관하지 않다. 그는 농민문학과 프롤레타리아문학이 별개임을 나카노·구라하라 이론에 기대어 주장하였는데, 그것은 일찍이 임화가 비판한 바와 같이 백철이 갖고 있던 자유주의적 기질과 결코 무관하지 않았다(임화, 「동지 백철군을 논함」, 『조선일보』, 1933.6.14~16). 백철 자신은 "나는 일찍이 어느 회사에서 '農民詩는 확연히 프롤레타리아詩와는 구별해야 된다'는 것을 주장하다가 맹렬한 반박을 받은 일까지 있는 까닭에 이번에 농민문학에 대한 일반견해가 일치된 데 대하여는 별로 새로운 무엇은 감득치 못하나 여하튼 이 견해가 정당하다는 점에서 나는 쌍수를 들고 찬의를 표하고 있다"(「농민문학문제」)라고 함으로써 자신의 선견지명을 과시하는 일을 잊지 않았다. 그가 말한 쌍수를 들고 찬의를 표하는 것이 일본작가동맹의 '31테제'를 가리킴은 새삼 말할 것도 없다. 다른 말로 하면 원칙적으로 나카노·구라하라 이론에 기대면서도 나카노·구라하라의 선에 의해 만들어졌거나 적어도 그 노선에 따른 '31테제'의 표현을 더욱 존중하는 태도를 그는 취하였다. 농민문학의 독자성을 지나치게 인정하는 것은 농민문학의 고립화를 가져오고 따라서 농민문학의 장차의 목표인 프롤레타리아문학화에 차질을 가져올지도 모른다는 우려가 나카노·구라하라 이론 속에도 있다고 백철은 지적하였다. 실상 이런 지적은 농민문학의 독자성을 지나치게 강조한 그 자신에게로 되돌아가는 것임을 그는 잊고 있는 셈이다.

요컨대 백철은 안함광의 기계주의적 농민문학론을 비판함으로써 기실은 카프의 기계주의적 농민문학론을 비판한 것이며 이로 인해 농민문학론의 수준은 한 단계 높아질 수가 있었다. 그러나 이것은 다만 이론상의 수준향상일 뿐 실천과 연결된 것이 아니었기에 진정한 이론수준이라 하기는 어렵다. 문학에서 실천이란 창작을 제쳐 두고 따로 존재할 수 없다면 농민문학이 과연 어떤 상태에서 질적 전환을 할 것인가에 우리의 관심이 가지 않을 수 없게 된다. 이에 대하여는 안함광과 백철이 그 나름으로 암시해 놓은 점을 일단 지적해두기로 한다.

안함광은 농민문학의 형식논의가 불가피함을 들고, 그것의 구체적 이론수립은 자기능력으로 당장 어쩌지 못하나, 요컨대 종래 농민문학작품으로 꼽힌 이기영의 「민촌」·「홍수」 등의 재비판이 요청된다고 하였으며, 한편 백철은 농민문학의 제재가, ① 다양할 것, ② 구체성을 띨 것, ③ 한국농민의 역사적 사회적 조건을 고려할 것 등의 극히 막연한 처방을 내리고 있다. 그렇다면 어떠한 작품이 기계주의적 창작방법에 의거한 것이며, 새로운 이론에 입각한 농민문학은 어떤 것이어야 하는가. 우리는 이 물음에 답하기 위해 이기영의 「홍수」(1930)와 권환의 「목화와 콩」(1931)을 분석해볼 필요가 있다. 앞의 것은 하리코프 대회 전에 쓰인 것이며, 뒤의 것은 백철의 논문이 쓰이기 3개월 전에 발표된 것인데, 그것은 구라하라 이론과 같은 달에 해당된다. 따라서 양쪽 모두가 새로운 농민문학이론과는 직접적인 관련이 없다고 할 것이다.


## 6. 문제적 개인의 두 가지 유형—박건성형과 돌쇠형


예술운동이란 무엇인가. 한국문학에서 이 물음과 관련지을 수 있는 것은 프롤레타리아 예술이다. 계급해방이라는 목적의식을 분명히 한 카프 예술운동의 중심이 프롤레타리아문학운동에 있었다는 점은 의심의 여지가 없다. 이 문학운동을 지배한 이념은, ① 정치운동으로부터의 요청을 지상목표로 하기 때문에 예술을 거기에 복종케 한 것, ② 예술에 마르크스주의적 이념(그 내적 구조를 도외시한 상태에서)을 직선적으로 끌어들인 것, ③ 예술운동 속에서 예술과 정치의 내재적 관계를 해소시키고자 한 것, ④ 이러한 것에 맹종하여 예술운동의 조직에 몸을 바침으로써 예술의 진보성이 보증되는 듯이 생각한 것 등이라고 분석된다. 말하자면 프롤레타리아의 정치운동이 불법상태이고, 프롤레타리아의 예술운동만이 '합법적' 운동으로 열려 있던 상황에서 벌어진 예술운동이 이른바 일본이나 한국의 프롤레타리아 예술운동이었던 셈이다. 예술과 정치가 등가적인 모습을 띤 운동이기에 예술이론투쟁과 창작을 통한 투쟁은 어느 단계까지는 둘이지만 기실은 하나였다.

이 둘의 분화단계가 어느 시기였는가를 점검하는 일은 문학사적인 과제에 속한다. 소련에 있어서는 1930년 초기를 전후해서 마르크스·레닌의 미학을 기반으로 한 루카치의 이론이 콤아카데미에서 수용된 일, 마르크스 리얼리즘론의 탐구 등이 그러한 분화단계에 속하며, 일본에서는 구라하라 고레히토의 「프롤레타리아 리얼리즘론」을 위시, 「예술적 방법에 대한 감상」에서 표명된 이론이 그러한 단계에 해당된다. 말하자면, 프롤레타리아 예술운동이 정치운동의 일환이어서 예술을 정치에 종속시켰던 정도가 시간의 흐름에 따라 다소 세련되기 시작한 것이다. 이것은 어디까지나 역사적 사회적 발전단계에서 정당화되는 것임은 새삼 말할 것도 없다. 예술이 정치에 종속된다는 명제가 옳으냐 그르냐를 판별하는 기준이 구체적인 역사적 사회적 단계에 있기 때문이다. 이러한 관점에 설 때 비로소 농민문학론의 이론수준이 한 단계 진전한 사실의 의미가 드러날 것이다. 그러나 문학운동에서 이론과 창작이 손잡고 병행하는 것이 이상일 수는 있으나 반드시 그럴 필요가 있는 것은 아니며 현실적으로 그러하지 못했다는 사실도 음미될 필요가 있다. 이론은 그 나름의 체계와 열정을 가지는 것이어서 실천을 웃돌거나 이상론에 치우칠 공산이 크다. 이론이 가진 이상주의적 성격이 현실적·실천적 성격으로 접근하는 일은 정치운동과 예술운동의 분화에 해당되는 것이라 할 수 있다. 안함광의 기계주의적 농민문학론에서, 농민문학이 갖는 독자성을 내세운 백철의 농민문학론으로 전개되어간 것은 그러한 한 사례에 해당된다.

한편 이론 쪽과는 별도로 창작 쪽이 이론을 능가하는 경우도 있을 수가 있다. 작가는 논리를 넘어서는 무의식적 능력을 가지고 있기 때문에 이론이 아직 미치지 못하는 부분을 창작에서 이룰 수가 있는 것이다. 이론을 늘 우위에 둠으로써 예술운동의 주도권을 쥐어온 마르크스주의 예술론에서는 일찍이 마르크스가 『정치경제학비판서설』에서 희랍예술의 문제점을 제기한 이래 이것이 하나의 골치 아픈 쟁점으로 놓여 있거니와 이 노선에 선 루카치는 작가의 무의식적 부분을 말하는 자리에서 "현실이 작가의 잘못된 혹은 철저하지 못한 사상 경향에 대해 수정을 가한다"라고 하여 작품이 이론의 한계를 돌파하는 부분이 있음을 시인하고 있다. 그러한 점을 살피기 위한 하나의 시금석으로, 「홍수」 및 「목화와 콩」을 분석해보기로 한다.

「홍수」는 T마을의 K강가를 배경으로 한 단편이다. 주인공 박건성은 15세에 일본의 방적공장으로 팔려갔다가 7년 만에, 돈은 없으나 늠름한 이념형의 청년이 되어서 귀향한 인물. 그는 공장 노동자에서 투사로 성장하는 동안 감옥에도 갔다 왔는데, 고향에 돌아와서는 부모를 모시고 농민이 되어 마을에 야학을 만든다. 그를 따르는 완득이, 원식 등과는 인간적으로도 이념적으로도 굳게 뭉친다. 말하자면 박건성은 헤겔적인 의미에서 '세계사적 개인'이며, 루카치투로 말하면 '문제적 개인'인 셈이다. 박건성이 이 마을에 나타남으로써 마을엔 미미한 변화가 오기 시작한다. ① 도박이 없어지고, ② 신문을 읽게 되며, ③ 야학운동이 생기고, ④ 자본가의 수탈과 노동자·농민이 비참해진 이유를 알아내게 된다. ⑤ 농민조합운동, ⑥ K강 범람으로 인한 홍수와 그 복구작업을 통해 농민조합의 필요성과 그 조직 및 운동방안의 실습과정을 체험, ⑦ 소작료를 둘러싸고 지주와 농민이 집단적으로 대립하며 ⑧ 지주의 고발로 박건성이 감옥으로 잡혀 간 후, ⑨ 박건성 대신에 완득이·원식이·치백이·준필이 등이 운동을 계속 이어간다. 매개적 인물이자 문제적 개인인 박건성이 보통학교를 나오고 일본에서 공장노동을 한 인물이란 점에 우리는 일단 주목한다. 이 인물이 발전하여 장편 『고향』(1932)의 주인공 김희준이 되었음은 쉽게 짐작되는 일이다. 다만 『고향』에서는 김희준이 도쿄유학생이라는 점만이 다른데, 이는 규모가 큰 장편으로 꾸미기 위해 도모된 작품세계의 확대에서 연유되었을 것이다.

한편 「목화와 콩」의 경우는 어떠한가. 여기에도 문제적 개인인 필성이 등장한다. 필성의 구체적 경력이나 의식성장의 계기는 밝혀져 있지 않으며 다만 작가는 동네사람들의 시점을 통해 이렇게 그려 놓았을 따름이다.

> 그들은 이때까지는 필성을 그저 책만 좀 읽었지 세상 일을 아무 것도 모르는 줄로 알았다. 농사가 짓기 싫어서 농민조합이니 무엇이니 하며 떠들고 돌아다니다가 가끔가끔 경찰서에나 불려가는 사람인 줄로만 알았다. 그리고 농민조합에서 한다는 여러 가지는 다 옳기는 하나 사실 되지도 않고 관청사람에게 미움만 받는 일인 줄로 알았다.
>
> —『농민소설집』, 70면

이런 인물이 주동이 되어 농민조합을 만들고, 그 조직의 힘으로, 관청에서 목화를 심으라고 강요하는 정책에 대항하여 승리를 거둔다는 것이 이 작품의 줄거리이다. 농민들에게 목화와 뽕을 심으라고 군청에서 강요한 이유는 방적공장들의 압력 때문이었다. 그 정책에 따라 농민들이 콩 대신 목화를 심고, 솜을 공동판매장에 팔고자 할 때 관리와 장사꾼의 농간이 개입하며, 그 결과 농민들은 솜을 헐값에 팔지 않으면 안 되었다. 이듬해 농민들이 목화를 거부하고 콩을 심어 그것이 싹이 나왔을 때 군청에서 기수(技手)들이 나와 콩을 뽑고 목화씨를 뿌리도록 강요한 것이다. 농민들은 필성과 농민조합의 지도로 집단적으로 콩밭을 지켰다는 것, 필성이와 조합원 4명이 주재소에 잡혀갔으나 이튿날 풀려나왔다는 것, 그 후 이 경화동 마을엔 농민조합 깃발이 나부긴다는 것이 이 작품의 내용이다.

이상 두 작품에서 우리는 문제적인 인물이 일방적으로 소설을 이끌어 간다는 점을 가장 중요한 것으로 지적할 수 있겠다. 둘째로 지적될 공통점은 농민들이 한결같이 '빈농·소작인'이라는 사실이다. 다른 말로 하면 부농·중농·빈농·머슴 등의 차이라든가, 같은 빈농이라도 남녀노소 등에서 오는 '의식'의 차이는 물론 계급분화의 차이가 전혀 고려되어 있지 않다는 것이다. 농민 의식의 여러 갈래의 변화과정을 그리고자 한 것이 아니라, 어떤 목적의식을 세우고 매개적 인물을 등장시켜 그 목적의식에 획일적으로 도달하게 하는 방식을 취한 것이다. 셋째로 우리는 농민조합운동이 주재소 순사에 의해 방해되는 것으로 그려진 점을 지적할 수 있다. 이것은 『흙』·『상록수』에도 해당되거니와 요컨대 주재소의 폭력은 한국 농민소설의 한 특징임에 틀림없다. 주재소 순사가 일본인이라는 사실을 염두에 둔다면 이것은 농민문학이 '민족문학'의 주류를 이루게 된 유력한 근거로 볼 수도 있지만 그 주재소나 일본인 순사를 계급적 관점에서 보면 가진 자의 도구에 불과한 것이어서, 농민문학은 '저항문학'의 일종으로 간주된다. 인간다움의 회복이나 그것을 지키기 위한 문학이 참다운 문학이라면 결국 민족문학도 저항문학도 등질적인 것이겠지만 그것에 이르는 과정을 분별할 필요는 있다.

이상 세 가지 공통점에서 우리는 30년대 초반의 농민문학의 모습을 확인한 셈인데, 끝으로 이러한 특징이 농민문학의 특징인지 프롤레타리아문학의 그것인지를 묻는 일이 남아 있다. 농촌에서 단지 지주와 농민과의 대립관계만을 볼 뿐, 농민 자신 속에서의 계급분화를 그려내지 못하는 작가는 농민작가로는 될 수 있을지언정 프롤레타리아 작가가 될 수는 없을 것이다. 안함광 이론의 수준에서 쓰인 농민문학은 참된 농민문학이 아니라 프롤레타리아문학에 가까운 것이리라. 백철 이론의 수준에서 쓰인 농민문학은 농민의 독자성을 가진 더욱 참된 농민문학이되 프롤레타리아문학에서는 다소 멀어진 것인지도 모른다. 이 묘한 지점에서 한국의 농민문학은 어떻게 전개되었는가를 물을 때, 「홍수」의 작가에 새삼 주목하게 된다. 이 작가는 「홍수」형과 그 두 해 뒤에 쓴 중편 「서화」의 '돌쇠'형이라 불릴 수 있는 두 가지 소설인물형을 만들어낸 바 있다. 앞에서 이미 보았듯, 「홍수」형이란 매개인물이자 문제적 개인인 박건성으로 대표될 수 있다. 그는 이론과 실천으로 농민조합을 통해 빈틈없이 운동을 전개해나간다. 물론 우리는 그 운동이 다만 농민만을 위한 것이라는 점에서 그것이 어디까지나 농민문학단계이지 프롤레타리아문학에로 나아가지 못했음을 대번에 지적할 수 있다. 이 점에서 볼 때, 박건성은 상승적 인물이자 낙관주의자이기도 하다. 한편 「서화」에서의 주인공 돌쇠 역시 문제적 개인이다.

그러나 돌쇠는 문제적 개인이기는 하되 매개적 인물로서는 박건성에 비하면 매우 미미한 형편이다. 돌쇠는 무식한 위인이며, 안으로 들면 제 계집을 두들겨 패고 밖에 나오면 화투판을 헤매는, 일견 악과 같은 존재다. 그러나 작가는 돌쇠로 하여금 그 마을의 실력자이자 지배자인 구장, 정주사, 면서기인 원준 등의 비행과 부조리에 정면으로 대결케 함으로써 그를 인간다움의 기품을 지키는 긍정적 인물로 그려 놓았다. 그러니까 '돌쇠'형에서는 농민조합운동이라든가 농민의식의 집단화 따위는 스며들 틈이 없다.

이 두 인물 중 어느 쪽이 보다 당시 한국농민의 상태를 올바로 파악한 것인가를 묻는 일은 우리가 끝으로 점검해야 될 과제가 아닐 수 없다. 만일 농민문학이 박건성 같은 매개적이자 문제적인 개인을 통해, 조직적이고 의식적이고 게다가 낙천적이기까지 한 것이라면 그것은 1930년 무렵의 한국농민의 현실과는 관계없는 작가 자신의 꿈이거나 환상에 지나지 않는 것인지도 모른다. 작가의 주관적인 창작방식이라면 그것은 진정한 농민문학이 안 될 뿐만 아니라 저항문학일 수도 없다. 이와는 달리 '돌쇠'형이 당시로서는 차라리 있을 수 있는 인물이라면 '돌쇠'형의 창조가 한층 저항문학이자 농민문학에 접근된 것으로 평가될 수 있다. 어느 쪽이 한층 진실에 가까운가를 판별하는 단서 중의 하나가 이 작가

의 장편이자 농민소설의 대표작이라 일컫는 『고향』 속에 들어 있을 것
이다. 『고향』의 주인공인 김희준은 박건성형의 인물이지만 박건성보다
는 훨씬 매개적 성격도 문제적 성격도 미미함을 우리는 발견한다. 작
가가 참된 농민문학이란 현실을 떠날 수 없다고 본 탓이리라.


## 7. 정세판단의 민첩성


이상의 논의에서 분명해지는 것은 백철'적' 특유의 저널리즘적 성격
의 어떠함이다. 백철의 국내 데뷔 평론의 저널리즘 성격을 분석·정리
하면 이러하다.

첫째, 세계사적인 최신 정보를 자기 것으로 이용하기. 이러한 민첩성
은 평론 「프롤레타리아 시인과 실천문제」(『전위시인』, 1930.7)에서도 선명
하다. 이 평론이 지닌 최대의 장점은 모스크바에서 열린 러시아 프롤레
타리아 작가동맹 제1차 총회(1929.10.20~27)의 발 빠른 소개에서 왔다. 이
와 똑같은 방식의 적용이 「농민문학문제」였다. 하리코프 대회의 정보에
귀를 기울이고 있지 않았더라면 이런 성과가 나올 수 없다.

둘째, 하리코프 대회에서 일어난 사건 중의 하나인 농민문학의 새로
운 성격규정. 이로 말미암아 나프는 노선변경을 꾀했고, 나프의 최고이
론가인 구라하라 고레히토도 농민문학론에 민감히 반응했다. 이러한 사
실로 볼 때 백철 역시 탁월한 저널리즘적 감각의 소유자임을 새삼 드러
낸 것이다.

셋째, 이 점이 또한 중요한데, 이 저널리즘적 과제를 국내에다 적용한
적용력. 카프의 중요한 과제의 하나인 농민문학론이 국제적 감각에 비
추어 볼 때 얼마나 시대에 뒤떨어져 있었는가를 알아차리기란 역시 저

널리즘적 민감성에 다름 아닌 것이다. 카프의 시선에서 볼 때 농민문학
이란 막바로 농민계급에 대한 프롤레타리아 이데올로기의 '적극적 주
입'을 전제로 한 것이었다. 하리코프의 시선으로 보면 이는 한갓 '기계
주의적·좌익주의적 편향'이 될 수밖에 없다. 이에 대해 나프 쪽이 먼저
반성했고 그 연장선상에서 카프의 반성이 뒤따르게 된다. 이런 미묘한
차별적 상황이야말로 문학운동을 좌우하는 저널리즘적 민감성이다.

　백철의 이러한 감각은 시류에 전적으로 몸을 맡기는 것을 가리킴이
도 하다. 마르크스주의의 퇴조와 더불어 인간묘사를 다루는 문학이 등
장할 때 맨 먼저 「웰컴! 휴머니즘」(『조광』, 1937.1)이라 외친 것도 백철이며
군국 일본의 '내선일체' 및 '신체제'론이 등장할 때도 제일 먼저 「시대적
우연의 수리」(『조선일보』, 1938.12.2~7)로써 반응함으로서 문단적 주목을 모
았다.

　백철 식의 저널리즘 감각의 성격은 민감성을 특징으로 하지만, 이 시
류적 편승주의가 절대로 한곳에 집착하지 않음을 속성으로 하고 있어
백철다운 특징이 드러난다. 재빨리 받아들이지만 그 시효가 지나면 여
지없이 떨쳐 버림으로써 그는 균형감각을 확보할 수 있었다. 이 점을
제일 잘 드러낸 사례로는 전주사건 옥중기록인 「출감소감─비애의 성
사」(『동아일보』, 1935.12.22~27)를 들 것이다. 1년 반의 옥살이에서 그가 풀
려난 것은 1935년 12월 21일이었다. 그 길로 달려간 곳이 동아일보사였
다. 부모가 있는 고향에 가기보다 우선 저널리즘에다 자기 얼굴 알리기
가 초미의 관심사였다. 이에 대한 그 자신의 발언은 이러했다.

　말하자면 천박한 인생론 같은 것인데, 사람에겐 살아가는 데 몇 번의 기회
가 있는 법. 그때마다 그 기회를 놓치지 않고 민첩하게 붙잡는 일이 무엇보다
도 필요하다는 약삭빠른 생각을 한 것인데, 문학을 하는 데 있어서도 그때마
다 저널리즘을 타야 한다는 생각을 가졌던 것이다.
─『인간탐구의 문학』, 290~291면

스스로 '천박한 인생론'이라고 자조적으로 말해 놓은 것 같지만 이 발언만큼 정직한 것은 따로 찾기 어렵다. '저널리즘 타기'란 글쓰기에 종사하는 사람에겐 그 강도의 차이가 있을지언정 그 누구도 결코 외면하거나 초연할 수 없음이 원칙임을 염두에 둔다면 이것은 백철이 얼마나 순수하고 또 순진했는가를 새삼 드러낸 발언이라 할 것이다. 이 점에서 백철은 「무녀도」(1936)의 작가와 마주 보고 있는 형국이다. '구경적 생의 형식'을 무기로 들고 나온 김동리의 절대성의 논리에 맞설 수 있는 문학적 및 사상적 논리는 백철만이 지니고 있었다. 현민 유진오와의 순수·비순수 논쟁(1939)에서 김동리는 일방적인 승리를 할 수 있었다. 그러나 만일 김동리와 백철이 맞섰더라면 사정은 크게 달라졌을 것이다. 김동리의 '구경적 생의 형식'이 공(空) 사상에 근거한 것이라면 백철의 저널리즘 감각 역시 제로(Zero) 개념의 일종이어서 족히 이에 대적할 수 있기 때문이다. 유진오가 시대성인 '근대'에 집착했기에 김동리와의 맞섬에서 여지없이 패배했지만, 근대를 단지 '저널리즘의 현상'으로 보는 백철과 맞섰더라면 승패를 가리기 어려웠을 터이다. 김동인의 단편 「마음이 옅은 자여」(1920)에 백철은 이러한 자기식 감각을 비유했지만, 실상 따지고 보면 백철에 있어 그것은 근대문학 자체였다. '근대문학-저널리즘'의 도식이 그것이다. '근대문학'이란 민족주의문학도 카프문학도 아니고 단지 저널리즘의 일환이었던 것이다. 훗날의 대작 『조선 신문학사조사』(1948~1949)의 명칭도, 그 문학사적 성실성도 여기에 근거된 것이어서 그만큼 의의 있는 것으로 평가된다. '근대문학은 저널리즘이다'라는 명제란, '근대문학은 근대성의 문학이다'라는 유진오의 명제와 '근대문학은 구경적 생의 형식이다'라는 김동리의 명제와 함께 거대한 과제의 하나임에 틀림없다. 그렇다면 이 저널리즘적 성격이란 단지 시류적인 것에 국한된 것이었을까.

이 물음이야말로 백철 식 저널리즘적 성격의 핵심에 놓인 제3노선을 전제로 한 것이다. 민족주의와 계급주의 속에서 균형감각 확보를 위한 최종적 조정기제가 그로 하여금 저널리즘적 성격에로 치닫게 했다. 천도교가 지닌 제3자적 성격이야말로 백철 식 균형감각이었다. 이것 이외의 어떤 이데올로기도 한갓 통과제의였다. '시류적 웰컴주의'로서의 저널리즘적 성격이 비할 바 없이 떳떳했음은 이런 곡절에서 말미암았다. 다만 이런 제3자적 세계관의 인식이 자각적이었느냐의 여부가 문제적이겠으나, 문제는 해방공간에서 선명해졌다. 이 자각적 현상이 소급적으로 적용되는 그런 형국이었다.

# 제3장 눈부신 폭발, 참을 수 없이 조급한 글쓰기

## 1. 참으로 맹렬한 글쓰기

천도교 소장 간부인 맏형 백세명의 주선으로 백철이 개벽사의 신입사원으로 부임한 것은 1931년 10월이었다. 개벽사는 경운동에 있는 천도교당 경내 앞면에 있는 천도교 기념관의 전면 이층에 있었다. 당시 개벽사는 『개벽』 정간 이후 사세가 기우는 형세였다. 그렇지만 저널리즘계에서는 여전히 막강한 존재였다. 총 주간은 청오 차상찬이었고 그의 지휘아래 잡지 『혜성』(1931~1932, 통권18호)·『신여성』(1923~1934, 통권38호)·『어린이』(1923~1931, 통권82호) 등이 간행되고 있었다. 『혜성』의 편집장은 채만식. 『신여성』은 최영주, 『어린이』는 이정호가 각각 편집을 담당했다. 이 셋 중에 백철이 배속된 곳은 『혜성』이었다. 이 무렵 잡지기자란 내근·외근의 구별이 없었다. 잡지사는 원고료를 제대로 지급할 처지가 아니었고 집필자도 드문 시절이어서, 기자들이 이런저런 필명으로 빈 칸을 채우는 식이었다. 이 점에서 백철은 단연 두각을 드러내었다.



—『전편』, 210면

그중 문학 관련의 글을 정리하면 아래와 같다.

「문예시평―11월호 잡지를 중심으로」(『혜성』, 1931.12), 「농민시인 예세닌 6주기에 제하여」(『조선일보』, 1931.12.5), 「조선문단의 신전망」(『혜성』, 1932.1), 「5개년 계획 달성과 쏘베트문학」(『혜성』, 1932.2), 「『비판』지의 안재좌군의 소론을 읽고」(『중앙일보』, 1932.3.2~12), 「창작방법문제―계급적 분석과 시」(『조선일보』, 1932.3.9~10), 「문예시평―독서와 창작의 부진」(『신계단』, 1932.2), 「창작계 총평」(『신동아』, 1932.11), 「1932년도 프롤레타리아 시의 성과」(『문학건설』, 1932.12), 「1932년도 기성·신흥 양문단의 동향」(『조선일보』, 1932.12. 21~25), 「1932년도 문예평론계 회고」(『조선일보』, 1932.12.27).

1931년 10월에 귀국, 입사한 백철의 1년 2개월 동안의 활동의 다양성과 맹렬성이 한 눈에 들어온다. 소련문학을 위시, 시·소설·평론 등 특정 분야를 가리지 않는, 실로 무소부지, 거침없는 글쓰기였다. 더욱 놀라운 것은 이러한 평필의 분출이 지속성을 갖추었음이다. 1933년도의 활동은 가히 눈부셨다고 할 만하다. 그 목록만 보기로 한다.

「1933년도 조선문단의 전망」(『동광』, 1월)
「조선문단에 대한 희망」(『신동아』, 1월)
「문학운동에 대한 단상」(『조선일보』, 1월 5일)

「문화시평」(『신여성』, 2월)

「신춘문단의 신경향」(『제일선』, 2월)

「최근의 잡감」(『조선일보』, 2월 10일)

「소림다희이(小林多喜二)의 요절」(『조선일보』, 2월 25일)

「신춘문예평」(『신동아』, 3월)

「조선의 문학을 구하라」(『제일선』, 3월)

「인테리의 명예」(『조선일보』, 3월 2~3일)

「문예시평」(『조선중앙일보』, 3월 2~8일)

「문학에 대한 맑스의 유화와 교훈」(『동아일보』, 3월 14~22일)

「총괄적으로 본 해체기의 일본문학」(『조선일보』, 5월 5~12일)

「히틀러와 독일문학의 참화」(『조선일보』, 5월 17~23일)

「현대문학의 신경향」(『매일신보』, 7월 12일)

「연극은 어데로?」(『조선일보』, 7월 29일)

「투르게네프의 문학사적 지위 재음미」(『조선일보』, 8월 22일)

「문예시평－인간묘사시대」(『조선일보』, 8월 29일~9월 1일)

「사악한 예원의 분위기」(『동아일보』, 9월 29일 ～ 10월 1일)

「문예시평」(『조선일보』, 9월 16~19일)

「비평의 옹호」(『조선중앙일보』, 9월 29일)

「문예비평」(『조선중앙일보』, 10월 13~21일)

「현대문학의 신심리주의적 경향」(『중앙』, 11월)

「비평의 신임무」(『동아일보』, 11월 15~19일)

「창작시평」(『조선중앙일보』, 11월 19~23일)

「1933년도 산문 소설계」(『신동아』, 12월)

「사조 중심으로 본 33년도 문학계」(『조선일보』, 12월 17~26일)


　이상 총 28편이란 누가 보아도 초인적이라 할 만하다. 심지어 연극에 까지 거침없이 손을 대었으니 실로 1933년도 한국문단의 비평계는 백철의 독무대인 듯한 형국을 빚었다. 이러한 활동 중에서도 문제적인 것이 백철 특유의 제3자적 지향성의 돌출현상이었다. 그것은 「문예시평－인간묘사시대」(『조선일보』, 1933.8.29~9.1)에서 특징적으로 드러난다. 카프가 아직도 건재하고 있는 시점인데도 정작 나프 맹원이자 카프의 중앙 위원인 백철은 이러한 글을 썼다.


## 2. 기자와 문학평론가의 동시적 행보


백철이 개벽사에 머문 것은 1931년 10월에서 1932년까지, 그러니까 약 1년간이었다. 『혜성』의 종간(1932.4) 및 『제1선』으로의 개제(改題), 대 중지 『별건곤』의 종간(1934.3)으로 치닫는 개벽사 저널리즘 군단은 바야 흐로 몰락기를 맞고 있었다. 따라서 25세의 신인 백철도 같은 운명에 처하게 된다. 그러나 그의 글쓰기란 오히려 더욱 맹렬해지는 바, 정열이 한 곳으로 쏠렸기 때문이었다. 그동안 백철이 사귄 문사들 가운데 같은 직장의 신경질적인 체질의 작가 채만식이 첫머리에 온다. 체격이 갈비 씨라 불릴 만큼 여위었지만 "정신적 체질은 그 이상이었다"라고 백철은 썼다. 그는 늘 신경을 곤두세우고 있어 백철과는 폭발 직전의 상태였다. 백철이 제안하는 어떤 일이라도 일단 반대하는 성격이었다. 결벽증도 대단했다. 문밖에서 돌아오면 손잡이를 놓자마자 손을 털었고 또 손을 씻곤 했다. 옷차림 역시 진한 남빛 코트에 회색 바지였다.

외근으로 백철이 처음 만난 문인은 박영희였다. 서대문 독립문 근처 에 있는 천연동 69번지. 재건공산당사건(1931.6~1931.11)으로 임화·김남 천·권환·고경흠 등과 더불어 종로서 유치장에 수감되었던(17명 중, 고경 흠·김남천만 기소되고 나머지는 불기소 처분된 바 있다) 카프 고참 평론가의 근 황이 사회적으로 궁금했다. 카프평론계의 대가인 회월 박영희는 작달막 한 키에 얼굴도 촘촘해보였다. 마침 산책에서 돌아오는 길이었다. 당시 에 유행하는 지팡이를 짚고 있었다. 원고청탁을 그는 한마디로 거절했다. 건강상 이유를 내세웠으나 개벽사의 저널리즘을 기피하는 눈치였다. 신경향파시대의 『개벽』은 계급사상 선전의 앞잡이 몫을 했고 그때의 문학담당기자가 바로 박영희였다. 개벽사의 속성을 그가 잘 알고 있었다. 1931년도라면 바야흐로 카프 전성시대였으므로 그 자부심은 매우 컸다. 민족주의 신문이라 하여 『동아일보』까지 외면할 정도였기에 천도교 계열인 개벽사를 기피할 수밖에 없었다. 종교란 아편이라는 이데올로기 속에 박영희 및 카프의 무게가 실려 있었다.

백철이 두 번째로 만난 문사는 박영희와 쌍을 이루는 카프 비평계의 대가 김팔봉과 석영 안석주였다. 둘은 함께 조선일보사의 중견 간부급 기자였다. 사회부장이 김팔봉이었고 학예부장이 영화전공의 카프문사 안석영이었다. 데뷔 논문 「농민문학문제」가 발표된 『조선일보』를 백철이 방문한 것은 발표 직후인 11월이었다. 견지동 붉은 벽돌집의 조선일보사에서는 마침 안석영은 부재중이었고 김팔봉은 반가워하며 격려까지 해주었다. 회월의 빈약하고도 냉정한 반응과는 달리 팔봉은 거구의 신장에 얼굴빛도 거무스레한 건강체에다 정력적이고 어딘가 식욕이 강해 뵈는 인상이었다. 외출에서 돌아온 석영은 데뷔 평론을 칭찬했고, 묵직한 새로운 원고를 요청했다. 당시엔 고료라는 말은 있었으나 조선일보사조차도 고료를 지불하지 않았다. 신문사 및 기자란 일종의 지사적 요소를 갖고 있던 시대인지라 거기에 글 쓰는 문인 역시 이러한 자부심이 무엇보다 앞섰다. 백철은 석영에게서 열정적 모습을 보았다. 명 삽화가이며 박기채 감독의 〈무정〉(이광수 원작)의 시나리오도 쓴 석영은 훗날 조선영화사 조직에도 관여했다.

석영이 요청한 '묵직한 평론'이 바로 또 다른 화제작인 무려 120매의 「창작방법문제─계급적 분석과 시의 창작문제」(『조선일보』, 1932.5.6~20)였다. 이 평론은 그 이듬해에 쓴 「조선문학을 구하라」(『제1선』, 1933.3)와 더불어 참으로 문제적이었다. 문제적이라 함은 카프문학을 겨냥, 통렬한 비판을 수행했기 때문이다. 카프진영은 초긴장상태에 빠지지 않을 수 없었는데 첫째는 그것이 카프맹원 내부에서의 비판이라는 사실 때문이다. 이때 백철은 카프중앙위원이었다. 둘째, 일본의 나프맹원이며 『전위시인』 그룹에서 활동한 백철이 당사자라는 사실. 카프의 처지에서 보면 나프란 알게 모르게 이른바 지점 카프의 본점에 해당되었다. 이 점을 감안한다면 백철의 문제 제기로 카프 내부는 크게 당황할 수밖에 없었다. 더구나 만주사변(1931) 이후 바야흐로 만주제국(1932.3)이 세워지는 시대성 속에 놓인 카프는 볼세비키화 노선으로 가까스로 명맥을 이어가는 시점이었다.

평론 「창작방법문제」는 부제가 말해주는 바와 같이 '계급적 문학과 시창작'에 대해 쓴 것이다. 소설 쪽이 아니라 시창작의 방법론이라는 점에 주목해야한다. 이것은 백철이 제일 잘 아는 영역이었다. 그러기에 이 평론에는 백철의 자신감과 자부심이 드러난다. 이 평론의 구성은 두 부분으로 되어 있다. Ⓐ부분은 이른바 원론에 해당되는 것으로 계급적 분석과 시창작 방법의 일반론을 편 것. Ⓑ부분은, 이 점이 중요한데 『카프시인집』(1931)을 비롯 임화의 중요작품 「우산받은 요코하마의 부두」(1929)까지 사정거리에 넣어 비판했기 때문이다. 그 과정을 살펴보면 아래와 같다.

"근년에 ××(소련?─인용자), 독일을 중심으로 그리고 최근에는 일본 프롤레타리아문단에서도 유물변증법적 창작방법문제가 심히 중요한 의의를 갖고 제기되며 토론하게 되었다." 이렇게 운을 뗀 이 평론의 Ⓐ부분에서는 그동안 크게 논의된 바 있는 프롤레타리아 리얼리즘 단계에서 한 단계 나아가 변증법적 리얼리즘에로 나아갈 방향을 제시함에 중점이 놓였다. 창작방법론이란 관념적·추상적·기계적 적용일 수 없고 언제나 그때그때의 구체적 현실조건에서 결정된다는 것은 변증법적 현실파악의 기본항이거니와 그러기에 1932년도의 국제적 및 조선적 현실을 염두에 둘 수밖에 없다. 조선적 현실이란 구체적으로 무엇인가. 이 물음에 백철이 내세운 것은 창작과 계급적 분석의 관계였다. 계급적 분석이란 무엇인가. 이에 대해 백철은 소련쪽의 이론(파제예프)과 일본쪽의 이론(다니모토 기요시[谷本淸])을 장황하게, 그것도 서투른 직역투로 펼침으로써 이 글은 다분히 추상적 관념적이며 기계적인 이론에서 크게 벗어나지 못했다. 그럼에도 이 평론이 나름대로의 강점(구체성)을 갖는 부분이 따로 있었는바, 일본의 프롤레타리아 시를 문제 삼았음이 그것이다.

①기계적 외침에서 벗어났다는 것, ②현실의 복잡성·다양성, ③구체적 생활반영, ④일반성 속의 특수성 등을 들고, 이러한 방향으로 나아가야 된다는 백철의 주장은 실상은 일본 프롤레타리아 시창작을 향한 것이었다. 여기에는 응당 그럴만한 백철 특유의 자부심이 깃들어 있음을 지적할 수 있다. 이상의 이론은 실상으로 말하면 그가 일어로 쓴 「유물변증법적 이해와 시의 창작」(『프롤레타리아 시』 제4호, 1931.4)의 반복에 지나지 않는다. 이 일어 평론의 번역에 다름 아닌 것이 Ⓐ부분이라면 그 자체로는 별다른 새로움이라 할 수 없겠으나 Ⓑ부분에 이르면 사정이 크게 달라진다.

> 『카프시인집』을 읽고 난 뒤의 나의 감추지 않는 정직한 감상과 이해에 의하면 이번 시집 중의 작품은—그것이 회월, 박세영군 등에 의하여 얼마만큼 변호되며 칭양되어 있음에 불구하고—그중의 하나도 진정한 의미의 계급적 분석 위에서 제작된 작품은 없는 것이 무엇보다도 먼저 눈에 띄인다.
>
> —『조선일보』, 1932.3.11

『카프시인집』(1931)은 조선프롤레타리아예술동맹문학부 편(집단사 발행)으로 이른바 카프문학의 가장 두드러진 작품을 묶은 사화집이다. 김창술의 「기차는 북으로 북으로」 등 4편, 권환의 「정지한 기계」 등 7편, 임화의 「네거리의 순이」 등 6편, 박세영의 「누나」, 안막의 「3만의 형제들」 등 2편 등이 수록된 이 사화집이 갖고 있는 자부심을, 백철은 모조리

'함량 미달'이라 비판해버린 것이다. 백철이 "이러한 지적이 부르주아 비평가가 프롤레타리아문학에 대하여 의식적으로 악선전하는 '프롤레타리아문학은 고정화되었다!'는 의미와는 근본적으로 구별되는 것"이라 단서를 달았음에도 불구하고 또 바로 그 때문에 카프진영이 긴장할 수밖에 없었다. 특히 백철이 일본의 『전위시인』을 통해 맹렬히 활동하던 도쿄 시절을 현지에서 목격한 임화에 있어서는 실로 충격적이었음에 틀림없다. 이북만 휘하에서 조직훈련을 받고 있던 임화의 처지에서 볼 때 동년배의 백철은 저만치 우러러 뵈는 대선배격이었다. 더욱 임화를 곤혹케 한 것은 그 자신의 작품인 「우산 받은 요코하마의 부두」가 도마 위에 올려졌기 때문이다. 카프서기장 임화의 처지에서 보면 2년 전의 작품이긴 하나 그래도 실로 난감한 일이었다. 그도 그럴 것이 백철의 임화 비판이란 아주 실감 있는 것이기도 했기 때문이다. 그 실감이란 계급문학의 연애(이성) 문제에서 왔다. 이성문제란 무엇인가. 백철의 시선은 매우 구체적이다.

> 여기서 내가 특별히 이것을 취급하려는 것은 아무리 금일과 같이 계급의 각 부면 부면이 X화되어 있는 금일에 있어서도 그와 같은 생활도 역시 인간생활인 만치 항상 인간생활의 일 중요면을 대표하고 있는 이성애 생활은 금일에 있어서도 오히려 중요한 역할과 영향을 갖고 있다는 것. 따라서 그러한 의미에서 예술적 영역에서도 우리들은 가급적으로 이 문제가 출발되는 것이다.
> —『조선일보』, 1932.3.18

그는 계급문학에서의 연애문제야말로 가장 현실적 인간적 과제이기 때문에 구체적이라 했다. 저 콜론타이의 '붉은 사랑'이 벌써 현실적 의의를 잃었음도 지적되어 있다. 소련에서는 이 문제가 얼마나 중요했는가를 백철은 소련의 근작 속의 여주인공의 입을 빌어 말하고 있다. 아직도 콜론타이식의 연애관에 매달려 있는 친구에게 그녀는 이렇게 말한다. "너는 혼자서 사용하는 이 솔을 다른 사람에게 빌려주는 일이 있니?"라고 이어서 백철은 김창술의 「가신 뒤」를 들어 이렇게 비판했다. "김군은 그러한 의미에서 일정적 기준 하에서 한 여성의 인간적 권리를 옹호한다는 의미로 이성애라는 것을 이해하지 아니하고 언제나 반드시 동지라는 관사를 부가하는 데서 이성애에 편중하는바 정도에 넘어 징계하며 신경과민이 되었었던 까닭에 이성애라는 인간생활의 일 특수면은 일반적 동지애라는 면에 희생을 당하고 있는 것"이라고. 잇달아 백철은 임화의 작품을, 같은 범주에서, 대표작의 하나인 「우산 받은 요코하마의 부두」를 들어 비판해 마지않았다.

> 임군은 이성간에 생겨지는 이성애라는 생활면은 전연히 무시하고 단순히 이성간의 관계를 동지라는 푸롤레타리아 의리(義理)로서 전혀 대신하고 있다. "거기에는 아모 까닭도 없었으며 우리는 아모 인연도 없었다. 더구나 이국의 계집애 나는 ××地(식민지)의 사나의. 그러나 오죽 한 가지 이유는 너와 나 우리는 한낱 노동하는 형제이었던 때문이다"라는 임군의 시는 고백한다. 그 말과 같이 두 사람은 다만 노동하는 형제이었기 때문에뿐 서로 그만한 관계엔 나가졌던가. 그밖에는 아모 인간적 관계가 생겨질 원인도 동기도 없었던가? 이것은 온갖 반심리주의자들이 공업주의 또는 기계화주의를 가지고 인간을 역시 한 기계의 일부로 대치하려는 행동과 별로 다름이 없을 것 같다.
>
> —『조선일보』, 1932.3.18

『도이치 이데올로기』까지 동원하면서 백철이 주장하는 요점은 다음 두 가지. 하나는 당연히도 창작(시)에서는 '사회적 제 관계의 총체'로서 사회적 제 관계의 최중요 계기로 되어 있는 생산노동과정을 통하여 고찰해야 한다는 것. 다른 하나는 이와 동시에 '산 인간', 곧 인간적 특수 생활면을 무시해서는 안 된다는 것. 이 둘은 어느 한쪽으로써 다른 한쪽을 '대치'할 수 없다는 것이 백철의 주장이었다. 일본 처녀와 조선 청년 사이에서 그들이 단지 '노동자'라는 이유로만 사랑이 이루어질 수 있겠는가. 거기엔 반드시 인간적 특수 매력이 작동되어 있다. 더구나 일본처녀 이름 '기요'까지 등장하고 있는 형국이 아니었던가. 백철은 이어서 권환의 「정지한 기계」도 안막의 「3만의 형제들」도 같은 기계주의적 작품이라 비판했다.

백철의 이러한 비판은 그 자신이 자각하고 있듯 다소 부당한 면이 없지 않다. 『카프시인집』은 1931년에 간행되었고 곧바로 금서로 자취를 감춘 것이었다. 그러니까 이 시집에 수록된 작품의 집필 시기는 적어도 1929년 전후라 할 것이다. 「우리오빠와 화로」(1929.3)를 비롯, 「우산받은 요코하마의 부두」(1929.9) 등이 모두 그러하다. 그렇다면 거의 3년 전의 작품이 아니겠는가. 3년 전 노동운동의 상황과 지금의 그것을 비교해보면 현격한 차이가 있다고 볼 것이다. 이 현격한 차이를 감안한 마당에서 『카프시인집』을 비판했기에 그만큼 임화 등의 변명의 여지가 없지는 않지만 그럼에도 백철의 비판은 큰 의의를 갖는다. 성역처럼 되어 있는 이 영역의 비판을 그동안 아무도 하지 않았고 더구나 카프 내부에서의 본격적 비판은 이것이 처음인 까닭이다.


## 3. 조선문학 구출하기, 카프문학 비판


카프문학의 다크호스인 백철은 맹렬히 활동한다. 「1932년도 기성 신흥 양문단의 동향」(『조선일보』, 1932.12.21~25), 「1932년도 문예평론계의 회고」(동, 1932.12.27), 「창작계총평」(『신동아』, 1932.11), 「1932년도 프롤레타리아 시의 성과」(『문학건설』, 1932.12) 등에서 보듯 이미 문단 전체를 상대로 하고 저널리즘을 꿰뚫고 있었다. 제목에서 보듯, 그가 다룬 대상은 기성・신흥을 동시에 아우를 뿐만 아니라 시・소설은 물론 평론까지 대상으로 삼았기에 이른바 총체적인 논의에 해당한다. 또한 카프소속이면서 이를 훌

쩍 뛰어넘었음을 보였다는 점도 평가될 수 있다. 백철의 국내 활동은 그러니까 당초부터 전문단을 대상으로 한 전방위적인 것이었기에 카프 쪽에서나 신흥문학 쪽에서도 이에 대해 반응하지 않으면 안 되었다. 그의 평론은 이후도 이 자리를 계속 유지했기에 일종의 '중간파적 성격'이라 규정된다. 아주 소박하게도 그 자신은 이 성격을 다음처럼 표명했다.

> 나는 이상에서 소위 프롤레타리아문학, 민족주의문학, 예술파의 문학 등을 구별하여 보았으나 그것은 편의상 그리고 대체의 의미에서 구분하였을 뿐이요, 조선에 있어서는 다른 선진자본주의 국가와 같이 엄밀한 의미로서 그것이 명확히 구분되어 있지 않고 자못 애매한 중간상태에 놓여 있는 것이 사실이다.
>
> ―『조선일보』, 1932.12.22

'자못 애매한 중간상태', 이것이야말로 백철 비평의 원점이자 중간점이며 마침내 종점이기도 했다. '두루뭉수리'식이라 비판당할 수 있음은 물론이며 이는 평론가로서의 큰 한계점에 틀림없지만 또한 이것만큼 솔직하고도 확실한 것은 따로 없다고 말해질 수 있다. 백철 개인의 인간다움의 인식이기에 앞서 그것은 '한국사회'의 성격에 더 많이 관련되었기 때문이다. 식민지 조선사회란 무엇인가. 식민지이되, 여전히 조선적 전통과 생활방식이 지켜지고 있었다. 이 '애매한 중간상태'가 조선현실이라면 조선문학 역시 이런 상태의 반영이 아닐 수 없다. 조선문학이란, 그러니까 조선(임시정부, 조선어학회)의 국가어로 하는 문학인 만큼 어김없는 자주국가의 문학이지만 동시에 현실적으로는 식민지에 다름 아니었다. '애매한 중간상태'란 실상 백철 개인의 총명함(솔직성)이기에 앞서 당대 조선사회와 그 반영인 조선문학의 솔직함이었다.

백철의 논의 과정은 「문예시평」(『조선중앙일보』, 1933.3.2~8), 「인간묘사시대」(『조선일보』, 1933.8.29~9.1), 「인간묘사론(2)」(『동아일보』, 1934.5.24~6.2), 「인간묘사론(3)」(『개벽』, 1934.11) 등으로 나타났다. 맨 먼저 백철은 '변증법적 창작 방법에서 사회주의적 리얼리즘'에로 변모해가는 소련에 주목하였다. 프롤레타리아 리얼리즘에서 유물변증법적 창작방법으로 변했고 이제 사회주의적 리얼리즘으로 바뀌고 있는 현상이란 대체 무엇인가. 이 앞에 서서 소련의 사정에 그대로 따라야 하는가 아닌가의 물음을 던진 백철은 겉으로만 따를 수밖에 없음을 다음처럼 암시해 놓았다.

> 여하간 내 개인으로서는 구론쓰키 등의 제의에 대한 뇌동적인 추종이 아니고 진심으로 창작적 슬로건으로서 유물변증법적 창작방법이라는 것이 가장 부적당하다는 것을 이해하고 싶다.
>
> —「문예시평」, 『조선중앙일보』, 1933.3.8

인간묘사론의 제기도 여기에서 나온 것이다. 어떤 문학도 창작방법론이나 세계관으로만 창작되는 것이 아니라는 것. 여기에 인간묘사론의 근거가 주어졌다. 곧 '인간의 형상화'가 기본항이다. 부르주아문학도 프롤레타리아문학도 이 점에서 똑같다는 백철의 논법은 흡사 '사람은 동물이다'라는 명제라 할 것이다. 이런 상식론을 백철이 내세운 까닭은 실로 교묘했다. 카프문학의 최대 약점이 인간묘사의 부족이라는 것. 그때문에 카프문학은 인간묘사에 주력해야 된다는 것. 그렇다고 해서 부르주아문학을 할 수는 없다는 것. 어째서? "인간묘사, 물론 이 시대에 있어 이 문학의 과제를 대표적으로 이행할 문학은 프롤레타리아문학 그것 외의 아무 문학도 아니"기에 그러하다. 이를 경향성이라 했다. 사회주의적 사실주의도 이에 해당한다. 이에 비해 부르주아문학은 심리주의를 갖고 있다. 그러나 결국 백철의 이론은 '인간묘사 → 인간탐구'로 이어졌고 따라서 막연한 두루뭉수리식 일반론으로 환원될 수밖에 없었다. '사람은 동물이다'라는 범주이기에 조금도 틀리지는 않으나 동시에 카프에서 보면 너무 어처구니없는 것이었다. 결과적으로 계급적 인간형 묘사에 국한되지 않는 추상적 관념적 인간론에 환원되어 버리는 것이었다. 백철이 '인간묘사→인간탐구→휴머니즘론'으로 몰고 간 것은 그의 처지에서는 자연스런 결말이었다.

이러한 기본항에 대해 그는 매우 대담한 주장을 폈던 바 「조선문학을 구하라」(『제일선』, 1933.3)가 그것이다. 이 대담무쌍한 제목을 내세울 수 있었던 것도 그가 선 '애매한 중간상태' 때문에 가능한 주장이었다.

'젊은 맑스주의 평자의 임무'라는 부제를 단 「조선의 문학을 구하라」는 A라는 불특정 맑스주의 비평가에 보내는 편지형식(통신평론)으로 되어있다. 이런 방식의 글쓰기의 최강점은 호소력에서 찾아지거니와 그것은 또 이해하기 쉬움에서 오기 마련이다. 그런데 이런 글쓰기 형식의 효용성을 그 자신도 몰랐음에 주목할 필요가 있다.

> A군! 군이 보낸 '문예비평'에 관한 논문, 오늘(2월 15일) 정령히 접수하였다. (…중략…) 그런데 그것에 대한 통신을 써야 하겠으나 이번은 항례의 평범한 통신을 쓰는 대신에 무엇이든지 좀더 유익한 내용의 것으로서 그것에 대(代)할 것이라고 나는 우연히 생각하였다. 그리고 그것이 좋겠다고 혼자서 결정되었다. 여기서 그러면 무엇에 대(對)하여 이야기하는 것이 비교적 유익할까가 아니고 나는 즉시 군의 논문과 관련하여 현재의 조선의 문학에 대한 이야기를 선택할 것이라고 생각하게 된 것을 다행으로 생각한다! 즉 조선에 있어서 우리들과 같이 젊은 맑스주의 평가들의 할 일이란 것을 머리에 두어가면서 현재의 조선문학을 생각해가자는 말이다.
>
> ―「조선의 문학을 구하라」, 『제1선』, 1933.3

위의 글에서 주목할 대목은 "우연히 생각했다"에 있다. '!'부호사용은 일본에서부터 사용한 백철특유의 방식이다. 이 속엔 두 가지 점이 지적될 수 있는 바, 하나는 '통신형식'이며 다른 하나는 '조선의 문학'이라는 포괄적인 범주이다. 통신형식이란 무엇인가. 젊은 비평가를 상정하고 그와 대화함이지만 이 대화의 방식에서는 사람의 목소리가 드러난다. 문장식 글쓰기와 목소리의 글쓰기 사이에는 현저한 차이가 있다는 사실을

‘우연히’ 백철은 생각했던 것이다. 백철의 문장식 글쓰기만큼 난삽하고 비논리적인 평론이 일찍이 없었음을 염두에 둔다면 더욱 이 점의 효용성이 뚜렷해진다. 일본의 프롤레타리아 이론과 일본을 통해 입수한 소련의 이론을 재빨리 소개함으로써 평론가로 행세해온 탓에 난삽하고도 비논리적인, 따라서 극히 난해한 평론 쓰기에 그는 나아갈 수밖에 없었다. 이러한 상태에서 통신평론은 그에게 글쓰기의 새 영역이었다. 다시 말해 이 통신형식을 통해 ‘좀 더 유익한 내용’에로 향하기가 그것이다. 이 우연성은 그야말로 뜻하지 않은 발견이었다.

또 하나의 우연성은 ‘조선문학’ 전체를 대상으로 삼았다는 데서 왔다. 카프문학만을 대상으로 외치는 평론에서 벗어나 조선문학 전체를 싸잡아 하는 논의는 이미 「1932년도 기성 신흥 양문단의 동향」에서도 감행했지만, 더 나아가 「조선의 문학을 구하라」에 와서는 카프문학만을 대상으로 하지 않음이 유익하다고 ‘우연히’ 생각했다는 것이다. ‘조선의 문학’이란 개념이 너무 막연하다고 A군이 지적할지 모르나, 그럼에도 불구하고 백철은 “조선의 부르주아문학, 조선의 프롤레타리아문학을 생각하는 동시에 ‘조선의 문학’의 운명이란 것을 생각하고 싶다”라는 좌표에 섰다. “좀 더 바르게 말하면 조선의 민족문학이라고 하는 것이 일층 정당할 것”이라고 그가 말했던 것이다. ‘조선문학=조선의 민족문학’이라는 개념설정은 카프진영에서 보면 오해가 생기기 마련이었다. ‘조선의 민족문학’이란 이광수 등의 부르주아문학을 지칭하던 시대였기 때문이다.

카프진영의 김우철의 「민족문학의 문제」(『조선일보』, 1933.6.5~7)는 ‘백철의 논문을 읽고’라는 부제를 달고 있거니와 백철의 논문에서 “어느 정도의 쇼크”를 받았다고 시인하면서도 반론을 편 이유는 오직 ‘민족문학’의 용어에서 왔다. 부르주아문학=민족문학의 도식이 당시의 통념이었음을 염두에 둔다면 계급사회에 살고 있는 현실에서 볼 때 백철의 글은 용납할 수 없다는 김우철의 반론은 아주 무의미한 것은 아니다. 김우철이 말하고 싶었던 것은 백철이 모르거나 언급하지 않은 부분에 있

었다. 곧 백철이 소련 평론가 루나찰스키, 플레하노프 등만 강조했지 정
작 최고의 이론가인 스탈린에 대해 한마디도 언급하지 않았던 것, 김우
철이 먼저 스탈린의 말을 제시했음이 이를 잘 말해준다. 곧 스탈린이
말한 현 단계 소련문학이란, 민족문화(문학)이어야 한다는 명제가 그것
이다. "민족문화의 슬로건은 부르주아지가 권력을 쥐고 있어서 제 민족
의 기초가 부르주아 질서의 보호 밑에 보존되어 있었을 때엔 부르주아
지의 슬로건이었다"라는 스탈린의 지적에서 이 점이 뚜렷해진다.

　실상 스탈린이 이렇게 지적했지만 스탈린에겐 그럴만한 이유가 따로
있었다. 102개 민족의 합중국인 소련 연방(USSR)의 통치란 무엇보다 각
민족의 통치에 다름 아니었다. 제국주의 전공의 레닌과 달리 스탈린은
민족학자였고 따라서 그가 언어문제에 누구보다 관심이 깊고 일가견을
갖추고 있었음도 자연스런 일이었다. 언어 비상부구조설을 내세운 것도
스탈린이었다. 소련문예정책의 최종단계인 1934년에 나온 사회주의적
사실주의(socialist realism)가 '내용은 사회주의적, 형식은 민족적이어야 한
다'라는 것을 기본항으로 했음도 소련 사회의 특이성에서 나왔던 것이
다. 이 점을 몰각한 채 김우철은 스탈린의 주장을 이렇게 따왔다.

> 우리들은 프롤레타리아 문화를 건설하고 있다. 확실히 그렇다. 내용에 있어
> 서는 ××××적이지만 ××주의의 건설에 참가하여 있는 제 민족 간에 있어
> 서 각자의 표현형식과 방법을 채용하고 있다는 것은 사실이다. 이와 같은 문
> 화는 ××주의를 목표하는 인류의 전체에 대하여 공통적 문화다.
> 　프롤레타리아 문화를 양기(揚棄)치 않는다. 프롤레타리아문화는 민족문화에
> 내용을 여(與)한다. 그리고 반대로 민족문화는 프롤레타리아 문화를 양기치
> 안고 그것은 프롤레타리아 문화에 형태를 여하는 것이다.
> 　　　　　　　　　　　　　　　　　　　　―「민족문학의 문제」, 1933.6.7

백철이 조선의 민족문학이라 했을 때, 그가 과연 스탈린의 이 말을
제대로 인식했는가 하는 점도 김우철은 지적하고 있는 형국이다. 김우

철의 이러한 지적은 그 자신에게 던진 과제이지 정작 백철의 글을 전면적으로 비판한 것은 못된다. 실상 백철이 「조선의 문학을 구하라」에서 애써 주장하고 또 강조해온 것은 따로 저만치 놓여 있었던 것이며 그 자신 역시 '우연히' 발견한 것이다. 백철 비평의 최강점이 바로 이것이었음을 백철 자신도 모르는 사이에 주장한 것이기도 하다. 곧 현장비평이 그것이다.

백철 비평의 일반적 스타일은 먼저 소련(세계)문단 및 이론을 장황히 앞세우고 그 다음은 일본문단 및 문학을 내세우는 것이다. 이어 이 두 가지 기준에 비추어 조선문단 및 문학을 비교하는 방식이다. "그러나 우리들의 문학을 생각할 때는 사벳트 로시아보다는 직접 일본의 그것을 생각하는 것이 더욱 유의의한 일이다! (…중략…) 거기에 비하면 조선에는 무엇이 있느냐!"라는 구성법이 기본적 방식이었다. 그러나 구라하라 고레히토 모양 소련문학을 직접 다룰 능력이 없는 백철로서는 일본문단 및 문학에 논의가 한정되었다. 그러나 일본 프롤레타리아문단 및 문학이라면 어느 수준에서 그의 발언권은 신뢰할 만한 것이긴 했다. 이미 그는 『전위시인』 등에서 직접 평필을 휘둘렀을 뿐 아니라 나프 맹원이기도 했던 것이다. 「조선의 문학을 구하라」는, 종래의 구성법을 답습하고 있긴 해도 여기에서 과감히 한발자국 나아갔음에서 그 의의를 둘 수 있다. 요컨대 이정표 같은 것이다. 다음 인용 속에 장차 전개될, 이른바 백철 비평의 특징과 최강점이 깃들어 있다. 평론문장에까지 감탄부호[!] 사용하기를 보라.

> 그런데 이제부터 우리들의 비평의 임무 그것에 관한 이야기나 여기서 나는 현재의 침체기의 문학이라는 위급한 사정을 머리에 두고 생각할 때에 나는 우리들의 비평임무로서 제일 고도(高度)의 지위에 지금까지 평범하게 생각해오던 작품평을 새로 추천하려고 생각한다. 즉 구체적 작품을 통한 작품평의 임무가 가장 중대성을 띠게 된다는 것이다!
>
> —「조선의 문학을 구하라」, 『제1선』, 52면

추상적·관념적·일반적 논의(창작방법론을 포함)에 대해 카프비평은 신물이 나도록 떠들어 왔고 비평은 오직 이러한 지도성에 골몰해왔다. 백철 역시 예외는 아니었다. 그러한 지도적 비평이 이젠 그 한계점에 이르렀음을 누구보다 백철이 먼저 간파했던 것이다.

> 사실 우리들은 지금까지 일반적 문제에 관한 얼마나 많은 추상적 노호(怒呼)를 들어 왔던가? 하나 그것은 언제나 조선의 문학을 구하는 데는 아무 역할을 해내지 못하였다. 다만 성(城) 안에 다리 부러진 장정의 고함처럼 주위의 공기를 소란하게 할 뿐이었다. 그러한 공허한 비평적 절호(絶呼)에 나는 말할 수 없는 염증을 느끼고 있다. (…중략…) 여하튼 현재의 우리들 젊은 비평가들의 가장 중요한 비평의 임무로서 나는 구체적 실례에 의한 비평을 전면에 내세울 필요가 있다고 생각한다.
>
> —「조선의 문학을 구하라」, 52면

어떤 이론보다 '고도의 지위'에서 행해진 현장비평(작품평)이 없었다는 것, 이 점을 인식하고 현장비평을 '고도의 지위'에 놓아야 한다고 백철은 주장한다. 그리고 그 자신이 실제로 이 과제를 실천했다. 그가 내세운 작품평의 기준, 곧 '고도의 지위'의 척도는 무엇인가. 그 기준은 소련측의 비평가 플레하노프, 루나찰스키, 악세티로드 등에서 빌려왔다. 이들 선진 비평가의 기준은 그 작품의 내용에서 시작해서 점차 형식으로 나아감이었다. "일정한 계급 혹은 광범한 사회적 성질을 갖고 있는 거대한 집단의 심리적 연계는 각 예술작품에 있어서는 주로 내용을 통해 결정"되기 때문이다. 작품의 결정적 계기로서 표현되는 내용은 스스로 일정한 형식에 이르는 만큼 '내용에서 형식에로'의 작품평의 방식을 플레하노프는 '현실비평'이라 했고, 루나찰스키는 '사회비평'이라 했다. 이들은 문학현상의 '사회적 동가(同價)의 발견'이 유물론적 비평의 제일의 몫이라 했다. 여기에 나오는 '사회적 등가의 발견'에는, 훗날 알려진 일이지만 소련식 리얼리즘의 독자성이 깃들어 있었다.

문학사회학의 시선에서 보면 예술과 사회의 등가성(等價性)에 관해서는 다음 세 가지 범주의 연구방법이 가능하다. ① 예술과 사회의 등가성을 거의 무매개 수준에서 파악함이 마르크스·레닌 노선이며 여기에는 벨린스키를 위시 소련의 예술정책자들의 난점이 놓여 있었다. ② 예술과 사회의 단계를 준(準) 등가성, 곧 매개항을 통한 등가성이라고 보는 주장이 마르크스·엥겔스의 미학이었다. ③ 예술과 사회의 관계를 통신관계(Korrespondenz)의 범주에서 파악한 것이 하우저를 위시한 이른바 지식사회학파들이었다(A. 하우저, 한석종 역, 『예술과 사회』, 홍성사, 1981). 이렇게 보면 소련쪽이 예술과 사회의 관계를 가장 직접적으로 관련시켜 예술을 파악했음이 드러난다. 당시의 카프나 나프쪽은 이러한 등가성에 대한 구체적 인식이 부족했고 오로지 소련 쪽에 거의 전면적으로 노출되어 있었다고 볼 것이다. 그럼에도 이 소련 이론가들은 백철이 보기엔 '내용에서 형식'에로 나아간 매우 유연성 있는 것으로 파악되었다. 또한 이에 비해 카프비평은 극히 속악하게 적용되었고, 심지어는 그 기준을 벗어나는 비평까지 자행되었다고 백철은 본다. 이런 비평행위는 하루바삐 극복되어야 할진댄 그 방도는 오직 현장비평에 있다고 보았다.

> 나는 생각한다! 우리들 젊은 프롤레타리아 평가들이 현 단계에서 이행해야 할 구체적 비평의 임무에 관한 것도 결코 추상적 공상이 아니고 구체적 작품의 분석검토를 통하여서뿐 이해될 것이라고!
>
> —「조선의 문학을 구하라」, 53면

작품비평이란 무엇보다 현장성이 최우선이다. 소설의 경우 또 그것은 엄청난 독서력을 요구하는 것인 만큼 부지런함과 더불어 체력이 전제된다. 쉴 새 없이 읽는 일, 또 그것을 그때그때의 현장성에서 비평하기야말로 비평가의 임무 중 제일 중요한 것이다. 비평적 자질과 더불어 근면성, 왕성한 발표욕 또한 필요하다. 백철 비평의 왕성함은 저널리즘의 요구와 부합되는 것이었음이 이로써 설명되거니와 또 이는 백철 비평의 황잡함, 정밀도의 부족 등과도 결코 무관하지 않다. 현장성 부각의 부작용으로 정밀도의 결함이 생겨났다고 볼 것이다. 물론 이러한 결점은 현장성을 요구하는 저널리즘과의 공모에 원인이 있기도 하다. 그러나 제일 중요한 것은 백철이 이 현장비평을 만년까지 일관성 있게 지속했음에서 찾아진다. 작품평을 통해 비평가는 작가를 알게 될 뿐 아니라 맨얼굴로 작가와 접하게 됨으로써 현장감이 확보된다. 뿐만 아니라 평자 자신도 작품을 통해 나아갈 방향을 함께 모색할 수 있다. 카프서기장 임화가 소설 월평에 몰두한 점('물논쟁'의 경우), 일제 말기, 조선문학이 나아갈 지표를 작품평을 통해 모색하고자 한 이원조의 경우 등에서도 이 점이 새삼 확인된다.


## 4. 카프서기장 임화의 백철론


문단의 다크호스로 등장한 백철 비평의 맹렬성과 저돌성을 두고 카프 진영에서 제일 난처한 처지에 놓인 사람이 서기장 임화였다. 두 가지 점에서 임화의 발언이 요망되었다. 하나는 자신의 시 「우산 받은 요코하마의 부두」에 대한 변명, 다른 하나는 카프서기장의 처지에서의 발언. '그의 시작과 평론에 대하여'라는 부제를 단 「동지 백철군을 논함」(『조선일보』, 1933.6.14~17)이란 글에서 임화는 서기장으로서, 동지인 백철을 정면으로 비판하기란 하나의 '불행'이라 전제하고 그럼에도 이 '불행'을 감행하지 않으면 안 되었기에 붓을 들지 않을 수 없다고 말머리를 삼았다.

내가 동지 백철 군에 대하여 어떤 형식으로이고 이야기하랴고 생각하기는 벌써 이전 앓아누웠을 때부터이다. 그러나 어떠한 형식이란 말은 결코 지금 내가 이야기하고 있는 것과 같은 이러한 것으로 말하려는 것이 아니라 우리들의 문학운동이 현재 당면하고 있고 따라서 시급히 해결할 것을 요구하고 있는 일련의 주요한 여러 가지 문제와의 관련 밑에서 말하려고 한 것이었다. 헌데 그것이 나의 신상의 형편과 또 다른 여러 가지 사정 때문에 아직껏 감히 손을 대이지 못하고 미러 내려오던 차에 지금과 같이 어색함 마치 몸에다 별안간 모닝을 입고 실크헷을 씌워가지고 길거리를 걸어가라고 하는 것과 같은 반갑지 않은 우연이 나로 하여금 백군을 이야기하게 만들은 것은 분명히 한 개의 불행 같기도 하다.

—「동지 백철군을 논함」

카프가 당면하고 있는, 현재 해결해야 될 중요한 문제들이, 돌연 나타난 백철의 비평에 의해 모조리 제기되었을 뿐만 아니라, 그 방향성까지 제시된 형국이었다. "사실 그만치 최근 우리들의 문학적 사업이 이야기될 어느 때에나 그의 이름이 나오지 않으면 안 될 만치 그는 엄연한 존재로서 우리의 사업위에 나타나고 있고 또 항상 일정한 문제성 가운데 문제되어 왔다"라는 임화의 지적은 자칫하면 백철 비평으로 말미암아 카프 조직사업 자체가 붕괴될지 모른다는 위기감의 표명이 아닐 수 없다. 서기장이 직접 나서지 않을 수 없을 만큼 백철의 존재가 문제적이었다. 자기가 이 문제에 대해 발언할 적합한 인물임을 임화는 우선 개인적 사정에서 찾고 있다. 임화의 글이 갖는 실감은 이 개인적 사정에서 한층 고조되었다고 볼 것이다.

개인적으로 내가 백군의 이름을 처음 알기는 벌써 햇수로 네 해 전 그가 아직 동경학창에 적을 두고 있으면서 일본인의 좌익 시인의 그룹인 '프롤레타리아 시인회'의 멤버의 한 사람으로서 그 회의 출판물 『프롤레타리아 시』지 위에서 왕성한 창작활동을 하고 있을 때이다.

—『조선일보』, 1933.6.14

이 시 잡지가 나프의 조직 밖에 있었지만 그만큼 분발하던 신진세력의 모임이었다. 김용제와 더불어 백철은 유망한 조선시인이었음을 도쿄에 체류 중인 임화는 분명히 보고 있었다. 동시에 임화는 백철의 왕성하고 격렬한 시들에서 일종의 추상성과 그 속에 깃든 낭만적 잔재와 지식계급적 악취를 엿보고 있었다. 독자로 하여금 마음속을 찌르는 그러한 요소(예술에선 이것이 치명적임)가 희박함을 임화는 시인의 직관으로 알고 있었다. 백철의 시들이 격렬한 구호로 되어 있지만 모조품 같아서 감동을 주지 못한다. 그 근본 원인을 임화는 백철의 한계점으로 다음처럼 지적·제시하고 있다. 지식인 백철과 조직인 임화의 결정적 차이가 여기에 있었음이 한눈에 들어온다.

불행히 백군에게 있어서는 우리들이 알고 있는 당시 동경에 있던 학생들과 같이 조직활동의 훈련 가운데서 생활할 기회를 그다지 못 가졌다고 한다. 이것은 백군에게 있어서 불행 가운데도 최대의 불행의 하나일 것이다. 왜 이러냐하면 만일 이러한 조건이 그에게 부여되었섰다고 하면 그로 하여금 좋은 시인, 보다 더 훌륭한 비평가가 될 보다 많은 가능성을 보장하였으리라 믿어지기 때문이다.

—『조선일보』, 1933.6.16

여기서 말하는 '조직활동'이란 새삼 무엇인가. 조직활동이 없었기 때문에 백철 비평은 '정치적 무관심'을 드러내었을 뿐 아니라 멘세비즘(온건주의)으로 후퇴했다고 임화는 보았다. 백철 비평을 "우익적 일탈"이라 보고 일찍이 카프 내에서 김팔봉식의 '우익적 견해'와 똑같이 치명적 것이라 규정될 때, 그 참된 원인이 오직 '조직활동', 그러니까 '조직훈련'을 겪지 않음에서 왔다고 했을 때, 이는 임화와 백철의 비평적 차이의 근본을 드러낸 것이다.

그렇다면 임화는 어떤 조직훈련을 받고 어떤 활동을 했던가. 이 물음은 임화론에서 상세히 검토될 성질의 것이다(김윤식, 『임화연구』, 문학사상

사, 1989). 조선의 발렌티노로 알려진, 영화배우(두 편의 영화의 주연) 출신이
며 모더니스트 시인인 임화는 이른바 단편서사시 형식의 「우리오빠와
화로」(1929), 「네거리의 순이」(1929)를 쓰며 카프시인으로 크게 두각을 드
러낸 후, 연극공부를 위해 도일하기에 이른다. 맨손으로 도일한 그가 도
쿄에 머문 것은 카프 도쿄지부의 조직책인 이북만(李北滿)의 아지트였다.
카프 제1차 방향전환(1927.9)의 주역이자 『무산자』의 중심분자인 이북만
은 도쿄 이치가야에 셋집을 얻어 부인 및 누이동생 귀례(貴禮)와 함께
살면서 좌익 조직생활을 하고 있었다. 코민테른 8월 테제(1928)에 따라
일본공산당에 소속된 이북만의 지도력은 대단한 것이어서 청년 시인
임화도 이 조직 속에서 훈련을 받았을 뿐만 아니라 1930년 말 귀국시엔
이귀례와 결혼할 정도였다. 그가 귀국 후 바로 카프서기장을 맡게 된
것도 따지고 보면 이러한 조직훈련과 그 활동의 당연한 결과였다.

조직활동이냐 아니냐, 이것이 백철 비평이 우익적 편향이냐 아니냐를
가늠하는 중요한 잣대였다. 이 점에서 임화는 유자격자이지만 어디까지
나 그것은 좌익운동의 시점에서만 그러했다. 실상 백철은 임화가 모르
거나 미처 고려하지 못한 두 가지를 갖추고 있었다. 첫째, 백철이 민족
종교라 할 천도교(동학) 가문 출신이자 그 훈도 밑에 있었다는 사실. 도쿄
의 종무원에서 백철은 김오성 등과 함께 천도교적 훈련과 장학금을 받
았다. 이 커다란 종교적 배경이 그를 감싸주었던 것이다. 천도교가 지닌
후천개벽 사상 및 인내천 사상은 프롤레타리아 운동과 겹치는 부분도
있었음을 결코 외면할 수 없다. 민족주의가 짙게 깔려 있긴 해도 이 천
도교 운동과 훈련은 백철문학의 원초적 자리임은 의심의 여지가 없다.
좌도 아니고 그렇다고 우도 아닌 제3자적 요소가 그 핵심에 깔려 있었
다. 백철이 민족주의나 계급주의 어느 쪽으로도 쉽사리 동화되지 않고
제3노선을 지킬 수 있었던 것도 이로써 설명된다. 이 제3노선은 좌나 우
쪽에서 보면 이중성격 또는 애매성으로 보이기에 모자람이 없었다.

둘째, 동경고사의 조직훈련. 4년간의 동경고사 시절에 대해서, 스스로

는 학업을 소홀히 하고 프롤레타리아문학운동에 뛰어들어 주도적 활동을 했다고 크게 떠들어 놓고 있지만 잘 따지고 보면 그러한 활동의 원동력은 일본제국의 최고 교원양성소인 동경고사의 보이지 않는 제도적 우산에서 왔다. 이북만이나 임화의 처지에서 보면 이 우산은 거의 전천후적인 것이었다.

프롤레타리아의 조직훈련의 유무가 임화나 백철의 노선 차이임엔 틀림없지만, 그 이면에 깔려 있는 것은 백철에 대한 임화의 부러움이랄까 선망이었음을 새삼 일깨워 주는 것이라 할 것이다. 다음과 같은 백철 비판의 결말이 이를 잘 말해놓고 있다.

> 그러나 지금 일부의 악의에 찬 자들에 의하여 수행되는 것과 같이 백군에 대한 단순한 비방으로부터 우리는 군을 최대의 치정(治精)을 가지고 옹호하여야 할 것은 군의 이러한 약점에 대하여 매도하는 것으로서 간접으로 그를 소부르주아들의 우리들의 ××적 문학운동에 대한 최악의 적의로써 표시되는 이 정세 가운데서는 더욱 그가 보다 정당한 노선 위에 자기의 질을 발견케 하기 위하여 필요한 것이다.
>
> —『조선일보』, 1933.6.17

백철의 '우익적 일탈'의 원인을 단지 좌익 조직훈련 없음에다 두었을 뿐, 그 이상의 차원을 열어 보이지 못한 임화의 이 글의 저류에 흐르는 감정은 백철에 대한 선망과 애정이었음이 판명된다. 그 이후 두 사람의 우정이 해방공간에서까지 지속된 것도 이로써 어느 정도 설명될 것이다. 두 사람의 이 기묘한 우정이 계급성 이전에 있는 '인간성'에 뿌리가 뻗어 있음을 생활상에서 증명한 것이어서 인상적이라 할 만하다.

## 5. 싹트는 우정

　귀국한 백철이 임화를 만난 것은 1932년 3월이었다. 임화 쪽에서 먼저 전화를 걸어왔다. 귀국 후 거의 반 년 가까이 지난 시점이었다. 귀국하자마자 그가 카프조직에 보고도 하지 않은 이유는 이러했다. "조직이란 정치적인 것인데 일본의 나프만 해도 그 정치적인 지평 속에서 문학을 하고 있는 사실에 대하여 나는 차차 회의와 염증을 느끼기 시작하면서 귀국한 것"(『인간탐구의 문학』, 248면)인 만큼 마음속에서는 공산주의적 조직의 압력에서 벗어나고 싶어 했음이 판명된다. 재건공산당사건(1931)으로 인한 카프문인 검거사건도 지켜본 백철이기에 이 기회에 조직에서 벗어나고 싶었던 것인데, 그러다 거의 반년이 지난 것이다. 더구나 그는 천도교 언론계인 『혜성』의 편집기자이기도 했다. 만나자는 임화의 전화를 받고 한마디 변명도 못하고 그날 오후 그를 찾아가기로 약속을 했다고 훗날 백철이 말해 놓았다. "임화에게 직접 전화를 받고 보니 다시 그 조직적 감시의 눈이 느껴져 왔다"(『인간탐구의 문학』, 248면)라고. 그러나 잘 따져보면 백철이 은근히 기다렸다고도 볼 수 있다. 백철의 이중성격은 이처럼 양면을 가진 칼과 같은 것이었기 때문이다.

　카프서기장 임화의 집은 앵두 밭으로 유명한 혜화동 고개를 넘기 전, 왼편 언덕바지에 세워진 일본식과 서양식 절충의 작은 주택이었다. 거기에 기관지 『집단』(『군기』사건 이후 만든 잡지)의 간판이 붙어 있었다. 카프본부이자 『집단』 발행소인 이곳은 이북만의 누이 이귀례와 사는 살림집이기도 했다. 이미 소문을 들은 바 있는 임화는 투사형인 줄 알았는데 만나고 보니 "이쁘장한 미남형"이었다. 여성적 섬세함이 느껴졌다.

　"자, 이리 들어와요. 우리 살림집이 이렇다오"라며 방안을 가리켰다. 『집단』 2호가 갓 나온 때인지 잡지 뭉치가 6첩방 구석에 쌓여 있었다. 거기엔 평론가 윤기정・한재덕 등이 앉아 있었다. 평양 자산가의 아들인 한재덕은『집단』발간에 출자하고 있었다(훗날 북한『민주일보』주필로 활동하다 일본을 거쳐 대한민국에 귀순했다가 병사했다). 이 자리에서 임화는 백철과의 만남이 늦었다고 거푸 말했다. 나프에서 연락이 온 지 오래라는 것, 자기 발로 찾아오리라 기대했는데, 그렇지 않자 할 수 없이 자기쪽에서 연락을 취한 것에 대한 불만의 표출이었다. 강경파인 윤기정이 먼저 말문을 열었다. 개벽사 근무에 대한 비판이었다. 이에 대해 임화도 거들었다. 민족주의에 뿌리를 둔 천도교에서 내는 잡지에 근무하기, 그런 곳에서의 글쓰기란 삼가야 되지 않겠느냐는 것이었다. 백철은 직장이라는 것, 그리고 나프에서도 그런 조치가 크게 완화되었음을 지적했다. 저널리즘에 대한 지나친 결벽증이란 일종의 소아병적인 완고함이 아니겠느냐고 변명했다. 실상 백철이 카프에 의해 소환된 형식이었지만 따지고 보면 왕성하고 개방적인 성격인 백철의 처지에서 보면 일종의 호기심도 작동되었을 터이다.

임화는 명륜동 쪽의 작은 중국집에서 잡채와 배갈을 놓고 환영파티를 열어주었다. 임화는 잔잔한 목소리의 대변가였다. 그러나 호방한 백철에게 임화의 인상은 매우 마음에 들었다. "상대방을 휘어잡는 매력"이 백철을 매료시켰다. 두 사람의 우정은 해방 후에까지도 지속되었을 정도로 긴밀했다. 그것은 이념과는 무관한 것인지라 '인간적 매력'이라고 부를 수밖에 없는 기묘한 것이었다. 백철 스스로도 이 점을 잘 설명해내지 못할 정도였다.

그 뒤 임화와 나와의 교의는 꽤 오랫동안 지속되었다. 내가 생각해도 이상하리만치 두 사람의 교의는 오래 갔다. (…중략…) 밖으로 보면 그 줄기는 이데올로기였다고 할지 모르나 그것이 아니었다. 내가 처음 임화와 만날 순간에 일종의 동지간의 친애감 같은 것을 느꼈던 것은 사실이긴 하다. 무엇인가 내가 너무 태만하고 있었다 하는 그 좌익 관계의 조직생활에서 벗어났을 때에 느끼게 되는 그런 자책감 같은 것을 느껴 보는 것이기도 했다. 하지만 내가 임화와 만난 것이 그 좌익계열의 생활로서 재출발을 시키는 새로운 계기는 되지 못했다. 그저 하루아침에 떠날 수 없지 않으냐, 좀 더 천기를 바라보고 천천히 시작하자구나 하고 잠정적으로 협상을 생각한 것에 지나지 않았다. 그리고 이 잠정적인 타협이 얼마가지 않아서 파탄이 난 것이다. 32년으로 접어들면서 카프 내의 대립과 분열이 시작되고 34년에 접어들면서 소위 '전향의 시대'가 연출되고 있었다.

—『전편』, 272~273면

두 사람의 우정의 성립과 그 지속성에 대해 백철은 "내가 생각해도 이상하리만큼"이라 했다. 논리적으로 설명할 수 없는 그 무엇이 있었다. 「창작방법문제」 및 「조선의 문학을 구하라」 등의 자유분방한 우익적 돌출현상에 대해서도, 임화는 칼날을 백철에게 세우지 않았다. 단지 「동지 백철군에게」라는 아주 정감적인 충고에 시종했던 것이다. 이 사실은 임화 쪽에서도 백철에 대해 이상하리만큼 호감을 가졌기에 가능했을 터이다. 뿐만 아니라 백철이 카프에서 이탈하여 저돌적인 일탈을 감행한 「인간묘사시대」(1933.8.29~9.1)에 대해서도 임화는 거의 침묵으로 일관했다. 뿐만 아니라 임화의 두 번째 부인 이현욱(필명 지하련)과 백철의 관계로 미루어 보아도 임화, 백철의 우의가 단순한 친구 이상의 가족적 분위기까지 감싸 안고 있었음이 드러난다.


## 6. 「인간묘사시대」의 시류적 민감성


백철의 '돌발적 일탈'이 루비콘강을 건너게 된 것은 「인간묘사시대」를 계기로 해서이다. 물론 자유분방한 백철인지라 그의 평필은 늘 저널리즘의 핵심을 겨냥하고 있었다. 카프 쪽에서 볼 때 백철이 달리고 있는 좌·우익 경계선은 일종의 돌출행위로 보여 갖가지 경고성 지적이 있었으나 「인간묘사시대」를 고비로 하여 백철은 이른바 전향으로 치닫고 있었다. 대체 이 평론이 어떤 내용을 담고 있기에 그토록 백철 식으로 평가되었으며 또 백철은 어째서 평생토록 이 평론을 소중히 내세우며 자존심의 근거로 삼았을까. 이 물음에는 여러 가지 설명이 가능하겠지만 그중의 제일 큰 요인을 들라면 백철 특유의 저널리즘적 감각을 들 것이다. 서구와 일본은 물론 카프 및 좌파운동이 파시즘의 등장과 더불어 대규모의 전향논의로 재편되자, 저널리즘은 1933년을 전후하여 이를 중점적으로 다루기 시작했다. 카프는 서서히 볼세비키화로 치달았으며 만주국 건설과 더불어, 또 일본공산당수의 옥중 전향선언 등으로 말미암아 전향시대가 열렸으며 문학 역시 그 예외는 아니었다. 백철의 「인간묘사시대」는 이러한 전향론의 앞머리를 장식하는 것으로 전향론을 선취한 형국이었다. 요컨대 시대를 앞서가는 예언자적·실천자적 지성이라 자부할 만한 것이었다. 그 증거로 내세울 수 있는 것은 "얻은 것은 이데올로기이며 잃은 것은 예술자신"이라는 명제로 표상되는 박영희의 전향선언론이다. 「최근문예이론의 신전개와 그 경향」(『동아일보』, 1934.1.2 ~11)이라는 박영희의 평론은 그가 구카프의 대표적 논객이자 카프창설 멤버이며 더구나 내용·형식논쟁에서 강경노선을 고수한 바 있었던 논객인 만큼 사회적 충격은 실로 컸다. '사회사적 급 문학사적 고찰'이란 부제가 붙은 이 장문의 글에서 박영희 스스로 카프에서 탈퇴하는 이유로 3가지를 들었다. ① 문학사와 사회사를 동일시한 점, ② 과도한 지도성, ③ 자기 권외의 작가에 대해 주의하지 않고 그 예술적 재능도 배척한 점 등이 그것이다.

박영희의 이 충격적인 전향선언이 나오기까지는 백철의 글이 크게 자리하고 있었다.

1932년 해를 넘으려고 할 즈음에 「창작의 고정화에 대하여」라는 유인 씨의 신제안이 『중앙일보』 지상에 나타났고 (…중략…) 임화와 김남천씨, 박승극씨 등의 논쟁, 한설야씨의 월평 등이 있는 그중에 백철씨의 활동을 잊어서는 안 된다. 각 신문 각 잡지에서 백철씨의 논문은 빠지지 않았다. 따라서 그의 논제는 단순하지 않았다. 어느 때는 프로문학을 논하여 파제프, 고리키를 인용하다가 또한 발자크, 졸라를 어(語)하기도 하여 이 역 씨의 동지들에게 논란을 당하였으나, 그러나 나는 씨의 이러한 분방한 문예적 근업에서 또한 무엇하나를 찾아보려고 하였던 것이다. 씨는 맑스를 논하고 '산 인간묘사'를 제창하여 소시엘리틱 리얼리즘의 창졸한 소개 그 가운데서 씨의 심경을 촌탁하려고 한다. (…중략…) 그러다가 그의 작년 8월경 조선일보에 문예시평 「인간묘사시대」에서 말의 모순을 비상히 경계하면서 말한다. 문학에 있어서는 인간묘사시대! 라고. 그리하여 그는 지내간 온갖 명작을 인간묘사의 부대에 편입시키기에 노력하였다.

—「최근 문예이론의 신전개와 그 경향」, 1934.1

이어서 박영희는 백철의 그 논문이 난해하긴 해도 그 심경만은 잘 이해할 수 있다고 덧붙였다. 카프의 창작방법론이 인간의 감정과 정서를 거의 질식시켰음에 대한 '맹렬한 반발작용'으로 보았던 것이다.

대체 「인간묘사시대」(『조선일보』, 1933.8.29~9.1)는 어떤 내용을 펴고 있는가. 그는 잇달아 인간묘사론의 글들인 「문학, 인간, 자연, 현실―인간탐구의 도정」(『동아일보』, 1934.5.24~6.2), 「인간탐구의 정열과 문예부흥의 대망시대」(『조선중앙일보』, 1934.6.30~7.13), 「인간묘사론」(『개벽』, 1934.1)을 썼다. 그 위세는 전주사건 복역 후 출옥하자마자 쓴 「비애의 성사」(『동아일보』, 1935.12.22~27)에서 절정에 이르고 「문학의 성립 인간으로 귀환하라」(『조광』, 1936.4)에서 하강선을 그리게 된다. 「인간묘사시대」는 막스 셸러와 하이데거의 인용을 머리로 삼았다. 철학의 "중심문제는 인간이란 무엇인가, 인간은 세계와 신의 존재 전체 가운데서 어떠한 형이상학적 지위를 차지하고 있는가 하는 문제로 환원된다"라는 막스 셸러의 말과 "온갖 대상은 존재 자체가 아니고 인간이라는 존재에서 추출한 약도

学芸

◇……文壇時評……（1）

人間描寫時代

白　鐵

『哲學』의 온갖中心問題는 人間이란 무엇인가? 人間은 世界와神의存在如何가 운데서 엇더한形而上學的地位를占定하고잇는것인가하는問題에還元된ㄴ 古代思想家들이 惽常全人間이라는 本質과 그實在를 貫通하고잇는 今日의人間觀哲學에잇서 近世哲學에잇서 者의哲學은 其의典型的代表者로되여잇는 最高의哲學 現象學이위시하야그

『人間』이란 『生命이피엿다』는 (林檎꽃이피엿다)』는 『人間』에『設定되엿스며 라라ㅅ그 『人間』에『人間의生命力의…』 한林檎꽃이展開에依하야 그리고그生 最高形態에 이르기꺼지 諸力에依歷은 交涉의一定한限 歷에依하야 結約되여잇는 現代에와서 人間描寫의 現代에와서 一般作家의注意와 關心이 人間描寫에集中되고 잇는것을指摘하고잇거니와그 (이이웨,이메,오,기一)이요ㅅ코·外部存在와 關係超越한

『哲學』의 온갓中心問題는 나왓는냐』『林檎꽃이피엿다』는 래서 設定되것스며 라라ㅅ그 人間이란 무엇인가? 人間은 林檎꽃에對하야 말하지안는ㄴ적이 『人間』에『人間의生命力의…』

論을 通하야 設定되고 잇는ㄴ人 間에對하야 내가오랫동안 이 와가치 難解한哲學的文句를受 用하는것은 本來보ㄴ터 哲學에 門外漢인 나의할일이아니고 다 만ㅅ根本的意味에 『人間』이라ㄴ文 句의誤用·삼가기로하고 다음 부러ㄴ 될수잇는ㄴ대로 『文壇』 이라는ㄴ狹의뜻에서 버쇠나지안코 努力하면서 이時論을鴻民識히 여야하겟다

文學에 잇어 現代는 人間 描寫時代다…（이描寫라ㄴ말은適 宜한文句든아니나）이말은ㄴ가지 고 내가現代의文壇的性格을設 明하려고하는것은 直接으로는ㄴ 現代에와서 一股作家의注意와 關心이 人間描寫에 集中되고 잇는것을指摘하고잇거니와 그 와同時에 나는ㄴ 本來부러ㄴ 文 學이라ㄴ것은ㄴ 現代안이나고過 去에잇서서도 일즉히 한번도 그의關心이 人間描寫에서 쇠 나본일은업엇다ㄴ것을 生각하

다”라는 하이데거의 ‘해석적 현상학’을 서두로 삼았고 잇달아 그는 『도이치 이데올로기』의 한 구절을 인용함으로써 기묘한 줄타기를 했다. 백철이 말하고자 하는 인간이란 결코 초월적 인간이 아니라 『도이치 이데올로기』에서 말하는 생산력과 일정한 관련 하에 있는 ‘현실적 인간’을 지칭한다는 것. 묘사란 또 무엇인가. 인간 조상(造像)을 중심한 리얼리즘을 가리킴인 것. 그러니까 그 문학이란 그 본래의 의미에서 인간묘사라는 대전제에서 출발한다. 이 대원칙에서 보면 오늘의 프롤레타리아문학은 처음부터 이 대원칙을 등한시했거나 왜곡했다는 것이다. 뿐만 아니라 이런 현상은 부르주아문학에서도 일어나고 있다는 것이다. 『잃어버린 시간을 찾아서』(프루스트), 『율리시즈』(조이스) 등이 모두 심리묘사로 치달아 참인간의 전체성을 살리지 못했기에 프롤레타리아문학의 인간묘사의 결여와 마찬가지로 타당치 않다는 것이다. 이는 사회주의적 사실주의에서 말하는 ‘산 인간을 그려라’는 명제에 미치지 못한다는 것이다. 그러나 이러한 것보다 백철이 말하는 인간묘사론의 직접적 동기는 따로 있었다. 현금의 카프문학들이 기계성·빈곤성에 빠져있음이 그 하나이며 다른 하나는, 이 점이 중요한데, 문학이란 그 본질상 인간묘사적이라는 것이다. 이를 두고 백철은 “자기의 신념 같은 것”이라 했다.

　이 첫 번째 논문에서 백철이 썩 애매한 양다리 걸치기에 빠져 있음도 사실이다. 엥겔스가 말한 ‘경향성’이야말로 진정한 인간묘사의 방법이라고 한 데서 특히 그러하다. 두 번째 논문인 「인간탐구의 도정」에 오면 훨씬 대담해져 “작가는 인간의 탐구자다”라는 주장에 이르며, 김오성의 동조적 글인 「문제의 시대성—인간탐구의 현대적 의의」(『조선일보』, 1936.4.29~5.8)를 거쳐, 마침내 백철은 「웰컴! 휴머니즘」(『조광』, 1937.6)에까지 뻗고 있다. 임화의 낭만주의 제창도 공염불이었고 최재서의 주지주의론도 주류적 흐름으로 되기 어려운 1936년도의 상황에서, 백철은 휴머니즘을 주류로 삼아야 한다고 역설했다.

지금까지의 그 도피적 태도를 버리고 그것을 자기의 생활적 주체정신으로 삼으며 그것을 문학적으로 발휘해 가는 데서 현상에 대한 극복, 주위의 압력에 대한 반역의 용기를 가지고 휴머니즘의 정열 가운데 뛰어드는 용기가 필요하다. (…중략…) 웰컴 휴머니즘! 웰컴 휴머니즘! 우리 1937년의 문단은 그 휴머니즘을 주류로 맞아들이고 정하는 데서 새로운 문학을 초래할 수 있지 않을까.

—「웰컴! 휴머니즘」 결말부분

이러한 백철의 인간묘사론에 대해 임화는 프랑스적 외래 사조인 만큼 조선에선 적절치 않다고 했고, 유진오는 공허한 지식인의 절규라 보았으며, 안함광·한설야 등도 이에 비판적이었다. 그렇다면 시대적 의미에서 어떤 대안이 주류로 나올 수 있었을까. 이 물음에 대한 그럴듯한 대안으로는 유진오의 '시정(市井)의 리얼리즘'이 나름대로의 의의를 가질 뿐 별다른 대안이 나올 수 없었다. 그렇다고 해서 파시즘의 광풍 아래 자유주의적 지식인이 지키려고 내세운 유럽식 휴머니즘이 조선적 현실에 막 바로 도입되어 주류적인 것으로 되기도 어려웠다. 이러한 사실에 비추어 본다면 백철의 저러한 "웰컴!"의 외침은 일종의 헛구호에 지나지 않는다고도 볼 것이나, 그렇다고 가만히 있을 수 없음 또한 현실적 국면이라면 이러한 외침이야말로 저널리즘적 성격에 잘 부합하는 것이었다. 언제나 새로운 국면을 타개해나가는 저널리즘의 생리에 비평의 근거를 두기에, 그것은 항시 낙관주의적 열정이 동반되기 마련이다. 시대적 추수주의라 불리는 백철 식 자유주의가 「시대적 우연의 수리」(『조선일보』, 1938.12.2~7)에까지 이르게 되는 것도 극히 자연스런 현상이라 할 것이다.

백철만큼 이 시대를 온몸으로 살아온 평론가는 없다고 할 때 유독 「인간묘사시대」가 소중한 이유는 무엇일까. 어째서 유독 백철은 스스로 이 첫 번째 인간묘사론에 그토록 자부심을 가졌던가. 이제 그 이유는 자명해졌다. 경계선에 서서 평론하기가 그것이다. 문단 주류를 암중모색해야만 하는 가장 난처한 시대가 30년대임을 염두에 둔다면 이 점이 한층 분

명해진다. 주류의 암중모색에 저널리즘이 전면적으로 노출된 시대적 현
실에 백철만이 제일 민첩히 반응했기에 가능한 현상이었다.

# 제3부

# 제1장 전주사건, 그 '비애의 성사'

## 1. 극단 '신건설사'—「서부전선 이상 없다」

일제 강점기 한국 근대문학에 가해진 일제의 탄압은 갖가지 수준에서 빈번했지만, 그중에서도 규모에서, 또 영향면에서 으뜸 자리에 오는 사건은 일명 신건설사사건, 즉 전주사건이다. 카프조직 내의 극단 신건설사(新建設社)가 결성된 것은 1932년 8월이다. 결성 당시의 표정은 다음 기사에서 잘 볼 수 있다.

정당한 프롤레타리아 연극 건설을 목표하여 이제까지 소위 좌익적 극단들이 가진 불성실을 배제하고 연극 활동을 수행하기 위하여 극단 신건설이 결성되어 9월 하순에는 첫 공연을 중앙에서 가지리라는데 그 관계자는 다음과 같고 시내 숭일동 32번지 집단사(集團社, 서기장 임화의 개인집이자 잡지 『집단」 발간소-인용자) 안에 사무소를 두고 연수생을 모집중이라 한다.
　연기부 : 이정자, 이귀례(임화의 첫 번째 부인-인용자), 함경숙, 박태양, 신
영호, 안민일
　미술부 : 이상춘, 장호
　문예부 : 송영, 권환
　연출부 : 신고송

—『동아일보』, 1932.8.7

이 극단의 창립공연은 1933년 11월 23일과 24일 서울 충무로에 있는 일인 소유의 소극장 나카지마 극장에서 이루어졌다. 상연작품은 독일작가 레마르크의 소설 『서부전선 이상 없다』였다. 제1차 대전을 소재로 반전사상을 담은 인도주의적 작품이었다. 일본 좌익단체에서 진작 무라야마 도모요시[村山知義]가 각색·연출하여 쓰키지 극장에서 큰 성공을 거둔 바 있었다(무라야마는 『춘향전』을 연출한 바 있다). 임화가 중심에 놓인 이 공연에서, 막이 오르기 전에 백철이 대표격으로 나서서 일장 연설을 했다. 「서부전선 이상 없다」에 대한 해설 및 평가였다. 3장으로 된 이 공연에서 제2장에서 사고가 났다. 무대 이층이 붕괴된 것이다. 등장인물이 많아 그 무게를 견디지 못한 탓이었다. 그럼에도 청중들이 기다려줄만큼 인기가 있었다. 청중 속에는 경성제대 중문학 교수인 가라시마 다케시[辛島驍]도 와 있었다(좌경사상에 한 때 동의하다가 녹기연맹을 조직하고 철저한 식민지 통치의 실세로 등장한 인물. 총독부가 1944년 연희전문을 적산으로 차압하여 그 교장으로 취임시킨 인물이기도 함).

서울에서 합법적으로 성공을 이루어 낸 이 공연을 지방으로 확산시켜 나갈 무렵에서 큰 문제가 생긴 것이었다(이 작품 공연이 상하이에서도 이루어졌고 거기서도 탄압을 받았음이 중국근대연극사에 지적되어 있다. 류핑, 「근대중국에 있어서의 좌익연극운동」, 2002.11.1~2, 시카고대학 동아시아학과 발표문). 이 사건에 직접적으로 연루되어 옥고까지 치른 바 있는 백철의 기록을 그대로 보이기로 한다.

그 뒤 '신건설'은 이 레퍼터리를 들고 지방공연까지 떠났는데 정말 큰 사건은 이 지방공연에서 생겨졌다. 34년 3월인가 전주 공연을 하는 도중에 중간에서 선전비라가 발각이 되어 단원 전부가 전주경찰서에 검거당한 일이다. 그리고 5월에 가서 이 일은 확대되어 신건설 극단의 모체인 카프의 간부들을 검거하는 데로 불길이 번져갔다. 한 사람 두 사람 붙들려 간 것이 6월 하순까지 박영희를 비롯한 약 25명의 간부급 인물들이 붙들려 내려갔다. 불똥은 드디어 내게도 튀어올 예감이 들었다. (…중략…) 친구들도 당분간 피신해 있는 것이 좋을 것이라 해서 나는 유석창 원장께 이야길 하여 약간의 여비를 마련해 가지고 7월 중순께 피서를 겸하여 원산 송도원 해수욕장으로 도피행을 했다.

—『전편』, 302~303면

송도원엔 학생 시절에도 간 바 있었다. 실상 백철은 수영 선수이기도 했다. 언제나 여자에 관심이 많았고 또 홀아비 신세인 백철은 수영장에서 김모라는 여성을, 수영교습을 매개로 사귀었다. 북쪽이라 8월 중순에 해수욕은 끝났다. 김모 여인과는 서울에서 만나기로 하고 상경했다. 유원장 집으로 돌아오니 형사대가 쳐들어와 방을 수색하고 책도 몇 권 압수해갔다는 것이다. 이튿날 그는 인천으로 몸을 피했다. 문학 애호가 박이라는 보전 상과 학생 집이 거기 있었기 때문. 당분간 여기 있겠다고 유원장 앞으로 이 주소를 알려주었는데, 바로 이것이 화근이었다. 송도원에서 사귄 김모 양에게 인천에서 만나자는 약속을 한 바로 그 전날 밤 이발하는 도중 형사의 방문을 받았다. 인천서를 거쳐 전주서에서 온 안도[安藤]라는 일본인 형사를 따라 포승에 묶여 전주로 갔다. 도중에 같은 신세의 영화감독 김유영을 만났다. 백철이 이날부터 만 1년 반 동안 감옥의 어둠 속에서 두더지 신세가 될 줄은 아무도 몰랐다. 훗날 옥중기에서 썼던 바로 그 비애의 성사(城舍)였다.

## 2. 옥중기의 유형들—김남천의 「물!」

　　백철과 김유영의 전주행은 전주사건 검거의 종반에 해당되었다. 60여 명이 이미 검거되어 있었다. 카프의 주요간부인 박영희·이기영·김기진·윤기정·한설야·권환·신고송 등에다 연극단체 소속인 여류 최정희, 최옥희 등도 포함되어 있었다. 전주 유치장은 만원이었다. 이렇게 떼지어 동지들이 와 있기에 아직도 책상물림의 수준인 만 26세의 백철은 크게 마음이 놓였다. 여감방에서는 구두 벗고 허리띠 푸는 백철의 입감 수속을 보며 킥킥거리는 소리가 들렸다. 환영하는 분위기라 느껴졌다.

　　백철이 유치장과 감옥에서 보낸 세월은 만 1년 6개월이었다. 이 옥살이에서 백철은 여러 가지 풍문을 들을 수 있었다. 기묘한 것은 카프 대표자인 서기장 임화가 검거에서 제외되고 그 대신 박영희가 그 자리를 차지한 점이다. 임화도 검거되어 서울역까지 나왔는데 갑지기 졸도를 하는 바람에 역전에 있는 세브란스 병원에 입원했다는 것. 또 이북만의 누이 이귀례와 이혼하고 마산의 여인 이현욱(훗날 「도정」을 쓴 작가 지하련)과 결혼하여 처가에 내려갔다는 것. 또 하나 해괴한 것은 박영희와 나란히 구카프의 대표격인 팔봉 김기진이 이 사건에서 빠졌다는 것. 팔봉도 전주까지 끌려갔다가 1개월도 안 되어 석방되었는데, 총독부 기관지격인 『매일신보』 사회부장인 만큼 그렇게 된 것이라는 소문이었다. 정작 김기진 자신은 이 점에 대해 훗날 다음과 같이 회고해 놓았음을 볼 수 있다.

　　그때 나는 전북 경찰에서 송국되어 예심에까지 회부되지 않았던 까닭으로 1935년 2월에 석방되자 불과 2주일 후에 『매일신보』에 입사해 있었고, 김남천은 그 전번 카프 사건 때 징역을 2년간(1년 반—인용자) 한 일이 있대서 붙들려가지 아니했었고 임화는 무거운 신병으로 말미암아 평양에서 입원하고 있

었던 까닭으로 검거 축에 들지 못했던 것으로서 해산계(카프-인용자)는 김남
천이 경찰에 가서 제출했던 것이다.
　　　　　　　　　—김팔봉, 「한국문단측면사」, 『사상계』, 1956.12, 201~2면

　카프문사들의 옥중기는 다음 세 가지로 정리될 수 있다.
　① 창작으로 드러내기 : 김남천의 「물!」. 카프 제1차 검거(재건공산당사건, 1931)에 연루되어 검거된 사람은 모두 17명. 임화를 비롯 박영희·권환·김남천 등이 포함되거니와 이 중 카프문사로 기소된 자는 김남천뿐이었고 나머지는 기소중지되어 3개월만에 모두 석방되었다. 김남천만이 기소된 것은 그가 평양 고무공장 스트라이크에도 관여된 까닭이었다. 1년 반만에 석방된 김남천이 맨 먼저 쓴 글이 소설 「물!」(『대중』, 1933.6)이었다.
　"두평 칠합이 얼마나한 넓은 면적을 가지고 있는지 나는 똑똑히 알지 못하였다. 말로는 한평 두평 하고 세여도 보고 산도 놓아보았지만 두평 칠합 하면 곧 얼마마한 면적의 지면을 가르키는지 똑똑히 느껴본 적은 없었다"로 시작되는 「물!」은 창작으로 된 최초의 카프사건 옥중기이다. 이 작품에서 작가가 표나게 내세운 주제의식은, 어떤 이데올로기보다 경험적이고 생리적 조건이 앞선다는 데 놓여 있었다.

　　사실 오랫동안의 경험은 나에게 어느 정도까지 이것을 가능케 하였다. 나의 눈은 명백히 활자의 하나하나를 세였다. 꼬박꼬박 활자를 줍듯이 나의 정신은 그것에 집중하였다. "미네루바의 올뱀이는 닥처오는 황혼을 기대려서 비로소 비상하기 시작한다." 그러나 십분도 못 계속하여 나는 내가 글을 읽고 있는 것이 아니라 활자를 읽고 있는 것을 깨닫는다. 나는 그 활자가 무엇을 말하고 있는지를 모르고 읽고 있는 것이다.
　　　　　　　　　　　　　　　　　　　　　　　　—「물!」, 56면

　아무리 이데올로기(책, 관념, 사상)가 중요하더라도 생명의 조건인 물 한 방울에 비견될 수 없다는 것, 이 경험적·생물학적 사실을 작품으로

김남천이 보여주었다. 김남천으로서는 가장 정직한 옥중체험을 드러낸 이 작품을, 서기장인 임화는 「6월중의 창작」(『조선일보』, 1933.7.12~19)에서 혹평해 마지않았다. 생물학적 경험주의자로 김남천을 규정하면서 문학운동이나 사상운동 상에서는 이런 경험주의를 넘어서야 한다는 것이 비판의 요지였다. 이데올로기운동과 생리적 조건은 각각 "차원이 다르다"는 것이 임화의 견해라면 김남천은 이를 "같은 차원"으로 내세운 것이었다. 비평가이기도 한 김남천은 「임화적 창작평과 자기비판」(『조선일보』, 1933.7.29~8.4)을 했다. 자기비판을 겸한 반박문이었다.

이에 대한 임화의 재반박문이 「비평에 있어 작가와 그 실천의 문제」(『동아일보』, 1933.12.19~12.21)이다. 'N에게 주는 편지를 대신하여'라는 부제를 가진 이 글에서 김남천은 프롤레타리아문학운동의 조류 가운데 선예술가의 실천을 그 구체적인 조건들로부터 따로 떼어다가 인간적 실천 일반 가운데 해소해버렸다고 재강조하였다. 그렇다면 과연 '실천'이란 무엇인가. "경험주의적 의미의 개인이 아니라 그 시대의 사회계급의 객관적 실천"이어야 한다는 것이다.

이 논쟁에서 드러난 의의는 임화의 일방적 지도성의 우위와 반대로 김남천의 철저한 자기반성에서 찾아진다. 김남천의 자기고발을 비롯한 고발론의 전개가 침묵 끝에 이루어졌음이 그 증거이기도 하다.


## 3. 박영희의 「독방」


② 옥중기 쓰기 : 박영희의 「독방」. 박영희의 「독방」(『현대문학』, 1958.9~1959.7)은 특이한 기록물이다. 집필 연대는 정확히 알 수 없으나(그가 「조선현대 신문학사」 및 「초창기의 문단측면사」를 집필하던 해방공간으로 추정됨), 이

기록물의 중요성은 전주사건 중심인물의 내면세계를 가감 없이 드러낸 점에서 찾을 수 있다.

전주사건의 연루자 중 억울하고 부당하다고 스스로 느낀 인물이 백철이다. 「인간묘사론」(1933)에서 카프노선과는 상충되는 탈이데올로기적 입장을 표명했고 그 때문에 임화를 비롯하여, 카프진영에게 경고를 받은 바 있으며, 천도교쪽에도 카프 쪽에도 온전히 서지 못한 경계인이었던 백철임에도, 이런 일탈자를 카프대표의 하나로 검거했기 때문이다. 그러나 박영희에 비하면 일종의 엄살에 가깝다. 박영희는 "다만 얻은 것은 이데올로기며 상실한 것은 예술 자신"이라는 유명한 구절이 포함된 일종의 전향선언문 「최근 문예이론의 신전개와 그 경향」(『동아일보』, 1934.1.2~ 1.11)을 세상에다 대고 표명한 바 있었던 것이다. 여기에는 그럴 만한 사정이 따로 있었다. 신간회(좌우합작단체, 1927~1931) 해소, 만주사변(1931), 치안유지법(1932) 등으로 하여 종래의 합법적 단체들도 여지없이 탄압 대상이었다. 이런 사태에 카프도 직면해 있었다.

나는 1932년 이후 카프의 전책임을 임인식(임화)군 일파에게 넘기고 말았으므로 처음에는 별 생각 없이 평범하게 지냈으나 이것을 법적으로 생각한다면 카프의 책임은 의연히 우리 구간부에게 있다는 것을 깨닫게 되었다. 임군 일파에게 책임을 넘긴 것은 정식간부회에서 결정된 것이 아니라 집단금지를 당했으므로 비공식으로 된 일인 까닭이었다. (…중략…) 나는 임군을 만나 카프의 정식해체를 권고하였다. (…중략…) 그러나 임군은 나의 말에 반대하였다. 임군의 의향을 알게 된 나는 할 수 없이 개인행동으로 옮기지 않을 수 없었다. 나는 신간회 해소 때에도 나 자신이 해소에 찬성도 아니하면서 휩쓸려 그 와중(그는 신간회 해소 서울지부장의 직함이었음-인용자)에 들어가 고배를 맛본 까닭에 이번에는 그러한 어리석은 일이 되지 않도록 주의하려고 하였다. 이번에도 조금 부주의하면 공산당원도 아니면서 애매하게 그물에 걸리게 될지도 모르는 까닭이었다. 그러나 딱하게 된 일은 당시 카프는 사실상 붕괴상태에 있었으니 탈회 원서를 제출할 데가 없었다. 그것을 수리할 사람도 없었

다. (…중략…) 그리하여 나는 위선 퇴맹원서를 임군에게 맡기는 한편 남의 오
해가 있을까 하여 정식으로 성명서의 뜻을 가진 논문을 발표하였다.

—박영희, 「초창기의 문단측면사」, 『현대문학』, 1960.5, 230~240면

스스로의 예측대로 법적으로 보아 카프의 최종책임자는 박영희 자신
으로 귀착되었다. 아무리 전향선언문을 세상에다 대고 발표했어도 법적
사실은 요지부동이었다. 카프의 대표격인 박영희는 결국 윤기정·이기
영 등 나머지 22명과 더불어 기소되어 징역 2년에 처해졌다.

이 사건의 진행과정은 다음과 같다. 전주 경찰이 반 년간 조사과정을
마치고 전주 지방법원 검사국으로 송치한 것은 1935년 1월 25일이었고,
1935년 6월 28일에 예심종결이 이루어졌고 공판은 1935년 10월 28일부
터 이루어졌다. 제4차 공판이 11월 25일이었고 1심 판결언도 공판은
1935년 12월 9일이었으며 상고 등으로 최종판결이 난 것은 1935년 12월
21일이었다(권영민, 『한국계급문학운동사』, 문예출판사, 1998).

일 년 반에 걸친 옥살이를 훗날 회고하여 복원한 박영희의 「독방」에
서 객관적으로 확인되는 이 사건의 관여인물은 총 51명이며 그 자신의
수인번호는 49호라는 것. "우리 스물두 사람의 피고들은 일본사람과 조
선사람들로 구성된 간수대들의 무서운 감시를 받으면서 전주형무소의
트럭을 타고 눈이 하얗게 깔린 논뚝 위로 달리고 있었다. 간수들은 모
두 가뜬하게 각반을 차고 허리에는 피스톨을 찼다"(제1회분, 『현대문학』,
1958.9, 16면)로 시작되는 이 글에서 그는 독방생활에 적응하는 과정에서
부터 발생한 자기의 내면변화를 매우 유려한 문체로 적어놓았다. "나는
새살림을 시작하려는 첫날 아침을 맞이하였다"(제3회 서두)에서 보듯 그
는 그것을 차분히 회고하고 있다. 그의 독방이 새로 지은 건물이어서
깨끗하다는 것에서 시작, 하루의 일과를 빠짐없이 기록했다. "마루와 담
버락이 온통 빈대피로 더깨가 앉고 변소에서 냄새가 코를 찌르며 절도,
강도, 매독, 임질환자, 아편쟁이들과 살을 맞부비고 앉아야 하던 경찰서

유치장에 비하면 이는 실로 문화주택”이라 했다. 식사로 말하면, 공짜로 먹여주지 않겠는가. 토요일이면 목욕실에도 갈 수 있었고 조식 후엔 바깥에 나가서 규칙적인 운동도 할 수 있었다. 바깥으로 나갈 때는 복도에서부터 용수를 씌운다. 얼굴을 서로 모르게 함이었다. 점심 후에는 간수가 복도에서 소리친다. 우표와 엽서 등을 사라는 것. 그도 다른 죄수 모양 나무패를 던진다.

간수가 내 방문 앞에 와서 떨어진 나무패를 다시 집어넣고 문의 유리창을 드윽 열고
“무엇을 사려고?”
“우표와 엽서를 사고 싶은데요.”
하는 나는 천연스럽게 대답하였다. 간수는 연필을 들고 책우에 내가 청구하는 수량을 쓰려고
“몇 장?”
“삼전 우표 다섯 장 하구 엽서 열 장 하구요.”
간수는 내가 말한 것을 그대로 쓰려고 하다가 무엇을 생각했는지
“돈이 얼마나 있지? 맡긴 돈 보다 물건값이 많으면 안 돼!”
하고 나를 나려다 본다.
“아! 그래요? 그런데 나는 돈이 아직 오지는 않았어요. 오늘 낼 곧 올테지만.”
“그건 안 돼!”
“아니 미리 주문했다가 돈이 오거던 다시 물어볼 것도 없이 사주시면 안 되나요?”
“그건 안 돼! 돈 오거던 다시 청구해!”
하고 얼굴 넙적하고 술 잘 먹을 듯한 이 조선 간부는 (…중략…) 웃으면서 잠시 보더니 유리창을 열어논 채 그냥 윗방으로 갔다. 그는 그의 용무를 마치고 다시 내 방으로 왔다.
“욘주규고(49호)!”
하고 나를 불렀다.
“네?”

하고 나는 이상히 생각하면서 대답하였다.

"다른 사람들에겐 돈도 오고 편지도 왔는데……"

사실 감옥의 규칙으로는 간수는 피고와 용무 이외에는 다른 말을 절대로 아니하는 법이고 더욱 이 같은 피고에 관한 이야기는 쓸데 있는 말이건 쓸 데 없는 말이건 말해서는 아니 되는 것이다. 그런데 이 간수는 대단히 호인이었다.

—제3회, 54~55면

박영희로서는 전주감옥이 두 번째 옥살이였다. 재건공산당사건(1931) 때 임화·이기영·권환·김남천 등과 함께 종로 유치장에 3개월간 머물었다가 김남천만 기소되고 나머지는 모두 석방된 바 있었다. 그러나 전주사건의 경우는, 그로서는 참으로 억울한 일이었다. 카프 탈퇴을 만천하에 밝혔음에도 불구하고 법적으로는 엄연히 카프의 총책임자였다. 이런 장면에 부딪친 박영희의 심리적 반응이 이 「독방」의 문체 및 표현을 가져왔다. 절망과 부조리를 현실로 수용하기 위한 지혜가 이런 문체를 가능케 했다.

간수와의 이러한 싱거운 문답이 있은 지 얼마 되지 않아 집에서 어머니의 편지와 함께 돈이 왔다.

네가 집을 떠난 지 벌써 수개월에 서로 서신 왕복조차 두절되니 참으로 수년이 된 듯 답답함을 어찌 다 형언하랴. (…중략…) 경찰에 놓여나오리라고 생각하고 별반 의복 등의 준비도 아니 하였다가 신문에서 비로소 검사국으로 넘어간 것을 (…중략…) 예심에 넘어간 후에야 불야불야 의복을 짓기 시작했으니 (…중략…) 가까운데 같으면 면회라도 가겠지만 수백 리 원로에 방향조차 모르는 늙은 것이 갈 수도 없고 아버님 역시 그러하니 (…중략…) 자식들이야 어리고 네 아씨 역시 집안만 아는 사람으로 떠보냈다가는 (…중략…) 그리하여 어제 전주 사식집으로 돈 삼십 원을 보내고 너를 면회하여 사식넣을 것을 결정하라 하였으니 그리 알고 또 돈 삼십 원을 동봉하니 사수하며, 집에서는 여러 가지로 궁금하니 자주 편지하여라. 그리고 성경을 보내니 어느 때나 열심히 읽어서 하나님의 위로를 받으며 굳센 신앙을 얻기를 바라고 기대해라. (…중략…) 그리고 아래

에 성경구절을 써 보내니 특별히 찾아서 읽기를 바란다. 사도행전 12장 5절, 사
도행장 16장 19절, 시편 23편 1절 이하, 사도행전 14장 22절, 야고보 1장 12절,
마태복음 26장 51절.
—「독방」, 『현대문학』, 1959.2, 201~202면

팔봉의 증언에 따르면 박영희 가문은 시골에 토지가 있는 안정된 서
울 중산층 가문임을 알 수 있다. 불교신자인 모가 기독교의 독실한 신
자로 바뀌었으며, 중키가 못 되고 샌님형인 박영희는 집안의 독자였다
(김윤식, 『박영희연구』, 열음사, 1989). 붙여 온 돈이 무려 60원이었다. 또한 그
는 이렇게도 적었다. "그 후 집에서는 담요까지 사 보내서 침식이 인제
는 제법 호화롭게 되었으며 치분 칫솔 비누까지 사서 날마다 지내는 품
이 때때로 여관생활과 같은 착각을 일으킬 만치 돈만 있으면 어느 정도
편리가 있었다"(「독방」, 206면)라고. 이런 생활과 더불어 그는 성경에 매달
렸다.

전능하신 하나님은 착하고 옳은 일하는 사람을 구원하여 주신다. 베드로와
바울과 실라가 옥중에 갇혔었지마는 하나님의 전능으로 다 나오게 하신 것이
아니냐. 칼 쓰기를 좋아하는 자는 칼로 망한다는 뜻은 무단정치를 하는 일본
의 멸망을 암시한 것이 아닌가. 그러니 모든 어려운 것을 참고 이기자. 그러면
나중에는 반드시 좋은 결과를 얻게 될 것이라는 것이며 이러한 하나님이 너
를 항상 안고 계신 것을 알고 항상 기도하고 굳센 신앙심을 얻으라는 말씀인
것을 알았다. 이렇게 그 뜻을 해석한 나는 마음이 즐겁고 상쾌하였다. 새로운
기운이 났다. 힘이 생겼다. (…중략…) 나는 주먹으로 내 앞에 놓인 책상을 가
비얍게 한번 때리고 '옳다! 반드시 그렇다!' 하고 벌떡 일어났다.
—『현대문학』, 1959.2, 204면

맑스주의자이며 카프의 두목격인 박영희가 기독교인으로 전향한 사
실에 대해, 그를 위대한 지도자로 믿고 주먹으로 신호를 보내며 존경해
마지않던 옆 감방의 죄수 순덕이라는 이름의 청년이 크게 실망했음은

새삼 말할 것도 없다. 종교는 아편이 아니었던가. 박영희의 이러한 태도 변화를 두고 어머니의 신앙고백을 빙자한 외아들의 유아기적 콤플렉스라 부를 수도 있겠지만, 이 점이야말로 오히려 「독방」의 성격을 잘 말해준다.

「독방」은 이런 내용 외에도 전주사건 전반에 대한 최고 책임자로서의 견해가 반영되어 있어 하나의 증언적 의의를 지닌다. 치안유지법 제1조 2항에 의해 기소된 전주사건에서 박영희가 전주형무소로 간 것은 1935년 1월 25일이었고, 서울 종로 경찰서에 연행된 것은 1934년 12월 말이었다. 그를 포함해 윤기정·이기영·송영·한설야·권환·이갑기·김규영·백철 등 9명이 카프 간부로 연행되었기에 신건설 연극 단체의 사람들과는 구별되었음도 알 수 있다. 이들 9명은 신건설사 멤버와는 별도로, 카프 인사들로서 서울에서 압송되었던 것이다. 이들 중 최종적으로 기소된 사람은 총 23명(51명 중)이었다. 형사부장 호소가미에게 실토한 바에 따르면 카프 강령을 만든 것이 박영희 자신이라 했다. 그 강령은,『경찰휘보』에 실려 있는 것으로 카프 목적의식기의 것(1927.9)이었다.

전주사건의 예심이 종결된 것은 1935년 2월 5일이며 1935년 10월 28일에 공판이 열렸고 1935년 12월 21일에 제1심이 끝났다. 박영희·윤기정·이기영은 징역 2년, 한설야·백철 등은 징역 10개월이었다. 그러나 검사 이케타[池田]가 공소했고, 박완식 등의 공소 등으로 1심보다 더 무겁게 박영희·이기영·윤기정 등이 징역 3년으로 되었고(1936.2.19), 최종 판결에서 박영희·윤기정·이기영은 징역 2년이었다.

전주사건의 법적 중심인물인 박영희의 옥중기 「독방」은 사건 당사자의 내면고백서라는 점에서 평가될 수 있다. 『회월시초』(1937)와 「사냥개」(1925) 등 시와 소설을 쓴 박영희의 또 다른 기록물인 것이다.

## 4. 백철의 두 기록

③카프문사의 옥중기의 세 번째 유형으로는 수인번호 689호인 백철의 기록 두 가지를 들 수 있다. 문학자서전인 『전편』이 그 하나이고, 「1930년대의 문단, 문단회고」(『인간탐구의 문학』)가 두 번째이다. 후자는 「남기고 싶은 이야기」 시리즈(『중앙일보』, 1978.1~3, 백철 집필)를 그대로 수록한 것이다.

카프문사의 옥중기인 김남천의 「물!」과 박영희의 「독방」은 작품의 성격을 띠었다는 점에서 유사성을 갖고 있다면 백철의 회고록은 다분히 흥미중심으로 기울어져 있다. 말을 바꾸면 그의 지향성인 저널리즘적 성격의 직접적 반영인 것이다. 전주사건 공판장면을 묘사한 백철의 두 기록을 비교하면 이 점이 확연해진다.

재판이 시작된 것은 1935년 11월 17일 11시였다. 개정 20분 전부터 간부급인 박영희·이기영·한설야·윤기정·권환 등 30여 명의 피고가 푸른 미결수복으로 끌려와 지방에서 재판을 받는 일은 하나의 사건이었다. 방청석이 만원을 이루었을 뿐 아니라 서울에서 기자들이 몰려와 있었다. 검은 족두리와 겉옷을 입은 변호사(이우식이 변론을 맡았음)가 입장하고 마침내 비슷한 차림의 검사·판사들이 입장했다. 모두 일제히 일어나 경례를 했다. 일본 제국의 법정의 권위가 느껴졌다. 이 재판장면을 백철은 두 가지 형식으로 썼다.

①첫날은 피고들의 성명, 신분을 확인하는 간단한 인정 신문이 있었을 뿐 폐정했는데 그 뒤 4차에 걸쳐서 이 공판은 계속이 되었다. 세 번째 공판 때 내게 대한 신문이 있었다. 그때 내게 대한 신문과 답변에서 화제가 된 것은 "시인은 꿈을 사랑한다"고 한 말이다. 특파기자로 왔던 김남천이 이 말귀를 타이틀로 내놓고 내게 대한 기사를 크게 써냈기 때문이다. 판사가 나를 향하여 어떻게 해서 공산주의 같은 것을 신봉하게 되었느냐고 물었을 때에 나는 다른 피고들처럼 구구한 변명을 하지 않고 시인은 꿈을 즐기는 사람이다, 그 어디인가 유

토피아가 있을 것을 믿으며 그 유토피아를 찾아서 여행을 하는 사람들이라고 하였다. 그 때 재판장은 고니시[小西]라는 일인이었는데 문학 같은 것을 좋아하는 듯 했다. 내 말은 시종 경상적인 시적인 수사로 끝났으나 별로 더 샅샅이 캐어묻지 않고 시종 미소로써 받아들였다. 어쨌든 나로선 법정에서 그만치 여유 있는 태도를 보인 것이 마음에 유쾌한 일이었다.

―『전편』, 329면

② 공판이 열렸다. 재판장은 사토오[佐藤]이라는 일인이었는데 뒤에 들은 말이지만 그는 동경제대 법과를 나온 수재로서 인텔리 법관으로 이름이 나 있었다(고니시는 아마도 1차 재판 담당자였을지 모른다―인용자). (…중략…) 법정에서 재판장과 피고 사이에 오고가는 신문과 답변은 일본말이었는데 피고들이 모두 일어에 능숙한 사람들이 못 되어서 그런지 재판장이 모처럼 흥미 있는 신문을 해도 피고들의 대답은 그야말로 천편일률적이어서 공판정의 분위기는 따분하기만 했다.

그중에서도 시인 권환 같은 사람은 경도제대의 독문과를 나온 사람으로 권환에 대해선 재판장도 기대를 갖고 여러 가지 신문을 하고 있었는데 그러나 권환은 그의 작고 빈약한 체격에 알맞는다고나 할까, 그저 처음부터 "와까리 마센(전 모릅니다)"으로 일관해서 재판장과 청중을 실망시키고 있었다. 나는 그때 피고석에 앉아서 다른 피고들이 너무 지레 겁을 먹고 그저 사건을 부인만 하려는 대답을 하고 있는 것이 불만스럽기만 했다. 나는 엉뚱한 생각을 하고 있었다.

―『인간탐구의 문학』, 289면

대체 엉뚱한 생각이란 무엇인가. 기소된 23명 중 백철의 서열은 11번이었다. 두목격인 박영희에 비해 무려 11계단 떨어져 있을 뿐 아니라 그 아래는 12번 정청산 이하 모두 배우였다. 카프 문사와 신건설사(극단) 배우 사이에 해당하는 순서였다. 카프문사로는 맨 끝에 해당하는 신분이었다. "엉뚱한 생각"인즉 이 순서와도 연관이 되었을 터이다. 저널리즘적 발상이 이로써 좀 더 용이했던 것이다. 그의 "엉뚱한 생각"이란 이러했다. 곧 법정이란 관중을 앞에 놓고 연극을 하는 무대라는 것, 피고

들이란 배우에 다름 아니라는 것. 그렇다면 모처럼 모여든 방청객들을
저렇게 실망시켜서야 되겠는가.

　　그런 생각을 갖고 신문대에 섰기 때문에 이 공판에선 내가 대답한 말이 법
정의 인기를 독점한 것 같았다. 가령 재판관이 내게다가 "어찌하여 피고는 문
학을 하면 그만이지 마르크시스트가 되었느냐"는 신문에 대해서 "나는 일찍
이 시를 쓴 사람이다. 시인은 꿈을 사랑한다. 마르크시즘을 적어도 책으로 읽
었다면 그런 유토피아가 있을 수 없다. 나는 이데올로기를 취한 것이 아니다.
그 유토피아를 몽상한 것이다"와 같은 것. 그래서 김남천은 이런 문답의 내용
을 "시인은 꿈을 사랑한다"는 제목으로 르포 기사를 써서 조선중앙일보의 제3
면에 크게 보도하기도 했다. 그 기사에서 김남천은 내가 머리를 빡빡 깎은 채
나와 앉아있는 모양을 그려서 일본 오복점(吳服店, 일본식 옷가게—인용자)의
반또(番頭, 지배인—인용자)같이 보였다고 쓰고 있었다.
—『인간탐구의 문학』, 289면

　　재건공산당사건으로 기소되어 2년 징역을 받고 출옥한 까닭에 이 전
주사건에 끼지 못한 김남천이 조선중앙일보 기자로 특파되어 이 사건을
보도했다. 「23명 피고인들의 안색은 대개 창백」(『조선중앙일보』, 1935.10.30)
에서 박영희와 백철은 얼굴이 다소 부어서 푸석푸석했고 이기영은 가죽
만 남은 형국이라 적었다. 「이상춘의 법정을 웃긴 유모아한 진술과 예술
의 정치주의를 반대하는 이갑기, 이기영의 태도」(10.31), 그 다음 회에 백
철의 장면이 이어진다. 이 중에서 이기영의 신문 장면도 웃음을 자아낼
만했다. 재판관이 재산이 얼마나 있느냐고 묻자 동전 한 푼 없다고 했다.
가족은 어떻게 사느냐고 묻자 40을 넘은 『고향』의 작가는 죽지 못해 산
다고 하며 잠시 눈을 감더라는 것. 3번째의 기사에서 김남천은 전적으로
백철에 대해 언급했고 그 내용은 위에 보인 바와 같다.
　　한편 총독부 기관지 『매일신보』의 경우, 백철 부분은, 시인은 꿈을
사랑한다는 것, 문필로 생활하던 시절이어서 카프에라도 가입치 않으면

문사가 되지 아니할 뿐 아니라 독자들로부터 환영받지 못할 것을 알고 소위 '공명심'에 끌려 가입했다(『매일신보』, 1935.11.23)고 하고 있다. 공명심 그것은 백철다운 진솔한 표현이 아닐 수 없다. 문학이라는 근대적 서양식 장치 역시 일종의 공명심으로 육박해왔다. 그 공명심이 전개되는 무대가 이른바 저널리즘이었다. 저널리즘적 감각, 그것은 공명심과 등가를 이루었던 것이다.


## 5. 화려한 출옥─「비애의 성사(城舍)」


백철이 '비애의 성사'를 나온 것은 1935년 12월 21일 아침이었다. 689호로 불린 그가 이곳에 머문 것은 꼭 1년이며 유치장 생활까지 계산하면 1년 반, 징역 1년에 집행유예 3년이었다. 옥문을 나섰을 때 한겨울 바람이 찼다. 옥문 앞에서 기자들이 출감 소감을 인터뷰했다. "좋은 경험을 했다. 별로 후회하지 않는다"라고 말하고 나서는데『동아일보』지 사장이 출감소감 3회분을 요청해왔다. 먼저 간 곳이 이발소, 그 다음이 비빔밥집. 7시 밤차로 상경했다. 이튿날 신새벽에 경성역에 내렸다. 마중 나올 사람은 아무도 없었다. 역전 작은 여인숙에 들었다. 한 잠 푹 자고 재출발해야 했다. 서울에서 그가 갈 수 있는 곳은 유일하게 그를 환대해준 민중의원 원장 유석창 집이 아닐 수 없었다. 유원장은 사건 이전에 머물던 방을 그대로 두고 있었다. 그날 저녁에서야 형이자 그의 수호신 격인 세명에게 편지를 썼다. 서울에 할 일이 있어 당분간 머물겠다는 것.

어째서 그는 부모 형제가 기다리고 있는 고향으로 직행하지 않았던가. 이 물음이야말로 백철의 성격을 규정하는 결정적 요소이다. 그 자신의 말을 그대로 옮기면 이러하다.

이때의 일을 회상하면 나는 젊었을 때 무척 저널리즘의 인기 같은 것에 처세적인 신경을 쓴 일종의 기회주의자가 아니었던가 하는 생각이 든다. 좋게 말해서 기회를 포착하는 데 민감한 것 같은.

말하자면 천박한 인생론 같은 것인데, 사람에겐 살아가는 데 몇 번의 기회가 있는 법. 그럴 때마다 그 기회를 놓치지 않고 민첩하게 붙잡는 일이 무엇보다도 필요하다는 약삭빠른 생각을 한 것인데, 문학을 하는 데 있어서도 그때마다 저널리즘을 타야 한다는 생각을 가졌던 것이다.

—『인간탐구의 문학』, 290~291면

기회 잡기, 그것은 저널리즘을 통해서만 가능한 영역이었다. 백철의 이러한 기회잡기란 기회주의자적 성격에서 나온 것이긴 해도 다른 일반적 기회주의자의 그것과는 크게 구분된다. 그것은 '문학적 자질'인 까닭이다.

소위 근대문학이란 무엇인가? 그것이 근대자본주의의 상업주의적 저널리즘의 적자임을 전제로 했을 때 비로소 그 본질이 파악된다. 근대문학이란 저널리즘의 산물이자 그 적자인 만큼 저널리즘을 향한 지향성이야말로 근대문학자의 '자질'이 아닐 수 없다. 이러한 자질을 가장 많이 가진 비평가로는 백철 오른편에 나설 문사는 없었다. 백철 비평이 어느 시대에나 제일 활동적이자 지속적이었음은 이 자질에서 말미암는다. 고향보다 부모 형제보다 앞서는 이 저널리즘 감각이야말로 백철 비평의 존재 방식이자 그 본질이 깃든 곳이다. 그의 순발력의 어떠함을 보여주는 일등자료가 「비애의 성사」이다.

이 글의 중요성은 내용 자체에 있기보다 그 발표 날짜에 있다. 「비애의 성사—출감소감」(『동아일보』, 1935.12.22~27)에서 보듯 출감한 다음 날에 발표되었다. 21일 오전에 옥문을 나오고, 그날 밤차로 상경한 그가 아니었던가. 불과 몇 시간 만에 쓴 것임에 틀림없는 이 신속성이란 대체 무엇인가. 1년 반의 공백기를 메우지 않으면 문사로 생존할 수 없다는, 거의 본능에 가까운 생리적 반응이 아닐 수 없다. 밀턴의 『실락원』에서 제목을 딴 「비애(悲哀)의 성사(城舍)」라는 이 글이 백철 평론 전체를 대변한다는 것은 이런 문맥에서이다. 동시에 또 그것은 백철 평론의 문체까지도 설명해주고 있어 인상적이다. 다음과 같은 서두가 이를 잘 말해주고 있다.

> 출감기!라는 것을 거대한 사상가 혁명가가 쓰는 것이라면 나는 여기서 당연히 소탁(所託)의 '출감의 감상!'을 사절하는 것이 가장 적당한 태도일는지 모른다! 왜 그러냐하면 나는 본래부터 거대한 사상가도 혁명가도 아니요 오직 일개의 미미한 문학인에 불과하였던 까닭에! 문학인이 정치가여야 한다!는 논견은 지금에 와서는 누구에게나 기괴한 주장으로 들리는 바와 같이 문학인으로서 출감기를 쓰는 것을 일종의 명예처럼 생각하는 것도 특수한 경우 이외에는 극히 이상한 진취미가 아닐 수 없다! 그러므로 독자 앞에 먼저 일언하는 바는 내가 여기서 '비애의 성사'를 쓴다는 것은 그러한 의미에서의 정치적 기사가 아니고 어디까지든지 일문학인으로서의 할 소감문! 정치적 흥분을 요망, 기대하는 독자에게는 너무나 실망을 줄는지 모르는 일종의 로맨틱한 감상에 멎어졌다는 것을 고백하련다!
>
> ―제1회 서두

보다시피 7개의 감탄부호가 동원되었다. 그렇다면 한갓 문학인의 옥중감상기는 어떠했던가. 대부분의 내용이 단테, 세르반테스, 루소, 밀턴, 하이네 등의 인용으로 되어 있음은 그가 옥중에서 세계문학 및 사상 전집을 읽었음에 말미암았겠지만 중간중간에 백철다운 진솔한 언급들이 끼어 있음을 본다. '진솔한 언급'이라 했거니와, 또 그것은 '자기모순적 언급'이라 부를 만한 것이기도 했다.

친구들에게 편지를 내어도 답장이 오지 않았다는 것, 또 저널리즘을 통해 그를 아는 독자들 역시 그를 깡그리 잊어버린 사실만큼 절망과 비애를 느끼게 한 것은 없다는 것, 어머니의 편지를 받고 눈물을 쏟을 수밖에 없었다는 것, 카프 해산 소식을 듣고 "캐시어스여 어데를 갔느냐! 로마는 망했어라!!"를 읊었다는 것 등등은 잘 따져보면 이념과 개인 사이의 모순성으로 집약될 성질의 것이어서 백철 식 이중성의 발로 그것이라 할 것이다. 다음 대목에서도 그 이중성이 잘 드러나 있다.

> 공판정에서는 대부분이 온건한 어조로 문학의 진실에 돌아갈 자신의 태도를 진술하였다. 이것은 카프가 정치주의의 편견을 버리고 문학의 진실에 귀환할 것을 결정한 시기와 동시에 피검된 사실을 이해하고 생각하면 조금도 부자연한 태도가 아니고 실로 당연한 진술이었다. 하나 물론 이때의 그들의 진술이 정치주의를 버렸다고 한 말은 다만 그 의미에만 멎어질 뿐이오, 문학이 일체의 사상과 정치와 인연이 없다는 것을 의미함이 아니었을 것이다. 밖에서 문학과 문학의 진실이란 의미를 이해하지 못하는 분들은 부질없는 비난을 가하고 있는 모양이나 문학인이 과거와 같은 의미에서 정치주의를 버리고 맑스주의자의 태도를 포기하는 것은 비난할 것이 아니라 문학을 위하여 도리어 크게 찬하(讚賀)해야 할 현상이라고 나는 누구 앞에서도 공연히 선언하고 싶다.
>
> ―「비애의 성사」, 『동아일보』, 1935.12.25

주지하는바 카프 전주사건에서 기소된 23명은 한 명 예외 없이 이른바 '전향'을 표명했다. 나프와는 달리 단 한 사람도 버티지 않고 소신을 굽혔다. 카프 외부의 세상 사람들이 마음속으로 이를 배신이라 하여 비난할 수도 있음직했다. 이에 대한 백철의 변명이 위의 기록으로 나타났다. 카프의 정치지상주의를 비판하며 「인간묘사시대」(1933.8), 「문학 인간 현실」(1934.5), 「인간묘사론」(1933.4) 등을 썼고 이 때문에 임화의 비판까지 받은 바 있는 백철의 처지에서 보면, 감옥에서 맹원들이 행한 전향은 조금도 이상한 것이 아닐 뿐만 아니라 문학 그것을 위해서 크게 다행한 일이 아닐 수 없다. 동시에 이는 시대를 미리 예견하는, 이른바 백철의 민첩함이랄까 선구적인 입장을 증명해준 것이기도 했다.

그러나 다른 한편 그 전향이 목숨의 위협이라든가 가족관계 기타에 의해 이루어진 위장 전환이었다면 어떠할까. 한설야의 「이녕」(『문장』, 1939.5), 이기영의 「설」(『조광』, 1938.5) 등이 이를 일깨워주고 있다. 전향을 한 뒤에 찾아오는 깊은 고민의 드러냄이야말로 '문학적 현상'이 아닐 것인가. 이 점에서 보면 백철의 '인간묘사론'이란 매우 표층적 차원에 지나지 않을 터이다.

## 6. 전향자 보호관찰법과 보호관찰소

전주사건이란 새삼 무엇인가. 이 물음은 일본국가의 근대적 법체계와 분리시켜 논의하기 어렵다. 또 그것은, 이른바 NAPF(KOPF)가 일본국가의 사생아적 존재라는 점과도 결코 무관하지 않다. 또 카프란 나프와 이복형제임을 전제로 한 존재임을 승인할 때 비로소 그 전모가 잡힐 수 있다. 카프 전주사건이란 그러니까 당연히도 제국 일본의 국책과 분리시켜 논의할 수 없고 또 그것은 제국이 갖추고 있는 법체계와 그 운용방식에서 살펴야 될 성질의 것이다. 물론 부분적으로는 식민지와 본국의 차이점이 없을 수는 없다. 일본의 전향자에겐 돌아갈 조국이 있음에 비해 한국인의 전향자는 이 점이 결여되어 있었으리라(하야시 후사오[林房雄], 『전향에 대하여』, 湘風會, 1936.3, 65~66면).

이런 차이점에도 불구하고, 거시적인 관점에서 보면 한국의 전향문학은 일본의 그것과 같은 흐름과 범주에 속한다고 말할 수 있다. 전향문제의 근원은 마르크스주의 사상을 권력의 강제에 의해 포기함에 있고, 그 권력이란 일본제국주의 자체이기 때문이다. 이 점을 덧붙여 설명하면 아래와 같다.

일본 계급사상을 탄압한 법적 근거는 1925년 이래 발효된 치안유지법이었다. "고쿠타이[國體] 또는 세이타이[政體]를 변혁하거나 사유재산제도를 부인함을 목적으로 하여 결사를 조직하거나 이를 알고도 이에 가입한 자"(리차드 H. 미첼, 김윤식 역, 『일제의 사상통제』, 일지사, 1982, 70면)를 규제함을 목적으로 하는 치안유지법에 의거하여 대대적으로 일본공산당을 검거한 내무성 및 사법성의 사상범 처리의 연도별 통계는 다음과 같거니와 이 엄청난 숫자를 처리함에 있어 일본은 그들 전통에 의거한 전향문제를 개발 적용하여, 미증유의 사법상의 과제를 솜씨 있게 처리하였다.

| | 검거수 | 기소수 | 기소유예 | 유보처분* | 계 |
|---|---|---|---|---|---|
| 1928 | 3,426 | 525 | 16 | | 541 |
| 1929 | 4,942 | 339 | 27 | | 366 |
| 1930 | 6,124 | 461 | 292 | | 753 |
| 1931 | 10,422 | 307 | 454 | 67 | 828 |
| 1932 | 13,938 | 646 | 774 | 717 | 2,137 |
| 1933 | 14,622 | 1,285 | 1,474 | 1,016 | 3,775 |
| 1934 | 3,994 | 496 | 831 | 626 | 1,953 |
| 1935 | 1,785 | 113 | 269 | 186 | 568 |
| 1936 | 2,067 | 158 | 328 | 56 | 542 |
| 1937 | 1,312 | 210 | 302 | | 512 |
| 1938 | 937 | 240 | 382 | | 622 |
| 1939 | 723 | 388 | 440 | | 828 |
| 1940 | 817 | 229 | 315 | | 544 |
| 1941 | 823 | 162 | 295 | | 457 |
| 계 | 65,932 | 5,559 | 6,199 | 2,668 | 14,426 |

※ 치안유지법 위반의 좌익관계자의 처리상황(1928년 1월~1941년 10월, 『일제의 사상통제』, 178면에서 재인용) 출전 : 樋口勝, 「좌익전역자의 전향문제에 관하여」, 3~5면
*사상범 보호관찰법 시행 후는 소멸.

전향을 둘러싼 그들의 태도는 일종의 사무라이 정신과 흡사한 것이어서 적대자들끼리 싸우다 졌을 때 항복하면 즉시 동료로 포섭하는 그런 방식이었던 셈이다. 고쿠타이를 지지하는 관리나 공산주의를 지지하는 사상가나 모두 명문 출신이자 제국대학 동창들이었다. 사법성이 전

향자를 구제하여 사회적으로 복귀시키는 데 전적인 책임을 져야 했던 것은 이와 같은 일본적 전통사상과 분리해서 논의하기 어렵다(『일제의 사상통제』, 248면). 여기에서 우리는 1936년에 발효된 사법성의 보호관찰 제도를 일단 살펴두어야 된다.

1936년 사법성의 형사국에 사상과와 나란히 보호과가 신설되고 각 지방법원의 지도 아래 보호관찰소가 세워진 사실은 주목할 일이다. 사법관료들이 전향과 갱생의 길을 제도화함으로써 독특한 법체계를 만들어낸 것이 이른바 "부모와 같은 정책"인 사상범 보호관찰법이다. 단지 공산주의 단체의 괴멸에 멈추지 않고 사회로부터 합법적으로 추방된 사람들을 정식으로 사회에 복귀시키는 방법의 입법화가 칙령 제 403호(1936.11.13)에 의거 발효되어 일본전국 22개소에 보호관찰소가 설치되었다.

각 지방재판소에 부설 보호관찰심의회가 설치되고 그 위원은 검사, 판사, 경찰관, 형무소 당국자로 구성되었으며 그들은 기소유예, 형의 집행유예, 보석, 형의 집행종료 등을 심의했다(『일제의 사상동세』, 171면). 그들은 전향자에게 직장을 알선하는 일까지 맡아야만 했고, 적절한 직업을 못 갖는 자에 대해서는 경제적 원조를 주게 되어 있었다. 사법성은 보호관찰제를 중앙집권화하여 제도화한 뒤에, 바로 완전한 사상전향의 기준을 만들어냈다. 완전전향이란 '일본정신'을 전면적으로 받아들여 스스로 그의 애국주의를 적극적으로 증명하게끔 기대되는 것을 가리킨다. 중일전쟁을 거쳐 1940년에 와서는 전향에 대한 적절한 기준이 "그가 천황폐하를 살아 있는 신으로서 예배의 대상으로 삼는가 아닌가"에 있었다. 그러나 중국과의 교전이 길어지고, 미국과의 교전상태가 임박해진 1941년엔 전향의 기준이 한층 철저화되어 "사상범은 그가 일본인이라는 사실을 깨닫고, 일본사상을 매일 실천에 옮겨 코쿠타이 관념을 완전히 인정, 이해함으로써 서양문화 속에 있는, 일본문화에 동화되지 않는 부분(개인주의, 자유주의, 마르크스주의 기타 사상)을 버릴 것"(『일제의 사상통제』, 173면)으로 되었다. 그리고 이러한 수준으로 전향하는 일이 비단

개인에서만 아니라 단체에서도 감행되기에 이르렀다. 사회대중의 전향,
재벌의 전향 등이 이를 잘 말해준다.

제2장 지푸라기라도 붙잡기

## 1. 저널리즘에 대한 초민감성

전주감옥에서 1년 반 만에 집행유예로 풀려난 백철이 부모 형제가 있는 고향 비현으로 가지 않고 서울에 주저앉았다는 사실을 빠뜨리면 올바른 백철론에 이르기 어렵다. 여기에는 다음 두 가지 점이 우선적으로 고려된다. 하나는 부모나 고향이, 그라고 해서 그립지 않거나 소중하지 않음이 아니라 그것들에 대한 만만한 생각, 곧 일종의 어리광스러움의 발로라는 점. 실상 백씨 가문에서 중심인물은 천도교 농민사를 이끈 맏형 백세명이었음에 주목할 것이다. 맏형이긴 해도 실상은 아우인 백철에겐 어버이 몫을 하고 있었다. 대사회적 몫과 가문적 몫을 동시에 수행하고 있는 맏형에겐 그냥 어리광을 부릴 수가 없지만, 부모에 향해서는 그렇지 않았다. 죽은 아우를 대신한 백철이기에 부모에게 부릴 어리광이란 막내의 귀여운 행위에 다름 아니었겠으나, 맏형 앞에서는 이런 어리광이 통할 수 없었다. 어리광을 맏형에게도 부리기 위해서라면 모종의 명분이 요망되지 않으면 안 되었다. 맏형 앞에 떳떳하고, 어른스러워지기가 그것. 맏형의 보호를 받고 싶은 지향성과 거기에서 벗어나고자 하는 지향성, 이 원심력과 구심력의 동시적 작동 속에서 그의 심리적 균형이 가까스로 견지되고 있었다.

다른 하나는, 이 점이 중요한데, 문학 및 문단에 대한 지독한 지향성이다. 자신의 술회대로, 문단 저널리즘에서 밀려나서는 안 된다는, 거의 생리적이라 할 공포심이 그를 사로잡았다. 여기서 한 번 밀려나면 끝장이라는 의식이야말로 그의 활력소이며 백철 비평의 최강점이다. 그의 머릿속을 꽉 채운 것은 문학, 곧 문단 저널리즘이라는 명제였다. 어떤 이념이나 사상도 그 자체로서는 선도 악도 아니다. 중요한 것은 따로 있다는 것. 곧 시대적 흐름이 그것이다. 어떤 이념이나 사상을 선악으로 규정하는 것도 저널리즘이 아닐 수 없다는 것. 백철의 글쓰기에서 이 점을 빼버리면 논의가 불가능할 만큼 이것은 원본적이자 결정적이었다. 일종의 기회주의라고 할 수만은 없는 것. 이런 기회 포착에 그는 민감했다. 평생에 걸쳐 그는 한 번도 이 기본항의 원칙에서 벗어난 바 없다. 놀라운 민감성이자 또 그 지속성이었다. 그것은 그의 인생론의 알파요 오메가였다.

> 말하자면 천박한 인생론 같은 것인데, 사람에겐 살아가는 데 몇 번의 기회가 있는 법. 그때마다 그 기회를 놓치지 않고 민첩하게 붙잡는 일이 무엇보다도 필요하다는 약삭빠른 생각을 한 것인데, 문학을 하는데 있어서도 그때마다, 저널리즘을 타야 한다는 생각을 가졌던 것이다.
>
> —『인간탐구의 문학』, 290~291면

이러한 저널리즘에 대한 민감함도 잠시 주춤한 때가 있었다. 이른바 낙향이 그것이다. 그가 낙향이라 한 것은 무엇을 가리킴일까. 이 물음에는 백철의 무의식에까지 걸리는 문제가 잠복되어 있다. 낙향을 두고 그는 고향 비현에 돌아감이라 했다. 그러나 그것은 과연 고향 비현만을 가리킴이었을까.


## 2. 또 다른 낙향


백철의 첫 번째 낙향은 1936년 5월이었다. 전주감옥에서 나온 것이 1935년 12월이었으니까, 그로부터 약 반 년간 그는 맹렬히 저널리즘에 동분서주했다. 귀국 후 쌓았던 그의 명성이 바야흐로 사라져가는 마당이기에 기를 쓰고 이를 만회해야 했다. 1년 반 동안의 공백기를 메우기 위한 그의 활동은 실로 왕성했다. 「창작에 있어서의 개성」(1936.5), 「과학적 태도와 결별한 나의 비평체계」(1936.6), 「우리문단과 휴머니즘」(1936.12), 「웰컴! 휴머니즘」(1937.1) 등이 그것들. 그러나 이러한 비평 활동으로는 하숙비조차 충당할 수 없었다. 이 무렵 물론 약간의 고료가 지급되었지만 워낙 미미한 금액이어서 생활에 보탬이 되지 못했다. 의사 유석창의 집에 계속 있을 형편도 아니었다. 가정교사도 해보고 호떡으로 끼니를 때우기도 하고, 여관에 머물기도 했으나 이런 생활의 궁핍은 더 이상 견디기 힘들었다. 그러나 낙향의 이유는 따로 있었다. 저널리즘에 민감히 반응하기 어려운 상황에 그가 놓였던 것이다.

언필칭 인간묘사시대라 외치고 심지어 "웰컴! 휴머니즘"이란 깃발을 아무리 흔들어도 1936년도의 정세 속에서는 이미 그 시효가 상실되었던 것이다. 이미 문단의 상황은 새로운 비평관을 요망했고 또 그러한 새 조류가 정착되어 가고 있었던 바, 최재서 · 김기림 등에 의해 소개 · 전개된 주지주의 비평이 그것이다. '영국평단의 주류'란 부제를 단 최재서의 소개평론 「현대 주지주의문학이론의 건설」(『조선일보』, 1934.8), 그 속편 「비평과 과학」(1934.8~9)은 당대의 난해한 문학으로 등장한 이상의 「오감도」(1934), 「날개」(1936)를 분석·해부해낼 수 있었다. 최재서의 「리얼리즘의 확대와 심화」(『조선일보』, 1936.10~11)라는 평론은 기념비적인 것이었다. 난해한 이상의 「날개」와 박태원의 「천변풍경」을 여지없이 해석해내고 있었기 때문이다. 문단 또한 '구인회'(1933~1936), '삼사문학'(1934~1936) 등의 등장으로 말미암아 정론적 작품 성향에서 인간 심리 및 모더니즘적 도시 생활의 적응 쪽으로 크게 기울어졌던 것이다. 이데올로기로서의 휴머니즘이란 이러한 주지주의적 과학으로 무장된 비평관에 맞서기엔 너무 공허했다. 뿐만 아니라 저널리즘을 장악하고 있던 학예부 기자들도 크게 바뀌었던 것이다. 그동안 카프계 문학에 기울어졌던 『조선일보』엔 학예부장 홍기문, 차장에 이원조가 버티고 있었다.

> 이원조란 놈 그놈 아주 나쁜 자식인데. 자기네가 뭐기에 필자들을 독점하려는 거야. 일종의 섹트주의자야. 그래 자넨 그렇게 허락을 했단 말이지. 그럼 무슨 특별 고료라도 낸다는 건가.
>
> —『전편』, 343면

김남천의 이 지적엔 상당한 의미가 들어있다. 전주감옥에서 나온 다크호스인 백철은 『조선일보』에만 글을 쓰는 객원이 되어달라는 이원조의 요청에 덥석 응했는데, 당시 『조광』을 비롯하여 『조선일보』쪽이 저널리즘계에선 힘이 있어 보였을 뿐 아니라, 농민문학론으로 그가 데뷔한 곳도 『조선일보』였음을 염두에 둔다면, 그럴 만한 제안이었다. 그러나 다른 신문엔 글을 써서는 안 된다는 조건은 역시 무리였다. 『중앙일보』기자 김남천의 발언은 이 점을 비판한 것이었다. 백철은 이원조와의 약속을 두 달 반만에 깨지 않으면 안 되었다. 백철이 쓴 『조선일보』

의 글을, 같은 『조선일보』에서 이원조가 익명으로 공격했음이 그 직접적 원인이었다. 주지주의문학론에 기울어졌고 퇴계 후손이고 시인 이육사의 아우이며 호세이[法政]대학에서 불문학을 공부했고 또 위당 문하에서 고전공부까지 한 이원조를 백철은 여러 곳에서 비판해 놓았다. "이원조란 사람의 성미가 몹시 깐죽거리는 데가 있어서 접촉하는 데 비위가 상하는 때가 많았다"라든가 주지주의 쪽으로 기운 이원조가 어떤 때는 백철의 논문을 게재해 놓고 그 다음날 학예면 칼럼에서 익명으로 이를 공격한 점은 털털한 성미의 백철로서도 참기 어려웠다. 주지주의 비평은 백철의 휴머니즘론과는 원리적으로 어울릴 수 없었다. T. E. 흄의 불연속적 실제관(discontinuum)이란, 휴머니즘(낭만주의)의 극복을 위한 논제였던 점에 비추어 보면 쉽사리 이해되는 대목이다. 이에 대한 백철 자신의 느낌은 이러했다. "그런 정세 속에서 내가 프로문학비평과 같이 일종의 정열주의적인 것, 논리가 약하고 기분이 승한 내 문학체질이 이 주지파의 구미에 잘 들어맞을 리가 없었다"라고.

이렇게 말해 놓았지만 실상 백철의 비평은 당대의 독설가 김문집의 시선에서 보면 "바보에 가까운 호인", 또는 여섯 살배기 머리 큰 아이의 페단티시즘이라 규정된다. 딜레탕티즘의 전단계에 해당된다고 본 김문집의 평가는 그 나름의 논리를 갖춘 것이기도 하여 그냥 넘겨버리기 어렵다. 「문학의 성립 인간으로 귀환하라」(『조광』, 1936.4)에 대해 김문집은 이렇게 비판했다.

해논에서 그는 낭만을 배척하면서 예술의 전당 바티컨 궁전에 나열된 라오콘상을 가르켜 조선작가는 저 라오콘을 그려야 된다고 부르짖는다. (…중략…) 이 항에서의 제1의 문제는 신을 위반한 까닭으로 독사에게 물려서 죽은 라오콘의 그 민사상은 명백히 낭만의 상징이라는 사실에 있다. 낭만주의의 근거는 인간성의 해방에 있다. 문학의 성립 인간으로 귀환하라고 외치는 백철 군이 낭만을 부인하는 모순도 모순이거니와 낭만의 경론인 라오콘의 사상(死像)을 가르켜 저것이 비낭만이니 저놈을 그려야 한다고 아우성치는 광태를 가리켜 나는 무지의 비애라고 이름 짓는다.

—김문집, 「상반기 문단총결산」, 『중앙』, 1936.7, 132면

　이런 논리의 혼란에 대하여 김문집은 이렇게 결론짓고 있다. "오로지 그의 문예사전성에서 기인된다"라고. 문예사전 출판사의 선전부장 노릇 하기에 안성맞춤이라고 야유하기도 했다. 문예사전이란 질(質)과 질서가 없고 다만 양이 있을 뿐이라고 보아 비평가로서의 백철은 '무소질'이라 규정하기까지 했다. 증거로 백철의 작품평인, 주요한의 「추물」, 허준의 「탁류」에 대한 평을 내세웠다. 물론 김문집의 독설 속에 상당한 진실이 섞여 있음도 사실이라 할 만하다. 이처럼 백철 비평은 수세에 몰려 있었 다. 「인간묘사시대」의 여세를 몰아 저널리즘 한복판에 잠시 설 수 있었 지만 1936년 무렵은, 주지주의 이론이 중심부에 놓여 과학이 열정을 누 르고 있는 시대였던 것이다.

　하숙비도 벌지 못하는 궁핍보다는 저널리즘에서 밀려났음이야말로 백철 귀향의 진짜 원인이었다. 결국 그는 권토중래하지 못했다. 알 수 없는 무거운 피로가 바위처럼 그의 온 몸을 눌렀다. 역부족임을 깨닫지 않으면 안 되었다. 쉬어야 했다. 이 허탈감을 달래는 길은 귀향뿐이었 다. 위기가 아닐 수 없었다. 감옥에서 나오자마자 귀향치 않고 서울에 머물며 권토중래를 노리던 그 기개와 열정이 가져온 것은 피로뿐이었 다. 문단 출세라는 허영을 뒤쫓는 동안 그는 사람이 해야 할 일을 배신 했다고 느꼈다. 이 회오감이 그로 하여금 귀향을 재촉했다. 탕아의 귀향 이었다.

　그가 말하는 낙향이란 이중적이었다. 표면상으로 고향은 비현을 가 리킨다. 그러나 실상 그것은 또 다른 고향, 곧 함흥을 가리킴이었다. 어 떤 인연으로 그가 5년간 함흥에 정착했는지는 알기 어려우나, 그는 이 곳에서 영생고보 교사 노릇을 했던 것이다. 그의 자필 이력서엔 1935년 4월부터 1939년 3월까지 영생고교 교사를 역임했다고 적었다. 1935년 4

월이라 했으나 실상 1934년 8월부터 1935년 12월까지 전주 감옥에 있었기에 연도의 오기라 하겠다. 그러나 좌우간 그는 『매일신보』 기자로 갈 때까지(1939년 봄) 함흥에 뿌리를 두고 있었다. 자서전에는 생활 궁핍을 적어놓았으나 이 무렵 그는 함흥 영생고보 교사로 가 있었다(자필이력서, 1935.4~1939.3까지 근무). 그러니까 그의 귀향이란, 고향 비현이 아니라 함흥을 가리키는 것. 방학을 이용해 서울과, 부모가 있는 비현 등에 머물었음도 사실이었을 것이다. 그러나 마음은 늘 아득했다. 서울에서 고향에 오기만 하면 갈 곳 없는 미아 신세에 다름없었다. 영생고보 교사노릇이란 그야말로 낙향이고 임시 처소이고 언젠가 떠나야 할 타향이었다. 마음은 콩밭에 있었다. 저널리즘, 문단, 문학, 그곳만이 영원한 고향이었다.

자서전에서 그가 영생고보 교사 경력을 깡그리 제거한 것은, 그리고 굳이 여기서 복음서의 '탕아의 귀가'를 떠올리게 되는 것은 이렇듯 그럴만한 이유가 따로 있기 때문이다. 다만 서울에만 오면 갈 곳 없는 미아의 신세였다. 영생고보 교사 노릇이란 그야말로 낙향이고, 임시거처이고 언제나 떠나야 할 타향이었다. 마음이 방앗간에 가 있는 참새라고나 할까. 저널리즘, 문단, 그곳만이 백철의 영원한 고향이고 보면 또 그것이 문학이고 보면 그가 문학자서전에서 교사경력을 누락한 것은, 따라서 모순일 수 없다. 결코 고의적 실수도 아니며 자연스런 것이었다. 문학을 논의하는 자서전이기에 비문학적 교사직은 무의미한 것이었다.

# 3. 기회포착의 돌출행위 ─ 안기영 옹호론

고향엔 부모도 생존하고 있었고, 정말체조를 보급시키며 선구적으로 농촌계몽운동을 하던 천도교 지방 간부인 맏형도 있었다. 형수와 조카들이 있는 고향은 그를 다정히 맞았다. 이 무렵 그는 함흥 영생고보 교사였다. 그럼에도 비현만을 문제 삼았다. 함흥은 깡그리 무시했다. 첫번째 아내와는 이혼한 상태이기에 그는 더욱 자유로웠다.

1936년 5월에서 반 년 동안 그는 고향 비현에 머물며 대체 어떻게 소일했을까. 먼저 맏형 따라 정말체조하기, 성신소학교에 가서 테니스 치기(그는 학창 시절 테니스 선수이기도 했다), 사랑방 드나들기 등이 그의 소일거리였다. 서울서 붙여오는 월간지 읽기를 게을리 했을 리가 없지만, 욕망이 끓어오를 만큼 되지는 않았다. 「돈」(1933)으로 방향 전환하여 시골 함북 경성에서 영어교사 노릇하는 이효석의, 자연과 어울린 창작에도 공감이 갔다.

그렇기는 하나, 문단 저널리즘에 대한 관심이 식은 것은 물론 아니었다. 권토중래의 기회를 엿보고 있었던 것이다. 드디어 그런 계기가 왔다. 그것은 문학과는 무관한 모종의 사회적 스캔들에 관한 것이었다. 지푸라기라도 잡겠다는 절박한 욕망이 비문학적인 대상에로 튕겨져나간 것이었다. 이른바 안기영사건이 그것이다.

1933년 봄 이전(梨專) 음악과를 졸업한 김현순이, 유부남이고 자녀까지 있는 그 과의 교수인 안기영과 사랑의 도피를 감행한 것은 1933년 4월이었다. 그들이 하얼빈에서 귀국한 것은 3년 만인 1936년 3월이었다. 물론 안씨는 사표를 냈고, 서울에서 새살림을 차렸다. 이 연애사건은 저널리즘을 진동시켰는데 거기엔 그럴만한 이유가 따로 있었다. 이 도피행은 당시에 흔하던 조혼에 희생된 신식 청년의 어쩔 수 없는 몸부림이 아니었기 때문이다. 따라서 사회의 동정을 받을 여지조차 없었다. 독실한 교인이요, 교수요, 명망 있는 예술가라는 점에서 사회에 던진 파문은 대단했다(민현숙 외, 『이화 백년 야사―한 가람 봄바람에』, 지인사, 1986, 266면).

이 사건을 다룬 특집기사가 저널리즘을 도배하다시피 했는바 월간 『중앙』도 예외는 아니었다. 특히 『중앙』은 아주 특이한 방식을 취했는데, 안씨의 아내 이성규 씨의 장문의 심경 수기를 전문 수록했던 것. 수록 이유는 다음과 같다.

> 스승과 제자와의 불륜한 사랑을 속삭이던 두 가인(歌人) 안기영, 김현순 양인이 지난 3월 12일, 4년 동안의 정염의 도피생활을 청산하고 홀연히 경성 역두에 나타나자 세상은 잊었던 화제를 다시 생각해낸 듯이 선훤하였다. 우리는 그들의 연애문제를 다시 비판하기 전에 먼저 안의 부인(법적) 이성규 여사의 이 눈물의 결혼 14년기를 읽어보자. 이 일문은 그들의 출분 이래 침묵만 지켜오던 이여사의 처음으로 발표하는 그의 생활 공개장이며 호소의 이야기다. 과연 안의 행동을 우리는 얼만큼 용납할 수 있을 것인가. 이는 결코 안, 이, 김 3인만의 문제가 아닌 것이다.
>
> ―『중앙』, 1936.5, 286면

‘남편 안기영 공개장’이라 부제를 단 이성규의 「무너진 사랑탑」은 가족 사진 2매와 유학 시절 연애편지 등을 묶어 장문의 기록으로 공개되었다. 세 아이를 키우며 생계를 위해 여학교 임시교원의 직장 생활에 들어간 이성규의 공개장은 비교적 담담한 편이어서 그만큼 감동적이었다. 회임 중의 본처를 버리고 사랑도피를 감행한 남편인지라 이혼 요청을 거절한 사실도 밝혀져 있었고, 도피 중인 그를 만나러 하얼빈까지 찾아간 것, 곤궁하다는 편지를 받고 피아노 판 돈 일부를 송금까지 한 것도 밝혀져 있었다. 그리고 그들이 서울에 왔으나 새삼스레 관심을 가지지 않는다는 것, 가라앉힌 마음이 흔들릴까 단속한다는 것에 이어, 큰딸(여고 2년생)과 두 아들을 잘 키우겠다는 결의로 공개장은 끝나고 있었다. 저널리즘 전체가 규탄하는 이 사건에 대해 『중앙』은 반대로 중립의 처지에 섰다고 볼 수 있다.

시골에 파묻혀 낮엔 정구나 치고 밤엔 사랑방에 드나들던 백철(실상은 영생고보 교사)에게 이 사건은 큰 자극이었던 만큼 과감히 안씨를 옹호하는 글을 썼다. 예술가에겐 그럴 권리가 있다는 것, 예술가를 낡아빠진 기성 도덕으로 잴 수 없다는 것, 아내와 자식들을 버리고 애욕의 도피행을 했다는 것도 남은 가족에 대한 감상주의적인 동정의 여지가 있을 뿐이지 하등의 본질적인 뜻은 될 수 없다는 것, 나아가 예술의 자유와 사랑의 자유는 상통한다는 것, 또 사랑은 예술가의 생명이라는 것, 따라서 애정 없는 가정이란 예술가에겐 감옥이라는 논지로 60매짜리 「가인(歌人)의 옹호」(『중앙』, 1936.6)를 쓴 것이다. 『중앙』 편집장 최영주는 개벽사에도 관계한 인물이어서 즉각 이 글을 실었다. "백철은 악마다!"라는 기독교계의 거센 반발을 최영주가 당할 판이었다. 백철의 저러한 돌출 행위는 앞에서 지적한 바와 같이 중앙을 향하는 권토중래의 기회잡기에 다름 아니었지만 백철의 무의식 속에는 모종의 자기합리화도 깃들여 있었다.

> 이런 글을 써낸 것은 내 자신의 개인적인 콤플렉스가 있어서 기초된 것이다. 이 기회에 과거의 자기 행동을 합리화해두자 하는 심정이 속셈으로 되어 있은 것 같다. 또 하나는 당시 내가 느끼고 있던 주변 현실에 대한 불만의 돌파구를 그런 데서 찾은 뜻도 있었다.
>
> —『전편』, 362면

첫 번째 아내 신도에게 일방적으로 이혼을 강요함으로써 사회의 비난을 흠뻑 뒤집어 쓴 이래 홀아비 생활을 하고 있는 백철 자신을 위한 변호에 다름 아니었다. 요컨대 안기영 옹호론이 사람들에게 감동을 준 것은 그만큼 백철의 절심함이 묻어났기 때문이다. 백철의 평론을 두고 여섯 살짜리 대두(大頭) 기형아(畸型兒)라 규정, 그의 평론이란 "문예사전

출판사의 선전부장 노릇하기”라 야유한 당대의 괴평론가 김문집조차도 “백철의 가인 안기영 변은 그의 평론과 문예시평에 비하여 월등한 글이 었다”(「상반기 문단총결산」, 『중앙』, 1936.7, 135면)라 했다.

## 4. 1937년 7월 6일, 고향에서 중일전쟁의 폭음을 듣다

문학도 문학이지만 이러한 기성 도덕과 싸우는 것도 자신의 비평이 지닌 또 다른 사명이라 스스로를 기운 나게 한 영생고보 교사 백철은 1936년 11월 중순 상경한다.

상경 후 맨 먼저 한 일은 후원자 유석창 원장의 집에서 나와 하숙을 구하는 일이었다. 맏형이 마련해준 돈으로 적선동에 사랑채 하나를 얻어 정착했다. 물론 이러한 표현은 영생고보 교사인 그에게는 비유의 일종이었다. 물론 고료로 생활비를 마련할 수 없었지만 말이다. 사실 그보다 더 딱한 사정이 그를 가로막고 있었다. 크게 변해버린 정세가 그것이다. 세계사적으로는 스페인 내란(1936.7~1939.3), 프랑스 인민전선 내각성립(1936.6.4), 뉘른베르그에서의 나치 당대회(1936.8.9) 등으로 바야흐로 전체주의 기운이 자유주의를 억누르고 있었다. 그러나 무엇보다 국내적으로 커다란 타격은 제11회 베를린 올림픽 대회(1936.8.9)였다. 이 대회의 꽃이라 할 마라톤 우승자가 조선인 손기정이었음에서 말미암았다. 이른바 일장기 말살사건(1936.8.25)이 그것이다. 『동아일보』가 손 선수의 가슴의 일장기를 지우고 보도했던 것. 조선사상범 보호관찰령(1936.12.12)이 잇달았고, 『동아일보』는 이 사건으로 무기정간(1937.6.7까지)을 당했다. 일장기 말살사건의 여파는 『조선중앙일보』에도 미쳤다. 총독부는 새로운 보도 지침을 내세웠다. 이런 판세 속에서는 백철의 권토중래의 꿈이 물거품으로 될 수밖에 없었다. 소득이 있었다면, 『동아일보』 기자직을 버리고 시골행을 한 작가 이무영과의 교유, 『조선문학』지의 이흡과의 교유, 그리고 「성황당」(『동아일보』, 1937)으로 신춘문예에 당선한 고향 후배 정비석과의 교우를 들 수 있다. 특히 정비석과는 훗날에도 계속 선후배 관계가 지속되었다. 또 하나 지적될 수 있는 것은 박기채 감독과의 만남이다. 카프 영화계의 친우 김유영의 소개로 알게 된 박기채 감독은 마침 춘원의 「무정」의 영화화를 기획중에 있었다. 조선영화주식회사 제1호 작품으로 선정된 〈무정〉인지라 한은진(박영채분)을 주역으로 삼았다. 자연 기생 중심으로 흥미를 이끌어냈기에 훗날, 원작자 춘원의 강력한 항의를 받은 바도 있다. 이재명 제작, 박기채 감독의 〈무정〉(1939)은 안석영 각색이며 '백철 기획'으로 되어 있어 이 무렵의 사정을 말해주고 있다.

　그러나 이런 외도가 오래갈 리 없었다. 다시 그는 낙향하여, 고향 비현과 함흥 영생고보에 머물렀다. 자서전에서는 서울에서의 생활고를 크게 내세웠으나 물론 비유에 지나지 않는다. 1937년 여름의 낙향을 그는 이런 투로 묘사했다. 일종의 버짐인 백선(白癬)에 걸렸다고. 맹렬한 이 피부병으로 말미암아 민중병원 유석창의 도움을 받아 머리를 빡빡 깎고 유황연고를 발라야 했으므로 낙향이 불가피했다. 낙향해서도 여름, 가을에 걸쳐서야 병이 진정되었다. 월간지를 뒤적이기도 하고, 백마강에 나아가 투망하는 일도 즐거움이었다. 그러던 어느 날 그는 놀라운 현상을 목격했다. 1937년 7월 6일 오후 4시, 난데없는 폭음이 시골의 정적을 여지없이 흔들었다. 비행기의 폭음이었다. 3대씩 편대를 이룬 비행단이 끊임없이 만주쪽 국경을 향해 북진하는 것이었다. 이른바 중일전쟁이 발발한 것이었다. 그날 저녁 라디오 뉴스에서 북경 남쪽 노구교(蘆溝橋)에서 중일전쟁이 발발했음을 알려주었다. 다음날 신문 호외의 보도는 이러했다.

　작일 출동한 일·중 양군, 용왕묘(龍王廟)에서 격전 중. 노구교 사건은 드디어 최악의 경우에 이르러 용왕묘 부근의 일·중 양군은 전투를 계속하여 쌍방이 사격하는 맹렬한 박격포, 보병포, 기관총, 소총의 포성은 은은하며 멀리 북평(北平) 성내를 동요시키고 있는데 8일 오전 6시 반까지 양군은 목하 전쟁 중에 있다.

만주제국(1932)을 세운 제국 일본이 드디어 중일 전면전쟁으로 치달아 바야흐로 동양의 정세는 크게 변했다. 그것은 또한 태평양전쟁(1941)의 전초전이기도 했다. 사상계 및 문단은 소위 전형기(轉形期)를 맞이하여 재편성이 불가피했다.

그해 8월 이곳 비현 거리엔 전례 없는 대홍수가 일어났다. 이 거리에 이모가 살고 있었다. 남편에게 버림받고 시어머니를 모시고 아들과 사는 젊은 이모였다. 어머니의 종용으로 백수건달격인 백철이 그 집 수해 구제에 나섰다. 15세에 시집와서 9세의 아들을 가진 25세의 이모는 한창 피어나는 여성이었다. 이모는 백철 본가로 와서 몇 달을 지냈다. 자연 이모와도 접촉이 잦았고, 특히 효식이라 불리는, 조숙한 9세 소년과의 친교가 룸펜 백철의 흥밋거리였다. 그 흥밋거리는 심심풀이 수준을 넘어서 마침내 상상력으로 치달았다. 9세의 소년을 문단의 신세대에 비유하고 그의 아버지의 자살을 상정하여 이를 구세대를 대표하는 인물로 설정한 소설쓰기가 그것이었다. 시대의 현실적 사고를 자연스럽게 받아들이는 신세대와, 자살을 할 수밖에 없는 구세대, 이를 양면에서 관찰하는 제 3자의 서술자 '나'(백철)를 다룬 소설이 훗날 중편 「전망」(『인문평론』, 1940.1)이다. 바야흐로 전형기에 접어들면서 평론만으로는 부족한 어떤 절박함이 이런 소설로 나타났다는 점에서 「전망」은 백철 자신, 또 이 시대의 성격을 드러냄에 있어 획기적인 글쓰기였다.

이런 글쓰기에 나아가기까지의 과정은 어떠했을까. 종래의 '웰컴! 휴머니즘'식으로는 이미 그 약발이 먹히지 않았다. 전쟁이 그야말로 모든 논리를 무력하게 만드는 시대였다. 어떤 자세로 이 전형기를 맞이해야 할까.

　이런 물음에 그 누구보다 민첩한 것이 백철 비평의 속성이었다. '웰컴! 휴머니즘'의 자리에 '웰컴!'은 그대로 두고 휴머니즘 대신 '전쟁'을 대체하는 방식이 그것이다. 이런 민첩성은 언제나 양면성을 갖고 있기에 하등의 모럴상의 민감한 감각이란 있을 수 없다는 것. 백철 비평이 갖는 최대의 매력이자 유례없는 특성이었다. '휴머니즘'의 자리에 '전쟁'을 갈아 끼우기란, 그 갈아 낀 '전쟁'도, 또 다른 상황을 만나면 '휴머니즘'을 헌 신짝처럼 버리듯 여지없이 버리는 것을 의미하기 때문이다.

　"어떤 신(神)도 모두 받아들여주마"라고 덤비는 조선적 샤머니즘과 흡사한 현상이었다. 이 점이 백철 비평의 본령이며 그 철저함에서 그의 오른편에 나설 자는 있을 수 없었다. 이 민첩성이 중요한 이유는 이론 자체에 대한 모럴 감각이 전무함에서 찾아진다. 어째서 이 점이 그토록 중요한가. 여기에는 모종의 설명이 없을 수 없다. 저널리즘의 성격이 바로 이 점을 웅변적으로 증거하고 있음을 염두에 둔다면 대번에 그 의의가 분명해진다. 많건 적건 또 알게 모르게 어떤 비평적 논리나 이론이나 사상도 저널리즘적 성격을 공유하고 있음에 주목해보라. 그 어떤 사상도 이론도 일시적·통과적인 것에 지나지 않는다. 다만 그 정도의 차이가 있을 뿐이 아닌가. 불교에서 이르는 공(空)사상으로 무장한 저 김동리의 '구경적 생의 형식'의 사상을 제한다면 어떤 이데올로기도 그 본질상 일시적 현상에 지나지 않는 '허상'이 아니겠는가.

　그렇다고 백철 비평이 위기의식과 무관하다고 할 수 없다. 그 자신의 말대로, "지푸라기라도 붙잡고자 하는 심정"(『전편』, 412면)으로 그는 글쓰기에 임했던 것이다. '실존적 위기'의 소산으로서의 저널리즘적 감각임엔 틀림없다. 그것은 마르크스주의자들이 지닌 이데올로기의 신봉과 등가라 할 것이다.

# 5. 두 번씩의 처녀장가와 두 번씩의 사별하기

지푸라기라도 붙잡기, 기회주의적 처세술, 권토중래의 야망이 그동안 번번이 실패했지만 1938년에서 1939년도 와서는 아주 바람직한 방향으로 실현되었다는 사실은 백철의 생애에서는 획기적인 것이자 신세계의 열림이기도 했다. 이 점을 단계적으로 살피면 아래와 같다.

첫째는 재혼을 함으로써 홀아비 신세 면하기. 둘째는 풍유론, 고전론에서 비롯하여 시대적 우연성으로서 중일전쟁 긍정하기. 셋째는 총독부 기관지 『매일신보』(1939.3)에 취직하기. 이 중 첫 번째를 살펴보기로 한다.

재혼에 대한 열망도 저널리즘에의 열망에 못지않았다. 고향 처녀인 신식여성 신도와의 이혼과정은 앞에서 상세히 살펴보았거니와, 그동안 룸펜 생활은 오직 저널리즘에의 권토중래에 초점이 맞춰져 있어 견딜 수 있었다. 그러나 재혼에의 열망과 저널리즘의 열망이 함께 어울려 가야금 소리를 내게 된 시기가 도래한 셈이었다. 이 점은 인간관계의 '우연성'과 함께 일종의 운명적 성격을 띠고 있어 논리를 초월하는 부분이기도 하다. 백철의 전생애를 바라볼 때 가정문제는 실로 운명적이라는 말을 떠올릴 만큼 기이한 것이었다. 네 번씩이나 정식으로 숫처녀와 결혼했음이 그것이다.

> 너 이놈 백철아, 이 도적놈 같으니. 너 두 번씩이나 상처를 했으면 네 팔자에 과부나 하나 얻어서 살면 됐지 네게 숫처녀 장가가 당하기나 한 말이냐. 그리고 저렇게 어린 색시…… 너 이놈 사기꾼이다.
>
> —『후편』, 166면

이런 소리를 들을 만큼 그는 염복이 많았다. 백철이 두 번째 처녀장가를 들게 된 계기는 1938년 여름 서호진 해수욕장에서 시작된다. 두 번째 귀향 후 다시 상경하여 아직 룸펜 생활 중이었다. 백철을 문사로 믿고 교제하던 이명국이라는 지인이 있었다. 그의 소개로 어떤 부부집에 초대되었는데 이곳에서 그 부인의 여동생을 소개받았다. 영생여고(원산)를 나온 문학소녀였다. 그 자리에서 서호진 해수욕장 애기로 꽃을 피웠다. 실상 백철은 수영선수이기도 했다. 원산 송도원 해수욕장에 관한 백철의 수필을 읽은 소녀의 이름은 김경채(金璟采). 이명국이 백철에게 결혼건을 귀띔해주었음은 물론이다. 그녀의 언니도 찬성하는 서호진 행엔 미리 복선이 깔려 있었던 것이다.

원산 송도원에 비해 서호진 해수욕장은 비교가 안 될 정도로 초라했지만, 룸펜인 그에겐 감지덕지였다. 좋아하는 수영도 할 수 있고, 게다가 여자까지 옆에 있지 않겠는가. 그야말로 '님도 보고 뽕도 따고'였다. 김경채는 풍호리에 늙은 아버지와 어머니를 모시고 살고 있었다. 얼굴 모습도 가련하지만 매우 센티멘털한 성격이었다. 실로 감상적이었다. 함흥에 있는 한설야·김송 등이 경채를 보자 결혼하라고 격려했다. 경채의 집을 방문했을 때 부모들이 딸을 부탁한다고 백철에게 말했다. 일사천리로 해수욕철이 지난 그해 8월 하순에 함흥에서 혼례식을 올렸다. 소식을 들은 맏형이 참석했다. 서울서는 임화와 그의 두 번째 부인 이현욱이 내려왔고, 같은 직장의 시인 백석이 결혼식을 주관, 우인대표로 나섰으며, 토박이 소설가 한설야도 참석했다. 한설야는 백석과 더불어 백철을 관북문사에 넣고 있었다(한설야, 「문학풍토기」, 『인문평론』, 1940.5).

그녀는 남편을 대문호로 착각하고 있었는데 갈 곳 없는 룸펜인 백철은 우선 데릴사위로 처가에 들어갈 수밖에 없었다. 수해가 났을 때 반신불수의 장인을 업고 물난리를 피한 일 이외에는 그가 할 일은 아무것도 없었다. 그해 10월 초순, 어린 아내를 두고 상경한 그는 누상동 김두성의 집에 묵기로 했다. 아무리 사업이 안 되더라도 백형 한분 식사 대접이야 못 하겠느냐고 했다. 그는 절박했다. 룸펜 생활을 청산해야 했다. 그러나 방도가 떠오르지 않았다(아마도 이 무렵 백철은 영생고보 교사직을

32세 때의 백철

일시 중단했거나 시간강사로 있었을 지도 모를 일이긴 하다).

그해 성탄절 무렵 경채가 상경했다. 홀몸이 아니었다. 식객 노릇을 하는 처지기에 그는 임신한 어린 신부를 귀가시키기에 애를 먹었다. 그것이 그녀와의 마지막이었다. 1939년 5월 중순 "경채 딸 순산"의 전보를 받았다. 잇달아 "경채 위독 급래"의 전보가 왔다. 한설야와 같이 허둥대면서 경원선 북행열차로 그가 도착했을 때 경채의 숨은 멎어 있었다. 딸 역시 어미를 따라가고 말았다.

이 무렵 백철의 심정을 엿볼 수 있는 것으로서 문인 자화상란에 스스로 말해 놓은 기록을 들 것이다. 자기에게 만일 성격이 있다면 무성격, 몰개성이라 진단해 놓고 있거니와, 이로 말미암아 세상 교제와 사생활에 있어 "모든 것을 그르쳤다"라고 적었다. 매사에 과단성이 없고 조그만 인정에 끌려 과도한 양보를 하다 보니 손해만 입었다는 것이다. 그러나 이 무렵 그는 성격을 고치자고 결심했다. 어떻게 하면 무성격을 극복할 수 있을까. 그 노력, 그 반역이 어느 정도 가능했던가. 스스로 기할 수 없는 땐 "이따금 나는 도리어 그 무성격을 어디까지든지 전성격(全性格)으로 추구해갈 때까지 거기서 도리어 일개의 유성격(有性格)이 생기지 않을까"(「영영한 기상」, 『백광』, 1937.1, 40면)라는 역설을 낳고 있다. 이러한 역설적 성격의 발로가 김경채와의 재혼이었고 그 결말이기도 했다.

세 번째 결혼도 역시 아내와 사별함으로써 끝장이 나고 말았다. 추리

소설로 이름난 김내성의 아내의 소개로 1939년 9월경 원산 루시여고를
나온 독실한 기독교인 숫처녀, 이름은 한시봉(韓始鳳). 홀어미를 모신 가
난한 집 출신 한시봉과의 결혼에는 약간의 문제가 없지 않았다. 신부를
만나러 원산으로 내려간 백철은 혼담 거절의 편지를 받았던 것이다. 이
혼 경력, 상처 경력 등이 그 원인으로 추측되었다. 김내성은 "우리가 공
연한 일을 했구먼" 했다. 그러나 운명의 장난인지 알기 어려우나 좌우
간 한시봉과의 관계가 급속도로 진행되었다. "운명이다!"라고 당사자들
이 서로 말할 정도였지만, 잘 따져보면 총독부 기관지『매일신보』기자
라는 큰 배경이 백철에게 후광을 만들어준 덕분이 아니었을까.

　사회적 명사이자 중앙일보 사장을 지낸 여운형의 주례로 소공동 소
재 일본 YMCA 강당에서 혼례식을 올린 것은 1939년 12월 8일이었다.
개운사 경내에 있는 정비석 소유의 빈집을 얻어 가정을 꾸몄다. 허준이
정비석에게 일금 7백 원에 떠맡긴 초가집이었다. 식장엔 이광수도 참석,
"참 신부 인물 좋습디다. 백선생 큰 복 타셨어요" 했다.

　1940년 3월 아내가 임신했다. 고향으로 데려가 부모에게 며느리를 보
여줄 만큼 만사가 뜻대로 되어갔다. 든든한 직장이 있고 사랑하는 아내
가 임신 중이라 백철은 두 날개를 단 형국이었다. 그러나 또 한 번 백철
은 '운명'과 마주치지 않으면 안 되었다. 해산을 앞두고 부민병원 산부
인과(과장은 윤태림)에 입원시켰고 순산했다. 그 날이었다. 산모는 3일만에
퇴원할 수도 있었는데, 의사의 권고로 병원에서 더 조리를 시켰다. 이게
화근이었을까. 산후열로 산모는 딸과 남편, 그리고 노모 한 분을 남겨두
고 눈을 감았다. 유언은 오직 하나, 아기와 노모를 보살펴달라는 것.
1940년 12월 25일 크리스마스날에 장례가 치러졌다. 불교식이었다. 눈이
내린 하얀 세계 속으로 한시봉은 사라진 것이었다. 그에겐 1년간의 결혼
생활이 황금기에 다름 아니었다. 삶의 가치가 생생하게 체험되었던 까
닭이다. 한시봉이 떠난 뒤에 그가 그녀의 유언을 철저히 지킨 것도 자기
마음의 흐름에 다름 아니었다. 장모를 모시고 함께 살았고 어린 딸 승혜

(勝惠)에 쏟은 사랑도 각별했다. 네 번째 아내와 살면서도 이 두 가지 약속이 어김없이 지켜졌음이 이 사정을 잘 말해준다. 또 그것은 문학소녀 한시봉의 애정에서도 연유되었음에 틀림없다. 그 증거로 그녀가 쓴 수필 한 편을 내보일 수 있다. 「초가나마—즐거운 우리 집」(『삼천리』, 1940.10)에서 한시봉은 이렇게 적었다.

> 내가 백과 결혼할 때까지는 물론 물질문제 같은 것은 염두에도 두지 않았고 그밖에 백의 과거에 대하여도 일체를 제외하고 오직 애정만 있으면 그만이라고 생각을 하였다. 물론 내가 가졌던 이 신념에 대하여 조금이라도 후회를 하든가 의심을 한다는 말은 아니다. 다만 애정이면 그 애정이 싸고 있는 내용과 실제에 대하여 내가 결혼 전에 공상하던 것과 같이 단순하게 생각질 않는단 말이다. 그 애정이란 것은 일상생활과 관련해서만 생각되는 것이다. 그리고 그 일상생활이란 반드시 행복되고 유쾌한 사실만이 아니다. 애정이란 냇물은 흘러가는 동안에 그런 바위와 같은 것에 막히어서 뜻하지 않는 물결이 생기고 이그러질 때도 있다. 그러나 나는 이렇게 생각한다. 결국 그 냇물은 바위와 장애물을 넘어서 자기의 갈 길대로 흘러가지 않느냐고! 애정도 그 일상적 사실을 이기고 나가서 자기를 완성하는 것 같이 생각된다.
>
> —『삼천리』, 1940.10, 157면

이어서 그녀는 남편 백철을 이렇게 평가해 놓고 있어 퍽 인상적이다.

> 백은 결코 애교가 있는 사람도 아니요, 명랑한 성격도 아니다. 어느 편인가 하면 우울하고 말이 적고 무찍찍해서 붙을 점이 없어 보인다. 그래서 어떤 때는 그것도 불만이 아닌 것은 아니다. 그러나 지나는 동안에 차차 백의 참된 성격도 살려지고 그 명랑치 못하고 무찍찍한 성격에 도리어 커다란 신뢰를 가지게 되었다. 또 백의 그 우울한 성격이 어데서부터 온 것인가를 알게 될 때에 그에게 느끼는 마음은 더욱 깊어짐을 생각한다. 그는 가정적으로 극히 불행한 과거를 가진 모양이다. 빈약하나마 가정다운 가정을 가져보는 것도 이번이 처음인 모양이다.
>
> —『삼천리』, 1940.10, 157~158면

또한 백철이 특별한 일을 제하곤 늦도록 집에 돌아오지 않는 일이 한 번도 없다고까지 말해놓고 있을 정도이다. 또한 개운사 내 초가집 뜰이 넓다는 것, 바야흐로 국화꽃이 피려고 한다는 것, 그리고 마루에 앉아 바느질하는 어머니(친정)가 옆에 있다는 것으로도. 백철이 장모를 모셨음이 잘 드러났다.


## 6. "백철 이놈, 이 도적놈!"


"백철 이놈, 이 도적놈!"이란 말에 딱 들어맞는 일이 또 벌어지게 되었다. 모처럼 가정적 안정을 얻었던 한시봉과의 결혼생활이 이렇게 끝장나고 말았지만 운명은 역시 백철 편이었다. 그가 네 번째 아내를 선본 것은 1941년 여름, 부민관 이층 식당에서였다.

한시봉 밑에서 난 딸(옥남)의 돌잔치라 해서, 일약 학예부장으로 승진한 백철은 신문사 인사들 몇 분을 모셨다. 그 자리엔 삽화가 이승만도 윤희순도 끼어 있었다. 그 자리에서 윤화백이 그의 먼 친척집 딸을 소개했다. 편모 슬하 무남독녀. 이름은 최정숙(崔貞淑). 그 첫인상을 그는 훗날 이렇게 적었다.

예상을 한 바지만 생각보다도 더 어려 보였다. 여학교도 그해에 갓 나왔다지만 여고생의 앳된 모습 그대로였다. 나이가 겨우 열아홉 살. 그러니까 그때 내 나이 서른여섯이었으면 나이 차이가 열일곱 살이나 되는데 아무리 에누릴 해서 내 조건을 계산해 봐도 내가 그녀의 결혼상대로선 적령자가 될 수 없었다. 무엇 때문에 저런 어린 사람이 내게 와서 무거운 인생의 짐을 사서 져야 하느냐 하는 자책감 비슷한 것을 느낀 것이 사실이었다. 이 일은 내편이 서두를 일은 못 된다는 윤리감이 앞섰던 것이다.

—『후편』, 121면

　장모될 홀어미의 반대는 물론이었고, 정숙 자신도 "십자가를 지고 나서는 심정"이었다. 그러나 운명은 이번에도 백철 편이었다. 그해 12월 중순 친구 이재명이 사주를 갖고 공덕정 신부집으로 갔다. 그리고 운명은 이번엔 아주 커다란 축복을 내려주었다.

　6·25의 서울 거리에서 백철은 소좌 계급장을 단 김사량을 만난 바 있다. 김사량은 옛 북경 시절의 구김살 없는 밝은 표정으로 반갑다는 말을 이렇게 했다. "그래 색시 잘 있어?"라고. 집에 와서 저녁이나 하자고 권고하자, "아니 오늘은 저녁으로 낙동강 전선으로 가야 해. 돌아오는 길에 그렇게 하지"라고 했다. 김사량이 유쾌히 "색시 잘 있어?"라 한 것은 바로 최정숙을 가리킴이었다. 북경주재『매일신보』특파원 시절의 백철은 '조선인 사설대사'라 불릴 만큼 특권계층에 속해 있었다. 연안탈출을 모색하던 김사량도 자주 백철 집에 와서 놀곤 했다. 그러고 보면 네 번째 아내 최정숙의 인간됨이 선연해진다. 최정숙은 남편의 뜻대로 한시봉의 유언을 충실히 수행했다. 옥남(승혜)을 친딸모양 잘 키웠고 한시봉의 외로운 노모도 잘 모셨다. 그들 사이엔 인경·인수·인기·인애·옥남 등 5남매를 두었다. 1·4후퇴에 월남한 첫 아내 신도와의 사이에서 난 장남 인준도 왔다. 그러고 보니 백철 가문은 7남매였음이 드러난다. 이 모두를 끝까지 포용한 것이 넷째 부인 최정숙이었다. 운명은 끝내 백철 편이었음이 드러났다.

# 제3장 정치적 낭만주의 - 풍류론과 고전론

## 1. 전향자의 생존전략

문단의 건달인 백철에게 중일전쟁(1937.7)이 일어나던 그 무렵만큼 참담한 시기는 없었지만, 그 시대는 동시에 가능성을 엿볼 수 있는 시대이기도 했다. 실상 그는 함흥 영생고보 교사로 돈이 급한 처지는 아니었지만 문단에 온통 마음이 가 있는 그는 늘 배고픈 룸펜이었다. 그는 고향에서 중일전쟁에 참가하는 비행기와 군용열차를 목격했다. 바야흐로 전형기의 도래가 임박했음을 그는 직감했다. 안기영 스캔들과는 비교도 안 될 진짜 시대적 스캔들이 바야흐로 세계적 국면으로 전개되고 있었다. 이런 판국이야말로 기회 중의 기회라 할 것이다. 그렇다면 문학판에서는 어떤 기회가 주어질까. 이 점에서 백철만큼 민첩한 평론가는 일찍이 없었다. 그러기에 그 방도가 없을 수 없었다.

물에 빠진 사람에겐 지푸라기 하나라도 붙잡아 본다는 심정에서라 할까. 나는 일본문단의 움직임이 결코 현대문학사의 입장에서 본질적인 것이 될 수 없다고 보면서도, 거기에서 내 문학처세의 힌트를 얻으려고 했다. 역시 그런 데가 있었구나 하는 새삼스러운 시감(時感)을 갖게 되고, 그 시감의 세력을 얻어서 그때 써 낸 것이 「풍류론」이었다. 『조광』지에 발표한 꽤 장문의 논문이었다.

―『전편』, 412면

당시 일본에서 나오는 주요 월간지로는, 『중앙공론(中央公論)』, 『개조(改造)』 등의 대형 종합 사상잡지를 우선 꼽을 수 있다. 1932년도 교토대 학생의 애독잡지 통계를 보면 아래와 같다.

| | 法 | 經 | 醫 | 工 | 文 | 理 | 農 |
|---|---|---|---|---|---|---|---|
| 종합잡지 | 46.0 | 47.7 | 18.4 | 11.8 | 17.3 | 10.5 | 29.6 |
| 대중잡지 | 1.2 | 0.6 | 2.0 | 2.5 | 0.5 | 1.1 | 1.4 |
| 사상·철학잡지 | 0.2 | 0.6 | 0 | 0.3 | 7.1 | 0 | 0 |

다케우치 요, 「교양주의의 몰락」, 中公新書, 2003, 103면

여기서 말하는 종합잡지란 『개조』·『중앙공론』·『경제왕래』 등이며, 대중잡지는 『킹』·『주간아사히』 등을 가리킴이고, 사상·철학잡지란 『사상』·『철학연구』·『이상』 등을 가리킴이다. 『개조』나 『중앙공론』이란 대학생, 지식인의 교양을 위한 필독서임이 잘 드러나 있다. 한편 개조사는 순문예지 『문예(文藝)』도 발간했고, 『신조(新潮)』라든가 『문학계』 등의 문학지도 대단한 기세로 저널리즘에 군림하고 있었다. 이들 잡지를 들여다보고 있노라면, 적어도 일본 프롤레타리아문단에 뛰어들어 만용에 가까운 대활약을 한 바 있는 백철의 시선에서는 직감적으로 오는 어떤 느낌이 있었다. 전향의 시대도 갔고 새로운 시대가 열리고 있다는 것이 그것. 프롤레타리아문학이 저널리즘의 중심부에 있을 때 백철은 주저 없이 거기 뛰어들어 밑도 끝도 없이 날뛰지 않았던가. 그러나 어느 사이에 그

러한 이데올로기는, 전주사건(1934~1935)을 고비로 하여 흔적조차 사라지
고 없지 않겠던가. 마르크스주의문학이 휩쓸 때에도, 거기 휩쓸렸지만
적어도 '나'만은 「인간묘사시대」(1934)를 주장함으로써 송두리째 빠져들
지 않았다고 깃발처럼 이를 내세웠는데, 그 연장선상에서 '웰컴! 휴머니
즘'을 외침으로써 새로운 시대사조의 꼬리에 매달리고자 발버둥쳤다. 그
역시 아무런 소용이 없다. 그래봤자 새로운 사조처럼 보이던 휴머니즘론
도 어느새 물거품처럼 사라지지 않았던가. 그만큼 시대사조란 카멜레온
처럼 변하는 것. 이러한 시류적 현상에서 백철이 주목한 데가 따로 있었
다. 과거 프롤레타리아문학을 하던 일본문사들의 시류타기를 바라보기
가 그것이다. 물론 그들은, 극소수를 빼고는 전향을 일삼았다. 그들에겐
돌아갈 조국이 있었다. 복고풍이 서서히 지배하지 않겠는가.

> 내가 호기심을 갖고 그런 일본문학계의 유지됨을 바라본 것은 그 운동에 그
> 전 프로문학파의 사람들도 많이 참여하고 있다는 사실이었다. 그중에서 전위
> 가 되다시피 일선에 나선 사람이 일찍이 프로문학계의 신예 비평가로서 활동
> 했던 龜井勝一郎(가메이 가쓰이치로) 등인데 그는 민족과 전통론을 갖고 그
> 방면의 대변자로 되어 있었다는 사실이다.
>
> —『전편』, 411면

바로 여기에 백철 특유의 저널리즘적 감각이 작동되어 있었다. 전향
문학 및 전향자가 나아갈 다음 단계의 지평이 거기임을 백철은 직감할
수 있었다. "만엽(萬葉)으로 돌아가자!"라는 시대적 흐름이란, 적어도 그
초기단계는 일본적 미의식의 추구에 있었다. 그것은 복고주의이긴 해
도, 새로운 영역임엔 틀림없었다. 고전미의 탐구란 서양 사상을 일방적
으로 수용해온 일본 사상계 및 문학계의 편향성에 대한 건강한 반성이
며, 따라서 일종의 균형감각이 거기에 작동되고 있음을 볼 수 있다. 이
균형감각이 중일전쟁의 장기화에 따라 군국주의 및 '팔굉일우'에로, 또
'대동아공영권'에로 치달아 마침내 깨지고 말았지만 적어도 초기에는

한 가지 돌파구로서는 손색이 없는 것으로 백철은 보았다. 그가 「풍류론」을 쓴 것은 이 초기의 고전론의 순수성과 무관하지 않다.


## 2. 허상의 풍류론


백철의 풍류론은 「동양인간과 풍류성」(『조광』, 1937.5)과 그 속편인 「풍류인간의 문학」(동, 1937.6)으로 되어 있다. '조선문학 전통의 일고'라는 부제를 단 첫 번째 평론은 이렇게 시작된다.

> 풍류의 마음을 가지고 조선문학의 역사를 관류한 하나의 인간적 정신을 바라보고자 한다. 한 종족의 문학전통을 동양인간의 풍류적 정신 위에 찾아보려는 것이다.

대체 여기서 말하는 '풍류'란 무엇인가. 매우 딱하게도 이에 대한 개념 규정이나 설명은 없다. 그가 말하는 풍류의 근거는, 최남선의 『조선역사』에 기술된 다음 대목에 의거할 따름이다. "진(震) 땅에는 예부터 白이라는 신도(神道)가 있어 (…중략…) 단군은 이 신도의 어른으로 (…중략…) 이 신도를 위하여 일년에 한 번씩 10월에 왼 국민이 모여서 천제의 대회를 열고 일변 나라의 큰 공사를 여기서 처단하고 일변 여러 가지 놀이를 베풀어 며칠씩 즐겼다"(「동양인간과 풍류성」, 17면)라는 것. "노래를 베풀고 즐겼다"를 백철은 그대로 풍류라 했다. 『삼국유사』에 나오는 풍월도(風月道)를 비롯 향가의 「헌화가」·「처용가」 등에서 풍류성의 전형을 본다는 것. 그것은 또 화랑도와 무관하지 않다는 것, 정치와 풍류가 쌍을 이루어 사회의 균형을 이루었다는 것, 그런데 그 이후로 이러한 균형이 깨져 오늘에 천한 것으로 이르고야 말았다는 것 등이 이 평론의 주요골자이다. 어떻게 하면 이 풍류성이 지닌 '윤택성'을 오늘날에 되살릴 수 있을까. 이에 대한 주체적 방도가 이 글에선 제시되어 있지 않다. 참고자료가 빈약함은 물론 논리의 전개가 또한 억지에 가깝다고 볼 것이다. 쓰지모리 슈헤이[辻森秀英]의 「일본의 풍아론」(『중앙공론』, 1939.1)을 시작으로 해서 '풍아론(風雅論)'이나 '풍류론'이 미학적 범주에서 정리된 것은 오니시 요시노리[大西克禮]의 『풍아론』(岩波書店, 1940) 이후임을 염두에 둔다면 어쩌면 당연한 일인지도 모른다.

두 번째 평론인 '소극적 인간의 비판'이란 부제를 단 「풍류인간의 문학」에서는 나름대로 논리의 기둥이 허약하나마 세워져 있다. 그 논리의 기둥이란 백철 특유의 체질에 관련된 것이어서 단연 그만의 것이라 할 만하다.

되풀이 말한 바와 같이 카프 비평가인 백철은, 인간묘사론을 내세워 임화로 하여금 「동지 백철에게」라는 경고의 목소리를 내게끔 만들었다. 이데올로기 일변도의 시대에 그는 실로 어깃장을 놓은 형국이었다. 전주사건 이후 그는 이 일탈행위를 전가의 보도처럼 휘두르며 휴머니즘을 외쳐댔다. 이데올로기보다 '인간'이 우선한다는 것, 모든 문학은 인간성 탐구라는 것, 그것은 바로 휴머니즘으로 요약된다는 것 등의 주장이야말로 탈이데올로기 시대의 새로운 저널리즘의 감각이라고 백철은 믿었다. 그가 전주사건 이후 다시 저널리즘 한가운데 설 수 있었던 것은 따지고 보면 이런 일탈행위에 근거를 둔 것이다.

이데올로기 시대인데, 여기에서 일탈한 것이 '인간묘사시대'인 만큼, 그것은 그가 속한 카프 노선에서의 일탈행위가 아닐 수 없다. 이 일탈행위란, 일종의 자유분방함과 통하는 것이다. 자유분방함이란 또 무엇인가. 권위랄까 기성의 윤리 도덕에 대한 반역의 일종이 아닐 수 없다. 이는 체질적으로 그가 반항아임을 가리킴이다. 그가 "웰컴! 휴머니즘"이라 외치는 것은 스스로 반항아임을 선언한 것이었다. 이 반항아를

‘자연아’로 바꾸어 놓은 것이 바로 ‘풍류인간’이다.

> 풍류적인 인간은 무엇보다도 현실을 경시하고 현실을 도피하는 인간들이다. 그들의 현실에 대한 관계는 현실에 대하여 반역한다든가 그것에 대하여 순응한다던가 하는 문제 이전에서 애써 그 현실을 문제시하지 않는 태도다. 그들의 현실에 대한 태도는 플러스도 아니고 마이너스도 아닌 일종의 원형적인 것이었다. 어떤 의미인가 하면 그 방향이 플러스든 마이너스든 간에 풍류적인 인간은 그것에 적극적인 관심을 본래부터 거부하는 인간이기 때문이다.
>
> —「풍류인간의 문학」, 269면

자연아로서의 이러한 풍류적 인간이란 동양 특유의 미학적 전통이며 또한 조선 고대문학도 이러한 풍토 위에 서 있음을 그는 시조·향가·가사 등의 사례를 들어 무질서하게 설명하고 있다. 요컨대 이러한 자연아의 풍류성이란 오늘의 근대적인 현실에서 볼 때 윤택성이 아닐 수 없지만 동시에 일종의 ‘수극적 인간’이 아닐 수 없나. 윤택성으로서는 긍정적이지만, 현실을 직시하기엔 소극적이라는 것, 이 모순성을 돌파할 수 있는 방도는 무엇인가. 휴머니즘, 곧 서구적 휴머니즘과 동양적 풍류성의 결합을 그는 그 방도로 내세웠다.

서구적 휴머니즘을 도입함으로써 풍류적이고 소극적인 인간을 적극적인 인간으로 전환시키는 것이 그의 의도인 만큼 민족문학의 성격을 지닌 일본의 “만엽으로 귀환하라!”의 경향과는 구별된다고 스스로 주장했다. “종으로 발달되어 온 일개의 인간성이 현대에 와서 횡으로 딴 (종)류의 일개의 인간성 문제와 봉착하게 된 것”(「풍류인간의 문학」, 280면), 곧 풍류적인 인간성과 서구적 휴머니즘의 결합을 겨냥한 것이었다. 이 평론을 아래와 같이 끝내고 있음도 이 때문이다.

> 지금까지의 서구의 모든 사조를 우리들에게 수입한 때에 가장 큰 실패의 원인은 그것을 받아들이는 우리를 자신의 구체적 조건을 준비하지 않고 기계적

으로 그것을 받아온 데 있다고 볼 수 있는 의미에서라도 금일의 휴매니즘을 생각하는 우리들이 여기서 동양인간으로서의 풍류인간을 보아온 것은 결국 무의미한 일이 아니었을 줄 안다.

—「풍류 인간의 문학」, 280면

이상 두 편의 풍류론을 검토해보았거니와 두 글은 그 자체로는 내용상 공허한 편이지만 그 의도만은 매우 순수하다고 볼 것이다. 인제나 새로운 사조에 주목하고 그것을 외침으로써 센세이션을 불러일으키는 것이 저널리즘의 생리임을 염두에 둘 때, 백철의 풍류론은 이에 상응하지만 적어도 풍류론을 쓸 무렵 백철은 매우 겸허했기 때문이다.

사실 풍류성을 우리 문학의 전통적인 정신이라고까지 주장하려는 나의 심정에는 약간의 과장이 있는 듯 하나 반성하건대 범재로서 만(萬)의 문학적 진실에 누하려는 것보다 나의 심정을 소(小)에 만족하여 만중에서 기일만을 취한다. 양토를 좇는 여우는 일토도 얻지 못 한다. (…중략…) 이런 겸허한 심정이 일견 유아독존의 긍지에 찬 나의 표정 뒤에 숨어 있는 때문에 나는 언제나 양토(兩兎)를 버리고 하나의 절대를 붙잡는다. 그러기에 나의 문학관은 제현이 평과(評過)한 바와 같이 객관적으로 보면 항상 모든 문학사실을 자기가 주장하는 한 가지 진실에 귀속시키려는 것 같이 보이는 이유에서 그것은 왕왕히 독단에 떨어지는 경유를 난면할 줄 자인한다. 하나, 결국 문학자적 주장이란 그런 류의 일개의 독단적 정신의 표시가 아닌가 한다. 문학은 이성보다도 많이 정열에 동반되는 것인 때문이다. 다만 문제는 그 독단적인 것이 상식적인 한계를 넘어서는 것에 있다. 문학자는 언제나 자신과 긍지에 찬 하나의 독단주의자다! 영웅이다! 그리고 무엇보다도 절대주의자일는지 모른다.

그 독단적 문학관이 여기에 조선문학의 정신으로서 풍류성을 그 문학에 일관한 절대의 정신으로 바라보게 한 것이 있을는지 모르나 그만치 절대시하려는 것이 있는 때문에 도리어 한 가지 전형적인 진실에 대하여는 같은 이유에 도달한 것이 있지 않을까 생각된다.

—「동양인간과 풍류성」, 267면

이러한 자기 고백은 드문 현상이다. 순수성이 풍류론의 밑바닥에 흐르고 있음을 드러내는 증거라 할 것이다. 일본의 문단정세를 간파하고, 특히 전향론자들의 향방을 알아차린 데서 힌트를 얻은 풍류론이지만, 이 무렵 백철은 유례없이 순수했다. 문학자란 이성보다 정열이 우선한다는 것, 그 때문에 독단주의자가 아닐 수 없다는 것, 문제는 자기가 말한 대로 그 독단적인 것이 '상식적인 한계'를 넘어서는 것에 귀착될 터이다. 풍류론이 그러한 '상식적 한계'를 넘어선 것이 아님은 내용 자체의 유치함이 증거하고 있지만 자국 고전 및 동양 고전에서 모종의 윤택성을 흡수할 수 있다는 믿음은 비록 구체성이 모자란다 할지라도 '내용 없는 형식미'로서의 의의가 나름대로 인정되기 때문이다.

백철의 풍류론이 그 이후 문단 전체의 토픽인 고전론으로 발전한 것은 바로 1937년도였다. 이 경과를 살피는 일은 백철론 뿐 아니라 문학사적 과제에 해당될 성질의 것이다.


## 3. 감성적 비평관의 표층


1937년이란 새삼 무엇인가. 중일전쟁이 일어난 해이자 백철의 풍류론이 등장한 해라고 할 수도 있다. 그것은 1936년도와는 선을 그을 만큼 새로운 지평을 암시하고 있었다. 「비애의 성사」(1935)를 나온 전향자 백철에게 1936년이란 '웰컴! 휴머니즘'의 외침이 절정에 이른 해이지만 동시에 그런 외침에 따른 이론정립이 요망되는, 이른바 반성적 시기이기도 했다. 창작에서의 개성과 보편성을 논한 백철의 평론 「현대문학의 과제인 인간탐구와 고뇌의 정신」(1936.1)이 양주동의 저 유명한 「향가해독에 취하여―특히 원왕생가를 중심으로」와 함께 나란히 『조선일보』에 연재된 해가 1936년 벽두였다.

　이성보다 감성이, 논리보다 정열이 창작에서 제일 중요한 것이며 그로써 보편성을 기대할 수 있다는 백철의 휴머니즘론이란, 따지고 보면 철지난 극단적 낭만주의 옹호론이지만, 프롤레타리아문학 비판을 앞세운 백철에겐 일종의 반동적 기분으로서의 의의를 갖는 것이었다. 그의 이러한 휴머니즘론이란, 세계사적 시선에서 보면, 특히 영미 문학론에서 보면 아주 딱한 시대착오적 현상이 아닐 수 없었다. 제1차 세계대전 이후 영미문학 이론은 낭만주의 극복으로서의 주지주의(신고전주의론)가 주류였고 또 그것은 저절로 반휴머니즘이었던 것이다. 이를 비교적 자세히 받아들여 논의를 편 것이 최재서의 「현대 주지주의문학이론의 건설」(『조선일보』, 1934.8.5~12), 「비평과 과학」(동, 1934.8.31~9.7)이었다. ‘카프문학’이 전주사건으로 옥중에 있었고, 또한 사조상으로도 이미 퇴조하기 시작한 마당이고 보면 그 공백을 메울 수 있는 이론은 제일차적으로는 주지주의문학이었다. 「천변풍경」(1936), 「오감도」(1933)나 「날개」(1936)가 등장했을 때 이 새로운 문학을 설명할 수 있는 이론이 바로 주지주의론이었다. 비평가 최재서의 평론 「리얼리즘의 확대와 심화」(『조선일보』, 1936.10.31~11.7)가 획기적이었음은 이런 이유에서이다.

　카프문학이 퇴조한 그 공백을 메우는 방식에서 백철과 최재서의 주장들은 함께 기여했다고 말할 수 있을 터이나, 그 방법은 정반대였음에 주목해야한다. T. E. 흄에 이론적 근거를 둔 영미 주지주의론이란, 휴머니즘의 극복을 겨냥한 이론이었다. 인간 곧 신이라는 도식에 바탕을 둔 휴머니즘이란, 궁극적으로는 모든 것이 인간이란 이름으로 허용됨으로써 극단적인 혼란을 일으키게 마련이었다. 왜냐면 인간이란 바로 신 그 자체이므로 개개인은 절대인 까닭이다. 낭만주의 및 휴머니즘이란 원리적으로는 그렇게 되어 있는 사상이다. 이를 극복하여 일정한 질서를 확보하기 위해 요망되는 것은 〈인간≠신〉의 도식이 아닐 수 없다. 인간이란 신이기는커녕, 결함투성이의 존재에 지나지 않는 것. 절대자를 인정하고 그 질서에만 따름으로써 비로소 그에 상응하는 삶을 유지할 수 있다는 것. 흄은 이를 불연속적 실재관(discontinuum)이라 규정했다.

인간적 예술(vital art)이 낭만주의적 휴머니즘 또 연속적 실재관의 산물이라면 이를 극복한 20세기적 새로운 예술이란 이와 역방향에 서는 기하학적 예술(Geometrical Art)이라는 것. T. S. 엘리엇을 비롯한 신고전주의도, 미국 남부 중심으로 일어나 미국 인문학의 기초를 이룬 신비평(new criticism)도 이 불연속적 실재관에 바탕을 두고 있다는 것 등이 최재서가 소개한 주지주의론이었다. 백철의 휴머니즘론은 이로 볼진대 바로 최재서의 주지주의론과 역방향에 서는 것이라 하지 않을 수 없다.

백철은 주지주의론이 소개된 지 두 해가 지난 1936년 현재까지 망설임도 없이 철지난 낭만주의론을 깃발처럼 내세워 『조선일보』의 문예평란을 맡아 펜을 휘둘렀다. 그렇기는 하나, 주지주의론이 서서히 문단 일각에 스며들고 김기림·이상·박태원 등 신감각파의 세력이 고개를 드는 문학판에서 백철이 불안감을 느꼈음도 사실이다. 장문의 글 「창작에 있어서의 개성과 보편성」(『조선일보』, 1936.5.31~6.11)에서 백철이 주장하는 것은 창작에서 작가의 개성과 보편성의 관계였다. 그의 결론은 아주 단순한 것이었다. "개성적일수록 보편성에 가까워진다"(A. 지드)라는 일종의 덕담 수준에 지나지 않았다. 창작의 면에서 개성이 낭만주의에서 논의될 때 그것은 설명 불가능한 것, 곧 영감(천재적인 것)이라 했다면, 이 영감을 두고 과학적 설명이 불가능한 만큼 '몰개성론'으로 나갈 수밖에 없다는 고전주의자 T. S. 엘리엇의 고민 따위란 백철의 개성론에서는 그림자도 없는 형국이다. 그렇기는 하나 과학으로서의 비평인 주지주의론이 큰 얼굴을 드러내자 인상주의 비평을 개성 및 휴머니즘이라 하여 외치던 백철도 사태의 심각성을 알아차리게 된다. 그가 「과학적 태도와 결별하는 나의 비평체계」(『조선일보』, 1936.6.28~7.3)를 쓴 것은 이 점을 말해준 것이다.

자기의 비평관을 솔직히 천명한 이 글은 궁극적으로는 종래의 자기 주장인 휴머니즘론(개성·정열)을 재천명한 것이지만 거기에는 나름대로의 반성적 요소도 없지 않았다.

①나의 견해에 의하면 이성적이라는 것이 비평의 유일한 성격이 아니고 그 비평이 이성적인가 감성적인가는 구체적으로는 그 비평가 자신의 성격과 기질에 의하여 결정되는 것이다.

—『조선일보』, 1936.6.31

②비평이 이성과 객관과 과학에 속할 것인가 또는 심정과 감정에 속할 것인가는 용이히 결정할 수 없을 듯싶다! 또한 그 의미에서라도 단순히 근대의 주요 비평가가 속한 비평체계가 이성과 실증의 것이었다는 사실만으로서는 현재 내가 그것에 반역하고 주장하려는 그 심성과 감성의 성격의 비평에 대하여 전자의 우월한 점을 주장할 권리는 없으리라고 생각된다!

—『조선일보』, 1936.7.1

③문예비평이 이성과 실증의 것이냐 감성과 심정의 것이냐? 라는 형식으로 문제를 제출한다면 현재의 나로서는 역시 경박히 결정하는 태도를 삼가려고 하는 바이나 다만 여기에 대하여는 다음과 같은 사실만은 확신을 가지고 주장할 수 있다. 그 두 가지 성격의 비평이 어느 것이나 그 대상인 소재의 진실, 작품세계의 진리적 피안(彼岸)에 도달하는 것을 궁극 목적으로 한 것이라면 전자는 시안(是岸)에서 그 피안까지의 연락을 걸어가면서 온갖 실증과 열거와 비교 등의 수다한 다리를 지나서 그 피안에 도달하는 대신에 후자 즉 심정과 성격의 비평은 일약하는 데에 순간적으로 도달하는 것이라는 것. 그것만은 확실한 사실인 줄 안다! 그렇다면 이때에 있어 가령 일인의 비평가를 두고 생각할 때에 일인의 비평가가 간도(間道)의 원로를 통하여 목적지에 도달한 것을 일인은 직로를 통하여 훨씬 빠르게 같은 목적지에 도달하였다면 그것은 명백히 후자의 승리가 아닐까? 여기에는 다만 시간적으로 후자가 전자에 승리했다는 것을 의미할 뿐 아니라 문학세계에는 특수한 비묘(秘妙)한 사정이 있다는 것을 함축하여 하는 말이다.

—『조선일보』, 1936.7.1

이상에서 백철의 비평관은 생리(개성과 기질)적 원석 위에 서 있음이 확연해진 셈이다. 이성적이냐 감성적이냐를 따지는 것도 아니며 그 절충점을 모색하는 것도 아닌 자리, 거기에 백철 비평이 서있다고 볼 것이다. 논리를 떠난 '신념'의 표현, 곧 '기질적 문제'이기에 더 이상 논의의 여지란 없다.

내가 주장하고 있는 것은 그러한 비평의 구체적 과정에 대한 설명이 아니다. 여기서는 그 구체적 과정보다 일층 기본 문제인 비평의 주요성격이 이성이냐? 감성이냐 하는 두 가지 문제의 시나 비를 결정하면 그만이다. 그리고 이 결정문제에 대하여는 나는 결코 중간태도를 허락치 않는 까닭에 그 두 가지의 비평에 대한 권리의 시인에 대하여 결연히 후자 즉 심정과 감성편에 결정적으로 서려고 한다.

또한 그런 의미에서 현재 및 금후의 비평문학은 주심(主心)을 두려고 하며 그 실현 밑에서 일반비평에서 나의 비평을 독립시키고 그 독립하에서 일정한 독자의 비평체계를 형성하려 한다.

—『조선일보』, 1936.7.3

이러한 백철 식 비평이 백철 특유의 기질에서 나온 것이며 따라서 생리적 비평관의 일종이어서 최재서가 내세운 과학비평으로서의 주지주의론과는 실상 무관한 것이다. 백철의 생리적 비평관이란, 역사·사회적인 마르크스주의 비평관과 대극점에 섰던 것이며 이 한도에서 그 의의가 인정된다. 절대성으로서의 이데올로기 비평에 대해, 절대로서의 생리비평을 대치시킨 형국인 셈이다.

## 4. 감성적 비평관의 심층

그렇다면 이 생리적·기질적인 백철 식 비평관과 저 풍류론이란 어떤 관계에 놓이는 것일까. 이 물음을 이젠 피해나갈 수 없는 장면에 이른 셈이다. '비애의 성사'(전주감옥)를 나온 전향자 백철이 휴머니즘을 드세게 외침으로써 저널리즘의 한복판에 선 것이 1936년도였다. 집행유예 3년으로 석방된 그에게는, 이 휴머니즘론이란 비평도 논리도 아닌 것. 그 이전의 과제, 곧 처세 방도의 일종이었다. 굳이 말해 처세비평에 다름 아니었다.

처세비평을 백철이 나름대로 논의해본 것이 앞에서 보인 「과학적 태도와 결별하는 나의 비평체계」이다. 이성이냐 감성이냐에서 이성이란 처세와는 일정한 거리를 둔 것을 가리킴이라면 감성이란 바로 처세를 가리킴이며 그 본바닥은 바로 저널리즘이었다. 그가 말하는 이성이 저널리즘 바깥을 가리킴이라면 감성이란 전적으로 저널리즘을 가리킴이었다. 이 사실을 그는 문단에다 공언한 것이었다.

그는 감성적 비평을 두고 비묘(秘妙)하다고 하고 또 "원로를 통해 목적지에 도달하는 것을 택하지 않고 직로를 통해 목적지에 도달하기"라고도 했다. 이 비유만큼 백철 비평을 잘 설명한 것은 달리 찾을 수 없다. 과학적이며 이성적인 비평과, 감성적이며 비과학적인 비평의 장단점 따위를 문제 삼음으로써 백철 비평을 비판하고자 한 이병각의 「비평 기준의 객관성―그것의 현대적 동요에 대하여」(『조선일보』, 1936.7.10~14)는 실로 번지수를 잘못 찾은 형국이라 할 만하다.

백철이 말하는 감성이란 저널리즘을 가리킴인 만큼 일종의 절대성이라 하지 않을 수 없다. 왜냐하면 모든 비평은 이성적이든 감성적이든 과학이든 비과학이든 저널리즘을 통해서 비로소 가능했기 때문이다. 아카데미즘으로서 인문학의 요람인 대학사회의 학문적 실천의 장이 거의 전무한 당시의 조선적 현실에서 볼 때, 모든 문학적 현상이나 흐름의 장소가 저널리즘 하나뿐이었음을 염두에 둔다면 백철의 비평관만큼 이 사실을 철저히 직시한 경우는 달리 찾을 수 없다. 저널리즘을 떠나면 과학적 비평은 물론 어떤 비평도 성립될 수 없음을 백철은 투철히 알고 있었다. 전주감옥에서 나오자마자 부모가 있는 고향으로 가지 않고 서울에 머물며 재빨리 저널리즘에 복귀하고자 발버둥을 쳤음도 이로써 비로소 설명된다.

> 문 앞에서 기자들이 기다렸다가 출감소감을 인터뷰했다. (…중략…) 이때의 일을 회상하면 나는 젊었을 때 무척 저널리즘의 인기 같은 것에 처세적인 신경을 쓴 일종의 기회주의자가 아니었던가 하는 생각이 든다. 좋게 말해서 기회를 포착하는 데 민감한 것 같은.
> 말하자면 천박한 인생론 같은 것인데 사람에겐 살아가는 데 몇 번의 기회가 있는 법. 그때마다 그 기회를 놓치지 않고 민첩하게 붙잡는 일이 무엇보다도 필요하다는 약삭빠른 생각을 한 것인데, 문학하는 데 있어서도 그때마다 저널리즘을 타야 한다는 생각을 가졌던 것이다.
> —『인간탐구의 문학』, 290~291면

자칫하면 자조적인 고백으로 오독하기 쉬운 대목이다. 그러나 진상인즉 자조적 표현 뒤에는 무서운 진실이 바위처럼 버티고 있다. 이 점을 놓친 백철론은 공허해질 따름이다.

> 출감을 해서 바로 부모가 기다리고 있는 평북의 고향으로 가지 않고 경성에 중간하차를 해서 몇 달 동안이나 처져 있으면서 이것저것 시감적(時感的)인 문학론을 서둘러서 발표한 이유도 그런 데 있다.
> —『인간탐구의 문학』, 291면

돈 한 푼 없는 룸펜으로 친지 집에서 또 여관이나 하숙집을 맴돌며 신문사 주변을 기웃거리며 써낸 글이 앞에서 상세히 검토한 「과학적 태도와 결별하는 나의 비평체계」였다. 저널리즘을 향해 구애하는 시골 처녀의 순정이 거기 있었다. 이 심정이 얼마나 절박했고 또 절실했는가는 "물에 빠진 사람에겐 지푸라기라도 붙잡는다"라는 비유로 드러났다. '문학처세술'이란, 그러니까 그에겐 저널리즘 타기로 다 말해진다. 물에 빠져 허우적거리는 고립무원의 전향자이자, 집행유예 3년의 이 동경고등사범 출신 재사인 백철에 있어 그 '지푸라기'의 첫 번째가 바로 풍류론이었다. 진상이 이러할진대 백철이 논한 풍류론의 성격이나 내용의 밀도, 타당성의 여부 따위란 아무래도 상관없는 노릇이다. 문제는 저널리즘에 있었기 때문이다. 그리고 당연히도 그리고 여지없이 백철의 이러한 순정적인 구애는 배반당하지 않았음은 물론이다. 그만큼 공들인 결과이자 순수했기에 가능한 결과였던 것이다.


## 5. 고전론으로 향하기


　백철의 풍류론이, 그 내용의 밀도라든가 근거의 빈약함과는 무관하게 저널리즘에 수용되기 시작한 것은 새삼 말할 것도 없다. 대동아공영권을 목전에 둔 정치적 낭만주의였던 까닭이다. 풍류론이란 백철의 고백대로 급조한 것이었고, 이를 비판한 논객이 이원조였다. 그렇지만 이원조의 비판이 아무리 논리적이고 밀도 높을 것이더라도 그것은 급조된 백철의 풍류론 앞에서는 당연히도 속수무책이었다. 훗날 백철은 비웃듯이 이렇게 적었다.

　이제 보라, 반드시 내 글이 예언의 구실을 하게 될 것이니……. 아닌 게 아니라, 다음해 38년의 신춘특집기사의 편집 주제로 고전문학 유산에 대한 검토가 다른 것이 아니고 바로 이원조가 있는 조선일보사의 문화면 특집으로서 여러 사람들의 논문들이 발표되어 있었다. 한 아이러니칼한 현상이기도 하였다.

—『전편』, 413면

1938년 신년특집에서 『동아일보』는 「조선어와 조선문학」 좌담회에서 이를 논의하였으며, 『조선일보』는 김광섭·이극로·송석하·조윤제·유치진·최현배·최익한 등을 동원하여 문학과 조선어의 관계에까지 논의를 펼쳤다.

이러한 고전론이 대동아공영권 이념수립을 위한 전초적 단계임은 새삼 말할 것도 없다. 한국 저널리즘도 큰 흐름에서 보면 이와 전혀 무관하다고 하긴 어렵다. 그것은 저널리즘이 지닌 속성에서 설명될 부분이 많다고 볼 것이다. 조선적 저널리즘이란 종주국 일본 저널리즘에 예속된 부분이 많았고, 조선 특유의 문화적 현상도 이 선진적 도쿄사상계 및 저널리즘에 크게 의존되었던 것이다. 그것은 또 저널리즘의 속성상 세계적 조류와 나란히 가는 것이기도 하였다. 그렇기는 하나 조선 저널리즘의 이 고전론은, 국수적이자 민족주의적인 성향과도 관련된 것이어서, 다음에 전개될 저널리즘의 주제인 '신체제론'과는 일정한 거리가 있었음도 사실이라 할 것이다. 『문장』지로 대표되는 조선적 미학 전개는, 설사 토속주의에 기운 점이 없지 않지만 고전론이 빚어낸 미학적 성과로 볼 수 있기 때문이다.

오쿠라 신페이[小倉進平] 교수의 '향가연구'에 촉발되어 양주동의 「조선 고가연구」가 이루어진 것도 이와 유사한 현상일 터이다.

# 제4장 시대적 우연성의 수리 – 중편 「전망」

## 1. 중일전쟁과 임화의 노래

1937년 7월 7일, 일본 육군은 북경 서남 교외에 있는 노구교(蘆溝橋)에서 중국군과 충돌한다. 이를 계기로 중일전쟁을 도발한 일본은 그 제1단계인 남경점령에 이르렀을 때 '국가 총동원' 체제에 돌입한다. 훗날 사학자들은 이렇게 기술했다.

중일전쟁은 만주사변과는 비교도 할 수 없는 본격적인 전쟁이었다. 1937년 12월의 남경점령까지의 제1단계 작전에 있어 육군은 전시 편성의 16개 사단을 중국 전선에 보냈고 해군은 제2, 제3함대와 항공대의 주력을 사용하였으며, 1만 8천의 전사자와 5만 2천의 부상자를 냈다(1941년 말까지 중일전쟁에 의한 군인·군속 사망자는 18만 5천여 명을 상회함). 그러나 육군에선 현역사단을 대소련전에 대비하여 만주에 배치해야 함으로 중국에는 예비병을 소집하여 새롭게 편성한 부대가 많이 보내졌다. 따라서 국내에는 재향군인의 대규모 소집이 이루어졌다. 일할 수 있는 남자는 속속 전선으로 갔다. '축출정'이란 깃발을 세우고 마을마다 거리마다 사람들이 모두 나와 보내는 출정 풍경이 가는 곳마다 보여 전쟁기분을 일으켰다. 한편 가정이나 공장에서 농촌에서 일꾼을 빼앗음으로써 국민을 직접적으로 전쟁의 소용돌이에 몰아넣었다.
　　—도야마 시게키[遠山茂樹] 외, 『쇼와사』, 岩波新書, 1959, 158~159면

　일본 정부가 국가 총동원법을 결의한 것은 1938년 1월(제73회 의회)이었다. 노무·물자·자금·시설 등 경제면에서부터 국민생활 각 부문을 정부의 통제 하에 두게 된 이 법률은 전쟁체제 하에서 절대적인 것이었다. 일본 정부는 1937년 9월엔 국민정신총동원운동을 펼쳤고, 1938년 5월엔 이른바 도나리구미[隣組] 제도를 제정하여 마을과 가정의 하부구조에까지 손을 뻗쳤다. 자유주의자들은 여지없이 침묵했고 모든 언론기관은 전시체제에 봉사하지 않으면 안 되었다. 자유주의 단체 해산, 언론통제는 필수적이었다. 문학도 예외일 수 없었다. 이른바 군부는 작가를 '펜부대'라 하여 전선에 보내 르포를 쓰게 했고, 종군작가의 대표작으로 히노 아시헤이[火野葦平]의 「보리와 병사」(『改造』, 1938.8)가 일세를 풍미하기에 이르렀다. 또한 이시카와 다쓰조[石川達三]가 쓴 「살아있는 병사」(『중앙공론』, 1938.3)는 그 휴머니즘적 기술 때문에 발금 되기도 했다.
　그렇다면 중일전쟁 속의 식민지 조선은 어떠했을까. 중일전쟁을 지켜보던 조선의 문화인의 느낌은 어떠했을까. 그중에서도 진보적 문화인의 감상은 어떠했을까. 카프서기장 임화는 이렇게 읊었다.


　　뭇 별들이
　　合唱하는 밤
　　바다속에 버러진
　　진주들의 향연이

한창 흥겨워 가는밤
나는 위태로운
海岸線을
로제와가티 그닌다
아 밤마다
건아 한
하날의 密語는 무었이냐
너의들은 내가
타―레스의 一族임을
손가락질 하느냐
아즉도
記憶이 쓰라린 동무들의 무덤 앞을
묵묵히 지내는
나의 발길을 꾸짖느냐.
벽들을 헤여보다,
따우를 돌보지 않은
슬픈 勇氣의 무덤은
오늘날 벌서
임자도 없는
傳說의 古冢이냐
아 원수가 파놓은
어둔 함정속에
한사람의 靑年이
고독히 파무친
두려운 밤 하눌은
이렇게
華麗하지 않었느냐
도야지와 더부러
땅바닥을 헤매는
오늘날의 지혜가
베푸는 敎說은

무슨 뜻이냐
亦是 우리들은
하눌을
치어다 볼것이
아니엇느냐
그러나 나는
사람이
더구나 청년이
墓堀을 팔냥으로
세상에 나왔다고는
믿지 안는다.
별하날과 더부러
크나큰 宮殿을
亦是 우리는
渴望하지 안느냐
이 調和의 世界를 爲하야
별들아 비록
그릇 죽엄을
조급히 하였다 할지라도
한아의 별이
들판으로 그들을
불렀을 때
아까움도 없이
내어 던진
아름다운 生命을 위하야
무엇 때문에
悔悟가 必要하냐
별도 없고
바람도 죽은
어둔밤
肉體의 運命이

강가지 처름
물속에 잠기는
不幸한 밤일지라도
아—
한쌍의 눈알이
아즉도
별과 더부러
빛나고 있다는 것은
얼마나
질거운 일이냐

—「별들이 합창하는 밤」, 『비판』, 1938.6, 6~8면

'별에의 행진'을 지상목표로 하여 살아온 탈레스의 후예인 식민지 지식인 임화의 심정은 실로 참담하다. 땅을 보지 않고 하늘만 보며 걷던 탈레스가 필경 우물에 빠졌듯 시인은 시방 희랍 고사를 내세워 앙탈을 부리고 있는 형국이라고나 할까. 아직도 백기를 들 수 없다고 버티고 있긴 하지만 시간문제에 지나지 않았다. 제2차 대전이 시작되었을 때 임화는 「시민문화의 종언」(『매일신보』, 1940.1.6)을 쓰기에 이른다. 그가 '별'이라 여겼던 '그 문화'란 실상은 서구의 '시민적 문화'에 지나지 않았음을 공언하기에 이른 것이었다.


## 2. 전향소설론의 양상


중일전쟁과 국가총동원령 속에서 식민지 조선의 지식인은 과연 어떤 포즈를 취해야 했을까. 문학면에 국한하여 1938년도의 시대적 징후를

읽어 보기로 한다. 여기서 사용된 자료는 1939년도판 『조선작품연감』(인문사)이다. 1년 동안 발표된 대표작을 엄선하여 한 권으로 묶은 이런 연감은 신문학 이래 처음 시도된 것이며 또 그 권위에 있어서도 손색없는 것이었다.

김남천·이원조·임화·백철·안회남·최재서 등의 공동편집으로 된 이 연감에 실린 창작은 어떠했던가. 직접성을 내세우는 시의 경우와는 달리 소설은 그 성격상 변화의 급격한 양상을 찾아내기는 어렵게 되어 있다. 그렇기는 하나, 다음 두 가지는 쉽게 눈에 띈다.

첫째, 전향을 주제로 한 이른바 전향소설 범주에 드는 작품 성향이 뚜렷하다는 점. 수록된 11편의 창작 중 3편이 이 범주에 든다. 이효석의 「장미 병들다」는 카프시대 여배우로 활약하던 남죽이 카페여인으로 타락한 모습을 그린 작품. 이를 두고 평단은 후일담 소설이라 불렀거니와 카프시대의 화려한 꿈이 무참히 짓밟힌 현실 앞에서는 그 어떤 장사도 계속 신념에 투철할 수는 없었다. 이를 정직히 보여줌에 전향소설의 의의가 인정될 터이다. 정직히 보여줌이란 새삼 무엇일까. 현실에 여지없이 패배하지만, 최소한 인간적 저항을 보여줌으로써 인간의 위엄에 어울리는 인간상을 그려냄이 전향소설의 특징이다. 이 점에서 이기영의 「설」은 전형적이라 할 것이다. 교원출신인 주인공 창훈이 5년 만에 출감해보니 아내는 온갖 장사를 하며 남매를 키우고 있었다. 가장으로서 아비로서의 권위를 유지할 어떤 방도도 찾아지지 않는다. 단지 양력설 쇠기를 강요하는 당국에 맞서 구정을 쇠며 술김에 큰소리를 쳐 볼 뿐이다. 한설야의 「이녕」(1939)은 이보다 훨씬 적극적이다. 감옥에서 나온 주인공이 닭을 훔쳐 가는 족제비와 싸우는 점에서 이 점이 엿보인다. 엄흥섭의 「아버지의 소식」도 이 범주에 든다. 어린 딸의 시선으로 당국에 맞서 싸우다 죽어 신문 호외를 장식한 아비를 그린 이 작품에서 보듯 작가의식의 치열성이 묻어나고 있었던 것이다.

둘째, 이 시기의 작품에 스며든 시국적 현상을 지적할 수 있다. 소설

속에 일본말 및 일본노래가 원문대로 침투하는 경향이 그것이다. 「설」에서는 일어 노래가사가 조선말로 표기되어 실려 있지만 유진오의 「어떤 부처」에 오면 대화 속에 일어 원문 그대로 등장하기에 이른다. 김남천의 「무자리」에서도 대화 속에 "요로시"라든가 학생 이름 김운봉이 일어발음 "김움뽀"로 표기되는가 하면 한설야의 「산촌」(이 작품은 일어로 1937년 2월 『문학안내』지에 「하얀 개간지」로 발표된 것)에서는 '교육보국'·'생업보국' 등의 말이 등장하고 있다.

1938년도 창작계의 심층에 놓인 의식을 요약하면 현실을 받아들이되 인간의 위엄에 어울리는 최소한의 기품을 유지하는 것에 초점을 둔 것이라 할 것이다. 그렇다면 평론계의 사정은 어떠했을까.

1938년도의 평론계의 중요한 것으로는 김기림의 「현대와 시의 르네쌍스」를 비롯하여, 최재서의 「서정시에 있어서의 지성」 등 10편이 뽑혀 있다. 이 두 편의 시에 관한 논의를 빼면 나머지는 소설론과 시국론으로 분류된다.

소설론의 맨 앞에 오는 것이 임화의 고명한 「세태소설론」이다. 「본격소설론」·「통속소설론」을 논하기 위한 전제로 쓰인 「세태소설론」은 구 카프 서기장의 창작계 방향제시라는 점에서 주목될 성질의 것이었다. 무엇보다 임화가 문제 삼은 것은 「천변풍경」(박태원)·「탁류」(채만식)·「소년행」(김남천)·「신개지」(이기영)·「남생이」(현덕) 등의 일급소설들이 지닌 '사상성'의 감퇴현상이었다. 사상성을 소설읽기의 가장 중요한 핵심으로 인식해온 시선에서 보면 이런 현상은 소설 매력의 태반을 잃은 형국이다. 그렇다고 그 '사상성' 부재에 대응할 만한 대책이 없을 수 없다. 임화는 그 처방으로서 우선 세태소설을 들었다. 사상성 감퇴에 대신할 것은 무엇인가. 이렇게 물은 뒤 임화는 그것을 소설 고유의 요소에서 찾고자 했다. "그것은 선악 간 현대의 독자가 아직도 소설을 버리지 않고 읽어가는 즉 오늘날의 소설 고유의 매력이 다시 말하면 재래의 의미에 대신하는 매력이 되는 것"을 찾아야 된다는 것이다. 그런 것의 하나가 '세태묘사'라고 그는 보았다. 적어도 임화는 세태소설을 소설 본질에서 규정했다. 곧 흔히 상식적으로 말하는 세태묘사를 일삼는 세태소설을 주장한 것이 아니었음에 주목할 것이다.

> 우리들에게 있어 중요한 것은 묘사하는 배후에 흐르고 있는 작가의 정신이고 묘사에는 반드시 묘사 이상의 묘사하는 의식이 잠재해 있음을 발견하는 데도 있다. (…중략…) 우리가 문제 삼을 것은 외향적인 길이 작자나 작품상에 있어 여하한 의의를 갖느냐 하는데 있다.
>
> ―『조선작품연감』, 232~233면

바로 임화의 역량이 드러난 대목이다. 적어도 임화는, 주지주의로 평단에 군림한 학구파 최재서의 명 평론 「리얼리즘의 확대와 심화」(1936)를 뛰어넘은 자리에서 세태소설을 논의하고 있기에 그러하다. 「날개」는 차치하고라도 「소설가 구보씨의 일일」은 단연 내성소설 범주에 드는 것인 반면 「천변풍경」은 한갓 카메라의 눈으로 그린 세태묘사에 지나지 않는다고 임화는 보았다. 곧 의식상에서는 위의 두 작품이 같으나 결과적으로 후자는 그 의식이 사라졌기에 분열 상태에 빠졌다고 임화는 보았다. 「천변풍경」이 작가의, 또는 주인공의 생사의 장소가 아니라는 것, 그럼에도 그런 소설이 쓰이지 않고 말았다는 데 대한 안타까움이 임화의 진솔한 느낌이었다. "묘사되는 현실이란 실로 하나의 정신적 가치를 갖는 것이며 세태소설이란 순전히 소설의 이런 측면에 다만 작가가 자기를 의탁하려는 문학"이라 규정한 것은 이 때문이다. 내성소설과 나란히 가는 세태소설이어야 한다는 것이 1938년도 임화의 진단이었다. 내성소설과 세태소설의 결합 형태야말로 임화가 주장하는 본격소설론이었다. 그러니까 그의 「세태소설론」이란 본격소설을 논의하기 위한 준비단계였음이 판명된다.

한편 작가이자 비평가로서 왕성히 활동한 김남천의 견해는 어떠했던

가. '로만개조에 대한 일 작가의 각서'라는 부제를 단 김남천의 「현대조선소설의 이념」은 부제가 말하듯 현역 작가의 소설쓰기에 직결된 것이어서 그만큼 실천에 관련된 평론이었다. 이 글의 서두에서 그는 최근 한국문단의 최대의 관심사가 문학 위기의 구출방법이며 그 중심에 장편소설 문제가 놓여 있다고 보았다. 이 장편문제를 오직 작가의 시선에서 논의하겠다고 했지만 먼저 그는 평단의 소설논의부터 상세히 검토하기를 잊지 않았다. 그의 견해에 따르면 이 무렵 소설론에서 주목되는 것은 앞에서 보아온 임화의 「본격소설론」(1938)이고, 다른 하나는 백철의 「종합문학의 건설과 장편소설의 현재와 장래」(『조광』, 1938.8)이다. 임화와 같이 백철 역시 문학위기의 타개책으로 장편소설 장르에 무게를 두었으나 백철 글의 지향성은 임화의 그것과는 정반대였다. 고전적인 본격소설의 재건이야말로 타개책이라 임화가 말했다면, 백철이 내세운 종합문학론이란, 고전적 형식을 여지없이 파괴하는 것을 가리키고 있었다.

> 이때에 임하여 현대의 종합문학으로서 장편소설은 먼저 그 내용성에 있어서 과거의 근대적 장편소설과 같이 단순한 스토리와 단일한 남녀주인공과 축차적인 발전이 아닐 것이오, 형태에 있어서도 그것은 시와 단편과 수필과 일기와 논문까지가 합류하여 일체를 이룬 장편이라고 나는 생각한다.
> ─「종합문학은 건설과 장편소설의 현재와 장래」, 258면

A. 지드의 「위폐제조자」와 영화예술을 염두에 둔 백철의 종합문학론에 대해 김남천은 비판적이었다. 일기·논문·수필·시·단편 등의 종합이란, 김남천으로는 상상도 하기 어렵다고 지적했다(백철은 이 종합문학을 훗날 「전망」이란 소설로써 실험해보였다). 그러나 1938년도 비평계의 가장 생산적인 논의의 하나가 장편소설론이었음에 비추어 볼 때 이 종합소설론은 분명 한 가지 방법론이었다. 총평을 쓰는 마당에서 백철을 무시하기로 정평이 난 김남천조차 이 종합소설론이 "다소 애매한 곳이 없지

않으나 경청할 만한 의견"(「평론계개관」, 『조선문예연감』, 인문사, 9면)이라 지적했다. 장편소설론 또는 로만개조론이란, 시국론과는 달라서 창작에 직결된다는 점에서 생산적이었다. 그렇다면 김남천이 내세운 타개책이란 무엇인가. 가족사와 연대기 소설이라고 다음과 같이 주장했다.

> 이제 내가 이상의 논술을 거쳐 로만개조의 단초적인 출발까지를 합쳐서 생각할 수 있는 방향으로 무엇보다 풍속 개념의 재인식과 가족사와 연대기에의 길을 제시하는 것은 가장 적절한 장소일까 생각한다. 다시 말하면 풍속이라는 개념을 문학적 관념으로서 정착시키고 그것을 들고 가족사를 들어가되 그 가운데 연대기를 현현시켜 보자는 것이다.
>
> —『조선문예연감』, 267면

여기에서 주목되는 것은 "풍속의 재인식"이다. 그에게 풍속이란, 마르크스가 말하는 하부구조 곧 토대(Basis)를 가리킴이어서 본격소설로서의 리얼리즘의 기초에 다름 아니었다.

> 그러면 풍속이란 우선 무엇이냐? 일즉이 나는 「일신상 진리와 모랄」이란 졸고에서 다음과 같이 말해둔 적이 있다.

> 풍속이란 사회적 습관과 밀접한 관계를 갖고 있다. 그리고 사회적 습관 습속은 사회의 생산기구에 기한 인간생활의 각종 양식에 의하야 종국적으로 결정을 본다. 이리하여 이것은 일방으로 '제도'를 말하는 동시에 타방으론 '제도의 습득감'을 의미한다. 풍속은 생산관계의 양식에까지 현현되는 일종의 제도(예컨대 가족제도)를 말하는 동시에 다시 그 제도내에서 배양된 인간의 의식인 제도 습득감(예컨대 가족적 감정, 가족적 윤리의식)까지를 지칭한다.

> 그러므로 습속은 사회의 기본적 기구의 하나의 소산이오 하나의 결론이다. 사회기구의 본질이 풍속에 이르러서 단적인 표면현상을 얻는 것이기 때문이다.
>
> —『조선문예연감』, 267면

이 원칙에 의해 김남천은 대작 『대하』(1939)를 썼고, 동시에 고명한 평론이자 루카치 소설론의 도입인 「소설의 운명」(『인문평론』, 1940.11)을 썼었다. 발자크 소설에 대한 공부의 결과라 할 것이다.


## 3. 시대적 우연성 수리와 시정(市井)의 리얼리즘


1938년도 평론계에서 제일 주목되는 것은 시대적 현실에 대한 태도라고 할 것이다. 유진오의 「예지·행동·지성」을 비롯하여, 윤규섭의 「문학과 사상」, 김오성의 「정열과 지성」, 서인식의 「전통론」 및 백철의 「시대적 우연의 수리」가 그것들이다.

카프 퇴조 이래의 공백기를 메운 평론적 주제는 실로 막연하기 짝이 없는 휴머니즘론이었다. 막연한 만큼 편리하고도 안전하며, 따라서 비생산적이었다. 이원조의 지적대로 그것은 이론이기보다 한 개의 '의상'이었다. 이 의상을 넘어 좀 더 뼈대 쪽으로 접근한 것이 지성론과 그 변형인 모랄론이었다. 전자는 최재서에 의해 제시된 것으로서, 그 특징은 해설적인 데 있었다. 그는 영문학 전공자로서 본바닥의 주지주의론을 정확히 도입했고 이를 적용할 수가 있었다. 해설적이라 함은 「리얼리즘의 확대와 심화」에서 전형적으로 달성되었다. I. A. 리차즈의 심리학적 균형론에 따르면 지성이란 행동 직전에 중단함을 가리킨다. 최재서의 지성론의 한계가 여기에 있었다. 이 지성론에서 행동쪽으로 한발 내딛고자 애쓴 논의가 이른바 모랄론이며 여기에는 김남천의 「일신상의 진리와 모랄」(1938), 윤규섭의 「문학과 사상」, 김오성의 「정열과 지성」, 유진오의 「예지·행동·지성」 등이 포함된다.

이렇게 볼 때 다음 사실이 분명해진다. 제일 막연한 것이 휴머니즘론이고 지성론이 그 다음 차례라면, 모랄론은 좀 더 고민에 찬 논의라 정리될 수 있다. 이러한 단계에서 행동 쪽으로 한걸음 다가선 논의가 다음 두 가지였다. 하나는, 앞에서 보인 장편소설론이며 다른 하나는, 백철에 의해 주도된 시대적 우연성의 수리론이다. 장편소설과 시대성을 종합한 실험작 「전망」에 이르기까지 백철은 일관된 행보를 했다는 점에서 「시대적 우연의 수리」(『조선일보』, 1938.12.2~7)는 결코 무시될 수 없는, 이 시대의 중요 문건일 뿐 아니라 백철 평론의 핵심을 잘 드러낸 것이라 할 것이다. 중일전쟁을 우연성으로 보고 이 한 가지 사실을 받아들여 처리하기란 과연 무엇일까.

중일전쟁이 터졌을 때, 백철은 발레리가 1차 대전 직후에 발언한 '사실(事實)의 세기'를 떠올리고 있었다. 백철은 중일전쟁을 '시대적 우연'이라 보고 이를 직시하여 수용할 수밖에 없음을 다음처럼 주장했다.

역사가 우리 문학자 앞에 현상하는 소위 그 '현실'상에는 반드시 우리들 뜻에 드는 것 또는 필연적인 것만이 오는 것이 아니오, 왕왕히가 아니라 흔히 그와 반대적인 것 우리들 비위에 거슬리고 또는 상식으로 판단하기 어려운 우연적인 것이 미신화되어 우리 앞에 나타나는 법이다. 이런 경우를 가르쳐서 아랑은 다음과 같은 말을 한 듯하다. "인간의 조류는 세상 사람들이 원하는 방향으로나 또는 조류 그 자체가 소원하는 방면으로나 그 어느 곳으로도 흘러가는 것이 아니다. 물결이 물방울의 격동으로 형성되는 것과 마찬가지로 역사는 주먹이 서로 부닥치고 오고가는 가운데 형성되어 가는 것이다"라고. 이런 때에 그 물방울의 현상과 주먹의 행위는 모두가 우연적인 경우를 지적한 것이리라. 그와 같이 현실이 우연적으로 지어지는 예를 역사상에 찾아보면 그것은 주로 영웅과 같은 개인의 야심적인 행위와 사회적으론 발작적인 현상이 동기가 되는 것인데, 그 의미에서 우리들은 그 사상에서 쿠데타와 반란과 자동차의 충돌과 주석상의 실언 등의 모든 우연의 예를 기억해 볼 수가 있다. 이 우연은 역사적인 예상을 전연 무시하여 등장되는 예외다. 역사가와 철학자가 예정해 놓은 프로그람이 이 우연 때문에 혼란되고 예상되었던 역사의 그라프선은 일조에 브랭크를 짓고 중단된다. 중단된 그라프선이 미래에는 그대로 연락된다는 것은 이유가 안 된다. 문제는 곡간(谷間)에 떨어진 인간들의 문제다.
―『조선일보』, 1938.12.2

역사가, 철학자들, 이른바 과학자들에 대한 전면적 부정이 이 글머리에 놓여 있는 형국이다. 「과학적 태도와 결별하는 나의 비평체계」(1936)에서 백철이 보여준 자기식의 태도, 곧 지성 대신 감성과 정열에 따르는 비평관이 여기에도 그대로 이어져 있다. 논리라든가 지성 또는 이성이란, 그것이 아무리 과학이라 해도 현실(역사)이 부각되는 앞에서는 쓸모없다는 생각이 중일전쟁으로 말미암아 백철 비평에 날개를 달아놓은 형국이었다. 과학자 헤겔의 논법에 따르면, 겉으로 보면 중일전쟁이 우연성으로 보일지 모르나 실상은 역사(과학)의 법칙에 의해 한 치도 어김없이 진행되게 되어 있다. 이 경우 우연성이란 한갓 '이성의 간지(奸知)'에 해당될 따름이다. 그러나 헤겔의 이러한 논법은 어디까지나 사후의 인식에 지나지 않는다. 막상 현실적 삶 속에서 보면 아무리 우연적이고 따라서 비위에 안 맞거나 간에 그것은 엄연한 '사실'이고 객관(과학)이 아닐 수 없다고 백철은 본다.

이러한 우연성의 출현을 두고 지식인 문인들이 취할 길은 이를 거부하든가 수리하는 길 뿐 다른 선택의 길이 없다고 백철은 보았고, 이럴 경우 그는 분명 후자 쪽에 서기를 망설이지 않았다. 그 이유는 다음처럼 명백하다.

> 이때에 있어 그 현실에 대하야 그것이 우연적인 때문에 존재성을 부인하고 그것이 비위에 맞지 않는 때문에 우연과의 우의를 거절한다고 해도 현실 측에서 머리를 숙이고 문학자와 타협을 청하는 일은 없다. 이쪽에서 침묵하면 이번은 사실이 먼저 도전을 해온다. 무리로라도 우리들에게 의사와 성의를 표시하도록 요구를 제출해둘 뿐이다. 그리하야 오늘은 우연적인 현실의 명령이 우리 지식인과 문학자의 두상을 업수루고 횡행하는 시대가 아닐까?
>
> ―『조선일보』, 1938.12.2

저널리즘을 전제하고 문학 활동을 하는 한, 시대성을 받아들일 수밖에 없다는 백철의 논법의 중요성은 물론 그 적극성에 있다. 많은 지식인들이 중일전쟁이라는 괴물 앞에 머뭇거리고 있을 때 백철만이 제일 앞장서서 민첩히 이를 수용했던 것이다. 이 민첩성이란 새삼 무엇인가. 그가 입버릇처럼 외친 '문단처세술'과 연계된 것이긴 해도 이번 경우는 그 민첩성의 밀도랄까 강도가 훨씬 높았고 그만큼 문제적이었다. 카프문학을 외친다든가 전향론의 선두에 선다든가 '웰컴! 휴머니즘'의 앞잡이가 되는 등, 백철 비평의 처세술은 그 자체로 저널리즘적이었고, 그 나름의 의의를 갖는 것이어서 일정한 가치를 지닌 것이었다. 그러나 「시대적 우연의 수리」의 경우는 사정이 크게 달랐다. 저널리즘상의 가치성은 인정되지만, 아주 근본적인 시점이 결여된 것이었다. 임시정부에 뿌리를 둔 근대 국민국가의 문학이라 규정되는 한국 근대문학사의 시선에서 보면 이는 부정적일 뿐만 아니라 반민족적인 행위가 아닐 수 없었다. 여기에 한국 근대문학사의 모순이 함정처럼 가로놓여 있었다. 한국 근대문학이 저널리즘을 떠나 별도로 전개될 수 없었음도 사실로 인정되지만, 거기에는 건너뛸 수 없고 넘어서는 안 될 선이 있었다는 사실, 이 모순성을 제일 잘 보여주는 시금석이 백철의 사실수리론이었다.

중일전쟁을, 국가 총동원령을, 그리고 대동아공영권론을 그대로 수용하기란 새삼 무엇인가. 어쩔 수 없는 현상이기에 이를 '사실'로 인정하고 받아들이는 방법만이 저널리즘에서 할 일이라는 것이 백철의 신념이었다. 문학을 저널리즘과 연계지어 논의하는 한 백철의 이런 태도는 부정되지 않는다. 이미 벌어진 '사실'에 대해 새로운 의미를 부여하기에 저널리즘의 속성이 깃들여 있다고 믿었기 때문에 그는 이 신념에 따라 이렇게 주장할 수 있었다.

직접 지금 동양의 현실을 두고 볼 때에도 이번 사실이 문학자나 지식인 앞에 결코 무의미한 것만이 될 수는 없는 일이다. 우선 그런 의미에서 한편으로는 이번 사변을 크게 평가하야 동양사가 비상히 비약한다는 일가견을 가지고 있다. 사실 나는 이번 사변에 의하야 북경, 상해, 남경, 서주, 한구 등이 연차 함락되는 보도와 접하고 또는 실사 등을 통하야 지나의 모든 봉건적 성문이 함락되는 광경을 눈앞에 볼 때에 우리들의 시야가 훤하게 뚫려지는 이상한 흥분이 내 일신을 전율케 하는 순간이 있다. 여기서 지식인이 눈앞에 보는 '사실'에 멎어서 부정적인 요소만을 보는 것은 한 개의 사실주의에 떨어진 근 시안적인 판단인 줄 안다. 다른 것은 고사하고 오직 그 봉건적인 성문들이 함 락한다는 사실 그것만을 가지고도 이번 정치에 하나의 사적인 의미를 붙여보 는데 족한 것이다— 기왕 허물어질 성문이면 하루라도 속히 허물어져 버리는 것이 역사적으론 진보하는 의미다. 사실 한 번 허물어진 봉건의 성문은 다시 고 모양으로 건축되는 일을 역사는 반복하지를 않을 테니까.

이때에 있어 그 성문의 허물어지는 형상이 너무 인위적이라든가 약간 부자 연하다든가 하는 문제는 선두에서 지적한 바와 같이 아무리 생각하고 상심한 댓자 아무 효과 없는 일인 것이다. 문제는 이미 저지른 일에 대해서 가능한 한도에서 취할 장소를 취해 보는 것이다.

—『조선일보』, 1938.12.6

백철의 사실수리론이 발표된 것과 때를 같이 하여 한국 최고의 지성 인으로 말해지는 작가이자 평론가 유진오는 그 유명한 「조선문학에 주 어진 새 길」(『동아일보』, 1939.1.10~13)에서 이렇게 말했다.

기성 사실을 그대로 받아들인다는 것은 대단히 어폐가 있는 말이나, 이론보 다 사실이 자꾸 앞서는 현대에 있어서는 피할 수 없는 일이다. 발레리가 현대 는 '사실의 세기'라고 말한 것도 표현의 애매로부터 오는 여러 가지 해석이 있을 수 있다 해도, 결국은 이런 의미의 말이라고 보는 것이 옳을 것이다.

기성 사실을 그대로 받아들인다는 것은 대단히 소극적인 태도임에 틀림없 다. 혹자는 이러한 소극적인 태도에 불만을 갖고, 사실을 사실로써 받아들일 뿐 아니라, 각개의 분산적인 사실과 사실 사이에 통일적인 연락을 붙이고, 그 곳에서 어떠한 새로운 근본원리(三木씨의 소위 '신화')를 찾아내려 하지만, 통 일적인 원리를 찾아내는 것이 원칙적으로 불가능한 현대에 있어서, 억지로 그것을 강행하려 하면 도리어 유해한 독단에 빠질 뿐이다. 이리해 상기한 三木씨도 이 경우에 필요한 것은 일종의 시인적인 직관과 예언자적 정열이라고 한다. 이것은 그의 주창이 과학적으로는 반드시 합당한 것이 못 된다는 것을 스스로 고백하는 것이다. 물론, 우리는 다빈치나 볼테르에게서 풍부한, 너무나 풍부한 이러한 시인적 직관과 예언자적 정열을 본다. 그러나, 이곳에서 본질적으로 구별해야 할 것은, 현대는 세기의 여명이 아니라 황혼이라는 점이다. 다빈치나 볼테르의 예언은 점차 과학적으로 그 현실성이 증명되는 성질의 것이었다. 이것에 반하여 현대의 예언, 로젠베르그의 새로운 신화는 과학의 발전에 의하여 점차로 그 허망성이 폭로될 성질의 것이다.

　사실의 격류에 편승하여, 비합리적인 — 그럼으로써 '신화'적인 철학을 힘있게 내두르는 것은 가장 평역한 처세술이기는 하리라. 그러나, 문학은 허망보다는 진실의 수호자요, 평역보다는 형극의 혈족이다. 이리해, 나로서는 현대문학이 가질 성격으로서, 플라톤적 고답보다는 차라리 소피스트적 시정성을 추거하는 바이다. 후자가 한층 진실에 즉한 자이기 때문이다.

—『구름위의 만상』, 일조각, 356~357면

　'시정(市井)의 리얼리즘'을 새로운 조선문학의 진로라 하여 내세웠지만 유진오 역시 백철과 마찬가지로 '사실의 수리'라는 점에서는 한 치의 어긋남이 없다. 유진오와 백철의 차이란 과연 무엇인가. 저널리즘 편에 문학을 세웠다는 점에서는 꼭 같지만 유진오는 가능한 창작의 방향을 제시했다. 이데올로기나 사상을 포기하고 시장바닥으로 내려가 그 사소한 일들을 그리는 문학이 그것이다. 중요한 것은 작가 유진오가 이 '시정의 리얼리즘'을 「나비」·「주붕」 등의 창작으로 실천해보았다는 점이다. 그렇다면 백철은 어떠했던가. 백철 역시 그의 주장을 창작으로 실천해보았다. 중편 「전망」이 그것인 바, 여기서 그는 자신의 종합소설론과, 중일전쟁으로 인해 중국적 봉건사회가 포화에 허물어지는 사태를, 소년을 등장시켜 신세대의 정신으로 그려내고자 했다.

## 4. 중편 「전망」 - 백철의 창작

이태준 주간의 대형 종합문예지 『문장』과 쌍을 이루는 최재서 주간의 『인문평론』 제3호(1939.12)의 편집후기엔 이렇게 적혀 있음을 본다.

> 백철씨의 「전망」은 과연 평론계에 웅거하던 이 평론가가 소설에 손을 대인 처녀작이라는 의미에서 뿐 아니라 30년대의 고민을 청산하고 새로운 시대를 전망하는 한 인생기록으로서도 반드시 문제를 일으킬 것이 예상되는 작품이다. 다음호까지 연재된다.

그러나 정작 이 호의 창작란엔 이런 사고가 적혀있다. "백철씨의 「전망」 전편은 인쇄 직전에 사고로 말미암아 금월호엔 못드러가고 내월호에 전후 편 합하여 게재키로 되었으니 자에 근고함"이라고. 「전망」이 『인문평론』 제4호(1940.1)에 실린 것은 이런 사정에서 말미암았다. 아마도 「전망」이 중편급이어서 전후편으로 분할하기는 무리라고 판단했기 때문이었으리라.

이 작품의 구체적인 창작동기를 훗날 그는 아래와 같이 밝힌 바 있다.

> ① 그녀가 데리고 있는 아들은 효식(孝植)이라고 했다. 항열을 따지면 내게는 먼 조카벌이 되는 소년이다. (…중략…) 효식이는 그렇게 조숙한 소년이었다. 나에게는 지드의 「미완의 고백」에 나오는 소년의 타입을 연상케 하였다. 인간의 미래상 같은 느낌도 들었다. 이런 소년형은 작품의 주인공이 될 만하다 하는 착상도 되었다. 실은 그 뒤에 내가 『인문평론』지에 발표한 소설 「전망」을 쓸 때 이 소년을 머리에 그리며 착상을 한 것이다.
>
> —『전편』, 398~399면

> ② 내가 어떤 말끝엔가 작품을 하나 구상하고 있다고 했더니, 최재서가 취중에도 알아듣고, "뭐, 백형이 작품구상을 하고 있어, 그거 정말이요? 비평가의

소설이라. 응, 그거 한번 걸어볼 만한데. 내 특별고료 낼게. 그 원고 되면 『인문평론』에 줘요!" 하고 농담 비슷한 이야길 주고받았다.

—『후편』, 30~31면

①은 1937년 고향에 내려가 있을 때 겪은 일을 가리킨다. 중일전쟁이 터져, 일본군 이동사항이 그의 고향 비현에서도 크게 감지되었다. 세계가 변하고 있었다. 소위 전형기(轉形期)의 징후였던 것이다. 그가 재빨리 상경하여, 풍류론, 시대적 우연의 수리론을 외친 것은 앞에서 보아온 바와 같다. 평론가 백철로서는 이런 전형기에 적절히 대응할 수 있는 소설론으로 소위 종합소설론을 제시한 바 있다. 이를 실제로 작품화한 실험작이 「전망」이었다. 이러한 실험을 재촉한 것은 『인문평론』의 주간 최재서였다. 최재서의 재촉은 단지 비평가의 소설쓰기라는 저널리즘적 호기심 때문이기도 했겠으나, 좀 더 깊이 살펴보면 문단적 사정과도 관련되었음이 판명된다. 중일전쟁이 터진 지 한해가 지난 1938년도의 문단을 회고하는 장면에서 김남천은 이렇게 적었다.

지난 1년간에 있어서 장편소설에 대한 논의가, 가장 큰 토픽의 하나이었다는 것은, 저널리즘이 이를 솔직하게 시인하고 있다. 비단 저널리즘 뿐만이 아니라, 문학의 당사자, 또는 문학의 관심자가 한 가지로 이것을 인정하고 있다. 그러나 그것이, (장편소설의 논의가 여하한 의의를 갖고 있는가, 또는 일 '장르'의 문제가 어떠한 근거에 의하야 이처럼 치성히 논의되였는가 하는데 대하야) 그들의 의견이나 인식이 일치한다거나, 또는 투철하다거나를 의미하지 못하는 것임은 물론이다. 그들의 혹자는 이 논의가 갖는 의미를 전혀 이해하지 못하였고, 그들 중의 다른 혹자의 간에는 이에 대한 전혀 상반되는 견해조차 나타나 있었다. 그러나 여하한 토픽이라고 할지라도, 그것이 아무러한 근거나 필요나 이유없이, 저널리즘 우에 오르는 일은 극히 드물다. 이리하야 나의 보는 바에 의하면 장편소설에 관한 무인년간의 토론은 대충 범연한 대로 다음과 같은 연유와 상태 하에서 시행되어졌다고 생각한다.
  1. 단편형식의 제약성에 대한 불만(동시에 인간과 사회와 자연은 전체성에

있어서 개괄 창조할려는 욕망의 표시로서의 장편소설에의 요망).

2. 장편소설('로만')의 발생과 발전과 붕괴현상에 대한 사적고찰(이에 의하야 19세기적 '로만'의 기본성격이 명백해지는 동시에, 이 전통을 이탈하고 파괴할려는 서구의 20세기적 '로만'의 신형태의 본질도 성찰되었다.)

3. 조선적 장편소설의 생성과정과 현존장편에 대한 분석(조선적인 특수성격 ―그것은 일반적으로는 사회적 제관계의 동양적 후퇴성에 유인되면서, 특수적으로는 출판 제관계와 조건의 미미한 발달과 제약에 의하야 장편소설이 신문소설로서 성장하였는 데 표현되여 있다―이 명백히 되는 동시에, 현재의 장편소설이 환경과 성격, 외향과 내향, 세태묘사와 심리내성, 플롯트와 세부묘사 등의 분열상을 노정하고 있음이 명백한 사실로 되어, 드디어 이의 통일을 꾀하는 '로만' 개조설이 대두함에 이르렀다).

4. 통속소설의 유혹과 대두 앞에, 순수문학의 문제가 해결을 절규하면서, 이것은 특히 '금후의 신문소설의 문제'로서 나타나게 되었다.

5. 전작장편의 신경향이 이 시기에 발생하기 시작하였다는 것은 주목을 요한다.

6. 장편소설의 논의가 특히 원리를 확립하기 곤란하고, 통일된 문학의 이념을 세우기는 힘든 시기에 치성했다는 것은, 일고를 요함에 족하다(푸린시풀의 확립을 기예적인 곳에서 찾어볼려는 경향의 표시이며, 따라서 '로만'의 문제가 결코 일'장르'의 문제만이 아닌 것을 나타내인 소이이다).

7. 장편소설의 논의가 리알리즘의 연구와 서로 보조를 같이 하였다는 것은 주목을 요한다(성격의 창조와 정황의 묘사에 대한 문제는 리알리즘이 당면한 과제이였다).

―김남천, 「장편소설계」, 1939년판 『조선문예연감』, 인문사, 11~12면


「전망」은 이러한 장편계의 상황에 던져진 한 가지 실험작이었다. 이 「전망」은 과연 백철의 평론 「종합문학의 건설과 장편소설의 현재와 장래」(『조광』, 1938.8)와 어떤 상관관계가 있는가를 증명하는 작품이 되어야 했다. 백철이 말한 '종합문학'이란 장편문학을 가리킴이었다. 그것은 그 내용에 있어 과거의 근대적 장편소설과 같이 단순한 스토리와 단일한 남녀주인공의 축차적인 발전이 아닐 것이고 형태상으로는 시, 단편소

설, 수필, 일기, 논문 등의 종합을 지향하는 문학이었다. 이에 대해 김남천은 이렇게 혹평한 바 있다.

> 가령 씨의 이른바 '종합'이란 말을 나는 발랄—다시 말하면 세익스피어적 발랄성이라는 의미에서만 장래의 문학 속에서 이해할 수 있다고 생각하는데 물론 백철씨의 '종합'은 그런 것이 아니다. 시와 단편과 수필과 일기와 논문까지 합류한 것을 말한다. 그러한 의미로서의 종합문학이 여하한 로만이 되는지 나와 같은 천안자로서는 극히 상상할 수 없는 바이다.
>
> —「현대조선소설의 이념」, 『조선작품연감』, 1939, 258~259면

서구식 로만이론에 대한 안목을 갖고 있는 김남천의 리얼리즘적 처지에서 보면 백철 식 종합문학이란 상상하기 어려운 것이었다. 백철의 종합문학론이란 김남천이 보기엔, 고전적·본격적 소설형식에 반기를 들고 프로이트의 정신분석을 도입하여 소설형식의 파탄을 시험함으로써 많은 영향을 던진 프루스트, 조이스 등이 취한 방식이 아니었던가. 이러한 방식을, 그러니까 진짜 종합문학을 실험해보인 조선 작가로는 「천변풍경」의 박태원, 「날개」의 이상이 아니었던가. 이에 비해 백철이 말하는 종합문학이란 한갓 잡탕스런 것이 아니겠는가. 그러기에 이것은 소설에 대한 임화의 견해(환경과 성격의 통일)와 정반대가 아닐 수 없다고 김남천은 보았다. 이쯤 되자 백철은 정작 자기의 이론을 창작으로 실증해보일 필요가 있었다.


## 5. 종합문학론—「전망」의 구성


「전망」은 3편으로 구성되어 있다. 제1편은 「잔화변(殘花辯)」, 「김형오

(金荊午)의 시」, 「시, 제3장」, 「작가의 주석」, 제2편은 「풍운기」, 「작자의
일기」, 「김형오의 시(속)」, 「시, 제5장」, 「작자의 일기」, 제3편은 「소년교
우록」. 순서에 따라 내용을 살펴보기로 한다.
　제1편 「잔화변」은 이렇게 시작된다.

　　김형오(金荊午)가 자살한 날 아침 초가을 하늘은 유달리 물깔이 푸르고 맑
　게 개었다.
　　그 푸르고 넓은 하늘에 붉은 태양이 어떤 詩人의 노래와 같이 '希望의 金
　色을 地上에 뿌리면서' 영롱하게 떠올라왔다.
　　'그런데 ……' 나는 그 가을 하늘과 태양과 그 하늘 아래 뚜렷이 솟은 먼 산
　맥을 바라보면서 생각하는 것이었다. '형오는 왜 그처럼 사랑하던 저 하늘과
　태양과 이 우주의 풍경과 그리고 뭣보다도 큰 애착을 가지던 그 현실을 모두
　내버리고 오늘 아침 자살을 했을까?' 생각할사록 형오의 죽음에는 부자연을
　느끼는 원망이 깊다.
　　문득 치밀어오르는 울분을 처리할 길이 없어 바위 많은 건너 산을 향하여
　어리석은 어린애의 장난과 같이 고래고래 소리를 질러 본다―ばかやらうへ
　(바보, 바보―인용자)라고.
　　내 소리가 큰 바위에 가 부닥칠 때마다 산은 울리어 똑같은 발음을 내게다
　돌겨 보낸다. ばかやらうへ. 옛날 현인의 말에 하늘을 향하여 배앝은 침은 그
　대로 자기 얼굴에 떨어진다고 했는데 그러면 김형오가 오늘 아침 자살한 것
　이나 오늘 종일토록 내가 우울하게 지내는 것도 모두가 자업자득이란 말인가?
　무엇보다도 김형오는 그 자업자득의 책임을 스스로 지고서 자살을 한 사람이
　었다. 그렇게 생각을 하니 더욱 형오의 죽음을 그대로 시인하고 싶지 않다.
　　　　　　　　　　　　　　　―「전망」, 『인문평론』, 1941.1, 193~194면


　주인공 김형오는 왜 자살했을까. 그 자살을 '자업자득'이라 하고 이
점을 그토록 안타깝게 여기는 작중화자인 '나'는 대체 누구인가. 어떤
곡절이 '나'와 김형오 사이에 있었기에 김형오의 자살로 말미암아 '나'
는 열흘이나 생사의 접경을 헤매며 몽유병 환자로 되고 말았을까. 이

물음에 「전망」의 참주제가 깃들어 있다고 할 것이다. 이를 '시대적 의의'라고 아래와 같이 '나' 스스로 규정하고 있다.

> 내가 김형오가 죽은 뒤에 이와 같이 지독한 병으로 열흘 동안이나 생과 사의 접경에서 헤매이고 다시 그 뒤의 달포가 가도록 일종의 몽유병자 상태에서 형오의 죽음을 떠나지 못하고 어두운 생각에 몰두한 것은 단순히 김형오의 죽음을 애끼고 그가 떠나는 것을 애통하게 생각하는 것만이 아니리라. 그것은 말하면, 시대 하나는 전송하는 서름인지 모른다. 그것이 좋든 나쁘든 간에 자기의 시대인 때문에 끔직히도 사랑하고 애끼든 한 시대를 이젠 영구히 이별한다고 생각할 때에 단념하기 어려운 애통한 감정을 나는 김형오의 죽음을 생각할 때마다 절박하게 느낀 것이다. 김형오는 내게 그만한 역사적 존재였다.
>
> —「전망」, 195면

김형오가 '나'에겐 '역사적 존재'라는 것. 여기에는 많은 설명이 뒤따르지 않을 수 없다. 대체 33세로 자살한 김형오란, 작가인 '나'에게 무엇이었던가. 어째서 그의 자살에 그토록 충격을 받아야 했던가. 그 이유가 이중적이었음이 다음 장면에서 드러나 있다. 작가로서의 실망이 그 하나. 다른 하나는 동시대 지식인으로서의 현실에 대한 패배감이 그것.

> 33세로 자살을 한 형오의 반생위에는 작자와 동년배의 제네레순이 근년에 경험한 한시대의 모든 사정이 넉넉히 반영되어 있는 증거라고 나는 김형오의 과거나 근래의 생활을 바라볼 때에 항상 느껴온 것이다. 내가 김형오의 생활에 작가로서 호기심과 정렬을 느낀 것도 그 점이다. 그의 반생을 그리는 것은 한시대의 경험을 기록하는 것이라고 생각하얏다. 또한 형오의 남은 생애에 대하야도 그만한 시뢰('신뢰'의 오식—인용자)를 두었다. 물론 나보기에도 형오의 생활은 확실히 급한 언덕을 굴러 내려가는 생활이었다. 저러다가 혹시 그가 자살을 한다면? 나는 가끔 그런 두려운 직감을 가저본 것도 사실이다. 그러나 내가 믿은 것은 아무리 그렇다 하더라도 그렇게까지 생활적이든 인물이니만치 좀더 현실과 하나씩 부닥쳐서 맨 밑바닥까지 내려가보고야 비로서 술을 내던지리라고 생각하였다. 그리고 그가 아주 단념할 때까지의 그 현실 생활이란 모

도가 이 세대의 전락하는 인테리의 전형적이 타입이 되리라고 믿었기 때문에 사실인즉 나는 金荊午라는 제목을 그데로 따라서 기록만 하면 자연히 시대적인 테마의 작품이 될 것이요 따라서 그의 자살은 이 소설의 대단원(大團圓)을 이룰 것이라고 생각했든 것이다. 그런데 일이 이와 같이 중도에서 부러지고 말았다. 이때에 오는 작가로서의 내 실망을 결코 몬저 말한 시대에 대한 애통보다 못하지 않았다. 형오를 믿고 시작해오든 것을 정리할 길이 없어 눈앞이 아득했다. 병석에서도 다시금 작가로서 자기의 운명이 드려다 보혓다. 나와 같이 소설이 써질만한 어떤 실존의 사실을 붙잡지 못하면 애여 소설을 쓰지 못하는 빈약한 소질을 타고난 작가에게 있어 좀처럼 만나기 어려운 題材를 얻었다가 그것을 중도에서 노친 것은 하나의 치명적인 사건이다. 실제의 사건은 중단이 되서도 그 남아지는 상상으로 채울 수 있는 작가가 못되는 나에겐 사건이 중단이자 동시에 작품의 중단인 것이다. 만일 이 작품을 다시 계속하랴면 김형오의 사건과 직접 관계가 있는 새로운 題材가 새로 생기든가 그렇지 않고 아무 新題材도 나오지 않는 한에서는 그 소설을 쓸 생각을 영구히 포기하는 수밖에 없이 되었다. 그리고 사실 그 뒤 한동안 나는 소설이 중단되는 것을 애석하게 에기면서도 결국 하는 수 없는 운명으로 단념해버린 일이 있다. 그러나 이건 소설을 쓰는 한 사람으로 다른 작가에게 질문하는 말이지만 작가에게는 흔히 이런 경우가 있지 않을까 한다. 될 수 있는데로 어떤 사건에 집착하는 작가일사록 그 사건이 무의미해지게 되는 때에는 스스로 그 사건을 포기하고 동시에 자기의 작품도 포기해버리는 것을 양심적인 태도로 생각하는 경향이 있지 않을까? 과거나 지금이나 마찬가지겠지만 특히 양심적인 작가에겐 그런 실례가 얼마든지 숨어 있을 것 같이 생각된다. 어떤 사건이 하룻날 한 작가를 자극시켰다가 다음날엔 그 사건이 무의미해지는 경우, 적어도 그 작가에게 무의미하게 뵈여지게 된 것 우엔 그는 어제까지 위대한 작품을 그 사건의 암시에서 궁리하고 있든 계획을 그 사건과 함께 포기하는 것이다. 그리해서 위대한 아들이 탄생할 것이 중도에 유산된 사실이 우리 작품 사상에 얼마든지 있을 것 같다. 그러나 이것은 역시 그 사건의 책임이 아니고 아무려도 작가가 저야 할 책임인 듯하다. 내가 말하고 싶은 것은 한 번 나타난 사건은 결코 무의미한데로 중단이 되지 않는다. 작가가 사건과 함께 작품을 포기한 동안에 사건을 그데로 계속해서 발전이 된다. 일시 중단된 듯이 뵈든 사건을 작가가 낙망만 하지 않고 따라가면 그 사건은 변형을 잘한다는 그 海獸와 같이 뜻하지 않은 곳에 머리를 내미는 수가 있다. 물론 거기엔 작자 앞에 명료하게 나타나느냐? 언제까지나 잠행을 하느냐 하는 차이는 있겠지만! 그리고 내게 있어 다행한 일은 그 사건이 어떤 명료한 모양으로 내 눈앞에 나타났다는 사실이다. 말하면 사건편이 나를 역습해 온 셈이다.

—「전망」, 195~196면

이 인용에서 보듯 작가인 '나'가 어째서 김형오의 자살에 그토록 절망했는가를 알 수 있다. 작가로서의 유일한 소재랄까 주제를 안고 있는 산 주인공을 잃었기에 작가로서는 이제 끝장으로 인식되었던 까닭이다. 그렇다면 어째서 작가인 '나'에게 '김형오'가 그토록 소중해서 거의 절대적이라 할 정도였을까. 이 물음은 '김형오=나'라는 도식에서 왔다. 작품 주인공 김형오는, 그러니까 작가인 '나'라는 것, 따라서 김형오의 자살은 단순한 주인공의 소멸이 아니라 '나'의 운명이었다. 이중성의 근거이기에 '나'는 근 한 달 동안이나 그 충격에서 벗어나지 못하고 몽유병 환자로 되지 않으면 안 되었다. 그러나 '나'가 작가이고 보면 '김형오≠나'의 도식도 엄연히 성립된다. 「전망」은 구성상 3편으로 되어 있으나, '나'를 표준으로 해서 바라보면, 전반부와 후반부로 구성되었음이 판명된다. '김형오=나'의 도식과 '김형오≠나'의 도식이 그것이다.

전반부에서 중심부를 이루는 것은 김형오의 시(詩)이다. 시라고 했거니와 정확히는 김형오가 남긴 유서이다.

어슴막에 불도 켜지 않은 어두운 방안 속에서 나는 지금까지 살아온데 대해서 별로 오래동안 고민도 하지 않고 쉽게 한 가지 일을 결심할 수 있었다. 그러나 내일 아침 전에 없이 해가 뜨도록 늦잠을 자는 아들을 이상하게 여기면서, 약사발을 든 어머니가 굳게 닫힌 내 방문을 뚜다리고 아들의 이름을 불러보고…… 그뒤엔 약사발이 땅에 떨어지고 발을 굴러 통곡을 하는 늙은 어머니의 정경이 참담한 것으로 한참동안 내 눈앞에 크로즈업되여 육박을 해온다. 허나 그 광경도 오래지 않아서 차차 내 눈의 모막에서 희미하게 살아지고 내

의욕은 오직 한 곳을 향하여 달린다.

　수첩을 뒤여내여 나는 떨리는 손으로 수첩의 한 페이지에 쓰기를 다음과 같이 하다.

　朝鮮의 西道, 柳原이라는 一寒村에 어떤의 아들로 태여난 金荊午는 天下를 정복하려는 큰 뜻을 일우지 못한채 스스로 자결하여 半生을 마치다.

　年紀 三十三歲. ○○○○年 七月○○日

　追記. 이 글을 읽는 벗이나 독자들은 범을 그리려고 하다가 개도 그리지 못하고 죽은 김형오의 半生을 슬프게 동정하면서 한편으론 나의 무력한 최후를 웃을는지 모른다. 김형오여 …… 너의 최후는 너무 초라하고 보잘것없었다…….

　그러나 내겐 지금 한이 없다. 나는 지금 끝가지 패부를 하고 죽는 인간이다. 그 현실과 싸우다가 몬저 패부를 한 다음은 사상과 진리를 구하여 실패하고, 내 건강은 이처럼 허무러저버리고 나서 마지막으로 나는 자기의 그 개인적인 공상을 향락하던 속에 겨우 내명을 연장하던 것이 오늘 그 공상의 근거까지 뭣엔지 빼앗기우고 마른 이 순간 내 생명에 다시 무슨 애착이 남았으랴…….

　자기가 할 수 있는 모든 것을 경험한 뒤에 죽는 나는 지금 아무 한도 남지 않았다.

—「전망」, 228~229면

　이 유서란, 실상 '김형오=나'의 도식인 만큼 작가인 '나'(백철)의 유서이기도 한 것이다. 국경도시 신의주 근처 비현(작품에는 柳原)에서 태어난 수재 소년이 일본 명문 동경고사에 들고 천하를 엿보았다. 그는 저 삼국지에 나오는 천재 제갈공명이라 자처했다. 도쿄에서 공부하던 그에겐, 필시 유황숙(劉黃叔)이 세 번씩 찾아올 것으로 믿었다. 그것이 바로 그에겐 정치였고, 시대를 휩쓴 거대하고 절대적인 이데올로기였고 마르크스 사상이었다. 그는 그 쪽으로 맹렬히 달려갔다. 가두시위에 뛰어들고, 『전위시인』, 『프롤레타리아 시』 등에서 평론은 물론 「9월 1일」, 「국경을 넘어」 등의 시를 썼고 NAPF 맹원이 되기도 했었다. 이것이 정치다, 라고 그는 끊임없이 외쳤다. 그 결과는 어떠했던가. 1년 반의 옥살이와 3년의 집행유예, 그리고 사상보호관찰 대상자로 낙찰되지 않았던

가. 이른바 카프 전주사건이 그것이다. 백철 자신의 이러한 전력이 김형오에게는 아래와 같은 모양으로 약간 과장되었을 뿐 그 근본적인 곳은 거의 그대로이다.

전체에 대한 사상을 버리고 다시 그 고성의 진리에서 실망하고 그러나 나는 다시 정신을 수습하여 기적과 같이 나타나는 진리를 구하고 있었건만 먼저 말한 바와 같이 내 앞에는 어떤 광명도 나타나질 않았다. 내가 차차 내 자신에 대하여 다시 자신을 잃게 된 것은 이때부터다. 결국 지금까지 내가 영웅이 될 수 있고 위대한 사상가가 될 수 있고 세상 사람을 내려다보고 살아온 것은 단순히 나의 허영이요 자기의 재주를 혼자서 망상한 것에 불과한 것이요 정말 자기가 천하를 정복할 자격자가 아닌 것을 생각하게 되었다. 이 세기의 과제는 결코 내게 명령이 되지 않은 모양이다. 지금까지 내가 생각한 문제는 모두가 과거에 발견된 것이요 모든 진리는 이미 발견되었고 적어도 당분간은 세기를 지배해 갈 진리가 나타난 것을 나는 다시 질투하지 않을 수 없이 되었다. 여기에 나의 실망은 컸을는지 모르지만 그러나 나와 같은 오만한 사람은 좀처럼해서 자기의 자존심을 버리지 못한 듯하다. 그래도 뭣이 내겐 남아 있다는 적은 희망을 버릴 수가 없었던 모양이다. 내가 지금 자기에 대한 자신을 읽고 창조적인 정신이 약해진 것은 아무 것도 현실에 직면해서 세기적인 장면과 사건과 접촉을 하지 못하기 때문에 온 것이요 내가 한번 이 城壁을 나가서 다시 그 현실에 접촉할만하면 내겐 다시 진리의 문이 열리리라고 생각을 하는 것이다.

—「전망」, 208면

5년간의 감옥살이에서 일단 절망했지만, 그래도 막연한 희망은 있었다. 「비애의 성사」를 나온 백철이 '웰컴! 휴머니즘'을 외친 것이 그 증거다. 새로운 사상창조에 대한 일말의 희망이 있긴 있었다. 그러나 그것은 한갓 일시적인 환각에 지나지 않았다. 백철=김형오가 30대의 세대적 지식인이었던 증거가 바로 이 절망이었다. 옥문을 나와 일 년 동안 그들이 마주친 것은 세상의 냉담함이었다. 쇠사슬을 풀고 나온 프로메

테우스로 보기는커녕 손가락질의 대상이었다. 이런 모욕 따위란 견딜 수 있었다. 그러나 그것까지는 결코 큰일은 아니었으나 "무엇보다도 큰 것은 내가 직접으로 현실을 직면해볼 때에 그 현실에선 아무 진리를 발견할 수 없다는 인젠 나에게서는 마지막으로 진리가 떠나갔다는 절망을 느끼게 된 것"(「전망」, 208면)이 아니었던가. 그렇다면 '김형오=백철=나'의 도식은 일단 여기에서 끝장난 것인가. 이 물음이야말로 작품 「전망」의 참주제이자 창작동기가 잠복된 곳이 아닐 수 없다.


## 6. 김형오=나=백철


'김형오=나=백철'이 옥살이에서 이미 절망을 했지만 그래도 한줄기 희망을 갖고 출옥했는데 그 희망을 시험하는 계기가 현실 쪽에서 일방적으로 주어졌다. 중일전쟁(1937.7.7)의 발발이 그것.

김형오는 이 전쟁을 어떻게 보았을까. '나'(백철)는 어떻게 보았을까. 이 물음을 두고 작가 백철은 아주 신중하게 소설적 기교를 적용했다. 김형오의 자살사건의 충격으로 말미암아 정신을 잃고 한 달간 몽유 상태에서 깨어난 작가 '나'가 조금씩 기운을 차려 맨 먼저 본 것이 중일전쟁에 대한 신문 호외였다.

> 세가 덜리고 차차 외출까지 하게 되리만치 건강이 약간 회복되다. 하룻날은 오래간만에 문밖을 나와서 거리를 걸어가다가 나는 내 발에 짓밟히우는 흙묻은 신문지 쪼각에서 의외의 사건을 발견하고 놀래길 마지않다. 그것은 최근의 신문호외였다.

昨夜衝突한日中兩軍
龍王廟서方今激戰中

　　蘆溝橋사건은 드디어 最惡境遇에 이르러 龍王廟附近의 日中兩軍은 戰鬪
를 開始하고 雙方의 射擊하는 猛烈한 迫擊砲, 步兵砲 機關銃, 小銃의 砲聲
은 殷殷하여 멀리 北平城內를 動搖시키고 있는데 八日午前 六時半까지 兩
軍은 目下激戰中에 있다!

　　이 記事로 추측하면 지금 동아에는 적어도 새로운 정세 하나 생기려고 한다.
이 일이 더 발전을 할는지 그대로 그치던지 간에 이것은 근래에 없던 하나의
역사적인 장면이 분명하다. 내 눈앞에는 어떤 새로운 광명이 떠오르는 것 같다.
　　　　　　　　　　　　　　　　　　　　　　　　　—「전망」, 210면


이것은 그야말로 역사적 사건이며, 그러니까 '사실'이 아닐 수 없다.
사실인 이상 받아들이지 않을 수 없다. 사실이란, 그것이 우연성이든 필
연성이든 개인에게 미치는 영향은 동일하다. 피해갈 방도란 없다. 김형
오의 죽음의 충격으로 두 달 동안 멍하니 지낸 '나'가 정신을 차려 보니
그동안 중일전쟁이라는 엄청난 사건이 일어났고, 7월 29일엔 천진이 점
령되고 8월 4일엔 북경이 함락되었다. 파죽지세로 산서의 수도 태원(太
原)이 함락된 것은 11월 9일이었다. 이 사변은 김형오가 죽기 전에 일어
난 것이기에 김형오의 일기(시) 속에도 응당 언급이 되었으리라. 과연 김
형오는 어떤 태도였던가.
　　이런 물음은 사실상 무의미하다. 어째서 그러한가. 김형오가 이 사변
직후에 자살해버렸던 만큼 그의 태도는 분명했기 때문이다. 그는 이 현
실 앞에 완전히 절망한 것이었다. 그 절망의 방식은 실로 낭만주의자의
전형이었다. 봉건적 잔재의 성문이 포격으로 산산조각 나는 전쟁장면이
란, 실제로 벌어져서는 안 되는 금기사항이 아니었던가. 그러기에 그런
장면은 꿈에서나 가능한 것이다. 몽상에서나 가능한 것에 모든 것을 걸

고 치달는 것이야말로 갈 데 없는 낭만주의가 아니었던가. 마르크스주의도 어떤 이데올로기도, 그것이 실현 불가능한 것이기에 노발리스의 '푸른꽃 찾기'처럼 저기로 치달을 수가 있었다. 그 몽상의 세계가 현실(사실)로 우리 눈앞에 벌어져 있지 않은가. 이것이야말로 낭만주의자를 견디지 못하게 한 본질적 요인이다. 최후의 낭만주의자인 김형오의 시(일기)가 이점을 잘 드러내고 있었다.

  집으로 돌아오니 얼마 걷지도 않았는데 천리길을 걸어 온 것처럼 무거운 피로가 전신에 와 덮인다. 머리가 어지럽고 정신이 히미해져서 방금 쓰러져 넘어질 것 같다. 그래도 내 손엔 아까 집은 그 신문호외가 쥐인대로 남어 있다.
  벼개머리에 호외를 놓고 고요히 자리에 누우니 아지못할 흥분이 내 좌우를 潮水와 같이 밀여와선 흘너가고 그 뒤엔 더한칭 높은 물결이 와서 나를 둘어싼다. 나종은 태산과 같이 밀여온 그 물결에 내몸은 둥둥떠서 흘너같다. 어대로 가는지 언제까지 흘너가는지 나는 모르고 그저 몸을 그 潮水 우에 띄워마겨버린다. 내 생각엔 메슬을 계속해서 흘너가는 것이라고 혼자 생각은 하면서도 별로이 이상한 여행이 내게 싫지도 않다. 메슬을 가다간지 모르는 하룻날 나의 앞에는 지금까지 보지도 못한 커다란 새로운 大陸이 눈앞에 찬란한 광경으로 날아난다. ―아세아.
  그 大陸의 광경에 놀내여 눈을 뜨니 늦은 저녁때 햇발이 뜨겁게 창에 와 빛인다. 나는 뭣을 깨다른 듯이 벌떡 이러나서 그 신문호외에 발표된 지명을 벽에 붙인 낡은 아세아 지도에서 찾아내여 그 지점을 중심으로 사방을 주의 집게 둘너본다.
  나는 이 사변을 좀더 지리적으로 조사하고 역사적인 어떤 의미를 거기서 찾으려고 하였다. 하나 이 사실을 리성으로 정리하려는 순간 지금까지 潮水와 같이 밀여왔든 흥분이 갑자기 내 주위에서 물너가는 것을 느낀다.
  그러나 얼마전까지 滿潮 우에 떠있든 내 몸이 다음 순간 이와 같이 干潮 뒤 沙地우에 쓸쓸하게 서있다.
  나는 사건이 이러난 지점우에 붉은 원을 그려보고 그 원을 중심하여 사방으로 붉은 원을 그려보고 그 원을 중심하여 사방으로 붉은 줄을 그어본다. 아침 해가 떠올나올 때에 붉은 태양을 중심하여 햇발이 사처로 퍼지는 상증을 찾어본다. 나는 여기서 마지막으로 어떤 희망을 발견해야 한다. 정신을 수습하여 연구에 몰두해 본다. 한두 번으로 실망 안는 것이 중요하다. 시험을 하고 노력을 해본다. 그런데 역시 나중까지 아무 광명을 찾을 수 없는 것이 이상하다. 무슨 의미를 여기서 찾으려고 노력을 할수록 거기에 대한 흥미는 차차 식어가고 정열은 물러가 버린다.

대체 이것은 웬 일일까? 내가 꿈과 같이 공상할 때는 그처럼 흥분이 되고 방금 내 앞에 찬란한 새 대륙이 나타난 것을 느꼈는대 진작 실제에 이러나는 현실로서 그것을 조사하고 붓잡으려고 할 때엔 이와 같이 그 사실이 도리여 머러가는 것을 느끼는 것이다. 이것은 그 현실편이 아직 박력이 약한지 내 상상이 부족한 때문인지 알 수가 없다. 아마 약점은 역시 내편일 것이다. 나는 벌써부터 이 시대에서 낙오가 된 자가 아니냐? 지금 내 감각은 마치 여러해 묵고 식어빠진 찬 재(灰)와 같이 아무 熱도 받어드릴 能力이 없다. 저기에 던진 불꽃이는 순간마는 빛나지만 얼마 안가서 쓰린 듯이 꺼저버린다.

—「전망」, 220~221면

낭만주의자인 30대 지식인 김형오의 자살은 이처럼 필연적인 것이었다. 그렇다면 '김형오＝나＝백철'은 어떠해야 할까. '나＝백철'만 남고 김형오는 이 도식에서 사라질 수밖에 다른 도리란 없다. 백철 내부에 있던 또 다른 백철＝김형오가 사라지고 남은 '나＝백철'이란 무엇인가. 대답은 간단명료할 수밖에 없다. 살아남는 것이 그것. 살아남음이란 또 무엇인가. 현실을 수리(受理)한다는 것. 또 그것은 저절로 중일전쟁을 받아들일 수밖에 없는 것으로 된다. 여기에다 주어진 명칭이 이른바 '전향'이며 이에 대한 이런 저런 변명(논리)을 전향론이라 부른다. 「전망」이 작품다운 까닭은 이 전향론에서 왔다. 자살한 김형오가 제로일 수 없다는 것이야말로 작품적 조건이었다. 김형오의 정신은 죽었지만 그 육신이 살아남았다는 소설적 설정이 그것. '사생아 영철'의 설정이 이에 해당된다.

「전망」 제3편은 소년 영철과의 교우록으로 되어 있다. 영철은 가영이라는 여자가 낳은 불의의 씨앗이었다. 이 여자와 '나＝백철'의 관계가 서서히 맺어진다. 시골 고향에서 홍수가 졌을 때 '나'는 고모네 집을 구출하기 위해 달려간다. 늙은 고모와 온순하고 연약해 뵈는 그 며느리와 총명해 뵈는, 열두 살 먹은 소학교에 다니는 영철(英哲) 뿐이었기 때문이다(실상 이러한 소설적 설정은 백철이 낙향하여 겪은 홍수사건에 관련된 것이다. 홍수로 피해본 이모집을 돕기 위해 백철이 나서고 그곳에서 소박맞은, 계수벌 되는 젊은 여인과 그 아들 효식을 만난다(『전편』, 398~400면)).

> 며느리 즉 영철의 어머니는 과부는 아닌데 혼자 산다. 남편의 배척으로 이혼이 되었다든가 아직 안 됐다든가 그것은 자세치 않다.
>
> ─「전망」, 232면

그러니까 영철모는 '나'에겐 계수뻘이 되는 셈이다. 미혼인 '나'는 영철과 함께 지내며 그 총명함에 놀라면서 영철모를 흠모한다. 흡사 영철의 아비 몫을 하는 형국이다. 그것은 김형오와 관련된 '나'의 과거에 대한 일종의 사명감이기도 하다.

> 그가 장차 자기의 신분에 대하야 어떤 가책을 느낄 때는 私生兒란 조곰도 이 세상에서 부끄러워 할 것도 아니오 항차 죄될 존재도 아니라는 것, 도리혀 지금 이 세상에서는 私生兒는 특수한 존재이기 때문에 비겨 말하면 검은 까마귀떼 속에 유달니 뛰여나는 힌 鶴과 같은 존재라는 것, 그리고 그 사생아라는 조건이 이 시대에선 자기를 편달하고 자책하고 노력해가는 귀한 자극이 되리라는 것은 순순히 설명할 기회를 가져야겠다고 생각한다. 그리고 혹시라도 그가 잘못 생각해서 그 사생아의 책임을 선량하고 가엾은 자기 어머니에 돌니지 않기를 잊지 않으리라고 생각한다. 만일 정말 그 죄와 책임을 묻는다면 그것은 그의 어머니에게 무를 것이 아니라 순전히 딴 곳에 있다는 것, 그러기에 영철이가 정말 자기의 불행한 것에 대하야 원망이 있다면 오직 자기가 노력을 해서 자기의 존재를 온 세상에 증명해 놓는 일이라는 것을 가르쳐야겠다. 말하면 뭣보다도 영철이가 위선 그 소년 시절의 어두운 생활을 하지 않도록 모든 사정을 지도 해가야 할 것이다. 그러나 이것은 내가 공연히 혼자서 근심하는 쓸데없는 조바심이 아닌가 한다. 내가 그의 손목을 잡고 길을 인

도하지 않더라도 영철은 혼자서 훌륭히 자기의 바른길을 걸어갈 소년이다. 영
철의 총명한 지혜는 주위에 그늘을 치는 모든 어두운 조건을 스스로 걷어치
우면서 명랑한 길을 거를 소년이다. 그러타. 영철은 이상한 광명을 몸에 지니
고 있다. 그 광명 때문에 주위는 스스로 밝아지고 훤해짐을 느낀다.

―「전망」, 248면

그런데 여기서 중요한 것은 이 사명감이 그럴 수 없이 즐겁고 자연스
럽다는 점이다.

나는 항상 그것은 느낀다. 뭣 보다도 내 자신의 생활이 영철군과 같이 있을
때마다 밝아지는 것을 느끼지 않느냐? 요지음 나는 혼자 있으면 흔히 고독하
고 어두운 것을 느끼는 버릇을 다시 갖이게 됐는데 이런 신변적인 고적과 우
울도 영철군과 함께 노는 때는 쓰린 듯이 씨끼워 버려짐을 느낀다. 그와 접하
면 자기도 모르게 생활이 명랑해지는 것이다. 요지즘 생활만 해도 나는 도리
혀 영철 군에게 지도를 받는 셈이다. 무엇보다도 그가 내 앞에 있는 때문에
나는 차차 그 신변적인 우울을 극복하고 있지 않은가. 그리다가 내가 요지음
은 그 신변적인 애정을 청산하고 시대를 바라보며 사변을 살피게 된 것도 순
전히 영철군과의 생활을 통해서 어든 것이다.
나는 근래에 영철군의 학교 시간을 내놓고는 한 시간이라도 그와 떠나지 않
었다. 요지음 와서 다시 그와의 생활이 친밀해진 것이 내 자랑이요 희망이 되
었다.

―「전망」, 248~249면

사물의 이치(과학)에 관심을 갖고 자라는 소년이란 무엇인가. 새로운
인간형임에 틀림없다. 아무리 새로운 인간형이라도 낭만주의자 김형오
의 자식이라는 사실은 누구도 부인할 수 없는 진실이다. 보리 한 알이
썩지 않으면 안 되었던 것. 저 악명 높은 '남경함락'을 작가인 '나'는 그
리고 전향자인 평론가 백철은 이런 식으로 받아들이고 있었다.

12월 11일, 柳原거리도 다른 지방과 같이 南京陷落을 축하하는 旗行列을

여렸다.

거리엔 市民들과 소학교 생도들이 한데 합류했든 것이다. 장사진을 친 기행열이 서편 소학교 앞에서 시작되여 동편으로 진행되는 것을 나는 뒷산에 올라서서 벌서부터 바라보고 있었다. 두 소학교가 합한 소년대가 제일 선두에 보인다. 나는 그 소년 행열 가운데 영철군이 끼여있는 것을 혼자서 자랑해 본다. 이 旗行列도 그 소년이 있기 때문에 내겐 더욱 의미가 깊고 히망이 갖어진다.

나는 여기서 행열을 바라보면서 김형오의 일을 생각하는 것이었다. 만일 형오가 죽지 않고 살어있어 지금 나와 같이 저 소년의 행열을 바라본다면 어떻게 생각했을까? 그도 분명히 나와 같은 히망을 갖이고 이 시대를 생각하고 그 사변을 해석했을 것이다. 시대의 앞을 거러가는 저 소년들의 행열! 거기에서 그는 이 柳原의 소년행열이 아니라 이 동양의 전 소년이 전진하고 있는 환상을 느꼇을지도 모른다.

내 앞에는 아세아의 누런 흙빛의 지도가 나타나고 다시 지도는 소년의 행열의 광경으로 덮이여버린다. 그것은 명랑한 광경이 아닐 수 없다. 그러기에 내가 이번 전쟁에 희망을 두는 것을 생각하면 이번 사변과 직접 내가 緣을 가진 것이 아니라 저 소년의 행렬을 통하여 간접으로 그것을 느낀다. 간접으로 영철군을 통하여 거기 참례하고 미래를 내다보는 것이다.

—「전망」, 249면

## 7. 근소한 차이 – 문학사적 의의

중편 「전망」(350매)은 단연 문제적이었다. 월평을 쓰는 마당에서 윤규섭은 이달의 문제작으로 「전망」을 전제하고 다음과 같이 평가해 놓고 있다.

그것은 무슨 종전의 평론가가 처음으로 창작의 붓을 들었다든가 또는 350매나 되는 양을 갖이고 있다는가 또는 작품의 구조가 지드의 처녀작 「와르테르의 수기」와 유사하다든가 해서 그런 것이 아니다. 문제는 「전망」에서 취급되고 있는 세계가 곧 우리들 30대 인테리가 걸어온 세계이란 것이며 그보다도 주목할 점은 그의 귀추가 전혀 백철씨 식이라는데 있다. 자살한 김형오가 30대 인테리가 걸어온 전형적 타잎이 아님은 물론이다. 또한 김형오나 작자가 새로운 세대로서 촉망을 부틴 영철(기영) 소년이 다음에 올 제네레슌에 있어서 전형적 타잎일지 아닐지도 보증할 수 없다. 다만 문학을 통하여 사변을 통하여 관념적(!)인 전향에 냉정하고 고결해야 할 인간정신이 자독되어 있는 김형오나 작자의 타잎만은 오늘날 가두에서나 집회에서 흔히 대할 수 있는 감성적인 연골형임에 틀림없다.

여하간 「전망」은 오늘의 대부분의 전향자에 있어서 간취할 수 있는 '관념성'을 여실히 폭로해준 호개의 표본적 작품이다.

—『인문평론』, 1941.2, 126면

월평자의 논점은 전향자의 관념성에 놓여있다. 마르크스 사상에 치달았던 30대 조선 지식인의 한 유형이 김형오=백철일 뿐이며 그것이 마르크스주의에 치달았던 30대 조선 지식인의 전부를 대표하거나 전형일 수 없다는 윤규섭의 평가는 음미될 사항이라 할 것이다.

카프 전주사건으로 표상되는 30년대 지식인들은 좋게 말해 '연골형'이라는 범주를 가능케 한다. 그들 중 '강골형'이라 할 만한 문인 지식인은 단 한사람도 없었다는 사실이 이를 잘 말해준다. 전주사건 23명 중 단 한 명의 비전향자도 없었던 점에 비추어 보아서도 이 점이 뚜렷하다. 일본의 경우와 다른 점이다. 1929년 『개조(改造)』 현상평론에 「패배의 문학」으로 1석으로 당선된 평론가 미야모토 겐지[宮本顯治]의 옥중편지가 이 점을 말해주고 있다(『改造』지 2석 당선이 고바야시 히데오의 「갖가지 디자인」이었다). 1933년에서 1944년까지 미야모토는 '완전 비전향'의 몫을 이루어 내었던 것이다(미야모토 겐지, 『패배의 문학』, 新日本出版社, 1975. 해설 참조).

물론 본국의 문인과 식민지의 문인이라는 조건을 고려하지 않을 수 없지만, 그것은 근본조건이라 하기에 어렵다. 그렇다면 근본조건이란 과연 무엇인가. 이 물음에 대한 대답은 '사상이란 무엇인가'에서 온다. 만일 사상이나 이데올로기를 절대성의 일종으로 인식한다면 전향이란 당초에 성립될 수 없다. 전향이 가능한 것은 많건 적건 또 알게 모르게 사상을 상대적인 것으로 인식함에서 온다. 그러므로 문제는 정도의 차이에서 찾아야 될 성질의 것이 아닐 수 없다. 전주사건 이후 카프 문사들의 전향은 「장미 병들다」(이효석), 「이녕」(한설야), 「설」(이기영) 등에서 보듯 그 정도가 다르다. 이러한 정도의 차이 속에 「전망」을 놓아본다면 어떠할까. 윤규섭은 이에 대한 모종의 견해를 보여준 것으로 평가될 수 있다. 「전망」으로 표상되는 인물형인 '김형오=나=백철'은 '감성적 연골형'이라 규정될 수 있다고 윤규섭은 지적했다. 또 그것이 "오늘날 가두에서나 집회에서 흔히 대할 수 있는" 그런 유형의 인물이라는 것이다. "가두에서나 집회"란 무엇인가. 시국적·정치적·세속적 현상을 가리킴이어서 앞에서 든 전향소설들과는 일정한 거리를 갖고 있다고 볼 것이다. 「장미 병들다」, 「이녕」, 「설」과는 일정한 거리를 둔 곳에 「전망」이 놓여 있다 함은 「전망」에 대한 평가이자 평론가 백철에 대한 평가가 아닐 수 없다. 그는 재빨리 '웰컴!'이라 외치는 점에서 저널리즘적 성향을 제일 강하게 지닌 민첩한 평론가였다. 카프문학이 등장하자 앞장서 웰컴을 외쳤고, 또 그것이 퇴조할 기미가 보이자 대번에 휴머니즘을 외쳤고, 중일전쟁이 시작되자 시대적 우연성을 수리해야 한다고 누구보다 먼저 외쳤다. 이 점에서 백철은 이원조나 최재서 또는 유진오들보다 민첩했다. 이를 두고 '감성적 연골형'이라 윤규섭은 규정했다. 또 다르게는 '관념성'이라고도 했다. 문학적으로 형상화되기 이전의 상태를 그렇게 불렀던 것이다. 그렇다면 '감성적 연골형'이나 '관념성'과는 일정한 거리에 있는 이기영·한설야 등의 작가나, 또 김남천·유진오·이원조·최재서 등의 평론가와, 백철은 어떤 관련 하에 있는 것일까. 이에 대한 논의란 매우 중요한 것이라 하지 않을 수 없다. 왜냐하면 이 둘 사이의 관계란 '근소한 차이'에 지나지 않기에 그러하다. 백철이 외친 '우연성의 수리'란, 그리고 「전망」의 참주제란, 당시 최고 지식인이라 자타가 공인한 유진오에겐 단지 일 년이란 시간적 차이에 지나지 않는다. 백철의 「시대적 우연의 수리」(『조선일보』, 1938.12.2~7)와 똑같은 내용의 주장을 유진오가 「조선문학에 주어진 새길」(『동아일보』, 1939.1.10~13)에서 하고 있다. 이처럼 '근소한 차이'란, 단지 일 년 정도의 '시간적 차이'에 지나지 않는다.

'근소한 차이'란 새삼 무엇인가. 그것이 기껏해야 '일 년 정도'의 시간적 차이에 지나지 않지만, 그 차이는 실로 중대한 것이 아닐 수 없다. 적어도 문학판에서라면 그 근소함이 '형상화'를 가져오게끔 하는 근본이기에 그러하다. 김남천이 「전망」을 두고 다음과 같이 말한 것은 이 점에서 음미될 수 있다. 「전망」이 발표된 지 일 년 뒤에 김남천은 이렇게 지적해놓고 있다.

> 백철씨의 「전망」과 정비석씨의 「삼대」는 세대개념이나 또는 시대나 사실의 수리(受理) 문제에 있어서 적지 않은 물의를 일으킨 작품들이었는데, 가장 큰 결함은 역시 독자로 하여금 작품의 모티프를 납득시킬만한 형상화된 설득력을 가지지 못한 데 있는 것 같다.
> ―「문화 일년 총결산 창작계」, 『조광』, 1940.12; 『김남천전집』(1), 박이정, 677면

사상을 절대성으로 보지 않고 상대적으로 인식하는 한 '근소한 차이'는 커다란 문제점으로 부각된다. 문학의 경우 이점이 특히 민감한 사안이었음을 「전망」이 그 시금석으로 보여준 형국이라 할 것이다.

# 제4부

# 제1장 총독부 기관지 『매일신보』 학예부장

## 1. 임화에게 묻다

백철이 『매일신보』 기자로 입사한 것은 1939년 3월이었다. 전주 감옥에서 출옥한 1935년 12월 이래 함흥 영생고보에서 교사 노릇을 한 그는, 이 교사생활을 룸펜으로 규정, 전면적으로 부정했다. 마음은 오직 문학, 저널리즘에 있었던 까닭이다. 룸펜으로 동가식 서가숙하던 백철로서는 『매일신보』행이 단순한 취직이기에 앞서 커다란 날개를 단 형국이었다. 이 무렵 그의 앞엔 영생여고(永生女高) 교사행이냐 『매일신보』행이냐의 선택이 가로놓여 있었다. 영생여고는 함남 함흥에 있는 학교로 백철이 두 번째로 결혼한 여인 김경채 씨의 모교였다(앞에서 이미 보았듯 백철은 4번 결혼한 바 있다. 첫 부인과는 이혼. 둘째 부인 김경채, 셋째 부인 한시봉과는 각각 사별했고, 네 번째 부인 최정숙과 비로소 백년해로 했다). 영생여고행이냐 『매일신보』행이냐의 기로에서 선택권을 쥔 인물이 임화였음을 훗날 이렇게 회고해 놓고 있다.

> 내가 신문사의 입사를 결정하기 전에 그래도 한번 만나서 상의하고 싶은 사람이 임화였다. 내가 영생여고로 가서 교사로 되는 일과 『매일신보』로 입사하는 일의 두 가지를 놓고 어느 편을 취해야겠느냐 하는 것을 물었을 때 임화는 얼마동안 생각을 한 뒤에 역시 신문사편이 낫지 않겠느냐는 뜻을 표시하였다. 임화는 시국이 급변하는 정세론에 곁들여서 보호색 이야길 하고 있었다. "왜 그런 동물들 있지 않어. 자기의 환경색과 자기의 처신적인 빛깔을 비슷하게 해서 적의 눈에 띄지 않도록 하는 것들 말이야⋯⋯." 임화는 고소를 하면서 농담 비슷한 이야길 하고 있었는데, 그것을 옛날 같으면 "그런 데일수록 침투해서 일을 해야지" 하는 프락치론이 아니고 진심으로 친구가 이런 시대에 살아갈 수 있는 자기보호의 안전한 길을 가리키고 있었던 것이다.
> 이렇게 임화의 어드바이스도 한 결정권을 행사하여 1939년 3월 말에 나는 매일신보사의 입사는 결정되었다.
>
> —『하편』, 36~37면

동경고사 영문학전공 출신의 백철이 룸펜생활을 하면서도, 먼저 제시된 직장 영생여고행을 머뭇거린 이유는 따로 있었다. 두 번째 부인이 알선한 영생여고 교사자리에 나아가기를 머뭇거린 이유는 그 자신의 술회에 따르면 실력부족에 대한 공포에 있었다.

> 그러나 경채가 간 뒤, 인생사는 마음대로 되지 않았다. 다만 다음해 봄에 우연하게도 함흥에 있는 영생여고의 교사자리가 나서 내 취직 이야기가 오고 갔는데 그때 내가 승낙을 잘 않고(사실은 영어교사로서 자신이 서질 않아서였다) 주저만 하니까 당시 영생여고의 교장인 김상필이 풍호리로 경채를 찾아가서 협조를 청한 사실이었다.
>
> —『전편』, 436면

동경고사 학생 시절 학업을 거의 팽개치고 프롤레타리아문학운동에 뛰어들어 활동한 백철에겐 당초에 교사행에 대한 지향성이 결여되어 있었다. 여기에는 설명이 없을 수 없다. 실상 백철은 연도 상에 의문이 있긴 하나 영생고보(永生高普) 교사직에 수년간 근무한 것으로 자필 이력서에 나와 있기 때문이다. 뒤에 다시 살펴겠지만 아마도 그는 영생고보와 영생여고를 다른 수준으로 보았고 또 영어교사와 다른 교사와도 구분했음에서 온 착시현상이 아니었을까. 그러고 보면 임화의 충고란 실상 영어교사 공포증에 걸린 백철자신의 핑계와도 무관하지 않아 보인다.


## 2. 물고기, 물을 만나다


매일신보사 입사로 인해 백철이 입은 혜택은 실로 컸다. 그야말로 저 널리즘적인 백철의 체질이 유감없이 발휘되었고, 그 절정을 보인 것이 북경 특파원행이었다. 물을 만난 물고기에 비유되고도 남을 만한 그런 선택이었다. 이러한 선택이 가져온 혜택 중의 하나를 그는 진작에 이렇게 적었다.

1938년부터라고 생각하는데 사상보호관찰소라는 것이, 명색은 민간적인 교양기관처럼 해서 생겨졌다. 소장엔 나가사키[長崎]라는 사상검사 출신의 악성 인물로 되어 있었고, 더 심한 자는 그 때 조선군에 있던 정(鄭)이란 조선출신의 가배[蒲] 소좌가 이 관찰소의 중추분자가 되어 있었는데, 얼굴도 흉악한데다가 절름발이 병신인 꼴에 그 심술궂은 품이며 사람을 의심하는 눈초리는 독사의 눈같이 독이 어려 있었다. 그는 일본인 이상으로 조선 사람들을 못살게 군 존재였다. 나가사끼와는 앞뒤가 잘 맞는 악질의 인간이었다. 이 사람들의 눈에 걸려들기만 하면 일은 끝장이 나는 것, 좀처럼 감시의 그물을 벗어나기 힘들었고, 또 그렇게 해서 이 관찰소에 끌려 다니며 애를 먹은 사람들이 많았다. 내가 매일신보사에 들어간 덕분에 혜택을 입었다 하면 관찰소에 끌려 다니는 것을 면할 수 있은 일이다.

―『후편』, 51면

대체 사상보호관찰소(思想保護觀察所)란 무엇인가. 일본의 사법성이 치안유지법과는 별개의 전향(轉向) 제도를 시행하는 법안을 제국의회에 제출하여 승인된 것은 1936년이었다. 사상범이란 공산주의에서 전향하여 일정한 형을 치룬 자들을 지칭하는 것으로 칙령 제 403호(1936.11.13)가 그것이다. 공산주의 단체의 괴멸에 멈추지 않고 사회로부터 합법적으로 추방된 사람들을 정식으로 사회에 복귀시키는 방안으로 고안된 것이 사상보호법이며 그 시행기관이 사상보호관찰소였다. 전국 22개소에 설치된 이 관찰소는 형을 받고 복무를 마친 사상범을 관찰·감시함과 동시에 이들을 사회에 복귀시키는 것이 주된 임무였다. 사회에 복귀시킨다 함은 그들에게 직장을 알선함을 가리켰다. 중일전쟁 이후 이 사상보호관찰소의 기능은 한층 강화되어 전향에 대한 적절한 기준을 "천황을 살아 있는 신으로 예배의 대상으로 삼음"에 놓여졌다(『일제의 사상통제』, 172~173면). 이러한 일본국내의 사상 탄압 상의 과제가 식민지 조선에 적용된 것은 1936년 12월이었다. 가출옥 사상범 처우규정을 공포, 그것을 시행하기 위한 관찰소를 서울·평양·광주 등 7개소에 설치하기에 이른 것이다.

사상보호관찰법에 의거한 이와 같은 전향자 문제를 식민지인 한국에는 어떻게 적용했을까. 이 물음에 대해 아직 만족할 만한 자료발굴도 조사연구도 행해져 있지 못한 형편이다. 우리가 손쉽게 접할 수 있는 것은 1938년 7월 21일 부민관에서 거행된 '전조선전향자대회' 기록과, 같은 해 5월의 '경성보호관찰소'에 관한 르포뿐이다(「전향자대회르포」, 『사해공론』, 4권8호).

두루 아는 바와 같이 조선에서의 불온사상으로선 공산주의·무정부주의·민족주의 등이 등가이며, 이들에 관한 탄압이 동시에 진행되었다. 어느 것이나 고쿠타이[國體]를 정면으로 부인하는 사상이기 때문이다. 이에 대한 조직적 탄압은 일제가 본국에서 공산주의자를 검거하던 연장선상에 놓여있었다. 따라서 이들 사상범을 전향시키고, 이를 일본인화하는 것은 그들 법체계의 일원화를 위해선 당연한 조처였다. 본국에서 실시된 보호관찰법을 식민지인 조선에 적용한 것은 본국보다 수개월 뒤인 1939년이다. 1925년 한국에서 처음으로 공산당을 검거한 이래, 그 검거사건은 1931년 만주사변을 계기로 하여 다음과 같이 하향선을 긋고 있다.

|  | 검거건수 | 검거인원 |
| --- | --- | --- |
| 昭和 8(1933)년 | 436건 | 3,659인 |
| 昭和 9(1934)년 | 148건 | 2,310인 |
| 昭和 10(1935)년 | 144건 | 1,678인 |
| 昭和 11(1936)년 | 110건 | 2,641인 |
| 昭和 12(1937)년 | 60건 | 439인 |

조선에서 전향문제가 표면화된 것은 1936년 상반기에 출현한 '대동민우회(大東民友會)'에서이다. 일찍이 좌익운동의 거두이던 차재정(車載貞)·안능(安凌)·이승원(李承元) 등이 조직한 이 단체가 '일본제국주의 깃발 아래로!', '공산주의 박멸' 등의 기치를 들고 서울시가행진과 시국강연회를 함으로써 전향자의 사회적 활동을 처음으로 드러내었다. KAPF계의 전향은 그 두 번째 물결이었다. 그 결과 조선에서 보호관찰법에 수용될 자격을 갖춘 사람은 1천 3백 명을 헤아렸다. 1938년 5월 현재 경성보호관찰소에는 150명이 수용되고 있었다. 서울엔 경성구호회(京城救護會), 개성엔 개성태성회(開城太成會), 또한 춘천동포회(春川同胞會), 충북유린회(忠北

有隣會)·대전자강회(大田自彊會)·공주관업원(公州慣業院) 등이 있었음을 감안하면 그 숫자가 더욱 많았을 것으로 짐작된다. 물론 이들을 총괄하는 것은 경성보호관찰소였다. 1937년 11월 현재 보호관찰소의 알선으로 서울의 전향자 150명 중 17명이 생활안정을 얻었고, 학교교원에 복직한 자가 6명, 관공청에 취직한 자가 31명으로 되어있다. 이 중 민간신문사에 1명, 『경성일보(京城日報)』(日文)에 1명, 『매일신보(每日申報)』(한글)에 1명, 그리고 각 신문지국에 수 명 등이 포함되어 있다. "각지의 저널리즘 제기관에는 거의 대부분의 중견층에 전향자가 산재해 있다고 보아도 좋을 것"(「전향자대회 르포」, 145면)이라 지적된 점은 주목을 요한다. 무직자는 86명인데, 그들에게도 취직을 알선하였으나 마땅한 자리가 없었기 때문에 보호관찰법에 따라 생활보조금으로 하루 최저 40전을 지급하였다. 경성보호관찰소의 경우, 매월 두 번씩 조선신궁을 참배하며 국방헌금을 내고, 시국강연을 듣는 것이 일이었다. 물론 전향을 부정하는 자도 5~6명 있었다(「전향자대회 르포」, 146면).

"전향을 부정하는 자도 5, 6명 있었다"라고 했지만, 불행히도 그들의 명단이나 구체적인 사항이 밝혀져 있지 않다. 그러나 이들이 문인지식인이 아니었을 가능성은 능히 추단할 수 있다. 카프 전주사건 공판기록이 이 점을 뒷받침한다.

전주사건 제1심 판결 언도공판(1935.12.9)이 "모두 사상적 전향을 선언한 점을 인정하여" 전원에게 집행 유예 3년을 언도했다는 사실도 이를 뒷받침하고 있다(권영민, 『한국계급문학운동사』, 문예출판사, 314면). 언도공판에 이어 최종판결(1935.12.21)에서 백철은 1년 반의 징역에 집행유예 3년이었다(『인간탐구의 문학』, 290면). 이들 전원이 사상보호관찰법에 묶였고 따라서 그들은 다른 비문학인 사상범들과 함께 월 2회씩 그 고약하기 짝이 없는 악성인물들 앞에 나아가야 했었다. 이러한 고역에서 벗어날 수 있었던 사건이 바로 총독부 기관지 매일신보사 입사였다.

대체 매일신보사의 위력은 어떠했고, 그 속에서 학예(문화)부장에까지 나아갈 수 있었던, 그래서 저널리즘의 중심부를 좌지우지할 수 있었던 전향자 백철의 행운과 역량은 과연 어떠했을까. 이 물음은 인간 백철을 논할 때는 물론이거니와 평론가 백철론에서는 빠뜨릴 수 없는 것으로 거듭거듭 상기될 필요가 있다. 민족주의 노선도 계급노선도 아닌, 이른바 제3노선으로서의 천도교와의 관련성이 운명적으로 이 물음에 관련된 것으로 보이기 때문이다. 어째서 백철은 총독부 기관지인 매일신보사에 들어갈 수 있었을까. 이 중요한 물음에 대해 백철은 일체 함구하고 있거니와 이것은 그만큼 백철에겐 쉽사리 발설하기 어려운 일이었을 터이다. 그의 매일신보사행은 아마도 사상보호관찰법에 의거, 출옥·전향한 사상범의 사회복귀의 일환이었을 것이다. 그러나 백철의 경우엔 천도교라는 보이지 않을 운명의 손길이 은밀히 뻗어 있었다고 보아도 좋을 것이다. 한때 천도교 도통이자 3·1운동 총 지휘자인 최린(崔麟, 1878~1958)이 매일신보사 사장으로 군림하고 있는 그런 마당에 백철이 입사한 것이었다. 이 위대한 타락자에 관해 백철은 이렇게 적었다.

> 내가 매일신보사에 들어갔을 때, 최린 사장은 개인적으로 나를 특별히 돌보아 주었다. 내 사형(舍兄)되는 이가 천도교회의 청년간부인 관계도 있고 또 내가 동경유학 시절에 몇 번 만난 일도 있어서 나를 잘 알고 있는 관계로서였다. 사장실에 자주 드나든 것은 아니지만 혹간 사무적인 일 때문에 사장실에 들어가면 최린은 내가 지내는 형편과 사내 일에 대하여 여러 가지 물어 보았다. 무슨 불편이라도 느끼는 일이 있으면 사장께 이야기하라는 것이다. 시정할 것이 있을 땐 자기가 힘쓰겠다고 했다.
>
> —『후편』, 40면

이 인용 속에는, 총독부 중추원 참의(1934)가 되고 여자 화가 나혜석과의 스캔들로 악명 높은 변절자 최린에 대한 남다른 시선이 작동되고 있다. 아무리 민족적 변절자라도 그에 앞서 천도교라는 거대한 수맥이 뻗어 있어 그것이 서로에게 감지되었던 것이다.

## 3. 『매일신보』의 위상

　대체 총독부 기관지 『매일신보(每日申報)』란 무엇인가. 이 물음은 이 나라 저널리즘을 문제 삼을 때 그 으뜸 자리에 오는 것이지만 문학사에서도 결코 외면할 수 없는 사안이다. 조일제의 「장한몽」(1913)을 비롯, 이광수의 「무정」(1917), 「개척자」(1918), 박종화의 「금삼의 피」(1936), 염상섭의 「무화과」(1932), 이태준의 「사상의 월야」(1941) 등이 이 지면에 연재되었지만 삼대 민간신문인 동아일보·조선일보·중앙일보 등과 비교할 수 있을 정도는 아니었다. 그러나 동아·조선 등의 3대 민간지가 모조리 폐간(1940.8)된 이후에는 사정이 크게 달라졌다. 조선어로 된 유일한 신문이 『매일신보』였기 때문이다. 이 신문의 학예부장 자리란 저널리즘 전체의 노른자일 수밖에 없었다. 문제의 중요성은 그러므로. '매일신보(每日申報)'가 '매일신보(每日新報)'로 제호를 바꾸면서 비롯되었다.

　『매일신보』의 위상을 파악하기 위해서는 일제 통치부의 언론정책과 연관지어 보아야 한다. 일제는 합방 이후 3가지 기관지를 내었는바 『경성일보』(일본어)·『매일신보』(한국어)·『서울프레스』(영어) 등이 그것이다. 『경성일보』는 이토 히로부미가 통감으로 부임할 때(1906.9) 창간된 것이며 『서울프레스』는 영국인이 창간(1905.6)한 주간지를 매수한 것이며 『매일신보』는 영국인 배설이 1904년 7월 창간한 『대한매일신보』를 협박과 공갈로 통감부가 매수(1910.6)한 것이었다. 주지하는 바 『대한매일신보』는 장지영·신채호 등 철저한 항일론자의 논설로 채워진 민족지였다. 이를 매수한 통치부는 제호를 '매일신보(每日申報)'라 고치고 총독부 기관지로 삼았던 것이다. 같은 사옥에 있는 이 세 신문의 중심부가 『경성일보』였음은 새삼 말할 것도 없다. 3·1운동 이후 조선·동아·중앙 등 3대 민간신문이 나오자 문인들 대부분이 『매일신보』 집필을 회피했음도 사실이었다. "『매일신보』 지상에 글을 쓴다는 것은 그때만 해도 어불성설이었

다. 일본 총독부 기관지에 글을 쓰
다……."(『후편』, 35면) 그러나 이
불문율도 중일전쟁 발발을 전후한
1937년에 오면 휴지화되어 갔다. 이
런 현상은 『매일신보』가 제호를 '每
日新報'로 바꾸는 시기(1938.4.29)와
일치했다. 그것은 매일신보사의 독
립을 가리킴이었다.

독립된 주식회사 매일신보의 초대 사장 최린.
기미 33인의 하나였으나 친일로 변절했다.

　　내선일체의 대 이상하에 시정의
철저, 문화의 향상, 민심의 계발, 사
상의 선도에 협력 매진하고자 강력
언론기관을 확립하기 위하야 종래의
복합조직을 개(改)하야 每日申報는 每日新報로서 완전한 일 경영주체를 확
립하야 청신, 차(且) 강력의 언론기관 '株式會社 每日新報社'를 설립하고 면
목을 일신하야, 써 강화를 도(圖)하려 한다.
　　　　　　—『매일신보』, 1938.3.10; 정진석, 『언론조선총독부』에서 재인용


　　비록 주식회사로 독립되었다고는 하나 주식의 45%가 『경성일보』 소
유였기에 사정은 별로 달라진 것이 없었지만 특징적인 것은 사장에 최
린, 부사장에 이상협이 취임했다는 점이었다. 이상협은 저널리스트로
전문인이었으나 최린의 경우는 특이한 존재였다. 3·1운동의 총지휘자
이자 천도교 책임자격인 최린이 변절하여 중추원 참의가 되고 외유에
서 돌아와 이 자리를 맡은 것이었다. 주식회사로 독립된 다음해인 1939
년 10월의 사원명단을 보면 아래와 같다.


　　국장 : 김형원(金炯元)
　　논설부 : 유광렬(柳光烈, 부장), 이윤종(李允鍾), 김기진(金基鎭), 조용만(趙容萬)

주식회사 매일신보 설립을 알리는 경성일보
사고(1938.3.10)

사회부 : 김기진(부장), 이태운(李泰運), 최
　문국(崔文國),　　이정순(李貞淳),
　우승규(禹昇圭), 서정억(徐廷億),
　배은수(裵恩受), 최금동(崔金童),
　김중원(金中源), 박중화(朴重華),
　한상직(韓相稷)

정치부 : 김인이(부장), 이길상(李吉相), 서
　강백(徐康白),　　정진섭(鄭鎭燮),
　안병주(安炳珠)

경제부 : 이윤종(부장), 주련(朱鍊), 이우식
　(李愚植)

통신부 : 이창수(李昌洙, 부장), 이문희(李
　文熙),　마태영(馬泰榮),　이형우
　(李炯雨),　남상억(南相檍),　진종
　혁(秦宗爀)

학예부 : 조용만(부장),　이승만(李承萬),
윤희순(尹喜淳), 이윤희(李允熙)

교정부 : 서승효(徐承孝, 부장), 최일준(崔一浚, 차장), 김대봉(金大奉), 유용
　대(柳龍大), 정진태(鄭鎭泰), 이복기(李福基), 백웅기(白雄基), 장현
　익(張鉉翼), 백용기(白龍基)

사진부 : 이수만(李壽滿),　임영수(林永洙),　김태룡(金泰龍),　이병은(李秉殷),
　박진식(朴璡植), 김지룡(金志龍), 조대식(趙大植)

영업국장 : 이상철(李相喆)

　　―정진석, 『언론조선총독부』, 커뮤니케이션북, 2005, 166~167면


　이 명단에서 보다시피 1939년 3월에 입사한 백철이 빠져 있는 바 그
이유는 아래와 같다.

　주식회사로 독립된 『매일신보』가 사옥(태평로 1가 31번지, 경성일보 옆자
리)을 신축하고 더불어 자매지 『매일신보 사진특보』(1938.11.3)와 일어주간
지 『국민신보(國民新報)』(1939.4.3)를 창간했는바 백철이 소속된 곳은 『국민

신보』였다.


> 사실 내가 매일신보사에 입사한 초기엔 이만저만 불편한 일이 있은 것이 아니었다. 『國民新報』라는 것을 꾸미는 편집실은 현재 서울신문 빌딩 4층으로 되어 있었다. 주간으로서 이노우에 오사무[井上修]라는 자가 있었는데 이 자가 여간 음흉스런 인물이 아니었다. 조선에 와서 오래 살면서 '아까신분'(삼류신문)에서만 굴러먹던 '신분고로[新聞浪人]'로서 한마디로 하여 대단히 질이 나쁜 일본인이었다.
>
> ─『후편』, 40면

겉으로는 동경고사를 나온 수재라고 백철을 추켜세우면서 일일이 약점을 잡아내며 창피를 주는 그런 인간이었다. 가령 춘원이 '香山光郞'이라 창씨개명을 했을 때(1940.2.11) 백철이 이름을 일본식으로 '가야마 미쯔로'로 읽자 즉각 이노우에 주간은 사람들 앞에서 이렇게 비꼬았다. "이광수씨는 일본말을 아는 사람이니까 '가야마 미쯔오'로 발음할 작정이었을 걸"이라고(백철의 창씨개명은 白失世哲, 시라야 세이데쓰였다). 『국민신보』에는 주간 외에 두 사람의 일본인이 더 있었다. 편집 주임 마사키[正木]와 삽화 및 커트를 맡은 기타하라[北原]가 그들이었다. 그 틈바구니에서 조선인 백철의 입지는 매우 좁았다. 한번은 백철이 써낸 기사가 거의 개작이 되다시피 나간 바 있었다. 이 때문에 대판 싸움이 벌어졌다. 재떨이가 날아갈 만큼 심각한 분위기였는데 편집권을 쥔 쪽은 마사키였다. 분함을 참지 못한 백철이 『매일신보』 편집국장인 석송(김형원)과 저녁을 하는 자리에서 울기까지 할 정도였다. 이런 분위기 속에서 나온 『국민신보』는 아이러니컬하게도 문학사적인 의의를 갖는 매체의 몫을 했다. 이른바 이중어 글쓰기(bilingual creative writing)의 무대 중의 하나로 크게 크로즈업되었음이 그것이다. 한설야의 장편 「대륙」(1939.6.4~9.24)을 비롯, 이효석의 장편 「초록의 탑」(1940.1.7~4.28) 등이 이 매체를 통해 발표되었던 것이다(김윤식, 『일제 말기 한국작가의 일본어 글쓰기론』, 서울대 출판부, 2004).

이중어 글쓰기란 한국 근대문학사에서 볼 때 불가피하고도 특이한 글쓰기의 한 가지 방식을 가리킴이다. 여기에는 상당한 설명이 요망되거니와 그 첫 번째 자리에 오는 것이 일제 통치부의 문학(제도)에 대한 태도를 들 것이다. 행정·교육·금융 등의 온갖 제도를 통치부 아래 두었지만 문학만은 당초부터 문제 삼지 않았다. 그 때문에 한국 근대문학은 성립될 수 없었다. '근대문학'이란 새삼 무엇이뇨. 국민국가(nation-state)의 언어, 곧 국(가)어로 하는 문학이 아닐 수 없다. 한국 근대문학이란 그러니까 한국어라는 국민국가의 언어로 하는 문학이어야 하는 법. 한국어의 성립 전제는 바로 임시정부였다. 그 임시정부의 국내 대행기관이 이른바 조선어학회였다. 문인들 전부가 「한글맞춤법통일안」(1933)을 비롯, 조선어학회의 규정을 따른 것도 이와 무관하지 않다. 일제 통치부가 조선어학회사건(1942.10.1)을 일으킨 것은 따라서 문학까지도 통치부에 귀속시키겠다는 사실을 만천하에 공포한 대사건이었다. 이 사건은 한국 근대문학사의 시선에서 보면 암흑기의 신호탄에 다름 아닌 것으로 된다. 그러나 문인이란 당초 글 쓰는 사람이고 보면 암흑기에도 글을 써야 할 명분이 없다고 할 수는 없다. 이중어 글쓰기 공간(1942.10~1945.8)이 설정되는 것은 이 때문이다. 이 공간의 글쓰기란 일어로든 조선어로든 발표를 전제로 한 것이라면 이중어 글쓰기 범주를 떠날 수 없게 되어 있다. 한설야의 「대륙」이나 이효석의 「초록의 탑」 등이, 유진오의 「남곡선생」(1941), 김사량의 「향수」(1941), 김종한의 『어머니의 노래』(1943)와 함께 일어로 쓰인 작품들이다.

이들의 귀속문제에 대한 논의란 어떤 것이어야 할까. 이 물음에 응해 오는 시선이 이른바 탈식민지론의 문학적 연구 방법이다. 백철이 몸담았던 『국민신보』 및 『매일신보』의 지면에 실린 글쓰기 양상이 나름대로의 의미를 띠게 되는 것도 이 시선에서 온다. 동아·조선 등 민간신문이 폐간된 이후의 글쓰기 공간에서 『매일신보』를 비롯, 『경성일보』와 그 자매지의 역할은 글쓰기의 원본성에서 볼 때 일정한 평가 및 해석이 요망된다고 할 것이다. 그 근거의 하나로 다음 자료를 보일 수 있겠다. 1942년 현재 일어 이해자는 조선인의 약 20%였다. 5,089,214명이 일어 해독 가능자인데 비율로 따지면 1천여 명 중 199.4명이 일어 해독자였던 셈이다.

〈조선인 일본어 보급 상황〉

| 연도 | 조선인 수 | 일어 가능자 | 백분율(%) |
|---|---|---|---|
| 1913 | 15,169,923 | 92,261 | 0.61 |
| 1915 | | | 1.20 |
| 1918 | 16,697,017 | 303,907 | 1.81 |
| 1920 | | | 3.00 |
| 1923 | 17,446,913 | 712,267 | 4.08 |
| 1928 | 18,667,334 | 1,290,241 | 6.91 |
| 1930 | | | 7.40 |
| 1931 | | | 7.55 |
| 1932 | | | 7.55 |
| 1933 | 20,205,591 | 1,378,121 | 7.70 |
| 1935 | | | 7.81 |
| 1938 | 21,950,716 | 2,716,807 | 12.38 |
| 1939 | 22,098,310 | 3,069,032 | 13.89 |
| 1940 | 22,954,563 | 3,573,338 | 15.57 |
| 1941 | 23,913,063 | 3,972,094 | 16.61 |
| 1942 | 25,525,409 | 5,089,214 | 19.94 |

자료 : 『조선연감』 1945년판, 경성일보 발행, 130면(정진석의 책 재인용)

일어 사용자 수의 증가 없이는 이중어 글쓰기의 의의가 충분히 설명되지 못하기 때문이다. 또한 다음 자료도 이 문제에 한 가지 시사점을 던져주고 있다. 저널리즘의 대표격인 신문사의 구독자 분포 및 그 시대적 추이는 많은 것을 암시해 놓고 있다.

<총독부 기관지와 동아일보, 조선일보의 발행부수 성장 비교>

| | | 1929 | | 1939 | |
|---|---|---|---|---|---|
| 경성일보 | 일인 | 23,315(100) | 26,352(100) | 39,093(168) | 61,976(235) |
| | 한인 | 2,086(100) | | 15,795(757) | |
| | 해외 | 951(100) | | 7,088(745) | |
| 매일신보 | 일인 | 413(100) | 23,033(100) | 652(158) | 95,939(417) |
| | 한인 | 21,860(100) | | 92,579(424) | |
| | 해외 | 747(100) | | 2,633(352) | |
| 동아일보 | 국내 | 30,772(100) | 37,802(100) | 45,821(149) | 55,977(148) |
| | 해외 | 7,030(100) | | 10,156(144) | |
| 조선일보 | 국내 | 21,477(100) | 23,486(100) | 51,799(241) | 59,394(253) |
| | 해외 | 2,009(100) | | 7,595(378) | |

자료 : 조선총독부 경무국 도서과, 『朝鮮に於ける出版物槪要』, 1930년판, 31~34면 : 『朝鮮出版警察槪要』, 1939년판, 27~29면, 「朝鮮人發行新聞雜誌頒布狀況表」 종합(정진석, 앞의 책, 204면)

동아·조선 두 신문의 폐간(1940.8) 이후를 상기해볼 것이다. 홀로 남은 『매일신보』와 『경성일보』의 위상의 어떠함이 짐작되고도 남는다. 백철은 이 대단한 『매일신보』의 학예부장의 위치에 있었다. 막강한 위치라 하지 않을 수 없다.


## 4. 조용만의 불행, 백철의 행운


『국민신보』에 백철이 근무한 것은 입사(1939.3)로부터 만 일 년 정도에 불과했다. 『매일신보』로 자리를 옮긴 것은 1941년 1월이었다. 그것도 일약 학예부장(대리)으로의 승진이었다. 그것은 한 사람의 불행과 관련된 뜻밖의 행운이었다. 이 사정을 백철은 다만 스쳐가는 말로 해 놓았을 따름이다.



> 이때는 내가 자동케이스로서 『매일신보』 편집국의 학예부 근무로 지시를 받고 내려와 있었다. 그것은 거의 편집국장이 교체됨과 동시의 일인데 학예부장으로 있던 조용만(趙容萬)이 어떤 기사 내용 때문에 말썽이 생겨서 학예부장 자리를 물러나게 된 것이다. 이 무렵부터 총독부측의 기사 내용 감시가 더욱 심해져서 조금만 기사 내용이 그들 비위에 거슬리게 되면 책임자가 대신 사면을 당하도록 되어 있었다. 이것이 행인지 불행인지 내가 부장을 대행하는 격이 되어 학예부로 내려왔다. 나를 추천한 조씨의 사정은 안 되었다고 생각하면서도 무엇보다도 그 원수 같은 국민신보 자리를 물러나는 것이 정말 시원하였다.
>
> —『후편』, 44면

일본 경찰 출신 이성근(李聖根)이 사장으로 부임하기 직전, 그러니까 최린이 아직 사장으로 있을 때(1941.6.16에 퇴임)의 『매일신보』 사원 명부를 보이면 다음과 같다.

사회부: 홍종인(부장), 이정순(李貞淳), 최문국(崔文國), 배은수(裵恩受), 마태영(馬泰榮), 심정섭(沈貞燮), 곽복산(郭福山), 최금동(崔金童), 김용진(金容鎭), 김중원(金中源), 유풍희(柳澧熙), 정광현(鄭光鉉), 윤일모(尹一模)

정치부: 홍종인(부장), 이길상, 서강백, 정진섭(鄭鎭燮), 이강성(李康成), 민재정(閔載禎), 송정의(宋正儀), 서병곤(徐丙坤)

경제부: 이윤종(李允鍾, 부장), 주련(朱鍊), 전홍진(全弘鎭), 박종수(朴鍾秀), 윤명의(尹命儀)

체육부: 김창문(金昌文), 윤한선(尹漢善), 한진희(韓軫熙)

조사부: 이창수(李昌洙, 부장), 박승원(朴勝源), 허남재(許南在), 피효진(皮孝鎭), 진용운(秦龍雲)

지방부 : 김영보(金泳俌, 부장), 성인기(成仁基), 우승규(禹昇圭), 이문희(李文
熙), 안병주(安炳珠), 진종혁(秦宗爀), 장현익(張鉉翼)
학예부 : 백철(白鐵, 부장), 이승만(李承萬), 윤희순(尹喜淳), 홍순준(洪淳俊),
정인택(鄭人澤), 한상직
교열부 : 서승효(徐承孝, 부장), 최일준(崔一浚, 차장), 이형우(李炯雨), 정진
태(鄭鎭泰), 고재환(高在煥), 이복기(李福基), 이풍규(李豊珪), 이동
정(李東鼎), 윤재구(尹在九)
사진부 : 이수만(李壽滿, 부장 사무취급), 김태룡(金泰龍), 임영수(林永洙), 백
운선

—『언론조선총독부』, 187면

　　백철의 행운이 조용만의 불행에서 말미암았다는 사실은 이 무렵의
검열상황을 엿볼 수 있는 중요한 대목이라 할 것이다.

　　1940년 『매일신보』 신년호는 두 개의 특집을 마련했는데, 「전시하 예
술조선의 진로」가 그 하나이고, 「구주대전과 문화의 장래」가 그 다른
하나였다. 태평양전쟁이 아직 일어나지 않았고 동아·조선 등의 신문이
아직 건재한 마당이지만 총독부 기관지인 『매일신보』는 이름에 걸맞게
'국민문학' 특집을 먼저 내세웠다. 박영희·정인섭(문학)·유치진(연극)·
구본웅(미술)·박경호(음악)·이재명(영화) 등이 동원된 이 특집은 계획대
로 국민문학·애국문학의 제창 일색으로 처리되어 손색이 없었다. 문제
는 두 번째 특집에서 왔다. 독일이 폴란드 진격으로 제2차 세계대전이
시작된 것은 1939년 9월 1일이었다. 영국과 프랑스가 독일에 선전포고
한 것은 9월 3일이었다. 독일군은 순식간에 파리까지 점령했다. 독일·
이탈리아·일본은 이른바 추축국(樞軸國)으로 3국 동맹을 맺고 있던 만
큼 그 충격은 결코 강건너 불이 아니었다. 대체 유럽은 어떻게 될 것인
가. 「구주대전과 문화의 장래」 특집은 학예부로서는 시의적절할 뿐 아
니라 야심찬 것이기도 했다. 동원된 필자는 임화·김진섭·김관이었다.
임화의 비중으로 보아 그의 발언에서는 전향자의 시대적 의의를 겨냥

한 편집자의 의도가 뚜렷이 보이며 김진섭의 경우는 독문학 전공이란 점이 작용되었을 터이고 음악분야엔 김관이 선택되었다.

「시민문화의 종언」이란 제목의 글에서 임화는 첫 줄에 이렇게 썼다. "지난번 세계대전이 문화 위에 초래한 결과를 상세히 매거하자면 한이 없는 일이나 만일 그것을 일언에 요약할 수 있다면 우리는 전쟁의 결과 문화로부터 비로소 19세기가 청산되었다고 말할 수가 있지 아니한가 한다"라고. P. 발레리의 지적을 내세워 임화는 '유럽인'과 '민족인' 두 인간형을 대비시키고 그동안 유럽 시민문화를 창조한 것은 유럽인이라 했다. 결정론과 진화론에 의거한 것이 시민문화(과학문화)의 위대성인데 '민족인'의 등장으로 말미암아 사정이 크게 달라졌다. 민족인이란 주관적이요 분리적이자 민족과 혈통을 고양하는 전체주의로 향하게 된다. 이런 상황 가운데 구라파전쟁이 터졌다. 이 전쟁은 인간을 더욱 민족적으로 분리하는 대규모 파괴행위로 된다. 시민문화는 '영구에 구하기 어려운 파국'에 들어간 형국이라고 진단한 다음, 임화는 이렇게 결론을 삼았다. "여러 가지 서구 문화를 형성했던 기초인 인간적 합일의 양식이 시민적 양식에 불과하였다면 그 대신 전쟁의 결과 인간합일의 다른 양식이 발견된다면 문화는 다시 구출될 수도 있지 않을까?"라고. 그것이 어떠한 양식일지는 지금 논의하기엔 시기상조라고 결론지었다.

김진섭의 글 제목은 「아직 염려없다」였다.

> 전쟁은 설사 그것이 정의를 위한 불가피한 전쟁일 경우에 있어서도 문화의 두려운 파괴자인 것은 두말할 것도 없으니 그것은 전번의 세계대전이 여실히 증명해 주었다. 육탄과 폭약이 국가의 가장 고귀한 자원인 인간의 생명을 무수히 살상하고 인간노력의 결정인 문화재를 여지없이 파괴함은 실로 전쟁의 전제조건이 되는 것으로 전시에 있어서는 개인의 행동의 자유도 의사의 발표도 제한을 받기 때문에 개인의 광범한 권리를 박탈당하는 것으로 볼 수밖에 없다.

이러한 전쟁의 염려가 우리에겐 아직 없다고 결론을 지었지만 위의 글만으로 볼 땐 문제가 될 만했다. 성전(聖戰)으로까지 불린 중일전쟁(1937) 발발 3년째에 접어든 군부 쪽에서 보면 반전사상으로 인식되었던 것이다. 학예부장 조용만이 부사장 이상협과 경무국 도서과장실로 불려 간 것은 1월 9일이었다. 경무국 도서과 과장의 결론은 이러했다.

> 너는 이것을 단순한 과실이라고 변명하지만 우리는 이렇게 생각한다. 너는 우리가 성전을 정면으로 반대할 수 없으니까 필자를 시켜서 일부러 구라파 전쟁에 빗대놓고 전쟁에 반대한 것이다. 그리고 더 가증한 것은 전쟁이 문화를 파괴한다는 말을 하게 해놓고 제목은 아주 그럴 염려가 없다고 카무프라주한 것이다. 우리가 하는 이 성전을 전국민이 적극 지지하는데, 조선총독부의 기관지인 매일신보에서 그것을 반대한다니 그것이 될 말인가. 필자보다도 모든 것은 네 죄다.
>
> ─조용만, 「파면기자시절」, 『월간중앙』, 1974.8, 267면

이 필화사건의 진원지는 조선군 사령부였다. 군부는 이상협 부사장에게 국적(國賊)이란 불호령을 내렸고 도서과장에게도 호통을 쳤던 것이다. 이를 통과시킨 총독부 경무국 도서과의 체면은 말이 아니었다. 뿐만 아니라 녹기연맹(綠旗聯盟, 일본인 극우단체) 속의 조선인들이 이 글을 문제 삼아 군부를 충동질한 것이었다.

이 사건을 총지휘한 것은 조선군 참모장 가토[加藤鋪平]였다. 헌병사령부의 조사 결과, 그 경위는 이러했다. 김진섭이 조용만으로부터 원고청탁을 받고 1939년 12월 10일 자신이 근무하는 경성제대 도서관에서 제1차 세계대전 후 독일인이 쓴 『전쟁과 문화』(일역판)와 시모조우 유조[下條雄三]가 쓴 「구주대전의 현지를 보다」(『改造』, 1939.12)를 참조했음이 드러났다. 조선군 참모장에게 최종보고가 올라간 것은 1월 23일이었다(『언론조선총독부』, 216~217면).

조용만은 이 사건으로 파면까지 당하지 않으면 안 되었다. 경성제대 영문과 출신이며 세브란스 의전 영어강사인 서울 태생의 조용만에게 이

사건의 충격이 어떠했는가는 그의 소설 「최악의 무리」(1978)에까지 뻗어 있는 것으로도 잘 알 수 있다. 이 소설의 주인공은 조선군 보도부의 가바[蒲] 중좌와 녹기연맹 소속의 노무라 두 사람이다. 본명 정훈인 조선인 가바 중좌는 악질적인 인물이었고 노무라는 경성제대 출신의 조선인으로 철저한 친일파였다. 주인공인 이철(『매일신보』 학예부장)은 경성제대 출신으로서 노무라와 동창이었는데, 가바 중좌와 짜고 필화사건을 계기로 하여 학예부장 자리를 뺏는다는 이 소설은, 물론 허구성이 강하다. 그러나 작가 조용만이 겨냥한 데는 따로 있었다. 조선인끼리의 추악상이 제일 견디기 어려웠다는 것, 또 그것이 최악의 경우라는 점을 드러내고자 한 것이다. 소설의 결말은 이러하다. "사흘 뒤에 이철은 앞서 낸 사표가 수리되었다는 통지를 받았다. 그리고 학예부장 후임에는 노무라가 임명되었다고 발표되었다."(조용만, 『구인회 만들 무렵』, 정음사, 266면)

대체 노무라라는 인물은 누구일까. 경성제대 철학과에서 이철(조용만)보다 일 년 선배이며 재학 중 아나키스트로 활동하다가 졸업 후 취직을 못해 1년간 놀더니 철저한 일본주의자가 되어 악명을 떨친 위인이다. 녹기연맹에 들어가 조선인의 나아갈 길을 외치며 틈만 나면 이철의 직장으로 와서 시국담을 넣어놓곤 했다. 이만하면 노무라가 실제로 누구인지 짐작하고도 남는다(창씨개명이 上田龍男인 이영근으로 추정됨. 『후편』, 115면). 그러나 노무라가 이철 후임으로 학예부장이 되었다는 작품상의 결말은 자칫하면 오해를 가져올 수도 있는 사항이라 할 것이다. 실상 『국민신보』의 백철이 그 자리를 차지했음은 앞에서 지적한 바와 같다. 조용만의 불행이 백철의 행운임은 틀림없는 사실이었다.

조용만은 1941년 6월 촉탁이란 명목으로 매일신보사에 다시 입사했다. 『매일신보 사진순보(寫眞旬報)』라는 것을 맡았다. 월 3회 간행되는 이 잡지는 도쿄에서 인쇄해서 서울로 보내오는 것이었다. 그가 8·15를 맞이한 것도 여기에서였다. 이무렵 총독부 언론정책 속의 문화계 및 그 수행과정을 엿보는 증언으로 조용만의 것이 특출함은 이런 연고에서이다.

## 5. 문학가 백철, 기자 백철의 일체화

조용만의 불운을 행운으로 받아들인 백철 부장의 활동은 어떠했을까. 이에 대한 앞선 연구가 한 연구자에 의해 진작 이루어졌다.

『한국의 인간상』 제5권(1965.4.10 발행), 422면에서 백철은 이광수를 다음과 같이 말하고 있었다.

> 그는 일제의 주구단체인 조선문인협회의 회장이 됐고, 가야마 미쓰로오 [香山光郎]로 개명하였으며, 태평양 전쟁이 일어난 뒤에는 김기진과 더불어 남경으로 '대동아 문학자협회'에 참석하는가 하면, 학병을 권유하기 위하여 각지를 순회하며 친일연설을 하는 등, 실로 무섭고 실로 가증한 짓을 감행하였다.

그런데 이 책을 쓰기 위해서 이것저것 문헌을 뒤적거리던 필자는 백철의 이 글이야말로 뜻밖에 활용 가치가 다대하다는 사실을 발견하게 되었던 것이다. 그럼 그 이유는 무엇인가? 여러 말할 필요도 없이 이 문장에서 불과 단어 몇 개 글귀 두엇을 바꾸고 보면 그것은 그대로 딴 사람 아닌 백철 자신에게 여지없이 적용되는 글이 되기 때문이었다.

그럼 어떤 단어 글귀를 어떻게 바꿀 때 그렇게 되는가? '회장'을 간사로 바꾸면 된다. '가야마 미쓰로오'를 시라야 세이데쓰로 바꾸면 된다. '대동아 문학자협회'의 앞뒤를 매일신보 학예부장으로 바꾸고 다시 '친일연설'을 친일좌담회로 고치면 된다. 이렇게 슬쩍 바꿔치기로 얻어진 문장을 정서해 보니 그것은 다음과 같은 것이 되고 말았다.

> 그는 일제의 주구단체인 조선문인협회의 간사가 됐고, 시라야 세이데쓰 [白失世哲]로 개명하였으며, 태평양 전쟁이 일어날 무렵에는 총독부기관지 매일신보의 학예부장으로 재직하는가 하면 친일 사상을 고취하기 위하여 각종 친일좌담회를 개최하는 등, 실로 무섭고 실로 가증한 짓을 감

행하였다.

그런데 이렇게 써놓고 보니 필자는 백철의 그 활용 가치가 다대한 문장을 표절했다는 비난을 면하지 못할 것 같다. 그러니, 어차피 비난을 받을 바에야 다음 한 구절을 더 표절함으로써 억울한 생각이나 없도록 하자. 그럼 내가 표절한 다음 한 구절.

그러나 이 무렵은 그의 문학생활의 절정이기도 했다. 「천황폐하어친열 특별관함식배관근기(天皇陛下御親閱　特別觀艦式拜觀謹記)」를 삼천리 40년 12월호에 발표하고, 「舊さと新しさ」, 「決意の時代」, 「帝國每軍의 偉容」 및 「내선유연(內鮮由緣)이 깊은 扶蘇山城」 등을 집필하였다. 특히 「천황폐하어친열 특별관함식배관근기」는 백철의 친일적 사상이 결정된 대표적인 수필로, 『舊さと新しさ』는 그의 황도주의적 문학관을 대변하는 평론으로 모두 평판작(評判作)이었다.
— 임종국, 『친일문학론』, 평화출판사, 1966, 263~264면

준엄한 비판이 아닐 수 없다. 문학사가의 처지에서 백철이 이광수론을 썼을 터이며 그것은 어느 수준에서 일정한 객관성이 요구되는 것인 만큼 그렇게 밖에 쓸 수 없을 터이다. 그렇다면 문학사가에게 누가 그런 면죄부를 주었을까. 이 과제는 너무 커서 별도의 논의가 요망되거니와 요컨대 중요한 것은 위의 인용에서 제일 민감한 부분에 관해서이다. 위의 인용문은 3부분으로 구성되어 있는바 첫 번째와 두 번째는 '이광수=백철'의 도식이며 세 번째는 '백철'에만 국한되어 있고 그 중심부에 놓인 것이 「천황폐하어친열 특별관함식배관근기」(『삼천리』, 1940.12)이다. 이 글에는 필자의 머리말이 먼저 제시되어 있어 이 글의 성격을 규정하고 있다.

지난 10월 11일 횡빈(橫濱)근해에서 이 중대지추에 의의 깊게 거행된 특별관함식에 나는 영광스럽게도 본부(本府, 조선총독부—인용자) 사회교육과 추천

조선 특파문인으로서 이 날의 성의(盛儀)를 배관하는 영예를 일신에 입었다. 여기에 이날 느낀 일생일대의 큰 감격의 일단을 삼가 기록하여 일반 독자 제현과 함께 그 감격을 나누고저 한다. 또한 이 날의 감격을 말하기 전에 아울러 경성에서 동경까지의 여중소감을 추기하여 배관근기에 전장을 삼으려고 한다.

―『삼천리』, 1940.12, 30면

일본식 기원(紀元) 이천 육백 년 기념으로 1940년 10월 11일에 거행된 이 거대한 행사에 참석하기 위해 백철이 『경성일보』 다카하시[高橋] 편집국장과 함께 서울을 떠난 것은 10월 8일이었다. 열람식 관찰까지 보고들은 것을 적은 여행기의 일종이지만 이 글의 유별난 점은 스스로 '문학자의 시선'을 유지하고자 했다는 점에서 온다.

문학자에겐 항상 목적이 크면 클수록 그 목적을 잊어버린 듯한 태도로서 그 목적 전에 오는 모든 세밀한 사실, 직접으로는 자기 문학의 그 위대한 목표와 아무 관계도 없이 보이는 일상적인 평범사에 대하여 일일이 주의가 깊은 치찰한 관찰을 해가지 않고는 도저히 문학자로서 그 표현의 의무를 감당할 수는 없는 것이다. 그런 의미에서 이번 배관한 특별관함식은 이번 길의 나의 일 작품으로 보면 그것은 위대한 주제요 목표요 이상이다. 그러기에 그 무상의 영예스러운 주제를 나의 작품상에서 빛나게 하기 위하여서도 나는 직접으로 처음부터 곧 그 주제에만 몰두하는 단기(短氣)를 취하지 않으려 무한히 애를 썼다.

―「천황폐하어친열 특별관함식배관근기」, 36면

참으로 난감한 것은 그가 '문학자의 글쓰기'라고 자부한 점에서 온다. 총독부 기관지 『매일신보』 학예부장의 처지에서 선택되어 천황이 임석하는 특별관함식에 참가했음이 엄연한 사실임에도 불구하고 어째서 그는 '문학자'의 자격이라고 자처한 것이었을까. 이 물음에 대해서는 어떤 논리도 이끌어내기 어렵다. 「전망」의 작가이자 「시대적 우연의 수리」라는 평론을 쓴 백철은 물론 문학자였다. 그것은 어떻든 문학과 관련된 글이었음에서 그러하다. 다음의 글들도 사정은 크게 다르지 않다고 볼

것이다. 「조선문학의 재출발을 말하는 좌담회」(『국민문학』 창간호, 1941.11)
에서의 발언도, 「국민문학의 일년을 말하는 좌담회」(『국민문학』, 1942.11)의
그것도, 「문학의 이상성」(『동양지광』, 1942.11), 「결의 시대」 등 일어로 쓴
글들도 한결같이 신체제에 조선문학이 나아갈 길을 논의한 것이지만
이런 글들 역시 어떻든 '문학인의 글쓰기' 범주에 드는 것이리라. 백철
의 이러한 시국적 문학론의 의의는 실상은 유진오나 임화, 또 최재서나
김종한 등에 비해 미미했을 터이다. 이런 문학의 글에 비해 저 관함기
란 과연 문학자의 글쓰기라 할 수 있을까.

　이 물음에 대해 백철이, 변명으로 일관된 그의 자서전에서조차 스스
로 어떤 변명도 포기했음에 접할 수 있다. '오점', 곧 '내 생애의 치부'
라는 한마디가 그것이다.

　　이번은 직접 내 자신의 오점에 대한 이야기이다. 바로 유씨(유광렬―인용자)
가 편집국장으로 있을 때 일이다. 그때 일본은 소위 대동아전쟁의 승전고에
발맞추듯이 미까사마루[三笠丸]라는 대전함을 제조하여 진수식의 행사를 대
대적으로 벌린 일이 있다. 거기에 내가 신문사 특파원으로 추천되어 간 것이
다. 그렇게 된 동기는 신문사 자체의 입장에서 보아도 당시 총독부 학무과장
으로 있던 계광순(桂珖淳)의 추천의 덕분이었다. (…중략…)
　　그 특파행에서 돌아와서 쓰지 않을 수 없어서 써낸 글이지만 「三笠戰艦進
水式壯觀記」 같은 제목으로 『三千里』 지상에 르포르타주를 내기도 했는데
버젓이 내 이름을 내놓고 써낸 이 글은 내 생애의 한 치부로서, 가릴 수 없는
흠점이 아닐 수 없다.

―『후편』, 47~48면

신의주고보 출신이며 도쿄제대 법학부를 나온 고시출신 계광순이 총
독부 학무과장으로 있으면서 신의주고보 한해 후배인 백철을 추천한
것이니까, 요컨대 총독부 쪽에서 매일신문사로 연락하여 백철을 보낸
것이었다. 학무과에서 뽑았으니까 조선 문화계의 대표자격, 그러니까

‘문학자’로서 백철을 선발한 형국이었다. 문학자의 자격이냐 특파원 자격이냐의 혼동 속에서 빚어진 것이 "내 생애의 한 치부"인 이 글이라 규정할 수 있다.


## 6. 시국좌담회와 춘원의 충고


‘내 생애의 한 치부’가 의식되는 모랄적 근거는, 앞에서 보았듯 특파원(기자) 자격이냐 문학자 자격이냐의 혼돈 속에서 온 것이라면 이 범주에 속하는 것으로는 백철자신이 지적한 것만 하더라도 한두 가지가 아니다. 조선문인협회 주최 문인시국 강연 지방순례(1940.11.30~12.5)를 비롯, 각종 문인단체의 임원 맡기, 좌담회에 참가하기, 그리고 신체제 속에서의 조선문학의 나아갈 길 등의 발언은 문학인의 발언이기도 하지만『매일신보』 학예부장의 발언이기도 했다. 그러기에 ‘내 생애의 한 치부’임엔 틀림없으나 나름대로의 변명이 가능했는바 직업인으로서의 윤리의식이 그것이다.

요컨대 내가 매일신보사에 입사한 그때부터 혼자서 자기 처세를 변명, 합리화하고 뒤에 가서도 기회 있을 때마다 자기 변명을 하고 지낸 셈이지만 결과로 해선 매일 신문기자 생활을 한 것은 내게다가 여러 가지의 떳떳하지 못한 행적을 남기게 만든 것이 사실이다. 이 신문사 생활의 연장으로 그 뒤 나는 북경에 가서 지사장과 특파원의 이름으로서 현지의 기사를 써 낼 때에도 항상 속으로는 ‘이것을 자연인 백철이 하는 일이 아니고 기자라는 직업인으로서 하는 기계적인 일밖에 되지 않는다’ 하고 혼자 중얼거리곤 했지만, 그러나 객관적으로 볼 때엔 어디 사건이 그렇게 단순할 수 있으랴. 그래서 인생의 길이란 선현의 말대로 정말 일일삼성(一日三省)하는 엄격한 윤리적인 태도가 지켜져야 하는 것이다.

―『후편』, 48면

이 글에서 강조되어 있는 대목은 직업인으로서의 변명이다. 문학인이냐 총독부 기관지 기자냐 라는 물음의 혼재 속에서 교묘히 헤엄치기를 일삼던 백철로서도 이 보호색의 한계점에 이른 시기가 도래했다. 1942년 겨울, '문화인 시국좌담회'(반도호텔)가 열렸는데 여기 참석한 것은, 서울 주재 일본인 문화담당 실력자인 쓰다 가타시[津田岡], 가라시마 다케시[辛島驍], 다카이 구니히코(高井國彦, 군보도부 문화촉탁) 등과 조선인 문화인 등이었는바, 이런 공식 석상에서 이광수가 백철을 두고 한 말 그것이 아프게 기억에 남았다.

> 며칠 전 古川 보안과장을 만났는데 그의 말이 "백철 씨는 과거의 경력도 좋지 않은 데다 근래의 행동도 적극성이 없고 도피적이다"고 하더라는 것이다. "그러니까 주의해야 합니다" 해서 앉았던 사람들이 다들 나를 주시했다. 나로선 바로 단죄형장(斷罪刑場)에 끌려 나가 앉아 심문을 당하고 있는 심정이었다.
>
> ―『후편』, 116면

"내가 이 이상 조선 땅에 남아 있기는 힘들겠다"라는 심각한 생각이 든 것은 이 때 이후라고 그는 또 적었다. 총독부 기관지 학예부장의 신분도 그 마술적 효능이 다된 형국으로 느껴졌던 것이다. 일종의 위기의식이라 할 만했다. 조용만의 불행(필화사건)이 백철에겐 커다란 행운이었지만, 겨우 두 해만에 그것이 새로운 불행의 징후로 변모되어 갔던 것이다. 몸부림을 쳐야 했다. 운명의 여신은 이번에도 백철 편에 서 주었다. 북경 지국장행이 그것이다.

제2장 환각의 북경

## 1. 개운사(開運寺)의 새봄

작가 김내성의 소개로, 『매일신보』 학예부 기자인 31세의 백철이 루시여고를 갓 나온 원산 처녀 한시봉(韓始鳳)과 혼례식을 올린 때는 1939년 8월이었고, 곳은 서울 소공동에 있는 일본 YMCA강당에서였으며, 주례는 여운형(呂運亨) 선생이었다. 신문사 직원, 문인 친구들 속에는 춘원도 끼어 있었다. "참 신부 인물 좋습니다. 白선생 큰 복 타셨어요"라고 춘원이 덕담을 했다. 신혼살림을 차린 곳은 개운사(開運寺, 성북구 안암동) 내의 초가집이었다. 이 초가집에 대해 신부는 이렇게 적어 세상에 발표했다.

첫째로 어딘지 분위기가 생소한 이 절간 한구석에 초가집을 정한 것이 저 소녀 때 간혹 공상하던 그 문화주택과는 거리가 멀었던 때문에 처음에는 기가 막혔다. 결혼한 바로 뒤부터 백(白)이 사로 나갈 때에는 산간과 같은 이 집에 앉아서 고독을 금하기 어려운 시각도 있었다. 그밖에 일상생활 상에서도 뜻하지 않은 오해를 당한 일도 있고 또 내가 오해를 한 일도 있어 불쾌하게 괴롭게 종일을 지낸 적도 있었다.

— 한시봉, 「초가나마—즐거운 우리집」, 『삼천리』, 1940.10, 157면

신문사 사원의 월급으로는 문화주택을 장만할 수 없었다. 1943년 잠시 『경성일보』 사원노릇을 한 바 있는 김달수는 이렇게 적었다. "내 월급은 임시수당을 합쳐 70원이었는데 일본인 월급은 112원이었다"(『나의 아리랑의 노래』, 中公新書, 1977, 229면)라고. 일본인에겐 '외지수당'이 따로 있었다. 일본에서 작가로 살면서 온갖 차별을 받아온 그도 조선에서 겪은 이런 차별은 난생 처음이라고 적기도 했다. 룸펜으로 몇 년을 살아온 백철로서는 이런 초가집도 후배 정비석의 도움으로 비로소 이루어진 것이었다. 당초 이 초가집은 허준의 집필실이었는바 정비석이 이를 사들여 그동안 비워두었던 것. 일금 7백 원짜리였다. 초가에다 뜰도 몇 평 안 되는 작은 집이었지만 뒤는 산이어서 뻐꾹새 소리도 들렸다. 장모는 산기슭에 밭을 일구어 옥수수와 콩을 심었다. 그야말로 처음 맞는 스위트홈이었다. 늙은 신랑은 회사일이 끝나면 부리나케 신부 곁으로 달려왔다. 신부의 눈에 비친 신랑은 어떠했을까.

백은 결코 애교가 있는 사람도 아니요 명랑한 성격도 아니다. 어느 편인가 하면 우울하고 말이 적고 무찍찍해서 붙을 점이 없어 보인다. 그래서 어떤 때는 그것도 불만이 아닌 것은 아니다. 그러나 지나는 동안에 차차 백의 참된 성격도 알려지고 그 명랑치 못하고 무찍찍한 성격에 도리어 커다란 신뢰를 가지게 되었다. 또 백의 그 우울한 성격이 어데서부터 온 것인가를 알게 될 때에 그에게 느끼는 마음은 더욱 깊어짐을 생각한다. 그는 가정적으로 극히 불행한 과거를 가진 모양이다. 빈약하나마 가정다운 가정을 가져본 것도 이번이 처음인 모양이다. 그와 같이 불행한 과거가 성격이 약하고 선량한 백의 성

격 위에 침울한 그늘을 치게 한 것이다.

―「초가나마―즐거운 우리집」, 158면

돈에 눈이 어두워 치렀던 첫 번째 결혼과 그 이혼. 그리고 두 번째 결혼은 아내의 사별로 종말을 고한 이 박복한 사내에게 찾아온 세 번째의 이 혼인이란 그야말로 스위트홈이 아닐 수 없었다. 오죽했으면 "그는 특별한 일이 없이는 한 번도 늦도록 집에 돌아오지 않는 일이 없다"라고 신부가 적기까지 했으랴. 그러나 이 스위트홈도 만 1년으로 끝장났다. 사람들은 이런 경우를 두고 한 가지 수사학을 발전시켜 왔다. 호사다마가 그것. 이듬해 12월 19일 신부는 딸을 순산했다. 을지로에 있는 부립병원에서 산후열로 그녀는 숨을 거두었다. 장례식은 1940년 12월 25일이었고 개운사 경내에 살았기에 장례는 불교식이었다.

한시봉의 유언은 두 가지. 딸을 잘 키우라는 것이 그 하나. 다른 하나는 홀로된 장모를 돌봐달라는 것. 그는 이 유언을 지켰는데 이는 그 자신이 개운사 신혼에 얼마나 정성을 기울였는가를 증명하는 것이기도 하지만 동시에 네 번째 아내 최정숙(崔貞淑)의 훌륭한 인간성에서 온 것이기도 했다. 『매일신보』 학예부장 백철은 홀아비가 되어 어린 딸을 장모와 함께 키우는 신세가 되지 않으면 안 되었다. 그 딸의 아명은 옥남(玉南)이었고, 훗날 승혜라는 이름으로 성장했다. 일 년 만에 한시봉을 떠나보낸 백철은 어떻게 살았을까.

때는 1941년 12월 19일. 여기는 개운사 초가집. 『매일신보』 학예부장의 딸 옥남의 돌잔치가 벌어지고 있었다. 참석자는 신문사 동료들. 화가 이승만·윤희순, 만화가 김규택, 기자 정인택 등등. 이 자리에서 윤화백이 결혼공포증에 걸려 있는 백철에게 삼취 장가를 권했다. 본시 두 번 상처할 관상인데 지금부터는 만사형통이라는 관상학 이론을 꺼낸 윤화백의 심중에는 이미 모종의 계획이 감추어져 있었다. 편모슬하의 무남독녀 최정숙이 그녀이다. 여학교를 갓 나온 19세인 최정숙을 선본 것은

1941년 여름이었다. 부민관 2층 식당에서였다. 아무리 대단한『매일신보』학예부장이지만, 33세의 신랑과 19세의 신부, 그것도 삼취에 해당되는 형편이고 보면 비록 편모슬하라 하나 장모될 사람쪽에서 망설였을 터이지만 노신랑의 처지도 모종의 윤리감이랄까 자책감에서 자유로웠다고 하긴 어려웠을 것이다.

너 이놈 백철아, 이 도적놈 같으니. 너 두 번씩이나 상처를 했으면 네 팔자에 과부나 하나 얻어서 살면 됐지 네게 숫처녀 장가가 당하기나 한 말이냐. 그리고 저렇게 어린 색시를……. 너 이놈 사기꾼이다.

결혼식 피로연에서『매일신보』정치부장 이원영이 한 주정이었다. 결혼식이 거행된 것은 1942년 6월 2일. 연미복에 땀을 흘리며 결혼식을 치른 백철은 실로 날아갈 듯한 심정이었다. 새로운 천지에로 그의 길이 훤히 열려 있었던 까닭이다. 바야흐로 학수고대하던 북경행이 이루어졌기 때문이다. 꿈에도 그리던 북경행이 신혼의 꿈과 더불어 이 굴곡 많은 사내에게 주어졌던 것이다.


## 2. 여기가 북경이다! 여기가 북경이다!


1943년 3월 2일 밤 10시. 북행열차 '히카리[光]'가 경성(서울)역을 떠나게 되어 있었다. 정차 시간은 단 10분. 역두에는『매일신보』편집국장 정인익을 비롯, 사의 간부들이 거의 다 나와 있었다. 동아 · 조선 · 중앙 등 민간신문이 폐간된 마당의 유일한 조선어 신문이자 총독부 기관지인『매일신보』에 직 · 간접적으로 관여하고 있던 문화인들도 다수 나와 있었다. 안석영·이재명·이창용·박기채·김관수 등 극계·영화계 인사와, 문인으로는 김팔봉·이태준·최재서·임화·김남천·정비석 등등. 당연히도 그 속에는 약혼자 최정숙의 한복차림의 모습이 있었다. 그들은 한결같이 숨막히는 식민지 반도의 분위기에 질려 있었다. 고노에 후미마로[近衛文麿] 내각(1937~1941)이, 전시 파시즘체제에 그나마 저항하는 방식의 하나로 내세운 것이 저 악명 높은 대정익찬회(大政翼贊會, 1940.10)였다. 그 초대 문화부장에 기시다 구니오(岸田國士, 1890~1954)를 앉혔다. 양심적인 극작가이자 소설가인 그를 문화부장으로 내세웠을 때 많은 자유주의 문화인들이 상당한 기대를 가졌음도 사실이었다. 이광수·유진오·최재서 등이 참가한 대동아문학자 대회의 구상도 그가 한 것이었다. 이런 일도 어느 의미에선 파시즘에 대한 제3의 저항선을 구축하기 위한 문화인의 몸짓이었다. 전후 공직에서 추방된 기시다를 파시즘의 희생자로 보는 것도 이를 말해주는 것이다(다카다 리에코[高田里惠子], 『문학부를 둘러싼 병』, 松籟社, 2001, 66~67면). 이에 따라 식민지 조선에서는 도쿄제대 출신 관료인 야나베 에이사부로[失鍋永三郎]가 총력연맹 문화부장으로 취임해서 조선문인보국회를 총지휘하는 판국이었다. 조선 문화인도 모종의 기대와 회의를 가졌을 터이지만 이 도도한 천황제 파시즘 물결 앞에서는 속수무책이었다. 기독교·천도교·불교 등의 종교단체는 물론, 각종 예술단체들이 성전(聖戰) 4주년 기념일(1941.7)에 낸 성명서들이 이 점을 잘 보여주고 있다. "성전 4세의 빛나는 신춘을 맞이하오며 삼가 황실의 번영을 봉축하옵고 아울러 전선 장병의 무운장구를 멀리 비나이다"(『인문평론』, 1941.1 권두언)라는 분위기가 지배하는 세계에서 벗어나는 현실적으로 유일한 길은 북경행이었다. 유진오·임화 등이 북경에 있는 백철에게 부럽다는 편지를 낸 것도 이런 문맥에서이다. 김팔봉·안막·노천명·김사량 등의 문인, 극계의 박진, 무용계의 조택원·최승희, 음악계의 현제명·이인범·김천애, 가요계의 남인수·장세정 등의 북경방문이 이를 또한 말해주고 있다.

밤 10시 10분에 서울을 출발한 히카리호가 고향인 평북 비현 역을 지날 땐 아침이었다. "북경엘 간다니, 되놈의 나라는 무서운 고장일텐데!"라고 걱정하는 노모를 그리며 그는 차창 밖으로 눈을 감았다. 신의주 역엔 3분 머물렀다. 5년 동안 공부하던 국경도시. 이 도시를 상징하는 제일 큰 것이 철교였다. 기차는 바야흐로 이 곳을 지나가지 않겠는가. 자기를 태운 채. 굉장한 그 무쇠다리를.

한양아 잘 있거라 갔다오리다
앞길이 질펀하다 수륙 십만리
사천년 옛도읍 평양지나니
굉장할사 압록강 큰 쇠다리여
—육당, 「세계일주가」, 『청춘』 창간호, 39면

조선 땅을 벗어나는 순간이었다. 소년 시절 그는 매주 걸어서 이 무쇠다리를 건너 안동시 구시가를 견문했다. 일인 경영의 문방구에서 물건을 훔치다가 여주인에게 잡혔을 때 점잖게 타이르던 그 여주인의 목소리가 이명처럼 울렸다. 또한 그는 조선반도를 벗어난다는 감상적인 생각에 잠기기도 했다. "간다간다 나는 간다 그리운 너를 두고"라는 도산이 불렀다는 「거국가(去國歌)」와 같은 것. 이러한 심정에 잠겨있는데, 국경 형사의 목소리가 그를 깨웠다. "미분쇼메이쇼또 깃쁘 미세데구다사이."(신분 증명서와 차표 좀 봅시다) 죄인처럼 그는 움칠 놀랐다. 동경고사 학생 신분증으로 드나들던 관부 연락선의 경우와는 다른 묘한 기분이었다. 그러나 그 대단한 총독부 기관지 『매일신보』 기자 신분이 아니었던가. 그럼에도 조선인 백철기자는 국경형사가 지나가자 안도의 한숨을 내쉬었다.

만주국과 북지(北支, 중국북부)의 국경선인 산해관(山海關)을 통과한 것은 새벽 1시였다. 만리장성의 최남단 도시였다. 히카리호는 직항으로

봉천(지금의 심양)으로 가게 되어 있었으나, 북경행은 여기서 화북교통(일본재벌과 중국재벌의 합작철도)의 열차로 갈아타야 했다. 1938년 10월 개통된 북경직행으로 갈아타기 위해서는 세관을 통과하게 되어 있었다. 만주국과는 달리 중국인 까닭이었다. 무거운 트렁크를 들고 긴 플랫폼을 오가는 어려움에다 세관조사 또한 까다로워 한 시간이나 걸렸다. 끝이 보이지 않는 화북 평야를 달리는 열차 속에서 그는 떠오르는 태양을 보았고 천진(天津)을 지날 땐 오후 6시였다. 거대한 도시가 차창 밖으로 펼쳐졌다. 중국 본토에 비로소 온 느낌을 물리치기 어려웠다. 여기서부터 북경까지는 한 시간 거리. 그 한 시간이 바야흐로 흐르고 있었다. 북경 외각 성벽을 돌아서 북경역으로 다가 들어갈 때는 오후 7시경. 천년고도의 성터는 석양에 찬란히 물들고 있었다. 드디어 북경에 온 것이다.

『매일신보』 북경특파원이자 나프·카프 출신의 조선인 문학평론가 백철이 드디어 북경에 온 것이다. 그는 장안가(長安街) 한복판에 있는 북경반점(北京飯店)에 행장을 풀었다. 북경 최고의 호텔이었다. 프랑스인이 세운 이 호텔은 훗날 백철의 아지트였고 연안 탈출 직전 김사량이 머물렀던 곳이었다. 간단히 요기를 마친 그는 그 유명한 천안문(天安門) 앞을 지나서 장안대가(大街)를, 이른 봄바람에 바바리 코트자락을 휘날리며 걷고 있었다. 속으로는 이렇게 외치면서. "여기가 북경이다. 정녕 여기가 그 북경이다!"라고. "여기가 자금성이 있고 경산공원, 북해공원이 있고 백탑(白塔)이 있고 유리창, 왕부정(王府井)이 있는 북경이다!"라고.

여독도 아랑곳 없이 그는 꿈 속을 거닐듯 밤이 으슥할 때까지 걷고 있었다. 그는 이 유서깊은 고도에서 신혼의 꿈에 젖어, 도박에 젖어, 막강한 군부의 보호 속에서 무려 이년 반을 보냈다. 1945년 8월 2일, 해방을 불과 한 주 앞두고 귀국하기까지 그는 이 고도에 빠져 있었다.

## 3. 환각으로서의 북경

북경의 다른 이름은 연경(燕京)이다. 주(周)대에 연(燕)이라는 나라에 속했음에서 연유된 것. 진시황제에게 멸망되기 전, 약 9백 년 존속된 연나라는 중국 전체로 보면 변방에 지나지 않았다. 10세기에 북경은 요나라 5경의 하나였으나 역시 변방인 셈. 12세기 이곳은 중도(中都)로 불리었다. 북경이 전중국의 중심이 된 것은 남송을 멸망시키고 중원을 차지한 원나라(1279) 이후였다. 대도(大都)라고도 불렀다. 명(明)의 주원장(朱元璋)이 원나라를 멸망시킨 것은 1368년. 당초 주원장은 남경(南京)을 수도로 삼았으나 영락제(永樂帝)가 자금성을 조성하고 정식으로 북경에 천도한 것은 1421년이었다. 그 뒤를 이은 청나라도 변경 없이 이 도시를 수도로 삼아 근대에 이른 것이다.

중국의 도시가 성곽으로 축조되어 있음은 모두가 아는 일. 북경도 마찬가지. 내성(內城)이 원래의 성벽이며, 민가를 포함하는 외성이 이루어진 것은 1553년. 성벽의 총길이는 24Km, 동남 5.5Km, 서남 4.7Km, 남면 7Km, 북면 6.8Km. 성벽 높이는 약 10m 이상. 기층부 두께는 20m, 상면은 약 17m. 재료는 흑색의 벽돌.

북경의 중심부는 단연 고궁(故宮)이다. 본래의 궁전이란 뜻이며 내성 속에 있는 황성(皇城)이란 곳에 자금성(紫禁城)이 있다. 남북 2.8Km, 동서 2.4Km. 남북이 동서보다 긴 것은 정사방형을 피하기 위한 것. 황성을 에워싼 성벽은 붉은 색. 외성, 내성의 색이 쥐색인 것과는 취향이 다름. 서양인은 Imperial City라 번역했다. 그 내부가 자금성. 성벽에 싸인 남북 1Km, 동서 700m. 건물을 북으로 밀어 붙여 남쪽 공간을 넓게 했고 공간이 다한 곳에 궁정 중의 궁정인 태화전(太和殿)이 3층으로 대리석 대상에 솟아있어 황제의 권위를 과시했다. 자금성의 '금'은 금지, 금단의 뜻. '자'는 천자만이 상용하는 색. 하늘의 성좌 북극성인 자미원(紫微垣)을 지상에 재현시킨 것. 금지된 궁전인 셈. 성벽 외측엔 호수를 파놓았다. 외성의 정문은 영정문(永定門), 내성의 정문은 정양문(正陽門), 황성의 정문은 천안문(天安門), 자금성의 정문은 오문(午門). 이를 지나면 태화전이 나온다. 자금성의 뒷문은 신무문(神武門), 황성의 뒷문은 지안문(地安門). 자금성을 에워싼 정문 천안문은 명대엔 승천문(承天門)이라 불리었는데 청 세조의 중건 시에 오늘의 이름으로 바뀐 것. 5개의 아치형 통로로 된 천안문은 그 자체가 거대한 궁전. 긴 세월 묵묵히 중국 역사를 지켜본 역사의 얼굴 이었다. 1900년의 의화단(義和團)사건도 이 앞에서 벌어졌고 5·4운동 (1919)도 중화인민공화국 성립식전(1949.10.1)도 여기에서 벌어졌다.

명나라 마지막 황제 숭정(崇禎)이 자살한 경산(景山)은 자금성의 진산 (鎭山)으로 고궁 바로 북쪽에 있는 인공의 산이다. 높이 92m. 그 서쪽이 북해(北海). 인공호수이며 여기에 라마사원의 흰 탑이 높이 솟아 있다. 백철은 신혼 아내와 함께 이 백탑위에 올라가 자금성을 내려다보았다.

> 우리가 북해공원에 간 것은 얼마 뒤의 일이다. 이 공원은 만수산을 작은 규모로 꾸민 인공호수의 공원이었다. 호수 한편 언덕에 있는 누각들, 다관들이 산재하여 용궁이나 같이 영롱하였다. (…중략…) 우리들은 북편 언덕에 있는 다관에서 중국 다과를 청해놓고 호반을 내려다보면서 오후 한나절의 풍경을 즐겼다. 특히 저녁이 다 되어서 공원의 높은 언덕에 서 있는 하얀 돔이 푸른 하늘에 솟아있는 나마탑(喇嘛塔)에 올라서 눈 아래로 북경 시가를 굽어보는 것은 무엇이라고 형용할 수 없는 신비스러운 경치였다. 여기선 바로 중앙으로 자금성의 황금색의 즐비한 기와골들이 초여름의 훈풍에 물결을 출렁대며 찬란하게 흐르고 있었다. 그리고 북경 시가의 전경이 한눈 아래 들어왔다. 느티나무와 참죽나무들의 신록이 지는 햇빛을 받고 더욱 찬란하였다.

—『후편』, 175면

여기 나오는 나마탑은 백탑을 가리키는 것. 요나라 황제가 세운 것. 둥근 탑신에 가운데가 불룩한 백색의 이 탑은 그 속엔 사리 20개, 소탑

2천기, 무후정광 다라니경(無垢淨光陀羅尼經) 5부가 있었다. 높이 50.9m(자금성 내에서도 이를 볼 수 있다. 필자는 백철을 생각하며 자금성에 갈 때마다 궁 너머로 솟은 백탑을 보고 사진을 찍곤 했다). 오행설에 따르면 서쪽은 백색, 물질은 금속에 해당되니까, 국호의 금(金)이란 색으로 치면 백색, 방위로는 서쪽. 백탑이 세워진 이유. 1096년에 건조됨(다케우치 미노루[竹內實], 『북경』, 文藝春秋社, 1992, 진순신, 『중국역사의 여행』, 集英社, 1997). 이 백탑은 백철의 북경 생활 중 가장 인상적인 것의 하나였다. 그 백탑 너머로 그는 하나의 청정한 미래를 보고자 했던 것이다.

그러나 백철이 제일 좋아한 북경은 따로 있었다. 그것은 여름의 북경이었다.

나는 그 뒤 북경에 머무는 동안 자주 이 북경의 여름경치를 감상하였다. 저 황혼에 젖어드는 초여름 밤 북경의 경치를 사랑하였다. 그때마다 나는 북경의 고도에 담겨 있는 가지가지의 비화들을 되새겼다. 많은 왕조들이 뒤바뀌는 그 성쇠의 이야기들, 여러 가지의 극적인 장면들을 연상하면서, 흔히 북경을 찾는 사람들이 빗대어 말하는 것처럼 동양의 아라비안 나이트의 환상에 잠겨보는 것이었다. 그렇게 북경의 풍경, 특히 초여름 북경의 야화(夜話)가 내 추억 속에 많이 남아 있다.

—『후편』, 175~176면


## 4. 일본군 지배하의 북경


군부와 간첩과 독립군과 총잡이, 아편상인, 졸부 등이 들끓는 마도(魔都)와 같은, 중일전쟁 한가운데 놓인 북경이 어째서 백철에겐 이토록 꿈에 그리던 별세계였을까. 무엇이 그로 하여금 이 아라비안나이트와 홉사한 북경야화에 매료되게 만들었을까. "북경의 여름 경치다!"라고 그는 말했다. 그것은 그의 눈에 펼쳐진 풍경에 다름 아니었다. 그것은 그가 직면한 현실이 한갓 아라비안나이트 같은 환상이었음에 비례하는 심사이다. 북경반점에 머물며 그는 『매일신보』 북경 지사장이자 실상은 동시에 '조선사설총영사(總領事)' 노릇을 하고 있었다. 어느 것도 그에겐 현실이 아니라 환상에 다름 아니었다. 그것은 초여름 고드름 스치는 훈풍과 동격이었다.

백철이 북경을 처음 방문한 것은 1942년 겨울이었다. 그 무렵 그에겐 모종의 충격적인 사건이 반도호텔 문화인 시국좌담회에서 일어났다. 권력자인 일본문화인들 앞에서 춘원이 유독 백철을 거론하며 아래와 같이 주의를 준 사건이 그것. 보안과장의 말이라 하여 "백철 씨는 과거의 경력도 좋지 않은 데다 근래의 행동도 적극성이 없고 도피적"이라고 하더라는 것이다. "단죄형장에 끌리어 나가 앉아 심문을 당하는 심정"이었다. 『매일신보』 학예부장의 신분도 결코 안전한 보호책일 수 없음을 통감한 사건이었다. '이 이상 조선땅에 남아 있기 힘들겠다'라는 막연한 생각이 그로 하여금 북지(北支) 방면을 떠올리게끔 했다. 당시의 편집국장 정인익의 특별한 후의로 두 주간의 여행허가를 받았다.

중일전쟁(1937.7)을 벌인 그해 9월, 일본 정부는 국민정신 총동원운동을 벌이기 시작했다. 사상전의 필요를 강조하기 위해 군부와 정부는 언론기관을 이용·통제했다. 군보도부에 문화인은 물론 작가들도 '펜부대'라 하여 동원되었다. 종군작가 히노 아시헤이[火野葦平]의 『보리와 병사』(1938)가 큰 반향을 일으켰다. 신문사는 전황기사와 전장 사진의 속보를 실었다. 큰 신문사는 천여 명의 기자들을 파견하였다. 보도 경쟁이었다(도야마 시게키 외, 『쇼와사』, 岩波新書, 165면). 이러한 추세에 따라 『매일신보』도 백철을 파견할 수밖에 없었다. 비록 전쟁 속의 북중국 시찰 여행이고 그것도 단기간이었지만 북경의 거리만은 그럴 수 없이 정다웠다. '어떻게든지 해서 이 북경으로 와서 지내고 싶다'라는 결심을 할 정도로 북경의 거리에 마음이 사로잡혔다. 그것은 백철 특유의 저돌적 모험심과도 무관하지 않았겠으나 무엇보다『매일신보』학예부장이라는 지위 자체의 불안정성에서 온 것이었다.

이번에도 운명의 신은 백철 편이었다. 타인의 불행이 그에게 행운이었던『매일신보』학예부장 자리에서 이번엔 타인의 불행 없는 행운이 그에게 다가왔다. 1943년 봄 매일신보사 북경지국이 북경지사로 승격하게 되었음이 그것. 북지의 조선인 급증에 발맞추어 취해진 조치로서 특파원을 겸한 부장급 인사의 파견이었다. 학예부장의 백철에겐 천재일우의 기회였다. 3월 하순 최정숙과의 결혼날짜를 뒤로 미루고 그는 3월 2일 많은 문화인의 부러움을 한 몸에 받으며 북행열차에 몸을 실었던 것이다.

특파원이자 지사장(支社長)으로 부임한 백철이 본 북경의 정세는 과연 어떠했으며 그가 해야 할 일은 무엇이었을까. 이 두 물음에는 무거운 역사적 과제가 걸려 있어, 그것은 개인 백철의 존재를 크게 넘어선다.

> 그 시절 북경에는 일본의 북지군 사령부라는 것이 동단패로(東端牌路) 북쪽에 큰 자리를 잡고 있었고, 그 앞잡이로서 화북 괴뢰정권이 세워졌다. 왕극민(王克敏)이라는 검은 안경 쓴 사나이가 그 주석으로 되어 있었다. 검은 안경을 쓴 왕극민의 인상은 기자회견 석상에 직접 대해 볼 때나 더구나 사진으로 볼 때는 흡사 장님 같은 인상을 주었다. 내가 왕극민에 대한 인상을 장님이라 불러 보는 데는 뜻이 있다. 오직 맹목적이면서 그런 위험한 전국에 처하여 희미하게나마 앞날을 내다보지 못하고 일본군벌의 앞잡이가 되어 괴뢰정권의 주석 노릇을 해야 했느냐 하는 말이다. 하기야 그때 중국정계에서 지성이 뛰어난 사람이라고 여겨진 왕조명(정위)같은 사람도 중경을 이탈해서 평화공작을 한다는 명목으로 남경에 괴뢰적인 신정권을 세운 사실이 있었으니 왕극민 따위야 이야기거리도 안 된다.

—『후편』, 133면

일본군이 북경을 함락한 것은 1937년 8월 8일이었다. 점령군도 중국군도 이 고도를 훼손하지 않았다. 남경 대학살이 같은 해 12월 13일에 일어났다. 이 북경 정복에 대해 한 서양특파원은 1940년의 시점에 이렇게 적었다. "북경 정복은 일본병사를 만재한 수대의 트럭이 입성하고 수백만의 중국인이 그것을 하는 수 없이 받아들인 때부터 시작되었다. 그런 상황은 지금에까지 그대로 지속되어 있다"(Colin Ross, *Das Neue Asien*, 1940. 일역, 講談社學術文庫, 37면)라고. 이 서양기자는 또 이렇게도 적었다. "내가 밤이나 낮이나 북경시내를 걸어 다녔지만 이 도시가 질서와 안녕이 위험하다든가 폭동이 일어날지도 모른다는 생각을 조금도 가져본 바가 없다"라고. 길거리엔 중국인 경찰이 직무를 수행하고 있었다. 일본측의 선전에 의하면 성내에서 중국인 헌병이 새로 도착한 자들을 조사하고 있는데 정작 그들이 적발하려 하는 것은 '중화민국 문서'라는 것. 그것이 노리는 것은 '반일 선전'이 아니라 '북경의 임시정부' 반대의 선전이라는 것. 물론 이 임시정부가 일본군 없이는 하루도 유지될 수 없음은 삼척동자도 아는 일. 그럼에도 불구하고 임시정부가 일본의 총칼 덕분만이라고 주장할 수는 없다는 것이다. 나아가 이 임시정부에 근무하는 중국인을 모조리 매국노라고 할 수 없음도 물론이다. 이 임시정부의 각료로 일하는가 또는 야경으로 근무하는가는 아무래도 상관없는 일. 오로지 생활문제만이 중요한 몫을 했다. 일본군과 협력하고 있는, 적어도 상당수의 중국인은 국가주의적 애국자이다. 그들은 장개석을 신용할 수 없었거니와 한 번도 신용해본 적이 없는 자들이다. 그들은 외국인의 지배와 외국인의 영향에 어쩔 수 없이 당해야 한다면 그 외국인은 유럽인이기보다는 아시아인, 그러니까 러시아인, 영국인 따위보다는 차라리 일본인이 바람직하다고 생각하는 중국인 애국자일 터이다. 그 실례로 이 기자는 일본군이 지키는 바리케이트 앞의 광경을 소개했다. 긴 줄이 서 있는데 그 속에는 영국인도, 중국인 채소장수도 있었다. 일본인 보초는 영국인을 뒤쪽으로 내쫓고 그 채소장수를 먼저 통과시켰다.

이 서양인 기자가 일본과 친근한 독일인임을 염두에 둔다면 그의 기

록이 얼마나 객관성을 유지하고 있는지는 의문이긴 해도 한 가지 측면
은 나름대로 부각시켰다고 볼 근거는 있다.

　　물론 일본군은 점령하의 중국영내에서 갖가지 압력과 폭력을 동반한 공포정
　치를 행했다. 그러나 나는 적어도 화북에서는 갖가지 보고나 풍문에서 예상한
　것보다는 일본인의 행동이 매우 적었음을 보았다. 북경뿐만 아니라 다른 소도
　시에서도 일본인이 일반석으로 무슨 마찰도 없이 중국 생활에 녹아들어가는
　모양은 참으로 놀라움이 아닐 수 없다. 그들의 옷, 기타 게이샤[藝者]에 이르
　기까지 녹아들었다. 한편 일본인은 그들이 할 수 있는 한 집요히 중국어를 배
　우고자 애쓰고 있다. 그러나 중국인은 그들 특유의 신속한 이해력으로 일본어
　를 배웠던 것이다. (…중략…) 일본인은 중국인을 일본화하고자 생각하지 않으
　며 거꾸로 중국인을 중국인의 생활의 원천인 유교에 되돌아가기를 희망하고
　있다. 이 움직임은 표면적이지만, 북경 거리의 표정 속에도 드러나 있다.
　　　　　　　　　　　　　　　　　　　　—「새로운 아시아」, 일역판, 188면


　일본군 지배하의 북경의 참모습은 어떠했을까. 이런 물음은 어쩌면
일반론으로는 던져질 수 없는 것이리라. 조국의 수도를 적에게 유린당
한 중국인의 시선이 먼저 있다. 점령군 일본인의 시선이 이와는 별도로
있다. 제3자인 서양인의 시선도 있을 수 있다. 그렇다면 백철의 시선은
어떠했을까. 총독부 기관지 『매일신보』 북경지사장이자 특파원인 식민
지 조선인 문학평론가 백철의 시선이란 그만의 고유한 것이 아니면 안
되었을 터이다.


## 5. 일본 기자 구락부


　백철이 북경에서 맨 먼저 해야 할 일은 '일본 기자 구락부'에 가입하

는 일이었다. 이 조직에 들지 않고는 기자의 구실을 전혀 할 수 없었다. 말을 바꾸면 이 기구에 가입만 되면 어마어마한 특권이 자동으로 주어지게 되어 있었다.

우선 북경에 오게 된 정식 신분이 신문사 특파원이었으니 싫든 좋든 그 특파원의 구실을 하기 위해서는 그들의 북지군 사령부나 당시의 현지 괴뢰정권인 북지본부와 화북 정무위원회 등의 정례회견 같은 것에 참석을 하지 못하고선 취재다운 것을 할 수가 없었다. 그런데 일본 기자 구락부에 드는 것이 큰 난관이었다. 일본 기자 구락부란 일본 국내의 주요 신문인 『朝日新聞』, 『每日新聞』, 『讀賣新聞』 등을 주축으로 하고 현지의 일본인 신문들로서 구성이 되어 있었는데 문제는 그 신문들이 모두 일본말 신문이요 기자들도 모두 일본인들이었는데 내 경우는 거기 들 수 있는 기본자격에서 벗어났던 것이다. 신분도 일본인이 아니고 조선 사람이며 신문도 내용은 어떻든 간에 형식상은 조선말 신문이었으니 그 가입이 제대로 될 수가 없었다. 처음에 가서 얼마동안은 기자 구락부 가입 일 때문에 나는 동분서주를 하고 있었다.

—『후편』, 151~152면

다행히도 백철이 이 낯선 곳에서 기댈 데가 있었는데 『경성일보』 국장이자 특파원 가와베[川倍]가 그였다. 『경성일보』는 일어로 간행되는 조선내의 최대신문이자 총독부 기관지였고 한글신문 『매일신보』는 그에 예속된 신문이었다. 1938년 『매일신보』가 분리되어 독립체제로 되었으나 실질상으로는 여전히 예속상태였다(100만 엔 출자 가운데 총독부 10만 주, 조선식산은행 10만 주, 경성일보 45만 주, 민간공모 35만 주. 『언론조선총독부』, 158면). 본사에 있을 때 물론 백철은 가와베와 안면이 있었고 백철의 도착을 그도 알고 있었다. 가와베는 맨 먼저 백철을 데리고 북경에 와 있는 일본 신문들의 지사·지국을 방문하여 소개시키는 절차를 밟았다. 그 소개의 방식 또한 썩 그럴듯한 것이었다. 조선에서 유명한 문학평론가라는 것, 동경고사 출신이라는 것, 일본의 나프맹원이며 프롤레타리아문학에 크게 활동한 바 있다는 것 등을 먼저 내세우고 이번에 반도의 유일한 조선신문인 『매일신보』 지사장 겸 특파원으로 주재하게 되었으니 기자회 가입을 부탁한다는 것이었다. 이러한 소개방식이 주효하였는데, 당시 기자 상당수가 문인적 기질을 갖고 있었기 때문이다. 제일 큰 『아사히신문(朝日新聞)』 지사에 들렀을 때 시미즈[淸水] 기자가 이런 질문을 했다. 그들 대화를 보이면 이러하다.

> 시미즈: 지금 소개말을 들으면 백상(白氏)께선 이름난 문학자인 모양인데 왜 그 방면에 전심하지 않고 신문기자로서 이런 현지를 오셨소?
> 백철: 문학을 한다 해도 시장문제지요 조선의 문단은 일본과는 달라요 문학을 해서 밥을 먹을 수가 없다우. 그리고 또 하나 내 생각 같아서는 직접 작품을 써내는 시대보다는 체험을 하는 시대라고 봐요. 앞날의 작품을 위해서 말이오
> 시미즈: 체험을 하는 시대라구요?
>
> —『후편』, 153면

시미즈가 백철에게 큰 호감을 가졌음은 확실했다. 기자회 가입할 때 그가 적극 노력한 점이 그 증거이다. 무엇보다 '문학자'라는 점이 주효했던 것이다. 그것도 대단한 조선인 프롤레타리아문학자였다는 사실은 군부에 저항하는 많은 지식인 기자들의 마음을 움직이게끔 한 요인이었다. 훗날 작가로 활동한 바 있는 일본인 기자 나카조노 에이스케[中薗英助]의 『북경반점 구관에서』(1988)에서도, 「백철 씨에 보내는 편지」(『中央公論』, 1974.10)에서도 이 점이 새삼 확인된다.

기자회 정식 가입엔 여러 가지 난관이 따랐다. 선례가 없기 때문에 회칙을 적용하기 어려웠던 것이다. 조선어 신문이 들어설 틈이 없었다. 이 난관을 해결해준 쪽은 군부였다. 북지군의 보도부장 와타세[渡漱] 소좌와 보도주임 이이다[飯田] 중위 두 사람. 전자는 대신문 『마이니치 신문』의 도쿄 본사 정치부 차장 출신이며 후자는 『서일본신문』 기자 출신이었다. 기자회 가입이 이루어진 것은 4월 중순이었다. 일단 가입되자

그 특권은 이만저만한 것이 아니었다. 『매일신보』 지사장이자 동시에 '사설 조선총영사'라 불린 것도 이 특권에서 왔다.

기자구락부에 든 것은 여러 가지 면에서 큰 특권을 행사할 수 있었다. 그때 일본 기자 구락부의 뱃지[徽章]가 일곱 개의 펜모양을 컴비네이션으로 하고 중앙에 별을 새겨 넣은 것이었는데 그 배지만 붙이고 다니면 어딜 가나 무상 출입을 할 수 있게 되어 있었다. 주요기관의 정례회견에 참석은 물론이며 화북 교통에선 기차 1등 승차패스가 나오고 있어서 당시 화북이라고 불리우는 온 지역을 마음대로 여행할 수 있는 것 등 여러 가지의 특권을 행사할 수 있었다.
—『후편』, 154면

이러한 특권획득은 당시로서는 실로 예외적 현상이었다. '예외의 성공'이라 스스로 말한 것도 본사 편집국장의 축전이 날아온 것도 이를 말해주고 있다. 정작 매일신보사는 도쿄에 지사를 내고 도쿄기자회에 가입하고자 만반의 노력을 했지만 성공치 못했는데, 북경의 경우는 실로 예외적이었던 것이다. 이러한 성공의 이면에는 여러 가지 요인이 작동되었음에 틀림없다. 북경이라는 흡사 환각과도 같은, 군부지배의 혼란 속의 일이라는 것이 첫 번째 이유일 법하다. 거기에 편승한 것이 문학이라는 또 다른 환각이었을 터이다. 조선의 유명한 문사이자 또한 나프 (NAPF) 경력을 가진 전향자이기도 한 백철이기에, 그가 시방 한갓 조선어 신문의 특파원으로 있긴 했지만 그 존재는 범상하게 느껴지지 않았을 터이다. 언제 무너질지 모르는, 더구나 허황한 대동아공영권의 허구 속에서 겨우 군부의 힘에 지탱되고 있는 북경이며 그 속의 일본인 기자들이고 보면, 식민지 문인 백철의 존재를 그들도 결코 무시할 수 없었을 터이다. 환각으로서의 전쟁, 환각으로서의 북경이기에 북경 소재 일본 기자 구락부 역시 한갓 환각이었을 터. 그것은 문학이 지닌 본래적 환각성과 등질의 것이었다. 이 이중의 환각성 한가운데 특파원 백철의 위상이 선명했다. 그로부터 2년 반 동안의 이 복마전 같은 북경생활이 흡사 환각처럼 백철에게 다가왔고 백철 또한 그 환각에 온 몸을 내맡겼다.


## 6. 동단패로(東單牌路) 이전영(利傳營) 후통(胡同)


일본 기자 구락부에 가입한 뒤 백철이 할 일은 지사의 사옥을 정하는 일이었다. 당시 신문 지사들의 소재지는 주로 동단패로(東單牌路) 북부지역이었다. 북지군 사령부와 괴뢰정권 화북정무위원회가 모두 이 근처에 있었던 때문이다. 『매일신보』 지사 역시 이 거리 남쪽 동교민항(東交民巷) 뒤 후통(胡同, 몽고어로 골목)에 있는 친구 김경식의 집으로 정해졌다. 창씨 개명한 와기(和木)로 행세하는 김경식은 백철이 여기 와서 알게 된 인물이었다. 처음 만나게 된 이 조선인은 대체 누구인가. 다만 백철은 이렇게만 적었다. "겉으로 보아서는 그가 무엇을 하고 있는 사람인지 정체불명이었는데 호언장담을 하고 과장을 하는 투가 어지간히 수단이 좋은 것 같았다"라고. 그가 살고 있는 집부터가 중국식 건물로 상당히 크고 넓었다. 일찍 이곳에 와서 군부의 통역 같은 일을 하며 한 밑천 잡은, 요컨대 군부식 졸부였을 터이다. 『매일신보』 지사장으로 온 백철에게 호감을 보여 접근해온 것도 이러한 모리배 근성 때문일 터이다. 낯선 곳에 처음 도착해서 갈피를 못 잡는 문사 백철에게 십년지기처럼 트고 살자고 제언해왔다. 그의 집에다 지사간판을 달았다. 그러나 순진한 문사의 단계를 스스로 넘어섰다고 자처한 처세술의 명인 백철도 김경식과의 관계를 지속할 수 없었다. 그 본색이 드러나기 시작했던 까닭이다. 신문기자 신분을 이용해 군부를 끼고 뭔가 이권을 따내려고 획책하는 그런 위인이었다. 당시 북경에 모여든 조선인 대부분은 정상적인 직업이 없었다. '부정한 약장수'를 해서 돈을 벌든가, 요리집이나 사창 같은 것을 내는 것이

고작이었다. 김경식은 이에 비해 상류층 모리배라 할 만했다. 채 한 달이
지나지 않아 백철은 이 집을 나와 새 사옥을 물색하지 않으면 안 되었다.
그리하여 마침내 정해진 곳이 동단북가(東單北街) 서쪽 골목〔胡同〕에 있는
집이었다. 지사가 정착된 이곳의 골목 이름은 이전영(利傳營).

　정착에 이른 과정에서는 또한번의 행운이 백철 편에 다가왔다. 믿을
만한 사람을 만났음이 그것. 이름은 명종우(明宗宇). 창씨개명으로는 아
케미치〔明道〕. 그는 당시 북경 거류 조선인 협려회(北京居留朝鮮人協勵會)
의 젊은 이사였다. 동단패로 중사가(中四街)에 있는 이곳으로 찾아가 지
사건물을 문의할 때 만난 인물이 명종우였다. 아사히 텐트〔朝日天幕〕라
는 꽤 큰 사업체를 가진 명종우의 도움으로 지사건물이 마침내 확정된
것이었다. 명종우에 대해 훗날 백철은 이렇게 적었다. "내가 북경에서
사귄 사람들 중 가장 친하게 지냈던 한 사람. 내가 북경에 있는 동안에
물질적으로도 큰 도움을 받은 사람, 북경생활에서 가장 두드러지게 기
억에 떠오르는 인물, 현지 조선사람 중에서 누구보다도 나은 인텔리였
다"(『후편』, 158면)라고.

　지사 사옥이 정해지자 백철은 두 주간 말미로 일시 귀국하지 않으면
안 되었다. 인생 중대사이자 그 뒤의 백철생애를 평탄한 길로 이끌어간
네 번째 아내 최정숙과의 혼례식 때문이었다. 이에 비하면 본사와 협의
해야 할 송금문제라든가 현지사원 채용 문제 따위란 별것 아니었다. 당
초 이 혼례식은 3월에 치르게 되어 있었으나 갑작스런 북경행으로 석
달 뒤로 미뤄진 것이었다. 기자 구락부의 가입도 지사 사옥도 이루어진
마당이 아니겠는가. 6월 2일 결혼식을 겨냥해 허둥지둥 북경을 출발한
것은 5월 27일이었다.

　문학이 환각이듯 북경도 환각이었다고 할 때 네 번째 신부 최정숙은
백철에게 무엇이었을까. 이것 역시 환각의 일종이었을까. 북경을 출발
한 열차의 창밖에 펼쳐지는, 중국 대지에 뜨고 지는 태양을 보면서 그
는 필시 이 의문에 부닥쳤을 터이다. 왜냐하면 그는 중편소설 「전망」을

쓴 작가였던 까닭이다. 천진을 거치고 산해관에서 트렁크를 들고 긴 플
랫폼을 지나 세관을 통과할 때도, 압록강 철교를 지날 때도 이 의문에
서 자유로울 수 없었다. 열차가 고향 비현 역을 지날 때엔 더욱 그러한
의문에서 시달려야 했으리라. 거기엔 그의 유년 시절이 있고, 부모 형제
가 있고, 무엇보다 어둠 같은 출세에 눈멀어 그곳 부잣집 과부 딸 신도
(信道)와 첫 번째 결혼을 한 사실이 있었기 때문이다. 일방적으로 이혼을
강요했지만 거기에서 아들까지 두지 않았던가(그 아들이 6·25 전 월남해서
가족으로 합류했다). 『매일신보』 북경 특파원이자 지사장인 백철은 이 환
각을 안은 채 서울을 향하고 있었다. 그것은 어쩌면 하나의 보잘것없는
위선, 하나의 순진한 자기기만이 아니면 안 되었다. 백철, 그는 둘러치
든 메어치든 문학자였던 까닭이다.


## 7. 늙은 도적놈 백철의 신혼생활


백철이 경성역에 닿은 것은 1943년 5월 28일 저녁 8시 반이었다. 부
모가 있는 비현 역을 흘깃 보았을 뿐 마음은 약혼자 최정숙에게 향해
있었다. 신문사 일도 일이었으나 결혼준비로 마음이 들떴다. 시국이 시
국인 만큼 간소한 결혼식이어야 했지만 당사자의 마음은 그럴 수 없이
바빴다. 약혼자와 화신백화점을 드나들고 거리를 헤매곤 했다. 상허 이
태준을 만난 것도 이 거리에서였다. 외국인만한 큰 키에 아래 위 일본
양복을 입은 상허는 『문장』이 폐간된 처지여서 의기소침해 있었다 약
혼자를 소개하자 상허는 화신백화점 건너편에 있는 아세아 다방으로
데려가 냉차를 사주었다. 요즘 문단형편을 묻자 상허의 대답은 이러했
다. "이제 시골로나 내려가 살까 합니다. 왜 그 월파(月坡)의 시 있지 않

아요. 새 소린 공으로 듣고 옥수수나 심고……”라고. 백철의 북경행을
부러워하는 기색이 역력했다.

드디어 6월 2일. 쾌청. 무더운 날씨에 연미복을 빌려 입은 늙은 신랑
은 한 시간이나 족히 걸리는 혼례식에서 부동자세로 서서 땀을 흘리지
않으면 안 되었다. 그날 밤 피로연에서 정치부장 이원영이 어린 신부를
보자 신랑에게 이렇게 호통을 쳤다.

> 너 이놈 백철아, 이 도적놈 같으니. 너 두 번씩이나 상처를 했으면 네 팔자
> 에 과부나 하나 얻어서 살면 됐지 네게 숫처녀 장가가 당하기나 한 말이냐.
> 그리고 저렇게 어린 색시를……. 너 이놈 사기꾼이다.
>
> —『후편』, 166면

백철의 일생을 검토할 때 이 대목만큼 결정적인 것은 많지 않다. 운명
적이기에 그러하다. 천도교 가문의 백철도 있고 동경고사 출신의 백철도
있고 문학평론가 백철도, 『매일신보』 학예부장, 북경 특파원 백철 등등의
무수한 백철이 있지만 ‘이 도적놈 백철’이야말로 고유한 그의 몫인 까닭
이다. 가면을 쓴 어떠한 백철론에서도 그 밑바닥에 ‘이 도적놈 백철’ 부분
이 살아 숨 쉬고 있었기에 가면마다 생기있는 가면이 되었던 것이다.

‘이 도적놈 백철’의 신혼여행지가 천년고도 북경이었고 신혼여행기
간이 무려 북경생활 2년 반이었다. 19세의 신부와 36세의 신랑을 고도
북경이 그럴 수 없이 다정하게 안아준 것이었다.

일어신문으로 최고부수를 자랑하는 『경성일보』(1943.6.3)는 백철이 6월
5일 오전 8시 흥아(興亞)호 열차로 북경행에 임한다는 사실을 보도해주
기조차 했다. 결혼 3일 후 백철의 북경행은 문자 그대로 신혼여행을 겸
한 것이었다. 일단 평양에서 내렸다. 김사량·오영진이 기다리고 있었
다. 모란봉에 올라 노을을 감상했고 김동인이 그토록 자랑해마지 않는
대동강 명물 매셍이(작은쪽배)를 띄우기도 했다. 6·25때 서울에 온 김사

량의 첫마디가 "색시 잘 있었어?"였다. 고향에도 들렸다. 이틀간 신부는
시가에서 지냈다. 신부로서 이 이틀간이 시부모를 모시는 마지막 기회
가 될 줄은 아무도 몰랐다. 이년 반만에 귀국할 때 백철부부는 북경서
서울로 직행했기 때문이다. 그들이 다시 북행열차에 몸을 실은 것은 6월
9일 저녁. 역에는 부모, 사형을 비롯, 온 가족이 환송을 나왔다.

열차가 북경에 들어선 때는 다음날 저녁이었다. 외성을 지나고 동편
문을 지나 동참(東站)역에 닿았다. 짐을 들고 내려야 했다. 다시 앞에 성
벽이 보였다. 내역(內域)이다. 역에는 현지 신문사의 사원격인 가네가와
[金東成]가 마중 나와 있었다. 양차(인력거) 세 대에 나눠 타고 지사가 있
는 동사패로 이전영 후통(利傳營胡同)으로 향했다. 양차는 전문대가(前門
大街)를 통하여 왼편으로 정양문(正陽門)을 바라보며 동교민항(東交民巷)
거리를 지나고 북경반점을 왼쪽으로 보면서 왕부정대가(王府井大街)를
한참이나 올라가서 관가(寬街) 중간에서 왼쪽 골목을 들어섰다. 거기에
지사가 있었기 때문이었다.

북경의 초여름은 그럴 수 없이 상쾌했다. 어린 신부를 데리고 늙고
욕심 많은 신랑은 마음껏 뽐내며 이 유서 깊은 고도를 감상하기에 여념
이 없었다. 자금성·천단·북해공원·이화원 등을 산책했다. 또 그들에
겐 먼 친척뻘 되는 장풍락을 만날 수 있었다. 잡화상 복전공사(福田公司)
주인이었다. 당시 북경 현지의 일본인계 거류민에게는 배급이 실시되고
있었는데 이 잡화상도 그 공급처의 하나여서 백철 부부와는 곧 친해졌
다. 이 잡화상 부인이 북경 시내 안내도 맡아주었다. 무엇보다 문학자
백철이 느낀 북경의 매력은 초여름이었다. 울창수목에 싸인 북경거리가
아니었던가. 가로수로 되어 있는 느티나무(槐木)야말로 북경 특유의 품
격을 가지고 있었다. 황진(黃塵) 만장의 초봄의 북경도 인상적이지만, 양
차로 달리는 만수산 드라이브웨이도 곤명호와 서태후의 호사로움도 역
사의 흐름과 더불어 환상적이었다.

그들 부부가 아들을 본 것은 이듬해 봄이었다. 자두꽃이 하얗게 핀

날 아들 인경(仁耕)이 태어났다. 즉각 본가와 장모에게 전보를 쳤다. 그런데 딱하게도 아기는 잘 자라지 않았다. 두 달이 지났는데도 무게가 도리어 날 때보다 준 3Kg도 못되지 않는가. 신부의 무경험 탓이었다. 영양실조로 판명되자 양젖을 먹임으로써 아이는 잘 자랐다. 이로써 백철은 첫 번째 부인에게서 난 아들 한명, 세 번째 부인 한시봉이 낳은 딸 하나, 그리고 최정숙이 낳은 아들 하나, 총 3명의 자녀를 두게 되었다.

백철 부부의 이년 반 동안의 북경 생활이란 무엇인가. 이 물음에 백철 자신은 야화(夜話)의 일종이라 적은 바 있다. '아라비안 나이트'에서 따온 이 말은 일종의 환각을 가리킴이다. 중국인에겐 그야말로 수난 시대 속의 북경이 아니었던가. 일본군이 지배하는 북경이란 무엇이었던가. 한갓 환각이 아니었던가. 일본군 기관총의 비호 아래 영위되는 생활이란 그 자체가 허구이자 환각이며 도깨비 같은 현상이 아니었던가. 이 환각은 북경 거리의 가로수 느티나무의 푸른 잎에 다름 아니었다. 한 순간 휘황해졌다가 꿈처럼 가뭇없이 사라지는 초록의 세계였다. 현실이 환각이고 환각이 현실임을 36세의 문학평론가 백철은 누구보다 잘 알고 있었다. 그러기에 그는 북경생활을 즐길 수조차 있었다. 이 점을 훗날 그는 '큰 모순'이라 적어마지 않았다.

그러니까 기자생활과 개인의 처세를 분리시켜서 생각하고 싶은 것이었다. 사무는 사무로 처리하지 거기 윤리적인 의미를 붙일 것이 아니라는 논법이었다. 그래서 신문사의 일은 그것대로 처리해 버리고 나면 그 사무 일은 깨끗이 머리에서 씻어버리고 그것과 따로이 북경생활의 가치를 따지고 자기 수확으로 거두자는 심산이었다. 이런 논법이나 처세술은 실제에 있어서 그렇게 기계적으로 나눠지는 것도 아닌 만큼 지금 회상을 하거나 그 당시의 생각으로나 큰 모순 같은 것을 느끼면서, 그때 생활상으로선 그 이상의 수준을 갈 수 없는 것이 내 생활능력의 한계 같은 것으로 되어 있었고 또 그 수준과 그 처세법으로 해서 먼저 말한 것처럼 2년간의 이 고도(古都) 생활은 내 생애에 가장 인상 깊은 추억으로 기억에 남게 된 것이다. 이 고도에서 지닐 때에 아직 내

연령의 젊음 관계도 있었지만 후에 와서 내가 구미의 몇 도시를 구경하여 보고도 역시 북경 같은 고전미의 도시는 없었다는 생각이 든다. 그야 로마나 파리나 런던 등이 다 전통의 도시들임에 틀림이 없으나 그것들은 역시 타입과 질이 다르다고 볼 수 있고 적어도 동양의 본질을 소유하고 있는 북경의 고전미는 유니크한 것이라고 보여지는 것이다. 그 유니크한 동양미 속에서, 전진(戰塵) 속에서나마 2년간을 생활한 부분이 내게는 귀중하고 가치 있는 일이었다고 말하고 싶은 것이다.

—『후편』, 132면

제3장 북해공원 위로 솟은 백탑

## 1. 스스로가 문학 텍스트 되기


조선어 신문인 『매일신보』 특파원이자 지사장인 백철은 문학평론가 백철이자 시라야 세이데쓰[白失世哲]이기도 했다. 이 이중성을 떠나면 이 년 반 동안의 백철 생애 중 가장 휘황했던 시절을 올바로 설명할 수 없다. 일본 기자 구락부 멤버인 백철의 북경이자 동시에 조선인 NAPF 출신의 문학평론가 백철의 북경이라는 사실만큼 분명하고도 애매모호한 것이 달리 없었다는 사실은 아무리 강조해도 지나침이 없다. 이 모순된 두 신분의 접점에 놓인 줄을 아슬아슬하게 타고 있는 광대로서의 백철이 아니었던가. 거기 북경 이 년 반 동안의 백철의 환각과도 같은 삶이 등불처럼 걸려 있었다. 중경 임시정부의 시선과 연안 조선독립동맹의 시선이 동시에 작동하고 있는 곳이 일본군 지배하의 북경이 아니었던가. 이 속

에서 일본인 수족 노릇을 하고 있는 『매일신보』 특파원이란 과연 무엇일
까. 이 물음 앞에 직면한 백철을 구출한 것은 다름 아닌 '문학 그것'이었
다. 이 경우 문학 그것이란, 넓은 뜻의 '문화 그것'을 가리킴이었다.
　백철이 마주치고 또 감당해야 했던 문학 그것의 과제는 다음 세 가지
로 정리될 수 있다. 첫째 중국문학자와의 만남을 들 수 있는 바 그 대상
은 주작인이었다. 둘째는 북경에 온 일본 작가들과의 만남이며 셋째는
북경을 방문한 조선작가와의 만남이었다. 그러면 중국문학자와의 만남
의 첫 번째 자리에 오는 자는 누구였을까. 이 물음에는 일본의 대표적
평론가의 견해에서 모종의 실마리를 얻을 수 있다.

　　일본인이 중국인이란 것을 새롭게 이해하지 않으면 안 될 커다란 필요에 부
　닥친 오늘, 중국의 민족성을 새로운 표현으로 활성화한 근대문학이란 것을 중
　국이 전혀 갖고 있지 못했다는 사실이 의외의 장애로 되어 나타났음을 우리
　들은 알아차린다. 미국 여류작가가 쓴 『대지』인지 하는 소설에 중국인을 썼다
　고 하겠는가. 미국서 교육받은 덕분에 영어만은 통달한 중국논객의 논문에 혹
　은 일본의 마르크스주의 문헌을 비스듬히 읽은 항일작가들의 작품에 중국인
　의 정체가 있다고 하겠는가. 나는 믿지 않는다. 가까스로 루쉰(魯迅)이란 사람
　이 아마도 좁지만 깊게 중국인의 폐부에 닿은 것을 우리들에게 가깝게 표현
　해 주고 있었다. 그렇지만 북경의 거리에서 아큐의 얼굴을 찾기란 하얼빈의
　거리에서 뮤시킨에 마주치는 것보다 내게는 어려웠다.
　―고바야시 히데오, 「만주의 인상」, 『고바야시 히데오집』, 筑摩書房, 463~464면


## 2. 주작인(周作人)과의 대담


　루쉰(1881~1936)이 죽고 없는 이 마당에 중국 문인들 대표하는 작가는

일본인의 시선에서 보면 누구였을까. 루쉰의 동생 주작인(1885~1967)이라고 백철은 생각했다. 두루 아는 바 루쉰의 본명은 주수인(周樹人). 절강성(浙江省) 소흥(紹興) 출신. 형제가 모두 일본에 유학했고 따라서 일본과 관련이 깊었다. 주작인이 1934년 현재 스스로 쓴 이력서를 보면 아래와 같다.

원적 절강성 회계(會稽). 광서(光緒) 갑신(1884)년에 태어남(그러나 실제로는 1885년이었다). 17세에 江南 水師學堂에 입학. 재교 6년 뒤에 해외유학 시험에 임했으나 근시로 인해 전공 변경. 1906년 도일. 法政大學 예과 立敎大學에 전입. 신해혁명으로 귀국. 민국 원년 절강성 교육사의 시학에 임명되고 그후 고향에서 중학 교원. 1917년 초 북경에 가서 북경대학 부속 국사편찬처에서 편찬위원, 1917년 9월 북경대학 문과교수. 오늘에 이름. 그간 장작림 대원수 시절 일 년간 학교를 떠났다. 1909년 도쿄에서 처를 맞아 1남 2녀. 큰딸은 민국 18(1929)년 죽다.
— 마쓰에 시게오[松枝茂夫] 역, 『주작인 수필』, 富山房百科文庫, 1996, 329면

겉으로 드러난 주작인의 자화상이 이러하다면 스스로가 말하는 내면의 모습은 어떠할까.

원래가 해군출신이었기에 결코 문인이 아니며 하물며 학자일까 보냐. 이 사실을 그 자신이 거듭거듭 승인하고 있는 바이다. 그가 하는 짓이란 단순한 잡역부로서 장작패기, 물 긷기, 청소하기 따위이다. 가요, 동화, 신화, 민속에 관한 수집탐구, 동구·일본·희랍 문예의 번역 따위에 즐겨 조력을 했지만 그것은 진짜 전문가가 없는 경우에 한정되었던 것이고 각 부분 전공자가 나타나자 그는 곧바로 거기서 빠져나와 다른 장소에서 청소나 장작패기 일에 나아갔다. 전공을 갖지 않았으니까 학문연구에 열중하는 일이 없었고 단지 잡서 읽기를 즐겼다. 그 목적은 그러나 약간 사물을 알고자 하는 것 이외는 아니었다. 읽은 책 속에서 그에게 가장 영향을 준 것은 영국의 엘리스의 저작이다.

이상은 민국 19년(1930-인용자) 『연대월간』지를 위해 쓴 것이다. 지금 여기에다 한 마디 덧붙이고 싶다. 곧 만약 프로이트파의 아동심리가 이해되지 않는 한 그의 사상태도를 비판함에 설사 어떤 방식으로 말하고자 해도 전혀 불가능하며 전혀 헛수고라고.

—『주작인 수필』, 330면

루쉰의 그늘에 가려 흐릿한 존재로 보이기 쉬운 아우 주작인이 어떤 위인인가를 위의 자전기록에서도 조금은 엿볼 수 있다. 그는 프로이트 심리학을 내세워 사람의 일생을 논함이 얼마나 깊고 아득한가를 빗대어 놓고 있지 않겠는가. 유학 도중 일본여자 하부토 노부코[羽太信子]와 결혼, 1911년에 귀국하여 서구문학의 본격적 번역·소개에 임했다. 그는 이를 두고 장작패기, 청소작업이라 했다. 북경대 교수가 된 1917년 이후엔 『신청년』의 문예혁명운동에 호응했고 봉건사상 비판에 헌신했다. 그러나 군벌과 보수세력 틈에서 좌절하여 전통에 입각한 독자적 필기문학의 스타일을 창조했다. 30년대에 유행한 소품운동의 중심인물로서 형인 좌파 루쉰문학에 대항했다. 한편 그는 일본문화의 전문가로 군림, 반일운동 속에서 일본문화를 배울 것을 강조했다. 1937년 중일전쟁이 일어나자 북경에 남아서 괴뢰 북경정부의 교육대신에 취임, 전 중국에 충격을 주었다. 항일전쟁 후 국민당 정부의 한간(漢奸, 대일협력자) 재판에서 10년형에 처해졌고 이 년 반 동안 감옥생활, 남경정부 붕괴 이후에 석방됐다. 중화인민공화국 건국(1949.10) 이후엔 북경 자택에 칩거, '한간'의 표찰을 단 채 본명으로 공적으로 등장하는 일은 두 번 다시 없었다. 그의 학문을 아낀 나머지 공산당 중앙부에서는 일본 고전 및 루쉰에 관한 글을 쓰게 했다. 그가 만년에 쓴 루쉰 관계의 글들은 루쉰 연구의 귀중한 자료로 평가되었다(『新潮世界文學辭典』, 증보개정판, 1990, 489~490면).

백철이 거물 주작인을 만난 것은 1945년 가을이었다. 중국어를 모르는 백철인지라 사람을 시켜 북경대학으로 전화를 걸자 조교하는 자가

일거에 거절하는 것이었다. 그도 그럴 것이 신문기자 백철이었던 까닭
이다. 이번에는 백철을 늘 도와준 명종우의 도움을 받기로 했다.



북경대학엔 명종우가 잘 아는 친구가 따로 있었다. 드디어 교섭이 이
루어진 것이다. 주작인을 만난 것은 북경대학이 아니고 그의 자택이었
다. 북경 서북편, 만수산을 가는 가도 중간에서 오른편으로 약 2Km 꺾
어 들어간 곳이었다. 백송이 몇 그루 서 있는, 검은색 벽돌로 둘러싸인
전통적 집이었다. 붉은 대문을 셋이나 지나서 서재 겸 응접실에 안내되
었다. 한적, 양서, 일본서 등의 서가로 꾸며져 있었다. 몇 분 뒤에 주작인
이 중국복장의 부인과 함께 나타났다. 중키에 반백의 머리, 둥근 얼굴의
주작인의 풍모는 중후한 인상이었다. "You are welcomed, Mr. Paik!" 뜻밖
의 영어였다. 적국어라 하여 영어사용이 금지된 조선이고 또 북경이어
서 백철의 놀라움은 컸다. 잇달아 부인이 이렇게 일본어로 인사했다.
"이랏샤이마세!"라고. 한걸음 앞으로 나서며 유창한 일어로 말하는 부인
은 다름 아닌 하부토 노부코. 50세에 가까워 뵈는 이 일본 여성은 아직
도 그 미모가 남아 있었다. 갸름한 얼굴과 가냘픈 몸매의 일본여성의 전
형이었다. 호적(胡適)이나 기타 문인들이 모조리 북경을 탈출했는데도 북
경에 머물며 일본군 지배하에서 교수 노릇을 하는 주작인이 아닌가. 대
화는 금방 일어로 이루어졌다. 통역으로 함께 간 지사의 기자 가나카와
의 존재는 무용지물이었다. 처음엔 그저 날씨 얘기, 북경의 경치 얘기로
시작했고 잇달아 메모지를 내놓자 주작인은 강경한 자세로 거부했다.

렇게 만나 뵙도록 한 것입니다. 나는 본시 성격도 그렇고 또 요즘 심경이 더욱 그렇고. 일체 외부와의 접촉은 피하고 있답니다.

사담이랄까, 환담에 거친다는 조건으로 그들은 오후 두 시간 동안 함께 했다. 주작인이 궁금해 하는 것은 조선의 신문학 운동이었다. 자기 형 루쉰을 조선서도 아느냐고 묻기도 했다. 또한 오늘의 조선문학에 대해 궁금해했다. 백철이 알고자 한 것은 어디까지나 기자다운 궁금증이었다. 왕조명을 어떻게 생각하느냐가 그 하나. 국민당의 원로격인 왕조명은 당의 좌파 지도자로 활동했으며 1927년 무한정부(武漢政府)를 세워 장개석과 맞서다 1932년에 국민정부 요직으로 복귀하였는데, 중일전쟁이 터지자 1938년 일본에 호응해서 중경을 탈출, 1940년 남경에서 친일 반공의 괴뢰정권을 세웠고, 그 후 일본으로 탈출해 병사한 것은 1944년이었다. 당시 친일 반공 괴뢰정권의 중심인물을 주작인은 어떻게 생각하고 있었을까. 기자로서 백철의 궁금증이었으나 노련한 친일파인 주작인이 선뜻 논평할 이치가 없었다. 주작인의 대답은 개인적으로 왕선생을 존경한다는 것. 중국에 빨리 평화가 와야 된다는 것이었다. 백철의 두 번째 궁금증은 북경대학생의 동향이었으나 이 역시 알아내기 어려웠다. 그러나 문학자로서의 현재 작업상황을 묻자 이렇게 명쾌히 있는 그대로 대답해주었다.

별로 새로 하는 일은 없고 제가 과거에 써둔 것, 발표한 것들을 정리해 보고 있지요. 그리고 우리 고전들을 다시 읽어보고 있답니다.

두 시간의 대담을 마치고 그 집을 나서면서 총체적으로 백철이 느낀 것은 이러했다. "그가 북경에 남아있긴 하지만 정말 점령지구가 마음에 들어서 있는 것은 아니었구나……"라고.

대체 주작인은 어떤 인물일까. 한갓 '한간'에 지나지 않는가. 일본유학 출신이자 '창조'파의 작가인 욱달부(郁達夫, 위다프)는 이렇게 평가했다. "루쉰이 일본서 공부한 것이 의학이며 주작인은 일본에서 해군지원에서 외국어 학습으로 전환했다. 그들은 과학을 독실히 믿었고 진화론에 찬성했고 인류를 열애했고 사회개혁에 뜻을 둔 점에서 형제는 일치하나 그 주장하는 수단은 서로 달랐다"라고. 루쉰이 오직 급진적이며 죽기를 마다하지 않았으나 주작인은 평화를 혹애했고 피흘림 없는 혁명을 이상으로 삼았다. 주작인의 두뇌는 루쉰보다 냉정했지만 행동은 루쉰보다 우유부단했다. 주작인은 이지적이며 중용으로써 지혜와 감정의 평형을 찾았고, 이를 두고 입신출세주의라고 할 수 없다고는 할 수 없으나, 그렇다고 현실에 영합하는 인간으로 보면 큰 오산이다. 이렇게 본 욱달부는 "중국 현대 산문의 성격은 루쉰, 주작인 두 사람으로써 가장 풍부하고 위대하게 된다"(『루쉰과 주작인─중국문학대계 산문』(2), 1935.4)라했다.

이러한 주작인이 '한간'으로 전락해서 북경대학에 머물고 있을 때 백철이 방문한 것이었다. 백철과 주작인의 만남이 갖는 의의가 여기에서 온다. 말을 바꾸면 식민지 문학자이자 일본인 정책에 가담하여 입신출세주의에 치닫고 있는 『매일신보』 북경 지사장의 처세술과 중국 최고의 문학자의 한 사람인 주작인이 서로 마주 보고 있는 형국이었다. 해방 직후인 8월 18일, 임화 중심의 원남동 모임에서 친일문인을 제외한 임시집행부 선출에서 백철이 초대 서기장으로 뽑혔을 때 백철은 스스로 사임했다고 회고했다. 그때의 현장증인으로 유진오·이무영이 있다고 했다(「문학자로서 나의 처세와 그 모랄」, 『신천지』, 1953.11, 198면). 그렇다면 한간으로 준엄한 민족의 재판을 받아 복무했고 연금 상태에서 생을 마친 주작인의 운명은 어떻게 보아야 적절할까. 이 물음은 실상 중국 근대문학의 거대한 무게에서 오는 것이리라.

## 3. 일본문인들과의 만남

19세기 영국 낭만파 시인들이 로마를 찾듯 일본 문학자들이 1943년 북경으로 몰려 왔다고 백철은 썼다.

> 그해 가을 9月 하순에 일본에서 작가들이 대거 북경에 온 일이 있다. 사토오 하루오[佐藤春夫], 아베 도모지[아부지이], 요시카와 에이지[吉川英治], 이토오 세이[伊藤整], 오자키 시로[尾崎士郎], 오다 가쿠오[小田嶽夫] 등. 그들의 명목이 북지전선의 종군 작가들이었지만 그들이 문학인들로서 흥미를 가진 것은 북경이었다. 옛날 19세기의 영국 낭만파 시인들, 가령 바이런이나 셸리, 키츠 등이 이탈리아 여행, 특히 로마를 보는 것이 그들의 소원인 것처럼 당시 조선이나 일본의 문학인들은 북경을 보는 것이 평생의 소원같이 되어 있었다. 전에는 좀처럼 가 볼 수 없던 것이 중일전쟁으로 해서 일본군이 북지를 점령하고 있는 기회에 일본작가들로선 종군을 빙자하고 쉽게 북경 구경을 올 수 있었던 것이다.
>
> —『후편』186면

북경 주재 일본 기자 구락부는 종군작가들을, 북경에서 제일 크고 화려한 북경반점(Beijing Hotel)에서 환영 파티를 열어주었다. 소설『미야모토 무사시』로 저명한 요시카와 에이지[吉川英治]만 몸이 불편하여 제외된 전원 참석이었다. 일행 중 백철과 지면이 있는 문학가는 오다 가쿠오와 이토 세이뿐이었다. 오다는, 백철이 도쿄 시절에 가담한 동인지『전위시인』의 동인 가운데 한 사람이었다. 백철은 이 프롤레타리아 시인의 동인지에서 「9월 1일」 등 슈프레히콜을 사용해 큰 인기를 끈 바 있다. 그 무렵 아라이 데쓰[新井徹], 그의 부인 고토 이쿠코[後藤郁子] 등과 친밀히 지낸 바 있다. 오다 역시 시를 썼으나, 이 무렵 소설로 전환해서 저널리즘을 타고, 북경까지 종군작가단 일원으로 몰려온 참이었다.

이 뜻밖의 옛 동지와의 해후에 둘은 감개가 남달랐다. 옛 동지들의 안부 묻기란 어느 곳에서나 어떤 시대에나 인간다운 것. 조선에서 소학 교사 경력을 가진 아라이와 미모의 고토 부인은 백철과 특히 친했는데, 고토 부부는 이혼 했다는 것이었다. 문학을 그만두고 신문기자가 되었는가 라고 따지는 전향자 오다의 추궁에 몰린 백철을, 옆에서 이토 세이가 도와주었다.

백(白)상에 대한 이야기는 내가 좀 알고 있지. 백상…… 우리가 경성에서 만난 것은 바로 재작년 가을이지요 오다군. 백상은 말이야 조선문단에서 제일 위의 평론가란 말이야. 아마 오다 군의 인기 가지고선 백상의 평판을 감당하지 못할 걸…….

이토 세이(1905~1969)는 저명한 소설가·번역가·평론가로 활동한 문학인으로 대륙개척 문예간담회에 참가하여 이 무렵 만주·중국 등을 여행했거니와 그의 문학적 영위방식은 군부 전시하의 지식인의 내면묘사에 치중함으로써 시대적 압력에서 벗어나려는 데 있었다. 소설 「도쿠노 고로의 생활과 의견」(1941~1942)이란 실험적 작품이 이를 말해주고 있다. 지식인답게 이토가 북경과 중국을 남달리 느끼고 있음을 백철은 놓치지 않았다. 북경반점 옥상에서 벌어진 파티에서 물러나 테라스 난간에 기대어 황금빛으로 저물어가는 고궁과 장안가를 수놓은 고전적인 대화폭(大畵幅)을 바라보면서 이토는 백철에게 이렇게 말하고 있었다.

어제는 천단을 구경했지. 정양문밖의 그 유명한 천단 말이야. 단채(丹彩)가 요란한 문을 들어서니까 저쪽에 삼중의 층계로 되어 있는 대리석의 난간을 원형으로 된, 직경이 30간이나 되는, 큰 대(台) 위에 푸른 기와의 번쩍이는 도형의 삼층루가 서 있더군. 대가 순백의 대리석 난간, 그 위에 선 건축의 기와와 군청, 기둥과 석벽은 붉은 빛깔을 많이 쓴 강한 원색의 인상을 주었어…… 아래쪽이 퍼지고 녹색의 원형 삼층탑은 일본에서 흔히 보는 탑이나 사원의 미감과는 전혀 다른 것을 느끼게 해서 ……. 차라리 그 미감으로 하면 일본 것이 더 섬세한 것이 있을지 몰라요. 그러나 이쪽의 것은 그런 미감이 아니고 중심을 향해서 이루어진 원형의 중복성이 건축의 오연한 맛이야. 본시 원형이란 중심이 하나이기 때문에 모호하질 않고 명확한 것이 특성이라고 봐요 ……. 그리고 천단은 하늘을 본떠서 만든 것인데, 요컨대 그 순백의 플랫폼과 그 양 가장자리에 있는 원형의 누각과 제단이 주 대상으로 되는데, 전체의 구성으로 봐서 반드시 훌륭하다는 이야기보다는 그 구성이 어딘지 기하학적인 거대한 상징의 법이라는 데 주목이 끌렸어요. 일본인인 경우에는 형태란 정신적인 것의 외원이며 속의 정신이란 어딘지 포착하기 힘든 모호하고 어두운 것으로 되어있지, 중국의 것과 같이 원형이나 거형(矩形) 그 자체에 종교적인 의미가 있다고 생각해서 안심한다는 것은 있을 수 없게 되어 있지 …….

―『후편』, 189~190면

이 대목은 물론 작가 이토 세이의 섬세한 관찰력과 교양의 축적에서 나온 것이지만 따지고 보면 백철 자신의 관찰이기도 했다. 이토 세이도 백철도 고도 북경과 그 문화를 깊이 사랑했기 때문이다. 그렇기는 하나 또한 백철과 이토 세이 사이에는 현격한 차이가 있었다. 조선인 기자 백철은 무려 이년 반이나 이 고도에서 가족과 더불어 살았기에 그의 시선은 잠시 구경삼아 오는 지식인의 관광적인 그것과는 사뭇 달랐다. 조선 신문인『매일신보』북경지사장 백철은 최소한 다음 3가지 시선 위에 알몸으로 노출된 존재일 수밖에 없었다.

첫 번째 시선은, 일본 기자 구락부를 총괄하는 정보 기관지의 그것. 두 번째 시선은, 중경에 있는 임시정부의 시선. 세 번째 시선은, 화북 태항산에 거점을 둔 조선독립동맹의 시선. 이 세 가지 시선 위에 올라탄 백철은 교묘한 줄타기를 하지 않으면 안 되었다. 자칫 한 눈 팔다가는, 줄에서 떨어져 웃음거리로 되고 마는 광대가 아니라 목숨을 잃을 정도의 신세였던 것이다. 아찔한 광대놀음이 아니면 안 되었다. 이 세 가지 시선에 비하면, 국내에서 백철을 바라보는 시선이란 어쩌면 고향의 부모 친지의 안타까움에서 크게 벗어난 것은 아니었다. '조선 사설 총영 사'라는 호가 난 백철의 북경곡예는 과연 어떠했을까.


## 4. 팔로군과 하북 조선독립동맹


　일본인 기자 구락부에 소속된 기자들은 일본기자단을 이루었는데 매일 정례 브리핑이 일본북지군 사령부에서 있었기에 거기에 참석해야 했다. 북지군(北支軍)이 당면하고 있는 전선의 변화에 초점이 놓였음은 새삼 말할 것도 없다. 당시 북지군 총사령관은 오카무라 야스지[岡村寧次] 대장(1941.7~44.8)이었다. 그들이 전선에서 직면한 최대의 적은 이른바 팔로군(八路軍)이었다.

　항일전쟁시기, 화북지방에서 활약한 중국 공산당 주력군인 제8로군(제18집단군)이 성립된 것은 국공 합작(1937.8) 이후이다. 당시 화북지방에 있던 공산당군을 개칭한 것이며 화중(華中)의 신사군(新四軍)과 함께 항일전의 최전선에서 싸운 병단으로 총사령관은 주덕(朱德), 부사령관 팽덕회(彭德懷)였고, 1947년 이후 인민해방군으로 개칭되었거니와 이들이 화북지방에 배치를 받은 것은 국공합작시기였다. 거점인 연안(延安)과 접경을 이룬 곳이기에 자연스런 현상이기도 했다. 그러나 이곳에다 주력군을 투입하기 시작한 것은 1943년 이후였다. 태평양 전선이 밀리게 되자 일본군은 자연 북지 방면의 정예부대를 그쪽으로 이동시켰고 북지 전선은 그만큼 쇠약해지지 않을 수 없었다. 이 팔로군은 팽덕회와 임표(林彪)가 이끄는 제115사단, 유백승(劉伯承)이 이끄는 제129사단, 하룡(賀龍)·서상전(徐尙前)·숙극(肅克)이 이끄는 제120사단으로 편성되어 있었다.

　엽정(葉挺)·항영(項英)이 이끄는 4만 명의 신사군부대와 양익을 이루는 것이지만 단연 주력은 팔로군이었다. 약 20만으로 추산되는 이 팔로군이 어째서 일본군 정규부대에게 그토록 위협적이었던가. 이 물음은 그 20만 명이 실상 250명으로 돌변하는 그 게릴라적 전법을 묻는 일이 아니면 안 된다. 그 전법의 3원칙은 적진아퇴(敵進我退), 적안아소(敵駐我騷), 적퇴아추(敵退我追)에 더하여 공실청야(空室淸野)도 있었다. 공격해 들어오면 쌀알 한 톨 남기지 않고 깡그리 마을을 버리는 전법이 그것이다. 기자단을 따라 백철자신도 여성(黎城) 작전에 참가해서 이 공실청야의 모습을 목격할 수 있었다. 이뿐이 아니었다. 심리전도 있었다. 녹초가 된 일본군을 향해 유창한 일본어 방송을 해대는 것이었다. 그도 그럴 것이 팔로군 속에는 일본인 반전동맹(日本人反戰同盟)이 있었던 까닭이다. 그뿐 아니라 태항산(太行山) 중심의 조선독립동맹 소속 조선의용군 (총사령관은 팔로군 포병사령관을 역임한 김무정)이 직접 게릴라전에 참전했던 것이다. 그들의 임무 속엔 정치공세도 들어 있었다. '일본군병사들에게 고함' '조선동포들에게 고함' 등의 비라를 적진에 살포함이 그것이다. 일어를 할 수 있는 조선의용군이 많았기에 이런 정치공세도 무시할 수 없었다.

또하나의 특징은 포로 심문에서 보여준 전략을 들 수 있다. 일본군 첩보기관을 육조공관(六條公館)이라 불렀는데 북경 육조골목에 소재했기에 붙은 명칭으로 귀신도 무서워하는 데였다. 이에 비해 팔로군측은 첩보전에서도 한 수 위였다. 적의 스파이를 잡으면 풀어주면서 선량한 중국인민을 강조하는 방식이었다. "이제 내가 오다가 길에서 우리 전사 둘을 만났는데 내가 누구인 줄을 뻔히 알면서도 경례를 안 하고 그저 히쭉 웃기들만 한단 말입니다." 이는 총사령관 팽덕회가 조선의용군 앞에서 한 말이었고 이 장면을 목격한 기록이 남아 있음을 보아도 사정이 짐작되는 일이다.

이 조선의용군과 일본군의 대결에서 아이러니컬한 장면도 기억해둘 만 한 것이다. 일본군 중 조선인 출신으로 최고 지위에 이른 인물은 모두

가 아는 바와 같이 홍사익(1900~1946) 중장이다. 그가 108여단의 여단장으로 화북 태항산 전투에 임한 것은 1941년 3월에서 1942년 4월까지이다.

> 이 때 형대(지명-인용자)에 사령부를 설치한 일본군 여단의 여단장은 조선인 홍사익 소장이었으므로 형대에 거류하는 조선사람들은 공연히 코가 우뚝하였었다. 아닌게 아니라 형대의 일본관헌이나 일본거류민들도 다른데서처럼 조선 사람을 반도인이라 부르고 함부로 다루지는 못하였었다. 홍사익 각하의 간접적인 덕택임이 분명했다.
> —김학철, 『격정시대』(하), 요령민족출판사, 1986, 442~443면

그렇다면 홍사익 각하와 조선의용군은 어떻게 싸워야 적절했을까. 의용군 김학철은 이렇게 적었다.

> 조선의용군의 출현은 일본군 조선인 여단장 홍사익 각하의 골칫거리로 되지 않을 수 없었다. 그의 휘하의 9개 대대 27개 중대가 구역-원씨에서 형대 하단을 거쳐 자현에 이르는 철도연선이 "하필이면 조선빨갱이들의 공격목표로 될건 뭐람!" 이야말로 기괴한 인연이었다.
> —『격정시대』(하), 477면

관동군 육군 대위 정일권도, 육군 중위 박정희도 사정은 비슷했을 터이다. 조선인인 탓에, 육군대학 출신인데도 사단장 한번 해보지 못한 홍사익은 결국 제 14방면군 병참감을 거쳐 전 남방총군 사령부 포로수용소(1944.10, 필리핀) 소장으로 전임되었고, 종전 후 연합군 전범재판에서 기소되어 처형된 것은 1946년 9월이었다. 이보다 한층 아이러니컬한 일이 따로 있었다. 태항산록에서 불과 10여 리 떨어진 곳에 있는 일본군 전초기지를 조선의용군이 기습했을 때 생긴 일이 그것. 일본군으로 위장한 이들이 팔로군과 합동작전으로 한밤중 기습하여 크게 이겼다. 적병은 생포 1명, 부상자 2명을 제외하고 전원 전사였다. 전리품을 정리하다가 나온 것이 『김동인 단편집』이 아니었겠는가.

선장이가 생각이 나서 호주머니를 뒤져보니 노획품 수진본이 나오는데 놀랍게도 표지에 찍힌 것은 일본글이 아니고 한글이다. 표지를 뒤져보니 안표지에 네모난 도장 하나가 찍혀 있는데 한문자로 넉자 김전학성. 선장이는 기가 막혀서 머리가 떨떨해졌다.

'그럼 그게 조선사람이었나? ─ 학도병이었구나!'

'아무리 모르구 한 일이라두…… 이역만리에서 동포를 죽이다니!'

선장이는 야릇한 비애에 잠겼다.

이튿날 그 단편집 중에서 「발가락이 닮았다」는 매우 기발한 제목의 단편 하나를 우선 읽어 보았다. (…중략…) 선장이는 망국의 비운을 아랑곳 없이 너절한 소설을 써서 민중의 의지를 마비시키는 부르주아 문인들의 소행이 가증스러웠다.

─『격정시대』(하), 421~422면

여기 나오는 『김동인 단편집』은 박문서관판(1939)일 터이다. 선장이 일행이 죽인 일본병사 중엔 조선인 김전학성(창씨개명)도 있을 것이다. 창씨개명은 1940년 2월에 시행된 것. 그러나 '조선인 학도병'의 경우는 사정이 다르다. 1944년 1월 20일에야 조선인 학도병 약 4천 5백 여 명이 일제히 입대했으니까. 여기 등장한 김전학성은 조선인 지원병(1942.5)이리라. 전사한 이인석(李仁錫)·이형수(李享洙) 등이 이 범주에 들 것이다(오무라 겐조[大村謙三], 『싸우는 반도지원병』, 동도서적주식회사, 1943).

이러한 사정으로 미루어 보아 중일전쟁이 갖고 있는 모종의 특수성이 짐작된다. 일본인과 중국인 그리고 조선인이 서로 뒤엉켜 거대한 대륙 속에서 전개되는 전쟁이란 적과 아군의 변별성이 어느 수준에서 불분명한 그런 양상을 띠고 있었다.

## 5. 연안과의 접선 시말

　　일본군은 이 무렵 팔로군과 대치 상태였다. 주력군이 버마전선으로 빠져 나갔다. 태평양 전쟁 쪽이 밀리자 대본영(大本營)은 3가지 전선을 펼치기로 했다. 태평양전선, 인도네시아·필리핀 전선, 그리고 버마 전선이 그것. 버마 전선은 일명 '임팔작전'으로 불린 것으로 그 목적은 인도점령에 있었다. 이 새로운 전투에 운명을 건 대본영은 중국·만주 전선의 주력부대를 필리핀 전선 및 임팔전선으로 돌리지 않으면 안 되었다. 그 결과 중국 전선은 소강상태에 빠질 수밖에 없었다(마루야마 시즈오 [丸山靜雄], 『임팔작전 종군기』, 岩波新書; 『실록태평양전쟁』(3), 中央公論社). 이런 상황 속에서 일본군이 느낀 위협의 대상은 화북 태항산을 거점으로 한 팔로군이었던 것이다. 그런데 정규군인 일본군으로서 제일 난감한 것은 다름 아닌 팔로군의 특성인 게릴라 전법이었다. 첩보전에 가장 광범하게 또 예리하게 촉각을 세운 이유가 여기에 있었다. 일본북지군 사령부에서 기자단에게 행하는 브리핑의 내용이 이 점인 것도 이런 곡절에서 말미암는다. 당연히도 조선인 기자 백철에게 은밀히 접선을 취해온 것도 바로 이 팔로군 소속의 조선 의용군쪽이었다. "1944년 늦가을 어느 밤 늦게 청복(淸服)을 한 젊은 사나이가 나를 찾아왔다"라고 훗날 백철이 적었거니와 그 경위를 간추리면 이러하다.

　　청복의 사나이의 이름은 시라이시(白石). 조선인 아비와 일본여인을 어미로 한 인물로 일본 군벌계 소속 선전신문 『무덕보(武德報)』 기자였다. 문학 지망생이기도 하다는 평계로 진작부터 백철에게 접근해서 자작시를 내보이기도 한 인물. 야밤에 은밀히 찾아온 용건인즉 편지전달이었다. 자기가 얼마 전 연안에 다녀왔다는 말과 함께 시라이시가 가져온 편지는 연안 독립동맹에서 온 것이었다. "백철동무!"로 시작되는 편지 내용인즉, 당신의 과거 카프 시절 경력을 잘 알고 있다는 것. 지금 있는 신문을 이용해서 도와달라는 것, 그리고 인쇄시설을 구입해보내달라는 것 등이었다. 번개처럼 머리를 스치는 것은 시라이시의 정체였다. 『무덕보』 기자인 그가 어떻게 연안에까지 다녀왔을까. 필시 자기를 떠보기 위한 일본 정보부의 획책이라는 예감이 스쳤다. 자기는 기자로 북경에 왔을 뿐 정치에 관여하지 않겠다는 것, 또 어떤 회신도 할 수 없다는 것을 시라이시에게 전했다. 시라이시는 과연 일본첩보원이었을까. 백철의 판단은 과연 옳았을까. 여기에는 두 가지 후일담이 있어 당시의 첩보전의 이중성을 짐작케 한다. 첫 번째 후일담은 이러하다.

해방 뒤에 내가 김사량을 만나서 다시 이 이야길 듣고 그때 시라이시가 내게 편지를 가지고 왔었던 것은 사실로 연안측에서 시켜서 왔다는 것을 알았다. 연안엔 그 소문이 쫙 퍼져 있었다는 것이다. 그 편지의 지시를 거부했기 때문에 나는 연안측으로부터 큰 오해를 당하고 있어서 내게 대한 별소문이 다 돌았다는 것이다. 그때마다 자기 입장으로선 내 사람됨도 알고 있고 연안을 가기 전에 북경서도 여러 날 같이 지낸 일이 있었기 때문에 많은 변명을 해 보았으나 전혀 그 변명이 통하지 않았다는 얘기를 내게 전해준 일이 있다.

—『후편』, 232~233면

두 번째 후일담은 이러했다.

내가 이진순(李眞淳, 연출가—인용자)한테 들은 이야기로는 시라이시가 『무덕보』 기자노릇을 하다가 한두 번 연안을 드나든 것은 사실이란 것이다. 그런데 얼마 뒤에 다시 그쪽을 탈출해 와서 일본측의 앞잡이로 되었다는 것이다. 그때에 이진순도 북경반점에서 시라이시를 만나서 여러 차례 협박을 당한 일이 있다는 말을 했다.

—위의 책, 233면

이 두 후일담에서 분명한 것은 모두가 소문에 지나지 않음에 있다.

그만큼 첩보망이 치밀하게 깔려 있는 곳이 당시의 북경바닥이었다. 처세술의 명수인 백철로서도 이 이중성 속에서 이중적 삶의 가면놀이를 하지 않으면 안 되었다. 부채 한 자루를 손에 쥔 광대가 되어 줄타기를 하지 않으면 생존할 수 없는 판국이었다. 「청포도」의 시인 이육사를 만났을 때도 그러했다. 가족과 중산공원(中山公園)에서 등의자에 앉아 차를 마시고 있을 때 저편에서 걸어오는 이육사를 만났다. 1943년 여름이었다. 잠시 머물렀던 북경대학이 그리웠고 또 일거리라도 없을까 해서 왔는데, 일이 잘 안되어 귀국해야 되겠다는 말, 서로의 안부 정도를 묻고 헤어졌다. 이 일로 백철은 일본 첩보원 조사를 받았다. 형사의 말로는 이육사의 행방이 묘연하다는 것. 영사관 형사(그는 조선인)가 백철에게 귀띔해주었다. 또 덧붙였다. "백선생이 감시를 받고 있는 인물이란 것을 잊지 말고 계셔야 합니다"라고.

북경에서 백철이 만난 인물은 많았다. 그를 물심양면으로 도와준 명종우를 비롯, 장기체류 조선인으로는 진장섭·정홍교 등이 있었고 문인으로는 제3차 대동아작가대회(1944.11.12~13, 남경)에 춘원과 함께 참석했다가 귀국 도중 북경에 장기간 체재한 김팔봉을 들 수 있다. 김팔봉이 북경에 머문 것은 1944년 11월 말에서 1945년 6월 28일까지 약 삼 백여 일이었다. 조선문인보국회 상무이사(1944.8.15)가 된 김팔봉은 제3차 대동아문학자대회에 참가하면서도 그만의 또 다른 사업을 가지고 있었다. 신간회와 같은 새로운 민족단체 구성안이 그것. 총독부와 여운형의 승인 아래 '민족단체 설립취의서'를 휴대한 그는 상해에 들러 모금을 할 계획이었다. 상해거주 조선인 거부 홍석은(洪錫恩)으로부터 백만 원을 기부 받은 김팔봉은 이 돈 중 23만 원은 서울 조선은행, 나머지는 북경 조선은행 지점에 송금했다(당시 상해에서 일본에 송금할 때 3백 원으로 제한되었고 북경으로 송금할 때는 3천 원까지였다. 상해 일본영사관의 도움으로 가능했다). 북경으로 온 돈 80여만 원을 조선으로 반출하려 했으나 만주 반출의 수속이 불가능했다. 이 계획을 알고 있는 사람은 백철을 도와준 바 있는 사업가 명종우뿐이었다. 김팔봉은 80만 원 중 30만 원을 서울 조선은행으로, 20만 원을 북경지점에, 30만 원은 육국반점(六國飯店) 사무실에 맡겼다. 김팔봉이 평양서 온 일본 헌병대에 잡혀 수감된 것은 7월 2일이었다(김팔봉, 「우리가 걸어온 30년(5)」, 『사상계』, 1958.12. 237~238면).

앞에서 말한 을 비롯, 여류시인 노천명도 한동안 북경에 머물렀다.

여류시인 노천명, 유행가수로서 남인수·장세정 등이 북경에 온 것은 44년의 일이다. 노천명은 당시 『매일신보』 문화부에 근무하던 기자 자격으로 휴가를 받아 들어 왔다가 3주간의 휴가기간이 지나고 나서도 돌아갈 생각은 않고 노상 머물러 있었다. 아마 3개월이나 가까이 처져 있는 것을 내가 여비까지 마련해주고 가까스로 귀국을 시킨 일이 있다. 그때 일을 생각해 보면 내가 같은 신문사에 있는 관계로 해서 무척 애를 썼던 것이다.

사실 노천명은 시인으로서 재능이 있고 우리 여류시단에서 대표적인 뛰어난 존재라는 것을 누구나 인정하는 사실이지만 그 대신 성격면 같은 것으로 볼 때는 학질을 뗐다는 기억으로 그 인상이 남는다. 그의 얼굴 인상부터가 새침해 뵈고 깔끔하고 앙칼져 보였는데 우선 그녀의 성격도 그대로라면 틀림이 없다. 그리고 이런 성격은 그의 시, 가령 「옥수수」 같은 작품에 나타난 인내극기의 모랄 같은 것으로 결실을 한 작품성과로 나타나기도 했는데 그것이 북경에서와 같은 사생활면으로 나타날 때는 한마디로 해서 염치가 없다고 할까, 하여튼 남한테 폐가 되는지도 아랑곳 없고 신세를 끼쳐서 미안하게 생각하는 법도 없이 그저 자기 위주의 이기주의 같은 것이 생활태도같이 보여서 내가 보기에 퍽도 눈에 거슬렸다.

—『후편』, 217면

김사량이 처음 북경에 온 것은 1939년 3월, 두 번째는 1944년 6월이었고, 노천명과 함께 북경에 들른 것은 1945년 5월 8일이었다. 국민총력조선연맹(1940~1945. 정당이 없는 조선에 대정익찬회를 대신해 등장한 유례없이 거대한 총체적 동원단체) 병사 후원부에서 김사량과 노천명을, 중국 전선에 가 있는 조선출신 학병 위문차 약 한달 반 기한으로 파견했던 것이다.

음악인들도 북경을 드나들었다. 현제명의 후생악단(厚生樂團)이 북경반점에서 공연했다. 이인범·김천애도 「춘희」의 한 장면을 공연했다. 연출가 이진순이 조직한 현지조선인의 「춘향전」도 공연되었다(이진순 연출, 정홍교 기획, 임원식의 형인 임태식 음악, 무대장치는 고찬보). 무용가 조택원·최승희도 북경에 왔다. 극작가 박진도 왔다. 조택원은 1945년 3월 초순 천진, 장가구, 제남, 청도 등을 경유해서 왔고 박진이 무대를 감독했다.

최승희도 조택원의 뒤를 곧바로 이어 남편인 문학평론가 안막과 함께 북지군 위문 공연의 명목으로 왔다. 최승희의 북경공연 레파토리는 시국적인 '무사검무(武士劍舞)', 곧 일종의 일본식 사무라이 검무였다. 왕년에 단성사에서 백철이 본 프롤레타리아의 외침을 춤추던 그 최승희와는 너무도 딴판이었다. 그럼에도 북경공연은 인기가 있었다. 이들 부부는 북해공원 옆의 큰 중국식 저택에서 연구소를 열고 장기체류에 들어갔다. 전쟁이 끝나자 안막은 재빨리 연안을 다녀왔고 훗날 그들이 북한으로 갈 수 있는 발판을 삼았다. 해방 후 안막의 서울 가회동 집에서 백철이 그를 만났을 때 안막은 흡사 연안통인 듯한 자세였다. 김팔봉의 기록에 따르면 그가 육국반점에 맡겨둔 돈은 안막·최승희·이량·이봉우·박진 등의 귀국용으로 사용되었다. 요컨대 이무렵 북경은 조선인에게는 어이없는 복마전이었다.

# 6. 복마전 '북경반점' 너머로 언뜻 본 흰탑

종전을 코앞에 둔 북경은 복마전과 흡사했다. 온갖 사기꾼, 아편 밀수군, 일확천금을 노린 졸부들, 스파이와 군부를 낀 지식인 등이 들끓는 북경반점이야말로 복마전 중의 복마전이었다. 이 속에서 조선인 기자 백철의 처세술은 어떠했던가.

연안의 첩자 사건 이후 백철의 불안은 극도에 달했다. 이 불안에서 탈출하기 위해 고안해낸 백철 식 처세술이 이른바 도박행위였다. 백철은 한동안 기자구락부에도 나아가지 않고 도박판에 앉아 있었다. 그것도 천하가 내려다보고 있는 북경반점에서 그는 섯다판을 벌리고 있었다. '맞서다판'이라 불리는 이 노름은 당시의 중국돈 5백 원, 천 원짜리를 겹쳐 판을 대는 것으로 터질 때는 한판에 3만 원이나 되는 것이었다. 백철의 도박 상대는 그 방면의 거물 계택수(桂澤秀)였다. 그는 『매일신보』 본사 상무 김동진, 편집국장 정인익과도 교분이 있어 심심풀이로 백철상대의 노름에 응한 것이었다. 이 도박판 주변에 수많은 낭자군이 모여들었다. 술과 여인 그리고 승부에 밤 가는 줄 모르는 판이었다.

백군, 노는 것도 좋지만 그래 어린 아내를 만리 이역에 데려다 놓고 매일 밤같이 집을 빈다니 그게 될 말인가.

이런 주변의 충고에 백철의 답변은 뚜렷했다.

옛날의 현인은 일부러 광인인 척하기도 했다는데 도박하는 것쯤 뭘 그렇게 보는가.

백철은 도박판이 아니라 인생에 승부를 걸고 있었다. 아무쪼록 악명이 북경 천지에 진동하기를 겨냥한 것이었다. 이 방법이 나름대로 주효

했다. 영사관 L형사가 말했다. "요즘 백선생 평판이 퍽 나빠지던데요!"
라고. 연안쪽에서도 이 소문이 퍼졌음을 훗날 김사량의 전언으로 알 수
있었다. 이러한 도박이 가능했던 것은 자금이 풍부했음과 무관하지 않
았다. 국내 송금이 극히 제한되었던 만큼 졸부들의 돈이 넘쳐흘렀던 것
이다. 백철에 돈줄을 대는 조선인이 수두룩했다. 이러한 도박 행위가 일
년 반이나 계속되자, 일본 영사관 고등계 주임은 "백상은 북지 반도인
계의 지도층의 인물인데 요즘 소문이 상스럽지 않습디다요……" 했다.
금후 조심하겠다고 하자, "아니 그렇게 머 심각하게 생각할 것까지는
없구요……. 히히" 했다. 백철은 혼자 걸으면서 마음속으로 쾌재를 외
쳤다.

> 그 길로 중앙공원으로 온 나는 그늘 밑 등의자에 앉아 혼자 냉비루 컵을 연
> 해 들면서 건용(健庸)을 자축하였다. 저쪽으로 뵈는 북해공원의 흰 탑이 나의
> 시야에 희망의 탑과 같이 솟았다. (…중략…) 이게 어디 근시적으로 자기가 이
> 제 생명의 위험을 면했다는 요행관에서랴. 그 백아탑을 넘어 나의 시야엔 하
> 나의 청징한 미래의 하늘이 푸르렀던지 모른다.
> ―「문학자서 ―나의 처세와 그 모랄」, 『신천지』, 1953.11, 197면

여기 나오는 흰탑 또는 백아탑이란 바로 북해공원에 있는 저 유명한
라마탑. 흔히 백탑이라 부르는 것. 높이 50.9m. 요나라 황제가 1096년에
세운 것. 국호 금(金)은 오행사상으로 하면 백색이고 방위상 서쪽을 가리
키는 것. 1939년 북경을 처음 방문한 바 있는 작가 김사량은 일어소설
「향수」(『문예춘추』, 1941)에서 주인공이자 도쿄제대 연구원인 조선인 이현
이 북경에서 살고 있는 누나를 만나 북해공원에서 산책하는 장면을 그
렸다. 누나가 이곳에 처음 온 동생에게 백탑을 가리키며 이렇게 말했다.

> 잠시 쉰 다음 저 백탑 위에 올라가보자. 그 위에서 바라보면 정말로 이 삼
> 해(북해, 중해, 남해)가 조선지도와 똑같아 보인단다. 때때로 나는 여기에 올라

가 내가 흡사 고향에 돌아왔다는 꿈같은 기분에 빠지곤 했지.
—『김사량 전집』(2), 河出書房新社, 146면

독립투사인 남편에 배신당하고 아들을 일본군 통역으로 보내고 아편 밀매로 호구지책을 삼아 희망 없이 살아가는 누나이지만 이 백탑을 볼 때는 처녀처럼 얼굴이 상기되어 있었다. 백철 역시 어린 신부와 함께 황혼녘 하늘에 솟아 있는 이 탑에 올라 북경 시내를 내려다보곤 하지 않았던가. '신비스러움' 바로 그것이었다. 천하 건달 계택순과 같은 인물과 도박하다 일본 영사경찰의 눈에 띄어 도박사건으로 얼마동안 구금이라도 당했으면 하던 바람이 백탑의 환각으로 드러난 형국이었다. 백탑의 환각이란 실상 백철에겐 실체이자 동시에 환각이었다. 북경 생활 이 년 반의 줄타기 광대노릇이란 이 백탑의 이미지로 수렴되는 것이었다.

그러나 이 백탑의 이미지는 여기에 멈추지 않았다. 그것은 또하나 별개의 환각에 닿아 있는 것이기도 했다. 초호화호텔 북경반점에서 천하 건달 계택순과 도박판을 벌리고 있는 백철이란 존재는 과연 무엇이었던가.

일본 제국주의의 금면류관 위에 해가 저물어가는 1945년 3월의 북경. 동양인으로는 더구나 조선인의 신분으로는 발을 들여놓기조차 어려웠다는 호사로운 북경반점이 마치 조선인 합숙소처럼 되어 있는 판국이 벌어져 있었다. 그 합숙소에 모여든 인간들이란 일본 제국주의와 운명을 같이해야 할 족속들, 옆구리에 피묻은 돈이 수두룩한 인간들. 미어지게 배가 부른 아편장수들, 칠피 구두를 신고 삐걱거리는 갈보 장수들, 화북권으로 교환하러온 사업가, 사기꾼, 시국을 이용해 한몫 챙기려는 문화인들, 군부를 낀 별별 인간들이 쓰레기모양 운집한 북경반점. 그 속에서 도박판을 벌이고 있는 『매일신보』 지사장 백철의 모습은, 이른바 제3자 곧 역사가의 눈으로 보면 어떠했을까. 연안 탈출 의지를 은밀히 가슴에 품은 김사량이 연안행 실행 두 달 전에 북경반점 236호실에 머물며 본 광경은 이러했다.

> 뿐만 아니라 조선인 총영사 격이라는 영사관 끄나풀은 아침 낮으로 드나들며 자칭 대정객연 호화로운 연회를 베풀고 있으며 어느 박스에서는 충실한 애국주의자가 미군의 공세에 이를 갈며 떠벌리고 무슨 문화단체의 이름을 팔아 모은 기부금으로 어떤 문필 정치가는 신새벽부터 취해 돌며 새로 들이닥친 여장수들은 여기 저기서 주워 얻은 돈으로 파리의 화장품을 사들이기에 골몰이다.
> 여기에 새로 조선서 ××악단이라는 군 위문 패거리가 당도하고 또 앞서 장가구로 공연하러 나갔던 ×××가족도 일행까지 쓸어 들어오니 정녕 정신을 차릴 도리가 없었다.
>
> —『노마만리』, 동광출판사, 260면

동양인은, 더구나 조선인 신분으로는 얼씬도 하지 못할, 1917년에 창건된 프랑스인 경영의 북경반점이 조선인 합숙소로 변한 기묘한 광경이 작가 김사량의 눈에 활동사진만큼 빠르게 포착되었다. 그의 시선에 비친 "조선인 총영사격이라는 영사관 끄나풀"이란 물을 것도 없이 도박판을 벌이고 있는 백철이 아닐 수 없다. 총독부 국장까지 역임한 형을 둔, 거액의 국방헌금을 내는 가문 출신의 김사량은 '조선인 총영사격'인 인물과는 친분이 있었던 만큼, 이용할 수 있을 만큼은 그를 이용했을 터이다. "그대는 당시 일본인 기자단 속에서는 '조선사설대사'로 불렸음을 저는 기억하고 있습니다"(『중앙공론』, 1974.10, 286면)라고 당시의 일본 기자 나카조노 에이스케도 회고한 바 있다.

작가 김사량이 북경에 잠시 둘러간 것도 44년 이른 가을이 아니던가 기억한다. 그는 종군작가의 신분으로 중남지 전선으로 가는 도중이라고 하면서 한 10일간 북경에 머물러 있었다. 그는 우리가 신혼을 하고 북경으로 오는 도중에 평양에서 며칠동안 같이 놀고 온 일도 있어서 집 사람과도 잘 알고 있었기 때문에 김사량이 북경에 있는 동안은 호텔에 묵지 않고 거의 우리집에 유숙을 하고 있었다. 떠날 때는 노자가 부족하다는 이야길 해서 내가 명종우한테 부탁해서 중

국화로 1천 2백 원을 얻
어서 보냈다. 그러나 그
는 떠날 때까지 내게도
그의 행방에 대한 자세
한 이야기를 알리지 않
았다. 내가 해방 뒤 그
와 만났을 때에 처음으
로 그가 서주에서 탈출
하여 연안으로 간 사실
을 알았다.

—『후편』, 218면

북경반점 앞의 필자

앞의 기록은 김사량
이 두 번째 북경에 왔을
때의 기록이다. 1944년
6월이었다. 김사량이 북
경반점에 투숙한 것은
세 번째 북경방문으로
1945년 3월이었다. 그는
비상용으로 홍삼 한 근,
손목시계 두어 개를 지
니고 있었다. 나이 31세
인 김사량이 북경 출입에 이토록 자유로웠던 것은 그의 출신 가문과 무
관하지 않다. 총독부 국장을 지낸 형과 막대한 국방헌금을 내는 어머니
를 가진 김사량이었기에 가능한 일이었다. 대일본의 최고학부 도쿄제대
출신이자 「빛속으로」(1939)로 일본 최고의 문학상인 아쿠타가와상 후보
에까지 오른 김사량이기에 가능한 일이었을 터이다. 그러나 무엇보다 중
요한 것은 그가 지닌 역사적 감각의 예리함이다.

## 7. 역사적 감각과 문학적 감각

이 역사적 감각의 예리함이란 새삼 무엇인가. 이는 문학적 감각의 예리함에 대응되는 물음이 아닐 수 없다. 연안 탈출, 그것은 이중어 글쓰기의 길조차 막혔다고 판단한 작가 김사량의, 글쓰기를 향한 몸부림에 다름 아니었다. 그렇다면 도박판을 벌이고 있는 파락호 백철의 존재란 무엇인가. "조선인 총영사격이라는 영사관 *끄나풀*"인 백철의 이미지란 새삼 무엇인가. 이 역시 일종의 문학적 감각의 일종이 아니었을까. 북경 주재 조선어신문 『매일신보』 지사장인 백철이란 존재가 일본 기자 구락부에 들고, 중국문사의 거물 주작인을 만날 수 있었던 것도, 그리고 일본인 종군작가단을 만날 수 있었던 것도 문학자 백철의 신분 때문이었다. 이토 세이의 말대로, 조선 제일의 문학평론가 백철이었던 것이다. 일본 NAPF계 문학판에서 이름을 드날린 백철이었던 것이다. 이 점에서 백철은 김사량과 맞서고 있었다. 그들은 함께 문학적 환각을 좇는 무리에 다름 아니었다. 백철이 중앙공원에서 맥주잔을 연신 비우며 북해공원 위에 솟은 백탑을 보고 '청정한 미래'의 환각에 취하듯, 김사량은 태항산 해방구 저쪽 하늘가에 나부끼는 깃발을 보고 있었다. 그가 굳이, 임시정부가 있는 중경을 택하지 않은 이유도 역사감각의 예리함에서 왔다. 장개석 정부에 비해 연안쪽의 긴장력이 북경에서는 비교도 안 될 정도로 강렬했음이야말로 그의 낭만적 열정을 부추긴 근거였다. 그가 연안 탈출 명분으로, ① 장차 나라의 초석되기, ② 건국에 이바지하기를 내세웠지만 다음 ③ 세 번째 이유에 비하면 실로 막연한 생각에 지나지 않았다. 그 세 번째 이유, "또 하나의 낭만으로는 이국 산지에서 조국의 광복을 위하여 적들과 싸워나가는 동지들의 일을 기록하는 일에 작가로서의 의무와 정열을 느낀 것"(『노만만리』, 265면)이야말로 연안행의 본심이었을 터이다. 1945년 6월 9일 태항산중 화북 조선독립동맹 조선의용군 본부에 도착한 김사량이 쓴 『노마만리』의 서문이 또한 이 사실을 극명히 드러내고 있다.

> 대수롭지 않은 이 기록이 조금이라도 이와 같은 점에 이바지함이 있다면 필자로서 이에 더한 행복이 없을 줄 안다. 너무도 절절한 사실 앞에 너무도 조그마한 붓끝이 무색함을 다만 슬퍼하는 바이다.
> 중국의 영광이여, 민족의 해방이여, 영원하라!
>
> —『노마만리』, 258면

역사적 감각이 문학적 감각으로 전환되는 장면이 아닐 수 없다. 이를 가능케 한 것을 두고 그는 '낭만'이라 스스로 말했다. 그것은 일종의 문학적 환각이다. 백철이 맥주잔을 연신 기울이며 명징한 하늘에 솟은 백탑을 바라보는 것 역시 문학적 환각에 다름 아니었다.

# 제5부

# 제1장 해방문단의 첫 장면

## 1. 절묘한 귀국

백철이 솔가해서 귀국한 것은 1945년 8월 2일 아침 10시였다. 서울역에는 장모가 마중 나와 있었고, 까만 세일러복을 입은, 북경서 태어난 세 살짜리 아들 인경은 제 발로 역전 마당을 걸어 나갔다. 이번에도 운명은 그의 편이었다. 8·15해방을 가까스로 13일 앞둔 귀국이었다. 당초 그는 가족을 일단 귀국시킨 뒤에 다시 북경으로 되돌아갈 심산이었으나, 그런 의지를 송두리째 앗아갈 만큼 시국의 사태는 절박했다. 8월 6일 원폭이 히로시마에 떨어졌고, 8월 8일엔 소련이 대일 선전포고를 하고 만주 국경을 돌파했던 것이다.

무엇이 백철로 하여금 그토록 절묘한 시기를 택해 귀국하게끔 만들었을까. 이 굉장한 행운은 어떻게 설명해야 적절할까. 그 자신은 이를 두 가지 방식으로 설명했다. 막연한 예감이 그 하나. 독일의 무조건 항복이 1945년 5월 7일이었다. 제2차 대전의 서부전선이 무너진 것이다. 6월 중순, 백철이 기사 관계로 늘 들르는 북지군 보도부에 갔을 때, 특별 영화 시사회가 열리고 있었다. 승전을 축하하여 베를린 시가를 행진하는 소련군을 다룬 것이었다. 신무기를 싣고 보무 당당히 행진하는 소련군이 화면 가득 펼쳐졌다. 보도국 모 중좌가 조선인 백철임을 확인하면서 극비에 속하는 필름임을 강조했다. 북경 거리를 다니는 중국인의 표정도 벌써 예사롭지 않아보였다. 북경에서 집안끼리 제일 가까웠던 친지인 복전공사 장씨와 저녁을 하는 자리에서 백철은, 귀국의 운을 떼어보았다. 장씨도 찬성이었으나 사업가인 그는 몸이 가볍지 않았다. 훗날 몸만 귀국하여 흑석동에서 성냥공장을 차린 장씨를 6·25때 백철은 다시 만나게 된다.

> 그 뒤부턴 예감이랄까 자꾸만 불안해져서 그대로 있기가 싫었다. 일본말에 '蟲が知らせる'라는 것이 그런 것인지도 모른다. 우선 가족만이라도 서둘러서 먼저 내보내야지 하는 마음을 먹고 나는 7월 중순에 일본 거류민회에 가족 퇴거원을 내고 수속을 서두른 것이다.
>
> —『후편』, 279면

일본 속담 "蟲が知らせる"를 백철은 거리낌도 없이 말했다. "벌레가 알게 했다"로 직역되는 이 말은 "어쩐지 예감이 들다"의 뜻이다. 이 예감이란 일본기자단으로 중국 현지 전선을 종군한 바 있는 기자 백철의 체험의 결과라 봄이 타당하다. 기자 신분을 이용해서 그가 가본 곳은 실로 광범위했다. 북중국의 경우, 천진·제남·천도·개봉·서주·낙양·정주 등이며, 남중국의 경우는 한구·무창·악주·구강·무호·남경·상해·항주 등이고, 중국 중부의 경우는 함곡관·장가구·대동후화·포두(일본군 최북단 주둔지역인 몽고지역) 등이었다. 아무리 주마간산격

이라도 이만한 체험량은 민간인으로는 얻기 어려운 것이리라. 그렇다고 해서 종군만 한 것은 아니었다. 주력부대가 태평양 전선으로 빠져나간 북지전선이란 팔로군 게릴라 소탕전 수준에 머물렀기에 전투다운 것은 낙양 작전(1944.5) 정도였다. 상해의 야경도 보았고, 항주의 저녁 종소리도 들었고, 운강의 석굴도 보았고, 몽고의 풀밭 사이로 펼쳐진 "너무 많은 하늘"(서정주)도 보았지만 이 모두는 환각에 다름 아니었다. 이 년 반의 현지 생활이란, 권태롭기도 했다. 북경반점의 도박판도 지치게 되는 법. 그의 도박판 너머엔 북해공원으로 솟은 백탑이 언뜻언뜻 보였던 것이다. 그가 문학자였던 까닭이다.

절묘한 귀국에 대한 또 하나의 백철 식 설명방식은 무엇이었던가. 그는 이렇게 적었다. "나는 그렇게 우연한 귀국이, 운이 좋았다 할까 그 위기에 북경 현지를 일보직전에 탈출하여 귀국, 고국에서 해방의 날을 맞이하게 된 것"(『후편』, 280면)이라고. "운이 좋았다"가 그 해답이었다.

귀국한 백철은 매일 안암동 개운사 자택에서 신문사에 출근했다. 1945년 8월 11일 서울 상공에 나타난 B29 두 대의 은빛 날개를 보았고, 그들이 떨어뜨린 빈 가솔린통의 낙하도 보았다. 14일 오후 신문사에 나가니, 중대뉴스가 내일 정오에 있다는 것이었다. 이튿날 정오 백철은 사원들과 함께 천황의 항복 방송을 들었다. 이 뉴스를 듣고 직접 전쟁을 해서 승리한 기분으로 저절로 환성이 흘러나왔다. 총독부 기관지인 매일신보사 사원인데도 그러했다고, 그 편집국장 정인익까지도 그러한 기색이었다고 백철은 적었다.

## 2. 도둑처럼 온 해방

8·15를 해방(解放)이라고도 부르고 광복(光復)이라고도 한다. 글자 그대로 해방이자 광복인 까닭이다. 일본이 세계에 항복 선언을 한 것은 1945년 8월 10일이었다. 당시 소련과학원에 초청되어 소련에 머물고 있던 중국의 석학 궈모뤄(郭沫若)는 "라디오로 일본이 항복했음을 들었다"라고 8월 10일자 일기에 적었고(『소련기행』), 시안(西安)에서 이범석 장군 아래 OSS(office strategic service) 훈련 중이던 장준하·김준엽 등이 교관 서전트 소령의 전언으로 일본의 투항을 안 것도 8월 10일이었다(『장정』, 『돌베개』). 일본국가가 연합국의 포츠담 회담(7.26)의 요구를 무조건 받아들인다는 사실을 7천 5백만의 그들 국민에게 알리기 위해 천황이 항복방송을 녹음한 것은 8월 14일 자정 무렵이었다. "목소리는 어떻게 해야 하는가"라고 천황이 묻자 정보국 총재 시모무라는 "평소 하시던 대로"라고 답했다. 4분 42초간이었다. 두 번 녹음했는데, 첫 번째 녹음이 채택되어 이튿날 정오에 방송되었다(E. 베르, 『히로히토』).

"짐은 깊이 세계의 추세와 제국의 현상을 생각하여 비상한 처치로써 시국을 수습하려 하니 이에 충량한 너희들 신민에게 고한다. 짐은 제국 정부로 하여금 미·영·지(지나, 중국)·소 네 나라에 대하여 그 공동선언을 수락하는 바를 통고시켰다"라고 서두를 삼은 「대동아전쟁 종결에 대한 조서」의 날짜는 8월 14일로 되어 있고, 어명·어새 다음에 내각총리 남작 스즈키 간타로와 해군대신 요나이 미쓰마사 이하 내각의 서명이 붙어 있다. "너희들 신민이여 짐의 뜻을 잘 수행하라"라고 끝나는 이 방송을 예고하는 벽보('금일 정오에 중대방송')를 조선 최고 지식인인 유진오가 본 것은 10시 반이었고 종로의 금융조합 라디오에 귀를 기울인 것은 12시 2분이었다. 잡음이 많아 알아들을 수는 없었다(「편편야화」). 신문기자 백철이 사원들과 함께 라디오 앞에 선 것은 정오였고(『후편』), 같은 신문사 기자 조용만은 15일 새벽에 알았다고 했다(「1945년 8월 15일 그날의 새벽」). 한편 「무녀도」의 작가 김동리는 어떠했을까. 경남 사천읍 양곡조합 서기인 그는 사무실에서 방송을 들었다(『문학자전기』). 그렇다면 『무정』(1917)의 작가 이광수는 어떠했던가. 그가 해방을 안 것은 16일 오전 사릉에서였고 그것도 봉선사 주지인 삼종제 이학수를 통해서였다(『나의 고백』). 김동인은 어떠했던가. 15일 10시까지 그 사실을 까맣게 모른 채 그는 총독부 정보 및 검열과장 아베 다쓰이치와 일방적 협상을 시도하고 있었다(『김동인 전집』(5)). 「해방전후」의 작가 이태준은 16일에야 알았고 상경한 것은 17일 새벽이었다.

이러한 현상을 두고 어떤 예언자적 목소리는 이렇게 적었다. "이 해방은 도적같이 온 해방이다. 고로 하늘에서 온 것이다. 이것이 미신이라 믿는 자는 이 조선에서 그림자도 없어져라"라고. "선동정치가 중에는 해방이 다 된 후 제법 자기만은 그 시대가 올 줄 미리 안 것처럼 말하는 자 있지만 그는 민중을 속여 인기를 얻고자 하는 더러운 야욕에서 나온 말"(함석헌, 『성서적 입장에서 본 조선역사』)이라고.

다시 위의 말을 음미해본다. 과연 우리 문인들은 청맹과니였던가. 또 물어본다. 인간은 그 누구나 한 치 앞도 내다보지 못하는가. 그러자 다른 한 목소리가 들려온다. "어둠 속에서 태양을 그리며 얼마나 우리가 가슴 뜯으며 얘기하고 얘기하며 가슴 뜯었는지를"이라고. "그러는 동안에 영영 잃어버린 벗도 있다 / 그러는 동안에 멀리 떠나버린 벗도 있다 / 그러는 동안에 몸을 팔아버린 벗도 있다 / 그러는 동안에 맘을 팔아버린 벗도 있다 / 그러는 동안에 드디어 서른여섯 해가 지나갔다"(신석정, 「꽃덤불」 부분, 1946.2)라고.

## 3. 8·15 직후 『매일신보』의 표정

이 무렵 『매일신보』 사장은 김성근이었고, 실권자인 상무는 김동진, 부사장은 이상협, 편집국장은 정인익이었다. 이 『매일신보』가 해방을 맞았을 때의 변모양상은, 실로 극적인 것이었다. 이 극적 현실 속에서, 유명무실의 북경 지사장 자격의 백철의 존재는 어떠했을까.

8월 14일 오후 5시. 일본 정보국은 '대동아전쟁 종결 교섭에 따르는 여론 지도방침'을 각 신문사에 시달했다. '항복' 대신 '전쟁종결'이란 표현을 사용할 것을 비롯, 전국민의 결속을 유지하는 여론을 조성하라는 것. 금기사항도 포함되어 있었다. ① 공산주의적·사회주의적 언론, ② 정부가 결정한 방침에 반대하여 전쟁을 계속해야 한다는 말, 또는 국내 결속을 흩뜨릴 수 있는 논의, ③ 군과 정부 지도층에 대한 비판, ④ 직접 행동을 시사하거나 또는 자폭적 언론 등등(정진석, 『언론조선총독부』, 280면).

1945년 8월 15일자 『매일신보』는 타블로이드로 발행하던 신문 지면을 대판으로 늘렸고, 1면 머리에 「평화재건에 대조환발(大詔渙發)」이라는 통단 제목을 달고 천황의 조서를 3단 박스로 편집했다. 또한 1면 중앙에 아베 총독의 포고 「경거를 엄계하야 냉정 침착하라」를 실었다. 8월 15일자 1면을 보면 우측의 그림과 같다.

종업원 500명과 완벽한 인쇄시설을 갖춘 매일신보사에 대한 쟁탈전이 벌어질 수밖에 없었는데 여운형의 건국준비위원회가 8월 16일 제일 먼저 뛰어들었다. 적어도 9월 초까지 『매일신보』는 총독부가 장악한 형국이었으나 9월 6일부터 총독부의 통제가 풀리자 구경영진과 종업원 사이에 갈등이 표면화되었고, 미군정청이 확립되면서 10월 30일자로 '신문 기타 출판물의 등기'의 규제를 받게 되었다. 미군정은 『경성일보』(9.25)와 『매일신보』(10.2)를 접수하여 그들 관리하에 두었다. 군정의 지시하에 취체역 회의(10.9)가 열렸고 이어서 전조선 신문기자 대회(10.23~24)가 열리고, 쟁탈

『매일신보』, 1945.8.15, 1면.

전이 격화되었다. 이런 저런 곡절을 겪어, 미군정은 『매일신보』 정간을
요구했다(11.10). 매일신보사 자치위원회가 『서울신문』으로 제호를 바꾸어
발행한 것은 11월 23일이었다. 지령은 『매일신보』를 계승하여 제 13,738
호로 했다. 조선·동아 등이 『서울신문』 시설을 이용해 발행되었다. 새로
선임된 취체역은 하경덕·이원혁·김동준 등이었다. 한편 『경성일보』는
어떠했던가.

미군정이 『경성일보』를 접수한 것은 9월 25일. 마지막 호는 12월 11일이었다. 그동안은 일어로 발행되었다. 매일신보사와 더불어 최대의 인쇄시설을 가진 경성일보사 시설 쟁탈전이 벌어졌다. 동아, 조선 등의 신문 및 새로 창간된 신문들은 이데올로기 쟁탈전에 못지않은 시설쟁투를 벌였다.

—정진석, 『언론조선총독부』, 320~340면

『매일신보』가 이처럼 극단적인 대혼란의 소용돌이 속에서 『서울신문』으로 탄생하는 마당에 북경 지사장 백철이 설 자리란 누구의 안중에도 없었다. 그러나 이 문제에 대해 무엇보다 백철 자신이 담담했을 터이다. 왜냐하면 기자 직업이란, 물론 그의 선택행위이긴 해도, 임화의 충고대로 처세의 방편에서 왔기 때문이다. 방편이 아닌 것, 즉 백철의 본령이란 무엇이었던가. 문학자가 그 정답이고, 그중에서도 문학 평론가(당시 표현으로는 문예비평가)가 정답 중의 정답이다. 그에게 문학이란 저널리즘과 분리될 수 없는 것이었다. 아니 저널리즘이 곧 문학이었다. '미디어가 메시지다'였다. 저널리즘에 '어떤 작품이 실리는가'가 아니고 저널리즘에 실리는 것 자체가 문학이었다. 밀도 있고, 질 높고, 향기롭고, 아름다운 작품이냐의 여부란 이차적이거나 아무래도 상관없는 일. 저널리즘에 실리는 것이 바로 문학이라는 사실을 백철만큼 투철히 알아차리고 실천한 문인은 일찍이 없었다. 정신병자도 아닌 그가 거침없이 무시로 '웰컴!'을 외친 사실이 이를 증거하고도 남는다.

　이러한 백철 식 인식에 중대한 변모를 가져온 것이 미증유의 대사건, 민족해방이었다. '문학은 저널리즘이다'라는 인식의 틀이 8·15로 말미암아 무너져 내리거나 적어도 재고를 요망하는 과제로 백철 앞에 놓여졌다. 저널리즘을 떠나서도 문학은 가능한가에서 비롯, 저널리즘에서 얼마만한 거리를 유지함이 적당한가에 이르기까지 각각의 거리를 재는 일이 그의 앞에 자리한 새로운 과제였다. 요컨대 백철의 새로운 문학적 출발점이 해방공간에서 실험되지 않으면 안 되었다. 저널리즘과 일정한 거리를 유지함으로써 백철은 문학의 또 다른 모습을 볼 수 있었다. 이른바 이데올로기로서의 제3노선의 문학적 모색이 그것이다.


## 4. 원남동의 첫 모임


8월 16일 신문사에 출근한 백철은 조선 문인보국회 상임간부인 김팔봉의 전화를 받았다. 문인보국회 간판을 내렸다는 것. 새로운 일을 같이 하지 않겠느냐는 제의였다. 백철이 정중히 거절했음은 물론이다. 무엇보다 그 악명 높은 문인보국회 상임간부로 있었던 박영희나 김팔봉이 해방공간에 나설 처지가 못 됨은 삼척동자도 아는 일. 총독부 기관지에 몸을 담은 백철 역시 떳떳하지 못하기로 치면 백보 오십보였을 터이다. 그렇기는 하나 8월 17일 원남동 모임에 나아감에는 사정이 썩 달랐다. 인간적으로 이상하게도 친분이 깊었던 임화가 은밀히 손짓하고 있었던 까닭이다.

문인보국회가 있던 종로 한청빌딩에 백철이 도착한 것은 17일 오전 10시경이었다. 그 전날 거리 벽보에서 문인집합 장소를 알았다고 백철은 적었다. 한청빌딩 앞에는 김남천이 서성대고 있었다. 이태준이 왔다. 철원 소개지에서 바로 왔다고 했다. 그들이 걸어서 집합장소인 원남동 정육상점 이층에 갔을 때 대략 30여 명의 중견문인이 모여 있었다. 이원조가 임시 사무국장 역할을 했다. 임화가 스스로 초안한 장문의 선언문을 읽었다. 다음 순서로 임시 집행부의 명단이 발표되었다. 이 문학사적 장면을 백철은 두 번씩이나 회고해 놓아 인상적이다. 문학가로서의 자존심이 걸린 대목인 까닭이다. 문학적 자존심 갖기만큼 해방이 백철에게 가져다 준 선물은 달리 없다 해도 결코 지나치지 않는다. 비로소 임화의 그늘에서 벗어나, 스스로의 자리를 모색하기에 이르는 계기가 여기에서 주어졌던 것. 임화의 호의와 우정을 유지하면서도 임화와의 일정한 거리를 유지할 수 있었던 것. 이런 거리유지란, 따지고 보면 '저널리즘＝문학'과의 거리유지에 다름 아니었다.

이만큼 중요한 문학사적 장면이기에 자세히 인용해두지 않으면 안 된다.

다음 순서로 임시집행부의 명단이 발표되었다. 이것도 우리가 거기 가기 전에 이미 준비되어 있는 것을 내놓은 것이었다. 그때 일로서 내 기억에 생생하게 남아 있는 것은 뒤늦게 참석한 이태준과 김남천이 그 명단을 보고 노골적으로 불쾌한 표정을 지으며 반대의사를 표시한 일이다. 이태준이 발언한 말로서 "일본놈 때도 출세를 하고 해방됐어도 또 선두에 나서려 하다니 …… 이럴 수야 있느냐"고 하면서 그런 분자들을 빼지 않으면 자기네는 이 준비위에 참석할 수 없다고 잘라서 말하였다. 그리고 면전에서 Y씨와 L씨가 지적되었다. 그때 Y씨가 한 말이 "정치인들에 비기면 우리 문학인들의 한 일은 아무것도 아닙니다. 그러나 다들 의사가 그렇다면 물러가지요" 하고 퇴장을 하겠다는 의사를 표시했다. 내가 보기에는 그때 난처한 자리에 선 사람은 임화라고 보았다. Y씨더러 하는 말이 "따지고 보면 누구나 다 허물없는 사람이 있겠오마는 이렇게 이야기가 되고 보니 얼마동안만 좀 있다가 다시 같이 일할 기회를 봅시다" 하고 어름어름하는 타협안을 제시하였다. 하옇든 그렇게 하여서 Y씨와 L씨 두 사람이 퇴장을 하고 돌아갔다. 이때에 문학인들이 모인 자리의 분위기가 어떤 것이던가 잘 짐작이 될 것이다.

뒤이어 집행위원회가 재구성되면서 임화의 추천으로 집행위원회의 가장 중추적인 자리인 서기장자리에 내 이름을 써내고 있었다. 여기엔 이유가 있는 것 같다. 어떻든 간에 내가 전쟁말기에 국내의 현실을 도피하고 국외에 나가 있었으니 그 행적을 높이봐야 하지 않느냐 하는 것, 마치 내가 해외망명이나 했다가 돌아온 것 같은 인상을 가지는 것 같았다.

그렇게 내 지위가 밝혀질 때에 한 사람도 반대의사를 내는 사람이 없었으니 말이다. 또 나로선 모르는 척하고 그 명예를 받아들여 그 자리에 나가 앉아 새로운 문학운동의 지도적인 일을 할 수도 있는 일이었다.

그러나 이 순간 나로선 자기양심의 가책이라 할까, 스스로 자기를 비판하는 모럴이라 할까, 도저히 이 자리에서 주어지는 대로 그 자리를 차지할 수 없다는 생각이 왔다. 그것은 순간적으로 일어난 마음의 충격이었다. 나는 즉석에서 그 서기장의 자리를 사퇴하는 신상발언을 하였다. 그때 사퇴하는 내 심정이 얼마나 착잡했으리라는 것은 독자들도 짐작하고 남을 것이다. 그 대역사의 장면에서 명예스러운 자리를 사퇴하는 데는 큰 용기가 필요했다. 그러나 나는 다행히(뒤에 생각하니 참 잘 했다고 생각되었다) 그 명예스러운 자리를 사퇴하겠다는 뜻을 표했다. 어떤 이유에서든간에 『매일신보』의 특파원으로 북경주재를 한 내가 이렇게 속히 지도적 자리에 설 수는 없다는 발언을 했다. 그 순간에 내가 북경으로 떠날 때에 임화가 현실도피행을 하는 내 신세를 부럽게 생각한다고 하던 말이 머리에 떠올랐다. "그렇게 되면 앞에 나서서 일할 사람들이 없는데!" 하고 임화가 만류했지만 나는 다시 반복해서 사퇴의 뜻을 밝혔다. 그때 이원조가 발언을 하며 "정말 백형의 뜻이 그러시다면 사퇴의사를 존중합시다"고 하며 결말을 지었다. 그런 이원조의 말을 들을 때 내 마음은 갑자기 허전해졌다. 차라리 아무 말 없이 받아들였으면 하는 큰 아쉬움이 없을 수 없었다. 그러나 뒤에 생각하면 역시 이때 내 처신을 잘한 것이었다.

—『후편』, 300~302면


백철은 이 문학사적 장면을 다른 곳에서는 다음과 같이 적어 놓았다.


8월 18일 오후던가, 문학자의 첫 번 회합이 원남동 모처에서 갖어졌을 때 나도 연락을 받어 참석을 했다. 이때는 물론 좌우의 문단세력이 갈리기 전 전문학인의 민족적인 회합이라 볼 수 있는 것이었다. 여기서 먼저 일정에 협력했다고 지목되는 문인의 제외가 선언된 뒤에, 임시집행부가 선거되였을 때 내가 초대의 서기장으로 피선되었다. 이것은 무엇보다도 당시의 문단인들이 충분히 내 인격을 이해하고 새로 출발하는 문단대표부의 일인으로서 내 자격을 인정한 여론적인 반증이라 볼 수 있었다. 허나 이 경우에 나로선 그럴수록 내 처신을 더욱 신중히 하여야 했다. 쉽게 그 자리를 받어드리는 허영보다는 여기서도 자기의 소신을 지켜보는 하나의 윤리적인 길을 격(擊)하는데 노력한 것이다. 그 즉석에서 나는 느끼는바 있어 당분간은 책임있는 문단지위에 나가 서지 않겠다고 자기선언을 하고 공석에서 그 피선된 부서를 사퇴해 버린 것이다. 이 사실은 당시 그 자리에 있었던 유진오, 이무영 씨 등이 직접 목도한

것이다. 또한 이 말은 하나의 생색같에서 지금까지 사담에서도 구외(口싸)에
한 일이 없으나 이것도 이 경우에 부득이 하게 되는 말이다.
　　　　　—「문학자로서 나의 처세와 그 모랄」, 『신천지』, 1953.11, 198면

　　앞의 기록에서는 Y, L 등 기호로 표시했지만 뒤의 기록에선 유진오·
이무영 등의 실명으로 드러내었다. 그만큼 뒤의 기록은 가파르다. 뒤의
기록이 가파를 수밖에 없는 것은 그것이 평론가 임긍재와의, 욕설을 동
원한 논쟁의 글에서 퉁겨져 나왔음과 무관하지 않다.

　　어느 쪽이든, 위의 두 기록이 갖는 중요성은 해방공간에서의 자기인
식의 첫 걸음이라는 점에 있다고 할 수 있다. 그것은 세속적으로 말해
자기 분수를 알아차림과 직결된 것이다. 그는 해방공간에서 재빨리 출
현한 조직체인 조선문학건설본부와 일정한 거리를 두지 않으면 안 되
었다. 이 최초의 조직체의 중심분자가 임화였음을 누구보다 백철은 잘
알고 있었다. 그러나 임화 측에서 보면 백철은, 카프시대에도 그러했듯
일종의 이용할 수 있는 도구적 존재였을 터이다. 실상 해방 직후 임화
가 접촉한 첫 번째 인물은 다름 아닌 유진오였다.

　　구한말의 명문가 출신으로 경성제대를 수석 졸업한 수재이고 조선
최고의 지식인 문인인 유진오야말로 포섭의 우선 대상이었다. "흥분에
이루어지지 않는 잠을 억지로 자고 8월 16일 새벽 나는 임화군의 방문
을 받았다"(「편편야화」, 『동아일보』, 1974.5.4)라고 유진오는 회고했다. 함께
새나라의 일을 하자는 것이었다. 문화운동에 나설 뜻이 없다고 하자 임
화는 이렇게 말했다. "그러나 어떻게 하나. 사람이 있어야지. 시작만이
라도 보아 주어야 하겠어"라고. 임화의 말에 따라 그날 오후 청계천변
에 있는 계농연구소(桂農硏究所)로 갔다. 보성전문의 모 교수가 세운 작
은 기관이었다. 임화를 다시 만난 유진오는 어떤 노선을 지향하는가라
고 물었다. 임화의 답변은 금방 나왔다. "물론 부르주아 민주주의혁명이
지"였다. 프롤레타리아 혁명이 아니라, 조선공산당 지도자 박헌영의 이

른바 8월 테제, 그것이었다. 명석한 유진오의 판단은 이러했다.

> 조선혁명의 현단계를 무엇이라 규정하든 혁명의 주도권을 공산당이 가지고 있는 이상에는 그들의 전략전술에 본질적으로 달라질 것은 아무 것도 없다. 그러나 '부르주아 민주주의 단계'라고 그들 자신이 규정짓고 있다 하면 적어도 당분간은 우익과의 정면대결은 면할 수 있을 것이고 그렇다면 그동안에 타협의 여지도 있을 것이 아닌가 하는 것이 그때의 나의 추측이었다. 그러자 그 자리에 최용달(崔容達) 군이 나타났다. 문화운동의 최고책임자인 임화에게 지령을 내리는 사람이 결국 최용달 군이었던가. 나는 의외라는 생각과 당연하다는 생각이 동시에 들었다.
>
> —「편편야화」

경성제대 출신의 노력가 최용달이 임화의 상관이었다. 그 길로 최용달·임화는 종로 한청빌딩에 있는 조선 문인보국회로 갔다. 유진오도 따라갔다. 유진오는 그 곳에서 놀라운 광경을 보았다. 두 사람이 나타나자 기적 같은 일이 일어났다. 누구의 수권으로 무슨 권위를 가지고 나타났는가를 물어봄도 없이 "가을잎이 회오리바람 속으로 말려들 듯 두 사람 주변으로 무조건 몰려드는 것"이었다. '폭발적 구심점'이었다. 무조건 대동단결이었다. 조선 문화건설 중앙협의회 준비위원회가 이루어지는 것이었다.


## 5. 두 기록의 차이점


이러한 유진오의 기록과 백철의 기록을 비교해보면 한 가지 큰 차이가 드러난다. 임화의 전략 속에는 두 사람의 비중에 현저한 차이가 있음이 그것이다. 유진오도 백철도 포섭의 대상임엔 같으나, 전자의 비중이 워낙 커서 후자는 가히 비할 바가 못 되었다는 점이다. '부르주아 민주주의노선'을 현단계로 내세운 조선공산당(1946년 11월 남로당으로 개칭)의 지령대로 문학 및 문화단체도 움직이고 있는 판국에서 유진오는 결국 문학판을 떠나게 되었지만, 백철은 그렇지 못했다. 법학자이자 보성전문 교수로 유진오는 되돌아갈 수 있었지만 백철이 갈 데는 한 곳밖에 없었다. 처음도 그러했다. 해방공간에서도 그러했다. 문학, 문단이 그것이었다. 그가 가진 것은 문학, 그것도 문예비평 오직 그것이었을 따름이었다. 그가 서야할 노선은 과연 어느 쪽이었을까. 이 물음은 해방공간 좌우익 문학 논쟁 속에서 방향지어질 성질의 것이었다. 이 이데올로기 선택에서 백철 특유의 생존전략이랄까 처세술이 하나의 고유한 가치관으로 드러나게 되는바 제3노선의 개척이 그것이다. 그것은 실로 그만이 감당해야 될 고독한 길이었다. 그 길의 외로움은 좌우익 이데올로기 대립의 과격성으로 말미암아 더욱 증대될 수밖에 없는 것이었다. 대체 해방공간의 이데올로기 대립이 문학 쪽에서는 어떻게 펼쳐졌던가.

이 제3노선은 훗날 남로당의 제3노선과는 성격이 다른 것으로, 백철 고유의 천도교 이데올로기에 연결된 것이었다. 동학, 곧 천도교로서의 제3노선이 이 땅의 정신사적 지형 속에서는 민족주의 노선과 공산주의 노선에 각각 맞서는 것으로 뚜렷하거니와 그것의 문학적 투영으로서의 제3노선이 백철 고유의 몫이었다. 그만큼 외로운 몫이 아니면 안 되었다. 적어도 해방공간 속에서는 그러했다. 이러한 가능성 속에서 그가 머뭇거렸고, 북조선 사회주의 인민공화국과 대한민국 정식정부 수립을 전후해서 이 가능성은 잠복상태에 놓일 수밖에 없었다.

# 제2장 우정으로서의 정치와 문학

## 1. 『문화전선』 편집자

원남동 모임에서 스스로 물러났다고 말하지만 실상은 사세부득하여 밀려난 백철은 아무데도 갈 곳이 없었다. 신문사에서도 밀려난 그는 안암동 자택 뒷산을 산책하는 것이 고작이었다. 이런 시기에 그를 구해준 것은 임화였다. 자세히는 백철에 대한 임화의 오랫동안의 우정이었다. 임화의 두 번째 부인 이현욱(소설가 지하련)이 백철을 자택으로 찾아온 것은 1945년 10월이었다. 경남 거창 출신인 이현욱은 카프 도쿄지부 중앙위원인 이상조의 누이로 본명은 이숙희. 단편 「결별」(『문장』 2권 10호)로 데뷔하였고 잇달아 「제향초」(『문장』 3권 3호)를 발표했거니와 「결별」의 추천자는 다름 아닌 백철이었다. 문단적으로나 개인적 가족관계에서도 친분이 남달랐음은 물론이다. 지하련이 갖고 온 임화의 편지는 이러했다.

여찌하여 한번도 얼굴을 볼 수가 없나. 자네 고집도 그만하면 외골수로군 …… 각설하고 이야기하세. 이번에 문건(文建)의 대중 계몽지 비슷하게 『문화전선』이라는 주간지를 하나 내야 하겠는데 도무지 그 책임을 맡을 사람이 없어서 큰일일세. 자네는 신문사에도 오래 있었고 편집에도 경험이 많으니 한번 나와서 도와줄 아량을 보여줄 수는 없겠나? 실은 자네 얼굴도 볼 겸 삼고초려 (노해 말게!)를 해야 할 것인데, 워낙 시간이 나질 않아서 이렇게 현욱을 보내는 것이니 …….

임화가 유비인 셈이고, 백철은 그러니까 그 주군 밑의 신하격인 공명이란 표현이었다. 그만큼 농담을 주고받는 사이임을 알 수 있다. 백철이 맡아서 낸 『문화전선』 창간호의 목차는 이러하다.

> 임화, 「현하의 정세와 문화운동의 당면임무」
> 해방기념 문예 현상모집
> 오장환, 「지도자」(시)
> 「군정장관 아놀프 소장의 담화에 대하여 삼천만 우리 인민에게 고한다」
> 김남천, 「문학의 교육적 임무」
> 임화, 「해방전사의 노래」(시, 안기영 작곡)
> 김영건, 「세계문화의 동향」
> 문협일지
> 「지방 조직에 대한 잠정적 조치에 관하여」
> 「법문학부장, 예과부장 인선문제를 위하여－감투하는 경성대학 자치위원회에 보내는 메시지」

이 중에서도 임화의 논문은 당시의 조선공산당(남로당) 문화운동의 방향을 제시한 중요한 문건이었다. 부르주아 민주주의 혁명 단계의 문화 담당계층을 그는 이렇게 규정해 놓음으로써 문화 운동의 통일을 꾀하였다.

> 이 문화혁명의 담당자도 문화혁명에 있어서 가장 혁명적인 계급인 노동자계

급을 위시한 농민과 중간층과 진보적 시민으로 형성된 통일전선에 속하게 된다.

그러나 이 논문의 핵심은 소위 정치와 문화(학)의 관계에 대한 새로운 인식에 있었다.

> 정치가 모든 생활관계의 직접적 표현이란 말이 지금처럼 사실화되어 나타날 시기라는 것은 극히 드물다. 그렇다고 문화를 곧 정치의 한 수단에 불과하다고 생각한다면 왕년의 과오를 되풀이하는 것이다. 단지 우리는 문화에 대하여 정치가 우위에 섰다는 것을(문화종사자에 대한 정치가의 우위가 아니라) 다음 사실을 통하여 솔직히 표명해야 한다.
>
> ―『문화전선』 창간호, 1945.11.15

문화와 정치의 관계에서, 해방공간은 단연 정치 우위의 국면으로 되었다는 엄연한 사실을 인식하고, 그 바탕 위에서 장차 선택해야 할 국가모델을 고려해야 한다는 것. 이때 고려되어야 할 기준이란 정치의 진보성, 곧 진보적 민주주의가 아닐 수 없다는 것. 이때 또 고려되어야 할 것은 그 진보성이 막연할 수 없다는 것, 요컨대 진보성의 추진력을 행사할 수 있는 계급의 역사적 성격을 고려해야 한다는 것. 이러한 문제를 구체화하는 시기에 직면했다고 임화는 결론지었다.

문건의 기관지 『문화전선』의 일지에 따르면 8월 18일 조선문화건설 중앙협의회 제1차 회를 본관에서 열었고, 9월 18일 금강산 근처에 있던 이기영이 상경했고, 9월 29일 해방기념 문예강연을 열었고, 10월 11일 학병동맹 강연회에 임화·김남천이 참가했고, 11월 7일 혁명자 구원회, 조소 동우회, 프로예맹 공동주최로 민족해방 희생자 추도회를 천도교 회관에서 열었다는 것 등등.

이 기관지에는 오장환의 시 「지도자」가 실려 있기도 했다. "지도자가 왔지 / 지도자는 비행기로 왔다"로 시작되는 이 시에서 강조되어 있는 것은 지도자가 기다리는 청년들 앞에 나타나지 않고, 라디오로만 방송함을 꼬집은 것. 1945년 11월 7일에 쓴 것이니까 아마도 10월 16일 귀국한 이승만을 가리킴이었을 터(김구 주석의 귀국은 11월 23일). 요컨대 제2호까지 백철의 손으로 편집된 이 기관지의 성격은 진보적 민주주의 노선이 채 구체화되기 직전의 모색기로 규정될 수 있을 터이다.


## 2. 『중앙신문』과 잡지 『대조』


　기관지 『문화전선』을 겨우 2호 편집하고 사표를 낸 백철이 두 번째로 몸부림친 곳이 『중앙신문』(1945.11.1 창간)이었다. 신의주고보 동기동창인 사업가 김형수가 창간한 이 신문의 편집국 차장 자리에 백철이 나아간 것은 스스로 말한 대로 인간관계에서 설명될 수 있다. 학교 후배인 정비석이 동참한 점에서 이 점이 엿보인다(정비석이 『매일신보』 학예부장 백철 밑에 기자로 입사했던 것도 이런 사정을 반영한다). 그러나 여기서도 백철과 정비석은 배겨나지 못했다. 새로 초빙된 편집국장 이상호(李相昊)의 좌경노선 때문이었다. 백철이 물러난 것은 이듬해 1월 말이었다. 여기에서 백철은 「신인문학의 가치」(『중앙신문』, 1946.5.4)를 발표했다. 현실주의자이자 저널리즘 지향성의 백철이 세 번째로 몸부림친 곳은 과연 어디였던가. 그 자신은 별 것 아닌 것처럼 말해놓았지만, 그 내면적 사정은 실로 그에겐 심각한 것이었다. 저널리즘 줄타기의 명수인 백철에게 이것만큼 큰 타격은 없었다.

　내가 계용묵, 정비석과 함께 당시 인쇄업이 주로 되어 있던 일신사(日新社)의 후원을 얻어서 위에 기술한 『대조』지를 내게 된 것은 중앙신문사를 물러난 뒤의 일이 된다. 무슨 일을 하든 간에 서로 뜻 맞는 사람들끼리 모여서 해야 되겠다는 생각, 무엇보다도 우리가 옳다고 보는 문학을 실현해 보자는 뜻을 이 『대조』에 붙여본 것이다. 그러나 이 잡지도 뜻대로의 성과를 거두지 못했다. 아직 그 시기가 아니던 것이다. 전게한 것과 같이 나는 논문을 동지 2호에 발표하여 그 반응을 물었으나 그것은 문단으로부터는 거의 묵살당하고 말았다.

—『후편』, 345면

『문화전선』에서 밀려났고『중앙신문』에서도 여지없이 밀려난 백철이 최후의 보루로 삼은 것이『대조』와『개벽』복간호였다. "드디어 새 천지가 우리들의 눈앞에 전개되었다. 위력의 시대는 가고 정의의 시대는 왔다"로 시작되는 창간사에서『대조』지가 내세운 행동강령은, ㉮ 우리는 역사적 필연의 진리를 적극적으로 신뢰·긍정한다, ㉯ 우리는 그 진리의 실현을 위하여 싸우는 진보적 세력을 동지적으로 지지한다, ㉰ 우리들은 그 진리를 선전 주장하는 언론선봉의 사명을 다한다, ㉱ 우리는 그 진리 표현의 민족문화의 창조적 책임에 임한다 등이었다. ㉯에서 보듯 진보적 세력인 조선공산당의 임화 노선과 일정한 선을 긋는 제3노선임을 분명히 한 것이다. 곧『대조』의 기본노선은 '중정(中正)'이었다. 보수 민족주의도 진보 민주주의도 아니지만 그 어느 쪽도 적대시하지 않는 '중정'이란 새삼 무엇인가. 이는 곧 천도교 노선 그것이 아닐 수 없다. 안재홍의 권두논문 「내외정세와 건국전망」 다음에, 천도교 출신 김오성이 쓴 「인민정권의 성격」이 실렸음도 이와 무관하지 않다.

그렇다면 백철이 담당한 문학(문화)면의 편집은 어떠했을까. 표층적으로 내세운 이슈는 「벽초 홍명희 선생을 둘러싼 문학담의」였다. 이태준·이원조·김남천 3인이 벽초를 가운데 놓고 질의·응답한 것이었다. 김동인의 연재소설 「정열」을 비롯, 박노갑의 「환」, 허준의 「잔등」, 안회남의 「말」을 실었고, 시에는 정지용의 「애국의 노래」, 박종화의 「회천송」을 실어 나름대로 중간노선을 드러내었다. 그러나 실질상으로는 정비석·허준·계용묵 등 서북인이 중심이었다. 다음 에피소드에서도 모종의 분위기가 감지된다. 1945년 8월 18일, 정비석이 문건으로 찾아갔을 때 이태준이 김동인을 상대로 이렇게 말했다고 했다. "어제 현민(유진오)이 찾아왔었는데 임화가 현민더러 당분간은 근신을 하는 것이 좋겠다고 하면서 그냥 돌려보낸 일이 있었습니다. (…중략…) 선생님도 당분간 이런 데는 관여하지 않는 것이 좋겠습니다"라고. 이어서 "비석도 당분간 조용히 있는 것이 좋을 것 같소" 하자, 또 김동인이 말했다. "모두가 합심해야 할 이 판국에 누가 누구를 가려낸다는 말이오. 그런 단체라면 나도 참가하지 않겠소. 더구나 비석이 무슨 잘못이 있단 말이오"라고(정비석, 「남기고 싶은 이야기들」, 『중앙일보』, 1978.5.1).

이 『대조』(1946.7, 제2호)를 진지 삼아 백철은 문단을 향해 대반격을 시도했다. 좌담회 「건국과 지식계급」(김기림·박치우·백철·정근양)에서 백철은 임화를 겨냥해 문학과 정치의 관련성을 논의했고, 다시 이 문제를 본격적으로 논한 「정치와 문학의 우정에 대하여」를 실었다. 인문과학자나 예술가가 정치에 참가할 때는 무슨 자격으로 서느냐는 기자(사회자)의 질문에 백철은 이렇게 말했다. "요새 지식인들이 정치에 참가하는 것은 일개의 시민의 자격으로 참가하는지 또는 문학자로서 참가하는지 나는 분명치 않더군요. 일전에 임화 군을 만났을 때 그 점에 대해 물어보았더니 임군은 일개 시민으로서 참가한다고 그러더군"(「건국과 지식계급」, 143면)이라고. 백철이 겨냥한 곳, 또는 백철에 있어 문제적인 인물은 적어도 이 무렵까지는 임화 한 사람 뿐이었다.

임화의 노선이냐 백철 노선이냐의 갈림길이 여기에 있다. 백철은 이 과제를 본격적으로 들고 나왔다. 「정치와 문학의 우정에 대하여」가 그것이다.

## 3. 임화와의 우정

「정치와 문학의 우정에 대하여」를 검토할 때 먼저 주목할 것은 이 글이 1946년 2월 2일자로 쓰였다는 사실이다. 이 평론 마지막 대목에서 이 점이 새삼 확인된다.

> 나중으로 또 한 가지. 나는 이 논문 중에서 될 수 있는 대로 구체적인 사실에 대한 지적을 피하였으나 결국은 현재의 문학단체에 대한 약간의 비평이 가해진 것이 부득이한 사정이었다. 그러나 그 대신 나는 오는 8, 9일에 개최되는 전국문학자대회에 큰 기대를 가지는 자다. 이 전체 회의에서 모든 유익한 보고와 함께 일정한 자기비판적인 보고도 그 중요한 토의 항목의 하나가 될 것을 믿는 데서 근래 문단 일부 속에 양성되면서 있는 불평적인 여론에 대한 근심이 나의 기우에 불과하게 될 것을 희망한다.
>
> ―「정치와 문학의 우정에 대하여」, 124면

온건노선 임화의 문건 세력과 강경노선 한효 중심의 구카프계의 이념상의 분열을 우려한 조선공산당 지도부에서 김태준을 내세워 일정한 통일노선을 모색하여 탄생한 것이 '조선문학동맹'이었고 이를 세상에 드러내기 위한 모임이 제1회 조선문학자대회(1946.2.8~9)였다. 해방 후 7개월 만에 개최된 이 모임에서는 '조선문학가동맹'이란 명칭을 확정했고, 임원 선출 및 각 분야의 보고발표, 결의사항 등이 있었으나 참가 인원 백여 명중 어느 누구로부터도 백철이 염두에 두어 희망했던 '일정한 자기비판적 보고'는 없었다. 구체적으로 말해 '자기비판'이란 친일적 문사에 대한 것임을 염두에 둔다면 백철이 위의 평론에서 바랐던 것은 문학자 대회에서는 흔적조차 없었던 셈이다. 이 모임에서 소외된 문인들의 조직이 바로 전국문필가협회(1946.3.13)이다. 김동리의 맏형 범보 김정설을 필두로 450명으로 이루어진 이 문필가협회와 전국문학자대회로 말미암아 문단은 양극화된 양상을 여지없이 드러내었다(김윤식, 『해방공간 한국작가의 민족문학 글쓰기론』, 서울대 출판부, 2006).

이 두 단체에도 끼어들 수 없는 한 무리의 문인그룹이 있었는바 그 중심에 백철이 놓여 있었다. 그러나 따지고 보면 이 제3노선이랄까 중간자적 그룹이란, 계용묵·정비석 등 동향 출신의 문사를 제하면 백철 혼자에 지나지 않았다. 과연 중간적 노선이 성립할 수 있을 것인가. 이 물음이 해방공간에서 직면한 백철의 외로움의 근거였다. 적어도 '대한민국 정식정부'(김동리의 용어)가 수립(1948.8.15)될 때까지 백철의 이러한 제3노선은 한갓 빈골짜기에서 울리는 바람소리에 지나지 않았다. 그는 그토록 민감히 반응하던 저널리즘에서 소외되어 대학 강의로 호구하는 한편, 현장비평에서 한 발 물러난 글쓰기에 빠질 수밖에 없었던 것이다. 그 결과로 나온 것이 강의용 『문학개론』(1947)과 역작 『조선신문학사조사』(1948~1949)이다.

해방공간에서 백철이 홀로 온 힘을 다해 모색한 중간자적 노선이란 과연 어떤 것이었을까. 원남동 모임에서 밀려난 백철이 해방 후에 쓴 첫 번째 글이 「문학과 정치문제」(『한성시보』, 1945.10), 「문학의 건설」(『조선주보』, 1945.11) 등이다. 그 내용은 "무조건 시작할 수 없다"라는 것으로 요약되는데, 일제강점기의 활동에 대한 자기반성과 관련된 것이었다. 원남동 모임에서 자기반성을 하고 '명예스러운 직책'인 서기장 자리를 사퇴한 케이스는 눈을 씻고 봐도 자기밖에 없다고 백철은 믿어 의심치 않았다. 이것이 백철의 자존심의 근거였다. 이 자존심을 볼모로 하여 백철의 해방 직후의 활동이 전개되는 바, 그가 임화의 기관지 『문화전선』 2호 편집을 끝으로 『중앙신문』으로 옮겨간 뒤에 쓴 첫 번째 평론인 「과도기와 문학건설의 방향」(『개벽』 복간호, 1946.1)에서도 이 자존심이 큰 얼굴을 드러내고 있다. 1945년 11월 30일에 쓴 이 평론에서 백철은 임화 노선이자 시대적 대세인 진보적 민주주의 노선을 지지하면서도 스스로를 국외자로 자처했다. 적어도 임화 노선이나 한효 노선과는 일정한 거리를 두고 문단 대세를 논의한 점에서 이 평론이 지닌 의의가 인정된다.

　　나는 여기서 일개의 방관자로서 이 두 가지 견해(문건과 구카프계)의 합류로서 진정한 통일적인 예술가의 신기관이 출현되기를 희망하거니와 문제는 이 신기관의 실현을 통하여 금일의 예술, 문학을 진보적으로 영도하는 데 있어 현실적인 것에 대한 엄격한 자기비판을 가한 데서부터 시작하고 그것을 새로운 면에 구체화시키는 데서 문학건설과 지도의 권위를 세워주길 바란다. 예술 문학을 지도해가는 그 정책적인 데 있어는 기본방향에 있어 진보적인 선을 포기하지 않는 것을 엄격한 한계로 고수하면서 부분적인 타협 등에 있어는 각금 대담한 양보와 겸허의 덕을 가지고 임해야 할 것이다.
　　　　　　　　　　　　　　　　　　—「과도기와 문학건설의 방향」, 83면

이 글 속엔 국외자로 밀려난 백철의 심경이 잘 드러나 있거니와 동시에 또 임화노선에서 자기의 복권을 바라는 기대감 또한 은밀히 감추어져 있다. 이 점을 그는 예술이 가진 특별한 성격을 빌어 이렇게도 표현해보였다.

　　이것은 나 일개인의 사견인지 모르나 문학 예술상에 있어 그 통일은 그 사상·정치인 것의 기준에 의하는 것이 있는 밖에 그것만으로의 부족을 보충하고 다시 그 위에 훨씬 문학적인 의상을 입히기 위하여 여기에 이 과도기가 발산하고 있는 그 정열적인 것, 동경적인 것 위에서 하나의 로맨티시즘을 주조로 설정하고 그것을 금일 문학을 움직이는 중요한 매개체의 역할을 맡겨보는 것이 가능할까 한다. 그런 점에서 나는 다시 기회를 얻어 금일 문학의 주조로서 낭만주의적인 것의 제창에 대한 것을 전개시켜 보려 한다.
　　　　　　　　　　　　　　　　　　—「과도기와 문학건설의 방향」, 83면

「문학작품에 있어 사실과 낭만의 세계」(『백민』, 1946.6)가 쓰인 것은 이 때문이다. 그러나 이러한 백철 식 주장은 아무런 반향을 일으킬 수 없었다. 해방공간의 문학적 열정이란, 그 자체가 정치적 노선으로 결집되어 있어, 문학적 원론의 논의 자체가 의미를 갖기 어려웠던 것이다.


## 4. 정치우위론, 문학우위론, 정치문학동화론


　해방공간에서 전개된 백철의 문학 논의를 검토할 때, 제일 중요한 평론은 「정치와 문학의 우정에 대하여」이다. 앞에서 잠시 보았듯 이 평론이 쓰인 것이 1946년 2월 2일이니까 「과도기와 문학건설의 방향」을 쓴 지 3개월 후가 된다. 제목이 이미 지시하듯 '우정'이 이 평론을 결정한 형국이다. 여기서의 우정이란 이중적임에 주목할 것이다. 첫째 우정이란 임화와의 개인적인 것이며, 또 그것은 저절로 정치와 문학 사이에서 빚어지는 우정관계이다. 이 이중적 우정관계만큼 백철의 본질을 상징하는 것은 따로 없다.

　백철과 임화의 첫 만남은 백철이 일본 유학에서 귀국한 이듬해인 1932년 3월이었다. 카프서기장 임화의 전화를 받은 백철이 찾아간 곳은 기관지 『집단』 발간 사무실이자 임화의 자택인, 현화동 앵두밭 한가운데 있는 작은 문화주택이었다. 카프 도쿄지부장이자 『무산자』 발간인인 실력자 이북만의 집에 머물며 그의 훈련 밑에 있던 연극 지망생 임화가 이북만의 누이 이귀례와 결혼, 귀국한 뒤에 마련한 신혼 살림집이기도 했다. 그 이후 임화와 백철의 관계는 간단히 설명하기 어려운 친밀감으로 일관했다. 두 번째 부인 이현욱과의 경우에도 빈틈없이 우정관계가 지속되었다. 대체 그것은 어디에서 말미암았을까.

　아마도 그것은 문학적 문제 이전의, 혹은 그런 명분론을 넘어선 자리에서 왔다고 볼 것이다. 인간적 매력이 그것이다. 카프 맹원이면서 인간묘사론 등으로 반카프적 논지를 거침없이 펴곤 하던 야생마 백철의 자유분방함에 대해서 서기장 임화가 우정 어린 시선으로 바라본 것도 이와 무관하지 않다. 『매일신보』 입사건으로 맨 먼저 백철이 상의한 대상도 임화였다. 그러한 임화가 해방공간에서는 진보적 민주주의문학진영인 문건의 중심인물로 군림하고 있다는 사실이야말로, 문단 저널리즘 복귀를 노리는 백철로서는 기댈 수 있는 거의 유일하고도 만만한 거점이었다. 정치와 문학의 '우정'이란, 개인차원으로 보면 임화와 백철의 '우정'이었던 것이다.

평론 「정치와 문학의 우정에 대하여」가 해방공간에서의 백철의 활동 여부를 가늠하는 분수령이라 함은 그것이 이 '우정'의 새로운 가능성 여부를 점검하기 때문이다. 이 글 첫줄을 그는 이렇게 썼다.

> 최근의 문학동향에 대하여 만일 정치와 관련해서 문학에 문책할 일이 있다면 그것은 간혹 항간에서 비평하는 말과 같이 문학자는 정치에 너무 깊이 참여할 것이 아니라는 의미에서가 아니라 도리어 그 면에 한해서는 금일 정치에 참여하는 문학자는 일등같이 정치에 들어가지 못하고 어설피 정치에 대한 발언을 한다는 데 대한 비평이 되는 것이다.
> ―「정치와 문학의 우정에 대하여」, 113면

이 서두가 의미하는 것은 이중적이다. 정치와 문학의 우정관계와 개인적 우정 관계가 포개져 있기에 그러하다. 잇대어 다음과 같이 백철은 바로 임화를 자기와 대비시켰다.

> 서로 개인적으로 한 대화를 여기에 인용해서 욕될는지 모르나 일전(1월 10일경) 임화 씨를 만났을 때에 요지음 문학자의 정치행위에 대해서 같은 문학인으로서도 호의적으로만 해석하는 것 같지 않더라는 말을 한즉―거기엔 오해가 있을 것이다. 우리들이 요지음 정치운동에 참가하고 있는 것은 문학인으로서가 아니고 시민으로서의 봉사다! 이 점에서 보면 구라파의 문학자는 우리들보다도 훨씬 과격하지 않은가 등의 견해를 말한 일이 있는데 이 시민이냐 문학자냐! 하는 문제는 금일 문학자의 정치행위의 의미를 질문하는 측에서 오

해를 우심하게 않기 위해서도 한계를 명백히 따지고 나갈 사실이다.
ㅡ「정치와 문학의 우정에 대하여」, 113면

　해방공간의 최대의 문학적 과제가 문학과 정치의 관계라는 것, 이 과
제를 온몸으로 감당하고 있는 최고의 존재가 임화임은 천하가 아는 사
실이고 보면 이를 이용하는 길이 백철에겐 최대의 기회이자 방도였다.
이 점은 백철 특유의 처세술 또는 저널리즘적 감각이지만 동시에 또 그
이상이었다. 실제로 두 사람 사이에는 우정이 싹터 있었고 또 지속되었
음이 이를 증거한다. 「우리 오빠와 화로」의 시인이자 조선의 발렌티노
임화가 도일하여 이북만 캠프에서 공부할 때, 그는 일본 프롤레타리아
문학계에서 혜성처럼 군림한 동경고사생 백철을 눈부시게 바라보았을
터이다. 두 사람이 처음 만난 것은 1932년 봄 혜화동 임화의 자택이자
『집단』 사무실이었다. 그로부터 두 사람의 우정은 각별한 것이었다. "내
가 생각해도 이상하리만치 두 사람의 우의는 오래갔다"(『후편』, 272면)라
고 백철은 서슴없이 말했다.
　끊어질 듯하다가도 어느새 서로 이어진 이 관계는 이데올로기만으로
는 설명되지 않는다. 만남의 동기가 '동지간의 친애감', 곧 이데올로기였
지만 그것만으로는 설명되지 않는 기묘한 점이 거기에 들어 있었다. 「인
간묘사시대」로 사방의 공격을 받을 때에도 임화는 거기에 대한 공격적
논평의 글을 내지 않았다. 「동지 백철에게」라는 글을 썼을 뿐인데, 이런
현상에 대해 백철은 "임화가 나를 믿고 또 아꼈다는 증거"(『인간탐구의 문
학』, 251면)라 했다. 두 사람의 우정이란, 이로 볼진대 인간적인 것과 이데
올로기적인 것의 양면성으로 이루어졌다고 할 것이다. 이데올로기적으
로 필요할 때는 그쪽을 이용하고 인간적인 것이 필요할 때 그쪽을 이용
할 수 있는 만능의 작용을 하는 것이기에 끊어질 수 없었다. 왜냐면 정
치로서의 이데올로기와 인간으로서의 문학으로 이루어진 것이 문학판
의 현실이자 본성이기에 그러하다. 요컨대 두 사람의 관계란 문학판에

있을 수 있는 아주 일반적인 유형의 하나라 할 것이다. 인간 쪽으로만 기울어질 때 그 우정은 맹목적이기 쉽다. 이를 견제하는 몫을 하는 것이 이데올로기일 터이다. 이데올로기에만 일방적으로 기울어질 때 또한 그 우정은 맹목적 동지애로 전락되기 십상이다. 일정한 회의나 비판이 스며들지 않는 동지애란 실로 위험한 것이어서 사태 판단을 그르치기 십상이다. 이 점에서 두 사람의 우정 관계란 드물게 보는 행운이라 할 만하다. 그렇긴 하나, 이 이데올로기가 '프롤레타리아 사상'이라는 제약에 묶여 있다는 점은 어쩔 수 없는 한계였다. 이 한계는 청년문학가협회와 맞서던 해방공간에서 선명히 드러났다. 문학가동맹(민전)의 임화와 정면으로 맞선 청년문학가협회에도 이와 매우 닮은 우정관계가 있었다. 김동리와 조연현의 관계가 그것이다.

김동리의 정치적 입각점은 '비근대'이자 '반근대'였다. 이데올로기로서의 근대(좌익이든 우익이든)를 철저히 부정했을 때 남는 것은 인간, 곧 자연인으로서의 인간인 셈이다. 이 점에서 그것은 실로 비현실적이지만(누구에게나 현실적 삶이란 자연인으로서의 삶과 현실적·정치적인 삶으로 이루어지는 것이니까) 임화 일파의 이데올로기 제일주의와 맞서는 데에는 단연 현실적이었다. 일상적 삶이란 자연인의 삶과 이데올로기적 삶의 이중성으로 되어 있음이 현실인데도, 임화 일파는 전자를 무시·부정하고 이데올로기 쪽만을 강조했다. 이 점에서 임화와 김동리는 똑같은 자리에 선 형국이다. 다른 점이 있다면 김동리의 입지의 일관성 부족 또는 그에 대한 비자각성이라 할 것이다. 일체의 이데올로기를 부정하고 자연인(원형적 인간)을 으뜸으로 내세워 이를 '구경적 생의 형식'이라 하며 이런 문학을 두고 '본령정계'라 한다면 그것으로 일관했어야 했다. 「황토기」·「무녀도」·「역마」로 일관하면 선명했을 터이다. 그러나 김동리가 단독정부를 두고 '대한민국 정식정부'라 하고 그 지지자로 나서는 순간 사태는 역전된다. '정식정부' 대한민국의 국체란 국민국가(nation-state)이고, 그것은 자본제 생산양식의 원리 위에 섰기 때문이다. 곧 '근대'의 원리 위에 섰던 것이다. 그렇다면 그가 내세운 '구경적 생의 형식'이란 갈데없는 허상이 되는 셈이다. 일관성 유지를 위해서는 근대를 끝까지 부정했어야 했을 터이다. 근대부정으로 치달아 그것에 순사하는 문학이어야만 김동리다운 것이리라. 근대의 한 측면인 좌익 이데올로기에 순사한 것이 임화의 일관성이라면 김동리는 이 점에서 중도반단적이다.

이 사실을 직시한 것이 청년문학가협회의 비평가 조연현이었다. 우선 그는 김동리의 '구경적 생의 형식'이란 종교이지 문학일 수 없음을 직감했다. 조연현이 이에 맞서 제시한 것이 '인간' 대신 '사상'이었다. '문학적 형상화'를 두고 사상이라 그가 말했을 때, 그는 여전히 김동리 편에서 아주 벗어난 것은 아니었다. '구경적 생의 형식'을 '인간' 아닌 표현(사상)으로 바꾸어 보았기 때문이다. 문학이란 새삼 조연현에게 무엇인가. '구경적인 생의 형식'의 표현, 곧 표현만이 문학의 '구경적 존재 형식'이라는 것. 김동리의 평론집『문학과 인간』(1948)에 맞서 나온 조연현의 그것은『문학과 사상』(1949)이었다(김윤식,『해방공간 문단의 내면풍경』, 민음사, 1996). 이로써 두 사람의 우정이 나름대로 긴장감을 가지며 유지될 수 있었다.

백철·임화의 우정과 김동리·조연현의 우정은, 단연 해방공간에서 그 빛과 그림자를 크게 드리웠다.


## 5. 우정의 이중성과 윤리감각


백철·임화의 우정관계의 구조와 그 한계를 위에서 살펴보았거니와, 구체적으로 그 한계는 무엇이었던가. 우정을 깃발처럼 내건 백철은 임화의 주장에 대해 '지극히 당연하다'는 대전제를 맨 앞에 내세웠다. 스스로 임화의 노선인 좌익 이데올로기(정치)와 일정한 거리를 두었음을 전제한 것으로 볼 것이다. 이러한 자리에 서서 약간의 백철 식 주장을 내세움으로써 '우정'을 계속 유지하고자 했다. 이 글로 말미암아 '우정'이 깨지느냐 계속 유지되느냐의 문제는 적어도 백철에겐 위기의식을 동반한 것이 아니면 안 되었다. 임화 쪽이 냉담해진다면 이 도박에서 백철만이 패배자가 되는 형국이었기 때문이다. 그 '우정'의 행방은 과연 어떠했을까. 백철은 조심스럽게 임화의 주장에 대해 의혹을 제기했다.

> 세상은 임씨의 말한 의미를 솔직히 연역해서 금일의 문학인이 정치에 취하는 경향을 존중해 본 것이어니와 문제는 금일의 문학인의 정치행위가 언제나 문학에 대하여 그만치 명백한 한계를 정한 지역에서 소행된 것인가 하는 사실이다. 문학과 정치와의 관계가 언제나 그런 정치일로로서 귀결될 수가 있는가 하는 사실이다. 여기에 현행의 사실과 대조하여 금일 문학과 정치행위에 대한 일정한 의려(疑慮)가 동호자 간에도 점차 야기되고 있는 것이며 나아가 문학과 정치의 일반관계에 대하여 문제가 제기되는 이유도 있는 것 같다.
> ―「정치와 문학의 우정에 대하여」, 115면

금일의 문학인으로서 문학과 정치를 어떻게 보느냐와 일반론으로서의 문학과 정치의 관계론이 일치하지 않을 수도 있다는 점을 들어 백철은 임화와의 변별성을 찾고자 했다. 일개 시민으로서 정치에 참가한다는 쪽이 임화라면 그리고 그것이 금일적인 인식이라면 백철은 한발자국 물러 선 자리, 곧 문학과 정치의 일반론에 서고자 했다. 이 경우 중요한 점은 백철 식 인식에 동조자들이 점차 생기고 있다는 것이다. 현실적인 정치주의나(임화 노선), 일반론으로서의 문학우위론이나(김동리 노선)에 대해 '문학=정치 대등론'을 백철은 모색하고자 했다. 이 대등론을 백철은 '우정'이라 불렀다. "자기를 버리고 타에 굴종하는 곳에 참된 교의가 성립될 수 없다"라는 전제를 떠나면 우정관계란 성립될 수 없다. 각자 독자노선에서 상대의 특성을 이해하고 존중함에서 생기는 교류를 두고 우정이라 한다면 '문학=정치 대등론'은 '임화=백철 대등론'에 다름 아니었음이 판명된다. 해방공간의 진보적 문학단체의 최고 실력자 임화와 적어도 백철 자신은 대등함을 만천하에 선포하고자 한 것이었다. 여기에 '우정'의 이중성이 있었다.

해방된 지 반년이나 지난 시점에서 쓰인 「정치와 문학의 우정에 대하여」는 백철의 비평가적 위치를 최대로 드러낸 글임엔 틀림없다. 이 글이 백철의 그다운 자존심에 관련되었음도 끝 대목에서 읽어낼 수 있다. 이 글이 겨냥한 곳이 조선문학가동맹이 개최하기로 되어 있는 전국문학자대회(1946.2.8~9)였기 때문이다. 이 대회에 대한 백철의 희망사항은 다음 한 가지, "일정한 자기비판적인 보고"였다. 갖가지 유익한 보고사항이 그 대회에서 상정·토의·결정되어야 하겠지만 그중엔 '자기비판 사항'도 있어야 한다고 했을 때 백철의 머릿속엔, 해방 직후(8월 17일) 원남동 집회의 결의사항이 선명히 들어 있었다. 해방 후의 문인 첫모임에서 백철이 서기장으로 지명되었음이 그것이다. 이 영광스런 자리를 백철은 스스로 물리쳤는데, 과거의 친일적 행위에 대한 '자기비판'의 결과였다. 임화가 말렸음에도 불구하고 백철이 취한 이 행위야말로 자존심의 근거를 이루었던 것이다(적어도 그는 이 사실을 논적이 생길 때마다 드러내길 마지않았다. 해방공간에서도 밝혔고, 6·25 직후에도 밝혔으며, 만년의 자서전에서도 밝혀 놓고 있어, 얼마나 그가 이 사실을 중시했는가를 엿볼 수 있다).

매우 딱하게도 백철의 이러한 윤리적인 희망사항은 여지없이 무시되었다. 정작 전국문학자대회에서 진행된 보고사항 속엔 문인들의 '자기비판'은 어느 데도 설 수 없었다. 이 사실은 다음 두 가지를 암시하는 것이었다. 백철의 정치=문학의 우정관계란, 현실적으로는 성립되지 않았다는 것이 그 하나. 현실을 잘못 판단했기 때문이다. 다른 하나는, 이 점이 중요한데, 임화와의 우정관계가 지속불가능했다는 사실이다.

좌우간 백철의 이 평론에 대해서는 두 가지 반론이 제기되었다. 문학가동맹 계열 김영석의 「문학을 지키는 길―백철 씨의 그릇된 견해에 대하여」(『독립신문』, 1946.11.20)가 그 하나. 또 하나는 백철의 자기비판을 요구하는 이모 씨의 반론이었다. 이에 대한 백철의 반론이 '제씨의 논박문에 언급함'이라는 부제를 단 「문학 이전에 오는 문제」(『경향신문』, 1946. 12.5)였다. 이 글에서 백철은 서두에 "오늘은 문학을 논하는 문학 이전의 한 개의 윤리와 봉착한다"라 했거니와 이 '윤리'라는 것에 이 글의 무게를 실었다. 문학가동맹에 대한 애착심으로 일관된 김영석의 반론에 대해 백철의 응답은 매우 소극적인 것이었다. 그만큼 아직도 백철이 그쪽 눈치를 보고 있었거나 무의식적으로 동류의식을 느낀 결과로 볼 수 있겠다. 이에 비해 이씨에 대해서는 실로 적극적이자 공세적이었다. 이씨가 제기한 문제가 바로 '자기비판'이라는 윤리과제였기 때문이다. 곧 백철 자신의 자기비판부터 해보이라는 이씨의 비판에 대해 과연 백철은 어떤 답변으로 자기변호를 할 수 있었을까. 그 최대의 무기이자 '전가의 보도'인 것이 바로 해방 직후의 원남동 모임이었다. 궁지에 몰릴 적마다 백철은 이 사건을 방패막이로 삼았던 것인데, 그 첫 번째 궁지타개책이 바로 다음 대목이다.

　　이씨가 내게 말한 자기비판이란 데 대하여 일언, 자기 주석을 가한다. 우스운 말이지만 해방직후 문학인들이 모인 초회합에서 나는 자기에게 맡겨진 책임부서를 스스로 사퇴한 후 대략 일 년간 나의 문학생활은 겸손과 반성을 좌우명으로 한 수신적인 시대를 의미했다고 자처하는데 글을 쓰면 언필칭 (……) 했다는 것을 선전하는가 하면 자기과실을 과격한 언사로 분식함으로써 자기 얼굴은 이처럼 결백하다는 것을 표방하는 것이 유행되는 시대에 있어서 나만치도 대담하게 전신을 자기비판 앞에 내던져 보는 예가 눈에 띄우지 않는 것을 불행한 일로 생각한다. 물론 자기비판이란 일 년이나 이 년을 두고 할 성질의 것이 아니고 그것을 일생을 두고 자기를 감시하는 윤리가 되려니와 그러나 문학자의 윤리는 어데까지나 자발적인 것이요 남에게 강요될 문제가 아니라는 것. 그 점에선 나는 미급한 대로 어떠한 외부적인 재료에도 이 윤리를 적용하는 데 노력하고 있다.

언젠가 훗날 자서전을 쓸 땐 "특서할 만한 소식일 수 있는 출세의 기회가 자기 위를 1945년도에 스쳐지나갔다"라고 쓸 것이라고 미래의 사례까지 들먹이며 윤리문제를 제기한 백철의 윗글은 자신감으로 충만해 있다고 볼 것이다. 실상 그의 자서전 속에서 이런 대목은 찾을 수 없다. 임화에 의해 서기장으로 지명되었을 때 백철이 이를 사퇴한 사건이 백철 자존심의 근거인 것은 그것이 해방공간 문인의 자기비판으로서 유일무이하다고 스스로 판단했음에서 온 것이다.

문학과 정치의 우정관계란 백철에겐 이중적이었다. 원론으로서의 우정이 그 하나이고 구체적인 인물 임화와의 우정이 그 다른 하나이다. 이 두 우정의 이중성이 끝내 분리되지 않았다는 사실이야말로 백철이 지닌 애매성이자 동시에 모종의 활력소였다. 현실의 정세가 아무리 불리하더라도 이 이중성이 은밀히 잠복해 있어 그는 오뚝이처럼 일어서고 또 일어설 수 있었다.

# 제3장 보도연맹과 한국문학가협회 틈에 낀 백양당

## 1. 영어교사 '작은 곰'

정치와 문학의 우정을 깃발처럼 내세웠고, 그에 대한 반론조차 윤리적 과제로 유려하게 극복한 백철이었지만 그것만으로는 부족했다. 현실적 조건에 구속돼 그의 입지를 넓히기엔 역부족이었다. ①정치우위·문학종속의 임화계와 ②문학우위·정치종속(정확히는 무정치)의 김동리계 사이에 놓일 수 있는 ③'문학=정치 동격론'은 해방공간 초기엔 설자리가 없었다. 백철이 나아갈 저널리즘에의 길은 잠정적으로 끊겼다고 볼 것이다. 비록 그가 창작월평인 「전형기의 작품들」(『경향신문』, 1947.3.18)을 쓰고 미소공동위원회에 대한 「이동좌담회」(동, 47.6.6)에 김기림·박종화와 더불어 참가하고, 또 「새 양식의 창조」(동, 47.10.19) 등으로 발버둥치긴 했지만 이미 저널리즘의 중심점에서는 한참 벗어난 형국이었다. "관중 없는 텅 빈 극장 안의 무대에 선 외로운 연기자"임을 스스로 느꼈다. 그가 해야 할 일은 제3의 길의 모색이었다. 그 하나는 불혹의 나이에 이른 가장으로서의 생활문제 해결이고, 다른 하나는 문단적 저널리즘에서 한발자국 물러난 자리에 서기였다.

문학사 집필이 그것이다. 그리고 이 두 가지는 동시에 온 것이다. 직장에서 물러난 그가 새로운 직장을 얻었고, 그것이 그의 후반기 반생을 지배할 문과대학 교수직이었다는 것은 특기할 만한 사건이 아닐 수 없었다. "그러니까 46년 2월 20일 경이라 기억된다. 어떤 날 시인 임학수(林學洙)가 안암동의 내 집을 찾아왔다. 그때 나는 겨우 마음을 가라앉히고 신문학사를 쓰는 일에 전념을 하고 있"(『후편』, 350면)었다고 했거니와, 여기서 나오는 임학수는 경성제대 영문과 출신의 시인으로 『전선시집』(1939)의 저자이기도 하다. 조선문인협회가 중일전쟁에 협력하는 첫 번째 사업이 북지(北支)전선 위문단 파견이었고 김동인·임학수·박영희 등이 이 임무에 응했다. 『전선시집』은 그 보고문으로 쓰인 것이었다.

해방 후 임학수는 성동역 용두동에 있는 경성 여자사범대학 교무처장이었다(이 학교가 훗날 경성사범과 합쳐 국립 서울사범대학이 됨). 바야흐로 교수진을 확보하는 마당이어서 제3자의 시선에서 보면 동경고사 영문학 전공의 경력자인 백철이 제격으로 판단됨직했다. 그러나 백철로서는 실로 난감한 일이었다. 그들의 대화 한 토막 속에 그 난감함이 은밀히 깃들어 있었다.

> 백철 글쎄 나가면 내가 학생들에게 뭣을 가르친단 말이요?
> 임학수 아니, 백형 지금 말씀대로 쓰고 있는 신문학사 강의도 좋지 않아요? 그 문학사의 내용을 재확인하는 기회도 되고 말이에요.
> 백철 그럼 그런 신문학사 시간 같은 것이 교과목에 들어 있단 말이요?
> 임학수 참 그렇지. 아직 일 학년생들밖에 없으니까, 그건 안 되겠는데. 그렇

지만 백형은 전공이 영문학 아니었소. 영어를 맡아주시면 되죠. 자, 그렇게 결
정을 합시다.

―『후편』, 352면

실로 자의반 타의반의 나아감이었다. 동경고사 영문과 출신이라 하
나, 백철에겐 이것이 그야말로 아킬레스의 건이었다. 그는 스스로 고백
하듯, 물론 비유겠지만, 중학생 영어 선생 노릇도 할 실력이 모자랐다.
동경고사 시절 그는 공부를 버리고 프롤레타리아문학판에 뛰어들었던
것이다. 귀국 후 잡지사의 자리와 중학 영어 선생 자리가 생겼을 때 전
자를 택한 것도 실력부족 때문이라기보다 취향에 맞지 않음이 그 원인
의 하나였다. 해방공간에서 그는 '자의반 타의반'으로 선생, 그것도 교
수 자리에 나아갔던 것이다.

그 자신이 쓴 이력서를 잠시 엿보기로 한다.

1931.04~1932.03 동경고사부속중학 촉탁교사
1935.04~1939.03 함흥 영생중학 교사
1945.10~1947.09 여자사범대학 교수
1948.04~1949.03 서울대 사범대 전임강사
1949.04~1955.03 동국대학 교수
1952.04~1955.03 동국대학 문학부 주임교수
1955.04.~1973.08 중앙대 교수
1955.04~1957.08 중앙대 초대 문리대학장
1972.03~1973.08 중앙대 대학원장
1973.09~        정년퇴직

자필 이력서(중앙대 보관)에서 주목되는 곳은 '영생중학 교사'라는 대
목이다. 약 5년간 함흥 영생고보(당시)에 교사로 재직했음이 사실이라면
그의 자서전의 기록 및 기타 기록물과는 상당한 혼란이 생긴다(1935년은
1936년 또는 1937년의 착오가 아닐까? 1935년 3월이라면 백철이 전주감옥에 있을 때

이니까). 영생여고 교사 교섭은 받았으나 나아가지 않았다(『전편』, 436면)
했고, 또 영어 교사로 자신이 없어서 주저했다고도 했다. 또한 1939년
영생여고 교사직이냐『매일신보』기자직이냐의 선택을 두고 친우 임화
와 상의한 결과 임화의 충고대로 기자직을 택했다(『후편』, 36면)고도 적었
다. 그는 또 다음처럼 아예 교사노릇을 한 바 없었다는 오해를 사기에
충분한 기록도 남겨놓았다.

> 학교 시절부터 학교 교사가 되겠다는 생각은 거의 없었고 그 뒤 귀국을 해
> 서 소위 룸펜생활에 허덕이면서 문단생활을 한다고 가두를 헤매었던 것도 그
> 때문이었다. 뒤에 내가 영생여고의 교사 자리를 택하지 않고『매일신보』문화
> 부 기자가 된 것도 그 이유는 마찬가지였다. 이런 과거의 내 사회관 같은 것
> 이 이렇게 학교와 등지고 있었기 때문에, 해방 뒤에 와서도 교육계에로의 진
> 출이란 것에 대해선 꿈에도 생각한 일이 없었던 것도 그 때문이었다.
> —『사색의 만추』, 서문당, 1977, 298면

대체 이런 혼란된 기록은 무엇인가. 뭐라 단정할 수는 없으나, 아마
도 '영생고보'와 '영생여고'를 구별함에서 연유된 혼란이 아니었을까.
백철의 동경고사 부속중학 촉탁 교사 경력이란, 교생실습용이어서 자동
직이었을 터이다. 그러나 귀국한 그가 함흥 영생고보에서 교사 노릇한
것은 여러 기록에서 확인된다. 당시 학생이던 사람들의 기억에 의하면
영어교사인 시인 백석(백기행)과 백철은 친구였으며 백철 결혼식에 우인
대표로 백석이 나아갔고 또 식을 주관했다는 것이다(송준, 『남신의주 유동
박시봉방 시인 백석 일대기』(2), 지나, 1994, 189·221면). 또 다른 기록에 따르면
백석이 영생고보 영어교사로 간 것은 그보다 칠년 먼저 영생학원에 와
서 자리를 잡고 있던 평론가 백철의 천거에 의한 것(자야여사의 회고)으로
되어있다(이동순, 「백석, 내 가슴 속에 지워지지 않는 이름―자야여사의 회고」, 『창
작과 비평』, 1988 봄호, 335·342면).
자필로 보이는 또 하나의 중요 자료엔 "1939년 중학교편을 그만두고

『매일신보』 문화부장으로 취임"했다는 기록이다(『중앙대학교 어문논집』 제
19집, 1986.9.10). 여기에 나오는 중학교편이란 영생고보 교편을 가리키는
것으로 이해된다. 그렇다면 백철의 경력 중 영생고보 교사직은, 5년간
이라는 기간에는 의문이 있어도, 거의 틀림없는 사실로 볼 수 있겠다.
그럼에도 백철이 군이 교사생활과 "인연이 없었다"라고 강조해 놓은 것
은 웬 까닭일까. 몇 가지 추측이 가능하긴 하다. 하나는 영생고보와 영
생여고를 별개로 본 데서 온 모종의 착각현상이 아니었을까. 어쩌면 영
생고보 교사직이란 별 것 아니며 이에 비해 영생여고 쪽은 대단한 것으
로 착각함에서 온 기록이 아니었을까. 또 하나 영생고보에서 백철은 영
어 아닌 딴 과목을 가르쳤는지도 모른다. 영어 실력이 모자라 영생여고
에 가지 않았다는 스스로의 기록은 동경고사에서 영어를 전공한 백철
의 처지에서 보면, 영어가 아닌 다른 과목 교사직이란 실상 "하지 않은
것"과 흡사하다고 무의식중에 치부했던 것이 아니었을까. 그러나 이런
착오의 근본원인은 "문인으로서의 백철의 자서전 쓰기"에서 왔을 터이
다. 문인으로서의 삶이 전부라 여긴 고정관념이 교사직 따위를 안중에
두지 않는 심리를 만들어낸 것으로 볼 수는 없겠는가. 너무 그쪽만을
강조한 나머지 일어난 무의식적 착오라 할 것이다. 문인으로서의 백철
을 너무 의식하다 보니 교사경력 따위는 있었더라도 능히 무시해버릴
수조차 있었다.

좌우간 '자의반 타의반'의 교수 출발은 의외로 그로 하여금 확고한
사회적 신분을 갖게 했다. 그것은 그의 저술 『조선신문학사조사』와 맞
물려 휘황한 빛을 뿜었다. 월급이 보장된 교수자리로 말미암아 그는 비
로소 "가장 구실을 하게 된 셈"이었다.

## 2. 야심작에의 도전

　　백철의 교수생활은 예상과는 달리 참으로 순조로웠다. 영어에 잔뜩
겁을 먹고 있던 백철 교수 앞에 앉은 일 학년뿐인 여자사범 학생이란
실로 별 것 아니었다. 전쟁통에 제대로 영어공부(적성국의 언어라 하여 가르
치지 않았음)를 못한 학생들의 수준은 실로 형편없었다. 학장 손정규로부
터 사령장을 받은 것은 1946년 3월이었다. 교수 노릇에 나아가기 위해
영어책을 다시 공부해야 했다. 뒷산에 올라가 큰 소리로 영어낭독도 해
야 했다. 첫 강의는 자기소개로 끝냈다. 복도에서 만난 손낙범 교수(국문
학)가 웃었다. 정형용(국문학)·허준(작가) 등도 교수로 있었다. 차차 교수
생활에도 익숙해졌다. 학생 중엔 훗날 숙대교수가 된 김남조도 있었다.
가장 총명한 학생은 영화인 이세기의 딸 이혜옥이었다. 그녀는 정구도
잘 쳤다. 정구라면 수영과 더불어 신의주고보 시절부터 백철이 좋아한
종목이었다. 학교생활에 익숙해졌고 별명도 생겼다. 리틀 베어(little bear)
가 그것. 이 무렵 그는 둘째 아들 인수를 얻었다. 산모도 아기도 건강했
다. 그러나 이러한 화평스러움은 지속될 수 없었다. 학교 밖의 정치적
어지러움이 이 상아탑을 내버려두지 않았다. 신탁통치문제와 더불어 교
육계의 최대의 과제인 국대안(國大案) 문제가 캠퍼스를 강타했다. 여자
사대는 경성사범과 합쳐져 서울 사범대학으로 되었다. 미군정이 '국립
서울종합대학안'을 발표한 것은 1946년 6월 19일이었다. 그 반대성명과
더불어 학생대회가 개최된 것은 6월 22일. 8월 22일 드디어 국립 서울
대학교가 창설되고, 9월 1일 학제(6.6.4제) 변경이 이루어졌지만, 진보계
학생 및 교수사회에서는 거센 반발이 일어났고, 마침내 1946년도 제2학
기는 동맹휴학으로 사실상 개점휴업 상태에 놓였다. 그중에서도 이 사
범대학 쪽이 유독 심했다. 이를 말리는 교수를 향해 미제국주의의 주구
(走狗)라는 학생들의 욕설이 공공연히 나왔고, 11월에 이르자 반발은 극

에 달했다. 이를 계기로 영어교수 백철의 교수생활은 단 일 년으로 끝났다. "흐지부지 끝났다"라고 적었는데, 그는 이번에도 '자의반 타의반'으로 밀려난 형국이었다.

그러나 이 사건은 또 한 번 백철에겐 커다란 행운을 가져다주었다. 서투른 영어교수에서 국문학 교수로 성장케 했기에 따지고 보면 행운이고 필연이라 할 것이다. 얄팍한 저널리즘 평론가 백철이 아카데믹한 비평가로 비약하는 계기였던 것이다.

교수 백철이 발판으로 삼은 것은 『문학개론』(동방문화사, 1947.3)이었다. 매우 두툼한 이 입문서는 우리말로 된 최초의 문학개론서였다. 독창성 여부를 떠나 교재용 저서가 전무한 현실에서 솟아난 기적과도 같은 책이었다. 그야말로 허허벌판에 세워진 성곽과도 같았다. 이 막강한 무기를 한 손에 들고 그는 해방공간의 그 가난한 대학 문과의 강단에 거인으로 설 수 있었다. 그러나 참으로 놀라운 일은 그 다음에 벌어졌다. 진짜 기념비적 저작이 잇달았던 것이다.

백철의 야심작 『조선신문학사조사』 상권이 수선사(首善社)에서 간행된 것은 1948년 9월이었고, 하권이 백양당(白楊堂)에서 나온 것은 1949년 7월이었다.

> 이 신문학사의 저술은 해방 뒤에 내가 하고 싶은 야심에서 한 것이지만 결과로 봐선 이 저술이 나를 다시금 대학으로 끌어내는 계기가 되었다. 1949년 초라고 기억한다. 동국대학으로부터 교섭이 왔다. 국문학과 교수로 나와 달라는 것이다. 그때 문학부장은 뒤에 문리대 학장이 된 영문학자 최봉수였다.
> ―『만추의 사상』, 313면

후술하겠거니와, 그 '야심'은 신문학사를 먼저 쓴 임화와 어깨를 나란히 하겠다는 것이었다. 그런데 상권과 하권의 출판사 변경은 웬 곡절이었을까. 「정치와 문학의 우정에 대하여」를 실은 『대조』지에 관해서는

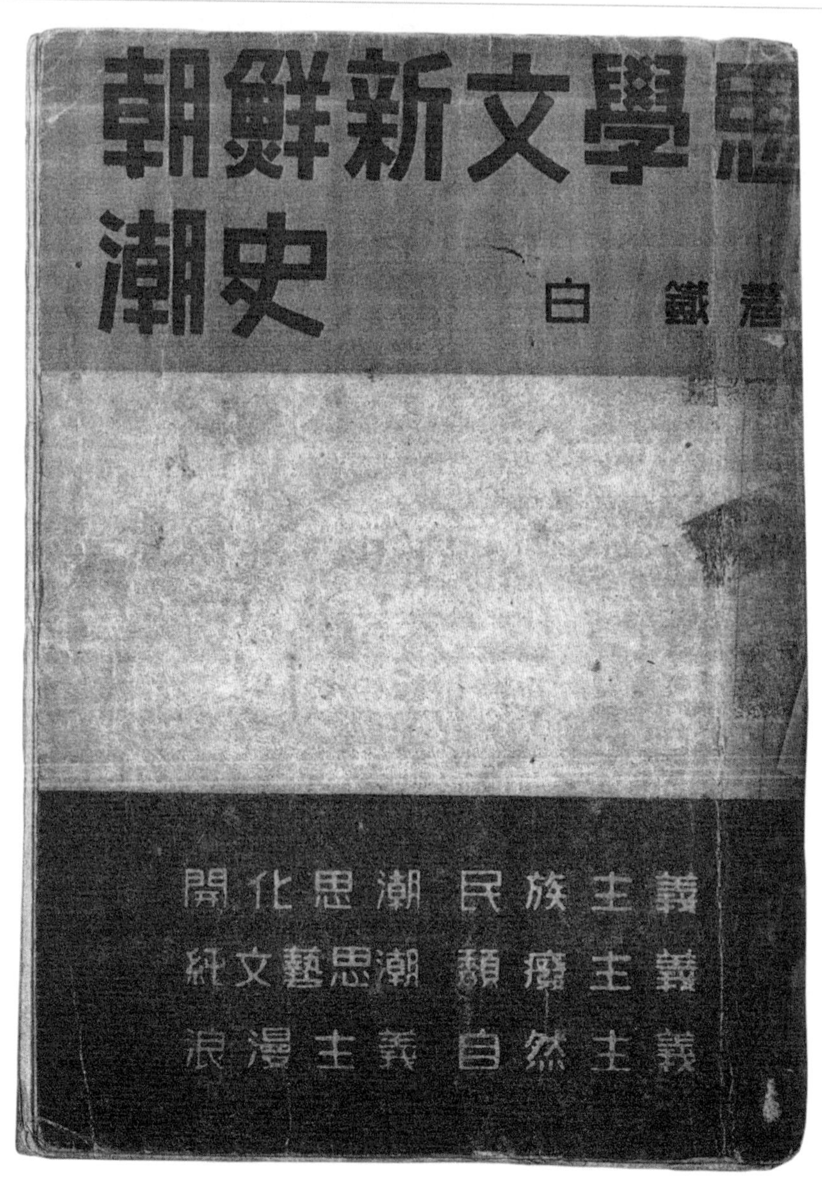



수선사에서 발간된 『조선신문학사조사』 상권(48.9) 표지

이미 언급했거니와, 이 『대조』를 낸 '대조사'란 실상은, 동향의 문우 계용묵, 정비석과 백철 합작으로 만든 것으로 계용묵이 경영하고 있던 출판사와 관련된 것이었다. 수선사가 그것이다.

문인들이 많이 모인다는 수선사에는 백철 씨를 두목으로 정비석, 계용묵 씨 등의 삼류작가와 시를 써보겠다는 허윤석 씨가 있다고 들었으므로 찾아가 보니 이건 엉뚱하게도 선거 사무소화된 수선사를 발견하고 놀라지 않을 수 없었다. 나는 백철 씨를 대의사로 보내는가 하고 안으로 들어가 보니 백철 씨는 임긍재라는 청년 곤봉가에게 완전히 KO를 당하여 요새는 수선사에도 잘 출동치 못한다는 것이며 대의사로 보내는 사람이 그것도 백철 씨가 아니고 무슨 의학 박사라는 것.
— 한현근, 「서울시간 배참기」, 『낭만파』 제4집; 『마산의 문학동인』(1), 123면

청년문학가협회 소속이니까 김동리계인 한현근의, 그러니까 청년문학가협회의 눈에 비친 『대조』의 모습이다(임긍재의 공격에 대한 백철의 반론이 「문학가로서 나의 처세와 그 모랄」(『신천지』, 1953.6)이다). 백붕제의 자금지원으로 설립한 수선사의 사장 계용묵이 인쇄 선불까지 해주며 백철에게 문학사 집필을 요청했다. 상권 초고를 완료한 것은 1947년 8월, 집필 시작 후 꼭 1년 5개월만이었다. 문학사 저술로서는 썩 단시간이라 할 만했다. 작가 최인욱이 "조잡한 내용"이라 비판한 것도 이를 가리킴이었다. 이렇게 서둘렀던 이유가 그에겐 따로 있었다. 박영희의 신문학사 원고가 이미 완성되어 있었기 때문이다. 그 사정을 백철은 이렇게 회고했다.

여보 백군! 대체 세상의 인심이 이럴 수가 있소 글쎄 며칠 전에 옛날 문단 친구랍시구 모모씨 등이 저녁에 우리집엘 찾아와서 하는 말이 내가 쓴 신문학사는 내 이름으로선 출판이 되기 어려우니까 그 원고를 자기네게 넘겨주면 저희들 이름으로 출판을 한다는 거야. 친일파의 글이니까 낼 수가 없다는 거지 …… 할 말이 없지 …… 그러나 나는 첫마디에 거절했어 …… 그렇게는 할 수 없다구 ……
— 『후편』, 349면

박영희의 이 신문학사 원고가 「현대조선문학사」(『사상계』, 1958)라는 이름으로 세상에 공표되었는바, 그 머리에 백철이 「회월의 문학사가 발표되는 데 앞서서」라는 서문을 썼다. 이 무렵 백철은 신문학사의 제일인자이자 학계의 대가급으로 확고부동의 자리에 서 있었다. 백철의 신문학사란 그야말로 야심작이었는바 그 야심작으로서의 외부적 조건은 임화와의 대결이 첫 번째였고, 두 번째는 박영희와의 경합관계였다. 그렇다면 야심작으로서의 내부적 조건이란 무엇인가. 이 물음은 백철 비평의 후반부를 결정하는 일이자 동시에 '문학사'라는 과제가 갖는 한국적 특수성에 관련된 것이어서 실로 학문적인 사건이라 하지 않을 수 없다. 이러한 외부적 조건과 내부적 조건에 대한 검토를 통해 백철문학사의 의의가 밝혀질 수 있겠거니와 그 입구에 놓인 조건 하나가 하권을 출판한 백양당이다.

## 3. 도서출판 백양당

"결국 회월의 신문학사가 출간이 되지 못한 때문에 세상에선 내가 써낸 『조선신문학사조사』(상·하)가 우리 신문학사의 최초의 것으로 평가를 받게 된 셈"(『후편』, 350면)이라 겸허히 말했지만 그 속에는 억누르기 어려운 자부심이 깃들어 있었다. 책 제목은 덴마크의 학자 브란데스(1843~1927)의 명저 『19세기 문예사조사』(1872~1890, 전6권)에서 따온 것으로, 백철이 이 책을 일역판으로 읽고 큰 감동을 받은 것은 동경고사 시절이었다. 백철의 야심이 얼마나 대단했는가는, 이 책 이름에서도 능히 엿볼 수 있다. '유럽의 19세기 문예사조'와 '조선의 신문학사'를 대비시킴으로써 한갓 극동의, 그것도 식민지의 초라한 조선문학을 하나의 독립된 문학사의 단위(單位)로 세우고자 했기 때문이다.

이러한 야심이 나름대로 성과를 얻기 위해서는 현실적 여건인 외부적 조건이 요망되는 법이다. 박영희의 경우는 이 점이 철저히 결여됨으로써 출판이 봉쇄되고 말았지만 백철에겐 그 길이 열려 있었다. 수선사라는 출판사가 그것이다. 그러나 영세한 자본으로 이루어진 계용묵의 수선사는 스스로 그 한계를 안고 있었다. 백철의 신문학사 상권이 간행되어 서울사대 교수인 김기림조차 대학교재로 사용할 정도로 인기가 솟자 사람들은 그 후편에 큰 관심을 가졌다. 상권을 낸 수선사가 자금난으로 허덕이자 백철이 당시 최대의 출판사이자 명저 간행의 산실인 백양당으로 옮겨 그 하권을 간행한 것에는 이런 사정이 숨어 있었다. 4×6판 반양장 제본의 하권 초판 2천부가 한 달 만에 매진되어 재판 5백부를 잇달아 찍어야 했다. 대체 백양당이란 어떤 출판사이며 백철과의 관계는 어떠했던가.

종로 화신백화점 바로 옆에 백양당(白楊堂)이 있었다. 주인은 배정국(裵禎國). 본시 모던적인 조그만 양품점이었는데 이를 출판사로 발전시킨 것은 배정국의 남다른 시대적 안목에서 왔다. 진보적 지식인의 취향에 맞는 것만을 골라 모던한 감각으로 만든 책을 간행함으로써 백양당은 단연 독서계에 군림할 수 있었다. 진보적 지식인 취향이란, 주로 남로당계 저자들을 가리킴이어서 이태준의 『상허문학독본』, 『소련기행』, 이여성의 『조선복식고』, 박치우의 『사상과 현실』, 김기림의 『시론』, 박화성의 『홍수전후』, 지하련의 『도정』 등이 속속 간행되었다.

배정국이 좌익계에 속한 인물이었던 만큼 자연 좌익 문사 및 학자와의 교우에 기울어졌지만, 단 하나 예외적인 인물이 있었다. 서예가 소전 손재형이 그인데 그는 주인 배정국과 가장 가까웠다. 그들의 교우관계는 일제강점기부터였다. 서예와 골동품에 취미를 가진 배정국이기에 효자동 손재형 집을 드나들었다. 일제 말기, 사라져가는 조선 골동품이나 전통적 물건에 대한 수집으로 기울어진 풍조와 궤를 같이 하는 것으로는 이병기의 난초, 이태준의 상고 취향(그의 성북동 초가집은 소전의 사랑채를 모방한 것) 등이 지적될 수 있다. 고담한 선비취향이 백양당에 풍기는 것은 이런 곡절에서 왔다. 백양당의 총 고문격인 소전의 취향이, 간행되는 책에도 반영되기 마련이었다. 백철의 책도 짙은 노란색 바탕에 동양 고전책 장정을 본 따, 붉은 책 테두리를 따로 세우고 그 속에 제자를 넣었는데, 그것은 손재형이 쓴 것이었다. 노란색 상단과 파란색 하단 그리고 가운데를 공백으로 하고 굵은 활자체로 책제목을 단 수선사판 상권과 비교해보면 그 기품면에서 천양지차라 할 만하다. 요컨대 백철 신문학사의 하권은, 내용은 차치하고 책 자체가 기품 있는 예술품이었다.

이 신문학사의 하권이 집필 완료된 것은 1949년 2월 7일이었고 백양당에서 간행된 것은 그해 7월 25일이었다. 겉표지엔 흑색의 저자명 옆에 옅은 적색으로 목차가 새겨져 있었다. 「신경향파문학」, 「프롤레타리아문학」, 「불안사조문학」, 「순문학시대」, 「암흑기문학」 등이 그것들인데 물론 목차 그대로는 아니었다. 목차의 내용을 몇 개의 항목으로 뭉뚱그린 것이며, 내용 전체를 '현대편'이라 했다.

『조선신문학사조사』의 현대편이 백양당에서 출간되었다는 사실은 역사를 주재하는 신의 손길과 결코 무관하지 않았다. 백철 스스로 이 운명적 장면을 다음처럼 기록해 놓았거니와 이 기록의 의의는 백철의 후반부 인생을 이해하는 데 결정적인 의미를 갖는 자료라는 점에 있다. 바로 보도연맹과의 관련성이 그것이다.

내가 개인적으로 백양당 주인과 알게 된 것은 해방 뒤에도 늦게, 그러니까 48년에 우리 정부가 수립된 해의 늦가을 어느 날, 그것도 퍽 이례적인 기회였다. 그러니까 우리 정부가 선 뒤에 그때 검찰당국의 이태희 검사부장과 오제도 검사가 주동이 되어 보도연맹이란 것을 만들고 지금까지 좌익측과 가까이 하고 있었다고 보는 인사들, 주로 문인들을 대상하여 가입을 시켜놓고 그들의 사상을 보호사찰하는 동시에 일종의 반공적인 지식인의 단체처럼 운전을 하고 있은 일이 있다. 거기에 문인으로서 회월이 사무국장 같은 자리에 들어앉

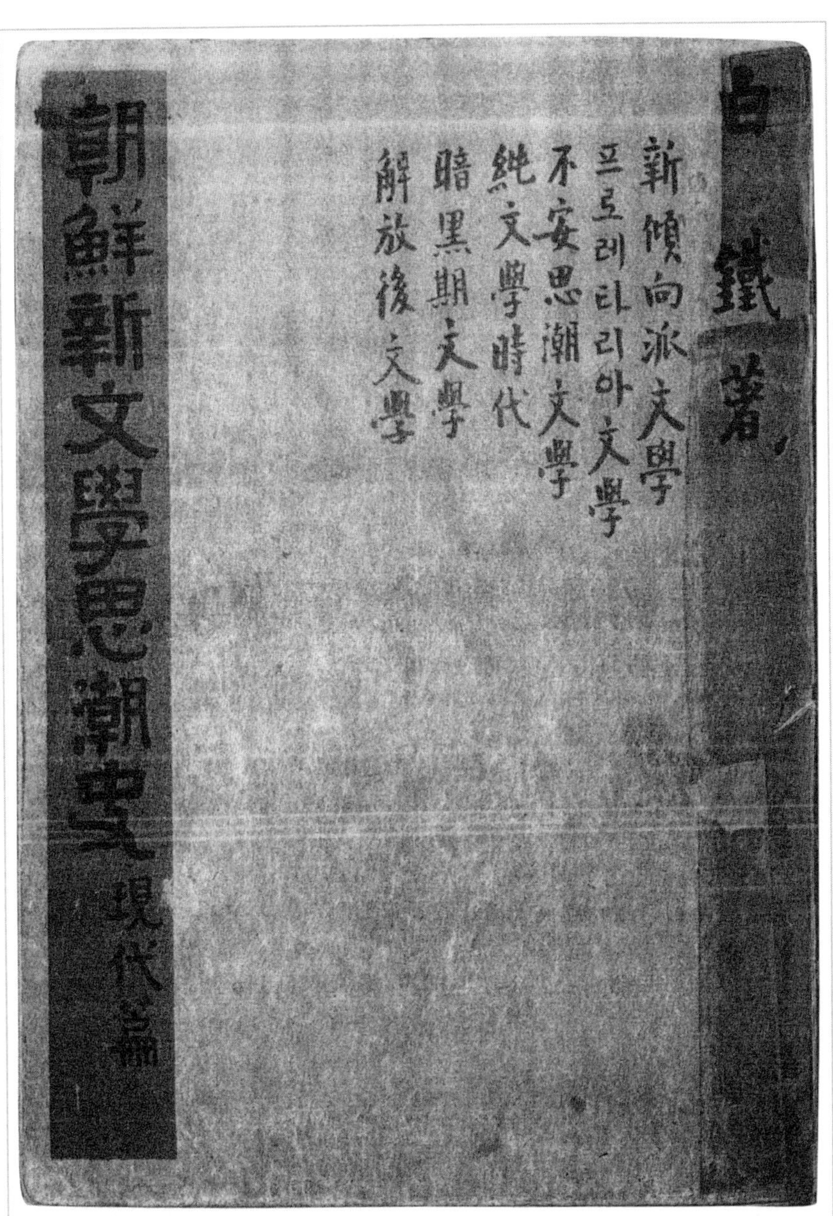


백양당에서 간행된 『조선신문학사 조사－현대편』(49.7) 표지

았으면서 주요대상으로 가입을 시킨 문인 중에는 정지용·박태원·김기림 등이 들어 있었다. 그때 나 같은 사람도 본시 그 성분이 프로문학 출신이라고 해서 그랬는지 그들과 같이 보도연맹원으로 가입을 시켰는데 그때 배정국도 그 연맹원으로 되어 있었다. 보도연맹에선 그때 예회처럼 거의 매주마다 한번씩 집회를 갖고 시국강연도 듣고 시낭독도 하곤 했는데 이날은 그런 집회가 있은 뒤에 우연히 지용·태원·기림과 함께 배정국도 같이 어울려서 정동골목을 내려오다가 지금 대한일보 빌딩이 있는 근처의 어느 한식집에서 점심을 같이 한 일이 있었다.

그날은 마침 정지용이 연맹본부의 지시로 해서 반공적인 내용의 자작시를 낭독한 날이었는데 芝溶은 입이 빠른 사람이라 식당에 앉자마자 불평을 토로하였다.

"…… 남한에 남아 있으면 그만이지 뭘 더 증명을 하라고 이런 짓을 시키는지 …… 이거 어디 성가셔서 살 수가 있나 ……" 하고.

그때 나는 처음으로 기림에게 백양당주인을 소개받았다. "아직 두 분께선 인사가 없으신 모양인데, 서로 알고 지내셔야지 …… 이 쪽은 ……" 하고. 그것이 두 사람이 서로 알게 된 기회였다.

그러나 내가 백양당주인과 더 가까워지게 된 것은 나의 『조선신문학사조사 —현대편』을 이 백양당에서 간행케 된 데서부터였다. 본시 이 책은 그 상권을 내던 수선사에서 나왔어야 할 것인데 그때 수선사가 재정난으로 출판을 계속하기가 힘들게 되어 부득이 이 원고를 백양당으로 돌린 것이다. 그때 중간에서 알선을 해준 사람은 설정식이었다. 어느 석상에서 우연히 말이 나와서 내 원고 이야기를 했더니 설정식의 말이 중이 제 머리 못 깎는다고 하면서 자기가 좋은 곳을 주선한다고 원고 소개를 한 것이 바로 백양당이었다. 이때는 내가 벌써 개인적으로 배정국과 알게 된 뒤의 일이기 때문에 첫마디에 내 사조사의 출판을 쾌락하였다.

—『후편』, 371~372면

## 4. 보도연맹과 한국문학가협회의 탄생

　위의 기록은 두 가지 문학사적 사실을 증언한다. 첫째, 국민보도연맹(國民保導聯盟)이 어떠한 성격을 가지고 있는가와, 백철이 어째서 여기에 가담되었는가를 명시한 것이며, 둘째는 그 단체의 운영방식과 정지용의 이에 대한 불평의 일단을 통해 그 분위기를 전하고 있다는 점이다. 이 보도연맹과 비슷한 기구를 일제는 일찍이 사상보호관찰법으로 운용한 바 있는데, 카프 전주사건에서 석방된 백철 등은 어김없이 이 단체에 묶였던 만큼 결코 생소한 것은 아니었다.

　"1938년부터라고 생각하는데 사상보호관찰소라는 것이 명색은 민간적인 교양기관처럼 해서 생겨졌다. (…중략…) 이 사람들의 눈에 걸쳐들기만 하면 일은 끝나는 것, 좀처럼 감시의 그물을 벗어나기 힘들었고 그렇게 해서 이 관찰소에 끌려다니며 애를 먹는 사람들이 많았다. 내가 매일신보사에 들어간 덕분에 혜택을 입었다 하면 관찰소에 끌려 다니는 것을 면할 수 있은 일이다"(『후편』, 51면)라고 한 그 사상보호관찰소 및 대화숙(大和塾) 같은 조직체가 남한 단독정부 수립 후에 국민보도연맹으로 출범되었다.

　민전 조사부장인 거물 박우천의 전향을 계기로 전향자 500명이 발기인이 되어 국민보도연맹을 결성하고, 전국 1만여 명의 전향자를 중심으로 일대 국민사상선도운동이 일어난 것은 1949년 4월이었고, 그 중앙본부 결성식이 이루어진 것은 1949년 6월이었다. 그 조직표를 보면 아래와 같다.

총재 : 김효식 내무장관
고문 : 신성모 국방장관 외 24명
부총재 : 내무차관 법무차관 대검찰 차석검사

운영협의회 : 최고지도위원장(이태희 서울지검장), 상임지도위원장(오제도 검사)
사무총국장 : 이사장(김종원), 간사장(박우천), 지방조직담당(이용록)
문화실 : 문학부, 음악부, 미술부, 영화부, 연극부, 무용부, 이론연구부
— 한지희, 「1949~50년 국민보도연맹 결성의 정치적 성격」, 숙명여대 석사논문,
1996

오제도(상임지도위원장) · 이태희(서울지검장) 지휘 아래 출범한 보도연맹
이 1949년 11월 30일까지 남로당 전향자 신청마감을 한 결과, 전향자 수
가 52,182명에 이른바 있다. 35일간에 걸쳐 접수된 전향자는 서울지역이
12,196명으로 수위를 차지했고 경기 5,964, 강원 4,878, 충북 3,512, 충남
1,034, 경북 1,938, 경남 2,143, 전북 1,660, 전남 115, 제주 3,283, 철도 143
등 총계 49,986명이었다. 저명인사로는 문인의 경우 정지용(문학가동맹) ·
정인택(동) · 양미림(동) · 최병화(동) · 임서하(기자) · 윤태웅(문학가동맹) · 김
병원(동) · 이원수(동) · 이성표(동) · 박인범(동) · 배정국(소설가) · 이용구(소
설가) · 김철수(시인) · 황순원(소설가) 등이 있었다. 전향자를 조직별로 분
류해보면 북로당 10, 남로당 4,324, 민애청 1,768, 여성동맹 150, 민학련
1,959, 음악가동맹 10, 연극가동맹 24, 영화동맹 8, 문학가동맹 94, 과학
자동맹 12, 전평 2,272, 전농 578, 혁명단 4, 출판노조 296, 보건연맹 8, 근
민당 234, 인민당 18, 인민위원회 414, 민중동맹 1, 신민당 6, 인공당 3,
민주투쟁단 2 등이었다(『조선일보』, 1949.12.2).
보도연맹의 산파역을 한 바 있는 검사 오제도는 전향자에 대해 이러
한 평가를 한 바 있다.

외국의 공산주의자는 형세불리에 따라 일시 의장전향하는 예를 얼마든지
볼 수 있다. 물론 이러한 의장전향은 이곳에서도 볼 수 있다. 그러나 한민족의
독특한 성격은 공산주의를 끝내 용납할 수 없는 것이다. 외국에서 흔히 볼 수
있는 의장전향이 우리나라에 있어서는 극히 희소하였다는 사실과 전향자의
멸공전에 대한 공적이 청사에 빛날 수 있을 정도로 많았고 또 현재에 있다는

점에 비추어 볼 때 국부적인 관찰로서 좌익에 가담했다는 이유로서 만약 절
단 엄벌만을 위주한다면 우리들은 우리 민족진영을 도리어 간접적으로 약화
하는 큰 위험을 끼칠 것으로서 결코 명의의 취할 바 태도가 아닐 것이다.
—오제도, 『붉은 군상』, 희망출판사, 1951, 134면

'대한민국 정식정부'가 수립된 지 1년 반 만에야 가까스로 전향자를
처리할 만큼 이 문제는 실로 심각한 것이었다. 대한민국 단독정부를 철
저히 지지한 우익단체인 청년문학가동맹이 그동안 좌익이 지배했던 최
대의 언론기관인 『서울신문』, 『주간서울』 및 『신천지』를 장악하고, 순
문예지 『문예』를 창간함으로써, 임화류 문학가동맹의 주류가 월북한 마
당에서 그들의 세상을 맞이한 것처럼 보였지만, 사태는 그렇게 만만한
것이 아니었다.

보도연맹 전체 맹원수에 대한 공식기록은 아직 보이지 않지만 대략
1950년 초까지 약 30만으로 늘어났고, 6·25 직전엔 33만으로 추정되고
있다. 이렇게 되자 당국은 완전 전향자에 대한 면죄부, 곧 연맹탈퇴를
인정했다. 결성 1주년(1950.6.5)을 맞아 서울에서 처음으로 7천여 명이 탈
맹했다. 이태희 검찰총장은 이렇게 발언했다. "우리 보도연맹은 다른 단
체와 달라 맹원수를 줄이는 것이 목적이니만치 이번 맹원들의 탈맹은
참으로 반가운 일이다. 이번 1회 탈맹을 계기로 앞으로 계속하여 완전히
전향한 선량한 국민을 모두 탈맹시킬 방침"(『남조선민보』, 1950.6.16)이라 했
다(이상은 김기진, 『끝나지 않는 전쟁 국민보도연맹』, 역사비평사, 2002에 의거).

단독정부가 수립되긴 했지만, 여순반란사건(1948.10.20)처럼 이를 근본
적으로 흔드는 사건도 있었다. 그만큼 단독정부는 내부에 커다란 불안
요소를 안고 있었던 것이다. 눈에 보이지 않는 사상문제야말로 심각한
과제일 수밖에 없었다. 우익문화인 주도로 민족정신앙양 전국문화인 총
궐기대회(1948.12.27~28)가 열렸고, 그 결정서 제1조가 대한민국의 합법성
이었다. 그 증거로 유엔가입을 들었다. 제5항엔 대한민국 이념을 방해

하는 요소를 실명으로 거론했는바, 일부 신문 문화면과 함께 잡지 『신천지』·『민성』·『문학』·『문장』·『신세대』 및 출판사인 백양당·아문각 등을 들었다.

이 궐기대회를 계기로 생긴 변화를 보면 다음과 같다.

    Ⓐ좌경한 신문들의 논조 변경
    Ⓑ『민성』, 『문학』, 『문장』, 『신세대』 등의 폐간
    Ⓒ백양당, 아문각의 종말
    Ⓓ문단 3파의 잠정적 통합

이중 Ⓓ에 관해서는 상당한 설명이 필요하다. 좌익 핵심문사들은 월북했지만, 나머지 문사들 중에는 이른바 '중간파'가 상당수 있었음과 이 사실은 무관하지 않다. 중간파 속에는 ①좌익적 중간파, ②우익적 중간파, ③초월적 중간파도 엄존했기 때문이다.

우익진영이 진작 문필가총연합회(문총. 이 속의 문학단체가 이른바 문학가협회, 약칭 문협)를 조직한 것은 1947년 2월 12일이었다. 이들을 중심체로 하고 보도연맹 가입자와 중간파 및 기타 공인된 문인 전부가 통합되어 새로운 문학가협회가 탄생한 것이었다. 이러한 거대단체 문학가협회의 탄생 직전에 벌어진 통과제의 가운데 하나가 민족정신앙양 종합예술제였다. 국민보도연맹이 그 주최자였다. 보도연맹이 민족정신앙양 종합예술제를 개최한 것은 1949년 12월 3일이었고, 4일 낮 1시부터 시민관으로 옮겨 속개된 바 있다. 입추의 여지도 없이 운집한 이 모임에서 정지용이 사회를 맡았다. 염상섭이 강연을 했다. 예술과 문학은 계급을 위한 것이 아니고 진선미를 위한 것이라는 염상섭의 강연에 이어 오종식의 강연이 이어졌고, 이어서 최승희에게 보내는 경고문(장주화), 박영근 경고문(안영일) 등이 낭독되었다. 한편 김만형이 길진섭에게, 정지용이 상허에게, 그리고 정인택이 북조선문학예술총동맹 쪽에 각각 경고문을 보

냈다.

"십여 년 전부터 네니 내니 가까웠던 벗 상허 이태준께. 이제 새삼스럽게 말을 고칠 맛이 없어 편지로도 농하듯 하니 그대로 들어주기 바라네"라고 시작되는 글에서 정지용은 상허의 월북행이 자기로서는 이해하기 어려움을 적었다. "8·15 이후 자네가 좌익 소설가가 되어야 할 운명이라면 좌익은 어디서 못하겠기에 좌익지대에 가서 좌익 노릇하는 것이 맛이란 말인가. 이왕이면 멀리 모스코바에 남아서 좌익은 아니 되던가"라고 물었다. 또 이렇게도 적었다. "자네 좌익을 내 믿기 어렵거니와 아마도 죽어도 살아도 민족의 서울에서 견딜 근기가 없는 사람이 비행기 타고 모스코바 가는 바람에 으쓱했던가 싶어이. 여기서 아메리카 기행을 쓴 사람이 아직 없는 바에 자네 쏘련 기행이 분수없이 너무 믿어버렸네. 삼팔선 책임을 자네한테 돌릴 수는 없으나 자네 쏘련 기행 때문에 자네가 친소파 소리를 듣는 것이 민망하고 민족문학의 좌우파쟁의 참담한 책임을 자네가 질만 하지 않은가"(『서울신문』, 1949.12.5)라고.

거대단체 한국문인협회의 창립 총회가 1949년 12월 17일 개최되었는바 이를 두고 실력자인 김동리는 이렇게 규정한 바 있다. "한국문학가협회는 대한민국 정식정부의 수립과 함께 이루어졌다. 이것은 그 이루어진 시기의 동일성을 말함이 아니라 그 정신적 내지 역사적 성격을 가리키는 것이다"(『해방문학 20년』, 정음사, 145면)라고.

또 하나의 실력자 조연현은 이렇게 그 감격을 회고했다.

문협의 창립총회가 열린 1949년 12월 9일(17일의 오기—인용자)은 우리 문단으로서는 처음인 여러 가지 풍경이 벌어졌다. 그것은 좌우 및 중간으로 나뉘져서 서로 거의 자리를 같이 하지 못했던 모든 문학인들이 모이게 되자 서로들 악수를 교환하고 그동안의 여러 가지 화제들이 쉴 사이 없이 오고 갔기 때문이다. 이런 자리에는 그때까지 한 번도 출석한 일이 없는 고 염상섭 선생이 입장했을 때는 모두들 박수를 퍼붓기도 했다.

—『조연현전집』(1), 어문각, 262면

　이상에서 보았듯 백철의 『조선신문학사조사』 하권을 간행한 백양당은 문을 닫지 않으면 안 되었고, 사장 배정국도 백철도 정지용도 함께 보도연맹에 묶이지 않으면 안 되었다. 이 보도연맹 가입건에 대해서 당시 문협의 실력자이자 면도칼이라는 별명의 평론가 조연현은 이렇게 평가했다.

　　점차로 안정되여가든 문단에 『문예』의 창간으로 새로운 질서를 건축해 가게 되자 ‘문맹’에 가담했든 다수의 문학인이 하나둘 전향해 오기 시작하였다. 제일 먼저 전향성명을 신문의 광고란에 발표한 사람은 박영준 씨였다. 연속해서 이무영, 이봉구 기타 제씨를 선두로 임학수, 정지용, 김기림, 정인택, 김용호, 설정식 기타 김동석 씨를 제외한 문맹의 전원이 “과거의 과오를 청산하고 대한민국에 충성을 다할 것”을 선언공포하였던 것이다. 그것은 그들이 전향을 표명하는 데 있어서 그들의 직분적인 동업인이요 사상적인 동지로 혹은 그와 밀접한 관련하에 있는 보도연맹을 통해서만 그들의 전향을 형식적으로만 표명하면서 신변의 보장만을 받으려고 급급해 갔었기 때문이다. 그러므로 그들의 전향이 진정한 사상적 전향이나 세계관적인 전신이 아니라 그러한 것과는 아무런 관계도 없는 신변의 안정과 보장만을 얻기 위한 형식적인 전향이라는 인상을 완전히 버릴 수는 없었던 것이다. 문화인의 전향문제는 형식적이기보다는 내용적이어야 하며 현실적이기보다는 이념적이기를 요구하게 되는 것은 문학인이 그대로 하나의 사상인이며 하나의 이념적인 존재이기 때문이다. 그의 사상과 이념에는 아무런 변동이 없는 문화인의 전향이라는 것은 무의미한 것이 아닐 수 없는 것이다. 필자는 ‘문맹’ 산하의 다수의 문학인들이 경찰에 자수하고 보도연맹에 가입했다는 것을 물론 크게 환영하고 지지하는 사람의 하나이다. 그러나 그것이 사상적 전향이 아니며 세계관의 전신이 아닌 일시적인 신변보호책으로서의 전향이라면 이러한 사태는 오히려 비상한 경계를 요하는 문제라고 생각하였던 것이다. 그러나 그중 몇 사람을 제외한 대다수의 ‘문맹’ 원들은 그 후의 한국문학연구소 주최의 ‘종합예술제’를 통하야 위선 그들이 사상적으로 전향할 수 있다는 용의와 태도를 처음으로 민중 앞에 공개하였든 것이다. 그들의 이러한 태도를 완전히 신용하기에는 아직 이르다 할지라도 이러한 그들의 태도를 솔직히 받어드리는 아량을 자기네들을 기피하는 전향문인들에게 민족진영의 작가들이 표시해주었다는 것은 아름다운 풍속이 아닐 수 없었던 것이다. 그것은 그들의 전향의 시기와 거의 동시에 『문예』 산하의 문필가협회 문학부와 청년문학가협회가 기성의 두 조직을 해체하고 일반 무소속작가 및 전향문인을 광범위로 포함한 대한민국을 대표할 수 있는 유일한 문학단체인 '한국문학가협회'의 결성준비가 진행되어 가고 있었기 때문이다.
—조연현, 『해방문단 5년의 회고』, 1950.2, 219~220면

1949년 12월 17일 문총회관에서 열린 청년문학가협회와 문필가협회의 발전적 해소와 중간파 연합으로 마침내 한국문학가협회가 탄생했다. 회장에 박종화, 부회장에 김진섭, 소설분과위원장에 김동리, 시분과위원장 서정주, 희곡분과 유치진, 평론분과 백철, 아동문학분과 윤석중, 외국문학분과 김광섭, 고전문학분과 양주동 등이었다. 사무국장은 박목월이었다. 보다시피 김동리 중심의 인적구성으로 되어 있다. 그러나 창립 총회를 앞둔 12월 13일자 도하 신문을 보면 이 총회 준비위원에 박종화·김진섭·김광섭 등 민족진영 문사는 물론 중도파인 염상섭·백철도 들어있었던 것을 알 수 있다. 추천위원 명부에는 정지용·김기림 등 문맹측 문사도 기재되어 있었다. 이로써 적어도 외면상으로는, 단일단체 한국문학가협회가 성립된 것이었다.

## 5. 문화자본으로서의 백양당

백철의 『조선신문학사조사』가 백철 개인에겐 물론 야심작이지만 또 그것은 당연히 이처럼 시대적 산물이기도 했다. 그것은 보도연맹에 여지없이 묶인 백철이 임화와의 우정관계에서 결코 벗어날 수 없음에서

말미암았다. 또 그것은 당연히도 정치와 문학의 우정관계의 도치였다. 그것을 두고 중간파라 하며 임화와의 우정관계에서 한발 물러났다 해도 백철은 '좌익적 중간파'였던 것이다. 문학가동맹에 기대면서도 한발 물러서기, 이 양다리걸치기의 결과가 보도연맹 수용이었다. 작가 박영준과 같은 '우익적 중간파'와는 이 점에서 달랐다. 그는 결코 손재형 모양 초월적 자리에 나아갈 수 없었다.

대체 백양당이란 무엇인가. 백양당은 고전주의자인 소전 손재형의 고풍스러운 기품과 주인 배정국의 모더니즘 감각과 시대적 풍조인 좌익 이데올로기 등이 기묘한 조화를 이루어 빛을 내뿜는 공간이라 규정된다. 이 삼각형의 구도만큼 이 시대의 문화적 감각을 잘 드러낸 사례도 드물다. 그만큼 백양당은 절묘한 문화집합체였다. 구텐베르크의 은하수체계가 압도적으로 지배하는, 해방공간의 지적 배경 속에 놓인 백양당은, 지식 기갈증에 빠져있던 당시의 학생 및 독서층에게는 박문서관과 더불어 오아시스와 같은 존재였다. 시대적 방향성을 논의한 중후한 철학서인 박치우의 『사상과 현실』(1946.11)을 비롯, 이태준의 『상허문학독본』(1946.7), 임화의 시집 『찬가』(1947.2), 김기림의 『시론』(1947.8) 등의 역작들이 백양당의 의상을 걸치고 독서계를 휩쓸었다. 백양당의 이런 의상은 지식인 특유의 자존심과 허영심을 만족시킬 수 있는 기묘한 것이기도 했다. 그것은 또 지적 허영심이라 할 만한 것이었다. 백철의 『조선신문학사조사』는 이러한 지적 허영심을 후광으로 하여 화려하게 등장했다.

백양당이란 새삼 무엇이뇨. 국민보도연맹이 지닌 지식인 특유의 감각과 의상을 걸친 하나의 문화적 표상이라 하면 어떠할까. 일제가 개발한, 치안유지법과 짝을 이루었던 사상보호관찰법과 흡사한 보도연맹의 존재는 지식인의 자존심과 허영을 동시에 만족시키는 마력을 지닌 것이었다. 그것이 문학이라는 지적 허영심과 같은 성질의 것임은 새삼 말할 것도 없다. 현실 정치의 압도적 힘에 눌려 어쩔 수 없이 좌절된 이념이 지적 저술을 통해 초월적 세계를 연출할 수 있었던 것에 허영성의 본체가 놓여 있었다. 보도연맹 가입자들은 매주 불려나가 교양이란 이름 아래 수모를 겪어야 했다. 「소설가 이태준 군 조국의 서울로 돌아오라」(『이북통신』, 1950.1)를 방송한 정지용은 이렇게 불평했다. "남한에 남아 있으면 그만이지 뭘 더 증명을 하라고 이런 짓을 시키는지… 이거 어디 성가셔서 살 수 있나……"(『후편』, 372면)라고. 이러한 정치적 현실의 억압을 초월하는 길, 적어도 그러한 수모를 극복하는 방도는 글쓰기 바로 그것이었다. 문학, 그것이야말로 현실 비판이자 그 초월성의 근거였다. 이러한 초월성이 가능했던 것은 이를 수용할 수 있는 독서층이 광범하게 있었음에서 왔다. 일제 말기의 전쟁과 궁핍 속에서 고급문화와 지식에 굶주린 독자층의 존재야말로 백양당을 빛낸 숨은 공로자들이었다. P. 부르디외의 말투로 하면 백양당은 일종의 중간파 '문화자본'의 그룹이라 할 만했다. 일단 이 '문화자본'의 회로에 들어가면 그 효용성이 여지없이 보증되었다. 『조선신문학사조사』 상권과는 달리 그 하권이 간행된 지 불과 한 달 반 만에 이천부가 매진되고 잇달아 재판을 찍었다고 백철이 자랑스럽게 말한 것이 이를 증거한다. 보도연맹 그것의 의의는 한국문학가협회가 강화될수록 증대되는 것이었다. 이러한 지적은 문학과 정치의 우정관계에 대한 일정한 한계와 관련된 것이다.

# 제4장 좌우익 속에서의 신현실주의 노선

## 1. 동국대학 국문과 교수되기

『조선신문학사조사』는 백철 개인에게 기념비적인 것이었지만 동시에 한국 근대문학사 분야에서도 그러했다. 이것이 적어도 대학 국문과에 있어 초석에 해당되었음은 아무도 부정할 수 없다. "이 신문학사의 저술은 해방 뒤에 내가 하고 싶은 야심에서 한 것이지만, 결과로 봐선 이 저술이 나를 다시금 대학으로 끌어내는 계기가 되었다"(『만추의 사색』, 313면)라 했거니와, 영어교수로 실패한 그가 국문학교수로는 성공했을 뿐만 아니라 이 아카데미시즘의 권위로 말미암아 그의 현장비평이 새삼 넉넉해질 수가 있었다. 기념비적 저술이라 하지 않을 수 없다.

그가 동국대학 국문학교수로 초빙된 것은 1949년 3월이었다. 국대안 반대로 들끓던 국립대학쪽 못지않게 명문 사립 동국대도 시끄러웠다.

세칭 '동대27교우단사건'이 그것이다. 당시 학장 허영호 중심의 27명의 동국대학 독립파(비승비속주의)와 불교 교단측의 대립으로 말미암아 벌어진 이 갈등에서 결과적으로는 독립파 쪽이 패배했다. 이 사건 직후 그 빈자리를 채우기 위한 조처의 일환으로 백철의 교수 임용이 이루어졌던 것이다. 27명 중에는 김기림·이하윤 등 친우도 들어 있어 망설이긴 했으나, 그럴 필요 없다는 김기림의 충고에 따르기로 했다.

당시의 시대풍조로는 문과 쪽은 국립대보다 사립 쪽에 인기가 쏠리고 있었던 만큼 동국대 국문과 학생 수준은 높았다. 이병주·이동림·김성배·양염규·김기동·최세화·홍순탁·정익섭·현평효·최선학·신기선 등이 백철의 강의를 들었다. 국문과가 유독 강팀이었던 것은 물러난 27명에 포함된 제1급 문학교수들 덕분이었고 그 빈자리에 들어선 백철 역시 명강의 교수 축에 들 수 있었다. 물을 것도 없이『조선신문학사조사』덕분이었다.『조선신문학사조사』(상)보다 한해 먼저 나온『문학개론』(1947.3)도 교수로서의 인기와 권위를 뒷받침했다.

백철이 동국대학에 간 것은 정식기록으로는 1949년 4월이었다. 부교수로 임용된 것은 1954년 4월이었고 이듬해 4월 교수로 승진했으며 담당과목은 문학사조사였다. 대학원 강사(1955.4~1957.8)로도 출강했거니와 중앙대학 문리대학장으로 전임할 때(1955.4)까지 동국대학에 전임으로 재직했다(『동국대학교 국어국문학과 50년』).

동국대 교수 시절 인상적인 것은 다음 두 가지이다. 하나는 강의 가운데 친일작가 평가 문제, 곧 이광수 평가에 관해서였다. 반민특위 문제가 신문에 오르내린 뒤인지라 학생들 사이엔 그 법에 묶인 이광수를 평가할 수 없다는 흐름이 있었다. 백철의 견해는 문학과 정치의 분리 쪽에 기울어져 있었다. 문학이란 전인격의 표현인 만큼 정치와 분리될 수 없다는 학생측의 반론 앞에 백철이 알몸으로 노출된 형국이었다. 과거 친일행각을 가진 백철의 자의식이 거기 번뜩이고 있었다. 만일 문학의 독자성을 버린다면 신문학사 기술이나 강의란 당초 성립될 수 없다고 백철은 생각했던 것이다.

아직 서북청년회의 세력이 캠퍼스에 남아 있던 시절 속에서도 동국대 문학회 주최로 '문학의 밤'(1950년 봄) 행사가 YMCA에서 행해졌다. 가히 문학의 르네상스를 방불케 하는 것이었고 이는 이후 각 대학에서 빈번했던 '문학의 밤'의 효시이기도 했다.

동국대 교수로 있으면서 그는 또한 당시의 풍조에 따라 국학대학(정인보 학장)에도 출강했다. 이 대학은 이름 그대로 고전 쪽이 강해 정열모·이중화를 위시 최현배·이희승·이극로·양주동·이숭녕·방종현 등도 이 학교에 출강하고 있었다. 임동권·이인모·유정렬 등이 학생으로 있었고 교지『국학』도 수준 높은 것이었다. 이와 같이 국문과가 제일 센 두 대학의 교수로서 백철의 아카데미즘에서의 위치는 굳건했다.


## 2. 자신감의 회복, 현장비평의 재도전


이러한 대학 국문과라는 단단한 반석 위에 섰지만 참으로 백철다운 것은 따로 있었는데, 이 반석에 주저앉지 않았다는 사실이 그것이다. 이 사실은 아무리 강조되어도 지나침이 없는바 여기에 백철론의 핵심이 걸려 있다. 대학교수의 반석 위에 서서 학자로서의 길, 상아탑의 길에 빠져들지 않았을 뿐 아니라 오히려 더욱 맹렬히 그는 저널리즘비평, 이른바 현장비평의 열정에 불타올랐다. 결과적으로는 현장비평을 위한 방편으로 대학교수의 권위가 요망된 형국이었다.

해방공간에서 문학가동맹이 건재할 때 백철은 임화와의 우정관계를 호소했으나 외면하였고, 중간파로 자처했으나 청년문학가협회의 김동리, 조연현 쪽으로부터 문학가동맹과 동렬의 존재로 인식되어 혹평되었다. 그가 설 자리는 실상 거의 없었다. 신문학사 집필로 치달은 것은 이 고립감과도 결코 무관치 않았다. 귀국(1931) 이래 촌시도 문단 저널리즘에서 한눈도 팔지 않던 백철이고 보면, 신문학사 집필 기간이야말로 일종의 '진공상태'라 할 만했다. 그는 이 고행과정을 수도승처럼 견뎌내었다. 이 고행과정이 끝나고 반석위에 날개를 편 한 마리 독수리의 눈빛이 향한 곳은 너무나 당연히도 저널리즘의 현장비평 쪽이었다.

그동안 문단은 어떻게 변모되어 있었던가. 첫째, 남한단독정부, 곧 '대한민국 정식정부'의 수립(1948.8.15)이 있었다. 조선민주주의인민공화국(1948.9.9)의 성립과 더불어 분단체제가 확립된 것은 많은 사상적 갈래를 정리하게 만들기에 모자람이 없었다. 여순반란(1948.10)사건이 그 분수령이었다.

둘째, 국민보도연맹의 성립을 들 것이다. 이른바 남로당계와 기타를 전향자로 규정하여 포섭한 이 단체에 백철도 정지용·박태원·김기림 등과 더불어 가입할 수밖에 없었다. 백철이 어째서 이 단체에 들었는지에 대해서 다만 백철 자신은 이렇게 해명했을 뿐이다. "그때 나 같은 사람도 본시 그 성분이 프로문학 출신이라고 해서 그랬는지 그들과 같이 보도연맹으로 가입을 시켰는데 ……"(『후편』, 371면)라고. 이런 표현은 너무 불투명하고 무책임하다. 김기림과 더불어 그도 문학가동맹의 가입자였을 공산이 크다. 기회주의자인 그로서는 그것이 처세술의 일종이었을 것이다.

셋째, '대한민국 정식정부' 지지세력이 연합체로서 1949년 12월 17일 한국문학가협회(회장 박종화)를 결성했다는 점을 들 것이다. 확고한 위치의 대학교수이자 보도연맹 가입자인 백철의 처지에서 볼 때, 이제야말로 저널리즘에서 그의 역량이 발휘될 기회라 직감했다. 이 직감이야말로 백철다운 순발력의 핵심이다. 문단 중간세력의 공간이 그의 독수리 눈의 시야에 뚜렷이 드러나 보였다. 이 새로운 공간이야말로 백철의 역량이 제일 잘 드러날 수 있는 영토에 다름 아니었다. 백철의 이 새 영역의 활동에 대해 방어적 태도를 취한 쪽은, 천하 제패를 했다고 자부한 한국문학가협회의 김동리파였다. ① 우익에 기운 중간파, ② 좌익에 기운 중간파, ③ 초월파로 이루어진 중간파 세력은 여전히 위협적인 잠재 세력이었고 그 정점에 선 이론분자가 백철이었다. 물론 이 중간파의 중심에는 정작 원로작가 염상섭이 굳건히 서 있었다.

> 문학의 자주성을 부르짖고 그 독창적 충동에 호소하려는 것은 문학이 가장 편당성에 유수되어 있고 독창적 생명과 빛을 잃은 반증에 틀림없음은 물론이거니와, 자다가 깬 듯이 새삼스럽게 문단의 자유로운 분위기라든지 문학의 자주성을 운위한다고 이것을 가리켜 자유주의라 비난하고, 중간파라 이단시하려는가?
>
> —염상섭, 「문단의 자유 분위기」, 『민성』, 1949.1, 59면

염상섭이 이런 발언을 한 것은 대한민국 수립 4개월 뒤인 1948년 11월이었다. 물을 것도 없이 '문협정통파'를 향한 항의이다. 창작이란 원래 중립적인 만큼 창작을 문제 삼는 한 "중간이니 중립이니 하는 의식조차 가질 수 없는 것"이라 염상섭은 주장하였다. 정지용의 요청으로 만주에서 1946년 초여름에 귀국한 염상섭을 『경향신문』 편집국장으로 초빙하는 일에 중간 다리를 놓은 인물이 바로 김동리였다. 주필 정지용, 편집국장 염상섭, 문화부장에 김동리 등으로 짜인 가톨릭계 신문『경향신문』이 어째서 만 일 년 만에 정지용·염상섭을 동시에 축출했는지에 관해서는 알려진 바 없으나, 두 사람의 명단이 문학가동맹 쪽에 일시적으로나마 걸려 있었던 것만은 사실로 인정된다. 염상섭의 경우는 문학가동맹 중앙집행위원(1946.11.8, 보선된 명단)으로 적혀 있음을 볼 수 있다.

대한민국이 수립된 지 일 년이 지난 뒤에야 문단은 비로소 일방적으로 정리되었는데, 한국문학가협회(1949.12.17)의 탄생이 그것이다. 박종화·김진섭·김광섭 등을 내세운 김동리, 조연현 등 '문협정통파'의 중심 분자를 비롯, "그 전까지 행동이요 문학관을 달리해온 염상섭, 백철

제씨도 참가되었고, 추천 회원 명부에는 정지용, 김기림, 기타 종래의 문맹측 문학인 전부가 기재되었던 것"(조연현, 「해방문단 5년의 회고」, 『신천지』 5권 2호, 220면)이다. 특히 그동안 이런 모임 따위에 한 번도 출석한 일이 없는 염상섭이 이 모임에 입장했을 때는 "모두들 박수를 퍼붓기도 했다"(『조연현 문학 전집』(1), 262면)라는 점으로 미루어 보면, 과연 '문협정통파'가 일방적으로 천하를 평정했다는 느낌을 떨쳐 버리기 어렵다.

작가인 염상섭은 언론계에서도 원로 중의 원로였다. 해방공간 전기간을 통해 좌·우 이데올로기에 초월적으로 군림한 유일한 작가가 바로 염상섭이었기에, 그가 말하는 중간파라든가 중립성 개념은 어디까지나 창작 원리 그것에 국한된 것이었다. "작가가 작품의 어떠한 인물만을 편애하였다가는 그 작품이 실패하는 것과 같이 협사(挾私)가 없고 지공(至公)하며 정확한 것이 작가의 태도"(「문단의 자유 분위기」, 59면)인 만큼 그가 말하는 중간적·중립적 존재란 바로 이것을 가리키는 것이었다. 그러기에 중간파 문제는 염상섭에 있지 않았다. 백철의 중간파론이야말로 문제적이었는데, 그 이유는 무엇인가. 왜 김동리와 조연현은 백철 비판에 힘을 합하지 않으면 안 되었을까. 이 물음은 우리로 하여금 해방공간의 또 하나의 정치 감각에 주목하지 않을 수 없게 한다.


## 3. '신현실주의' 노선 제시


1949년 정초에 백철은 1948년도에 전개된 문단 및 문학적 행위를 싸잡아 "위험한 상태 위에 놓여 있다"라고 비판했다. "계급적인 입장에 선 작가이든 민족주의적 입장에 선 작가이든 또는 소위 중간파의 입장에 선 작가이든 간에 그들의 문학이 일면에 위기를 내포한 사실은 현재 공통된 현상이라 본다"(「현상은 타개될 것인가」, 『경향신문』, 1949.1.5)라고 백철이 외쳤을 때 그 근거는 무엇이었던가. 객관적인 조건과 주관적인 조건을 각각 그 근거로 지적했는데, 이를 부연하면 다음과 같다.

좌냐 우냐의 문제가 일단 정부 수립으로 낙착된 사실을 그 객관적 조건으로 들 것이다. 좌·우의 이데올로기 선택이란, 따지고 보면 '나라 만들기'의 모델 선택에 귀착된다. 그 가능한 모델은, Ⓐ 프롤레타리아 독재형 사회주의 국가 모델(북로당), Ⓑ 프롤레타리아를 중심으로 한 소시민·농민계급과의 연합 독재(인민연대) 모델(남로당), Ⓒ 시민계급의 독재, 자유민주주의형 모델(대한민국) 등이었다. 대한민국의 탄생(남한 단독정부)으로 말미암아, 한반도는 Ⓐ 모델과 Ⓒ 모델로 낙착이 된 것이며, 이것이 분단의 실상이었다. 이들 셋 중에 회수되지 않은 영역이 이른바 중간파이다. 이러한 선택이 완료된 마당이기에, 계급문학 쪽도 그 활동 영역이 극히 제한적이었으며, 민족문학 쪽도 그 투쟁 대상이 일단 사라졌기에 긴장감 상실 상태에 빠지지 않으면 안 되었다.

한편 어느 쪽으로도 회수될 수 없는 제3세력인 중간파는 어떠했던가. 무방향성으로 요약될 수 있다. 어느 모델도 선택할 수 없지만 그렇다고 독자적 모델 창출에 나아갈 수 없다면, 거기에 세계관의 빈곤은 필연적이다. 주관적인 위기감도 지적될 수 있다. 계급파든 민족파든 중간파든 창작의 역량 부족 상태에 빠졌던 것인데, 왜냐하면 좌우익 논쟁에서 그들의 창작적 역량이 그만큼 소모되었던 까닭이다. 그렇다면 이러한 부진 상태를 어떻게 타개해나갈 것인가. 낙관적인 방도가 떠오르는 것은 아니나 백철은 그 처방을 내세웠다. 이를 요약하면 다음과 같다.

① 계급문학자들의 태도

단독 정부가 수립된 이상, 계급문학은 쓰기 어렵기에 그들은 전향문학 또는 동반자 작가의 행세를 하지 않을 수 없다. 이들이 선택한 방법론으로는 ㉮ 풍자문학을 먼저 들 수 있다. 채만식의 「도야지」, 김영근의 「월

급날 일어난 일들」, 「신혼」 등이 이에 속한다. ㉯지난 날로 후퇴하기(측 공법)로는, 박노갑의 「역사」, 허준의 「속 습작실에서」, 설정식의 「40년」, 안회남의 「농민의 비애」, 박태원의 「임진왜란」 등이 있다.

### ② 민족(주의)문학파들의 태도

이론의 완성과 작품의 반현실성으로 요약되는 이 유파는 박종화·김동리로 대표된다. 김동리의 「달」, 「개를 위하여」는 주제의 발전이 아니고 그 반복에 불과하다. 현실성이 빈약한 문학이기에 인간성 옹호에 실패하기 쉽다는 것이다. 왜냐하면 인간성의 옹호나 그 발견은 치열한 현실과 마주칠 때 비로소 발휘되는 것이니까. "나는 지금까지 김씨의 작품에서 그 현실에 대한 엄숙한 비판을 한 장면과 봉착하지 못한 것을 유감으로 생각하는 동시에 금후의 김씨의 문학이 진실한 인간성 옹호를 위하여 현실에 대한 비판적인 문학이 되기를 희망한다"(『경향신문』, 1.8)라고 백철은 말했다.

### ③ 중간파의 태도

무엇보다도 백철은 스스로를 중간파라 자처하고 이 노선에 서서 그 정당성을 역설하고 있어 주목된다. 중간파란 명칭은 저널리즘에서 붙인 것이어서 못마땅하다는 것, 차라리 적극적인 의의를 이 시점에서 부여하여 '현실주의적 경향'으로 고쳐야 한다는 사실을 전제한 백철은 이 현실주의적 경향을 '신현실주의파'라 명명하였다. 세계관적인 면과 문학적인 면에서 그러한 명칭이 온당하다고 그는 주장했다.

좌파의 조급성과 우파의 완고성이 모두 편파적이기에 오늘의 현실을 그리지 못한다는 것, 따라서 오늘의 현실을 그릴 수 있는 중간파야말로 신현실주의파가 아니겠는가. 이것이 새로운 윤리, 새로운 리얼리즘 창달의 이론적 근거이다.

그러한 작가로 먼저 염상섭의 「이합」을 들었다. 남북문제를 부부간의 갈등으로 다룬 이 작품이 백철의 주장에 썩 부합했음은 새삼 말할 것도 없다. 뿐만 아니라 계용묵의 「별을 헨다」, 「이불」도 수준 높은 현실주의적 작품이었다. 이어서 박영준·최정희·주요섭·손소희·이무영 등이 이 부류에 들 수 있다고 본 백철에게 황순원은 어떠했을까. 황순원을 중간파라 본 것은 세계관에서가 아니라 기법에서라고 주장하였다. 그의 제작 수법은 어떠한 문제점을 안고 있는가. "지엽에서 지엽으로 흐르는 그 산만성을 극복하고 입체성을 위하여 확고히 구성을 세울 것"이 과제라는 것이다.

이상과 같은 백철의 논의에서 주목되는 것은 문단 3분법의 설정이라기보다는 이 3분법에 대한 질적 평가의 측면이다. 좌·우로 나누어진 문단 이분법이 정부 수립으로 말미암아 일원화되기는커녕 오히려 3분법으로 되지 않을 수 없다는 백철의 주장이 그만한 이유를 갖는 것은 '신현실주의 노선' 때문이다.

이 노선은 추상적으로 설정된 것이 아니었다. 작품의 성과와 그 질에서 도출된 이론인 만큼 문학적 이유로 뒷받침 받을 수 있었다. 백철에 따르면, 문학상의 성과로 보아 제일 부진한 것이 민족문학 분야였다. 박종화·김동리·최태응 등의 창작이 있긴 하나, 김동리의 몇 작품을 빼면 거의 언급할 만한 작품이 없었다. 더욱이 김동리의 「달」, 「개를 위하여」도 또한 「무녀도」의 세계에서 벗어나지 못한 것으로 그는 평가했다. 이에 비할 때 계급문학측은 비록 과격성의 노출이 심하긴 해도 왕성한 창작이 있었기에 엄연한 문학적 현실로 인정될 수 있었다. 그렇다면 신현실주의로서의 중간파는 어떠한가. 염상섭, 계용묵을 위시, 황순원까지 포함하여 커다란 실세로 드러나지 않았겠는가. 문단 일원화는커녕, 3분화로 정립되었음을 백철이 입증해 놓은 것이다.

## 4. 백철의 김동리 비판

이러한 백철의 신현실주의 노선 앞에 제일 크게 당황한 것은 물을 것도 없이 민족문학 쪽의 김동리·조연현이었다. 백철의 논법대로 하면, '대한민국 정식정부'의 정통파로 자처한 민족문학 측이 문단 천하평정을 한 것이 아니라 오히려 그 반대 현상이 되는 셈인 까닭이다. 이른바 '문협 정통파'의 형성(1949.12.17)이란 분명히 문단의 천하평정이지만, 그것은 문학의 천하평정이 아니었던 것이다. 정치적 천하평정이었을 뿐 문학의 천하평정일 수 없다는 백철 이론에 봉착한 민족문학측은 어떤 논리로 나왔던가. 그 최고 이론가인 김동리가 직접 나서지 않을 수 없는 장면에 이른 것이다.

김동리·백철 논쟁의 구체적 전개는 백철의 「소설의 길」(『국도신문』, 1950.2.25)에서 발단된다. '신춘 작품평에 대(代)하여'라는 부제가 잘 말해주듯, 백철은 민족문학파들이 세계성을 도외시하는 한 지방 문학에 지나지 않을 것이라는 「민족문학과 세계 문학성」, 「현실성과 시사성」 등의 평론의 연장선상에서 신춘 소설을 구체적으로 논한 것이다.

「소설의 길」에 제시된 기본 논점은 산문 문학의 세계성이다. 산문으로서의 소설은 서정시와 혼동될 수 없다는 것, 따라서 현실성으로 향해야 하며 시사성을 탈각해야 한다는 것으로 요약된다. 리얼리즘이 그 방법론임은 새삼 말할 것도 없다. '산문적'·'리얼리즘적'·'현실적' 문학이 세계성의 문학이며 이에 대응되는 '시적'·'반리얼리즘적'·'시사적' 문학이 지방성 문학이라는 것, 민족문학파들이 이러한 지방성에서 못 벗어났다는 것을 구체적 작품을 통해 논파한 곳에 백철 비평의 강점이 있었다.

먼저 백철은 허윤석의 「해녀」(『문예』, 1950.2)를 들어 그 소녀 취향을 비산문적이라 하여 비판하였다. "소녀적인 서정시를 넘진 못했다"라는 것.

이어서 백철은 이러한 서정적 경향이 장편으로 나아가는 길을 막고 있다고 지적하며, 최정희·임옥인·이상필·강신재·오영수 등도 결코 장편을 못 쓸 작가로 규정했거니와, 이 대목에서 무엇보다도 백철이 강조한 것은 김동리가 그러한 작가 유형에 든다는 것이었다.

> 문제는 소설에 있어서 정서적인 요소보다는 박물학적인 지식이 농후하다는 견해가 아니라 아무리 아름다운 정서와 예리한 감각을 가진 작가라도 그저 현실에 맹목인 때는 벌써 산문 문학자로선 자격이 없다는 것이다. 최근 나는 김동리의 어떤 연재소설이 불성공으로 끝났다는 소식에 접하였다. (…중략…) 얼른 생각해선 단편 소설에서 그만한 역량을 가진 작가가 왜 장편 소설에서 실패할까 하는 이유도 곧 수긍이 안 되지만 그러나 진상을 추구하면 이 작가가 장편 소설에서 불성공한 것은 차라리 예상된 결과라 볼 수 있다. 그것은 오늘의 순수한 작가들의 소설이 신문에 소설의 상품성과 원만한 타협을 할 수 없을 것이라는 조건밖에 김씨의 작가적인 성격에도 크게 귀인(歸因)될 것이 있다고 보여지기 때문이다.
>
> —『국도신문』, 2.28

실패했다는 소문이 자자하다고 백철이 말한 김동리의 장편이란 물을 것도 없이 「해방」(『동아일보』, 1949.9~1950.2)이다. 장편에 실패한 것을 곧 민족문학파의 실패에 다름 아닌 것으로 바라본 백철의 비판은, 어느 의미에서 단편과 장편의 혼동에서 온 것이긴 하나, 핵심을 충격한 것으로 볼 수도 있다. 백철 비평이 겨냥한 전략이 다음처럼 뚜렷이 드러나기 때문이다.

> 그는 작품에서 인간을 주 대상으로 하고 인간성을 중시하지만 그 인간에 대한 해석이 넓지 못하고 어느 편인가 하면 주관적인 관념론에 가까운 것이요, 또 문학관으로선 현실을 속시(俗視)하는 결과로서 현실의 모든 일에 눈이 어두운 이 작가가 일조에 그 관념론을 이끌고 광대한 현실가도를 걸어갈 때 그 작품 전체가 관념론인 위험을 범하게 될 것은 불가피의 결과이다. 그러나 이

것은 유독 김동리 씨에게 한한 사정이 아니다.

—『국도신문』, 2.28

'장편을 쓰지 못할 작가'로 김동리를 비롯 최정희·임옥인과 김동리 추천의 신인 이상필·강신재·오영수 등을 꼽았다. 장편이라면 염상섭·박태원·채만식을 배우거나, 단편이라도 이효석이나 이태준의 아류가 될 것이 아니라 유진오(「김강사와 T교수」)·이무영(「흙의 노예」)·최명익(「비오는 길」) 등으로 나아가야 어느 수준의 산문계 소설이 쓰일 것이라고 백철이 지적했을 때 그것은 상당한 설득력을 동반할 수 있었는데, 두 가지 이유가 뒷받침된 까닭이다. 하나는 문학사적 사실이며, 다른 하나는, 이 점이 중요하거니와, 1950년이라는 새로운 역사 전개의 마당에서 서사시적 성격이 현실성으로 주어졌다는 사실이 그것이다. 한편 백철이 노린 전략적인 측면은 무엇이었던가. "그보다도 직접으로 장편 소설 편이 본격적인 소설 문학인 것을 의식적으로 강조할 필요가 있다"(『국도신문』, 3.5)에서 잘 드러나듯, '본격적인 소설 문학'이란 표현 속에 그 전략이 숨어 있다고 볼 것이다.

민족문학이야말로 인간성 옹호의 문학이며 또 본격문학이라 부른 것은 정작 김동리가 아니었던가. 그 본령정계의 문학이란 기껏해야 「달」, 「역마」 같은 단편에 멈추지 않았느냐, 장편에 나아갔으나 실패하고 말지 않았던가, 민족문학이란 그러니까 본격문학 축에 들 수 없지 않겠는가.

이에 대해 김동리의 응전은 어떠했던가. 백철의 이 도전은 김동석의 그것과는 비교도 안 될 정도로 버거운 것이었다. 정치성 논쟁이 아니라 문학성의 마당에서 벌어진 것이기 때문이다.

## 5. '사람은 생물이다'의 명제와 '사람은 근대인이다'의 명제 대결

　김동리는 매우 당연하게도 백철에 대한 반박문의 제목을 「현대문학의 길」(『국도신문』, 1950.3.18~24)이라 했다. '소설의 길'(백철)에다 '현대문학의 길'을 대치시킨 의도는 과연 무엇인가. 일목요연한 해답이 주어진다. 곧 이 논쟁은 근본적으로 성립되지 않거나, 김동리의 일방적 승리로 끝나게 되어 있음이 그것. 어째서 그러한가.

　'사람은 생물이다'라는 레벨에서 한 치도 벗어나지 않는 방식을 주무기로 내세운 김동리와 그 누구도 맞설 수 없기에 이번에도 백철의 패배일 수밖에 없다. 그러나 그것을 두고 패배라 할 수 있을까. 좌표가 설정되지 않는 싸움이란 당초부터 무효였다고 볼 수 없을까. 김동리가 '사람은 생물이다'에 서 있다면 백철이 선 자리는 '사람은 동물이다'로 볼 것이다. '소설의 길'이라는 근대 시민사회의 현실성을 문제 삼는 백철을 향해 김동리가 내세운 무기는 '현대문학의 길'이 아니었던가. '소설' 대 '현대문학'의 낙차란 너무 심해서 거의 마주치지 않는다. 이 경우 폭이 넓은 쪽(현대문학)의 어떤 논의도 틀릴 수 없게 되어 있다.

　더구나 김동리가 내세운 '현대문학'이란, 엄밀히 따지면 '문학'일 따름이어서 '현대'와 무관함이 판명된다.

> 　나는 하필 위대한 작가의 천재적인 작품을 인례(引例)하려는 것이 아니다. 어떠한 작가의 어떠한 작품이라도 그것이 다만 사이비 문학이 아니요, 생명이 있는 문학이라면, 그 민족에게 있어 고전이 될 수 있는 문학이라면 그것은 진실된 문학이요, 우리가 신뢰할 수 있는 문학인 것이다. 그리고 이러한 문학이라면—특히 그것이 근대문학의 중추인 소설문학일 때 그것은 시와 소설의 결혼이요, 낭만과 사실의 조화 아닌 실례가 없다. 본래 무슨 '이름'이란 것이 작품을 생산하고 판단하는 근거도 아니요……

> —『국도신문』, 3.5

이러한 김동리의 견해는 유진오와의 논쟁인 「순수이의」(1939)와 그 무렵에 쓰인 「나의 소설 수업」(1940)의 되풀이에 지나지 않는다. 작가의 리듬과 세계의 리듬이 일치하기만 하면, 아무리 몽환적인 것이라도 진짜(리얼) 문학이라는 논법이 과연 해방 공간에서도 그대로 계속 유효했을까.

김동리가 반박문에서 제시한 것은 다음 두 가지였다. 리얼리즘과 로맨티시즘이 조화된 문학이 진짜라는 것, 말을 바꾸면 시적인 것과 산문적인 것의 조화 위에 터전을 삼아야 한다는 것이다. 이것은 근대 문학은 로맨티시즘을 극복한 리얼리즘이어야 한다는 백철 주장에 대한 답변이다. 다른 하나는 대중성을 지향하는 것은 좋으나 그 자체가 문학일 수 없다는 것, 따라서 장편 「해방」이 실패했다는 풍문에 신경 쓰지 않는다는 것.

> 나는 나의 「해방」이 대중의 오락물로 성공하지 못했다는 것을 그다지 자랑으로 삼는 자는 아니나 그렇다고 지금까지 수십 년간 대중의 환호와 갈채가 여실히 반복되어 소위 성공했다는 장편이 책으로 나온 것을 읽고 그것이 전기 「신라의 달밤」이나 「홍도의 눈물」의 영역에 머물러 있다는 것을 깨달았을 때 나는 처음부터 그러한 '성공'을 표준으로 할 수 없었던 것도 사실인 것이다.
> ─『국도신문』, 3.24

요컨대 김동리 논리의 요지는 '인간' 원론으로 설진된다. '우리가 서 있는 역사적 현실'에 앞서 존재하는 '인간'에서 출발해야 한다는 것이다. "나는 모든 '이름'의 생산자요 주인공인 '인간'에 먼저 입각해야 할 것을 또 한 번 되풀이해 두는 것뿐"(『국도신문』, 3.24)이라는 결어가 이 사실을 웅변으로 말해준다. 김동리에 있어 '인간'이란 원점이자 귀결점이어서 늪(제로 포인트)과 같다. 어떤 논리도 여기에 부딪히면 제로가 되고 마는 것이다.

이에 대한 백철의 반박문이 「신문학과 리얼리즘」(『국도신문』, 3.29~4.1)이다. 백철의 논점은 다음 셋으로 요약된다.

①리얼리즘이란 막연한 것이 아니라는 사실. "김씨와 같이 모든 것을 일반시할 것이 아니라 비교와 차별과 선택에서 그 실체가 파악되는 것"(『국도신문』, 3.29)이 근대적 방법론이라는 것, 따라서 김동리 식의 구체성 없는 관념(인간)과는 논의 자체가 불가능하다는 것.

②조화와 평형에서 생기는 것은 '정지'에 지나지 않는다는 사실. 다음 대목은 백철 이론의 강점이 아닐 수 없다.

> 김씨가 흔히 들고 나서는 도스토예프스키가 근대의 거대한 리얼리스트의 위치와 작가인 것은 내가 다시 증명할 것이 아니지만 그는 결코 조화의 작가가 아니고 비조화 때문에 몸부림을 한 작가다. 김씨야말로 리얼리즘을 졸라파의 평면적인 것으로 알고 그것을 심리 세계와 영원의 세계와 단절된 소박성으로 놓고 있는데 실은 그곳에 김씨의 놀랄 만한 착각이 있다는 것이다.

③장편과 단편의 구별에 대한 것. 차이 또는 선택에서 비로소 방법론이 성립되는 것이며 이를 근대성이라 부르는 것이다. '대한민국 정식 정부' 수립 이후 문학이란, 적어도 소설에서라면 장편이 본격적인 위치에 와야 하고 단편은 부차적인 자리에 와야 한다는 것. 그 단편도 '시적인 것'보다 내면의 고민을 다룬 것이어야 한다는 것이 백철의 주장이었다. 그는 이것을 다시 분명히 해 놓았다. "사실 김씨가 장편 소설과 단편 소설을 비유해서 「신라의 달밤」과 베토벤의 곡을 대조하는 데 이르러서는 진실로 김씨의 예술인으로서의 상식을 의심할 수밖에 없다. 그러나 이런 말단을 적발하는 것이 이 반박문의 의도는 아니다"라고 백철이 말했는데, 이것은 여유를 드러낸 것으로 볼 것이다. 백철의 의도는 다음처럼 분명했던 것이다.

> 차별과 중요시에서 그 주 특징을 파악하는 것이 정당하고 필요하다는 것, 내가 산문 문학의 정신과 방법으로서 리얼리즘을 주 항목으로 내세운 것도 산문 문학의 한 특징적 사실로서 제시했다는 것, 이렇게 해서만 우리는 근대

산문 문학의 본질의 일단을 이해할 수 있다는 것이다.

—『국도신문』, 3.30

　백철·김동리의 리얼리즘 논쟁은 이처럼 백철의 일방적 우세로 드러났거니와, 이러한 우세의 근거란, 따지고 보면 어느 쪽의 논리적 명민성에서 말미암았다기보다는 정부 수립 이후의 문단적 현실이라는 객관성에서 온 것으로 볼 것이다. 대한민국 수립으로 좌우 이데올로기 논쟁이 표면상 자동적으로 소멸된 것처럼 보이지만 실상은 문단 3분법을 조성해 놓고 말지 않았던가. 김동리 일파가 문단을 천하통일한 것으로 보일지 모르나, 객관적·현실적 사정으로 보면 오히려 반대라 볼 수 있었다. 백철 평론의 강점은 이 객관성에서 왔기에 강력한 논리가 아닐 수 없었다. 카프의 정통을 잇는 것이자 훗날 참여(민족·민중) 문학의 근거도 여기서 말미암는다.

　한편 민족문학의 대변자를 자처한 조연현의 백철 비판은 어떠했던가. "백철 씨는 그의 수다한 작품평이나 작가론이나 문학론에 있어 자연주의적, 낭만주의적, 기교주의적, 리얼리즘적, 신비주의적 등등의 수많은 개념적 용어를 사용하지 않고서는 여하한 비평문의 한 구절도 기록해낼 수 없다는 것을 우리에게 보여주고 있는 평론가다"라고 전제한 조연현은 그러한 무슨 '주의'로는 염상섭·계용묵·김동리의 작품이 이해되지 않는다고 못 박은 바 있다. 김동리의 「혈거부족」은 사실주의, 「역마」는 신비주의라고 해버리면 그만일 테니까. 그러나 다음과 같은 조연현의 주장에는 난점이 따르지 않을 수 없다.

　　물론 우리는 씨가 상용하는 무슨 적 하는 개념적 규정을 전적으로 부정하는 것은 아니다. 그러한 규정은 그러한 것대로 의의가 있을 것이다. 그러나 한 여인의 자살을 간단히 그것은 실연적 사건이라고 규정하고 안심할 수 없듯이 무슨 적 무슨 주의적 하는 개념적 용어만으로써 문학은 결코 해결되지 않는 것이다.

—「개념과 공식」, 『평화일보』, 1948.2, 『문학과 사상』, 219면 재인용

1948년 2월 현재의 문단적 상황에서 보면 조연현의 이러한 지적은 매우 설득력 있는 논점이라 할 것이다. 바야흐로 김동리·김동석 논쟁이 진행 중에 있었으며 이 글도 개념 비평의 전형인 백철을 겨냥한 것이라기보다는 공식주의 비평의 전형으로 김동석에 초점이 놓였음을 염두에 둔다면 이 사정이 선명해질 것이다. 그러나 1950년을 앞뒤로 한 문단 현실에서 보면, 이것은 설득력을 가지기는커녕 일종의 비평적 폭력으로 볼 수밖에 없다. 문단 사정에 누구보다 민감한 조연현이 이 사정을 몰랐을 리가 없다. 전략을 달리 세울 필요가 있었다. 백철의 『조선신문학사조사』에 대한 비판 「개념의 공허와 그 모호성」(『문예』, 1949.8)이 쓰인 것은 그러한 전략 중의 하나로 볼 것이다.

백철의 이 저술이 문학관의 빈곤에서 유래된 소재의 나열, 자료의 복사로 일관되었다는 점을 들어 혹평한 다음, 이러한 개념의 공허와 모호성의 근거를 '주체성 없음'에서 찾고 있다. '인간의 구경적 의의'(주체성)가 진짜 문학의 영역임을 모르는 백철이기에 시류적인 것과 본질적인 것을 변별하지 못했고, 따라서 이 저술은 공허한 것으로 판정되었다. 이러한 판정이 다음 사실을 간접적으로 비판한 것에 그 전략적인 측면이 감추어져 있었다.

> 씨의 '신윤리주의'니 '중간파 문학의 진출'이니 하는 모든 것은 씨의 그러한 불안스럽게 동요되는 표정이었던 것이다. 아마 조금 다른 점이 있다면 자기 자신의 문학관의 빈곤에 의하여 마르크스 이데올로기에게 언제나 압도당하고 있었다는 것이다. 씨에게 일관한 것이 있었다면 유물사관을 비판할 능력의 결여에서 가져진 그것에의 비굴한 타협이고 복종이었던 것이다. 씨가 임화 씨에게 강박 관념을 느끼고 있는 것은 그 좋은 증좌인 것이다.
>
> ―『문예』, 1949.8

백철에 대한 조연현의 이러한 전략적인 비판도 기실 큰 힘을 발휘하기는 어려웠다. 그 이유는 앞에서 이미 지적한 바와 같이 현실적 조건이 백철의 주장을 뒷받침했음에서 말미암았다.


## 6. 중간파 포섭 방식


‘대한민국 정식정부’의 수립으로 말미암아 그 이념을 결사적으로 옹호했던 ‘문협정통파’들이 과연 천하 통일을 한 것일까. 표면적으로는 그럴지 모르나 문단 내면에서 보면 오히려 3분법으로 더욱 복잡화되었다. 중간파의 등장으로 상징되는 이러한 제3세력권이야말로 김동리의 논리를 무화시킨 백철 비평의 우위성으로 드러난 셈이다. ‘문협정통파’는 이 신현실주의로서의 제3세력을 어떻게 무마 내지 흡수해야 했을까. 가장 정치적인 이 민감한 과제 앞에서 김동리·조연현의 대처 방식은 어떠했을까. 다음 두 가지 사실을 지적할 수 있다.

하나는 문단 단일 조직의 완성. 한국문학가협회(1949.12.17)가 그것인데, 형식상 이 조직의 중심부는 전국문필가협회(해외문학파 중심)와 청년문학협회(김동리·조연현)의 두 단체였다. 그러나 후자가 점점 실세로 군림, 문협정통파를 형성하기에 이르렀고, 따라서 전자 쪽이 훗날 자유문학파(문총)로 분리되는 원인을 이루게 된다. 좌우간 박종화를 준비위원장으로 한 한국문학가협회의 결성은 우익문단 전부는 물론, 무소속 중간파 등을 총망라한 조직이었음엔 틀림없다. 어째서 ‘대한민국 정식정부’가 수립된 지 1년 4개월이나 지난 뒤에야 겨우 이런 문단 천하평정이 이루어져야 했던가. 이 물음은 참으로 음미될 성질의 것이 아닐 수 없다. 문학이라는 장르의 특성도 있었겠고, 『서울신문』계 언론 매체를 박종화·오종식·김진섭·김송·이선구·김동리·김윤성 등이, 정부 수립이 된 지 1년이나 지난 뒤에야 장악하여 그 정지 작업을 해가는 기간도 필요했겠지만, 무엇보다도 정부 수립에 대한 현실 인식의 불안정성이 더 크게 작용했던 것이다. 이러한 사실을 문학적으로 대변한 것이 백철의 중간파론이었다.

정부가 수립된 지 만 일 년이 지난 뒤에야 겨우 『문예』(1949.8. 초판 4,000부)가 창간되었다는 사실은 그만큼 민족문학 진영의 정치적 성격을 드러낸 것으로 볼 수 있겠거니와, 이 정치성에서 문학성으로서의 전환에 걸리는 시간이 일 년 정도라면 오히려 너무 조급했는지도 모를 일이 아니었을까. 좌우간 『문예』지의 창작란은 「청계천변」(김광주), 「임종」(염상섭), 「비탈길」(최정희), 「슬픔과 고난의 광영」(최태응), 「옛마을」(허윤석), 「농민」(홍구범), 「맹산 할머니」(황순원) 등으로 채워졌다. 김광주·최태응·홍구범 등이 청년문학가협회의 구성 분자임은 한눈에 드러난다. 그렇다면 최정희·염상섭·황순원은 어떠한가. 이들은 백철이 주장하는 중간파가 아니었던가. 이에 대해서는 주간 조연현의 증언을 그대로 인용하는 것이 좀 더 직접적이다.

> 창간호가 나온 지 수주일이 지난 어느 날 나는 모 기관으로부터 출두하라는 전화를 받았다. (…중략…) 『문예』가 왜 '용공적 편집(容共的 編輯)'을 하느냐 하는 것을 물었다. 나는 『문예』가 '용공적 편집'이라는 까닭을 전혀 알 수 없었다. 그 말의 구체적 의미를 나는 반문할 수밖에는 없었다. 그가 '용공적 편집'이라는 구체적 내용은 창간호에 염상섭, 최정희, 황순원 세 분의 작품을 게재한 것을 의미했다.
>
> ―『조연현 문학 전집』(1), 248면

물론 반공 평론가 모씨의 투서에 의한 것이었는데, 이에 대한 조연현의 입장은 분명했다. 이들 세 작가는 역량 있는 대표적 작가라는 점, 정부의 포섭 정책에도 부합한다는 것, 이들을 제거한다면 문학의 폭을 스스로가 좁히는 결과가 되며, 나아가 민족의 역량을 스스로가 말하는 것이 된다는 것 등이 그것이다.

한편 중간파 이론 분자인 백철은 어떤 대접을 받았던가. 『문예』 창간호의 평론란에는 「상반기의 작단」(김동리), 「D. H. 로렌스의 생활과 문학」(석동수), 「파우스트의 소묘」(김진섭), 「최정희론」(곽종원) 등의 주변적인 구색 갖추기의 평론과 달리, 맨 앞머리에다 백철의 「번역문과 관련하여」와 조연현의 「개념의 공허와 그 모호성」을 내세워 놓았다. 조연현의 평론은 앞에서 이미 살펴본 백철론이었다. 백철로 대표되는 열린 문학관을 어느 범주에서 수용하고자 한 주간 조연현(김동리)의 태도 표명으로 이 사정을 설명할 수 있다. 백철 이론이 아무리 공허하고 모호하더라도 이를 현실적으로 수용하는 것이야말로 '문협정통파' 스스로의 역량 증강의 일환임을 조연현이 실증해보인 장면으로 볼 것이다.

구경적 삶의 형식으로서의 문학이 본령정계의 문학임을 실증해보이는 것이야말로 김동리가 안고 있는 금후의 과제이며, 그 실험 무대가 『문예』였다. 김동리가 월평, 신인 추천 및 「창작강의」 연재를 시작한 것이 이 사실을 잘 설명하고 있었다. 동시에 이것은 또한 아무리 그래도 김동리의 한계를 설정하는 것이기도 했는데, 곧 그의 역할이 점차 소설 장르에 국한되기 시작했던 것이다. 시의 영역에서는 서정주가 김동리의 몫을 나누어 맡았음은 『문예』가 김동리의 독점물일 수 없음을 새삼 말해주는 것이기도 하였다. 청년문학가협회로 대표되는 '문협정통파'의 천하평정이 이루어졌다. 1950년 새해가 밝아 왔을 때, 중간파까지 포섭한 '문협정통파'는 문단뿐 아니라 문학 자체까지 평정한 자세를 취하였다. 김동리, 그는 『서울신문』계 언론의 중심인물이자 『문예』 위에 군림하는 거인이었다. 중간파까지 포섭한 이 마당에서는 거칠 것이 하나 없는 최고의 실력자였다. 적어도 6·25가 나기 전까지 그의 적대 세력은 어디에도 없었다. 그의 나이 만 37세였고 조연현의 나이는 만 30세였다.

스스로 신이 되고자 한 이 두 율리시스들이 항해하는 수평선 위엔 운명의 여신이 손짓하고 있는 것처럼 보였다. 그러나 이러한 손짓은 두 가지 이유에서 불투명하지 않았을까. 이러한 중간파 포섭이 다분히 정

치적 해결 방식이었다는 사실이 그 이유의 하나라면, 문학 자체의 중간
파적 속성이 다른 하나의 이유이다.

## 1. 세 가지 6·25 체험기

6·25에 대한 백철의 체험기는 다음 세 가지로 분류된다.

①『문학자서전』. 제목 그대로 이 기록은 개인적 측면을 진솔하게 또 지나칠 정도로 자세히 때로는 반복적으로 기록했던 만큼 객관적 자료로 되기엔 미흡한 점이 많다.

②수필집『만추의 사색』속의 제5장. 이 기록의 특징은 동국대학 교수로서의 체험기이며 개인 백철의 기록인 ①보다는 객관성이 어느 수준에서 확보되어 있다.

③『적화삼삭 구인집』(국제보도연맹, 1951) 속의 백철 집필 부분. 이 책은 임시수도 부산에서 1951년 4월에 간행된 것으로 저자 대표는 오제도 검사로 되어 있다. '국민보도연맹'이 6·25를 겪으면서 '국제보도연맹'으

로 개칭되면서 낸 이 기록물은 인민군 치하에서 문학가동맹에 가입한 바 있는 문사들의 체험기로 되어 있다. 요컨대 당국의 강요에서 완전히 자유로운 글이라 하기 어려운 것은 오제도의 글 「민족양심의 반영」에서도 엿볼 수 있다. 여기에 수록된 글들이 "다소 깊은 회한이 나타나 있지 않고 있는 것도 있다. 그렇다고 해서 가면의 글이 이곳에 실려 있다고 하고는 싶지 않다"(『적화삼삭 구인집』, 143면)라고 했기 때문이다.

일종의 반성문 성격을 띤 『적화삼삭 구인집』은 『고난의 90일』(수도문화사, 1950.11)과 대조적이다. 전자가 반성문이라면 후자는 고발문이기 때문이다. 대한민국 헌법 기초자 유진오, 인민군이 사진을 가지고 체포에 나섰던 우익 거물 모윤숙, 교수 이건호, 경제인 구철회 등 4인의 체험기(『고난의 90일』)와 쌍을 이루는 『적화삼삭 구인집』엔 양주동·백철·최정희·송지영·장덕조·박계주·손소희·김용호·오제도 등이 동원되었는바 이중 오제도를 빼면 문인의 고백록이라 할 것이다. 그만큼 문학적 독법이 요망되는 글의 모음집인 셈이다.

이러한 글쓰기에서 백철은 과연 어떤 문학적 밀도를 보였을까. '적치하 일 문학인의 수기'라는 부제를 단 백철의 기록 제목은 「사슬로 묶여서 삼개월」로 되어 있고 그 머리에 자작 시 한 편이 실려 있다.

눈에 보이지 않는
검은 그림자가 항상
나의 뒤를 따르고……

붉은 담장 우엔 모여든
가마귀떼 지저귀는데

자애한 어버이 잃은 고아와 같이 나는
날마다 불안한 눈으로
남쪽 자유의 하늘을 그리다

창졸간 6·25를 당했을 때 백철이 직면한 낭패감은 무엇보다 대학교수로서의 안정감의 상실에서 왔다.

> 국가 사회의 질서가 전복되고 생활의 체제가 일변하고 나와 같이 빈약한 대로 근대적인 지식과 학문에 살던 그 토대가 허물어져 버린 것이었다. 나의 초라한 두간 서실에는 어제 아침까지도 계속하고 있던 문예사전의 초고 뭉치가 그대로 쌓여 있으나 그것은 오늘부터 휴지로밖에 쓸 곳이 없다. 『문학개론』의 수정, 『신문학사』의 재편 등의 모든 계획도 아무 의미 없는 일이 되고 말았다. 학교에서 젊은 학도를 앞에 놓고 학문과 진리를 강의하던 일, 부박한 문단 저널리즘 위에서 속된 허영을 다투던 일 등 생각하면 모두가 쑥스러운 희극적인 사실 뿐이었다. 그러니 어떻게 이 모든 것을 아낌없이 내버릴 수 있을까! 아니 이 모든 것을 송두리째 내던지고 알몸 덩어리로 어떻게 살아갈 수가 있을까!
>
> —『적화삼삭 구인집』, 22~23면

두 가지 점이 지적될 수 있다. 대학교수와 학자로서의 위치가 먼저 오고, 문단 저널리즘의 활동은 일종의 허영이어서 부차적이라는 점이 그 하나. 그러나 이 두 가지가 인간 백철의 삶의 전체성이라는 점이 그 다른 하나이다. 이러한 두 가지 점은 해방공간의 혼란을 거치고 대한민국 단독정부 밑에서 찾아낸 백철 식 안정감의 표현이자 능력의 표현에 다름 아니었다. 이 백철 식 역량의 질적 의의를 알지 못하면, 어째서 그가 6·25때 월북하지 않았는가에 대해 설명할 수 없게 된다. 1·4후퇴 시 충남 당진에서 이틀 걸려 가까스로 임시수도 부산의 묘심사에 피난 간 동국대학에 찾아갔을 때, 이숭녕 교수와 교무과장 박춘해가 반가이 맞아주었는데, 그들 사이에 주고받은 대화는 이러했다.

> 박춘해: 대체 그동안 어디서 무엇을 했는가.
> 이숭녕: 안 할 말로 우린 혹시라도 당신이 저쪽으로 넘어가지나 않았나 하고 조바심도 했다우……
> 백철: 그래 내가 북행할 만한 위험 분자로 보였소?

이숭녕 : 그야 물론 그렇지 않지. 그렇지만 당신은 본시 프로문학파의 거장
이었고 하니 그렇게 추측할 수도 있지. 아닌게 아니라 문학계에선 당신이 분
명코 이북으로 간 사람이라고 평판이 돌고 있다오.

—『만추의 사색』, 326면

이숭녕의 이러한 추측 외에도 두 가지 추측이 가능했다. 신의주고보의 수재 백철의 고향은 평북 비현. 거기 부모 형제가 생존해 있었던 것이다. 수구지심(首丘之心)이란 옛말이 있거니와 막판에 고향가기란 인지상정이라 봄이 일반적인 까닭이다. 또 하나, 이 점이 중요하거니와 고향엔 맏형 백세명이 천도교 간부로 있다는 점. 천도교란 새삼 무엇인가. 천도교도이자 마르크스주의자 김오성 등이 주도한 청우당(靑友黨)이 공산당과 더불어 북한 정치 중심부에 엄연히 놓여 있었던 것이다. 이만하면 문단의 추측대로, 백철의 월북설도 설득력이 있을 법했다. 그러나 이런 추측은 백철의 인간됨이나 문학적 경력을 피상적으로 본 데서 왔을 터이다. 6·25 직전 백철은 국문학과의 중심적인 교수이자, 문학가동맹이 사라진 대한민국문단에서 바야흐로 그 두목격인 김동리와 정면으로 맞섰던 인물이었다. 요컨대 그는 문단 중간파 총책의 지위를 확보해 놓은 까닭이었다.


## 2. 문학가동맹원 신분증의 힘

6·25 직전만큼 백철에게 안정적 기간은 일찍이 없었다. 해방공간의 혼란기를 거쳐 가정적으로도 사회적으로도 그의 지위는 튼튼했다. 교수로서의 봉급, 『조선신문학사조사』와 『문학개론』의 인세, 또한 문단의

고료도 수월찮았고, 장모와 더불어 전처의 딸, 후처의 두 아들 등과의 가정생활도 안정된 상태였다. 더구나 장모가 경영하는 작은 방앗간도 수입이 적지 않았다. 가장 구실을 제대로 한 시기에 틀림없었다. "내 인생의 과분한 행복"이라 할 만했다. 그가 그동안 앓던 편도선 수술을 빼면 건강조차 훌륭한 상태였다.

6·25를 회상하는 글에서 백철은 6월 27일의 일을 빠뜨리지 않았다. '강을 사이에 둔 천리'라는 제목을 달 만큼 아득했다. 써야 될 글의 자료와 약간의 물건을 수습하여 손수레에 싣고 8세 된 아들을 앞세워 가족이 한강으로 향했으나 두 개의 나룻배로 아우성을 이루고 있는 그곳을 다만 먼발치에서 한스럽게 바라볼 수밖에 없었다. 하룻밤을 동대문 빈 집에서 새고 이튿날 귀가할 수밖에 다른 도리가 없었다. 며칠 뒤 시인 임학수가 내방했다. 여자사대 교무처장으로 백철을 이 학교 영어교수로 영입한 바 있는 임학수를 따라 종로 한청빌딩으로 갔다. 문학가동맹의 모임이었다.

> 임학수와 나 두 사람이 문인들이 모이는 한청빌딩의 4층 홀에 들어섰을 때는 오후 두 시가 조금 넘은 시각인데, 홀에는 이미 많은 사람들이 나와서 둘러 앉아 있었다. 그 장소에 들어설 때에 마치 나는 무슨 큰 죄나 짓고 있는 대죄인의 기분이었다. 그러나 이것은 나만의 심정은 아닌 듯했다. (…중략…)
> 조금 있다가 회의가 시작되었다. 그런데 나는 지금 아무리 생각해도 그때의 회의가 누구의 주재로 어떤 순서로 진행되었는지 기억나지 않는다. 전란중에 급조된 그 문학가동맹의 서기장이 안회남이었던 것은 분명한데, 이날 문학가동맹이 생겨날 때에 그가 와서 참석을 했는지조차 기억이 나지 않는다.
> ─『후편』, 397~398면

내가 문학가동맹에 든 것은 문학 문화의 자유가 처음부터 허용되지 않는 그 무서운 암흑 정책 속에서 문학이 되리라고 생각하고 문학을 하려고 해서가 아니며 또 그 문학단체에 참가함으로써 최소한도로라도 괴뢰정권에 협력할 결과를 예상 않은 것도 아니지만 결국은 사는 문제가 주가 된 것이다. 처세상 할 수 없는 일이다! 이런 약한 자기변명을 억지로 합리화하면서 나는 김일성과 스탈린의 사진을 선두로 한 붉은 문화단체의 행진에 참렬한 것이다. 내가 문학가동맹에 든 것은 7월 5일인가 6일인가의 일이다.

—『적화삼삭 구인집』, 25~26면

서울에 들어온 임화는 김남천과 더불어 문련(문화인 총연맹)을 맡고 있었고 그 산하의 문학가동맹엔 안회남·이용악·이병철·홍구 등이 각 부서를 맡았다. 그들은 일반 맹원에게 "시를 써라!"라고 요구했다. 수시로 교양을 실시했다. 한편 파인(김동환)의 처이자 작가 최정희는 어떠했던가. 1950년 7월 3일자 난중일기에서 이렇게 적었다.

작가 K씨를 모처에 찾아가서 문학가동맹에 가입하겠다는 말을 하고 S여사와 둘이서 가맹하려고 동맹을 찾아간즉 나만은 본래의 맹원이 아니라 하면서 거절을 했다. 부릅뜬 눈을 한 동인민위원회 사나이 앞에 문학가동맹에 들어서 활약하겠노라고 약속했던 것인데 동맹에서까지 나에게 가맹을 거절한다면 나는 그 사람에게 또 총살이라는 위협을 받을 것이요 파인을 꼭 찾아내라고 못 살게 굴 것이 겁이 나서 후둘후둘 떨고 있는데 전 삼천리사 사원이었던 작가 모씨가 동맹 책임자에게 사정을 말하고 가맹시켜 주었다.

—『적화삼삭 구인집』, 41~42면

인민군 치하 3개월간 백철이 만난 북에서 온 문인들은 누구누구였던가. 이태준·임화·김남천·안회남·오장환·김사량·허준 등이었다. 문학가동맹 서기장 안회남은 본래 사소설 작가였으나, 규슈 탄광 징용에서 돌아와 그 현장체험 소설로 해방공간에 큰 얼굴을 드러낸 바 있어 오늘의 지위에까지 이른 작가. 백철에게도 호의를 베풀었다. 백철의 『조선신문학사조사』를 반긴 것도 그였다. 당시 문학가동맹으로선 거의 신분증을 내주지 않는 상태였는데도 안회남은 선뜻 백철에게 그 소중한 신분증을 내주었다. 이 신분증이야말로 백철의 적치 후반생활을 보장해준 수호신 몫을 해주었다.

이태준·임화·김남천 등 문화연맹 심층부(김남천이 서기장)는 딴 방을 쓰고 있었다. 그들은 역시 문학인답게 옛 정의를 잊지 않고 반기는 척할 줄도 알았다. 이 중 제일 친했던 임화는 백철과는 동갑내기인데도 머리가 반백에 가깝게 변해 있었다. 45세인데도 50세 노신사의 풍모였다. 월북해서 고달픈 삶을 산 증거로 보였다. 월북 직전 "나와 현욱은 북으로 가네. 자네도 거기서 만나세"라고 서신을 보낸 지 3년 만이었다. 이와는 달리 김남천은 아랫배가 나오고 몸이 불어 거구가 되어 있었다. 김남천이, 정치보위부에 가서 그동안의 행적에 대해 자수할 것을 권고했을 때 그 충고를 따르지 않았음을 백철은 이렇게 회고했다. "자수형식으로 들어갔다가 그대로 나오지 못하고 쇠사슬에 묶여서 북쪽으로 끌려간 사람들이 허다했기 때문이다. 문인 중에서도 시인 정지용과 신문기자이면서 번역을 하던 채정근 등이 다 그렇게 해서 납치된 경우"(『후편』, 405~406면)라고. 보도연맹 사무국에서 일하던 박영희·정인택·채정근 등이 납치되었다고 오제도 검사도 적은 바 있다(『적화삼삭 구인집』, 144면). 이로 보면 백철은 자수할 만한 인물축에 들지 않았음을 알 수 있다. 그는 겨우 대학교수이자 중간파 문인이었던 것이다.


## 3. 서울에 온 김사량과 김오성


인민군 치하 3개월 동안 백철이 만난 북한에서 온 문인 중 제일 유쾌한 인물은 김사량이었고 그 정반대의 인물은 김오성이었다. 이 두 인물은 백철의 일생에서 빛과 어둠을 상징하는 존재에 해당된다. 백철을 만나자마자 소좌계급장을 단 종군작가 김사량의 첫마디는 이러했다. "색시 잘 있어?"라고.

    그 무렵에 종로 길가, 지금 영보빌딩 앞에서 김사량을 만난 일이 있다. 그는 정말 군복차림을 하고 소좌의 견장을 붙이고 정식 종군작가의 자격으로 나와 있었다. 노끈으로 얽어맨 인민군 장교모를 쓰고 널판쪽 같은 소좌의 견장을 붙이고 있었다. 그러나 사량도 사람은 옛날 그대로 구김살 없는 밝은 표정에 반갑다는 웃음을 터뜨렸다. "그래, 색시 잘 있어 ……?" 그는 늘 집사람을 색시라는 말로 표시하였다. 같이 집에 가서 저녁이라도 하자고 했더니 "아니 오늘 저녁으로 낙동강 전선으로 가야 해. 돌아오는 길에 그렇게 하지" 하고 손을 내저었다. 그는 퍽 유쾌한 모양이었다. 전선에 가면 작가로서 귀중한 체험을 할 참이라고 무척 좋아하고 있었다. 그러나 뒤에 들은 이야기는 그의 종군길이 그대로 죽음의 길로 통하고 있는 것을 그는 꿈에도 생각치 못하고 있은 것이다. 하여튼 작가로서나 인간으로서의 그와의 우의는 버릴 수 없는 존재였다.

—『후편』, 407면

    김사량 하면 먼저 떠오르는 것이 문제작 일어소설 「빛속에」(1939)이며 연안탈출기 『노마만리』(1946)가 뒤따른다. 그 한가운데 놓인 것이 "색시 잘 있어?"이다. 여기에는 백철과 김사량 두 사람만이 아는 사연이 깃들어 있었다. 때는 1942년 6월 2일. 결혼식을 치른『매일신보』북경지사장(특파원) 백철이 신부와 더불어 북경으로 가는 도중 평양에 들러 김사량·오영진의 후한 대접을 받은 바 있다. 김사량의 북경방문은 3차례(1939, 1944, 1945)이지만 1944년 가을의 경우 백철의 집에 머물기도 했다. 노자를 보태주기도 한 사이였다. 1945년 5월 김사량은 노천명과 더불어 북경에 와 있었다. 이 무렵 백철은 북경반점에서 도박판에 열중하며 '사설 조선총영사' 노릇을 하고 있었다. 김사량·백철·노천명의 3인행을 엿본 한 일본인 기자는 훗날 이렇게 소설 속에 적었다. "시방(1988년현재) 차에서 내려 북경반점 구관의 현관 앞에 섰을 때 제일 먼저 떠오르는 것이 해방구로 탈출하기로 작정한 그(김사량) 자신보다도 그의 전언과 평양에 보내기로 한 짐을 들고 돌아가려는 노천명의 나비같이 요염한 자태였다"(나카조노 에이스케, 『북경반점 구관에서』)라고.

물론 이러한 소설적 처리는 『노마만리』의 일절에서 추리한 것이다. 연안 탈출을 결심한 김사량은 백철에겐 귀띔도 해주지 않았지만, 노천명에겐 약간의 암시를 했는지도 모른다.

> 육국반점(六國飯店)에 묵고 있는 시인 R여사를 만났더니 돌아가는 길에 평양에 하차하여 전해주겠다는 고마운 말이 있었기 때문이다. 어쩌면 애들에 대한 마지막 선물이 될지도 모르겠다는 생각에 정성스럽게 고르고 또 고르며 한 가지라도 더 많이 사 보내고 싶어 하루 종일 쏘다녔다. (…중략…) 기차가 움직이기 시작했을 때 나는 R여사에게 짐을 맡기고 따라가며 귓속말로 이렇게 부탁하였다. "나도 오늘 차로 남쪽으로 떠나오마는 우리집에 들르시거든 아무런 일이 있어도 놀라지 말도록. 그리고 오늘 나도 떠나더라고 일러주시오." 여사는 눈을 깜빡거리며 "되도록 빨리 귀국하세요." 기차는 차츰 속력이 빨라졌다.
>
> —김사량, 『노마만리』, 동광출판사, 270면

1945년 5월 8일 국민총력 조선연맹 병사후원부 파견으로 약 1개월 예정으로 노천명과 동행하여 조선출신 재중국 학병 위문차 북경에 온 김사량은 최고급 호텔 북경반점에 머물렀다. 백철은 이렇게 썼다. "노천명은 당시 『매일신보』 문화부에 근무하던 기자 자격으로 휴가를 받아 들어왔다가 삼주간의 휴가 기간이 지나고 나서도 돌아갈 생각은 않고 노상 머물러 있었고, 아마 3개월이나 가까이 처져 있는 것을 내가 여비까지 마련해주고 가까스로 귀국시킨 일이 있다"(『후편』, 217면)라고.

인민군 치하에 도강도 못하고 서울에 있던 노천명은 과연 어떻게 되었을까. 조선문학가동맹 전국문학자대회(1946.2.8~9)에 노천명이 출석한 것으로 보면 그녀는 문학가동맹원이었을 터이다. 월북하지 않고 서울에 있었다면 필시 보도연맹에도 가입했을 터이다. 정지용·백철 등과 같이 서울에 온 임화·김남천 등 실세 앞에 노천명도 입지가 썩 좋았을 것으로 보이기 쉽지만 사정은 조금 달랐다. 오히려 문학가동맹만이 노천명에겐 구원의 대상이었는데, 그녀가 다른 사건 조사를 받고 있었기 때문이다. 간첩 김수임사건에 관련됐는지의 조사가 그것이다.

"이날도 나는 문학가동맹 회관에 나왔다. 날마다 나는 여기를 나오지 않고는 못 배겼다"라고 「오산이었다」의 글 첫머리에 노천명을 썼다. 이 글은 「사월이」 같은 허구의 성격과는 다른 체험기이다. 인민군이 지배한 6·25 이후의 서울 삼 개월 동안 노천명은 문학가동맹에 나가고 있었다. 이 단체의 초기 멤버이기에 여기에 나가는 것이 자연스러울 수도 있었을 터이다. 날마다 나가지 않고는 못 배길 만큼 절박했던 것이다. 이 절박함이란 어디서 말미암은 것일까.

> 한밤에 집에 와서 총을 놓고 가고, 어떤 사람들은 와서 또 책을 온통 뒤집어 놓고 가고 인민의 피를 빨아먹는 자라고 규정을 내리고 간 뒤로부터는 이사를 온 뒤에 그렇게 마음에 들고 예쁘던 내 집이 구석구석 무서워만 지는 것이었다.
> —「오산이었다」

"그들의 손이 닿던 곳은 다 싫고 수돗가에 뚫린 총알 자국은 아침 세수를 할 적마다 나를 괴롭혔다"(「오산이었다」)라고 노천명이 적었을 때 그녀의 의식은 어떤 상태에 놓여 있었을까. 바야흐로 처녀성이 겁탈당한 그런 형국이 아니었을까. 정치(이데올로기)가 마침내 그녀가 그토록 고고하게 간직해온 처녀성을 여지없이 무너뜨리는 장면에 봉착한 형국이었다. 집 곧 처녀성이 바야흐로 겁탈당하는 이 절체절명의 장면에서 그녀를 구해줄 기사는 과연 누구였을까.

> 나는 혼자 있다가 아무도 모르게 죽을 것만 같은 예감이 들고 또 이렇게 죽는 것은 무서웠다. 밤중에 총을 멘 사람들이 우르르 달려드는 것을 겪고 또 새벽 한시에 가택 수색을 당하고, 낮에는 수차에 걸쳐 보위부 정보원들이 무

시로 와서 불쾌하게 집을 뒤지고 간 뒤로는 대문만 흔들면 그리 가슴에서 방
망이질을 하는 것이 싫었다. (…중략…) 나는 죽어도 아는 사람들이 많은 데
가서 죽고 싶었다. 그뿐 아니라 잡혀가는 경우에도 내가 잡혀간 줄이라도 동
지들이 알면 내 맘이 든든할 것 같았다.
—「오산이었다」, 『노천명전집』(2), 1997, 솔, 450면

문학가동맹은 이름 그대로 문인들의 집단. 그것은 그래도 아는 얼굴
들의 집단. 백철도 거기 있었다. 소좌 계급장을 단 김사량도 거기 있지
않겠는가. 어느 날 문학가동맹에 나온 노천명은 간첩을 다루는 모처의
기관으로 연행된다. "염라대왕 같은 남전회관에서 횡하니 벗어나와 쏜
살같이 문학가동맹으로 향했다"라고 노천명은 적었다. "회관으로 들어
가는 어귀에서 나는 이북에서 온 종군 작가 김사량을 만났다"라고도 적
었다. 그렇지만 그 대단한 김사량을 만났을 때도 벽처럼 냉담한 장면이
벌어졌다면 어떠할까.

사량은 이전 일제 시대에 북지로 같이 문화사절단으로 파견이 되어 북경이
며 남경을 같이 여행했던 일도 있고, 또 그는 착한 사람같이 당시 인상이 됐
던 사람이라 나는 사량을 붙들고 내 어려운 사정을 대강 얘기한 후 나를 좀
보장해달라고 애원했다. 정말 나는 이때 애원을 했다.
—『노천명전집』(2), 458면

김사량은 지극히 냉정한 태도로 "글쎄 난 거기 대해선 어쩔 수 없는
데요. 나는 지금 바빠서 올라가봐야겠어요"라고 말하며 뒤도 안 돌아보
더라고 노천명은 적었다. 김사량으로서도 자기말대로 "거기 대해선 어
쩔 수 없다"였을 터이다. 그렇지만 노천명의 처지에서 보면 그럴 수 없
이 섭섭하고 분했을 것이다. 『노마만리』가 그 증거일 수도 있다. 그러나
백철의 경우는 사정이 달랐다. 소좌 계급장의 종군작가이자 김일성대학
교수인 김사량의 첫마디란 "색시 잘 있어?"였다. 적어도 임화나 김사량

에게 백철은 나름대로의 인격적 관계가 이루어졌던 것이다.

점령군 문인 중 가장 거북한 인물이 백철에겐 따로 있었다. 북조선 문화선전성(文化宣傳省) 부상(副相)이라는 고관의 패를 차고 나타난 김오성(金午星)이 그다. 1920년대 말 도쿄 천도교 종무원에서 함께 지내던 문학평론가이자 논객이었던 김오성은 그 무렵부터 천도교와 마르크스사상의 결합을 시도함으로써 두각을 드러낸 바 있다. 해방공간에서 이러한 김오성 식의 논점은 상당한 설득력이 있었는데 그 근본은 천도교에 있었다. 서북인 중심으로 낸 잡지 『대조』(창간호, 1946.1)엔 백철의 형 백세명의 「38선과 신탁통치」와 함께 김오성의 「인민정권의 성격」이 나란히 실린 바도 있었다. 문학평론가이기도 한 김오성이 어째서 저토록 고관의 지위에까지 올랐는가에 대해 알지 못하나 그가 그럴 수 없이 오만했다고 백철은 적었다.

과연 그뒤부터 매일같이 출두시키고 그때마다 누군가가 와서 그 교양강좌라는 것을 하고 있었다. 그중에서 지금도 내 기억에 남은 것은 얼마 뒤의 일인데 김오성이 와서 교양강좌를 한 일이었다. 김오성은 소위 문화선전성 부상이라는 고관의 패를 차고 나와 있었다. 나는 김오성이 어떻게 그런 벼슬은 하게 되었는지 모른다. 그는 본시 공산주의자가 아니고 천도교인이었다는 이야기는 위에서 알린 일이 있다. 내 사형인 백세명이 천도교회의 간부인 관계도 있고 또 동경에 있을 때 내가 거기 있는 천도교 종리원에 자주 드나든 관계로 늘 김오성과는 접촉이 있었기 때문에 그의 일은 속속들이 알고 있었던 것이다. 8·15해방이 되자 김오성은 하루 아침에 표변하여 공산주의 진영으로 넘어선 셈이다. 그의 간사한 처세술로 해서 곧 박헌영의 심복구실을 한 모양이다. 그가 일정말기에 가끔 문학평론 같은 것을 지상에 발표한 사실도 독자들 가운데 아는 사람들이 있을 줄 알지만 사실 그때 중간에서 그를 저널리즘에 등장시킨 중개 역할을 한 것은 나 자신이었다.

그런데 그가 하루 아침에 문화선전성 부상(그 당시 상은 허정숙)의 자격으로 우리 앞에 나타난 것이다. 그의 태도는 안하무인격이었다. 옛날 친구 같은 것은 아예 염두에도 없는 냉랭한 표정이었다. 그는 칼칼한 목소리로 장장 두

시간 동안 내리 웅변을 토하였다. 그때는 마침 수원비행장에선가 포로가 되었다는 미군 1백여 명을 공산군이 호위를 하면서 모욕적인 시가행진을 시킨 직후의 일이었는데, 김오성은 연설 중에서 그 사실을 크게 내세웠다. '그 원수놈들의 행진'을 바라보는 시민의 표정이 덜 돼먹었다는 것이다. 그들을 잡아먹어도 시원치 않은 복수적인 증오에 찬 눈으로 노려보지 않고 도리어 그놈들을 동정하는 눈으로 바라보는 시민들도 있었다는 보고를 들었는데 이것은 도저히 참을 수 없는 매국적인 반동행위가 아닐 수 없다는 것이었다.

나는 며칠 뒤에 그를 혜화동의 혜화국민학교 근처에서 본 일이 있다. 누구 집의 초대를 받아 점심을 먹고 나오는 길인지 검은색 자동차에 오르고 있었다. 내가 지나가는 것을 분명히 보고 있으면서도 아는 척도 하지 않았다. 그뿐이 아니었다. 뒤에 들리는 말에 의하면 그가 나를 반동인물로 지목을 하고 있다는 말까지 들었다. 혹시 내가 그의 과거 신분을 잘 알고 있기 때문에, 그 폭로가 두려워서 그만큼 나를 꺼려했는지 모른다.

―『후편』, 398~400면


김오성으로부터 무시당한 백철의 심정이 자세하거니와 아마도 여기에는 천도교의 내부 사정에 관련된 문제의식도 스며 있어 보인다. 북조선에서 정당으로서 공산당과 더불어 있는 청우당(靑友黨)의 세력권 핵심에 김오성이 놓여 있었는지도 모를 일이다.

이에 비해 임화에 대한 백철의 이해는 우정의 범주에 드는 것으로 보여서 인상적이다. 어떤 경우였는지는 알기 어려우나 김기림이 정치보위부에 잡혀간 바 있는데 그 석방을 위해 박태원과 백철이 임화를 찾아가 대책을 물었다. 임화는 첫마디에 머리를 흔들었다고 백철은 적었다. 자기뿐 아니라 어떤 세력을 가진 자도 정치보위부에 손을 댈 수 없다는 것이었다. 어떤 구명운동이나 진정서 따위도 무용하다는 것. 그렇다면 노천명의 부탁을 냉정히 거절한 김사량의 경우도 이와 똑같은 문맥에서 이해되는 사안이 아닐 수 없다.

그가 박태원과 헤어진 장면도 기록에 남겨둘 만하다. 9·28수복이 코앞에 닥친 때, 문학가동맹에서 긴급 소집이 있었다. 박태원이 백철의 안암동 집으로 와서 함께 한청빌딩으로 갔다. 쌕쌕이 비행기가 서울 상공을 저공으로 날고 있었다. 정치보위부 간부를 기다리고 있었다. 그가 나타나 동요하지 말라는 긴 연설을 했다. 귀가 도중 박태원은 일주간의 과업을 맡아 수원 지역으로 출장을 가기로 되어 있다는 것, 밤눈이 어두워 걱정이란 것 등을 얘기하고, 혜화동 로터리에서 헤어졌다. 그것이 그와의 마지막이었다. 월북한 박태원이 쓴 작품은 대작 『갑오농민전쟁』이었다. 제2부 전주성 입성까지 집필한 그는 눈이 멀어 제3부는 구술형식을 취한 것으로 알려져 있거니와 이 역시 "밤눈 어두운" 박태원을 증언한 기록에 값한다(김윤식, 『한국현실주의소설연구』, 문학과지성사, 1990 가운데 「박태원론」). 문학가동맹에 가입했다 해서 다 신분이 보장되는 것은 아니었다. 백철과 거의 동년배인 박영준·박계주 등은 의용군으로 끌려갔다가 탈출한 바 있다.

　3개월 동안 많은 것을 체험했지만, 백철이 깨달은 것은 다음과 같은 것이었다. "대한민국의 모든 약점이 눈이 띄어도 거기에 7분의 진리가 인정되면 3분에 대한 불평보다는 그 약점을 제거하는 데 협력의 태도를 취할 것"(『적화삼삭 구인집』, 33면)이라고. 이 3개월 동안 가족은 모두 무사했다. 딸 인애까지 태어났다.


## 4. 김동리, 조연현 그리고 모윤숙


　인민군 치하 3개월이란, 문단사적으로 바라보면 그 양상이 과연 어떠할까. 보도연맹에 가입함으로써 저마다 최소한의 신분보장과 안도감을 얻을 수 있었음은 보도연맹에 가입한 경력이 있는 백철의 기록과 그런 신분과는 무관한 최정희의 기록을 통해 어느 수준에서 추측해볼 수 있다. 그러나 문학가동맹 측으로부터 수배대상이 된 문인들의 경우는 어떠했을까. 수배자가 된 모윤숙의 기록은 이러했다.

시내로 들어서는 길목으로 나서자 괴뢰군 졸병들이 통행인을 검색하고 있다. 모두 네 명이서 우락부락한 말투로 위협을 주며 총머리로 후려치기도 한다. 통행인의 몇몇은 벌벌 떨면서 꿇어앉았다. 잡힐 것을 이미 각오는 했을망정, 막상 당도하고 보니 사지는 그저 사시나무 떨리듯이 중심이 잡히지 않는다. 생존권이 완전히 박탈될 순간을 앞두고, 혈관으로 신경으로 스며드는 공포증은 가슴깊이 때 아닌 선풍을 일으킨다. 세 명의 졸병은 칼 꽂은 총을 잡고, 곁에는 평복을 한 내무서원인 듯한 자가 서있다. 그들은 꿇어앉은 사람들을 바라보며,

"이 산속에서 모윤숙이란 여자를 못 보았는가? 이 산중에 숨은 것이 확실하니, 바로 대주지 않는다면 반동으로 단정하고 전부 총살에 처하겠다……"라고 호통을 치면서, 총자루로 어깨를 친다.

"죽어도 모르와요, 그런 여자 못 보았어요."— 장사꾼인 듯한 노인의 목소리였다. 나는 고무신을 들고 머리에 인 감자 꾸레미를 눈앞까지 내려이었다. 그 자들의 말소리를 들으니 함경도 출신이다. 나도 오래간만에 함경도 고향사투리를 써보리라 마음먹고 심문의 차례를 기다렸다.

"어데 가능거야?" 퉁명스런 첫 질문이다.

"감자팔라 간당이……" 하고 나는 무지한 태도를 보였다. 그는 짐짓 반가운 듯이,

"함경두 아주망이앙요?"라고 묻는다.

"어찌앙이겠음. 내 함흥서 온 지 한 십 년 되능기……"

"그래 이 산 넘에 모윤숙이란 여자 숨어 있단 말 못 들었소?" 하고 소리를 크게 한다. 다리와 팔에는 벼락이나 맞은 듯 공포의 전율이 일었으나, 나는 입술을 꽉 깨물고,

"그런 여자를 내 어찌 알겠음. 천하에 그런 이름도 첨 들어 보오 어서가게 해주오. ㄱ자 하나 모르는 무식한 여자 보구서 벨 거 다 물어보오" 하며 나는 정색을 하고 연극을 했다.

그들은 무어라고 쑤군거리더니 양복주머니에서 사진을 꺼내어 본다. 나는 또다시 사지가 떨리며 가슴속에서 방망이질을 한다. 아무리 변장은 했어도 사진과 대조를 해보면 그만이다. 이제 잡히면 어김없이 혹독한 악형을 당할 것이다. …… 그러나 천행으로, 사진의 차림차림과 지금의 내 행색이 너무나 달랐던지 아래위를 훑어보더니 사진을 나에게 보이며, "가기는 가도 이런 여자 보거던 곧 내무서에 알려야 돼" 하고 으른다. 나는 그 사진을 보자말자, 그것이 재작년 파리에서 호사스럽게 차리고 박은 나의 독사진을, 작게 복사한 것임을 알았다. 지금의 내 모양과는 너무나 다른 모습이었다.

"그러고 말고요. 어련하게 일러 디릴라구요. 어디한번 그 사진 더 봅시다" 하고, 나는 한번 더 보는 체 하고 그 관문을 벗어났다.

—『고난의 90일』, 수도문화사, 1950.11, 60~62면

또 다른 수배 대상자의 경우는 어떠했을까. 김동리·조연현이 그들이다. 6·25란 이들 붕새의 날개를 꺾은 형국이며 황룡의 입에서 여의주를 뺏은 형국이었다. 원점 회귀라 함은 이런 문맥에서이다. '구경적 생의 형식'의 시선에서 보면 당초 여의주도 붕새도 있을 수 없다. '땅끝 의식', 그 허무만이 덩그렇게 놓여 있을 뿐. 그럼에도 작가 김동리에게 이 '땅끝 의식'은 참으로 절망적이고 낯선 것이 아닐 수 없었다. 6·25란 하나의 새로운 절망이었고 위기의식의 구체화로 다가왔기 때문이다. 그것은 순전히 '문협정통파'라는 정치성의 선택에서 만들어진 인공물이었음에 이 사정이 관여된다.

문협정통파의 두 거두가 김동리와 조연현임은 주지의 사실이다.『문예』의 창간이 확정되었을 때 그동안 '대한민국 정식정부'가 수립 이래 추진해오던 최대의 저널리즘 기관이자 정부 재산인『서울신문』개편이 드디어 이루어졌다. 사장에는 문협 회장인 박종화, 주필에 오종식, 출판국장에 김진섭, 문화부장에 김송, 월간부장에 이서구 등으로 내정되었으나, 제일 중요한 출판국 차장(자매지『신천지』,『주간서울』 관장)에 김동리냐 조연현이냐의 논란이 벌어졌던 바, 전자로 낙착된 사정을 조연현은 이

렇게 적은 바 있다. "출판국 차장에 김동리 씨나 나나 두 사람 중의 어느 한 사람이 와주어야 한다는 것이 『서울신문』을 인계받은 문단 주체 세력 측의 요망"(『조연현 문학 전집』(1), 어문각, 250면)이라고. 해방공간에서 『서울신문』이 좌익 세력권에 지배되어 있었던 사실과, 월간지 『신천지』의 막강한 문학지로서의 위치를 염두에 둔다면, 또한 그것이 새로 창간하는 『문예』보다 큰 비중을 지니는 것임을 염두에 둔다면 그 곡절이 분명해진다. 그것은 오로지 운명 공동체로서의 문협정통파의 힘이요 곡절이요 인과관계적 현실이었다. 그 끝에는 '대한민국 정식정부'가 닿아 있었음은 새삼 말할 것도 없다. 6·25는 이 모두의 소멸이며 부정이며 해체로도 설명된다. 6·25는 그러니까 이들에겐 절체절명의 벼랑이 아닐 수 없었다.

김동리도 조연현도 이 점에서 한 치도 다르지 않았다. 그들은 이른바 인민국 치하의 3개월간, 혹은 들판에서 혹은 다락방에서 때로는 땅굴에서 두더지 모양을 하고 목숨 보전에 나아가지 않으면 안 되었다. 어째서 그들은 약삭빠르지 못하고 멍청히 서울에 주저앉아 있었을까. 김동리의 설명은 이러하다.

나는 그때 너무 가난하여 내가 없으면 식구들이 며칠 못 가 입에 풀칠하기가 어려울 정도였다. 게다가 식구들이란 것이 두 살에서 여덟 살 사이의 아이들이 넷이요, 아내는 임신 중이었던 것이다. 이러한 가족들을 내버려두고 혼자 도망을 칠려니 좀체 발이 떨어지지 않았다. 거기다 정부에서는 쉬 격퇴될 터이니 경거망동하지 말라는 방송을 계속하고 있어 혹시나 하는 기대도 걸고 있었던 것이다. 그러나 27일 밤 국군이 남쪽으로 이동하는 동시 괴뢰군이 서울 외곽까지 바짝 다가와 있었다. 이튿날 아침 나는 이제 하는 수 없다고 빈 빽에 세면도구 정도를 챙겨서 한강쪽으로 뛰어갔다. 그러나 그때는 이미 한강도 부서진 뒤였다. (…중략…) 나는 집으로 돌아갈 수 없었다. 당시만 해도 나는 공산 분자들에 의해 가장 주목되고 가장 미움을 받는 인물로 되어 있었던 것이다.
—『밥과 사랑과 그리고 영원』, 사사연, 1985, 224면

그를 도와준 것은 조연현의 6촌 동생인 조진흠(趙進欽)이었다. 소설 공부를 하고 『동아일보』 기자직에 있으면서 김범보의 구술로 된 『화랑외사』를 작성하고 있던 조진흠의 도움으로 그는 어떤 낯선 집 다락방에 몸을 숨길 수 있었다. 달포 만에 그는 그 집을 또 떠나야 했다. "땅거미가 내린 뒤 나는 진흠을 따라 신설동 동남쪽의 들판에 숨기로 했다"(『밥과 사랑과 영원』, 226면)라고 훗날 그는 적었다. "사람 그림자만 보이면 들판의 호박넝쿨이고 억새풀이고 어디든지 들어가 엎드리거나 쪼그리고 나 했다"라고도 적어놓았다. "그럴 때 진흠이 밤마다 찾아와 밀가루떡이고 보리밥덩이고 연명할 만큼은 구해다 주었다"라고도 썼다.

이러한 죽을 고비를 가까스로 넘긴 것은 조연현의 경우도 마찬가지였다. 『문예』의 원고 보따리를 챙겨들고 가족과 더불어(동행한 가족은 60 노모, 3~4세의 아이와 처. 부친은 집을 지키기로 했다) 한강으로 달려갔으나 이미 늦었던 것이다.

> 조국도 문학도 『문예』도 이제는 다 끝장이 난 것일까. 나의 피난 보따리 속에 가장 귀중한 것으로 간직되어 있는 『문예』지의 원고들도 이제는 휴지처럼 쓸모없이 되고 마는 것일까.
>
> —『조연현 문학전집』(1), 267면

친척집에 숨어 지내는 조연현에게 세상 소식을 알려주는 전령은 조진흠이었다. 임화·이원조·안회남·오장환 등이 서울에 돌아와 문학가동맹을 부활시켰고, 문인들의 자수를 외쳤고, 박종화·김동리·조연현 등이 지명 수배되었다는 것도 조진흠의 입을 통해서 알게 되었다. 사상 검사이자 제부의 종형인 정희택과 함께 다락방에 숨기도 하고 다른 곳으로 옮겨 숨어 지내던 조연현이 죽을 고비를 넘긴 것은 오직 『문예』 덕분이었다. 서울 수복 직전인 27일 아침 이미 왕십리 쪽엔 국군이 들어와 있었다. 동네 사람들이 빨갱이집이라 지목하며 거기 숨어 있는 머리 깎은 조연현을 인민군 패잔병이라고 고발한 것이었다. 최전선의 전투병이 조연현을 알아볼 리 없고, 신분을 증명할 만한 그 아무것도 남아있지 않았다.

> 이때의 신의 계시처럼 한 가지 생각이 나의 머리를 스쳤다. 그것은 『문예』 6월호를 그들에게 보이는 것이었다. 동란 전까지의 마지막 호인 『문예』의 6월호를 나는 한 권 가지고 있었다. 그 속에는 백영수 씨가 그린 문인들의 초상화가 그려져 있고 그 초상화 속에는 나의 것도 있었다. 나는 손을 든 채 "당신들에게 보일 것이 있는데 가져와도 좋은가" 하고 물었다. 다른 병사들이 "잔소리 말라"고 이구동성으로 고함을 지르는데 지휘관처럼 보이는 군인이 두 손을 든 채 가져와 보라고 했다.
>
> —『조연현 문학전집』(1), 273면

『문예』 때문에 목숨을 잃을 뻔했던 그는 『문예』로 말미암아 목숨을 건질 수가 있었다. 『문예』란 그에겐 단순한 잡지가 아니라 '문학' 자체였다. 또 그것은 그가 늘 말하는 본격문학 또는 순수문학이기도 했다. 이는 비도강파 가운데 순수측의 대표적 경우이리라.


## 5. 1·4후퇴와 땅끝 의식


9·28수복은 역사적 사건이지만 1·4후퇴 또한 역사적 사건이자 문학사적 사건이 아니면 안 되었다. 도강파와 비도강파의 갈등도 그 부산물이었다. 서울 수복이 1950년 9월 26일이고, 유엔군의 평양점령(10.19)에 이은 중공군의 개입은 그해 10월 25일이었다. 이른바 항미원조전쟁(抗美援朝戰爭)으로 팽덕회 휘하 중공군 의용병 총 500만(3년간. 서방측 추산) 또

는 300만(중공측)이 참전한 것은 1950년 10월 25일이었다(朱建榮, 『모택동의 조선전쟁』, 岩波書店, 2004. 10면). 유엔군의 평양철수(12.4)에 이어 중공군 6개 군단이 38선을 넘은 것은 1951년 1월 1일이었고 정부가 부산으로 다시 수도를 옮긴 것은 1월 3일이었다. 서울이 재침된 것은 1월 4일, 이른바 1·4후퇴가 시작되었다. 1·4후퇴를 가운데 놓고 한국 문인들은 어떻게 처신했던가. 이 물음은 전후세대와 전전세대 그리고 전중세대를 구분 짓는 문학사적 과제로 펼쳐질 성질의 것이다.

월북·납북 문사들, 또 월남 문사들로 크게 문단적 판도가 변했지만, 1·4후퇴가 가져온 문학의 지각 변동은 실로 가늠하기 어려운 규모로 진행되었다. 인민군 치하 3개월 동안 속수무책으로 지냈던 「취우」의 작가 염상섭은 대번에 진해 소재 해군사관학교에 윤백남, 이무영과 더불어 입교해서 군복을 입었고, 1·4후퇴 이후의 부산, 대구 등지에 모인 문인들은 창공구락부, 육군종군작가단 등의 조직을 통해 활동했는바, 그중에서도 이른바 '대한민국 정식정부' 절대 지지자의 조직인 한국문인협회, 이른바 문협정통파의 거취는 어떠했을까.

제1차 서울 점령 아래서 생사의 고비를 넘긴 김동리는 과연 제2차 서울 점령을 앞두고 어떤 행동을 취했을까. 조연현의 기록에서 이 점을 간접적으로나마 조금 엿볼 수 있다. 문총 구국대의 본부를 겸한 문예사에 모여 있던 그들의 불안은 무엇보다 "혼자서 또다시 억울하게 뒤쳐져버리는 것이 아닐까"였다. 12월 중순 조연현은 누구보다 피난을 서둘렀다.

> 김동리, 손소희 두 분의 가족들과 함께 나는 나의 가족들을 거느리고 남보다 먼저 서울을 떠났다. 김동리 씨만은 『서울신문』과 함께 끝까지 서울에 머물기로 하고 우리 일행은 인천으로 달렸다. 모 여사와 박용구 형에게는 『문예』를 잘 부탁한다는 쪽지만을 남기고 나 혼자 먼저 달아났다.
>
> —『조연현 문학전집』(1), 282면

문총을 중심으로 한 동지들이 아직 일하고 있고 『문예』의 제책이 아직 끝나지도 않은 그때 남보다 먼저 조연현은 서울을 떠난 것이었다. 그러나 막상 부산에 도착해보니 놀랍게도 많은 동지들이 벌써 와 있었다. 문총 본부의 간판도 걸고 문예사 연락사무실 간판도 걸었다. 당시 문총 사무국장이 김동리, 차장이 조연현이었다. 모윤숙 여사도 왔고 기타 대구로 가지 않은 문인들은 거의 모두 부산으로 모였으나 김동리는 보이지 않았다.

> 김동리 씨는 1·4후퇴의 마지막날까지 서울에서 머물렀는데 마지막 떠나는 날 밤 길에서 강도를 만나 죽을 고비를 넘기고 겨우 부산으로 왔었다. 천명은 한 작가를 돌봐준 것이었다.
>
> —『조연현 문학전집』(1), 284면

이로 보면 김동리의 서울 탈출은 1·4후퇴의 마지막 대열처럼 묘사되었으나 이는 사실과는 조금 다르다. 노상강도사건의 진상이 어떠했는지 당사자인 김동리의 기록 속에는 보이지 않아 진상을 알기 어렵다. 해방 직후 사천읍 청년회장이었던 김동리가 테러를 당해 목숨을 잃어버릴 위기에 처했던 정치적 사건에 비하면 이 노상강도 사건은 아주 단순한 사건이었는지도 모를 일이다. 김동리의 기록을 보이면 이러하다. 가족 일부를 선편으로 떠나보낸 것은 12월 10일이었다. 김동리의 소설 「피난기」에 적힌 그대로이다. 그 뒤 26일인가 27일경 청량리에서 떠나는 마지막 일반용의 피난 열차를 타고자 했으나 실패, 그로부터 4일 뒤 6살짜리 아들과 함께 대구까지 왔고, 대구서 다시 부산으로 온 것이었다(『고독과 인생』, 백민사, 1977, 171면). 그러나 중요한 것은 김동리가 놓인 문협정통파의 정신사적 의미가 아닐 수 없다. 이 점에서 조연현의 위의 묘사는 정확하다고 할 것이다. 그는 개인 김동리가 아니라 한 시대 문단인의 의식을 대표하는 존재였기에 그의 어떤 행동도 조연현이 보기엔 정신사적 의미를 띨 수 있었다.

'땅끝 의식'이란 이처럼 김동리에겐 철저한 것이었다. 그는 그의 인간적 운명과 동지들의 운명을 동시에 응시하는 두 의식을 갖고 부산에 도착한 것이었다. 「황토기」의 억쇠의 시선과 「인간동의」의 장익의 시선을 동시에 거느리고 부산역 광장에 혼자 설 수밖에 없었다. 이 경우 '혼자'라 할 때 설명이 없을 수 없다. '혼자'란 실상 '기적'이라는 사실이 그것. 어째서 그러한가. 열차에서 내린 그 무수한 사람들이 저마다 찾아갈 곳이 있는 듯 용감하게 뿔뿔이 헤어져 가고 있었다 함은, 정말 찾아갈 곳이 있었다기보다는 일종의 '관성'이었던 것이다. 이를 억쇠도 장익도 갖지 않은 사회성이라 부를 것이다. 이 사회성은 문협정통파의 중심 인물인 김동리가 아니라 단지 소설가이자 피난민인 한 사람에 관련된 것이었다. 인류의 공통 운명에 관련된 것도 아니며, 그만의 고유한 운명에 관련된 것도 아닌 이 사회성의 획득은, 엄밀히 따지면 문협정통파의 이데올로기적 기능에서 벗어나 있었다. 임시 수도 항도 부산은 문협정통파의 이데올로기적 기능을 일시적으로 제한하거나 무화시키고 있었기에 이 새로운 질서에 따르지 않으면 안 되었다. 그의 외로움이라든가 고독 의식이란 실상 이 새로 형성된 질서관에서 비롯된 새로운 사회성에 다름 아니었다.

작가 이중구가 관성으로서의 동지 의식에 익숙해지는 장면이 곧 바로 시작된다. 함께 열차를 탄 K통신사의 윤을 따라나서기가 그 시작이었다. 본사를 서울에 둔 K통신사의 사원 윤이 갈 수 있는 곳은 부산에 있는 K통신 지사였다. 소설가 이중구가 갈 수 있는 곳도 이런 방식 곧 문협 부산지부라든가 문총 부산지부이어야 할 것이다. 그럼에도 이중구가 윤을 따라 K통신사 지사로 찾아갔고 거기서 하룻밤을 보냈음은 웬 까닭일까. 문협정통파의 이데올로기의 급작스런 중단 또는 무화 과정을 소화할 시간적 여유가 없었음에 이 사정이 관여 되어 있다.

윤의 이러한 핀잔 섞인 질문에 이중구의 대답은 이러하였다. "글쎄 갑
자기 생각이 나지 않아서 ……"라고 얼버무리지만 실상은 전혀 그렇지
않았다. '갑자기'가 아니라 여러 날 두고 생각해왔고 차에 오는 동안에
도 줄곧 생각해본 것이었다. "서울서 온 문화인들은 모두 밀다방에 모인
다지요"라는 K통신 지국장의 말을 듣고서야 이중구는 비로소 제 정신이
들 만큼 그의 의식은 아득하였다. 주변머리 없고 부산에 또한 아무런 연
고도 없다고 하여 이중구의 외로움을 강조하고 있지만 실상 이는 앞에
서 지적한 문협정통파의 이데올로기적 마비현상으로 볼 것이다.

김동리 자신의 경우로 보면 부산만큼 친근한 곳은 고향 경주와 서울
을 빼면 없는 편이다. 1930년에도 그는 부산에 있는 맏형 범보를 따라
그곳에서 한여름을 보낸 바 있었다. 백씨 집이 부산 영주동에 있었다.
피난 시절 2년 반(1951.1~1953.5) 동안 김동리는 큰조카 집(서대신동)의 방
한 칸을 얻어놓을 수 있었다. "나는 본디 부산에 연고자들이 많은 편이
요 게다가 문단 일을 보아 온 관계로 아는 이도 많아서 ……"(『사랑의 샘
은 곳마다 솟고』, 신원문화사, 1988, 149면)라고 할 만큼 부산이 그에겐 벼랑이
거나 '땅끝 의식'으로 충만될 이유는 별로 없었을 터이다. '땅끝 의식'
이란 이처럼 문협정통파의 실세인 자신의 자의식이 만들어낸 허구였던
것이다.

밀다원은 광복동 로터리에서 시청 쪽으로 조금 내려가서 있는 이층
다방 이름이다. 아래층 한쪽엔 문총 간판이 붙어 있었다.

내어 밀었다. "당신도 왔군" 하는 것이 조현식이요, "결국 다 오는군요" 하는 것이 허윤이었다. 중구는 친구란 것이 이렇게도 좋고 악수란 것이 이렇게도 달고 향기로운 술과도 같이 전신에 퍼져 흐를 수 있다는 것을 처음으로 깨달았다.

—「밀다원 시대」, 『현대문학』, 99면

여기서 말하는 친구란 피난 열차에서의 그 동료 의식과는 구분되는 것이다. 조현식·허윤 등으로 말해지는 친구란 문협정통파를 가리킴인 것 김동리는 작가 이중구를 통해 한동안 중단되었거나 소멸된 아득한 상태에 놓였던 문협정통파의 의식을 회복하고 있었다. '땅끝 의식'으로서의 그 절벽은 기적과도 같이 서서히 소멸되는 것이었고, 그 환희는 형언할 수 없을 만큼 가슴 벅찬 것이었다. 조현식을 따라 층계를 반쯤이나 올라갔을 때부터 다방에서 나는 사람들의 말소리가 "닝닝거리는 꿀벌떼 소리같이 그의 고막을 울렸다. 중구는 가슴이 두군거렸다." 그러니까 '밀다원'이란 문협정통파의 향기로운 자기 회복의 상징물이었던 것이다. 동남쪽이 모두 유리창으로 되어 있고, 한가운데 커다란 드럼통의 스토브가 열기를 내뿜는 곳. 카운터 앞과 구석엔 상록수가 한 그루씩 놓여 있는 곳. 20여 석 됨직한 테이블에 가득 앉아 있는 얼굴들은 모두가 알 만한 얼굴들이 아닌가.

그러나 이 '밀다원'의 상징성은 제한적이었는데 이는 임시 수도 항도 부산이 지닌 제약이기도 하였다. 실상 '밀다원'이란 특정한 섬, 절해고도에 다름 아니었다. 적어도 이중구에 임시 수도 항도 부산은 낯설기 이를 데 없는 '땅끝 의식'으로 충만해 있었다. 첫날은 조현식을 따라갔다. 남포동에 있는 항도 의원에 조현식이 들어 있었다. 작은 다다미방과 오시이레(다락방)가 둘, 거기에 10여 명의 식솔들이 우글거리는 곳. 그 틈바구니에 끼어, 소주를 마시고 잔 이중구는 이튿날 가방만 달랑 들고 밀다원으로 왔다. 새벽에 들리는, 문풍지가 우는 듯한, 피리 소리 같은 그 뱃고동 소리에 견딜 수 없었던 것이다. 노모와 가족을 팽개치고, 겨우 혼자 여기까지 온 이중구로서는 밀다원밖에 기댈 곳이 없었다. 그 다음날은 조현식의 권유로 부산 토박이 문인 오정수(吳禎洙) 집에 가서 잤다. 조현식의 피난살이와는 비교도 안 될 정도로 범일동 오정수의 집은 여유로웠다. "실상은 조(현식)형 생각도 하고 이(중구)형 생각도 해서 방 한간을 비어 두고 있었임니대이"라고 오정수가 말하지 않겠는가. 그 집에서도 그 '피리 소리' 같은 뱃고동 소리가 들려오지 않겠는가. 한두 잔의 술에 취하자 이중구는 눈물이 쏟아져 내렸다. 스스로 "이는 언어 도단이다"라고 외치며 밖으로 뛰쳐나오지 않으면 안 되었다. 이 발작의 근거는 무엇인가. 땅끝 의식이 그 정답이다. 아침이 밝자 이중구는 부리나케 그 집을 나섰다.

정말 무슨 급한 용건이나 있는 것처럼 달음박질을 하다시피 전차 정류장을 향해 달려갔다. 무엇이 그리 급한 겐지 자기 자신도 알 수 없었다. 덮어놓고 '밀다원'엘 가보아야 될 것 같았다.

— 「밀다원 시대」, 112면

이중구가 조현식에게 잠은 조형의 오시이레 속에서 자고 낮엔 온종일 밀다원에서 나와 있었으면 제일 좋겠다고 하자 조현식도 당연한 듯 히죽히죽 웃지 않겠는가. 또 이중구는 조현식에게 이렇게도 말하고 있었다. 오정수 집이란, "시베리아 같은 데 혼자 가 있는 것 같애"라고 "가슴이 따가워서 견딜 수 없어, 이 '밀다원'에서 한 걸음만 더 벌어져도 그만치 무섭고 불안하고 가슴이 따가워 죽겠어. 범일동이 어디야 만 리도 넘는 것 같애"라고. '밀다원'이 절해고도라는 것, 여기만이 이중구의 안식처라는 것은 이로써 너무나 분명히 드러난 셈이다. 그렇다면 이중구 아닌 작가 김동리에 있어서 이 '밀다원'의 최후 보루 의식은 어떠했을까. 이 물음에는 다음 몇 가지 의식과 비교될 때 좀더 선명해질 것이다.

①제주도행이 그 하나

원주·오산까지 적의 수중에 든 마당에 부산이라 해서 안전할 것인가. 서울이 철통 같다고 떠들다가 한강 다리를 폭파한 당국을 어떻게 믿는단 말인가. '밀다원'에 나타난 길 여사는 제주도행을 제안해왔다. 훗날 조연현은 이 장면을 다음처럼 적어놓고 있다. "이 무렵 김(말봉) 여사는 우리들을 선동해서 빨리 제주도로 도망가자고 성화였다. 그때의 정세는 그렇게 불안해 있었다. 언제 부산도 위험해질지도 모르는 그때의 이러한 불안한 정세의 심리적 현실적 상황은 김동리 씨의 이 무렵의 작품인 「밀다원 시대」에 잘 나타나 있다. 이 작품 속에는 그때의 김 여사의 이야기도 길 여사라는 인물을 통해 등장되어 있다"(『조연현 문학전집』(1), 288면)라고.

②밀다원 사수형이 그 둘

이중구가 이 유형에 속한다. 제주도행을 종용하는 길 여사에게 이중구의 답변은 명백했다. "저는 무서워 안 되겠습니다. '밀다원'에서 떠나는 것이 무섭습니다"라고. 최후까지 '밀다원'에 남아 있는 다른 모든 친구들과 행동을 같이하리라 생각했던 것이다. 바다에 뛰어드는 한이 있더라도 다른 길을 택할 수 없었다. 이를 '꿀벌 의식'이라 부를 것이다.

③죽음의 선택이 그 셋

시인 박운삼의 자결이 이 유형에 속한다. 애인을 바다 건너 이웃나라에 보낸 박 시인이 그나마 '밀다원'에서 '벽화' 노릇까지 포기하고 자결한 것은 '밀다원'이 그 이상 구원처가 못 된다는 판단에서 말미암았다. 그의 유서 전문이 이를 말해주고 있었다.

나는 미리 준비하고 있었던 페노발비탈 육십 알과 세콜사나듐 다섯 알을 한꺼번에 먹었다.

나는 진실로 오래간만에 의식의 투명을 얻었다. 나는 지금 편안하다. 지금의 나에게는 나의 의식을 흐리게 할 수 있는 그 어떠한 원자탄도 수소탄도 없음을 안다.

나는 지금 출렁거리는 바다 저편에서 나를 향해 웃음을 보내는 나의 애인의
얼굴을 본다. 그리고 지금 나의 앞에는 나의 친애하는 벗들이 거의 다 모여
있음을 본다. 나는 그들이 나를 지켜주고 있는 이 시간 이 자리에서 더 나의
생애를 연장하고 싶지는 않다.
　　잘 있거라. 그리운 사람들.
　　오십일년 일월 팔일
　　박운삼

—「밀다원 시대」, 117면

　‘밀다원’의 ‘벽화’였던 박운삼(실제로는 전봉래)의 ‘밀다원’에서의 자살
은 단순한 한 문인의 죽음이 아니라 문학의 종언을 뜻하는 것이었고,
작가 김동리에게 그것은 문협정통파 이데올로기의 끝장에 다름아니었
다. 꿀벌 잉잉거리는 장소, 그것은 문협정통파의 탐미주의의 소산이 아
니었던가. 억쇠와 득보들이 마주(魔酒)에 취해 몸씨름을 하는 장소가 아
니었던가. 임시 수도 항도 부산은 끝내 문협정통파의 탐미주의를 계속
용납하지 않았던 것이다.

　박운삼의 자결이 지닌 정신사적 의의란 무엇인가. 이는 ‘밀다원’ 사
수와 ‘밀다원’ 폭파의 양가성으로 설명될 것이다. 임시 수도 항도 부산
은, 그러니까 6·25란, ‘밀다원스런’ 탐미주의를 한편으로는 고수케 하
면서 다른 한편으로는 더 이상 그것을 용납하지 않은 형국을 가져왔다.
문협정통파의 의식이 그 극점에 이른 것이 박운삼의 죽음이라 할 것이
다. 이로부터 문협정통파는 6·25 이전과는 다른 그 나름의 변모를 겪
지 않으면 안 되었다. ‘밀다원’을 격파시킨 장본인은 6·25 그 자체였다.
① 바다 저쪽으로 피난갈 수도 없고, ② ‘밀다원’에 계속 머물 수도 없는
상태, 그것이 ③ 박운삼의 죽음의 정신사적 의의이다.

　6·25 이전과 6·25 이후의 문협정통파의 의식의 차이, 그 차이화의
과정을 보여줌에 작품 「밀다원 시대」의 중요성이 있다고 보는 것은 이
런 연유에서이다. 그만큼 6·25는 이 땅 어느 곳에도 침투되어 있었다.

문협정통파라고 해서 이에서 자유로울 수 없었던 것이다. 그들은 변모해야 했다. 어떻게 변모하느냐는 그 다음 문제이고 좌우간 변모하지 않으면 안 되었다. 이 사실은, 그들에겐 '땅끝 의식'이었고, 실로 '마음 드디어 견딜 수 없음'이 아닐 수 없었다.

『현대신문』 논설위원으로 직장을 구하여 소설가 이중구가 안정을 찾은 것은 유엔군이 원주·이천·오산을 탈환한 뒤였다.『현대신문』엔 조현식의 평론 「박운삼의 인간과 예술」과 함께 박운삼의 유작시 「등대」가 실린 것은 이 때문에 썩 상징적이다.

어쩌면 해일이 있을
듯한 저녁 때, 나는
바다가에 홀로
섰다.

저 어리광을 부리듯한
푸른 물결에
마음은 드디어
견딜
수 없는가.

먼 바다 저쪽
흰 옷 입은 신부는
등대 같이 섰는데
나는 나를 살르어
불을 켜는가
(오십일년 일원 팔일 밀다원에서)

— 「밀다원 시대」, 119면

'밀다원'이 폐쇄되었을 때 그 공허감을 작가 김동리는 박운삼의 「등대」를 통해 토로한 것이었다. "마음 드디어 견딜 수 없음"이 그것이었다.

## 6. 임시수도 부산에서 사랑리까지의 거리

1·4후퇴만큼 피난민의 대거 탈출은 일찍이 없었다. 창졸간에 당한 6·25와는 달리 이미 예고된 후퇴였던 만큼 1월 3일까지 한강을 넘은 시민은 약 30만 명이었고 피난민은 약 700만 명(내무부 발표, 1956.6.20)이었다. 국군이 전면적 반격을 시작한 것은 1월 22일이었고 서울이 재수복된 것은 1951년 3월 14일이다. 휴전 회담이 시작된 것은 1951년 7월 10일이었고 정부가 환도한 것은 휴전협정 조인(1953.7.27)으로부터 채 한 달이 되지 않은 8월 15일이었다. 항도 부산이 임시 수도로 된 시기는 제1차(1950.8.18~10.27)와 제2차(1951.1.3~1953.8.15)의 두 차례였다. 앞에서 본 문협정통파의 '땅끝 의식'이, 문학가동맹 신분증으로 3개월을 견딘 비도강파의 불순주의자인 백철에겐 어떠했을까.

"형님네 부자와 조카사위는 그대로 내 안암동 집에 남았다. 더 정세를 본다고 해서 그들을 빈 집에 남긴 채 우리 가족이 피난을 떠난 것은 12월 16일인가 된다"(『후편』, 450면)라고 백철은 썼거니와 여기 나오는 형님네란 맏형이자 천도교 간부 백세명 가족을 가리킴이다. 이 인용 속에는 다음 두 가지 깊은 뜻이 스며 있어 백철의 삶과 생각을 살핌에 결코 소홀이 할 수 없다. 고향이 북쪽 이른바 관서지방이자 국경지대라는 것. 백철이 산 해방 이후의 생애에서 보면 그는 월남한 이산가족 범주라는 것. 이른바 분단의식에서 자유로울 수 없는 민족의 집단무의식에 걸려 있다는 것. 이와 꼭 같은 비중으로 놓인 것이 천도교 가문이라는 것.

12월 10일 경인 줄 안다. 새벽녘에 대문을 두드리는 소리가 나서 문을 열었더니 뜻밖에 거기에 사형인 백세명이 서 있지 않은가. 아들 인영이를 앞세우고 그리고 사위인 최동조를 데리고 세 사람이 (…중략…) 후퇴하는 유엔군의 뒤를 따라 평양을 탈출해 내려온 것이다. 사형이 평양에 나와 있다는 소식은 6·25 이전에도 인편의 소식을 통하여 전해들은 일이다. 사형은 본시가 천도교회의 간부였기 때문에 북쪽에도 그 계통의 청우당이란 것이 형식적으로나마 정당으로서 되어 있었기 때문에 그 계통으로 일을 맡게 되어 평양까지 나와 있었다는 것이다.

그러나 표면적으로 그런 부서에 앉아 있었을 뿐이지 사형은 본시 골수에 박힌 민족주의자로서 항상 생각하고 있는 것이 혹시 무슨 기회가 되어 거길 벗어날 수는 없을까 하고 기다렸던 차에 유엔군의 평양 진격을 맞이했던 것이다. 인민군과 그들의 정부기관의 퇴각 때에 잠시 몸을 피했다가 유엔군의 입성과 함께 나와서 후방의 선무활동 같은 것을 맡아 한 모양이었다. (…중략…) 김관수가 종군형식으로 유엔군을 따라 평양까지 갔다가 와서 한 이야기였다.

—『후편』, 443~444면

북한에서는 공산당과 함께 청우당이 두 정당으로 성립되어 있었는바, 천도교 세력이 바로 청우당이었다. 앞에서 백철이 건방지기 짝이 없다고 말한 문화선전성 부상(副相)이란 고관의 패를 차고 나타난 김오성이 바로 청우당의 고관이었을 터이다. 요컨대 천도교의 북한에서의 위상이란 비록 형식적이긴 하나(북조선도 사회'민주주의' 체제인 만큼 정당이 없을 수 없는 체제) 엄연한 정당 세력의 하나였다. 그가 모친의 사망(1949.9.14) 소식을 들은 것은 사형 백세명의 입에서였다. 9남매를 낳은 모친의 사망소식이란 부친의 소식 부재와 더불어 이산가족의 문제와 가문의 사정을 한꺼번에 상기시키는 일이기도 했다.

1·4후퇴는 또 한 번의 이산문제를 백철 가문에 가져왔다. 사형은 임시 수도 부산으로 갈 작정이었다. 거기 천도교 사람들이 있을 터이라 삶의 방도도 있을 터였다. 백철 쪽은 어떠했던가. 난리통에 장모가 적지 않게 물심양면 가정의 지주 노릇을 한 경우이고 보면 무능한 가장 백철

이 장모의 뜻을 좇게 된 것은 자연스러운 일. 장모의 연고지는 수원에서 60리 거리의 서해바닷가 경기도 장안면 사랑리(沙浪里)였다.

안암동 집을 떠난 것은 12월 16일. 딸 승혜·인애, 아들 인경·인수·인기, 아내, 장모로 구성된 백철 가족이 먼저 도착한 곳은 후암동. 거기 북경 시절 친구 장씨네가 있었다. 거기다 장씨의 아들, 딸과 합류하니 일행은 무려 9명이 되었다. 한강을 고무보트로 건너고 수원까지 트럭으로 이동했으나 백철과 장씨 아들은 짐수레 때문에 헤어질 수밖에. 이튿날 수원에서 가족 재회. 함박눈을 맞으며 그들이 사랑리에 닿은 것은 12월 17일 밤이었다. 장모의 친척집. 3년간의 피난살이가 시작된 것이었다. 사랑리의 피난생활 중 첫 해는 거의 세상과 등진 생활이었다. 일상생활의 어려움 속에도 아늑함이 없지는 않았다. 경기도 화성군 장안면 서해 바닷가 어촌의 삶을 그는 이렇게 묘사한 바 있다.

사랑리 마을에선 개펄이 가까왔다. 그 개펄은 보통 때는 허허 들판이지만 밀물 때[滿潮]가 되면 그 벌판이 온통 망망한 바다로 변한다. 내가 수영을 하기 때문에 그 개펄을 즐긴 것은 밀물 때였다. 밀물 때 나는 마을 애들과 함께 바다가 된 개펄에서 오리떼와 같이 뛰어 놀았다. 그것은 큰 즐거움이었다. 한여름철을 거의 종일토록 그 개펄에 나가 시간을 보냈다. 썰물 때는 개펄의 검은 개흙에 딩굴면서 일광욕을 하며 책을 읽고 심심해지면 개펄[水路]쪽으로 나가서 게구멍을 쑤시고 망둥이라는 까만 물고기를 더듬어 잡았다. 그리고 온몸이 검은 개흙투성이가 된 채로 개펄에 딩굴고 지냈는데 그래서 뚝길을 가던 행인이 마을을 지나가다가 내 이야길 했다는 것이다. 피난 온 사람인 모양인데 암만해도 정신이 좀 이상해진 사람으로 보인다고…… 여름철에 또 하나 즐긴 것은 누룩지 낚시였다. 딴 지방에선 누룩지라고 하지 않고 망둥이라는 바다고기인데 내가 보기엔 물고기 중에서 가장 고지식하고 미련스러운 놈이다. 누룩지는 물이 나간 뒤 물이 고인 웅덩이에 모여 있는 것을 낚시를 넣으면 열 놈이 있으면 열 놈이 거의 다 물려나오는 식이었다. 낚시밥도 딴 것을 쓸 필요가 없이 누룩지를 짤라서 물에 넣으면 그놈들은 제 살코기를 먹으려고 덤비는 놈들이다. 그래서 낚시 중에선 제일 하기 쉬운 낚시, 내가 낚시를 배운 것도 이때 누룽지 낚시를 즐긴 데서 시작된 것이다. 누룽지들이 많이 모인 웅덩이는 사랑리에서 십리길이 넘는 '고잔'이라는 마을 앞의 개펄이었다. 나는 심심하면 무거운 긴 참대 낚시대를 메고 마을의 애들을 양떼처럼 몰고 고잔까지 낚시질을 갔다. 어떤 날은 하루에 2백 마리까지 낚은 일도 있다.

—『후편』, 460~461면

일 년간의 시골 피난생활의 한계점은 언제였을까. "내가 배낭에 간단한 여장을 차리고 사랑리를 떠난 것이 아마 52년 3월 중순이었다고 기억한다"(467면)라 했다(그러나 실상 그는 1951년 말에 이미 부산을 오르내렸다.『국제신보』에 기고한 글 「불안과 기원의 시대」(1952.1.1~2)가 이를 증거하고 있다). 세상에 대한 궁금증, 문단 및 문학에 대한 참을 수 없는 갈증에 못지않게 9명의 식구들을 먹이고 입혀야 할 절박함이 그로 하여금 임시 수도 부산을 향하게끔 했다. 전시연합대학이 임시수도 부산에서 문을 연 것은 1951년 2월 18일이었다. 동국대학 교수인 백철의 밥줄은 피난 대학이 있는 부산에 있었기 때문이다. 대학 신학기 시작 이전에 그는 부산에 가 있어야 했다. 그가 할 수 있는 일은 거기에 있었고, 그의 야망의 장(場)인 문단 역시 거기에 있었던 만큼 선택이란 있을 수 없었다. 그러나 사랑리에서 부산까지의 거리란 참으로 멀었고 게다가 전시중이 아니었던가. 우선 온양으로 트럭을 타야 했고, 대구행 합승 트럭으로 바꿔 타야 했다. 광한루의 남원을 거쳐 대구에 닿았고, 영남일보사를 찾았다. 옛『매일신보』기자 김옥봉이 사장이었다. 5일간 머물렀고 동향 문인 정비석 집에 머물며 문단 소식도 접했다. 임시 수도 부산은 그래도 수도답게 복잡했다. 낡은 양복에 배낭까지 짊어진 중년의 사내란 아무리 피난지라 하나 촌뜨기에 다름 아니었다. 외모에서도 그러했지만 무엇보다 그의 심정이 그러했다. 그러나 그에게는 믿는 바가 있었다. 그는 동국대학 교수였던 것. 그것도 인기 있는 교수가 아니었던가.

동국대학은 광복동 소재 묘심사(妙心寺)에 있었다(다른 글에서는 동광동 소재 태고사라 했다. 아마도 전시연합대학과 혼동한 듯). 거기서 먼저 이숭녕 교수를 만났다. 전시연합대학인지라 서울대학교수인 그는 동국대 국어국문학과의 책임도 맡고 있었다. 당장 현대문학 강의를 맡아야 할 처지였다. 그 다음은 숙소 문제. 인기 신문연재 소설 「청춘극장」(『한국일보』, 1949~1952, 단행본은 청운출판사, 1953)의 인세로 큰 집을 산 김내성을 찾았다. 사랑리와 부산을 후조처럼 왕래하는 두 해 동안 그는 이 집의 신세를 졌다.

일단 직장과 숙소 문제가 해결되자 궁금한 것은 당연히도 문단 동향이었다. 김내성의 안내로 문인집합소인 다방을 찾아다녔다. 다방은 실로 가관이었다. 구석구석 모여 앉아 무슨 큰일을 꾸미는 구수회의장을 방불케 했다. 거기 오영진도 있었다. 북한문단에 환멸을 느껴 월남한 오영진은 낮은 소리로 이렇게 말했다. "애기를 좋아하는 친구들은 백형이 월북했다고 소문을 퍼뜨린 일도 있다"라고. 이런 다방 풍경의 문학적 형상화는 김동리의 「밀다원 시대」에서 이루어졌으며, 월남한 예술인들의 형상화는 김이석의 「동면」(1958)에서 이루어졌다. 한편 장준하의 『사상계』(1952), 오영진·원응서 등의 『문학예술』(『문학과 예술』)도 이 무렵의 지식인의 몸부림과 더불어 탄생했다. "주간 문학지 하나 내려고 해요. 아주 무색투명한 입장에서"라고 오영진이 말했고 『문학예술』이라 표제를 내세웠다. 이것이 훗날 전통 지향성의 『현대문학』과 맞선 모더니티 지향성의 월간지 『문학예술』의 탄생장면이다.

피난지 부산에서의 문단 세력 분포는 썩 미묘하고 복잡했다. 이를 정리하면 다음과 같다.

① 대한민국 정식정부 세력권. 여기에는 다시 ⓐ 문필가협회와, ⓑ 청년문학가협회가 갈라져 있었다. ⓐ는 이헌구·김광섭 등 구 해외문학파 중심의 문인으로 이 무렵 정부에 관여한 실세였다. 훗날 『자유문학』지의 세력권이 그들이다. 한편 ⓑ는 김동리·조연현·서정주 등을 주축으로 한 순문학파로 이른바 문협정통파의 세력권이었다.

② 부산지역 출신의 세력권. 조향·정진업 등. 그 옆에 임긍재·조명

암 등이 놓여 있었다.

③ 중도파. 오영진·김이석·원응서·박남수 등 월남한 예술가 중심으로 된 세력권과 김내성처럼 초월적인 문사들이 이 범주에 든다. 이들을 곁눈으로 보면서 백철은 그 나름의 문단참여를 모색하지 않으면 안 되었다. 문단이란 그에겐 물고기에 있어 물과 같았기 때문이다. 평론「불안과 기원의 시대」(『국제신보』, 1952.1.1~2)의 발표가 이를 말해주고 있다. 토마스 만과 아더 케스틀러 등 대가들이 좌절하지 않고 내일을 신뢰하고 희망을 말하고 있다는 미군의 시사 주간지 『타임』지 신년호의 문학 기사를 내세워 백철은 6·25로 인한 이 나라 문학의 극복을 역설했다.

> 문학인이 이와 같은 인간 옹호의 전선에 선 사람들이라 그들은 (…중략…) 동지애에 뭉치는 사람이 되어야 하며 문학은 먼저 강력한 어떤 휴맨 릴레이션 위에 연락될 것이요 우리 문학계에서와 같이 사적 감정과 발단의 사실 때문에 서로 소분파에 대립되고 개인적 질투와 대립을 해서 헛된 논쟁과 알륵으로 시간을 낭비할 것이 아닌 줄 안다.
>
> —『국제신보』, 1952.1.1

그러나 그의 이러한 지적은 실효를 거두기 어려웠다. 나라가 전쟁 중인데다 이미 그는 문단 방관자의 위치로 밀려난 형국이었다. 무엇보다 가족부양의 임무가 앞을 섰다. 사랑리에 가족을 둔 백철로서는 집중강의를 할 수밖에 없었다. 몰아쳐 강의를 한 뒤엔 사랑리로 돌아가야 했다. 후조의 신세라 함은 이를 가리킴이다. 그는 동국대학 뿐 아니라 서울대(문리대)에도 대우교수로 나아갔고 여기서 김열규·채훈·이어령·신동욱·한말숙 등을 가르치기도 했다. 화폐개혁 이전이어서 '환'의 한 학기분 봉급 지폐 뭉치는 꽤나 크고 무거웠다. 이를 배낭에 짊어지고 군용열차에 편승한 백철 교수는 이틀이나 걸려 수원역에 닿고 다시 남하하여 사랑리 60리 길을 타박타박 걷지 않으면 안 되었다. 가족이 기다리는 귀가길이기에 그는 조금도 힘들지 않았다. 다음 기록이 이를 잘 말해준다.

　오목리(五木里) 같은 작은 마을을 지나고 도둑골이라는 긴 골짜기 길을 올라가 신등성이를 넘고 바란이라는 장거리를 지나면 다시 몇 개의 산언덕 길을 넘어서야 조암(朝岩)이라는 작은 거리가 내려다 뵌다. 사랑리는 먼저도 썼듯이 그 조암리를 채 못 미쳐서 왼편으로 논뚝길을 타고 나서 고개 하나를 넘으면 마을로 들어서게 된다. 이 60리 길을 배낭을 걸머지고 타박 타박 걸어가는 행로는 무척 따분하고 힘든 길이었다. 대개 그 길이 조암리에 가까운 마지막 산등성이에 올라서면 짧은 가을 해도 다 넘어가고 산길은 어둑어둑 해진다. 그러나 내 눈앞에는 사랑리 마을에 남아 있는 아내와 어린 아들 딸들이 등잔 밑에 모여 앉아서 나를 기다리고 있는 모습이 눈 앞에 따스한 등불과 같이 비쳐온다.

　그렇게 내 인생은 넓은 데 열려 있는 것이 아니고 이렇게 산골길과 같이 좁은 곳에 그런 대로 따뜻한 등불을 바라보면서 걷고 있는 초라한 희망 길이라고 생각을 하는 것이었다.

—『후편』, 486면

# 제6부

# 제1장 두 기념비적 저술-『문학개론』과『조선신문학사조사』

## 1. 첫 번째 기념비-『문학개론』

문학교사로서의 백철의 출발을 검토하는 일은 그의 인내에 대한 음미가 요망된다. 그 인내가 뜻 깊은 것은 그것이 시대에 적응하는 백철 특유의 자질과도 무관하지 않기 때문이다. 그것은 그만이 해낼 수 있는 특출한, 그러면서 긴 세월을 요하는 인내 속에서 저절로 이루어졌다. 문학교사의 길이 그 결과물이다.

문학교사의 길을 묻는 일의 중요성은 개인 백철에게 물론, 이 나라 근대문학 교사의 몫을 묻는 일이어서 아무리 강조되어도 지나침이 없다. 그것은 두 저서 『문학개론』, 『조선신문학사조사』가 지닌 중요성이 무엇보다 대학 문과 쪽에서 나오게 되어 있음을 이해하는 일이다. 이 연장선상에서 도입된 뉴크리티시즘이 심미주의와 과학적 방법의 결합이며 이로써 비로소 과학적 객관성이 지배하는 대학이라는 영토에 진입할 수 있는 근거를 마련할 수 있었다. 뉴크리티시즘이, 문학이 대학의 제도 속에 놓일 수 있는 기본조건의 확보가 요망되는 전후와 1950년대 이 나라 문과대학에 끼친 영향은 아무리 강조되어도 지나침이 없다. 여기에는 설명이 없을 수 없다. 주지하는바 문과대학에 설치된 국어국문학과는 국어학과 국문학의 이분법 구성이었다. 국어학이 지닌 언어학적 과학성이 먼저 성립되고, 이에 준하는 국문학이 가까스로 이루어진 것은 언어(고어)에 기초된 고전문학연구(향가해독 및 고가연구)에서였다.

조윤제·양주동·가람 등에 의해 이 어려운 과제가 어느 수준에서 정착될 수 있었다. 그러나 신문학의 경우는 사정이 크게 달랐다. 그것은 황무지와 흡사한 영역이어서 대학과는 너무나 먼 저널리즘이란 이름의, 시장 바닥의 잡담 범주에 머물러 있었다. 이를 대학 문과 속에 이끌어 들인 최초의 문제적 개인이 백철 교수였다. 그가 이 문제에 자각적이었는가 라는 물음은 이 경우 별로 중요하지 않다. 동국대학 교수 시절 "그때 내가 강의한 주과목은 한국의 신문학사와 문학개론이었다"(『만추의 사색』, 318면)라고 그는 말했거니와, 여자사범대학에서 영어교수로 출발(1946.4)한 백철이 동국대학으로 옮겨간 것은 1948년 4월이었고 여기서 1955년까지 머물렀거니와 이 10년의 기간 동안 그가 가르친 것은 문학개론과 신문학사였다.

그의 첫 번째 저술은 『문학개론』(동방문화사, 1947.1.3, 1952년엔 7판을 찍었고 전면 개편한 것은 1954년 신구문화에서 펴냄)이었다. 원고 집필이 완료된 시기는 1946년 9월이니까, 여자사범대학 교수 시절에 해당된다. 여기서 영어를 가르쳤다고 하나, 중학영어도 무서웠던 그로서는 영어보다 문학개론을 가르쳤을 공산이 훨씬 컸다고 볼 것이다. 서문에서 그는 "실제적으로 지나간 일 년간 나는 여가의 몇 시간을 이용하여 모 대학의 젊은 학도들에게 문학 강의를 하였다"라고 한 것이 이 점을 새삼 말해준다. 이 개론서의 대전제는 신세대에게 희망과 신뢰를 준다는 것에 있었다. 대혼란기이지만, 오늘의 현실을 낙관하는 유일한 길을 청소년에게 희망과 신뢰를 줌에서 찾고자 했는바 문학도 그중의 하나라 보았다. 그리고 무엇보다 그가 자부한 것은, 비록 독창적인 것은 아닐지라도 이 책이 개론서로서는 최초라는 데서 왔다. 한국인이 쓴 유일한 독창적인 문학개론서인 최재서의『문학원론』(1957)보다 무려 10년 앞선 시점이었고, 몰턴에 기대어 자기 나름으로 요령 있게 쓴 김동리의『문학이란 무엇인가』(1984)에 비해 무려 37년이나 앞섰던 것이다.

해방 직후 맨처음 나온 문학개론서는 김기림(서울사대)의『현대문학개론』(1946.12, 총 127면)이다. "내일은 청춘을 위하야 폭탄처럼 터지는 시인들 / 호두까기의 산보로 빈틈없는 통정의 주간들 / 내일은 여름밤 성밖으로 통하는 / 자전거 경주. 그러나 오늘은 싸움뿐"이라는 A. 오든의 시를 머리에 얹은 이『현대문학개론』은 '문학의 과학'을 지향하기보다 문학의 창작과 감상에 역점을 두었다. "우리 현대문학"에 초점을 둔 것은 이 때문이다. 문학의 미학이라든가 영원성 따위는 몰턴 같은 관념론자나 독일류의 형이상학파의 환각에 지나지 않는다고 그는 주장했다. 10장으로 된 이 책에서 김기림은 제9장에 초점을 두었다. '현대문학의 제 과제'라 이름붙인 이 장에서 ① 문학의 소유관계, ② 입장의 문제, ③ 유산정리, ④ 민족문학을 다루어 문학가동맹원인 자기 처지를 드러냈다. 이 소책자의 재판(1947.8)에서 '현대'라는 말이 떨어져 나갔다. 요컨대 김기림식 주관이 뚜렷한 대신 자세한 세부 논의가 결여된 것이었다. 그렇다면 백철의『문학개론』은 어떠했을까.

처음부터 이 문학론은 출판을 전제로 한 계획이 아니었으나 내가 젊은 학도들과 접하고 또는 지방에서 한 강좌의 기회에 들은 수강자들의 요망을 참조할 때에 금일의 학도가 문학을 공부하는 데 있어서 가장 곤란을 느끼는 것이 기초적인 지식을 위한 서적이 전무하다는 사실이었다. 물론 문학의 도를 깊이 체득하는 것이 서투른 교사의 개론적인 설명서에 의할 바가 아닌 줄은 잘 알

고 있는 사실이나 입문하는 학도에겐 문학의 세계에서도 개론적인 것이 하나
의 안내가 될 것을 깨달은 의미에서 본래 이 개론에 자신을 갖지 못하면서도
미급한 점을 불고하고 또는 뒤에 오는 일층 완비한 문학개론을 기다릴 때까
지의 잠정적인 역할을 할 수 있을까 하는 희망에서 이번 출판에 부하게 된 것
이다.

—초판 서문

이 책이 1952년까지 7판을 낼 정도였음을 보아도 그 선구적 의의가
인정된다. 대체 이 책의 내용은 어떠했을까. 어떤 점이 신세대에 희망을
둘 수 있었을까. 내용 목차를 보이기로 한다.


서문


제1장 문학의 기원과 발달
  문학의 발생 / 자연숭배와 문학 / 한문과 조선문학 / 조선문학의 의의


제2장 일반론
 제1절 문학의 본질
   1. 문학이란 무엇인가
     문학은 인생의 표현이란 의미 / 문학은 현실의 반영이란 의미 /
     문학의 주체적 의미 / 문학을 해석하는 두 가지 경향
   2. 문학의 특질
     가능성의 세계 / 가치의 세계 / 예술성이란 무엇인가 / 창조와 유일
     무이한 세계 / 문학과 감정의 지위 / 언어와 문자의 표현
 제2절 문학의 영향
     독자에 대한 도덕적 영향 / 기성적(旣成的)인 데 대한 비판력 / 정
     서주의와 생활미화 / 감정호소와 교화 / 문학의 독특한 순화력 / 진
     리에 대한 교시


 제3장 내용과 형식

　　1. 시의 정의

　　　　시와 운율 / 감정위주의 시론 / 시와 압축성

　　2. 정형시

　　　　정형시와 법칙 / 정형시와 영형시(英形詩) / 정형시와 동양의 시

　　3. 자유시

　　　　정형시의 모순과 그 해체 / 자유율의 의미 / 자유시의 형식

　　4. 서정시

　　　　시의 기원과 서정시 / 서정시의 특질 / 주관·일인칭의 시 / 서정시
　　　　의 음악성

　　5. 서사시

　　　　객관·담화(譚話)의 서술 / 서사시에 관한 제설 / 제삼세계의 표현

제2절 소설론

　　1. 소설의 기원

　　　　중세기 담화와 소설 / 소설발생의 시대적 의의 / 민중문학소설 / 인
　　　　쇄발달과 소설 / 로만문학과 소설문학의 구별

　　2. 장편소설

　　　　산문학의 대표형식 / 근대사회의 반영 / 장편소설의 구성론 / 장편
　　　　소설의 주제 / 사건과 인물의 배치

　　3. 단편소설

　　　　최근대의　문학형식 / 단편소설의　형식 / 일천오백자—팔천자설 /
　　　　축약과 통일성 / 현대와 단편소설의 유행

목차에서 짐작되듯 문학의 본질을 특정시대와 특정민족이나 국가를 초월한 자리에다 놓았다는 점이 먼저 지적될 수 있다. 이 사실은 그가 다음과 같이 겸손히 말해놓은 점과도 관련이 없다고는 할 수 없으나, 오히려 그 때문에 각별한 의의로 육박해왔다.

이 저술의 바탕이 된 책이랄까 참고로 된 책은 어떤 것이었을까. 백철이 밝혀놓은 바는 없으나 그 목차나 내용으로 보아 혼마 히사오[本間久雄]의 명저 『문학개론』으로 추단된다(아단문고 소장 백철장서 속엔 혼마의

또 다른 명저 『文學論攷』(1931), 가와데쇼보[河出書房]의 기획 신문학전집 제1권 『문학개론』(1940) 등이 확인된다).

김기림과 백철의 문학 개론서에 대한 당시 학계 및 문단의 평가는 어떠했을까. 이남수의 「문학이론의 빈곤성 ― 백철, 김기림 양씨의 문학개론에 대하여」(『신천지』, 1949.4)는 먼저 김기림의 것이 어째서 비과학적인가를 심도있게 따졌다. 헤겔이나 맑스의 견해도 모르면서 문학의 사회성을 어찌 논할 수 있는가 라는 지적은, I. A. 리처즈의 심리학을 전공한 김기림의 처지에서 보면 통렬한 비판이었을 터이다. 백철에 대한 비판은 어떠했을까. "풍부한 지식과 이해하기 쉬운 문체에도 불구하고, 독자로 하여금 일층 혼란에 빠지게 한다"(「문학이론의 빈곤성」, 156면)라는 전제 하에서 그 혼란상을 조목조목 따졌다. 프리체(사회학파)의 학설에 감동하는가 하면 오스카 와일드의 설을 동시에 내세우고 맑스의 인용을 엉뚱한 데 적용했다는 것. 결과적으로 두 개론서는 과학 미달이며 결국은 텐느나 몰턴 같은 종래의 관념적 문학관을 넘어서지 못했다고 이남수는 보았다. 이러한 비판에도 불구하고 적어도 당시로는 이 두 개론서를 대신할 것은 따로 없었다.


## 2. 『문학개론』과 『세계문예사전』


일본의 문학개론서로는 요코야마 유사쿠[横山有策]의 『문학개론』(1921)을 비롯 야마토 야스오[大和資雄]의 『문학개론』(1926)이 선구적 업적으로 있으며, 가장 많이 보급된 것은 혼마의 『문학개론』(1926)이다. 1936년 현재 무려 33쇄를 찍은 이 책의 개고판이 나온 것은 1944년이었고, 4편으로 구성되어 있다.

제1편은 「문학의 본질」로서 문학의 정의, 특질, 언어와 형식 등이, 제
2편 「생활과 문학」에서는 문학의 기원, 문학과 시대, 국민성, 도덕 등이
논의되었다. 제3편은 「각론」으로 시, 희곡, 소설의 순으로 논의했고, 제4
편 「문학비평론」에서는 비평의 일반론, 재단비평, 비평의 요체 등으로
논의되었다. 이 책에 기댄 것으로 보이는 백철의 개론서에서는 첫 장에
'문학의 기원'을 내세움으로써 그 순서를 바꾸었음이 확인된다. 혼마의
책 목차 일부를 보이기로 한다.

제1편 문학의 본질

서언

제1장 문학의 정의
  문학이라는 말 / 『신스탠더드 대사전』 그 외 / 다자이 슌다이[太宰春臺]의
『문론(文論)』 / 『논어』와 『사물기원』 / 육예(六藝) / 포스넷의 관찰 / 문학에 관
한 제가의 정의 / 워스쿼 · 브루크 · 뷔네 · 매슈 아놀드 · 보스넷의 설 / 테오도
르 한트의 설 / 허드슨의 설 / 문학의 조건 / 데 크넨시의 설 / 힘의 문학 / 『고금
집』 서(序)

제2장 문학의 특질
  문학의 항구성 / 윈튜스쿼의 설 / 감정의 순간성과 항구성 / 감정의 순간성,
지식적 흥미와 감정적 흥미 / 마샬의 미쾌감의 영속설 / 문학의 개성적 특질 /
문학의 보편성 / 윈튜스쿼의 설 그 사례 / 호머와 기기(記紀)

제2편 사회적 현상으로서의 문학

제1장 문학의 기원
  예술충동에 대한 허드슨의 설 / 예술충동 연구의 두 방면 / 심리학적 방면 /
유희충동설 / 산타야나의 유희설 / 발생학적 해석 / 히른과 글로세 / 예술발생
의 목적 / 매킨지의 설 / 사회진화의 네 단계 / 문자와 문학 / 구로카와 마요리

[黑川眞賴]의 구송학 / 몰튼의 구두문학 / 무용·음악·시의 원시상태 / 그 삼위일체 / 매킨지의 설 / 『고지기(古事記)』와 『시경』

두 개론서를 비교해보면 그 정도의 어떠함이 쉽사리 짐작된다. 개론서로서의 성격상 누가 써도 비슷하리라는 점을 염두에 둘 때, 또 황량한 해방공간의 터전을 고려에 넣는다면 참고서적 제시의 결락이 흠이긴 해도 일종의 양해사항일 법도 했으리라. 이는 다음 사항과도 무관하지 않다.

일본의 문학개론 중 특이한 것은 신야시키 고한[新屋敷幸繁]·미네기시 요시아키[峯岸義秋] 공저의 『일본문학개론』(1932)이다. 문학개론을 개별문학사인 일본문학에 적용한 이 저술은 문학개론서들이 나온 지 한참 후에야 가능했다. 백철은 그 아쉬움을 이렇게 적어 마지않았다.

이 문학개론이 조선의 학도를 위한 것인 이상 조선문학적인 개론이 되기를 스스로 희망한 바였으나 첫째는 조선적인 문학에 대한 내 연구가 너무 부족한 것과 둘째는 역시 자료가 결핍한 관계로서 도저히 소기의 백분지 일을 이루지 못하고 단편적인 인용과 무계통한 설명의 정도를 넘지 못한 것이 다시금 필자로서의 자괴를 금하지 못하는 곳이다. 아울러 독자 제씨의 관대한 양해를 구하는 바다.

—초판 서문

이러한 아쉬움이 훗날 이병기 교수와의 공저 『국문학전사』(신구문화사, 1957)를 가져왔다. 이 책의 출판기념회(1958.10.2)가 서울대 교수회관에서 열렸을 때 정인섭 교수가 사회를 했다(『가람일기』(2), 신구문화사, 707면). 가람과의 교유는 1953년 무렵이었다. 서울대 문리대에 출강한 백철은 중앙대에 출강하는 가람과 자주 만났다. 백철이 외교회관에서 제자 결혼 주례를 한 것은 1959년 6월 2일이었는바, 이 역시 『가람일기』에서 엿볼 수 있다.

문학의 본질을 논의함이란 인류사적 과제인 만큼 동서고금에 차이가 없다는 점이야말로 이 책의 최강점이다. 조선적 특질이란 한갓 지방성에 지나지 않는 것. 해방공간의 대격변기에 방향감각을 잃은 신세대 대학생에 문학이란 인류사적 가치개념이었다. 좌우익 이데올로기에 비해 얼마나 가슴 설레는 지평이며 창공의 별이었던가. 좌우익 이데올로기의 선택 앞에 직면하여 갈팡질팡함이야말로 신세대의 고민이었다. 좌쪽으로 기울기에는 그 이데올로기적 강도가 너무 세어 쇠뭉치 소리가 났고, 우익쪽에 기울기에는 그 이데올로기적 밀도란 너무 희박했다. 좌익 이데올로기의 강도에 달려가기엔 두려웠고, 그렇다고 우익 이데올로기에 주저앉기엔 너무나 억울했다. 이러한 신세대 청소년에게 '문학의 본질'이란 황야에 들려오는 예언자의 목소리였지 않았을까. 좌익 이데올로기에 겁먹고 그렇다고 우익 이데올로기의 진흙탕에 발을 빠뜨릴 수도 없이 엉거주춤한 청소년의 심리를 신비적으로 결합시킬 수 있었던 것의 하나가 인류 공통의 저 문학원론이었을 것이다.

이 『문학개론』의 저자는 1954년도에 이르러 개정판을 냈다. 이론과 소설론뿐이었던 초판에다 희곡론·수필론·비평론 그리고 시나리오론까지 첨가해서 신구문화사(1959)에서 간행했지만, 초판이 지닌 의의를 되살릴 수 없었다. 우선 시대의 요청사항이 판이하게 달라졌다. 6·25를 겪은 신세대에게 문학개론 따위란, 허무주의가 팽배하며 부조리철학이 난무하는 현실 속에서는 매력을 줄 수 없었다. 뿐만 아니라 우리말로 쓰인 가장 독창적인 최재서의 『문학원론』(춘조사, 1957)이 간행된 마당이었다. 그렇더라도 요컨대 백철이 선구라는 사실은 아무리 강조해도 지나침이 없는 사항이다.

이 『문학개론』의 연장선상에 있는 것이 백철 편 『세계문예사전』(민중서관, 1955)이다. 이 책이 기획된 것은 6·25 전인 1950년이었다. "우리는 계몽기에 사는 사람들이다"라는 말을 머리에 인 편자의 말은 그가 버릇처럼 말하는 '전형기(전환기)'를 가리킨다. 이에 대처하기 위해 필요한 것은 세계사적 지식이 아닐 수 없다. 동시에 그 지식은 동·서양을 아우르지 않으면 안된다.

①인명·작품편, ②용어편, ③세계문예사조편(동·서양편)으로 구성된 이 사전에서 빛나는 곳은 동양편의 머리에 놓인 「국문학사의 대강」(조윤제 집필), 「국문학사 현대편」(백철 집필)이다. 요컨대 이 사전 한 권에다 문학에 대한 총체적인 지식을 담고자 했다. 『문예대사전』(학원사, 1966)을 거쳐 『세계문예대사전』(문덕수 편, 성문각, 1975)이 나오기까지 백철의 이 사전이 맡은 몫은 그의 『문학개론』과 더불어 계몽기를 감당하는 것이었다. 가히 황무지를 개간하는 화전민의 몸짓이라 할 만했다.

그 다음 차례에 오는 것이 백철의 신문학사이다. 『조선신문학사조사』(상-1948, 하-1949)가 간행되어 이것이 대학 문과에서 강의되었을 때 국어국문학과는 그 이분법에서 서서히 벗어날 징조를 보였고, 마침내 1960년대 중반으로 접어들면 삼분법의 선명한 도식이 창공의 별처럼 확고해져 오늘에까지 이르게 된다. 국어학, 문학(1)(고전문학), 문학(2)(근대문학)의 제도 확립이 그것이다. 백철교수가 이 제도 확립에 기여한 공적은 의식적이든 아니든 주춧돌 놓기에 다름 아니었다.


## 3. 두 번째 기념비-『조선신문학사조사』


"이 신문학사의 저술은 해방 뒤에 내가 하고 싶은 야심에서 한 것이지만 결과로 봐선 이 저술이 나를 다시금 대학으로 끌어내는 계기가 되었다"(『만추의 사색』, 313면)라고 백철은 적었거니와 대체 그의 '야심'이란 어떤 것이며 다시금 대학으로 끌어넣었다 함은 구체적으로 무엇을 가리킴일까. 이 물음은 단연 본질적이다. 교수 백철의 탄생을 가리키기 때문이다. 문과대학장 백철이자 대학원장 백철의 탄생을 가리키기 때문이다.

그것은 단순한 교수를 가리킴이 아니라 이른바 문과대학의 핵심사항인 국문학의 총 대장격 교수를 가리킴이다. 문과대학으로 표상되는 인문학의 핵심이 '국문학'이라 할 때 백철이 그 정점에 놓였음을 가리킴이 아닐 수 없다는 이 사실만큼 백철론에서는 놀랄 만한 사건은 달리 없다. 인문학의 첫 자리에 국문학이 놓인다는 이 대전제에서 볼 때 백철이야말로 그 최고의 위치에 앉았다고 할 것이다.

국문학이란 새삼 무엇인가. 이를 학문적으로 설명하기란 간단하지 않다. 조윤제의 『국문학사』(1949)로 표상되는 국문학은 그것이 근대 국민국가의 언어로 된 문학을 가리키고, '국어국문학과'를 단위로 하는 한국 인문학의 기초를 이루었지만, 매우 딱하게도 그것은 이른바 고전문학에 중심점이 놓인 것이었다(김윤식, 『한국근대사상연구』(1), 일지사, 1984). 이에 비해 신문학사란, 아직 정리되지 못했고 또 일천한 탓에 대학에서 다룰만한 학문적 성격이 미달된 상태였다. 백철의 신문학사는 바로 이 학문미달상태의 조산아인 한국 신문학사연구에서 고전문학사에 준하는 학문적 과학성(객관성, 체계화)을 확보하는 일에 더도 덜도 아니었다. 그야말로 '야심찬' 기획이었던 것이다. 뒤에 다시 언급하겠지만 이 야심은 그 선구자인 친우 임화의 신문학사에 대한 도전에서 왔다. 임화가 부재한 마당에서 또 다르게는 '대한민국 정식정부' 아래서 신문학사의 제1인자이자 개척자는 백철이었다.

> 1949년 초라고 기억한다. 동국대학으로부터 교섭이 왔다. 국문학과 교수를 나와 달라는 것이다.
>
> ─『만추의 사색』, 313면

이 순간은 운명적이다. 국문과가 어쩌면 신문학사로 상징될 거대한 징조에 다름 아니었다. 당시 학문의 최고 상아탑인 국립 서울대 문리대

국어국문학과 패컬티 멤버(교수)는 어학에 이희승·방종현·이숭녕, 국문학에 조윤제·이병기 등이었다. 신문학사 전공교수는 전무했다. 이는 신문학이 아직 학문적 대상일 수 없음을 잘 말해주는 대목이 아닐 수 없다. 문리과 대학에서 근대문학 전공 교수요원으로 백사 전광용이 전임강사로 인명된 것은 1959년이었다. 국어국문학과인 만큼 국어학과 국문학의 합동체였는 바 이 경우 국문학이란 제1차적으로 고전문학을 가리킴이어서 신문학 따위란 끼어들 틈이 없었다. 오늘날처럼 신문학이 국문학을 양분하는 것은 1970년대에 이르러서야 가능했다. 국어학, 고전문학, 근대문학의 3분법이 확립되어 오늘에 이르고 있음에 비추어 볼 때 백철의 신문학사는 가히 등대 몫을 모르는 사이에 수행했던 것이다.

국문학계의 선두주자이자 황무지를 일군 백철 교수의 지위가 한층 확고해진 것은 1957년 미국무성 초청 미국방문 이후였다. 일 년간 미국의 유명한 대학과 인문학 교수들을 방문하고, 또 공역으로 뉴크리티시즘과 저 유명한 이론서 웰렉·워렌의 공저 『문학의 이론』(1959)을 번역한 이후이다. 학문으로서의 뉴크리티시즘 이론의 도입이다. 비록 한갓 소개 차원에 지나지 않았더라도, 그리고 한물 간 이론이긴 해도 그 의의는 신문학사에 버금가는 것이었다. 『19세기 구주문예사조사』(브란데스)나 몰턴의 『문학의 근대적 연구』(김동리는 이 책에 이론적으로 기대고 있었다)에 가까스로 접하고 있었던 국문학계에서 뉴크리티시즘의 도입은 단연 선진적이며 인문학의 정수에 해당되는 것이어서 백철의 지위란 이로써 반석 위에 올려진 형국이었다.

그러나 무엇보다 교수 백철의 권위 및 그 명성을 맨 먼저 반석 위에 올려놓은 결정적인 저술은 『조선신문학사조사』이다. 이 저술은 대체 어떤 위상에 놓이는 것일까. 이 물음은, 백철이 오랫동안 경쟁과 우정을 유지해온 카프 서기장을 지낸 『현해탄』(1938)의 시인이자 중후한 평론집 『문학의 논리』(1940)의 평론가인 임화의 선구적 업적인 신문학사와의 관련을 떠날 수 없게 되어 있다. 물론 이에만 그치지 않는다. 박영희의

「현대조선문학사」도 그 위상을 요구하기 때문이다.


## 4. 임화의 신문학사론과 신이원론 비판—신남철과의 대결


　두루 아는 바와 같이 임화는 「조선신문학사론서설」(1935), 「개설조선신문학사」(1939~1940)를 쓴 바 있는데, 이 모두는 처음 있는 일이자 동시에 오늘날까지도 문제적인 성격을 띠고 있다는 점에서 특징적이라 할 것이다. 특히 「신문학사의 방법」(『동아일보』, 1940.1.13~20)은 과연 그것이 실제로 그가 기술한 신문학사와 얼마나 일치하는가를 알아보는 일도 중요하지만, 방법론을 문제 삼는 일이 희귀한 우리의 처지에서 볼 때 그 자체가 이질적이어서 인상적이라 할 만하다. 그러나 이러한 측면이 어떤 부분적 오류를 안고 있다든가 혹은 전면적인 오류라고 지적하는 일도 응당 필요한 일이지만 그에 못지않게 중요한 것은 따로 있다. 깊이 살펴보지 않더라도 임화의 신문학사 방법론에서 유물사관의 파행적 이해와 적용, 또 식민지 사관과의 기묘한 유착을 볼 수 있다. "신문학사는 이식문학(문화)의 역사다"라는 유명한 명제가 이 사실을 잘 뒷받침하고 있는 셈인데, 이를 가운데 두고, 임화의 개인적 오류나 한계를 지적하는 일도 우리가 해야 될 과제이겠지만, 이를 통해 선명히 드러나는 30년대의, 문학사에 대한 어떤 보편적 편견을 이론적으로 극복하는 일은 좀 더 우리에게 직접적인 과제가 될 수 있다.
　어떤 보편적 편견이라고는 하나, 적어도 그 편견은, 문학의 의미를 텍스트와 시대배경과의 기계론적 관련에서 이끌어내는 실증주의적 방법이나 텍스트와 연구자의 주관적 관련에서만 파악하는 분석주의적 방법에 비할 때 훨씬 거시적이고 복합적인 것이라 할 수 있다. 말을 바꾸면 그의 방법론은 부정적 측면에서만 검토될 가치가 있는 것이 아니라, 적극적 측면에 초점을 올려놓을 때 좀 더 생산적인 연구과제에 접근될 것이다. 그런데 우리의 연구 수준으로는 아직 위의 어느 것에도 본격적인 관심을 가져보지 못한 형편인데, 그것은 워낙 이 방면의 관심이 부족한 데에서 왔던 점도 있고, 상황적 이유도 작용했음이 사실이다(문학사 방법론 비판은 김윤식, 「이식문학론 비판」, 1987 참조). 요컨대 임화 문학사의 부분적 오류를 탐색하며 시대의 보편적 편견을 적출하고 이를 극복하는 일은 물을 것도 없이 우리문학 연구진이 안고 있는 직접적인 과제임엔 틀림없지만, 그러한 과제를 좀 더 효율적으로 다루기에 필요한 예비고찰을 해두는 일은 무엇보다도 우선하는 과제가 아닐 것인가. 왜냐하면 임화가 제시한 이식문학사론이란 부분적 오류라든가 어떤 시대의 보편적 편견 이상으로 우리 근대사를 지배하는 큰 범주여서, 단순한 논리로는 설명되기 어려운 처지에 놓여 있기 때문이다. 왜 임화는 문학사를 쓰지 않으면 안 되었을까, 다시 말해 문학사기술을 강요하게끔 한 그 창작동기를 알아내는 일이 일차적으로 필요하다. 그러기 위해 우리는 먼저 조금 뒤로 물러설 필요가 있겠다.

임화가 맨 먼저 문학사를 쓴 것은 「조선신문학사론서설」(『조선중앙일보』, 1935.10.9~11.13)인데 여기에는 '이인직으로부터 최서해까지'라는 부제가 붙어 있다. 이 글은 병을 얻은 임화가 그해 10월 처가가 있는 마산에서 결핵 요양하는 중에 쓴 것인데, 이때 그는 카프중앙위원회 서기장으로 있었다. 카프의 이른바 신건설사 사건은 1934년 9월 전북 금산에서 일어난 것으로 치안유지법 제1조 2항에 따라 기소된 자는 총 23명이었고 이듬해 6월까지 예심종결, 동 10월 28일 공판에서 전원 기소유예된 바 있다. 김남천은 제1차 검거로 인해 집행유예중이어서 이 사건엔 불기소되었으며 임화는 병으로 인해 제외된 처지였다. 신건설사 사건 공판으로 세상이 떠들썩한 상황 속에서 임화는 이 글을 병중에 썼고 또 발표한 것인데, 이 글을 쓰지 않을 수 없는 서기장 임화의 내면풍경을 헤아려보는 일은 이 글이 안고 있는 어떤 방법론보다 우선하는 것이라 할 수 있다.

먼저 이 글의 제목에 주목해본다. 「조선신문학사론서설」이라 할 때, 문학사론이 가리키는 바는 무엇이겠는가. 사론이라 할 때 그것은 역사 기술의 바탕이 되는 철학에 다름 아닐 터인데, 임화에 있어 그 철학이란 무엇인가. 다른 말로 하면 사관과 미학에 대한 견해가 무엇인가를 묻는 일이 되겠는데, 이러한 것의 드러냄이란 물론 어떤 계기가 필요한 법이다. 그 계기를 그는 이렇게 밝혀놓고 있다.

> 이 글은 신경향파문학의 역사에 대한 전혀 부당한 수삼의 논문을 비판의 대상으로 하는 국한된 목적으로 기초된 것이 의외로 벌어지고 깊어져서 전혀 발표의 사정에 의하여 불손한 제목을 붙이게 된 것이다. 그러므로 이곳에서 '사론'에 상응하는 풍부한 내용을 기다린다면 적지 않은 실망을 가질 것을 미리 말해두는 바이다.
>
> —「전언」

이어서 그는 또한 문학사연구에 대한 관심을 전부터 가져왔음도 덧붙이고 있다. 전주사건으로 카프멤버 대부분이 감옥에 있는 현실 속에서, 카프 해체론 및 프로문학에 대한 비판이 정작 문단 내부에서 터져나오자 카프서기장 또는 적어도 카프의 실질적인 책임자인 임화로서는 어떤 결정적인 발언을 하지 않으면 안 되었음이 위의 기록에 잘 드러나 있다. 카프 맹원들이 감옥에 끌려가 고초를 당하고 있는 것이 과연 자업자득이냐 정치적 폭력이냐를 묻는 것이란 결정적인 포인트가 아닐 수 없는 대목이다. 카프문학(신경향파)이 저토록 감옥생활을 하게 되는 것의 원인이 카프 속에 내포되어 있는 미학적·문학적·이론적 오류에서 온 것이냐 아니냐를 따지는 일은 카프 측으로서는 사활이 걸린 일이 아닐 수 없는 문제였다. 비록 권력의 폭력에 의해 카프가 감옥에 갇혀 있지만, 그들이 전개했던 문학행위는 어디까지나 정당하다는 확신을 이론적으로 제시하는 일이야말로 임화가 맡은 소임이었다. 카프의 10년간의 문학적 전개에 대한 "전혀 부당한 수삼편의 논문"이란 구체적으로 무엇인가. 이런 물음은 두 가지로 갈라서 생각할 수 있는데, 하나는 카프 진영 내에서의 것과 카프 외부에서의 것으로 갈라볼 수 있겠다.

앞의 것은 전주사건 이전 일로서 구체적으로는 박영희의 「최근문예이론의 신전개와 그 경향」(『동아일보』, 1934.1.2~11)을 가리킨다. "얻은 것은 이데올로기요, 상실한 것은 예술 자신"이라는 명제가 그것이다. 이것은 물을 것도 없이 예술과 생활의 이원론을 소리 높이 외친 것인데, 이를 두고 카프 진영 중에서는 다만 김팔봉이 「박군은 무엇을 말했나」(『동아일보』, 1934.1.27~2.6)에서 조금 언급했을 뿐 정작 카프지도부에서는 거의 침묵으로 일관해왔었다. 이는 카프 내부의 비판세력이 아직도 상당수 남아 있고, 일본을 비롯하여 공산당 자체의 전향 논의가 사상계를 휩쓸고 있었기 때문이다. 카프 내부에서의 자기비판은 어느 정도 여유 있는 현상인 만큼 결정적인 것이라 하기 어렵지만, 카프의 거의 대부분이 감옥에 있는 마당에 외부로부터의 카프 비판은 경우가 다른 것이라 볼 수 있다. 게다가 감옥에 가지 않은 임화의 윤리적 자의식이 작용되었을 가능성도 생각해볼 수 있다. 카프 외부라고는 하나 구체적으로는 역사철학자 신남철의 「최근 조선문예사조의 변천—신경향파의 대두와 그 내면적 관련에 대한 한 개의 소묘」(『신동아』, 1935.9) 및 이 논문이 안고 있는 문제점에 관련된 이종수의 「신문학 발생 이후의 조선문학」(같은 곳), 김기진의 「프로문학의 현재수준」(1934.2) 및 박영희의 앞의 논문까지를 가리키고 있다. 이러한 사정을 알아차리기 위해서는 비평사적 안목이 조금 필요하다. 전향론을 맨 처음 내세운 것은 이형림, 박영희 등이었고, 이들을 비판한 것은 김기진이었다(자세한 것은 김윤식, 『한국근대문예비평사연구』, 1976 참조).

그런데 경성제대 출신의 역사철학 전공자이며 마르크스주의 이론을 배운 것으로 알려진 신남철의 이론적 관점과 전향자 박영희의 관점, 그리고 박영희를 비판한 김기진의 관점이 실상은 백보 오십보에 지나지 않는다는 점이야말로 임화가 발견한 사실이었다. 한마디로 그것은 삶(정치)과 문학(예술)을 별개의 기능으로 보는 이원론이 그들 이론의 기본틀이었다. 이러한 사실의 지적은 한국근대문학사상사에서는 특기할 사항이 아닐 수 없는데, 그것은 문학의 과제이자 미학의 과제인 까닭이다.

> 박영희적 이론에 대하여 정면의 비판가로 등장한 김기진 씨는 말할 것도 없거니와 신남철, 이종수 양씨가 다 박영희적 이원론의 비판자라는 점에서 한 개의 공통점을 가지고 있다. (…중략…) 이렇게 본다면 박영희, 이형림 등과 그 비판자인 제씨들을 지금 한 개의 이론적 체계하에 놓는다는 것이 모순되는 것 같으나 그러나 우리들의 이해할 요점은 이 비판자나 비판당하는 자나 모두가 동일한 이론적 기초 위에서 출발한 두 개의 지엽이란 (요)점이다.
> —「조선신문학사론서설」, 3회분

임화가 문제 삼은 것은 박영희·이형림·김기진 등 카프 진영 내부에서 돋아난 이원론보다도, 그것까지를 포함한 신남철로 대표되는 '신이원론'이었으며, 그 때문에 임화가 이 글의 부제목을 '이인직으로부터 최서해까지'라 했던 것이다. 이 부제목이 의미하는 것이야말로 그의 신문학사론의 기본틀이자 다른 한편으로는 '신이원론'의 극복인 셈이다. 조금 설명을 곁들인다면 신남철은 그의 논문에서 이광수의 『무정』·『개척자』 등이 사실상 진보적·경향적 요소를 가졌으나 그것들이 개개인의 생활개선의 범위를 탈각하지 못했다고 보고(그것들이 사회적 계급문화의 개인주의적·상업주의적·유물주의적 표현에 불과하였다고 봄) 이러한 것이 조만간 새로운 세력의 성장과 함께 대두한 신경향파문학과 대립하게 되었다고 지적한 것이다. 곧 이광수의 문학과 신경향파 문학을 막바로 대립시키고, 그 대립의 근거를 사회적 기반의 다름에서 찾고자 한 것이다. 이러한 신남철의 논점에 대해 임화가 지적한 것은 이광수에서 신경향파에 이르는 중간단계 또는 매개항의 결여에 관한 것이다. 거기에는 문학적 세대교체의 본질적 사고, 다시 말해 신경향파 문학이 형성되지 않으면 안 될 사회적·계급적 근거와 이광수 문학이 과거의 문학으로서 역사의 국면으로부터 퇴거하지 않으면 안 될 '동일한 근거'의 분석을 볼 수 없고, 또 그때 대립된 근거의 역사적 관련의 필연성 천명이라는 가장 중요한 사항(변증법적 관련)이 빠져 있다는 것이다.

이상에서 우리는 임화가 신문학사론을 쓰게 된 동기와 그 논리적 거점, 이 두 가지를 드러낸 셈인데, 이를 다시 정리한다면 다음과 같다.

첫째로 신경향파 문학을 우리 신문학사 속에 정리하고자 하면 이원론부터 극복해야 된다는 점. 어째서 그러한가를 묻는 일은 이 경우 어리석은 물음이다. 문학의 본질을 파악하는 두 가지 세계관의 차이가 거기 가로놓여 있기 때문이다. 문학과 삶(정치)을 각각 별개의 영역으로 보고 그러한 논리에 따르는 문학관이 있을 수 있다. 그것은 물을 것도 없이 분업을 기본전제로 하는 자본주의체제의 산물이다. 만일 이 논법에 기댄다면, 박영희의 초기작이자 그로 말미암아 카프 내부에서 격렬한 논쟁을 일으킨 「사냥개」(1925)·「철야」(1926)·「지옥순례」(1926)야말로 김기진의 말대로 "기둥도 서까래도 없이 붉은 지붕만 있는 집"에 지나지 않을 것이다. 뿐만 아니라 벽신문이라든가 카프의 일부 시는 선전 삐라로밖에 볼 수가 없는 노릇이다. 이러한 논법이 이른바 이원론이며, 그 근거는 자본주의적 생산분업에서 말미암은 것이지, 그 자체가 옳다 그르다 할 준거는 못되는 셈이다. 만일 분업이 전면적으로 거부당하는 체제 쪽에서 본다면 삶과 문학의 구분은 없는 법이며, 기둥이라든가 지붕의 비유 따위도 성립될 수 없다는 것이다. 이를 두고 유물변증법이라 한다면 설명이 지나치게 거칠다고 할 수는 있으나, 논법 자체는 비난당할 이유가 없다. 『도이치 이데올로기』(1846)에서 마르크스, 엥겔스는 이렇게 적고 있다.

분업이 시작되자마자 각인은 생활터전을 잃지 않으려는 한도에서 그는 그

것에 구속되며 거기에서 벗어나지 않는 자기의 일정한 전문적 활동범위를 얻
는데 (…중략…) 공산주의 사회에서는 그러한 각자는 전문적인 활동의 범위에
제한됨이 없이 임의의 영역에서 자기를 완성시킬 수가 있다.

—岩波文庫, 1956, 43~44면

무엇보다도 여기에는 이원론이 불가능하다. 일체의 생산은 사회가
조정하며, 따라서 각자가 오늘은 이런 일을 내일은 다른 일을 해낼 수
있다는 것은, "각자는 저마다의 가슴 속에 라파엘을 갖고 있다"는 명제
를 가능케 하는 것이다. 인간은 분업 아닌 전면적·일원적 활동을 할
수 있다고 보는 쪽에 선다면, 그것은 전문직을 전제로 하는 사회와는
질적으로 다른 차원에 속한다고 할 것이다. 임화가 신경향파 문학을 문
학사적으로 규정하는 작업에서 맨 먼저 내세운 것은 바로 이 점이었다.
만일 우리 신문학사에서 지나간 10년간의 신경향파 문학을 정리·평가
할 때, 이원론 위에 선다면, "얻은 것은…… 잃은 것은……"이라는, 기
치도 선명한 이원론에 짓밟혀 기껏해야 기둥도 서까래도 없는 붉은 지
붕만 있는 허구의 괴물에 멈추고 말 것이다. 마찬가지로 만일 분업을
철저히 거부하고 만인은 저마다 가슴 속에 라파엘을 간직하고 있다는
쪽에 선다면 박영희적 관념론이란 변증법의 매개항의 일종으로 정립될
수 있는 것이다. 최서해적 체험도 이와 꼭 마찬가지 현상의 일종이라
파악한다. 말을 바꾸면, 임화의 견해로는 박영희·이형림을 두목으로
하는 일련의 이원론자적 '당파성 해체론자들'의 설교와 같이 그 전 체
계를 한 묶음으로 묶어 부정하는 것이 아니라, 그러한 이원론이 판을
쳐온 일, 그러한 이원론자들이 나와서 그러한 이원론적 현상을 지적하
며 신경향파 문학을 맹공하거나 조소의 대상으로 삼는 일 자체야말로
"조선의 어리고 약한 근로자층이 성장의 고통 가운데서 지불한 불가피
했던 계급적 희생"을 대가로 한 것이 아니었던가로 요약된다. 곧 "약하
고 어린 조선의 근로층이 거기에 수반되는 경험이 없던, 나이어린 문학

예술의 대오가 역사적 과정 가운데 내놓지 않을 수 없는 실로 아픈 공물(貢物)"이었던 것이다. 박영희가 「지옥순례」나 「철야」에서 그야말로 서까래도 기둥도 없이 붉은 지붕만으로 집을 지은 꼴이었던 사실, 최서해가 「홍염」(1927)에서 도끼로 청국인 지주를 쳐 죽이고 방화하여 딸을 구출하는 그 발작적인 행위란, 또는 「기아와 살육」(1925)에서의 행위란, 임화의 주장에 따르면 나이 어린 문학예술의 대오가 역사적 과정 가운데 내놓지 않을 수 없는 "실로 아픈 공물"이지 절대로 부정될 성질의 것이 아니다. 곧 우리의 현실적 과정이나 문학예술의 운동이 이러한 희생을 지불하지 않았더라면 그보다 몇 백배 귀중한, 본질적인 것을 희생의 제단에 내놓았을 것이다. 그러니까 임화는 박영희적 관념론, 최서해적 체험론을 부정함이 아니라 역사적 발전단계의 일환으로 수용하는 처지를 선명히 한 것이다. 어째서 그러한 수용론이 이원론 극복의 매개항인가를 묻는 일이야말로 임화이론의 최강점이다. 임화가 공격한 신남철의 논법은 이렇게 되어 있다.

> 비상히 유치한 수법, 졸렬한 취제(取題), 미숙한 문장, 초보적인 자각의식을 가지고 시를 쓰고 소설을 지었음에 불구하고 그것이 이광수 등의 개인적 상인적(商人的) 문학작품보다 낫다는 것은 그 수법 그 문장 그 취제에 있어서가 아니라 사회적인 소위 목적의식적 개조 운동과의 관련과에 있어 우위를 가졌다는 것이다.
>
> —「최근 조선문예사조의 변천」, 1935.4, 7면

신경향파 문학은 대체로 문학 예술적으로는 이광수 등 부르주아적 문학에 비해 뒤떨어지면서도 그것이 후자보다 우월하다고 보는 유일한 근거는 신경향파 문학이 '목적의식적 개조운동'과 연결되는 '초보적인 자각의식'을 그 내용으로 했기 때문이라는 것이 윗글의 요지이다. 또 이 인용을 다른 말로 바꾸면, 신경향파 문학은 사상상의 현상으로서는 우위적 발전적 상태이나, 예술상으로는 퇴화된 보잘것없는 것이며, 이

광수 문학은 그 반대라는 것으로 요약된다. 곧 세계관 상의 진화에 예술적 발전은 부합하지 않다는 것인데, 이것이야말로 '신이원론'이라 할 수 있다. 이를 두고 임화는 신남철의 이론이란 문화상에 있어 세계관적 과정과 예술적 과정의 '내적 관련성'을 설명치 않고 문학적 발전상에 있어서 사상과 예술성을 철저히 분리하고자 하는 것으로 파악한다. 신남철의 이러한 이원론은 어디에서 말미암았는가를 묻고 임화는 이렇게 비판하고 있다.

<blockquote>

상기 인용 중에 표시된 씨의 이른바 '초보적인 자각의식'과 '목적의식적 개조운동'과의 관련이란 전일적 내용의 개념을 두 개의 상이한 것으로 취급한 역사이해의 방법으로부터 유래한다.

—제5회분

</blockquote>

임화의 이러한 역사비판의 안목은 어디서 연유한 것이었을까를 우리는 또한 물을 수 있는데, 그는 그것을 사적 유물론에서 배웠다고 말하고 있어 인상적이다. 임화가 이해한 사적 유물론에 기대면, 한 개의 관념 형태로서의 자각의식의 '초보성'을 목적의식적 개조운동 그 자체의 '초보성'으로부터 연역하고 후자가 가진 현실적 '초보성'의 정신적 반영을 그것으로 말미암아 제약된 필연적인 결과로 파악하는 것인데, 신남철은 이 사실을 몰각했기 때문에 '신이원론자'로 낙인찍힐 수밖에 없었던 것이다.

그러면 임화가 제시하는 이원론 극복의 구체적 논지는 무엇인가. 임화는 신남철이 이광수와 신경향파를 막바로 대립시킨 점을 들고 매개항 없는 이러한 역사이해의 천박성을 수정 보완하고자 했는데, 그 구체적인 매개항으로 박영희적 관념론과 최서해적인 체험론을 들었다. 이 두 가지 매개항 때문에 이광수에서 신경향까지를 겨우 연결시킬 수 있다고 본 것이다. 곧 이광수 문학은 미숙하나마 한일병합에서 3·1운동

직전까지의 한국인의 개인과 사회의 합일이라는 사회적인 의식을 문학으로 전위시켜 보여준 것이며, 3·1운동 실패로 말미암아 개인과 사회의 관계가 분리되어 박영희적 관념의 가닥과 최서해적 체험의 가닥으로 분화되었던 것인데, 이 두 가닥을 종합하는 사회의식의 과정에 대응되는 것이 이른바 신경향파 문학이었던 것이다.

이렇게 보아올 때 임화 신문학사론의 도식은 분명히 드러난다. 신경향파문학을 우리 신문학사의 적자의 자리에 올려놓기 위해서는 이원론을 극복하는 일과 이인직·이광수와 연속선상에 그것을 올려놓는 일이 동시에 필요했던 것이다. 그의 이러한 논리는 당시로서는 상당한 정합성을 가진 것이어서 25회에 걸친 장문의 연재물로 될 수 있었다. 그 위에 감옥에 가지 않은 카프 서기장 임화의, 감옥에 간 많은 카프 맹원 및 그들의 업적에 대한 정당성 부여라는 도덕적 열정도 이 글 속에는 짙게 배어 있어 그 무게를 더하고 있다.


## 5. 「개설신문학사」의 처녀성


임화가 마산에서 요양을 마치고 서울에 와서 활동을 시작한 것은 카프 전주사건 종결(1935.10.28) 이후인 1937년이며, 이 시기에 집행유예로 풀려난 카프 진용을 재건하기에 힘쓴 흔적은 많다. 『조선문예』를 비롯한 여러 지면에 그의 비평행위가 두드러졌는데, 그중에서도 특기할 것은 「개설신문학사」(『조선일보』, 1939.9.2~11.25) 및 「개설조선신문학사」(『인문평론』, 1940.11~1941.2, 1941.4)의 집필이다. 개설신문학사와 앞장에서 살펴본 신문학사론을 비교해볼 때, 앞의 것이 뒤의 것에 비해 그 집필 동기 면에서 훨씬 크고 웅대하다는 점이야말로 우리가 힘써 밝혀볼 만한 사항이 아닐 수 없다.

임화의 신문학사 집필동기가 그의 위기의식의 극복과 깊은 관련이 있음을 앞에서도 보았거니와 이 사실의 재확인은 한 인간의 위기의식에 관련된 것이어서 그가 쓴 신문학사 자체를 이해하는 데 지름길의 하나를 이룬다. 「조선신문학사론 서설」을 1935년 10월 마산에서 집필했음을 밝혔거니와, 실상 그는 그보다 몇 개월 전(1935년 6월이라고 북조선 기소문엔 기록되어 있으나 실상은 5월이다)에 서울 신설정 탑골 승방에서 경기도 경찰부 주임 경부 사이가[齋賀]에게 카프해산성명서를 서명, 제출까지 한 바 있고, 이것을 김남천이 경기도 경찰부에 제출한 것은 1935년 5월 21일이었다. 자기 손으로 카프해산 성명서에 서명한 임화의 처지로서는, 많은 카프멤버들이 간 전주 감옥에는 그가 비록 병으로 가지 않았다 할지라도, 그로 인한 정신적 고통은 한층 가열했던 것으로 볼 수 있다. 그의 내면풍경은 위기의식에 충만한 것이었는데, 이에 대한 유일한 보상책은 다름 아닌 카프문학의 역사적 의의를 밝혀 역사 속에 오롯한 자리를 마련해주는 일이었던 것이다. 이를 두고 임화의 권력의지라 불러도 될 것이며, 한 인간의 실존적 과제라 보아도 크게 틀리지 않을 것이다. 그러므로 그가, 유물론자이며 역사철학자로 자처하는 제국대학 출신의 사상가 신남철의 이원론을 '신이원론'이라 규정하고, 이를 극복하고자 힘쓰고 있는 광경은 그 자체가 실천행위의 일종이 아닐 수 없었다.

이와 거의 같은 현상이 「개설신문학사」 집필동기에서도 발견되는데, 다만 이번에는 그 동기가 좀 더 크고 포괄적이라는 점이 다르다고 할 수는 있다. 마산에서 서울로 옮겨와 본격적인 문학활동을 시작한 것은 1937년 9월 중순경이었는데, 그해 10월엔 그도 별 수 없이 전주에서 집행유예로 풀려난 카프맹원들과 함께 총독부 소속 경성부 사상보호관찰소(공산주의자의 생활을 돕는 일제의 기관)에 가입했고, 금광기업주 최남주의 출자로 만든 출판사 학예사를 경영했으며, 1939년에는 총독부 관리들과도 만나 시국에 타협하는 자세를 보였는데, 이미 이때 조선문학에 대한 제약은 내선일체사상의 강화와 비례관계에 놓여 있었다. 조선문학 자체가 소멸될 처지 앞에서 그는 역사에의 전망을 하기 어려웠던 것으로 볼 수 있는데, 그것은 임화의 우둔함에서 온 것이기보다는 이 시대가 안고 있는 문학의 특수성에서 말미암은 것이다. 그 특수성이란 문학예술이 정치행위의 몫을 담당했다는 점에 관련된다. 혁명이 바로 가까이 왔다는 예감을 전제로 한 공산주의가 비합법적인 상태에 놓여 있었다는 사실을 고려에 넣을 때, 대중 앞에 허락된 좁은 합법적 활동의 무대에 문학예술이 겨우 열려 있었던 시대에는 문학이 정치의 몫을 대행할 수밖에 무슨 도리가 있었겠는가. 문학에서 일원론의 근거는 따라서 이중적이다. 마르크스주의에 있어 문학예술은 레닌의 논법대로 당의 문학이며 정치의 나사못이어서 일원론의 선명한 논리를 갖추고 있는데, 카프문학은 그 위에, 위에서 본 시대적 특성으로서의 정치 곧 문학이라는 또 다른 일원론을 성립케 한 것이라 이해된다. 모든 정치행위가 비합법적이고 오직 문학행위만이 합법적으로 열려진 풍토에서라면, 그때 정치행위란 일체의 죄악을 정화시키는 만능적인 것, 또한 행복을 약속하는 유토피아를 의미하는 환각과 같은 존재였던 것이다. 이 순간 정치는 문학정신 그 자체와 막바로 통하는 것이라고 임화가 보았다면 그것은 조금도 이상할 것 없다.

지금까지 우리는 「개설신문학사」를 집필할 때의 임화의 내면 풍경을 조금 엿본 것인데, 「신문학사론」을 쓰던 1935년의 위기의식보다는 이번의 경우는 조선문학 자체의 존립에 관련된다는 점에서 한층 포괄적이고 또 큰 과제로 이해된다. 말을 바꾸면 「개설신문학사」는 신경향파 문학에 대한 정당한 평가라는 국한된 범주에서 벗어나 조선신문학 전체에 대한 정당한 평가에로 옮겨왔다. 이런 이유로 임화의 위기감이나 초조감은 1935년의 경우보다 훨씬 감소되었을 뿐만 아니라, 카프의 지도자라는 일개 집단의 그것에서 벗어나 좀 더 큰 테두리 위에서 자기를 정립시킬 수 있었던 것으로 파악된다. 그 구체적인 증거가 바로 「개설신문학사」이다.

‘개설신문학사’라는 큰 제목을 달아놓고도 그는 이 글을 두고 “여기서 나는 우리 신문학의 기술적 통사를 기획하고 있지는 않다”라고 했는데, 이 발언은 이 글 전체를 이해함에 거멀못 몫을 하는 것이다. 기술적 통사가 아니라면 그러면 그것은 과연 무엇을 겨냥한 것일까. 통사의 기초가 될 ① 중요한 자료의 정리, ② 연결관계의 천명, ③ 문제의 발견, ④ 체계화의 시험 등을 겨냥한다는 것이다. 이 네 가지 항목은 실상은 다음 두 가지로 압축시켜 볼 수 있는데, 하나는 자료정리가 제1차적 작업이고, 그 자료에 대한 평가 및 체계화란 기실은 역사적 개괄을 통해서라는 점이 그 다른 하나이다. 사료의 수집과 평가를 통해 역사적 개괄이 가능하며, 그 개괄을 통해 사료의 배열·체계의 수립이라는 측면(표현)이 가능해지는 것이니까, 양자의 관계는 역사기술의 상식인 셈인데, 굳이 그가 통사기술이라 하지 않은 것은 이 방면의 연구가 완전한 처녀지였음을 직간접으로 암시하는 것이다. 다른 말로 하면 임화는 이 연구에서 통사적인 것을 처음부터 뛰어넘고자 했던 것이며, 이 연구가 오늘날에도 단지 선구적인 업적에 멈추지 않는 이유도 이와 관련이 있다.

이 연구의 범위를 보면 다음과 같다(신문 연재분에는, 목차의 혼선이 있어, 그 자신이 뒷날 정리해 놓은 목차에 따름).

소서 — 본 연구의 한계

제1장
서론
    1. 신문학사의 의의와 내용
    2. 우리 신문학사의 특수성
    3. 일반조선문학사와 신문학사

제2장 신문학의 태반
제1절 물질적 배경

신문연재분 총 88회 분이 위의 목차 속에서 소화되었는데, 제일 많은 분량을 차지한 것은 제3장이며 그중에서도 이인직과 그의 작품 항목이며, 이해조에 대한 논의를 하던 도중에 연재분은 중단되고 말았다. 그로부터 만 일 년 뒤에 『인문평론』으로 자리를 옮겨, 이해조 부분을 잇기 시작하였으며, 4회에까지 나아갔으나 여전히 미완으로 마감되고 말았다. 그러니까 임화의 「개설신문학사」는 이인직·이해조론으로 그 중심부를 삼았음이 판명되는데, 이 사실은 아무리 강조되어도 지나침이 없다. 이 연구가 비록 미완성이라 하나, 이인직·이해조를 중심에 놓고, 그 위로 거슬러 올라가는 일, 아래로 내려오는 일이 각각 가능한 만큼 이해조 다음이 쓰였다 해도 큰 의미는 없는 것처럼 보이기 때문이다. 뿐만 아니라, 임화문학사의 기본항이자 고정관념이기도 한 저 악명 높은 이식문학론의 근거가 바로 이인직·이해조 항목에서 말미암은 것인 만큼 그가 이 항목에 열정을 쏟았고, 또 유연하게 대처하고, 심도 있는 고찰을 얻어낸 것은 자연스런 일이라 이해된다.

앞에서 우리는 「개설신문학사」의 처녀성을 잠깐 지적한 바가 있는데, 그것은 이 방면 연구의 첫 번째라는 것 이상을 의미한다. 그것은 순수성과 열정을 동반한 것이자 동시에 문제적 성격을 띠었다는 뜻이기도 하다. 실상 이 연구가 진행되던 당시, 조선문학사 연구 및 조선사회경제사 연구는 경성제국대학을 중심으로 상당한 학문(과학)적 수준에 도달해 있었다. 임화가 신문학사 배경 연구에 바친 노력은 거의 이러한 선구업적에 힘입은 것이라 해도 결코 지나친 말은 아니다. 김태준의 『조선소설사』(1933), 조윤제의 『조선시가사강』(1937)은 임화에 직접적인 영향을 준 선구적 업적이었으며, 신문학의 태반을 논의함에 있어 이론적 배경이 되는 마르크스의 아시아적 정체성 이론과 그 한계에 관한 부분에 관해서는 백남훈·이청원·김광호 등의 국내 학자와, 경성제대의 사회경제연구 진용의 시카타 히로시[四方博]의 「조선근대자본주의 성립과정」, 모리타니 가쓰미(森谷克己, 비트포겔 이론의 비판적 수용론자)의 「구래의 조선농업사회의 연구를 위하여」(경성제대 논문집 『조선사회경제사연구』, 1933)를 비롯, 하야카와 지로[早川二郎]의 「이조의 경제 상태에 관한 약간의 고찰」(『역사과학』 제5권 2호) 등의 학문적 업적에 크게 힘입고 있으며, 교육제도를 비롯한 개화사상에 관한 부분은 통감부 및 총독부에 직접간접으로 관여한 다카하시 하마키치[高橋浜吉]의 『조선교육사고』(1927)에 기대고 있다. 「개설신문학사」는 '태반'이라든가, '태생' 등의 용어사용으로 미루어보면, 문학사를 유기체 이론으로 사유하는 낭만주의적 사상이 침투되어 있어 조윤제의 문학서술 방식과 닮아 있긴 하지만 실제상의 기술방법은 현저히 과학적이고 문제사적인데, 그 이유는 위에 든 조선근대사에 대한 여러 학문적 업적 때문이었던 것이다.
「개설신문학사」의 집필 동기 및 그 배경이라든가 구도는 이상에서 조금 밝혀졌으리라 믿는다. 1935년에 쓴 신문학사론의 집필동기보다는 한층 크고 복잡한 것임을 한눈에 볼 수 있는 것이긴 하나, 잘 따져보면 구도와 착상의 패기면에서는 오히려 「개설신문학사」 쪽이 뒤진다고 할 수 있다. 신문학사론에서 그는 이인직, 이광수, 신경향파의 선명한 도식을 제시한 바 있으며, 이 도식은 실상은 김팔봉의 「프로문학의 현재의 수준」(『신동아』, 1934.2), 「조선문학의 현재의 수준」(『신동아』, 1934.1)에서 그대로 드러나는 것으로, 말하자면 일반적 이해수준이라 할 것이다. 임화에게 이 구도에 따라 거대한 디테일을 부여하는 일과 그 구도를 꿰뚫고 흐르는 이념을 발견하는 일이 절대적으로 필요하였다. 곧 신문학사를 이룰 이론적 골격을 찾아내어야 했는데, 이는 선험적으로 있는 것이 아니라, 자료를 판독하고 배열하는 가운데서 역사적 개괄이 가능해지고 그 개괄에서 다시 자료 비판을 거쳐 획득되는 것이다. 임화에게 결정적인 자극을 준 신남철은 이점에 관해 다음과 같이 적은 바 있다.

적어도 어떠한 역사적 사실의 일 계열에 대한 사적 관련을 찾아서 그 내부에서 움직이고 있는 기본 동력을 명백히 하자면 그 사실(史實)의 나하아이난더(계기, Nacheinander)와 네벤아이난더(공존, Nebeneinander)의 두 측면을 구체적 보편적으로 이해하지 않으면 아니 된다. 이것은 누구나 할 수 있는 일이 아니다. 사실을 많이 또 상세히 안다고 할 수 있는 것이 아니요, 고증에 능하고 연대 맞춤에 장하다고 되는 것이 아니다. 그것은 과학적 역사관의 소유자만이 가히 할 수 있는 바이다. 세계관의 방법론을 자기의 것으로서 소지하고 있는 사람만이 가능한 것이다. 나는 이점에 대하여 아직 우리 사회에서 만족할 만한 역사이론가를 발견하지 못하고 있다. 더욱 문학사의 방법론적 연구에 있어서 저윽이 적막을 느끼지 않을 수 없다.

— 「최근 조선문예사조의 변천」, 10면

역사철학 쪽의 이러한 혹평과 희망에 대한 최초의, 그리고 유일한 응답자가 임화인데, 이러한 말은 김태준·조윤제의 선구적 업적이 있음에도 불구하고 어느정도 타당하다. 그것은 이러한 선구적 업적들이 사료의 빈약뿐 아니라, 근대까지를 잇지 못한 이론의 빈약이라는 문제점을 가지고 있다고 볼 수 있기 때문이다. 임화의 「개설신문학사」는 사료면에서 그때로서는 유례가 없을 만큼 철저한 것이었다. 그렇다면 임화가 가진 과학적 세계관이란 무엇인가, 이 물음 속에 「개설신문학사」의 의의가 깃들고 있는 것이며 따라서 그가 별도로 쓴 「신문학사의 방법론」은 그의 실제적 신문학사 기술과는 관계가 미약하거나 별개의 것으로 보아야 할 것이다(이 점에 관해서는 김윤식의 「이식문학론 비판」, 『한국문학의 근대성과 이데올로기비판』, 서울대 출판부, 1987 참조).


## 6. 이식문학론―우리에 있어 근대란 무엇인가


「개설신문학사」를 쓸 때의 임화는 과학자도 아니고 마르크스주의자도 아니며, 무엇보다 실증주의자였던 것이다. 그를 둘러싸고 있는 너무도 압도적인 힘이 그로 하여금 역사발전의 과학을 올바로 바라볼 수 없게끔 조건 지우려 하고 있었다. 그를 둘러싼 압도적인 힘(마법)이란 무엇인가. 일목요연한 해답이 가능하다. 한일병합 두 해 전에 태어나 식민지에서 유년기 교육을 받고, 철든 뒤에 일본사상계 및 문학계에서 배웠으며, 일본유학을 했거나 적어도 그와 비슷한 수준에서 학습한 세대가 식민지 통치 아래서 조선문학을 창작·비판해왔다는 것은, 카프계이든 민족주의계 또는 절충주의계이든 간에, 그를 둘러싼 마법권에서 벗어날 수 없음을 의미한다. 날 때부터 그를 에워싼 마법이어서, 공기와 흡사하여 투명하기 짝이 없어 인식될 수 없는 그 무엇이다. 비트겐슈타인의 표현을 빌면 유리로 만든 파리통(파리를 잡기위한 장치)에 갇힌 파리가 출구를 찾지 못하고 그 속에서 맴돌다가 죽는 경우와 비교될 수 있다.

그들은 동북만주에서 게릴라전을 벌이고 있는 김일성 부대라든가, 태항산을 거점으로 하여 무장 항일투쟁에 신명을 던지고 있는 조선독립동맹군의 존재, 다시 말해 민족해방투쟁의 지평을 인식할 힘이 없었다. 말을 바꾸면 민족의 주체성에 대한 성찰을 그들은 할 수 없었는데, 그러니까 조선문학이라는 개념을 가졌을 뿐 그것이 조선의 민족문학이라는 점을 파악할 수 없었다. 그들의 눈에 가린 마법이 그렇다고 무의미하다거나 불철저하다거나 미약하다는 뜻은 결코 아니다. 임화가 우리 신문학을 조선의 '근대문학'이라 한 점이야말로 임화 세대가 우리 근대사연구에 던진 중요성이며, 이것은 이들 세대가 결여사항으로 안고 있던 '민족문학'에 맞세울 수 있는 것이기도 하다. 임화 세대에겐 민족주체성보다 근대성이 훨씬 직접적이고 압도적이었는데, 이것에 충실하는 일은 이들 세대로서는 어쩔 수 없는 한계이자 또한 그들의 정직성이라 할 수 있다. 바로 한국 전쟁의 기원이랄까 분단의 기원론은 이 사실에 엄밀히 대응되는 것이어서, 이 점을 밝히고 체계화하는 일은 한국근대사상사가 안고 있는 최대의 과제가 아닐 수 없다. 훗날 남로당의 이론분자인 임화의 죽음도 이러한 이원론에서 말미암았던 것이다.

신문학사를 기술하고자 할 때, 임화를 둘러싼 압도적인 힘으로서의 마법권을 근대성이라 부를 수 있다고 했는데, 이를 달리 임화는 자기식으로 '이식문화론'이라 규정하였다. 우리 신문학사 기술에 나아갔을 때 임화를 절망케 한 것은 신문학사의 전개가 30여 년밖에 되지 않았다는 점이었다. 이 30년은 서구문학사에 견주어 보면 수백 년에 필적할 내용을 안고 있는 것이 아니겠는가. 단테라든가 복카치오에서 따진다면 3세기 또는 4세기에 해당되는 것인데, 이 엄청난 격차야말로 임화를 절망케 한 첫 번째 항목이었다. 두 번째 절망은 일본근대문학과의 비교에서

왔다. 메이지·다이쇼·쇼와 3대에 걸쳐 진행된 일본 근대문학은 백년
에 가까운 것이었다. 이 두 가지 절망을 초래케 한 근본원인은 물을 것
도 없이 근대성 때문인데, 다르게 말하면 근대성이란 서구 및 일본의
것이며, 우리에겐 그것이 아예 없었다는 점에 있다. 우리에겐 근대적인
것이 아예 싹도 나올 수 없는 것인데, 그것이 우리에게 들어왔고, 그때
부터 우리의 근대가 시작된다고 하는 발상법이 도달케 되는 최대치란
무엇인가. 일목요연하다. 서구 및 일본의 것(외래적인 것)을 이식해왔다는
것으로 된다. 그 때문에 임화가 「개설신문학사」를 쓰면서 군데군데 이
렇게 말해놓은 것은 지극히 당연한 일이다.

> 이러한 역사적 시간의 단축은 이식문화사의 한 특징이거니와 동시에 그 문
> 화 내용의 조잡과 혼란은 필연의 결과로 연구자에 막대한 곤란을 맛보게 하
> 는 것이다.
> 더욱이 조선신문학사의 30년이란 시일은 동양문화권 내의 일 지방이 처음
> 으로 서구문화에 접촉하고 그것을 이식한 기간의 전부요……
> ─「개설신문학사」, 제1회

근대란 우리에겐 외래적인 것의 총칭이며, 따라서 이질적인 것의 총
칭이기도 한 것이니까, 그 내용항목의 어떠함을 떠나 그 자체를 규정할
수 있는 첫 번째 근거는 '이식'이라는 개념이다. 물을 것도 없이 임화가
신문학사를 기술하고자 할 때, 첫 번째, 두 번째 절망과는 질적으로 다
른 제3의 절망을 체험하지 않은 것은 아니다. 그것은 새삼 말할 것도 없
이 1910년의 국권상실이다. 임화적 세대로서는 의식의 틀을 벗어날 수
없게끔 한 마법권의 형성이 바로 이점이었다.

> 더욱이 이 복잡성(두 가지 절망─인용자)으로 인도하는 또 하나의 사실로
> 우리는 정치사정의 중대변화를 특기하지 아니할 수 없다. 즉 30년간의 단시일
> 을 두고 전혀 상이한 정치상태가 갈라놓고 있는 것이다.
> ─「개설 신문학사」, 제1회

1910년을 가운데 두고, 30년을 두 토막으로 내어야 하느냐 아니냐를 문제 삼는 일은 신문학사기술의 두 가지 형태를 결정하는 거멀못이라 할 수 있다. 만일 1910년을 두고 두 토막으로 역사인식을 달리해야 한다는 쪽에 설 경우 그는 민족문학, 곧 민족주체성의 회복을 위한 문학의 원점을 신문학의 기원으로 설정하여 기술해야 할 것이며, 그 결과는 자명하게도 고전문학과의 연속에로 치달을 것이다. 그 대신 그에게는 근대란 제국주의 자체를 가리키는 '악'으로 인식될 것이다. 만일 1910년을 의식하면서도 다만 그것을 근대를 설명함에 있어 복잡성의 한 가지 형태로 본다면 사정은 크게 달라져서 근대성 설명 속에 녹아들어가 시간이 지날수록 그것에 대한 인식의 강도는 줄어들게 될 것이다. 임화 그는 어느 편에 섰던가. 당연히도 그는 후자 속에 서서 신문학사를 기술하였다. 물론 임화는 여기에 대해 고민하지 않았던 것은 아니었지만 그는 일본 메이지시대의 국학이 양학의 출발점으로 된 사실과 우리의 실학과의 대비라든가, 일본의 자본주의 발달과정과 우리의 그것을 비교해보는 일 자체에 지나치게 열중한 나머지, 그러한 비교 따위가 1910년을 원점으로 인식하는 역사관에 무슨 도움을 줄 수 있을 것인가에 대한 고려를 할 틈이 없었던 것으로 보인다. 파리통에 갇힌 파리가 그를 둘러싼 투명한 유리의 벽을 보지 못하는 것과 흡사한 현상이 벌여졌던 것이다. 적어도 그가 「개설신문학사」를 집필하는 과정에서는 그렇게 보이는 것이다. 새삼 말할 것도 없이 그가 신남철의, 문학과 사회의 내적 관련설을 뼈아프게 기억하지 않았을 리가 없었겠지만 1910년의 역사단절에 대한 그의 의식의 미흡함이 민족주체성 자체의 경시로 나타난 것은 아니었다. 그것은 그가 수년 전에 쓴 「조선신문학사론서설」(1935)이 잘 말해주고 있다. 곧 이광수에서 신경향파로 이어지는 역사이해의 인식방법은 신남철의 견해와 사실상 일치한 것이었다.

시간적으로 고려할 때에는 이광수 등의 문학적 노력과 그 작품은 신경향파

에 앞서기 근 10년이나 되며 또 그 사회적인 실세력에 있어서도 전자는 후자
의 비교가 아니었다. 그러나 이 신경향파라고 이름을 붙여 가지고 그들의 문
학적 행정과 구별 대립이 되게 된 곳에는 큰 의의가 있지 않으면 아니 되는
것이었으니 그것은 즉 조선의 사회적 분열이 이윽고 대립항쟁을 개시하였다
는 것에 상응하는 것이다. 그 대립항쟁의 이데올로기적 일 표현으로서의 이
신경향파의 대두는 저으기 역사적인 사건이었다. 이것은 이광수 등의 소설이
종래의 신·구소설의 형식내용에 대한 획기적 출현이었던 것보다 몇 곱절 더
한 정히 역사적인 것이었다.

—「최근 조선문예사조의 변천」, 7면

임화가 신남철을 두고 '신이원론자'라고 매도한 것은 이러한 부분이
아니고, 신남철이 문학과 사회의 연관성을 말하는 대목에서 드러나는
약간의 인식상의 차이에 기인한 것이었다. 만일 임화가 마음먹은 「개설
신문학사」가 완결되었더라면, ① 이인직·이해조를 거쳐, ② 이광수, 그
리고 ③ 신경향파에로 나아갔을 것이고, 신경향파 문학의 전면적 고찰
을 통해 조선 후기 사회에서 신경향파까지에 이르는 역사의 연속성을
또렷이 드러낼 수 있었을지도 모른다. 그럴 때 물을 것도 없이 「개설신
문학사」의 제1회분에서 설정한 이식문학(화)론이 최대의 장애물로 등장
할 것이다. 왜냐하면 조선 후기 사회에서 근대로 이어지는 역사의 연속
성은 서구에서 이식해온 자본주의(근대)가 아니라 자생적 내발적인 조선
조적인 특수성에서 연유한 것이기 때문이다.

우리의 관심이 여기까지 이른다면 임화가 제기한 문제는 실상 지금
도 여전히 우리 앞에 놓인, 풀어야 할 과제 중의 하나라 하지 않을 수
없음을 알아차리게 될 것이다. 물을 것도 없이 이 과제는 문학사의 틀
을 넘어서는 것이 아니고 여전히 문학사의 직접적인 과제인 것이다. 만
일 문학사의 특수성을 내세워 변호하거나 발뺌을 한다면, 그것은 임화
가 신남철을 두고 '신이원론자'라고 매도한 것과 동일선상에 놓이게 될
것이다. 그렇지만 실제로 임화가 쓴 「개설신문학사」를 검토하는 일은

'신신이원론자'의 소행이라고 비난당하지 않을지도 모를 일이다. 곧 출발점에서 임화는 그를 절망케 하여 마지않은 세 가지 사항을 뛰어넘을 수가 없었는데, 그중에서도 그로 하여금 조금씩 면역성을 제공해준 것은 두 번째 절망항목이었다. 세 가지 절망이 그로 하여금 이식문학(화)론을 여지없이 내세우게 만들었지만 그중 두 번째 절망인 메이지·다이쇼·쇼와에 걸치는 백여 년과 30년의 대비 부분이야말로 이식문학론의 구체화를 가능하게 하였다. 말을 바꾸면 이식문학론의 근거는 일본 근대문학사에 젖줄이 닿아 있는 것이며, 따라서 그가 근대성을 문제 삼을 때도 그것은 일본의 그것을 직접·간접으로 가리키는 것이었다. 「개설 신문학사」에서 제일 빛나는 부분이 이인직과 이해조를 다룬 곳이라는 사실이 이를 새삼 증거한다.

이인직을 논의할 때 임화는 자료상의 약간의 착오를 일으켜 「혈의 누」(1906)를 「은세계」(1908)보다 뒤에 나온 것으로 처리하고 있으나, 이런 착오는 별로 중요한 것이 못된다. 요컨대 임화는 「은세계」가 어째서 중요한 작품인가를 다음 두 가지 점에서 제시해 놓았는데, 이 시각은 오늘날에도 조금도 빛바래지 않고 있다. 첫째는 「은세계」의 내용을 정치적 감각으로 파악한 점. 두루 아는 바와 같이 「은세계」는 최병도의 죽음까지를 다룬 부분과, 그 이후를 다룬 부분으로 두 토막이 날 정도로 작품의 구성 및 분위기가 다른 것이어서, 후반부는 이인직의 작품이 아닐지 모른다는 주장이 학계에 제시된 바 있고, 또 전반부가 최병도 타령의 기록화라는 관점에서 원각사의 대본이냐 아니냐에 관한 의문점도 제시된 바 있다(이두현·유민영·최원식·김윤식의 논문, 그리고 김종철의 「은세계 성립과정 연구」, 『한국학보』, 1988 여름호 참조). 임화의 관점은 전·후반을 통틀어 이인직의 정치적 감각에 연결시킴으로써 작품해석의 통일성을 부여했는데, 그 논리는 정치적 감각에서 왔다. 이 정치적 감각의 질적 변화시기를 「은세계」에서 측정한 것이 임화의 탁월성이라 할 것이다.

주인공 최병도는 갑신정변의 장본인 김옥균의 문하에 들고자 한 인물이었다. 그렇다면 갑신정변은 과연 무엇인가. 갑신정변 혹은 그 전후의 모든 개화파들은 구사회를 개혁할 원동력이 될 사상·학문과 문물제도를 외국(주로 일본)에서 배워왔고 따라서 외국유학 자체에다 큰 비중을 두었으나 그들이 궁극적으로 노리는 일은 정권 탈취에 있었던 만큼 그들의 의식을 지배하는 정점에는 정치감각이 있었다. 그러니까 신학문이나 사상은 과격하고 조급하지 않을 수 없었는데, 곧 그것이 정치혁명, 권력 탈취라는 목숨을 건 형국이었다. 이러한 조건이 갑오경장 이후로 오면 상당히 변질되는데, 곧 정권 쟁탈보다 외세를 배척하는 것으로 이동했다. 조선인을 제약하고 있는 기본적 힘이 수구파보다 외세였기 때문이다. 수구파란 사실상 외세에 의해 좌우되고 있었는데, 그 외세란 개화한 서구 및 일본 같은 근대국가였다. 이에 대항하는 가장 손쉬운 길이 「새 문화의 이식」(제30회)이었다. 임화가 「혈의 누」의 주인공 남녀와 「은세계」의 최병도 남매가 외국유학을 하는 일을 두고 이식문학론의 구조적 대응물(골드만 투로 말하면 상동성)로 파악한 것은 평가할 만한 대목이다. 이로써 「은세계」는 갑신정변을 가운데 둔 앞단계와 뒷단계의 정치적 감각과 그것에 대응되는 문학(구조물)으로 파악됨으로써 작품에 통일성을 부여할 수 있었다.

둘째로 작품에 대한 풍부한 해석과 문학적 안목 이상의 깊이를 부여한 점. 구세대에 속하는 인물 최병도, 그리고 그의 친구이자 최병도의 남매를 보살피다 죽은 이정수와 신세대인 옥남 남매의 비교에서 단순한 세대간의 의식차와 그것이 작품의 통일에 기여하는 측면을 지적함에 그치지 않고 임화는 이정수의 죽음을 통해 작가 이인직의 예술적 재능을 포착할 수 있었다. 민란의 매개인물로 출현한 이정수가 소주만 먹다가 죽는 장면은 이러하다.

몇 푼짜리 되지도 아니하난 집을 팔면 옥순의 남매를 다려올드시 집도 팔고 식구마다 남의 종으로 팔려서 그 돈으로 옥순 남매를 다려오겠다고 하면서

코를 칵칵 지르는 독한 소주를 말물켜듯 하난대 그때가 여름 삼복중이라 하
로종일 소주만 먹더니 날이 어슬어슬하게 저물 때에 앞뒷문, 휠적 열어놓고
자다가 몸에 불이 일어날 듯이 번열증이 나서 냉수를 찾는데, 미처 대답할 새
가 없이 재촉하야 냉수를 떠오라 하더니 냉수 한 사발을 한숨에 다 먹고 코구
녁에서 파란 불이 나면서 당장에 죽었더라.

─『은세계』, 동문사, 1908, 103면

이러한 인물 이정수의 죽음을 두고, 비극배우로 출발한 세대가 희극
배우로 바뀌어 역사 속에서 사라지는 것으로 포착하고, 이 작품을 통틀
어 제일 흥미 있는 인물이라 규정한 것은 임화의 안목이 높음에 관련된
다. 임화는 자기의 이러한 안목을 이인직에게 다음과 같이 돌리고 있어
인상적이다.

　　인간에 대하여 특히 과도시대의 복잡한 인간에 대하여 이러한 견식을 가지
　고 있던 이인직의 예술적 재능을 우리는 또한 다시 한 번 논란해 보지 아니할
　수 없다.

─「개설신문학사」, 제31회분

이와 같이 이인직의 정치적 감각과 예술적 재능을 논란하는 일은 이
해조로 넘어가면 더욱 풍요로워지는데, 이러한 해석상의 풍요로움이 가
능해진 것은 임화가 직·간접으로 그들 세계관에 젖줄이 닿아 있었던
증거가 아닐 수 없다. 이를 또 임화는 근대라 불렀는데, 과연 근대가 정
신적·의식적인 것에서 포착되는 것인지 제도적 장치가 먼저 이식되고,
그 다음에 그것에서 의식이 낳아진 것인지를 논의하는 일은 앞으로의
우리 근대문학사 및 사상사가 안고 있는 쟁점의 하나라 할 수 있겠고,
이 때문에 임화는 여전히 극복되어져야 할 존재로 저만큼 우리 앞에 놓
여 있는 셈이다.

## 7. 박영희의 「현대조선문학사」

임화의 신문학사의 다음 차례에 오는 것이 박영희의 신문학사이다. 불행히도 이 신문학사는 미간에 그쳤지만, 다행히도 훗날 백철의 손에 의해 햇빛을 보게 되었는바, 이는 신문학사에 관한 백철의 의욕이 어떠한가를 새삼 말해주는 사건성이라 할 것이다. 회월 박영희의 회고록 「초창기의 문단측면사」와 「독방」이 박영희의 가족(장남 박기원)에 의해 보관되어 왔는데, 박영희의 사위 되는 노의형 씨의 주선으로 발표된 것이었다. 이와는 달리 「조선현대문학사」는 「현대한국문학사」란 이름으로 『사상계』(1958.4~1959.4)에 연재될 때, 백철의 안내문이 붙어 있다.

> 회월의 현대한국문학사 원고가 『사상계』지에 실리게 되는 데 있어서 지금까지 수년 동안 그 원고를 내 책상 한구석에 푸대접해 둔 사과도 할 겸 또 이 원고는 직접 회월 형한테서 받은 것이 아니고 2권을 출판하려던 김진구 형에게서 전달된 것이기 때문에 그 원고가 지금까지 남아있게 된 공로는 전부 김진구 형에게 있다는 말도 여기서 알리는 바이다.
>
> ―『사상계』, 1958.4

이를 보면 원고가 백철 손에 전달된 경위를 알 수 있는데, 백철은 나아가 이 원고는 1948년 중간에 끝난 것으로 믿고 있다. 자기의 저서 『조선신문학사조사』 상권이 나오고 하권이 나오기 직전이기 때문이다. 그런데 백철은 또 이렇게 말하며 이 원고의 불우했던 점을 상기시키고 있어 인상적이다.

> 회월은 나처럼 저널리즘에 비위를 맞추는 성격이 되지 못해서 그 뒤 좀처럼 출판될 기회를 얻지 못하고 오다가……
>
> ―『사상계』, 1958.4

그 일부가 『삼천리』지에 조금 소개된 바 있고 조판 중에 6·25를 맞아 원고만 보관되고 말았다는 것이다. 김진구 씨가 그 원고를 어째서 하필 백철에게 맡겼는지에 관해서는 알 길이 없으나, 아마도 『조선신문학사 조사』의 저자인 만큼 이 원고의 진가를 알고 있으리라는 판단에서 말미 암은 것이 아닌가 추측된다. 이 문학사에 관해서는 백철이 다른 곳에서 매우 상세한 기록을 남겨놓았으므로, 그 부분을 옮겨봄으로써 회월과 불 우했던 그의 저서 『조선현대문학사』의 운명의 표정을 엿보기로 한다.

신문학사 이야기가 나온 김에 내가 삽입해둬야 할 의무를 느끼는 일이 하나 있다. 그것은 이 당시에 신문학사를 쓰고 있는 것은 나만이 아니고 나보다도 선배의 비평가인 회월 박영희가 신문학사를 쓰고 있었다는 사실에 대해서이다. 나는 처음부터 회월이 신문학사 저술에 착수하고 있는 일을 알고 있었다. 또 내가 원고를 써가지고 자료를 확인키 위하여 가끔 회월과 만나기도 했기 때문에 회월이 쓰고 있는 신문학사의 진전에 대해서도 대략 짐작을 하고 있 었다. 양심에 꺼리끼는 이야기지만 실은 내가 상권의 원고를 먼저 정리하여 서둘러서 간행을 한 데는 회월의 신문학사에 기선을 하는 심리가 잠재해 있 었던 것이다. 그러니까 회월의 신문학사 원고가 완료된 것은 48년 말 경이 아 니었던가 하는데 회월로서 불우했던 것은 원고가 되어 있어도 곧 출판이 되 지 못하는 신상의 사정이었다. 그 시절 회월은 나를 만나서 퍽 억울한 사정을 호소한 일이 있다.

"여보, 백군! 대체 세상의 인심이 이럴 수가 있오. 글쎄 며칠 전에 옛날 문 단 친구랍시구 모모씨 등이 저녁에 우리 집엘 찾아와서 하는 말이 내가 쓴 신 문학사는 내 이름으로선 출판이 되기 어려우니까 그 원고를 자기에게 넘겨주 면 저희들 이름으로 출판을 한다는 거야. 친일파의 글이니까 낼 수가 없는 거 지 …… 할말이 없지 …… 그러나 나는 첫마디에 거절을 했어 …… 그렇게는 할 수 없다구 ……."

회월은 그 일에 대해서 퍽 분개하고 또 괴로워하고 있는 것 같았다. 내 개 인으로선 회월의 입장에 동정을 하고 또 그의 저서가 내용에 있어서 내 것보 다 훨씬 충실한 것이라고 생각했기 때문에 그것의 출판을 위하여 주선을 해 보기도 했는데 결국 그 귀한 원고는 저서로서 빛을 못보고 매몰되어 버리고 말았다. 다만 그의 딴 원고 「한국문학측면사」(「초창기의 문단측면사」—인용자)라는 것이 뒤에 『현대문학』지에 연재된 일이 있는데 그것도 별로 문학계의 주목을 끌지는 못하였다.

—『후편』, 348~349면

두루 아는 바와 같이 회월은 해방공간에서 이른바 보도연맹의 "사무국장같은 자리"에 있었다. 이태희 부장과 오제도 검사가 주동이 된 이 단체는 좌익측 전향자 또는 좌익과 가까웠던 인사들의 사상을 보호관찰하는 조직이었는데, 박영희는 백철·정지용·김기림·박태원 등과 더불어 여기에 가입되어 있었다. 한때 카프의 대표자였고 일제말기엔 「전선기행」(1939)을 쓴 박영희이고 보면 이 단체에 가입하여 활동하는 것이 오히려 바람직한 일이었는지도 모른다. 그러한 처지에서 그가 참으로 할 수 있었던 일은 무엇이었을까. 이 물음에 대한 해답이 바로 「조선현대문학사」 집필이었다. 그러므로 이 저술은 그의 문단적 활동이 이제 완전히 끝나버렸다는 절망감 속에서 솟아나온 삶의 새로운 의지이자 맑은 물줄기가 아닐 수 없는 것이다. 앞의 지평이 꽉 막혀 전혀 그 타개책이 보이지 않지만 그렇다고 그냥 주저앉을 수는 없는 상태, 그것이야말로 45살에 해방을 맞은 비평가 박영희의 내면이었다. 이는 그의 실존적 위기였음에 틀림없다. 이 위기를 뚫고 솟아오를 수 있는 길은 그만이 할 수 있는 가장 보람 있는 일을 발견함으로써만 가능한데, 그에게 그것은 그만이 가장 잘 할 수 있는, 그가 생애를 바쳐 살아온 문학의 사적인 정리 작업이었다. 이를 그는 「조선현대문학사」의 '머리말'(이 머리말의 원고 첫 장은 떨어져 나가고 없음)에서 다음과 같이 아주 겸허하게 적어놓고 있다.

40년 동안 조선의 학자들은 조선에 관한 것을 마음대로 연구할 수 없었고 따라서 청소년들은 진정한 조선의 자태를 모르는 그대로 지내왔다. 그러다가 8·15를 맞이하니 누구나 다 조선을 알려는 정열은 높았다. 역사는 물론이고 문화일반에 대해서도 조선의 진정한 자태를 알려는 욕구는 커질 뿐이었다.

　그런데 특히 수난 40년 우리들의 생활과 사상과 정서의 결정인 조선문학에
대하여도 사료의 정리는 물론이지만 그 진정한 자태를 탐구해야 할 필요는
날이 갈수록 커지고 있는 것이다.
　그러나 내가 이번에 현대조선문학사를 초하게 된 것은 이러한 절박한 요구
에 응하려는 것뿐만은 아니다. 다행히 좋은 기회를 이용하야 나의 본래의 계
획을 이루려한 데 불과하다

—필자 소장 초고원고, 2~4면

　시대의 요청에 응하기 위해 문학사를 쓰는 것이기보다는, 다만 시대
의 요청이라는 것을 업고 "나의 본래의 계획"을 수행하겠다는 것이다.
그 계획이란 과연 무엇인가. 말할 것도 없이 자존심 회복이다.

　나의 30년 동안의 문단생활은 현대 조선역사의 운명과 더불어 실로 기구하
였다. 일정시대의 말기에는 나는 지필을 내어던진 채 7,8년의 세월을 헛되이
보내고 말았다. 나는 이렇게 무료히 지나가는 동안 자기의 길을 문학사를 초
하려는 데서 발견하려고 하였다. 그리하여 틈틈이 자료를 정리도 하여 보았으
나 이것조차도 마음대로 할 수 없는 형로에 내 자신이 있게 됨을 알게 될 때
나는 하는 수 없이 이것조차 중지하고 말았다가 8·15를 당하게 되자 자유와
여가를 살리기 위하여 또 다시 펜을 잡았다.
　이 새로운 날을 맞이하여 조선문학은 당연히 과거의 우울과 구속에서 뛰어
나와 자유와 희망 속에서 조선민족의 심원의 문학을 창조할 수 있게 된 것이
다. 이렇게 희망의 날을 마지하게 되니 형로를 걸어온 40년의 조선문학은 새
삼스럽게 그리웁고 또 그 귀중함을 깨닫게 한다.
　그것은 마치 악전고투 후에 이루어진 고독한 청년의 성공과도 같이 현대조
선문학의 40년 동안의 고투 없이 금일의 조선문학이 있을 수 없는 것이니 우
리는 이 새로운 출발에 앞서서 과거 40년 동안의 조선문학을 정당히 이해하
며 또 그 걸어온 자취에서 현재와 미래의 고귀한 전통을 만들기 위하야 현대
조선문학사가 시급히 요청되고 있는 사실에 비추어 새로이 내게 부여된 자유
와 희망 가운데서 나의 조선현대문학사를 기초할 의욕은 더욱 굳어졌다.

—필자소장 초고원고, 4~7면

자기만이 제일 잘 할 수 있는 일의 발견, 그리고 그 일의 중요성을 세상이 확인하고 있는 마당, 이 두 가지 조건이야말로 자존심 회복의 근본조건이라면 회월에게 그것은 바로 조선현대문학사 저술이었다.

회월의 「현대한국문학사」는 3편으로 구성되어 있다. "한국의 현대문학은 이광수로부터 시작된다"로 시작되는 제1편은 신경향파 대두 전까지를 다룬 것으로 그 중심점을 동인지에 놓았고, 제2편은 신경향파 이후에서 카프해체까지를 다루었고, 제3편은 수난기의 조선문학으로 일제말기까지를 다루었다. 제3편만 빼면 회월 자신이 중심부에 놓여 활동한 사실의 기술이다. 특히 제2편은 개인 회월이 그대로 역사적 사실로 기술되었다. 체험적 사실과 역사적 사실이 거의 일치된다는 점이 그야말로 회월문학사의 특징이라 할 것이다. 제3편은 제1장 「침체된 문학운동의 진로」, 제2장 「전환기문학의 제경향」, 제3장 「인간탐구시대의 제작품」, 제4장 「시정신의 부흥과 정형시운동」, 제5장 「역사소설의 시대」로 되어 있다. 벽초의 「임꺽정」을 최종적으로 논함으로써 회월의 신문학사는 이렇게 결론지었다.

현대조선문학의 40년 동안 신고의 역사는 이것으로 끝을 막으려 한다. 이 문학사의 최종기를 1945년 일본의 억압과 구속의 굴레에서 벗어났던 직전까지로 정함이 당연할 것이나, 사실상 내가 말하려는 이 조선문학사는 1941년 4월 『문장』지의 폐간과 함께 종료되었다고 보는 것이 옳을 것이다. 『문장』이 폐간된 것은 조선문 잡지 발행금지의 총독부 정책에서 원인한 것이니, 작가들은 누구나 조선문으로 작품을 쓸 수가 없었고, 또 있다고 하더라도 이 문학사에 올릴 성질의 것이 못된다.

제2차 세계대전에 당면한 조선작가들은 그 가혹을 극하여가는 일본제국주의의 철제 밑에서 오직 공포와 전율 속에서 장차 닥쳐올 미지의 운명을 기다릴 뿐이었다.

—김윤식, 『박영희연구』, 열음사, 1989, 부록 제3편 전문수록, 315면

조선문인보국회 상임사무국장이었고 해방 뒤엔 국민보도연맹의 "사무국장 같은 자리"(『후편』, 371면)에 있었던 회월로서는, 그 이상 나아갈 여지가 없었다. 그는 신문학사를 민족주의문학, 계급주의문학, 순수문학 등 세 가지 흐름으로 정리했고, 이 셋을 아우르는 것이 그에겐 「임꺽정」 등 역사소설이었다. 다음과 같은 결론이 그것이다. 곧 "이리하여 역사소설은 확실히 명랑하였고, 웅건하였으며, 한 편으로는 열패되려는 민족의식, 반항의식을 계승하여 왔던 것이다. 이리하여 우리는 역사소설의 현대적 의의와 시대적 정신의 타당성을 파악할 수 있는 것"이라고.

회월은 그의 문학사 방법론의 대전제 속에 다음 두 가지를 먼저 문제 삼았다. 첫째는 "자료가 없어서 곤란하였던 것이 아니라 자료가 너무 많아서 그 취사선택에 곤란했다"(원고, 12면)는 점. 문학사가 평면적 잡동사니의 만화경일 수 없기에 이 문제가 소박하게나마 의식된 것으로 보인다. 둘째는 "그러나 이 저서의 성격상 문단사를 무시할 수 없으므로 비록 일시적으로 나타났던 작가라 하더라도 그 개인의 역량과 경향이 뚜렷한 작가는 다 각각 일정한 시대에 편입되었다"(원고, 12면)라는 점. 이는 첫 번째 문제점과 모순되는 점이기도 하다. 자료가 너무 많아서 곤란하다는 것은 주류라든가, 중요한 것이 무엇인가를 확정하기 어렵다는 뜻, 즉 투시주의를 견지할 수 없는 고충을 드러낸 것이라면 두 번째 문제점은 이와 모순된다. 문학사이기보다 성격상 '문단사'임을 무시할 수 없다고 한다면 이 모순점이 곧 회월문학사의 모습이며, 체험적 문학사의 성격이기도 하다. 이 점을 좀 더 구체적으로 살핀자면 회월이 제시해 놓은 '범례'를 전부 보이는 일이 지름길일 것이다.

범례

　1. 본서는 작가 개인연구에 중점을 두지 아니하고 문학사 전체를 통하야 그 경향과 시대적 주류만을 중요하게 취급하였다.

　1. 본서에 인용된 작품은 그 시대적 주류에 대표될 수 있는 것만을 택하였

고 그 외의 것을 략하였다. 그러므로 작가들의 처녀작에 관하여서도 일률적으로 그 작품명이나 발표년월일을 표시하지 않고 문제되는 작품에 한하여서만 명증하였다.

1. 연대가 현재로 가까워 올수록 작가들 중에는 문단에 나온 연대를 명기할 수 있는 표준을 정하기 어려운 사람들이 있으므로 문단에 나왔다는 사실보다도 작품의 내용에 따라 적당한 연대에 편입하였다.

1. 시문학에 있어서는 그 시인의 수를 제한하기 어려울 뿐만 아니라 작품의 경향에 있어서도 실로 잡다함으로 시문학은 후일 따로 연구 소개할 의욕에서 그 전부 그 주류만을 논급하였다.

1. 문학평론도 할 수 있는 대로 넓은 범위로 취급하였으나 작품과 직접 관계있는 논문에 한하였고 그 외의 개인의 취미에 따르는 논문 등은 문제 외로 하였다.

1. 문제되는 평론 중에서도 동일한 논제의 논문이 수종 이상으로 있을 때에는 그중에 경향이 명확한 것만을 대표로 논급하였고 그 동류의 것을 생략하였다.

1. 사망한 작가에 관하야는 별표부록으로 그 일람표를 부쳤다.


회월문학사의 골격은 다음 목차에서 대강 엿볼 수가 있다.


서론 현대조선문학의 성격

제1장 현대조선문학의 규정
    1. 현대조선의 특수성
    2. 조선문학정의에 대한 제의견
    3. 조선혼을 담은 민족문학

제2장 현대조선문학의 발전형태
    1. 후진민족문화의 결함
    2. 정치운동에 동화과정
    3. 준비기의 기초역사

# 8. 『조선신문학사조사』의 특징―저널리즘적 성격

백철의 신문학사 기획이 야심적이었던 이유를 지금껏 상세히 살펴보았다. 임화의 저 철저한 신문학사의 체계화와 그에 따른 이식문학사론이란 그 자체가 야심적인 만큼 이에 맞서는 백철로서는 정치와 우정의 관계만큼 복잡하고도 어려우며 또한 친근하기 그지없는 사업이기도 했다. 임화에 대한 대결의식과 친근성을 정리해보면 다음과 같다.

첫째 임화의 문학사란 제도(制度)에 근거하고 있기에 그만큼 견고한 것이었다. 근대란 무엇인가. 스스로 이렇게 물으면서 임화는 시종 이 화두에 집착했다. 철도제도·우편제도·금융제도·행정제도·교육제도 등과 같이 문학 또한 제도의 일종이었음을 그는 간파했던 것이다. 그가 저 악명 높은 '이식문학사론'을 내세운 것도 이에서 말미암는다. 그의 문학사방법론을 도표화해보면 이러하다.

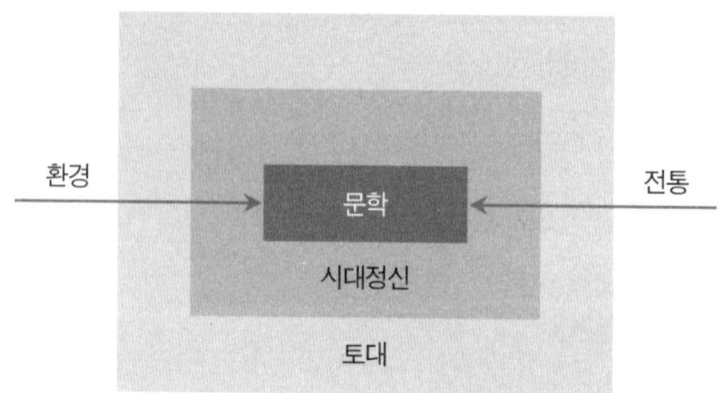



토대나 시대정신과는 별개로 '환경'을 설정했는바 이는 저 뗀느의 방법론인 종족(race)·시대(moment)·환경(millieu)에서 말하는 '환경'과는 크게 구별되는 것이다. 오늘날의 표현으로 하면 이른바 영향관계를 따지는 프랑스식 '비교문학'을 가리킴이었다(김윤식, 『한국문학의 근대성과 이데올로

기 비판』, 서울대 출판부, 1987).

일본 메이지[明治]·다이쇼[大正]시대의 일본문학의 제도적 도입에서 출발된 임화의 제도로서의 문학사, 회월의 체험으로서의 문학사를 위에 또 옆에 둔 백철 문학사의 특징 및 야심은 어디에 있었을까. 이 물음에 대한 대답은 방대한 『조선신문학사조사』 속에 가감 없이 들어 있다. 그 것은 훗날 쓰인 잡지 중심의 조연현의 문학사, 식민지 사관 극복의 일 환으로 쓰인 김윤식·김현의 문학사와는 또 스스로 구별되는 것이 아 니면 안 되었다.

백철의 야심작이자 교수로서의 확고한 기반을 가져다 준 역작 신문 학사란 대체 무엇인가. 먼저 그는 『조선신문학사조사』란 어떤 것을 대 상으로 하며 어째서 이런 명칭을 갖게 되었는가를 다음처럼 규정했다.

『조선신문학사조사』라는 이름으로 이 소저를 내놓는다. '근대문학사조사'라 고 하면 너무 초기의 문학을 주로 한 일면적인 해석을 하는 것 같고 '현대문 학사조사'라고 하면 너무 전면으로 나선 부분적인 해석밖에 되지 못하는 것 같아서 편의상 '신문학사조사'로 결정해버렸다. 그러나 엄밀히 따져보면 신문 학이란 막연한 말이다. 과거에 문학운동이 '신문학운동'이란 이름으로 불릴 때는 신문학은 명확한 의미를 가졌으나 그것이 현대문학사의 과정을 잡아들 때부터선 그 의미를 상실해 버린 것이다. 그러나 여기서 내가 신문학사조사라 고 한 데는 자기로선 어떤 명확한 개념을 정하기는 하였다. 더욱이 이번과 같 이 사조를 중심해서 문학사를 서술해 가려고 할 때에 근대적인 사조가 조선 에 들어온 근세를 일 분수령으로 해서 그 이전을 고대문학이라고 하는 것과 대립해서 그 뒤의 문학을 신사조의 문학, 또는 신문학이란 이름으로 통칭해본 다. 신문학사조사란 근대사조가 들어온 이후의 근세 및 현대의 조선문학사조 사를 말하는 것이다.

—『조선신문학사조사』(상), 서문

"신문학사조사란 근대사조가 들어온 이후의 근세 및 현대의 조선문 학사조사를 말하는 것"이다. 이 대상 및 명칭은 '근대'라는 썩 어색한 용어에도 불구하고 이 책의 성격을 분명히 드러낸 것이다. "신문학사의 대상은 물론 조선의 근대문학이다. 무엇이 조선의 근대문학이냐 하면 물론 근대정신을 내용으로 하고 서구문학의 장르를 형식으로 한 조선의 문학이다"라는 임화의 문학사 규정과 족히 비교될 수 있다. 임화의 대상 규정이 보다 정밀하고 또한 방법론적인데 비해 백철 쪽이 허술하게 보이는 것은 오직 한 가지 점, 곧 '근대사조'에 매달렸음에서 왔다.

대저 사조란 무엇인가. 사상의 흐름이란 한 시대 사상의 일반적 흐름이기에 언제나 당대적이며 막연할 수밖에 없으며 그것도 주된 흐름이기에 극히 시간적 제약 속에 있는 사상을 가리킴이 아닐 수 없다. 일반적으로 말해 시대적 유행성을 그 속성으로 한 용어라 할 것이다. 신문학사조사란 그러니까 신문학이 시작된 이래 그때그때 거쳐 간 유행사조의 역사일 수밖에 없고, 따라서 그 어떤 것도 실체를 갖기 어렵게 되어 있다. 의상이나 정서의 유행처럼 항시 일시적이며 유행하자마자 조만간 사라지게 되어 있는 그런 운명을 가진 용어법이라 하지 않을 수 없다. 사상의 유행성이기에 어떤 사상도 현실의 토양에 동화되거나 뿌리를 내릴 수 없는 용어법에 가깝다. 그것은 물 위에 떠있는 식물인 개구리밥과 같은 존재여서 바람 부는 대로 흔들림이 그의 운명인 것이다. 새로운 사상이 들어오면 대번에 '웰컴!' 하고 외치며 물불 가리지 않고 수용하여 흥분하다가도 또 다른 사조가 들어오면 전의 것을 헌신짝모양 던져버리고 다시 '웰컴!'을 외치기야말로 사조사의 운명이 아닐 수 없다. 이를 두고 '저널리즘적 속성'이라 하겠거니와 이 '웰컴주의'에 민감한 비평가로 백철 오른편에 설 자는 일찍이 없었다. 계급사상이 유행할 때 동경고사생 백철은 학업을 돌보지 않고 '웰컴 프롤레타리아문학!'이라 했고, 휴머니즘이 유행하자 누구보다 재빨리 제목도 당당하게 '금년도 문학주류를 전망함'이라 부제를 단 「웰컴! 휴머니즘」(『조광』, 1937.1)이라 했고, 잇달아 '웰컴! 풍류문학' 또 '웰컴! 시대적 우연의 수리'라 했다. 흡사 카멜레온처럼 그때그때의 환경에 따라 색깔을 바꾸어 반응하는 이런 웰컴주의에 대해, 백철만큼 달통한 경우가 없다할 때 대체 그것은 무엇을 가리킴일까. 이 물음은 한국 근대문학사를 논의할 때는 피해가기 어려운 대목이 아닐 수 없다.

근대를 문제 삼는 한, 그 누구도 많건 적건 이 웰컴주의에서 자유롭기 어렵다. 후진국이 선진국의 문명을 수용하기 위해서는 당대를 지배하는 시대정신의 표현인 그때그때의 사조를 피할 수 없다. 문제는 그 정도에 있다고 할 것이다. 이 사실을 잘 보여주는 사례가 1930년대 말에 벌어진 유진오·김동리의 순수·비순수 논쟁이다. 조선 제일의 지식인이자 문학자인 유진오는 동반자에서 출발했고, 카프문학이 퇴조되자 「창랑정기」(1938) 같은 전통회귀에로 기울어졌고, 신체제 사조 앞에서는 시정(市井)의 리얼리즘을 외쳤다. 이러한 시대사조 수용을 두고 유진오는 '순수성'이라 했다. 시대를 살아가는 문학인의 진지한 고민이라 규정했다. 잇달아 그는 또 이러한 순수성과 고민을 신세대는 모르기에 그들은 불순하다고 비판했다. 이에 대해 신세대의 대변인으로 자처한 「무녀도」(1936)의 작가 김동리는 정면으로 맞섰다. 진정한 문학인이란 출발 당초부터 운명적으로 순수하다는 것이 김동리의 논점이었다. 시대사조의 도입에 급급한 유진오 같은 문인이야말로 불순하며 공리적인 문학가라고 김동리가 주장할 때, 그가 선 자리는 보수적 토착주의라 할 것이다.

이상 시대사조에 대한 3가지 유형을 보았거니와 이들을 정리하면 아래와 같다.

①백철의 웰컴주의란 무차별적이어서 고뇌의 흔적이 거의 없다는 것. ②유진오의 시대사조 수용에서 주목되는 것은 문학이나 삶을 시대사조와 결합시키려 한 최소한의 고민을 동반한 점. ③김동리의 논점은 반근대주의 곧 토착적이고 전근대적인 일상적 삶을 문학적 현실로 보았다는 것. 이 중 ①·②는 근본에서 같으나 그 밀도의 차이가 인정되며 ①·②에 맞서는 것이 ③김동리의 위상이라 할 것이다.

'구경적 생의 형식'으로서의 김동리의 문학관이 놀라운 폭발력을 가

졌던 것은 ① · ②를 한꺼번에 부정할 수 있는 논리였음에서 왔다(김윤식,
『김동리와 그의 시대』, 민음사, 1994). ① · ②란 그 아무리 대단하거나 시시해
도 해외에서 들어온 것인 만큼 전적인 부정의 대상일 수 있었다. 백철
은 김동리의 대척점에 선 문인이었다. 철저히 무비판적 웰컴주의의 태
도로 시종일관했던 것인데, 이 단순명쾌한 사실을 아주 명쾌하게 정리
해 놓은 것이 백철 신문학사의 본질이다.


## 9. 현장비평(문예시평)의 장단점


『조선신문학사조사』는 근대편(신문학편)과 현대편으로 구성되어 있었
으며 전자는 수선사(1948.9) 후자는 백양당(1949.7)에서 간행되었다. 근대편
에서 백철은 문학사 집필 태도를 다음처럼 밝혀 놓았다.

첫째 사조사인 만큼 그 본원지인 외국의 자료가 중요한데 이를 대할
수 없었다는 것. 뿐만 아니라 기존의 자료도 일제하에서 거의 상실되었
다는 점. 둘째 근대편엔 자기가 비평가로 참여하지 못했다는 점. 아마도
이러한 자의식은 회월의 문학사를 염두에 둔 소치로 보인다. 신문학사
형성기부터 활동해온 회월이기에 그의 문학사는 그대로 '문단측면사'이
기도 했던 것이므로 이 점에서 백철은 열등감을 느꼈다고 볼 것이다.
이 열등감을 극복하기 위한 방법론으로 백철은 자료보강을 최우선했다.

> 다음으로 내가 곤란을 느낀 것은 나와 같이 전기의 문학운동에 참가하지 못
> 한 후배로서 그 시대의 문학자료와 접할 때에 그 시대의 사회적 문학적 사정
> 에 생소하기 때문에, 당시 작품들의 평가에 있어서 그 시대의 주조와 관련하
> 여 그 정곡을 붙잡을 때까지 상상이 도달하기 어려운 경우였다. 내가 이 저술

중에서 될 수 있는 대로 그 시대의 논문과 작품의 실례를 많이 인용하기로 하고 나의 독단적인 비평을 피하고저 한 것은 나의 독단 때문에 그 시대문학을 곡해하는 데 독자를 그릇 인도할 우려가 적지 않았기 때문이다. 중간에 간혹 너무 인용이 많고 또 너무 장문의 인용이라고 생각될 곳이 있을는지 모르나 그것은 될 수 있는 대로 독자제현이 직접으로 그 시대 작품과 접하여 감상과 이해를 하도록 하기 위한 것이다. 말하면 이 사조사는 하나의 비평사이기보다는 그 시대사조와 문학을 소개하는 정도에 멎으려고 한 것이다.

―『조선신문학사조사』(근대편), 서문

근대를 사상이나 사조로 보는 대신 문학도 제도의 산물로 보고 그 제도의 정착에 바탕을 둔 임화의 문학사 기술과는 달리 백철은 회월과 더불어 체험적인 것에 기울어졌음을 위의 기록이 말해놓고 있다. 현대편에서 그가 자신을 가졌다고 공언할 수 있는 것도 이런 문맥에서이다.

이 현대문학편은 전 신문학편(근대편)과 비하면 훨씬 자료도 풍부한 편이었고 또 프롤레타리아문학의 하반기부터는 직접 저자가 참여하게 된 관계로서 그 이후의 문학계의 동태에 대하여는 내 자신의 산지식을 기용할 수 있었기 때문에 서술해 가기도 차츰 쉬워졌고 또 그 점에서 이 책의 내용에 대해선 전 책과 비하면 어느 정도까지 자신을 가져도 본다.

―『조선신문학사조사』(현대편), 후기

이런 태도로 쓰인 백철 문학사의 총목차를 보이면 아래와 같다.

근대편 목차

서

서론 근대사조와 조선의 신문학

제1장 개화사조와 신소설문학

# 10. 법으로서의 체험적 현장성

백철 문학사의 특징은 다음 두 가지로 요약된다. 첫째, 문학사 기술엔 방법론과는 다른 모종의 감각이 요망되는바 그것은 다름 아닌 체험적인 것이라는 것. 가령 임화의 경우 제도에 의거한 방법론이었지만, 백철의 경우는 문학운동 및 문단의 현장에 참여한 사실이 특정 방법론보다 우위에 놓였던 것이다. 문단 및 문학운동 속에서 이른바 현장비평을 온몸으로 그때그때 해온 백철의 처지에서 보면 이 체험적 사실보다 윗길에 놓이는 방법론이 따로 있기 어려웠다. 이런 현상은 선배 비평가 회월의 경우와 족히 대비된다.

그러나 체험을 문제 삼을진댄 백철은 회월과는 역전관계라 할 만하다. 근대편 서문에서 백철은 자기의 체험적 영역이 아니기에 자신이 없음을 적었고 이를 보강하기 위해 자료인용을 너무 많이 했다고 적었다. 독단을 피하기 위해 자료를 많이 제시함으로써 독자의 판단에 맡기기 위함이라 했다. 근대편은 그렇다 치더라도 현대편에 오면 사정이 크게 달라진다. 신경향파 문학에서 암흑기에 이르는 시기를 다룬 현대편을 보면 그야말로 백철만큼 현장비평(문예시평)을 감행한 비평가는 임화를 빼면 없다 해도 과언이 아니다. 이에 비해 회월은 사실상 현장에서 물러난 시기라 할 것이다. 현대편에서 백철이 자신감을 공언한 것은 현대편의 비중과 함께 백철 문학사의 의의를 새삼 강조한 것으로 평가된다. 그럼에도 불구하고 백철은 현대편에서도 근대편과 똑같은 자료 중심의 서술방식을 그대로 답습한 것은 웬 까닭일까.

둘째, 위의 물음에 대한 응답이라 볼 수밖에 없는 것으로 이는 방법론의 결여와 관련된 현상이라 할 것이다. 제목에서 이미 명시했듯 '사조사'인 만큼 거기엔 엄밀한 방법론이 결여될 수밖에 없다. 문학사 자체가 엄격한 학문적 대상이 되기엔 상당한 난점이 있지만, 사조사의 경우엔 이 난점이 크게 증가된다. 어떤 사조도 다소 애매모호하여 엄격한 개념 규정이 어렵기 때문에 사조로써 정리하겠다는 전제 자체에 그 취약점이 잠복해 있는 셈이다. 가령 흔히 말하는 낭만주의만 하더라도 휴머니즘과 더불어 수십 종류의 개념이 용해된 것이어서 코에 걸면 코걸이식이라 해도 지나치다 할 수 없는 형편이고 보면 사조사가 지닌 막연함과 애매성은 필연이 아닐 수 없다. 이런 의미에서 볼 때 백철 신문학사 현대편의 본질을 비교적 정확히 엿볼 수 있는 것은 백철 자신이 중심이 되어 크게 논의된 "웰컴! 휴머니즘"과 그 주변을 기술한 다음 대목이다.

그럼으로 크레뮤의 행동적 인본주의를 포함하여 본래 삼십 년대 지식인의 휴머니즘운동은 인간을 근대의 개성주의인 편향에서 구하여 일반적인 근대적인 고전적인 인간으로 재건하는 운동이었다. 불안과 동요와 혼란에 대한 안정 추구 조화는 새로운 인간성으로 이상되는 면이었다. 1935년 4월 1일부터 삼일 간 구라파의 전지식인의 이름으로 열린 「지적협력국제회의」에서 토의된 주제는 「현대인의 형성」이었는데 여기서 의장 발레리는 "비이성주의와 예지의 비례를 지시하고 그 한계를 결정하는 곳에 성립된다!"고 말하여 현대인의 조화적인 면을 강조하였던 것이다.

휴머니즘운동이 일어난 또 하나의 동기는 히틀러 등의 현대 우익적인 독재주의의 문화 지성에 대한 반달리즘에 대한 반항과 지성의 옹호운동이었다. 조선에서도 휴머니즘은 위선 이 문화옹호 지성옹호의 운동으로서 받아들이었다. 조선서 이 휴머니즘을 주로 논한 사람들은 백철·임화·김오성·윤규섭 등으로서 윤규섭은 「지성문제와 휴머니즘」(『조선일보』, 1938.10)에서 휴머니즘의 의의를 밝히었다.

현대 휴머니즘을 규정한다면 그것은 오늘의 사회적 전형기에 있어 범람하는 모든 비합리적 신화와 물적 생활파멸에서 인간성 일반을 사회적 역사적 입장에서 해방하려는 것이라고 할 수 있다. 그러나 여기에 주석을 필요로 할 것은 처음부터 휴머니즘은 역사적 입장의 운동으로서가 아니라 인테리겐챠의 그것으로 시작되고 또한 전개되면서 있는 것이다. 휴머니즘은 아무리 인간성 일반을 쳐들고 나왔다고 할지라도 일반적인 문제보다는 직접으론 인테리겐챠에 관련된 '지성의 자유'와 '문학의 옹호'의 문제로서 전개될 밖에 없는 것이다.

이 휴머니즘을 받아들인 데는 저자가 주도한 편이었는데 1936년 말에 휴머니즘에 관한 최초에 논문에서 휴머니즘은 종래에 받아들인 모든 사조와 달라서 우리 지식인이 곧 친압할 수 있는 사조라는 것 그 이유는 우리 지식인의 주위의 현실이 불란서 등의 지식인이 근린한 그 현실과 상사한 점이 있는 때문이라고 역설하였다. 그리고 그 휴머니즘은 현실에 대한 지성문화의 옹호 이외에 인간성 그 자체를 옹호하는 원소적(元素的)인 의미가 있다는 것, 말하자면 평온기에는 잠재해 있던 것이 이 시대와 같은 현실과 봉착해서 발증(發症)된 현상인 것을 말하였다. 또 실지에 있어서 조선의 문학 위에 휴머니즘이 영향을 가한 것은 불란서 등과 같이 현대인의 형성 문제 같은 것으로서 행동화되지도 못하고 구체적으로 작품의 실천상에도 실현되지 못하고 그저 막연한 가운데 일정한 영향을 끼친 데 불과한 것은 임화가 「문예이론으로서의 신휴머니즘에 대하여」(1938.11) 가운데서 지적한 바에 틀림이 없다. "인간중심 문학론이란 제 아무리 광범한 한도로 발전시켜도 문학의 역사적 발전법칙이나 창작과정의 구체성을 선명(鮮明)할 자격을 못 가진 일반론에 …… 불과하다"라고.
이와 같이 일반적인 의미에서 휴머니즘을 볼 때에 이때 조선에서 논의된 휴머니즘은 지식인이 그 현실에 대하여 문화를 수호하는 그 태도의 문제였다. 어떻게 문화를 지켜 가겠는가 하는 것과 동시에 현실 속에서 지식인이 어떻게 처할까 하는 문제인데 이것은 말하자면 그 현실에 대한 지식인의 반성적인 자각적인 입장이었다. 그 점에서 이원조의 「문학에 있어서 포즈의 문제」는 이 휴머니즘의 입장에서 이 시대의 문화인의 처세도(處世道)를 논한 글이었다.

문학과 시대상이 이처럼 접근한 때도 일찍이 없었으며 또한 문학자의 호흡은 반드시 그 시대의 문학을 통해서 쉴 수 있는 만큼 우리는 최소한 도로 한개의 '포즈'라도 가져야할 것이 아닌가? 그리고 이러한 한 개의 '포즈'를 가진다는 것은 현대에 처해 있는 우리들로서 가져야할 한 개의 '모랄'이 아닐까?

이원조는 처세도를 논하여 하나의 모랄론에 도달하였는데 그 모랄이란 최재서의 말과 같이 '작가적 자각'(작가와 모랄의 문제)을 가르친 것이라면 휴머니즘은 우선 이 연대에 유행한 모랄론에 전제가 된 사조였다고 볼 수 있다. 물론 최재서가 여기서 말한 그 자각과 김남천이 '고발의 정신'을 주장한 이래 과거의 정치문학이 가졌던 그 세계관을 일신상의 진리로서 재파악하고 주관(主觀)한 곳에 둔 것과 일치된 이론이었으나 문학자가 과거의 그 정치경향에 대한 자각은 동시에 그 파시즘의 정치현실에 대한 자각의 입장인데 더 한층 윤리적인 의미가 강조되어서야 할 것이다.

그와 같이 휴머니즘은 작품의 실천 위에 구체적인 영향은 주지 못했으나 이상의 일반적 의미에서 작가의 처세문학과 논리성과 기타 작품의 분위기 위에는 상당한 영향을 끼쳤다고 볼 수 있는 것이다. 그 점에서 안함광이 「최근의 작품경향」(『인문평론』, 1940.7)에서 그 시대의 작가들의 문학경향 이효석, 김남천, 채만식, 유진오 등의 작품을 평한 뒤에 "이렇게 오늘의 문학정신이 자연 또는 자연스런 감정세계의 추구와 세태에로의 답보 관찰 그리고 풍자적 의욕의 세계 등에로 각양의 형식을 현상하기는 하나 그러나 개괄적인 의미에서는 어떤 공통적인 호흡과 기맥을 갖고 있는 것, 편의상 범박한 언표를 빌면 그는 휴머니즘적 정신에의 신화다"라고 말한 것은 결코 동떨어진 지적은 아니었던 것이다.

또 이 휴머니즘은 그와 같이 문학자의 현실에 대한 양심적인 태도 위에 정착됨으로서 그 뒤에 온 악화한 현실에 대하여 조선문학을 최소한도로 지켜간 저력이 되었다고 본다. 그 암흑 속에서 조선문학의 성화를 이어간 정신은 한 개의 휴머니즘 정신의 소시(所示)였다고 생각한다.

—『조선신문학사조사』(현대편), 248~251면

실제로 자기가 주도한 휴머니즘 논의를 기술하는 대목이 빛나는 것은 체험이 객관화되었음에서 왔다. 자신감이라고 그가 말한 것은 이러한 균형감각을 가리킴이었다. 그럼에도 불구하고 이 현대편에서도 근대편과 꼭 마찬가지로 많은 자료의 제시를 주안점으로 삼았다. 이 사실로 말미암아 백철 문학사는 어둠 속의 등불과 흡사한 효과를 드러낼 수 있었다. '어둠 속의 등불'이라 했거니와 해방공간에서의 이 문학사의 출현으로 말미암아, 구체적인 작품에 접할 수 없었던 독자에게 많은 작품을 부분적으로나마 날것으로 직접 대할 수 있는 계기를 장만해주었음이 그것. 요컨대 이 저술들은 작품집이나 시집이 극히 제한되었던 칠흑 같은 어둠 속에서 일종의 '한국근대문학전집'의 몫을 겸할 수 있었다. 다음 두 가지 사례를 잠시 보이기로 한다.

①이 지식인의 과잉과 실업홍수는 물론 조선만을 예외로 남겨 두지 않았다. 1931년을 전후하여 조선 내에서도 대학졸업생이 대량으로 나오게 될 때에 지식인의 취직난은 글자 그대로 하늘에 별을 따는 어려움과 비할 것이었다. 바야흐로 지식인 실업홍수의 시대였던 것이다.

이 지식인의 취직난 생활난은 이 두 시대의 조선지식인이 직면한 일대현실이었다. 실은 전항에서 말한 그 불안사조도 이 지식인의 생활불안의 현실 위에 그 구체적인 근거가 있었던 것이다. 지식인은 붓을 들어 지식인의 위기와 그 운명을 논하였다. 당시 젊은 지식인의 일인인 현동염의 「인테리의 비애」(1933.11)를 근대지식인의 운명을 한탄한 것으로 여기에 인용한다.

가여운 인테리겐챠들아! 얼마나 로맨틱한 시절이라고 그대들은 지금 울고 있는가! 18세기! 인테리 황금시대! 인테리 왕국은 임이 몰락한지 오래니 그대들의 지식의 병기는 지금에 와선 녹쓰른 기계와 같이 써먹을 곳이 없고나. 그래서 그대들은 핏기 없는 눈초리로 해맑은 가을 하늘을 우러러 공연히 한숨쉬며 바람에 불리는 낙엽과 같이 거리로 표류하고 있다. 그러면 그대들의 눈엔 화려한 도시도 불꺼진 화로와 같이 오직 쓸쓸히 보이겠지? 그리고 그대들은 상품시장에 쏟아저 나온 산떼미 같은 상품을 보고 무엇을 느낄 것이다. '생산과다', '상품퇴적'? 이렇게 그대들은 배운 문자를 중얼거릴 것이다. "학문의 전당에서 쏟아져 나온 인테리 우리들도 판매시장에 싸인 상품과 같고나" 하고 생각할 것이다. "인테리의 몰락과 실업홍수시대가 온 것이다"고.

이러한 지식계급의 근대적 운명과 현실적으로 실직과 그 곤경의 모든 사실이 그대로 이 시대의 작가들의 현실적인 제재가 되고 주인공이 된 것이었다.

그중에서 적절한 작품의 예가 채만식의 「레듸메이드 인생」(『신동아』, 1934.9)
이다. 여기서 작자는 우선 조선에서 지식층이 생성해 와서, 금일과 같은 실업
자로 되기까지의 경로를 주인공의 입을 통하여 다음과 같이 말한다.

> 대원군은 한말(韓末)의 돈 키호테었섰다. 그는 박아지를 쓰고 벼락을 막
> 으려 하였다. 박아지는 여지없이 부스러졌다. 역사는 조그마타는 조고만한
> 땅뎅이나마 너무 오래 뒤떨어틀여놓지 아니하였다. 정변[甲申政變]에 싹
> 이 트기 시작하여 가지고 일한합방의 급격한 역사적 변천을 것처어 자유
> 주의의 사조는 기미년에 비로소 확실한 거름은 내어 드듸었다. 자유주의
> 의 새로운 깃빨을 내어걸은 '시민'(市民)의 기세는 등등하였다. "양빤? 홍!
> 누구는 발이 하나길레 너히만 양빨(반)이라느냐?" "법률의 앞에서는 만인
> 이 평등이다" "돈…… 돈이 있으면 무어든지 할수 있다" 신흥 뿌르조아지
> 는 민주주의의 간판을 리용하여 노동자 농민의 등을 어루만지고 경제적으
> 로 유력한 봉건귀족과 악수를 하는 동시에 지식계급을 대량으로 주문하였
> 다. 유자천금이 불여교자일권서(遺子千金不如敎子一卷書)라는 봉건시대
> 의 진리가 자유주의의 세례를 받어 일단의 더 발전된 얼굴로 민중을 열광
> 시키였다. "배워라 글을 배워라…… 지식만 있으면 누구나 양반이 되고
> 잘 살수가 있다" 이러한 정렬의 웨침이 방방 곡곡에서 소스라처 일어났다.
> 신문과 잡지가 붓이 달토록 향학렬을 고취하고 피가 끌는 지사(志士)들이
> 향촌으로 돌아다니며 삼촌의 혀를 놀리어 권학(勸學)을 부르지젔다. "배워
> 라 배워야한다. 상놈도 배우면 양반이 된다" "가르켜라 논밭을 팔고 집을
> 팔어서라도 가르켜라. 그나마도 못하면 고학이라도 해야한다" "공자왈 맹
> 자왈은 임이 시대가 느겼다. 상투를 깍고 신학문을 배워라" "야학을 설치
> 하여라" 재등(齊藤)이 문화정치의 간판을 내어걸고 골골히 학교를 증설하
> 였다. 보통학교 교장이 감발을 하고 촌으로 돌아다니며 입학을 권유하였
> 다. 생도에게는 월사금을 받기커녕 교과서와 학용품을 대어주었다. 민간의
> 유지는 돈을 거더 학교를 세웠다. 민립대학도 생기려다가 말았다. 청년회
> 에서 야학을 설시하였다. 갈돕회가 생겨 갈돕만주 외우는 소리가 서울의
> 신풍경을 이루었고 일반은 고학생을 존경하였다. 여학생이라는 새 숙어가
> 생기고 신녀성이라는 새 여인이 생겨났다. 이와 같이 조선의 관민이 일치
> 되어 민중의 지식정도를 높히는데 진력을 하였다. 즉 그를 관민이 일치하

여 계획한 조선의 문화정도는 급속도로 높아갔다. 그리하여 민중의 지식보급에 애쓴 보람은 나타났다. 면서기를 공급하고 순사를 공급하고 군청 고원을 공급하고 간이농업학교 출신의 농사개량기수(技手)를 공급하였다. 은행원이 생기고 회사사원이 생기었다. 학교 교원이 생기고 교회의 목사가 생기었다. 신문긔자가 생기고 잡지긔자가 생기었다. 민중의 지식정도가 높았으니 신문잡지 독자가 붓적 늘고 의사와 변호가의 버리가 윤택하여졌다. 소설가가 원고료를 어더먹고 미술가가 그림을 팔아먹고 음악가가 광대의 천호(賤號)에서 버서났다. 인쇄소와 책장사가 세월을 맞나고 양복점 구두방이 즐비―하여졌다. 연애결혼에 목사님의 부수입이 생기고 문화주택을 짓느라고 청부업자가 부자가 되었다. 그리하여 뿌르조아지는 '갑오'를 잡고 공부한 일부의 지식군은 진주(다섯끝)을 잡았다. 그러나 노동자와 농민은 무대를 잡았다. 그들에게는 조선의 문화의 향상이나 민족적 발전이나가 도리어 묵어운 짐을 지어주었을지언정 더러주지는 아니하였다. 그들은 배(梨) 주고 속 얻어먹은 셈이다. 인테리 …… 인테리에게도 아무런 손끝의 기술이 없이 대학이나 전문학교의 졸업증서 한 장을 또는 조고만한 보통상식을 가진 직업없는 인테리 …… 해마다 천여명씩 늘어가는 인테리 …… 뱀을 본 것은 이들 인테리다. 뿌르조아지의 모든 기관이 포화상태가 되어 더 수요가 아니되니 그들은 결국 꼬임을 받아 남게 올나갔다가 흔들리는 셈이다. 개밥의 도토리다. 인테리가 아니되었으면 차라리 노동자가 되었을 것인데 인테리인지라 그 속에는 들어갔다가도 도루 빠저나오는 것이 구십구%다. 그 남어지는 모다 어깨가 축 처진 무직 인테리요 무기력한 문화예비군 속에서 푸른 한숨만 쉬이는 초상집의 주인없는 개들이다. 레듸―메이드 인생이다.

여기서 나는 필요 이상으로 이 작품을 인용한 느낌이 없지 않으나 조선에서 지식계급이 어떻게 발생되어 왔는가를 보는데 적당한 설명의 예가 되겠기에 그 장문을 인용했다.

―『조선신문학사조사』(현대편), 198~201면

② 이상의 사실에서 김기림은 모더니즘을 조선의 현대시사상에 유도해 들인 이론가요 또 실천가이었다. 그러나 이 모더니즘의 시의 특점(特點)을 감각 위

에 둔다면 조선신시사상에 있어서 그 선구자는 김기림보다도 먼저 이장희와 정지용, 특히 정지용을 꼽아야 할 것은 김기림 자신이 시인한 바이다. 즉 김기림은 그 자연발생적인 감정시의 전통을 깨뜨리고 새로운 감각적인 공간적인 표현을 갖고 현대시를 쓴 사람이 정지용인 것을 말했던 것이다.

1935년 10월에 나온 『정지용시집』의 신간평에서 이양하는 지용의 감각을 평하여 "모지고 날카롭고⋯⋯ 한 개성을 가진 촉수 그것은 대상을 휘여잡거나 어루만지거나 하는 촉수가 아니고 언제든지 대상과 맞죄이고 부대끼고야 마는 촉수"(『조선일보』, 1935.10)라고 했고 변영로는 일찌기 이 시인의 특장의 딴 일면을 찬(讚)하여 "유닉한 언어구사의 섬려"한 시라고 하였는데 정지용은 그 감각에 있어서 조선현대시의 새로운 역사를 개척한 동시에 세련된 조선적인 현대시어를 만든 데 있어서 또한 특별한 공적을 남긴 시인이다.

정지용이 과거의 영탄시인들과 비하여 실로 대조가 되는 지적인 시각의 시인인 것을 예증하는 데 있어는 박용철의 주석을 참조하여 그의 시집 중에서 「유리창」 1편을 드는 것이 적절하다고 생각한다.


유리에 차고 슬픈 것이 어린거린다
열없이 붙어서서 입김을 흐리우니
　　길들은 양 언 날개를 파다거린다
　　지우고 보고 지우고 보아도
　　새까만 밤이 밀려나가고 밀려와 부디치고 물먹은 별이 반짝 寶石처럼
백힌다
　　밤에 홀로 유리를 닦는 것은
　　외로운 황홀한 심사이어니
　　고흔 폐혈관이 찢어진채로
　　아아, 너는 山새처럼 날러갔구나


박용철의 주석(『동아일보』, 1935.12)에 의하면 이 시는 지용이 그의 사랑하는 아들을 잃고 비애의 절정에서 쓴 것이라는데 과거 영탄시인의 애곡성을 유리창에 응결한 감각성까지 끌고올라간 그 지적인 시경에 이 시인의 위(位)한 고도를 계산할 수 있다. 그는 1928년 경부터 주로 『조선지광』지에 시를 발표했고 그 뒤 『시문학』, 『가톨릭청년』, 『시원』, 『조선문단』 기타의 모든 시면

에 점재(點載)된 모든 시편은 그리 넓지 못한 현대시해 속에서 진주와 같이 광채를 발하는 작품들이다. 또한 그는 「또 하나의 다른 태양」, 「다른 한울」 같은 시편에서 그 감각성 외에 다시 가톨릭 신자로서의 신념이 그의 시상으로 된 것을 추가하여 이 시인의 시적인 볼륨을 이해해야 할 것이다.

—『조선신문학사조사』(현대편), 229~230면

## 11. 조연현 비판의 일면성

백철 신문학사가 '한국근대문학전집'을 갖지 못한 독서계에 던진 효과는 평가하기 어려울 만큼 컸다. 월북작가의 작품을 접할 수 있는 것도 이 책이 지닌 커다란 강점이었다. 방법론에 기초하여 집필한 임화의 신문학사에 비하면 학문적으로 크게 빈약한 것이지만 당시의 독서 현실에서 보면 단연 백철 신문학사가 두드러졌다.

첫째 임화의 신문학사는 책으로 간행된 바 없었다. 둘째 임화가 월북했기에 그의 부재란 일종의 정치적 터부였다. 방대한 두 권의 백철 신문학사야말로 직접 대면할 수 있는 유일한 실물이었던 만큼 그 효능은 절대적이라 할 만했다. 이 사실은 백철의 생애를 검토함에서 아무리 강조되어도 지나침이 없을 만큼 중요한 사건이다. 일개 저널리즘의 부평초 같은 현장비평가의 처지에 있던 백철을 반석 위에 올려놓았기 때문이다. 대학교수 되기가 그것이다. 여기에는 또 설명이 없을 수 없다. 대학교수이되 국문과 교수라는 점, 국문학 교수 중 근대문학교수라는 점이었다. 고전문학 교수 일변도의 국문과에서 이제 걸음마를 하기 시작하는 현대문학 교수로서의 첫 번째 주자인 백철 교수의 탄생이야말로 이 신문학사 저술이 가져온 최대의 선물이었다. 오늘날 대학 국문과의 현대문학

전공자의 조상에 해당되는 백철이기에 이 문학사의 효능은 6·25를 거쳐 대학사회가 안정된 70년대까지 뻗쳐 있었다. 이 효용성이 조금씩 퇴색될 때 부동옹(不動翁) 백철이 이번엔 뉴크리티시즘이라는 '문학이론'의 새로운 영역을 개척해나간 것은 실로 놀라운 일이라 할 것이다.

물론 백철의 신문학사에 대해 당시에도 비판이 없었던 것은 아니다. 훗날 『한국현대문학사』(1955년부터 제1부 집필 시작, 1930년대까지를 다룬 것, 1961, 인간사)를 집필한 조연현은 백철의 신문학사 근대편이 간행되었을 때 이를 혼신의 힘으로 비판한 바 있다. 여기서 '혼신의 힘'이라 한 것은 문학가동맹의 맹장이자 백철이 우정을 공유하고 있는 논적인 임화의 월북(1947 가을)으로 말미암은 해방공간에서 마지막 걸림돌이 백철로 인식되었음을 가리킴이다. 백철과 문학가동맹의 평론가이자 김동리의 논적으로 맞섰던 경성제대 영문과 출신의 김동석을 싸잡아 조연현이 비판한 글 제목은 「개념과 공식」(『평화일보』, 1948.2.17~18)이다. 그는 첫줄에서 이렇게 적었다. "해방 후 비평계엔 아무런 발전이 없었는데 그 이유를 찾는다면 이 기간 중 제일 많이 활동한 사람이 백철과 김동석인 까닭"이라고. 개념비평의 대표적 인물이 백철이고 공식비평의 대표적 인물이 김동석이라고 조연현은 단언했다. 개념이란 대체 무엇인가. 물을 것도 없이 백철 식 사조사적 문학이해를 가리킴이다.

> 백철 씨는 그의 수다한 작품평이나 작가론이나 문학론에 있어 자연주의적 낭만주의적 기교주의적 '리알리즘'적 신비주의적 등등의 수다한 개념적 용어를 사용하지 않고서는 여하한 비평문의 한 구절도 기록해낼 수 없다는 것을 우리에게 보여주고 있는 비평가다. 씨는 한 작가나 한 작품을 대할 때마다 이 작가는 자연주의적 작가요, 이 작품은 '리알리즘'적 작품이라고 규정하는 이상의 그 아무것도 보여주지 못하고 있는 것이다. 씨는 말하기를 염상섭 씨는 전통적인 자연주의적 작가요 계용묵 씨는 기교주의적 작가요 김동리 씨는 「혈거부족」에 있어서는 사실주의 작가요 「달」에 있어서는 낭만주의 작가요, 「역마」에 있어서는 신비주의적 작가라는 것이다. 그 이상의 아무 것도 씨는 논급할

줄도 모르며 논급할 필요도 없다는 것이 그렇게만 규정지워버리는 것이다. 간단명료한 누구든지 알 수 있는 지극히 용렬한 종별적 규정이다.

만일 한강에서 실연하여 투신자살한 여인이 있다면 그 여인이 자살하기까지의 일체의 고민이라든지 그 심리의 독특한 추이에 대해서 씨는 멸구불언할 것이며 다만 그것은 한 개의 실연적 사건이라고 규정한 후 그 한마디의 규정으로서 모―든 것은 해결되었다는 듯이 씨는 태연자약히 안심해 버릴 것이다. 씨의 일체의 개념적 규정은 이를테면 이러한 실연사적 건이라는 규정과 마찬가지인 것이다. 그러나 문학은 한 여인의 투신을 백철 씨처럼 실연적 사건이라고 규정지움으로서 안심할 수 없는 곳에서 발생하는 것이다. 만일 그렇게 안심해버릴 수 있다면 일체의 문학행동은 무의미한 것이 될 것이다. 문학행동보다도 실연적 사건이니 자연주의니 낭만주의니 기교주의니 하는 개념만을 소화해 버리면 만사는 해결되지 않는 것이 없으며 이해되지 않는 것이 없을 것이기 때문이다. 그러나 모―든 인간문제가 그러한 개념만으로서 해결되지 않는다는 것은 소학교 작문시간에서도 이미 우리들은 배워온 것이다.

씨가 자연주의니 사실주의니 낭만주의니 하는 것을 가지고 아무리 논급해도 염상섭 씨나 김동리 씨나 계용묵 씨가 파악되지 않는 것도 무리가 아닌 것이다. 그러면 씨의 이러한 문학의식은 어디에서 원인된 것인가. 그것은 무슨적 무슨주의적 하는 일반적 개념만을 가지고 특수한 존재인 작가나 작품을 이해하려는 무리에서 기인되었던 것이다. 물론 우리는 씨가 상용하는 무슨적 무슨적 하는 개념적 규정을 전적으로 부정하는 것은 아니다. 그러한 규정은 그러한 것대로의 의의가 있을 것이다. 그러나 한 여인의 자살을 간단히 그것은 실연적 사건이라고 규정하고 안심할 수 없듯이 무슨적 무슨주의적 하는 개념적 용어만으로서 문학은 결코 해결되지 않는 것이다.

—『문학과 사상』, 세계문학사, 1949, 212~213면


한편 공식이란 무엇인가. 물을 것도 없이 그것은 유물사관이었다. 이런 개념공식이 과연 주체성과 무관한 것인지 또는 백철과 김동석이 함께 이런 것에 철저했는지는 백철의 현장비평의 생생함이나 김동석의 두 평론집 『예술과 생활』(1947), 『뿌르조아의 인간상』(1949) 등의 글들이 지닌 날카로운 문장과 생기 있는 글들이 스스로 반론하고 있을 터이나 중요한

것은 이들이 조연현에게 논적이었다는 점이다. 이 중에서도 조연현의 처지에서 볼 때 한층 난처한 쪽은 백철의 존재였다. 그는 월북도 하지 않았고, 무엇보다『조선신문학사조사』라는 야심작을 내었기 때문이다. '백철 씨의『조선신문학사조사』를 중심으로'라는 부제를 단 장문의 글「개념의 공허와 그 모호성」(『문예』, 1949.7)을 쓴 것은 이 때문이다. 이 글에서 조연현이 비판의 요점으로 삼은 것은 다음 세 가지.

첫째 사조라는 애매성으로 되어 있어 주체성이 없다는 것.

둘째 과다한 인용으로 채워져 있어 자기의 사관이나 체계가 없다는 것.

셋째 임화의 방법론을 모방하고 있다는 점.

400여 항에 달하는『조선신문학사조사』(상권)는 그 오분지 사 이상이 이 저서의 대상이 되어진 작품이나 혹은 타인의 비평문의 인용으로서 이루어진 소재의 나열이요 기존자료의 복사였다. 씨가 자기의 견해나 혹은 신문학사조사를 사적으로 해석하는 데 소비한 스페―스는 4백수의 저서 중에서 그 오분지 일에 불과한 것이다. 그러나 씨가 자기의 견해나 신문학사조사를 사적으로 해석하는데 소비한 이 오분지 일의 스페―스가 씨의 독자적인 견해나 해석의 표현이 아니라 씨가 인용한 소재나 자료의 반복이요 그 연장이었다면『조선신문학사조사』라는 씨의 저서는 하나의 문학사이기보담은 자료나 소재의 무감사 전람회에 지나지 않을 것이다. 씨는 자기의 문학적 인식력이나 문학사적 해석력의 빈곤을 회피하기 위하여 작품을 그대로 장문으로 인용함으로서만 자기의 문학적인 능력을 캄푸라쥬―하려 하였고 자기의 문학사적인 해석이나 판단의 빈곤을 기피하고 보충하기 위하야 이미 소재화되고 자료된 작가나 비평문의 판단과 평가를 그대로 답습반복하였든 것이다. (…중략…) 더욱히 근대사조가 조선에 들어와 부자연하게 불구적으로 형성되어진 점에 대한 임화 씨의 "아세아의 한 숙명적인 정체성"(임화―신문학사) 때문이라는 소론을 "조선의 그 특수성이 과연 임화의 말과 같이 원시사회 이래의 정체성의 축적에 의한 것인지 아닌지는 맹종해 둘 수밖에 없다"(『조선신문학사조사』, 14면 7행)라고 한 것 같은 것은 언어도단적인 그 극단의 예일 것이다. 신소설이 고대소설과 신문학 소설과의 문학사적인 과도적인 소설이라는 것까지도 임화 씨의 소론을 그대로 추종하고 있는 씨가 임화 씨의 두뇌에 얼마나 압도되고 강압당해 있는지는 모르나 '아세아적 침체성'이라는 것은 우리가 맹종할 문제가 아니라 우리가 비판적으로 이를 구명하지 않으면 아니 될 과제의 하나인 것이다.

—「개념의 공허와 그 모호성」, 248~250면

이 대목은 백철의 자존심을 건드리는 것이어서 도를 넘어선 것으로 볼 수도 있으나, 논적을 대하는 당시의 관습에서 이해될 성질의 것이리라. "소재의 무감사 전람회"라 한 조연현의 비판에도 불구하고 백철의 이 신문학사의 매력은 줄어들거나 빛이 약해지지 않았다. 앞에서 지적한 대로, '조선문학전집'의 몫을 어느 수준에서 해내었음이 그 최대의 강점이었다. 반공(反共)이 국시(國是)였던 시대, 60~80년대의 독자에게 이 책은 월북작가들의 작품을 그 일부이나마 접할 수 있는 계기를 마련해주기까지 했다. 그러나 무엇보다 중요한 것은 이 저술이 대학국문과의 현대문학 전공자를 위한 주춧돌이었다는 점에서 찾아진다. 조연현이 국문과 교수로 될 수 있었던 것도 이 저술이 열어놓은 혜택의 덕분이었음은 부정될 수 없다.

# 제2장 뉴크리티시즘, 『문학의 이론』

## 1. 문과대 학장 백철

판문점에서 휴전협정이 조인된 것은 1953년 7월 27일이었다. 남로당계 박헌영·이승엽·이강국 등의 숙청을 평양방송이 보도한 것은 같은해 8월 7일이었다. 임화·설정식·이원조 등도 이 속에 포함되어 있었다. 8월 15일을 기해 정부가 환도했고 북한군 대위 노금석이 미그기로 귀순한 것은 9월 21일이었고 한일회담 제3차 회의에서의 이른바 구보태[久保田] 망언이 나온 것은 10월 6일이었다. 미군사령부는 서울대 건물을 반환하고 용산으로 이전했고(8.2), 시·도민증 소지자의 도강허용(9.5), 이대통령의 한글간소화지시(10.9)에 이어 학생의 날(11.3)이 제정되기도 했다.

휴정협정에 따라 포로교환이 이루어진 것은 9월 4일이었다. 북쪽도 남쪽도 가기를 거부한 이른바 송환불원포로(제3국행)의 관리를 위해 중립국인 인도군이 내한한 것은 9월 1일이었다. 정부 환도와 더불어 피난지의 대학도 서울로 돌아와 가을학기를 준비했고 이듬해인 1954년 신학기부터는 대부분의 대학이 폐허 속에서 문을 열었다.

전란 후의 대학가 캠퍼스의 분위기는 어떠했던가. 그것은 대학생이라는 신세대의 행동거지와 의식 상태를 묻는 것이기도 했다. 첫째는 절망파를 들 것이다. 지성형이랄까, 양심형 또는 사색형에 속하는 이들이 이 분류에 든다. 그들은 매사에 적극성을 갖지 않았다. 그것은 서구 전후 사조인 실존주의적 풍조와 흡사한 것이었다. 둘째는 폭력배의 등장이었다. 사립대학 쪽이 특히 심했는데, 입시제도의 문란으로 인해 폭력배들이 증대되었고 이를 이용하는 세력이 캠퍼스를 어지럽혔다.

『자유부인』 사건이 터져 사회적 관심사가 된 것도 바로 이 무렵이다. 정비석의 연재소설 「자유부인」(『서울신문』, 1954.1.1~8.9)을 둘러싸고 벌어진 논쟁은 가히 사회적 사건의 풍모를 띠게 되었는 바 그도 그럴 것이 이 소설은 대학교수 부인을 모델로 하되, 시대풍조에 물든 저급한 여인상으로 그녀를 다루었을 뿐 아니라, 상대적으로 대학교수의 무능함을 폭로한 작품이었던 까닭이다. 이에 대해 황산덕 교수(서울 법대)가 「'자유부인' 작가에게 드리는 말」(『대학신문』, 1954.3.1)을 썼고, 작가의 반론 「탈선적 시비를 박함」(『서울신문』, 1954.3.11)을 썼다. 작가의 지적대로 아직 연재중인 소설을 두고 비판한 것이어서 조급한 것이기는 해도, 여기까지는 비교적 서로 온당한 논지를 폈으나, 황교수의 「다시 '자유부인'의 작가에게」(『서울신문』, 1954.8.14)에 오면 과격한 언사가 크게 노출되었다. "귀하의 「자유부인」은 단연코 문학작품이 아니다", "중공군 50만 명에 해당되는 적이 아닐 수 없다"에까지 나아갔다. 이에 대한 반론은 변호사 홍순엽의 「'자유부인' 작가를 옹호함」(『서울신문』, 1954.3.23)이었다.

아직 연재중인 「자유부인」에 대한 이러한 논쟁은 참으로 난처한 것이긴 해도 저널리즘의 취향으로서는 그럴 수 없이 민감한 부분이기도 했다. 이 첨예한 국면에 백철은 과연 어느 편에 서야 했을까. 이 물음은 매우 중요한데, 왜냐하면 그가 대학교수이자 동시에 문학평론가였고, 또한 이 양다리 걸치기에서도 유력한 존재였기 때문이다.

　동국대학 교수 백철은 이 장면에서 우선 문학평론가 편에 서지 않으면 안 되었다. 그는 교수가 되기 훨씬 전부터 문학평론가였고, 그것도 저널리즘에 민감한 촉수를 가졌을 뿐 아니라 스스로 저널리즘에 종사한 바도 있는 문학평론가였다. 평론가로서 백철은 「자유부인」을 옹호해야 마땅했다. 그것이 문학작품인 까닭에 문학론으로 외부 세력의 무지를 격파해야 했다. 그렇지만 그는 또한 대학교수인지라 황교수 편에 서야 했다. 그 절묘한 줄타기의 글이 「문학과 사회와의 관계」(『대학신문』, 1954.3.29)였다. 백철은 이 논쟁의 성격을 ① 문학과 사회의 관계, ② 신문연재소설의 문제로 처리했다. 6·25 직후의 혼란기에 대학교수 가정만 초연할 수 없다고 봄으로써 황산덕 교수를 비판했고, 「자유부인」을 본격적인 문학작품으로 보기 어렵다고 함으로써 작가 쪽을 비판했다. 일종의 양비론을 펼쳤던 것이다. 여기서 주목되는 것은 「자유부인」의 문제가 작가의 잘못도 아니며 또 황교수의 잘못일 수도 없다는 논지를 연재소설이라는 형식과 6·25 직후의 사회상에다 놓았다는 점이다. 저널리즘의 반성과 사회상의 혼란에다 책임을 떠넘김으로써 교묘하게 이 논쟁을 마무리 지은 것이다. 이 절묘한 균형감각 덕분에 그가 아끼던 후배 정비석에게도, 동료교수 황산덕에게도 아무런 상처를 남기지 않았다. 그러나 그 영향력은 매우 컸다. 신문연재소설도 신문윤리위의 규제를 받게 된 것(1962)이 그것이다.

　백철이 몸담고 있는 동국대학은 어떠했던가. 일개 평교수인 백철의 시선에서 본 동국대학의 모습은 상층부의 권력싸움에 대한 불쾌감과 문학부의 우수함에 대한 기억으로 점철되어 있다. 동국대학이 종합대학교로 승격한 것은 1953년 임시수도 부산에서였다. 초대 총장으로 권상로가 취임했고 수복 후엔 내무부장관을 지낸 백성욱이 취임했다. 이 백 총장의 주변에 "그런 불순한 학생들"이 적잖이 포진해 있었다. 마침내 동국대학을 지켜오다시피 한 김동화 교수 축출사건이 벌어졌다. 한편 유쾌한 기억은 국문과의 우수함에서 왔다.『동국시집』이 처음으로 간행되었고, 2집(1953)과 3집(1954)의 서문을 쓴 것도 백철 교수였다.

백철이 일약 중앙대학 문과대학 학장으로 자리를 옮긴 것은 1955년 4월이었다. 1949년 4월에 부임했으니까 무려 6년이나 동국대학에 근무했고, 서울대 문리대, 국학대학 등엔 대우교수로 있었는데 중앙대학으로 자리를 옮길 때는 바로 문과대학 학장 자리였으니까 신분상승이 이루어진 셈이다. 그를 추천한 사람은 최호진(중앙대 경상대 학장)이었다. 그만큼 교수 사회에서 백철의 명성이 쌓인 결과였다. 최호진 학장은 총장 임영신의 신뢰를 한 몸에 지닌 실세였다. 그러나 이에 대한 반박도 만만치 않았다. 중앙대학 내부에서는 외부인사의 영입이 달가울 수 없었다. 이희철·양재연·조규동 등 문과 중진 교수들이 내세운 반대 명목은 이러했다.

> 대체 백철이란 사람이 왜 엉뚱하게 뛰어들어 학장으로 앉는다는 말이냐. 우리 문리대 안에도 학장이 될 만한 교수가 있지 않느냐. 그리고 백철이란 사람이 무슨 학자냐 되느냐. 이름이 있다면 문단 이야기 같은 것인데 그런 면으로는 일개 저널리스트가 아니냐. 아카데미즘과 저널리즘은 근본이 다른 이야기이다. (…중략…) 듣고 보니 모두가 사실 그대로로 당연한 의견들이었다.
>
> ―『만추의 사색』, 333면

그러나 이미 사퇴하기엔 늦었고 또 다행히도 교수들의 침묵과 아량이 작동되어 1973년 8월 정년퇴직까지 무려 19년을 그는 중앙대학에서 학장, 대학원장으로 활동할 수 있었다. 그가 문리대 학장 자리에서 물러난 것은 1962년 7월이었다. 무려 10년간 이 자리에 있으면서 이룬 업적은 두 가지로 정리될 수 있다. 하나는 제도적 개선을 들 것이다. 문과대학이 지향해야 할 것은 인문학적 교육이었다. 경상대학과 문과대학 학생비율이 5대 1이었으니까 경상대학이 벌어서 문과대학을 먹여 살리는 상황 속에서 문과대학을 유지함에는 난점이 많았다. 무엇보다 학생들의 열등감 극복에 힘을 기울였다. MIT의 교육방식을 참조하여 교양교육 강화에 노력했음이 그 다른 하나이다. 그는 1년간(1957) 미국 대학에 머물면서 MIT 부총장을 만났다. 교양교육 2년제에 큰 감명을 받았다. 학보 『문경(文耕)』의 창간(그는 초창기의 지도교수였고, 제17호엔 「고대문학이론의 비교」, 제28~29호엔 「세계문학과의 대화」를 쓰기도 했다), '문학의 밤' 개최 등에 힘쓴 것도 그의 치적이라 할 만했다. 요컨대 교수 백철은 중앙대학의 성장과 더불어 문과대학 학장과 대학원장으로 직무를 수행했다.

수행하되 참으로 빛나게 수행했다고 할 것이다. 대체 그 빛나는 수행이란 무엇인가. 이 물음에 응해오는 것이 미국 영문학의 기초인 뉴크리티시즘의 도입이다. 이 나라 문과대학의 인문학적 근거를 마련함에 기여한 백철의 뉴크리티시즘 도입 및 전파는 아무리 강조되어도 결코 지나침이 없다. 『조선신문학사조사』와 『문학의 이론』(웰렉, 워렌)의 두 바퀴를 가진 백철 교수야말로 중앙대학 문과대학장에 국한되지 않고 이 나라 문과대학의 총 학장의 사명과 임무를 한 몸에 지닌 그런 존재였기 때문이다.


## 2. 뱀허물 벗기―도미


문과대학 인문학을 문제 삼을 경우 1959년도는 특별한 해로 기록될 수 있는바 『문학의 이론』의 우리말 번역이 나온 해이기 때문이다. 영어로 쓰인 문학개론서 중 이 책만큼 고약한 것이 없지만 적어도 오늘날까지 이 책을 능가할 만한 것이 없다고 평가되는 워렌·웰렉의 공저인 『문학의 이론(Theory of Literature)』의 번역이 가능했던 것은 백철 교수의 도미로 말미암는다. 그 경위를 살펴보면 아래와 같다.

문과대학장 백철이 익스체인지 프로그램의 재단 스미스먼트의 초대를 받아 교환교수 자격으로 도미한 것은 1957년 7월이었다. 통칭 미 국무성 초청 방문이었다. 한국인 중 유력한 인사를 초청하여 1년간 미국을 시찰케 함으로써 6·25전쟁의 후유증을 치유하고 미국식 민주주의를 전후 한국사회 부흥에 활용코자 한 이 기획에 문화계의 한 사람으로 백철 교수를 초청한 것은 중앙대학 문과대 학장이자 문학계의 대가급 현장비평가로의 그의 무게를 고려한 조처였다. 그의 초청은 1956년도였으나 펜클럽의 한국대표로 런던 국제대회에 나갔기 때문에 잠시 보류되었다가 57년 일본 펜대회(7월)에 참가했다가 그 길로 그는 미국행에 나아갔다.

1957년 7월에서 익년 6월에 귀국하기까지 그는 무엇을 체험했고 또 배웠던가. 두 가지 방면이 그의 체험대상이었음을 아래 인용에서 엿볼 수 있다.

그리하여 내가 미국 대학에 1년간 가 있으면서, 나 개인의 입장으로 미국 문학 비평계의 한 주류를 이루고 있는 소위 '뉴크리틱'을 많이 만나 볼 기회가 되었다.

알다시피 '뉴크리틱'이란 일종의 교수 비평가들이다. 이 비평은 본시 대학 캠퍼스에서 일어난 비평가였기 때문에, 내가 있던 예일 대학만 해도 거기엔 뒷날 우리 국내 문학계에도 잘 알려진 르네 웰렉을 위시하여 클리언스 브룩스, 웹세츠 주니어 등이 있어 자주 접촉할 기회를 가졌다. 여행을 하는 중에 프린스턴 대학의 블래크머 교수(내가 프린스턴에 간 것은 58년 2월인데 그 무렵 윤영춘 교수가 동 대학교 신학대학에 있던 때가 되어 둘이 같이 블래크머를 만났다), 코넬 대학에선 마이즈너 교수, 미네소타 대학에선 앨런 테이트, 그리고 스탠포드에선 이볼 윈터스 등을 만났다. 그래서 이들과 만나 의견을 나누는 기회(그때마다의 대화 기사는 당시 국내 신문에 발표하였다)가 되어 내 비평관에 큰 전환을 가져오는 계기도 되었다.

그러나 내가 이때에 미국에 간 주목적은 미국 대학 교육의 본지(本旨)와 같은 것을 시찰, 연구하는 일이었기 때문에, 나는 가는 곳마다 그 대학의 행정을 맡은 사람들과 만나서 미국의 고등교육 기구와 그 내용을 공부하는 것을 게을리 할 수 없었다.

그런 과정에서 특히 내가 인상 깊었던 것은 MIT에 들렀을 때에 젊은 사람들과 만나 대화하는 중, 그 공대에서는 52년부터 처음 2년 동안은 인문교양을 철저히 시킨다는 이야기였다. 그 이유는 아무리 우수한 전문가와 기술자라 해도 먼저 인격이 서지 않고서는 무의미하다는 것이었는데, 이 말은 내가 귀국해서 중대의 전교생들이 모인 자리에서 보고강연을 할 때에 인문교양과 인간교육의 대전제란 말을 강조한 바 있다.

—『만추의 사색』, 349~350면

한편 미국 대학들도 한국 대학 교수들을 받아들여 공부케 했는바 자연계로서는 미네소타대학, 교육계로서는 피바디대학이 크게 기여했다. 미국식 인문학 제도 공부와 문학비평 공부, 이 두 가지가 백철 앞에 펼쳐져 있었다. 그러나 전자는 백철의 힘으로 개혁할 성질의 것이 아니었다. 대학제도란 견고한 인습에 묶인 것이어서 교수나 학장도 겨우 개인적인 미미한 변화를 통해 아주 점진적으로 이룰 수 있는 성질의 것이었다. 그러나 후자의 경우는 사정이 크게 달랐다. 문단 저널리즘에 항시 천재적인 민감성으로 임해온 비평가 백철이고 보면, 또 문단 문학현상이 외국의 유행사조에 조석으로 좌우된 한국적 풍토이고 보면, 1년간의 미국 비평계의 체험은 백철에겐 전면적인 것이었다. 그는 세계 최강국 미국의 비평을 보면서 그가 가장 잘 할 수 있는 "웰컴! 미국비평!"을 신들린 듯이 외쳐마지 않았다. 그도 그럴 것이 6·25의 대전형기를 맞았고, 그리고 그 폐허 위에 떠오를 새로운 무지개에 그가 또 문학계가 얼마나 목말라 있었는가를 염두에 둔다면 이 사정이 쉽사리 이해된다.

6·25를 겪으며 먼저 백철이 예감한 것은 종래의 사고에서 벗어나기였다. '허물을 벗는 뱀이야말로 모럴리스트'라는 의미의 평론 「탈피의

모랄」(1952)을 피난지 부산에서 백철은 쓴 바 있다.

> 나는 시골서 지나는 동안 산과 들을 걸어 다니다가 흔히 눈에 띄는 바위틈에 걸리어 바람에 나부끼는 배암의 껍질을 보고 이상한 감격의 상상을 하였다. 어떤 젊은 작가(허준)는 작가의 정신의 자세를 허물을 벗는 일에 비유한 일이 있다. 그 작가는 허물을 벗고 또 벗는 주인공의 이야길 쓰면서 배암의 예를 든 것은 그것이 전설에 나오는 지적인 동물이라는 것과 관련이 있은 것이었다. 적어도 내가 그 바위틈의 뱀허물을 바라볼 때에 작가의 지적인 자기혁신의 행위를 연상케 한 것이다. 나는 거기서 그 배암의 허물을 벗고 난 뒤에 한층 그 몸이 광택을 내고 오색의 문채가 한층 신선하고 영롱해진 것을 상상해 보았다. 작가도 기성의 낡은 껍질을 벗어버리고 대담하게 자기를 혁신할 때에 다시 새로워지고 발전하는 것이다.

—「탈퇴의 모랄」 서두

작가는 자기혁신을 감행함에 그 창작동기를 두어야 한다는 것, 이 점에서 6·25의 과도기란 무엇보다 탈피의 모럴이 요망된다고 하고, 그 새로운 가능성으로 그가 예감한 것이 반휴머니즘 예술, 곧 추상예술이었다. 백철은 『25시』의 작가 게오르규의 또 다른 작품 『제이의 운명』을 사례로 들어, 추상예술이야말로 본질적이라 역설하였다.

> 조각가가 입상을 파는데, 그 입상은 '로망 묘지'의 소녀상을 파는 것이요, 그 소녀는 본래 식료품상의 딸로서 육세 때에 죽은 것을 조각가가 기억에 의해서 조소하는 것이다. 여기서 예술가가 고민하는 것은 어떻게 하면 소녀의 입상을 가장 순수하게 만들 수 있을까 하는 일이다. 죽은 소녀의 입상, 여기서 작자는 먼저 소녀를 그리는 조건에서 육체를 제외해 버린다. 왜 그러냐 하면 죽은 소녀는 이미 육체를 빼앗긴 그 밖의 존재이기 때문이다. 죽은 소녀를 그리는 데 있어서 살이 붙은 처녀를 조소할 수는 없다는 것이다. 그러나 근본적으론 죽은 소녀의 상에서만이 아니라 모든 인간상에 있어 육체 등의 외형적인 조건은 불순 또는 차외의 요소로 간주하는 사실이다. 일상적인 소녀의 아름답고 고상한 얼굴과 그 밖에 소녀의 불꽃같이 일어나는 모든 외부적이요

육체적인 조건은 그 때문에 일절 제외된 뒤에 작자가 발견해서 도달한 것이 하나의 순수성 추상성인데 그것을 그리는 데는 '빛이 나는 선'만이 시용(試用)된다. 거기서 작자는 불순불필요한 조건을 제외한 그 소녀의 가장 본질적(essential)인 데 도달한 것이다. 여기서 작자는 한 가지 비근한 예를 들어서 그 이론을 설명하는 것이다. 화가가 나는 새[鳥]를 그리는데 있어 그 머리나 다리나 날개까지도 모두 에센셜한 것이 아니다. 오직 비상(Flying)만이 순수한 본질이다. 알[卵]을 낳는다는 것, 생식작용은 제이차적인 것이다. "내 새는 알을 낳지 않는다." 오직 나는 일뿐이다라고 하는 것이다.

여기서 우리들은 조각 회화에 대한 현대의 한 애브스트랙트 이론을 청취한 것으로 봐서 무방할 것이다. 물건과 인물의 형상을 제외해서 하나의 극한의 표징까지 도달 환원시켜 놓고 오직 선과 점으로써 생생한 움직임을 보여주는 것을 '레몽 쿠노오' 같은 화가는 상형글자의 한자와 비교하고 있다. 일차 백지와 같은 상태로 돌아간 것을 어떤 극한의 선과 점으로써 형상을 조출하게 되면 그것은 사실 상형글자와 같이 추상화하게 되며 거기서 그 선과 점은 특수한 정신적 함축을 가진 성질의 것으로 되어 있다.

여기서 우리에게 주목되는 것은 그 애브스트랙트의 예술가가 인간과 사물을 그리는 데 있어 외계외형의 일체 조건을 제외한 근본적인 것, 본질적인 것을 일종의 백지상태로 환원시켜서 파악할 뿐더러 그 본질적인 것을 재현 형상화하는 수단에 있어서도 그 외형 외부적인 조건을 일체 적용하지 않고 오직 선과 점을 택해서 변용한다는 사실이다. 여기서 우리에게 크게 주목되는 결론은 그러면 현대의 예술에 있어 리얼리티의 문제는 어떻게 귀착되는 것일까 하는 문제이다.

그러나 이 리얼리티의 문제에 대한 그 해명을 해가기 전에 좀 더 다른, 그리고 이것과 연속된다고 생각되는 예를 더 인거하기로 하자. 먼저 말한 바와 같이 이것은 회화에서만이 아니고 현대문학상에 있어서도 중요한 일 동향으로 고안되기 때문이다.

―「현대문학과 추상주의」, 『신천지』, 1953.9; 『문학의 개조』, 74~75면


이러한 추상예술이야말로 연속성의 세계관 위에 구축된 휴머니즘을 기반으로 한 예술과는 정반대의 입장에 선 것으로, 또한 불연속적 세계

관에 바탕을 둔 뉴크리티시즘에로 건너가는 다리로서 "웰컴! 휴머니즘"
의 종래의 백철과는 정반대의 처지인 것이다. "웰컴! 휴머니즘"의 백철
에서 "웰컴! 추상예술"의 백철로 탈바꿈하고 있었다. 이것이 소위 "뱀의
허물벗기"이다. '뱀이야말로 모랄리스트다!'라는 명제에 이처럼 그는 투
철했다. 뱀과 같은 지혜야말로 백철의 생존전략이거니와 더욱 중요한
것은 이러한 지혜가 한국 비평 및 문학의 생존전략이라는 점에서 온다.
모럴리스트 백철이 본 세계 초대국 미국의 비평계는 과연 어떠했던가.


## 3. 뉴크리틱과 몸으로 부딪치기


　미국 대학제도 공부와 비평 공부가 분리불가능이며 동시적 체험현상
이었음이야말로 백철의 행운이자 이 나라 비평계의 행운이기도 했다.
미국비평=대학비평=뉴크리티시즘의 도식이 엄밀히 성립되었음에서
그 행운이 왔다. 그가 뉴크리티시즘 이론 공부에 나아가기에 앞서 그
이론가들을 먼저 만났음이 그것이다. 숨 쉬는 인간을 먼저 체험하기, 그
들이 생각해낸 이론은 그 뒤에 가서야 알아내기의 과정이야말로 참으
로 기괴한 일이 아닐 수 없었다. 그는 이 사실의 중요성을 내쳐 깨닫지
못하고 단지 이렇게 말해 놓았다.


　뉴크리틱은 그 이름으로 하면 언제나 신비평가라고 해야겠지만 요즈음 와
서는 그들은 벌써 신비평가들은 아닌듯하다. 그들의 한 시대는 지나가버린 느
낌을 주기 때문이다. 그렇다고 하면 뉴크리틱에 대하여 흥미를 느끼는 것은
새삼스러운 일일까? 아니다! 뉴크리틱은 여전히 미국 비평계의 일각을 뚜렷하
게 차지하고 있다. 더구나 근년의 미국비평사에서 볼 때에 거의 그것을 대표

하다시피 한 것이 뉴크리티시즘이었던 것이다. 윌리엄 오코너는 『비평시대』라는 책 서문에서 20세기의 미국비평이 여러 가지 이름으로 나타났으나 그중에서 분석비평이 제일 중요하다고 하고, 그 분석비평을 대표한 것이 '뉴크리티시즘'이라고 하였다. 뉴크리틱이 미국비평계에서 주요시되지 않을 수 없는 이유의 첫째이다.

둘째로 뉴크리틱이라고 하면 비평계의 아카데믹한 필드를 개척한 점이다. 절반 야유하는 뜻도 있지만 뉴크리틱에 속하는 젊은 비평가들을 비평가라고 하는 것도 이유가 있다. 그 점에서 뉴크리틱의 태반이 대학에서 문학강의를 하고 있다는 사실이 오게 된다. 말하자면 뉴크리틱이란 저널리즘을 대상으로 한 비평에 종사하는 사람들이 아니라 대학교수를 하면서 비평을 겸직하는 사람들이다. 뉴크리티시즘이 분석을 방법으로 하는 것도 뉴크리틱들이 문학작품을 학생들 앞에서 구체적으로 증명하기 위한 실제적인 필요성에서 생겨진 뜻이 컸던 것이다.

그러나 나는 이 글에서 뉴크리틱에 대하여 그 비평의 특질같은 것은 재론하려는 것이 아니다. 여기서 내가 만난 몇 사람의 뉴크리틱을 소묘하려고 할 때에 위에서 한 이야기, 그중에서도 그들이 대학교수의 직을 갖고 있다는 사실과 관련이 있었기 때문에 먼저 이런 이야기에서부터 시작을 한 셈이다.
—백철, 「뉴크리틱의 소묘」, 『전후문학의 새물결』(이어령 편), 신구문화사, 1973,
154면

"한국 근대문학이란 이식문학이다"라는 임화의 저 악명 높은 명제에 주눅 들린 사람이라면, 또 문학이란 서양의 Literature의 번역어라는 이광수의 「문학이란 하(何)오」(1916)에 접한 바 있는 학도라면, 압도적이고 난해한 서양의 천재들의 쓴 문학 및 이론을 기를 써서 판독·이해하기에 골몰할 수밖에 없었다. 그 대신 그런 작가나 이론의 당사자를 만나보기는커녕 대화할 수 있다고는 상상도 할 수 없었다. 그들은 손에 닿을 수 없는 성좌이며 천상적 존재였다. 이러한 콤플렉스에서 벗어난 기묘하고도 대담한 현상이 백철에 의해 일시에 그것도 아주 당당하게 극복될 수 있었다. 이 엄연한 사실은 아무리 강조해도 지나침이 없었다.

일종의 비평사적 사건이라 할 만했다.

최강국이자 초대국 미국의 대학 및 비평계에서 군림하고 있는 뉴크리티시즘이란 대체 어떤 것인가. 이에 대해 거의 백지에 가까운 백철 교수가 그 이론의 논자들을 먼저 만났다는 사실은 일찍이 경험한 바 없는 기묘한 현상이었다. 인간을 먼저 알고 그 인간이 내뱉은 침과 기침에 해당되는 이론에 나아가기란 새삼 무엇인가. 다음 장면은 저 굉장한 그러니까 미국 비평계를 대표하는 뉴크리티시즘의 핵심 이론가이자 대가급인 블랙머(P. R. Blackmur), 테이트(A. Tate), 케네스 버크(Kenneth Burke) 등을 직접 만나는 기묘한 장면이다. 곧 뉴크리티시즘에 백지와 다름없는 백철의 이 대담하고도 기묘한 만남이란 새삼 무엇인가.

① 뉴크리틱과 너무 동떨어진 이야기로 되었지만 시간을 다시 정해서 내가 블래크머 교수를 만난 것은 이튿날 점심시간 교내식당에서였다. 전에 사진으로 본 블래크머 씨의 인상은 몸집도 가늘고 얼굴이 날카롭다고 느꼈었는데 실지로 그와 대한 모습은 나보다 자칫 큰 중키에 몸이 많이 나고 얼굴도 후해져서 전연 딴 사람의 인상을 받았다. 그 이야길 첫 인사처럼 했더니 아닌 게 아니라 근년에 갑자기 몸이 나서 여학생들한테 인기가 적어졌다고 농담을 하면서 웃었다. 대화를 할 때에 발음이 좀 더듬는 편, 그 체격이나 대화에서 온 인상은 어딘지 내가 뒤에 만난 이볼 윈터즈의 인상과 통하는 것이 있었다. 블래크머 씨는 다른 뉴크리틱과 달라서 D. H. 로렌스나 T. S. 엘리오트 등의 현대의 작가시인에 대한 참신한 해석을 기하여 새로운 비평경지를 개척한 사람이다. 현재는 프린스톤대학의 영문학교수, 일찍이 『케니온리뷰』지의 편집 자문위원으로도 있었다. 식사 중 대담을 하는 동안 한국문학계에 대한 관심도 표시하여 현대의 미국시인이나 작가 속에서 누구가 가장 많이 알려져 있느냐 등의 질문도 하였다. 이 블래크머는 그 뒤 인디아나대학에서 서머스쿨의 강의 차 온 때, 다시 만나게 되었다.

—「뉴크리틱 소묘」, 161면

② 중간에 와싱톤 D. C에 들린 일을 중략하고 미네아폴리스로 날아가서 미

네소타대학에서 앨른 테이트와 만난 장면으로 암전을 한다. 미네아폴리스는 미국의 유명한 장강 미시시피강 상류에 위치 잡은 중북부지점, 2월이면 아직 추운 겨울인데도 마침 내가 간 때는 날씨도 좋고 따뜻했고 마치 봄철 날씨 같아서 거기 묵는 5일간, 이 대학 캠퍼스를 마음껏 즐길 수 있었다. 특히 이 대학은 우리나라의 서울대학과 자매대학 같은 관계를 갖고 있어서 한국인 교수와 학생들이 수백 명 가 있었으며, 한 교수의 말을 들으면 어떤 날은 영어 한 마디 못해보고 지난다는 것이었다. 하옇든 나로선 오래간만에 많은 한국 사람 속에서 지나는 것이 뭉치었던 향수를 푸는 데 좋은 기회였다.

앨른 테이트와의 회견인데, 이때도 나는 그와 만나기 전에 먼저 그의 클라스 룸에 앉아서 그의 강의를 들어보았다. 마침 미국의 현대시를 강의하고 있었는데 대단히 단려한 용모에 명석한 발음으로 또박또박 작품해석을 하고 있는 테이트교수는 어딘지 귀족적인 풍모까지 갖춘 퍽 세련된 미국 신사였다. 그는 교수, 시인, 작가, 비평가 4역을 겸한 재사지만 그중에서도 뉴크리틱의 대표자의 한 사람으로 이름이 난 사람이다. 개인적으론 T. S. 엘리오트의 영향을 받으면서 문단에 등장한 것으로 알고 있다. 내가 갔을 때가 아니지만 T. S. 엘리오트가 미네소타대학에 와서 강연을 했을 때에 테이트 교수가 나가서 소개 인사를 했는데 그 소개말이 테이트의 위트를 알리게 한 것이었다고 한다. "내가 엘리오트 선생을 소개하는 것보다는 엘리오트 교수가 나와서 나를 소개해야 할 것 ……"이라고. 그러나 이것은 테이트 씨의 겸손한 말, 작년 말에 59년도 『스위니리뷰』 동계호에서 앨른·테이트 60년 탄신기념 특집을 했는데, T. S. 엘리오트를 비롯하여 영미의 주요 작가 학자들의 기고를 보아, 그는 벌써 미국에서만이 아니고 세계적으로 알려진 시인이요, 비평가이다. 내가 테이트 씨와 그의 연구실에서 1시간 간담을 하는 동안에 주고받은 대화의 중요한 하나는 "당신과 같이 시와 평론을 겸하는 경우에 그 두 개의 질이 다른 활동 사이의 아무런 모순을 느끼지 않느냐"고 했을 때에, 그는 별로 모순을 느끼지 않는다…… 고 하며, 현대에서 시와 평론을 겸하는 것은 자기만이 아니고 T. S. 엘리오트를 비롯하여 현대 미국의 유명한 비평가의 태반이 창작에 손을 대서 각각 성공을 하고 있다고 지적하였다. 같은 뉴크리틱이 아니지만, 여기서 한 마디 시카고 스쿨에 대한 이야기를 삽입해둔다.

—「뉴크리틱 소묘」, 159~160면

③스탠포드에 있는 동안에, 나는 또 한사람의 뉴크리틱을 만난 일을 행운이었다고 말하고 싶다. 그는 게니스 버크, 그의 정확한 분석법과 예리한 필치로 일찍이 '비평가의 비평가'로 불리운 사람이다. 내가 스탠포드에 있을 때에 마침 그는 근방 언덕 위에 자리 잡은 포드재단의 연구소에서 언어의 기능에 대한 연구를 하고 있었다. 내가 연구소의 버크 씨를 찾았을 때에 노타이 흰 샤쓰에 갈색 바지를 입은 소탈한 모습으로 내 손을 흔들었다. 키는 나보다도 자칫 작은 키에, 인상이 무척 날카로운 때문인지 60을 지난 그의 얼굴은 퍽 젊어 보였다. 마침 점심때라 그는 연구소 내의 식당으로 나를 안내하고, 거기서 역사학자 몇 사람을 내게 소개하였다. 인품이 자상하고 말투가 삽삽하여 내가 만난 뉴크리틱 중에서 가장 인정이 살뜰한 인상을 받았다. 그는 스탠포드대학 캠퍼스 근방에 부인과 함께 유숙하고 있어서, 그 뒤 나는 여러 차례 집에 놀러 다녔다. 또 그때마다 그는 시와 언어의 기능에 대한 견해를 피력했는데 그는 언어를 하나의 행동성으로 보면서 극적인 행위에 주력하여 작품을 분석 평가하였다. 그때 버크 씨는 「성 오거스틴의 『참회록』에 있어서 언어행위(Verbal action in St. Augustine's Confession)」란 원고를 완성 중에 있었다. 나는 너무 여러 차례 버크 씨 부부의 초대를 받았기 때문에 어떤 날 저녁 대학 근방에 있는 중국 요리집에 부부를 청하여, 저녁을 대접한 일이 있다. 반주로서 쉐리 몇 잔씩을 나누고, 조금 취한 기분으로 돌아오는 차 속에서 나더러 기어이 한국 노래 하나를 들려 달라는 것이다. 아는 것이 아리랑 정도라, 그것을 불렀더니 참 그 리듬과 음색이 묘하다고 부인은 박수를 치며 칭찬까지 하였다. 그만큼 우리는 월여를 사귀는 동안, 대단히 친근해진 것이다. 내가 한국에 돌아온 뒤에도 그들은 고향인 뉴조지아에서 계절마다 소식을 알리고 안부를 묻는 친절한 편지를 해주는 사람들이다.

―「뉴크리틱 소묘」, 161면

방미 중 백철이 만난 뉴크리틱들 중에서 인간적으로 어느 수준에서 친근히 사귄 경우는 위의 두 사람이라 할 수 있다. 이 중 앨런 테이트는 C. R. 랜섬과 더불어 뉴크리티시즘 운동의 두 기둥의 하나여서 이것만으로도 어떤 의미에선 기적과도 흡사한 만남이라 할 만했다. 또 백철은 케네스 버크 교수 부부 앞에서 아리랑을 부르기조차 했다.

체미 중 백철은 어떤 미국 비평계의 거물들을 만났던가. 만난 순서대로 쓰면 다음과 같다. 그의 체미기간은 1957년 가을학기에서 1958년 6월까지 약 10개월이었으며 맨 처음 머문 것이 동부 쪽 명문 대학인 예일이었다.


## 1) 예일대학

① 웰렉 교수:『문학의 이론』의 공동저자인 체코 출신의 대가급 교수는 당시 비교문학과 주임교수였다. 키가 껑충해 백발의 노교수는 논두렁에 앉은 황새와 흡사했다.

> 백철: 당신의 강의는, 몇 개 국어로 하기에 나 같은 사람이 따라가기 어렵겠다.
> 웰렉: 아니요. 모두 영어로 하니까. (…중략…) 동양에서 온 학자가 내 강의에 참가하다니 영광이다.

"영광이다"의 표현엔 아마도 수인사 이상의 뜻이 있었을 터이다. 그의 대저『문학의 이론』의 한국판 서문에서도 이 점이 드러난다. "이 책을 쓰는 데 있어 우리들이 유감으로 한 것 중의 하나는 동양의 여러 나

신비평가와 만난 백철

라의 국어에 대한 우리들의 무식이었다"라고 했을 때 4개 국어를 사용하는 비교문학 교수 웰렉의 이런 발언은 인사치레 이상이 아닐 수 없다. 백철이 웰렉의 강의 청강에서 목격한 것은 특이한 지도방법이었다. 학생들의 발표가 시원찮을 땐 중단시키고 교수 자신이 나서서 처리함이 그것이다.

②W. 윔셋 교수: 거구의 남부 출신인 박식한 윔셋의 발음은 남부 사투리여서 「시의 이론」 강의는 알아듣기 어려웠다.

③클린드 브룩스 교수: 미국의 평단은 뉴크리티시즘과 시카고학파 그리고 저널리즘 비평으로 삼분되며 뉴크리티시즘도 순수이론파와 실천파로 구분되는바 브룩스 교수는 후자에 속하는 대가. 백철과의 대화는 아래와 같거니와 아마도 질문지를 준비한 다음 하나하나 번역해낸 것이 아닌가 추측된다. 통역이 따로 있었으리라 추측되는 것은 논의 수준의 전문성에서 온다.

> "우선 현대 비평가로서 문학에 대한 이해인데, 가령 19세기적 비평관과 현대적 비평관에는 어떤 차이가 있다고 보는가?"
> "먼저 나는, 그리고 이것은 나만이 아니고 적지 않은 수의 미국 사람들이 그렇다고 보는데, 문학작품이란 고금을 막론하고 19세기 것이건, 20세기 것이건 본질로선 아무 것도 다른 점이 없이 작품을 대하고 있다고 본다. 한국에서는 어떻게 보는지 몰라도……."
> "적어도 내가 생각하고 있는 것과는 크게 어긋난다."(웃음)
> "그럼 문학을 어떻게 보는가?"
> "내가 보기엔 시대의 조건이 문학에 크게 작용하지 않나 생각한다. 시대적인 어떤 질적 변동은 동시에 어떤 의미로든 문학에도 변질을 가져온다고 확신한다."
> "물론 그렇게 문학을 보는 사람이 미국에도 많다. 역사주의 입장에서, 혹은 사회학적인 입장에서, 또는 도덕적인 입장 등, 그런 철학적 입장에서 문학 작품의 동기와 효과를 판단하는 사람은 많다. 그러나 사견으로 그와 같은 입장은 좀 소박하지 않을까 싶다. 비단 그쪽 견해에 대한 말이 아니라 우리는 항

상 그러한 견해와 논쟁해 온 것이다.”

“짐작된다. 그러면 문학작품에 대한 뉴우크리틱의 분명한 입장은?”

“우리는 작품을 대할 때에 그 작품이 생겨난 시대라든가 그 작품을 써 낸 작가라든가를 상대해서 보는 것이 아니고 단지 그 작품을 상대한다. 상대하는 것은 문학이다. 문학을 하나의 특수한 지식으로 보는 것이다. 이 점이 아까 당신이 말한 바와 같이 19세기의 비평가와 20세기 비평가의 분기점이 아닌가 한다. 물론 19세기의 비평가라고 해서 일률적으로 볼 수는 없지만 그들은 문학작품을 그 시대의 환경과 문명, 나아가서 그 작가의 전기 등 외적조건에 의해서 이해를 하고 가치판단까지 했지만 그런 것은 염두에 두지 않고 문학작품 자체의 지식적인 조건에서 그 작품을 해명하고 그 결과를 판단하는 것이다.”

“‘文學은 知識이다’라는 말은 하나의 요령인 줄 안다. 나는 랜섬의 평론, 구체적으로 말해서 그의 저서 『뉴우크리티시즘』의 I. 윈터즈를 비평하는 대목에서 문학을 수학과 비겨서 이야기한 것이 기억난다. 좀 범위를 넓혀 문학을 하나의 지식이라고 한다면 그 지식은 과학의 지식과 어떻게 다른가?”

“랜섬이 말한 대목이 어딘지 바로 생각이 안 나지만 이 두 가지 지식의 성질과 그 동이(同異)에 대하여는 랜섬과 내가 논의한 일도 있다. 여기서 구체적인 말을 할 수 없고 첫째로 과학과 문학이 둘 다 언어로 되어 있지만 그 언어의 성질·작용은 전연 다르다. I. A. 리차아즈의 말과 같이 문학작품의 언어는 지적이며 동시에 감정적인 것을 일으켜주는 작용으로 되어 있는 점이다. 같은 스테이트먼트이지만 리차아즈가 문학의 것을 슈드 스테이트먼트라고 한 것은 그 때문이다. 두 가지 지식의 효과도 다른 것은 물론이요, 하나가 추상적이고 평면적인 데 대하여 문학은 구체적인 것이며 대조와 조화와 반대·모순의 여러 가지 요소를 종합·통일해 놓은 동시발동(Simultaneous)적인 지식이다. 이런 두 개의 지식의 특질적인 차이는 많이 지적해 낼 수가 있다. 하지만 한편 현대문학, 특히 비평이 과학의 전법을 많이 쓰고 있는데 그 점은 두 개의 지식이 접경하고 있는 것으로 볼 수 있다.”

“그 점에서 T. S. 엘리어트가 『現代批評의 邊境(Frontier of Modern Criticism)』 가운데서 현대의 문학비평이 너무 과학으로 되어 버리는 위험성을 지적한 것에 대해 어떻게 생각하는가?”

“글쎄. 그것은 경우와 장소에 따라 적합하기도 하고 그렇지 않기도 한데, 그 논조가 막연해서 단언하기가 곤란하다. 어느 점으로 보면 현대의 문학비평은 과연 과학의 과잉(Excess)을 지적할 수도 있다. 그러나 내가 알기엔 엘리어트도 그의 작품비평에 있어 언어적인 테크닉을 활용하고 있는 점은 충분히 과학적 태도이며 그것과의 접근이다. 그 점에서 현대비평이 과학과 가까워진 것을 나무랄 수 있겠는가.”

“지금까지 말한 것을 들어 현대비평이 그 방법에 있어 분석적이라는 것은 자명해진 것 같다. 또 이런 현대비평의 방법에 대해선 한국의 문단에서도 대개 짐작한다. 내가 여기서 추가해 묻고 싶은 것은 그렇다면 비평의 과업이 작품분석으로 완전히 끝나는 것인가, 아니면 그 이상의 무엇을 의미하는 것인가이다.”

“그것으로 끝날 수가 없다. 분석은 하나의 과정에 불과하다. 가장 중요한 과정이다. 그러나 비평은 다시 나아가야 한다. 즉 산산이 부수어 놓은 작품의 조각들을 다시 묶어 종합·통일하는 과정을 가져야 한다.”

“그것은 작품의 평가를 의미하는가?”

“잘라 말하기 어렵다. 왜냐하면 작품 평가란 분석과정에서 벌써 시작되기 때문이다. 평가 없는 기계적 분석은 있을 수 없다. 그러나 나아가서 종합하는 과정에서 더 한층 통일된 작품의 평가가 나올지 모른다.”

“그것은 엘리어트가 말하는 새것을 발견하는 뜻인가?”

“글세 ……. 그 점도 확실치는 않다. 비평가가 작품의 결과에서 너무 앞서는 것은 위험한 일이요, 또 외도가 되기 쉽다.”

“순서가 바뀌지만 다시 하나 묻는다. 작품에 대한 분석인데 물론 그것은 작품 자체의 구조적(Structure)인 분석을 뜻하는 것이지, 다른 뜻은 아니지 않는가?”

“물론이다. 그 이상은 할 수도 없다.”

“그렇지만 『잘 된 작품(*The Well Wroughturn*)』의 서론에서 너무 시의 역사적인 배경을 무시한 것에 사과하면서 시가 그 시대의 표현이라고 말하고 싶다고 했는데 그것은 뭘 의미하는가. 지금의 말과는 틀리지 않는가.”

“내가 그 점을 수정한 것은 사실이다. 그러나 근본적인 문학관이 변한 것은 아니고, 또 그 두 가지 이야기가 모순되는 것도 아니다. 왜냐하면 역사라든가 시대의 조건을 문학작품 내부의 조건으로 계산하지 않고 그 작품에 대한 하나의 배경, 하나의 분모로 보는 데 중요성을 두었을 따름이다.”

“다시 말하자면?”

“즉 거기서도 이야기한 바와 같이 시가 그 시대의 표현이라고 보는 데는 큰

주의가 요구되는 것이다. 우리는 그 의미를 그 시대의 규범(Canon)으로써 작품의 의미를 결정한다는 것을 말한다. 다시 말해 시 자체를 대상해서 모든 비평 과정을 진행하지만 거기 보충해서 그 작품의 뜻을 때로는 작품의 언어적인 조건까지도 그 시대의 정신에 기준해서 다시 감정할 필요가 있는데 다만 그런 경우를 지적한 것이다."

"그럼 작품 내부의 조건만을 분석·감정해서 그 비평이 완수되는 경우도 있다는 것인가?"

"그렇다. 많은 경우는 그렇다. 가령 '시대의 산물'이라는 말이 있는데 거기에 중심을 두고 작품을 본다면 어떻겠는가. 그 작품은 단순히 그 시대의 정치적 도구로 되든가 혹은 종교·도덕의 수단으로밖에 될 것이 없다."

"결론적으로 지금 이야기한 문학비평론은 뉴우크리티시즘의 견해로 보아도 무방한가?"

"……밖에서는 뉴우크리티시즘을 특수한 비평파로 보는데 나는 그렇게 생각하지 않는다. 뉴우크리티시즘이라 하면 지금 말한바 작품을 지식으로 대상하고 방법으로선 분석, 분석의 자료는 작품의 테크닉이 되고 하는 문제가 지적되는 것 같은데 물론 이것은 현대 미국의 비평가들의 공통된 특질인 줄 안다. 그러나 뉴우크리티시즘이라면 반드시 특질적 사람만을 가리키는 것이 아니다. 예컨대 엘만(Richard Ellmann) 같은 사람은 W. 예이츠를 평하면서 주로 개인적 전기에 의해 작품을 보아가고 있지만, 그 사람도 뉴우크리티스트로 불리고 있다. 그밖에 윈터즈라든가 트릴링 랜섬이 지적하고 있는 리차아즈, 엘리어트, 엠프슨 등이 모두 뉴우크리티시스트들로 취급되는 것과 같이 그들은 모두 우리와 같이 그 테크닉의 조건에서 문학을 보는 사람이 아니고 역사적인 조건과 도덕적인 기준에서 작품을 해석하고 있는 것과 마찬가지이다."

"결국 랜섬 같은 사람은 뉴우크리티시즘의 대표적인 인물이며 또 그 극단파인가?"

"묻는 말의 뜻은 랜섬이 극단으로 테크닉에 치우쳐서 작품을 비평하는 사람이 아니냐 하는 듯한데, 그러나 랜섬의 어떤 논문을 읽으면 그가 결코 작품외적 조건을 무시하지 않고 상당히 관심을 갖고 추구한다는 것도 알 수 있다."

"그럼 랜섬의 비평도 근래에 와서 많이 달라지고 있는 것을 의미하는가?"

"그렇다. 한 증거로 그가 뉴우크리티시즘에 대한 자기의 저서를 재판(再版)하지 못하도록 한 점이다."

"역사적인 배경을 참조하는 사실로 당신의 그전 비평관을 수정한 것과 공통된 것인가?"

"그렇다."

"그럼 한 가지 의문이 생긴다. 그렇게 하다가는 뉴우크리티시즘이 아주 근거를 버리고 19세기적 비평방법으로 퇴보하지 않겠는가?"

"그럴 염려는 없다. 먼저 말한 바와 같이 배경 조건은 단순히 보조 수단으로 쓰니까, 관련을 갖는다는 것은 곧 자기의 입장을 버린다는 뜻이 아니다. 우리에겐 하나의 자기적인 것이 있는데, 그것은 문학을 지식으로 이해하는 입장이며 이와 같이 문학을 지식으로 독립시킨 사실은 확실히 현대비평의 특질이요, 또 문학사적 공로라고 본다. 그러나 이 독립된 지식을 더 확실히 해명하기 위하여 딴 분야와 관련을 짓는다는 것은 조금도 자기적인 것을 양보하는 뜻이 아니다.

관련은 혼동이 아니고 차라리 구별을 뜻하는 때가 있다. 자기 위치를 분명히 정해 놓고서야 남의 것과 대조도 하고 그것의 협력도 바랄 수 있지 않은가. 현대비평이 차츰 딴 분야와 손을 잡는 경우가 생기는 것은 그런 경우와 뜻을 같이 하고 있다."

"뉴우크리티시즘의 장래는?"

"지금 말한 것처럼 여러 가지 변모를 하고 있지만 결국 현대비평은 여기서 비로소 그 올바른 자리를 잡은 셈이다. 그 자리를 잘 확보하면서 앞으로 참된 문학비평은 정말 본격적인 발전을 할 것으로 믿는다."

"장시간 시간을 빌려줘서 감사하다. 한국의 독자들에게 큰 도움이 될 줄 안다."

"이렇게 들어줘서 고맙다. 한국의 비평문학을 기대한다."

—『백철문학전집』(3), 신구문화사, 1974, 356~358면

## 2) 하바드대학

①I. A. 리처즈 교수: 70세 가까운 이 특별한 교수와의 만남은 단 15분. 그는 비평을 떠나 언어교육에 관심을 갖고 있었다. 1929년 북경대학 강의에서 귀국하는 도중 한국을 통과한 점에 초점이 모아진 대화였다.

백철은 이 15분간의 대화를 장문의 글로써 발표했는바 「I. A. 리처즈와의 문학대화」(『사상계』, 1958.5)가 그것이다.


### 3) 코넬대학

①A. 미즈너 교수 : 뉴크리티시즘과는 관련이 없는 피츠제럴드 전문가. 그는 50대 장년. 그의 강의에서 백철이 알아들은 것은 "문학이란 문제해결은 못하나 제기는 할 수 있다"였다.


### 4) 프린스턴대학

①블래크머 교수
②앨런 테이트 교수


### 5) 시카고대학

①올슨 교수 : 당시 유학중인 송욱 교수의 안내로 비평계를 양분하는 시카고학파의 두목격인 올슨 교수를 만났다. 그는 이렇게 말했다. 뉴크리틱의 분석방법은 "언어 뒤에 유령이 있음을 망각하고 있다"라고.


### 6) 스탠포드대학

①이볼 윈터즈 교수 : 그는 과묵하고 무기교의 강의로 일관했다. 그

러나 백철에겐 썩 우정적이었다. 대화가 이처럼 길게 이루어진 것도 이런 분위기에서 왔을 터이다.

백철 : 현대 비평가가 되기 위하여 독서로써 그 자격을 갖출 일은 뭣일까. 우선 이렇게 묻는 것은 현대의 비평문학이 하나의 학문으로서 군림하기 때문이다. 다시 말하면 과거와 같이 자기가 사숙하는 어떤 개인 비평가의 체계를 옮겨 받고 발전시켜서 또 하나의 비평가로 되는 것보다 과거의 우수한 비평가의 이론을 합성한 뒤에 자기의 비평적 원점을 설정하는 경우가 많은 듯 한데 적어도 이것은 현대 미국의 비평적 특질이 되고 있지 않은가?

윈터즈 : 대체로 수긍이 가는 말이다. 그것에 대한 명백한 결론은 이야기하는 가운데 자연 밝혀질 것으로 생각한다.

백철 : 그렇다면 근래 한국의 젊은 비평가들이 미국의 비평사조를 의욕적으로 배우고 있는데, 여기에 필요한 독서조건은 무엇이 무난하겠는가. 가령 코올리지라든가, 아아놀드라든가…….

윈터즈 : 글쎄……. 그것이 개인적으로 차이가 있지만 일반적으로 누구를 꼬집어 말할 수는 없을 것 같다. 왜냐하면 비평가란 광범한 지식과 깊이 있는 철학이 필요하기 때문에 독서 조건으로서도 꼭 누구를 지적할 수는 없다고 본다.

백철 : 그렇지만 좀 더 일반적인 기준으로 그런 방면은 독서로서 자기체계를 세울 필요가 있지 않을까? 물론 당신이 평상시에 생각해 오던 문학비평의 견해가 되겠지만…….

윈터즈 : 내가 생각하기에 현대비평의 계보는 근대의 두 가지 체계에서 형성되었다고 본다. 그러니까 한국의 젊은 비평가에게서만 국한할 것이 아니라 누구든지 비평을 연구할 사람은 그 두 비평 산맥를 이해해야 할 것으로 안다. 그 하나는 벤 존슨, 드라이든, 사무엘 존슨 등의 18세기 계열과 워즈워드, 코올리지를 비롯한 19세기 비평 세계를 지배한 사람들, 그리고 이 양대 지류가 20세기 비평의 원류로 합류되었지만 적어도 이와 같은 수로에 따라 자세한 비평의 공부가 먼저 필요할 것이다. 그 밖에 더 올라가 비평문학의 원조인 플라톤이나 아리스토텔레스, 롱기너스에 닿을 때까지 추구해야 할 것은 물론, 단순히 독서라 하여 이들의 비평서적만 탐독하는 것이 아니라 그 방계까지도 이해하고 있어야 한다. 특히 한국에서는 미국과 달라 언어가 문제되는 줄 아는데…….

백철 : 도덕적인 정화란 그것이 작가의 도덕관이나 사회관이 잘 구체화된 것을 의미하는가?

윈터즈 : 그렇잖다. 작품이 그 작가의 주관적 노예가 될 수는 없다. 우리가 코뮤니즘 문학의 비문학을 지적하는 것도 마찬가지인데 문학은 오직 순수한 객관정신의 표현일 뿐이다.

백철 : 내가 알기에는 작품을 쓰는 데 있어 당신은 제재(Subject Matter)를 상당히 중요시하는 것 같은데…….

윈터즈 : 물론, 제재는 작품 제작에 있어 중요한 것은 두말 할 필요도 없다. 그 까닭은 내가 그 논문(Problems for the Modern Critic of Literature)에서 주장한 것처럼 문학이란 결국 인간의 경험내용을 서술한 때문이다. 그런데 그 경험이란 작가 자신의 것일 수도 있다. 문제는 자기 것이건 남의 것이건 그것을 얼마나 깊이 통찰하여 파악하느냐에 있을 따름이다. 작품을 볼 때 거기서 우리는 분명히 그 작품의 내용이란 것을 의식적으로 이해하는데, 작품은 기본적으로 감정을 통하여 전달되지만 그 감정의 저변에는 주제를 합리적으로 이해시키는 복합감정이 있는 것이다. 그리하여 논문에서 말한 것을 그대로 옮기자면 "문학작품은 그래서 경험을 이성적으로 옳게 결정짓는 것, 즉 그 작품이 성공한 바엔 그것은 완전한 도덕적 정화(正化)이다"가 되는 것이다.

백철 : 말하자면 그것은 결국 제재 그 자체보다도 그 제재를 어느 정도로 도덕적 정화에 접근시키느냐 하는 이야기가 아닌가.

윈터즈 : 그러나 그 제재 자체에도 차별이 있다. 그것은 마치 큰 제재는 대작의 후보가 될 수 있어도 작은 제재는 아무리 잘 써도 가작 이상을 넘지 못하는 것과 똑같은 이론이다. 그런 점에 우선 나는 제재를 잡는 면에서 먼저 작품 평가의 한 조건을 살피는 것이다. 물론 그 제재는 인생관적인 경험이고 그 경험은 깊은 것을 요구하는 것이다.

백철 : 인생을 깊이 경험한다는 것은 구체적으로 무엇을 의미하는가?

윈터즈 : 그것은 제재를 일반화하는 것, 즉 작가의 특수한 경험을 다듬고 수정하며 경험 이상의 경계까지 넘어 더욱 심화 확대해 가는 것을 말하는 것이다. 좀 더 작품상의 얘기로 말하면, 등장인물의 보편화 같은 것이 그렇다. 과거의 걸작들로서 셰익스피어의 작중인물이나 괴에테의 주인공들을 생각해 보면 잘 이해될 줄 안다.

백철 : 제재문제와 함께 흔히 작품의 성공을 말하는데, 그것은 작품의 테크

닉이 거기 동반해야 한다는 뜻인가?

윈터즈: 물론이다. 우리가 작품 이야기를 할 때 구체적으로 그 제작문제를 전제하지 않고서는 이야기가 되지 않는다. 아무리 제재가 크고 귀중하다 해도 거기 테크닉이 따르지 못하면 그것은 작품 자체로서도 성립될 수 없다. 그러므로 작품 성과를 도덕적 정화라 할 때 그것은 제재나 작품 내용을 뜻하는 것이 아니고 전체로서 작품의 성과를 포괄하여 하는 말이다. 원래 문학의 구조란 상호교류에 대한 엄격한 감시와 조정에서 이루어진 것이며 거기서 이성적인 것과 감정적인 것, 내용적인 것과 형식적인 것이 빈틈없는 유기적 관련을 이루는 것이다. 결국 비평가란 작품의 이 구조 관련을 분해하여 판정하는 것이 그 큰 임무인 것이다.

백철: 그러면 작품해석에는 역시 분석이 중요한 작업인가?

윈터즈: 그렇다고 본다. 물론 예술 작품을 시계나 비행기를 분석하듯 뜯어볼 수는 없지만, 그러나 언어적인 조건에 있어서는 넉넉히 분석이 될 수 있으며 다시 종합도 되는 것이다. 바로 여기에 비평의 여지가 있다. 그러나 내 주장은 분석하되 그 작품의 도덕적인 거리에서 해체하고, 또 종합하되 이번에는 다시 비평가의 도덕적인 정화의 이중·양면적인 정화인 것이다. 그것이 곧 비평의 기능임은 두 말할 필요도 없다.

백철: 그렇다면 작품 비평에는 분명한 전제적 목적을 염두에 두는 것 같은데…….

윈터즈: 목적에도 뉘앙스가 있겠지만 문학 비평이란 하나의 기술이며 또 학문인 이상 예술과 학문은 그 자체로서 목적일 뿐이다. 그 밖에 어떤 목적이 있다고 생각하는가?

백철: 가령 비평가는 작품 비평을 통하여 독자에게 작품을 전달하고 교시하고 나아가서는 그 시대의 문학적인 영향을 준다든가…….

윈터즈: 그건 너무 비약된 견해이나 비평가가 이차적으로 독자뿐만 아니라 작가에게도 암시적이며 교시적인 기능을 발휘하는 것은 사실이며 무슨 야심에서가 아니라 하나의 객관적인 효과로서 그럴 것이다.

백철: 현대의 작가나 비평가로서 20세기 후반기의 현실, 특히 정치적인 상황에 많은 관심과 발언을 듣게 된다. 예컨대 실존주의의 작가이자 평론가인 사르트르라든지 영국의 엥그리 제너레이션들, 그리고 미국의 소위 비이트 문학이 모두 그렇다고 보는데 이처럼 작가나 평론가의 일종의 정치과열을 어떻

게 해석해야 되겠는가?

　윈터즈: 글쎄……. 그것이 근래 문학정신을 많이 침식하고 있는 것은 사실이다. 대체로 문학이란 앞서 말한 바와 같이 인생의 경험을 스테이트하는 것이니까 정치도 경험의 한 장소인 것만은 사실이다. 더구나 현대와 같이 정치적인 사실이 가장 두드러지게 현실을 구성하고 있는 경우에서는 더욱 그렇다. 그렇지만 문제는 그 열도가 지나쳐 자기편견의 정치선전으로 문학을 오인한다면 그것 곧 문학의 파탄을 의미할 것이다.

─『백철문학전집』(3), 347~349면

② 케니스 버크 교수


## 7) 인디아나대학

① 존 크라우 랜섬 교수 : 하기학술대회 「아시아와 휴머니티」에 참석한 랜섬은 뉴크리티시즘의 정통파. 『뉴크리티시즘』의 저자이며 『캐년리뷰』의 주간이었다. 이때는 정년 후여서 초빙교수로 참석해 있었다.

한편 체미 중 백철이 만난 이로 일본인 비교문학자 오타 사부로[太田三郎] 교수가 있다. 그는 이미 『문학의 이론』을 일역(1954)한 바 있었다. 백철은 또 송욱 교수, 윤영춘 교수도 만났다.

위에서 본 대담 또는 대화는, 당시에 이루어진 것이 아니고 그로부터 훨씬 뒤인 1960년 이후에 백철이 복원한 것으로 볼 것이다. 뉴크리티시즘에 대한 이해가 거의 보편화된 시점에서 비로소 가능한 대화로 보이는 까닭이다. 그 증거의 하나로 다음 기록을 들 수 있다.

정치적 현실에 대한 화제가 나온 김에 거기서 덧붙여 역사적으로 중요한 전기, 프랑스 혁명이라든지 1 · 2차 대전, 우리 입장으로서의 6 · 25전란이나 4 ·

19혁명 같은 시대적인 대사건이 현실조건으로서 작가에 미치는 영향을 문자 윈터즈는 그의 비평 원리인 제재와 연관 지어 일단 중요한 경험내용임을 인정한다.

이 대목은 이볼 윈터스와의 대담장면의 기술에서 나온 것인데, 「이보르 윈터즈—현대비평의 새로운 경향」(1959.5)에 해당된다. 아직도 4·19가 나기 무려 2년 전이다. 아마도 백철이 이 글의 초안을 발표한 것은 「비평가의 자격과 할 일—Y. 윈터」(『동아일보』, 1958.6.24~26)였다. 브룩스와의 대화 기록도 사정은 비슷하다. 「현대비평의 새 영역—C. 브룩스 씨와의 회견기」(『조선일보』, 1958.2.25~2.28)가 그 초안이었다.

그렇기는 하나 백철의 뉴크리티시즘 소개 특집이 이론 공부에 앞서 대화의 시도가 먼저였음에는 변화가 없다. 비평가인 인간을 먼저 만나 대화를 한 뒤에야 그 이론을 공부하는 그런 순서를 밟는 방식에는 변함이 없었다. 이론을 먼저 공부하고 그 인간을 만나지 못한 이 나라 문학이론 도입사의 처지에서 보면, 백철 식의 이런 도치된 방식이야말로 획기적이라 할 것이다. 적어도 인간과 사상이 동시적으로 파악될 수 있고 또 그래야만 하는 오늘의 시선에서 보면 실로 선구적이라 할 것이다.


## 4. 『문학의 이론』—번역의 기묘함


이러한 대화체의 방식이 우람하고도 거의 절대적인 힘으로 결실된 것은 60년대 이래 이 나라 문과대학의 기본항으로 군림한 『문학의 이론』에서이다. 이 사실은 강조되어 마땅한데, 이 대단한 저술이 백철과 그 저자 중 한 사람과의 대담을 통해서 한국어로 번역될 수 있었던 까닭이다.

이 책의 권위와 내용에 대한 명성은 문학전공 교수 사이에 널리 퍼져 있었다. 더러는 원서로 읽었을 것이며, 일역(오타 사부로 역, 1954)으로 접한 학자들도 적지 않았을 것으로 볼 것이다. 실상 백철도 영문학과 동료교수인 김병철과 이 책의 번역을 도모한 것은 도미전인 1957년 1월경이었다. 이 무렵 김동리는 몰턴의『문학의 근대적 연구』를 표준으로 삼아 문학론을 펼쳤다. 구경성제대의 문학개론서는 허드슨의『문학의 입문』원서강독이었다. 요컨대 초강국 미국의 문학연구, 이론서가 저만치 무지개처럼 태평양 상공에 떠오르고 있었다. 대학에서 문학 강의의 근거에 허우적거리던 전후 한국 문과대학의 처지에서 보면 더욱 그러했다. 가령 중앙대학의 경우는 어떠했던가. 문과대 학장으로 백철이 취임했을 때 문과대학의 입학생의 숫자는 약대나 상경대에 비해 형편없었다. 그쪽에서 벌어 이쪽을 먹여 살리는 형국이라 주장하는 상경대학장 최호진 교수에게 백철이 대든 논리는 "그래, 대학의 가치라는 것이 겨우 그 학생의 머리로 계산되고 평가돼야 하는 것이오"였다(『만추의 사색』, 345면). 그렇다면 대체 그 '대학의 가치'란 무엇인가. 인문학이 그 정답이었을 터였다. 그렇다면 당시의 중앙대학은, 아니 나아가 전후 한국대학은 그런 가치를 자각적으로 갖추고 있었던가.

물을 것도 없이 부정적이었다. 단지 제도로 문리대(Liberal arts and science의 역어. 문과와 자연과학의 결합, 순수 학문을 가리킴)가 성립되었을 뿐 그것의 제도적 필연성을 뒷받침할 힘이 없었는데, 이는 그 제도가 단지 선진국이 낳은 수입품이었음과 무관하지 않다. 제도라 했거니와 대학제도 속에 문학이 들 수 있었던 것은 선진국의 경우 19세기 말이었다. 1887년 옥스퍼드대학에서는 문학을 하나의 독립된 학과로 인정할 것인가를 놓고 격렬한 토론이 벌어졌다. 문학을 학과로 찬성하는 측은 그것이 과학적 요구를 충족시킬 수 있다는 것, 곧 과학적 요구를 충족시킬 수 있게끔 체계적으로 가르칠 수 있다는 데 놓여 있었다. 반대측 주장은, 만일 문학을 체계적으로 가르치려면 오직 '언어사 연구형태'로만 가능하다는 것이었다. 1885년 5월 18일자 런던타임스는 이렇게 보도했다.

> 옥스포드 평의회 토론의 저변에는 문학과 언어학의 대립이라는 근본적인 문제가 깔려 있다. 위의 토론에서 이 문제를 해결하는 주된 방법은 서로 다른 언어들 사이의 관계에 대한 언어학적 고찰이었다. 스노우 씨와 요크 파우엘 씨의 제안에 따라 스웨덴어, 덴마크어, 아이슬란드어가 교과목으로 인정되었고 에반스 씨와 요크 파우엘 씨의 제안에 따라 레토-슬라브어가 인정되었다. 영어학 시험에 앵글로-색슨어가 포함되어야 한다는 주장이 압도적인 득표(60 대11)로 결정되었고 영어학과 독어학 시험에 고트어가 포함되어야 한다는 주장 역시 상당한 득표로 결정되었다(58대26). 문학이라는 과목은 역사를 비롯한 주변 과목의 이해가 선행되어야 하는 만큼 더 많은 학위가 주어져야 한다는 버틀러 씨의 주장은 프리만 씨에 의해 강력한 반대에 부딪쳤다. (…중략…) 버틀러 씨의 개선안은 반대 60표 찬성 15표로 부결되었다.
> ―앨빈 커넌, 최인자 역, 『문학의 죽음』, 문학동네, 58면

"혼자 공부할 수는 있어도 시험을 칠 수는 없는 것들 중 하나가 바로 문학"이라는 생각이 지배적인 풍토인 만큼 문학이 대학 정규 과목의 반열에 오르기 위해서는 이 난관을 돌파해야 했다. 문학이란 단지 언어학의 부속물이었는데 이를 언어학에서 분리시키기 위해서는 많은 시련이 요망되었다. "문학이 단지 셸리에 관한 잡담이 아니라 위대한 고전의 연구라면 그것은 언어의 연구가 되어야 할 것"이라는 주장 앞에 과연 문학의 독립성이 쟁취될 수 있을까. 이 물음에 대한 응답은 문학교육의 학문적 체계화 이외에는 달리 없었다. 이 노력의 역사는 실로 힘겨운 것이었다. 맨 먼저 시도된 것이 진화론의 문학적 변형이었다. 이어서 텍스트 연구, 분석비평, 학술조사 등이 이어졌고 야콥슨의 '문학성' 연구도 I. A. 리처즈의 심리학 법칙도 도입되었다. 한국의 대학에서 문학의 제도 확립은 경성제대(1926 개설)에서 비롯되었는데, 그 속의 하나인 '조선어문학'은 국어학과 국문학의 결합이지만 그중 국문학은 전적으로 조

선 고전문학이었다. 8·15해방 이후에도 이 사정은 거의 변하지 않았다. 그렇다면 대학에서의 조선근대문학 교육은 어떠했을까. 이 물음에까지 온 논자라면 백철 교수의 위치가 얼마나 우람한가를 비로소 알아차릴 수 있을 터이다. 이 위치 확보에 결정적인 몫을 한 것이 신문학사와『문학의 이론』번역이다.

『문학의 이론』이란 새삼 무엇인가. 초강국 미국의 대학 인문학의 기초를 이루고 있는 뉴크리티시즘 및 비교문학연구의 근거를 제공하는 이론서로 이 책만큼 적절하고도 확실한 것이 일찍이 없었음을 먼저 염두에 둘 것이다. "현대문학이론을 공부하는데 하나의 성전(聖典)"이라는 이 책을 그가 영문학자 김병철(중앙대) 교수와 공동번역을 기획한 것은 1957년 1월경이었다. 이 까다로운 문학개론서의 번역이 가능한 곡절을 그는 원하되 되기 어려운 행운의 개입이라 했다. 대체 행운 중의 행운이란 무엇인가. 그는 이 책 후기에서 이례적으로 이렇게 자랑스럽게 적어마지 않았다.

그런데 그 뒤 이 저서를 번역하는 데 행운이 오게 된 것은 우연히도 그해 가을에 내가 교환교수의 케이스를 얻어 미국에 10개월간의 거의 절반을『문학의 이론』의 원저자의 한 분인 르네 웰렉 교수가 있는 예일대학에 체재하게 된 일이다. 일부러 원해도 되기 어려운 일이 스스로 내 앞에 실현된 셈이다.

예일에 가서 먼저 만난 교수는 말할 것도 없이 웰렉 교수이다. 예일대학의 비교문학과 주임교수인 웰렉 교수는 대학원 건물 이층에 방을 가지고 있어서 은발 장신의 이 체코 출신의 학자는 얼른 봐서 목이 긴 기린을 연상케 하였다. 그는 동서각국의 문화 예술에 통한 박학 박식의 학자이니만치 내가 한국에서 온 사실을 말하니 실로 유붕이자원방래의 반가운 표정을 해서 첫 번부터 구면의 정이 깊었다고 할 수 있다. 그 뒤 나는 주로 대학원의 교수들과 접촉을 하게 되었기 때문에 자연히 웰렉 교수와도 자주 만나게 되었으며, 그의 강의에도 여러 번 방청한 일이 있는데 그때는 마침 그가 '근대문학비평사' 제3권에 해당하는 19세기 비평사를 강의하고 있어서 직접 나에게도 큰 참고가 되었는데, 강의 때마다 그의 박식한 강의내용에 놀래고 감복했다. 어학실력도 거의 유럽 각국 말에 통하고 있어 그가 비교문학의 대가로서의 자격을 느끼었다.

―「뒤에 쓰는 말」, 396면

이로써도 성에 차지 않아 웰렉 교수의 연구실에서 악수하는 자기의 사진까지 후기에 실었다. 또한 그는 이렇게 덧붙이기를 망설이지조차 않았다. "번역은 주로 김병철 교수의 노고에 의한 것이고 나는 그저 보조적인 일을 한데 지나지 않는다"라고. 문자 그대로 하면, 백철이 한 몫은 실제의 번역 쪽이 아님을 알 수 있다. 그렇다면 그 특수한 몫이란 무엇이었던가. 공역자 김교수가 이 점에 대해 민첩히 해명했다.

우리 사업의 행인지 불행인지 백 선생의 교환교수로서의 도미가 결정되어 그해 10월에 백 선생은 도미하게 되고 나 혼자만이 이 힘든 일을 맡게 된 셈이 되고 말았다. 형식적으로는 내가 혼자서 일 전부를 맡아서 한 셈이 되지만 사실에 있어선 백 선생이 예일 대학에 5개월 동안 체재하게 된 것은 우리 일을 위해서는 하늘이 도왔다고 나는 생각하고 있는 것이다. 사소한 질의점에 이르기까지 몇 번이나 서신을 통해서 원저자에게 질의했던 것이랴! 그때마다 답장을 쓰신 백 선생의 수고는 번역을 담당해서 한 내 수고 이상의 것으로 믿는다. 역자의 한 사람이 원저자와 같은 곳에 5개월 동안이나 같이 있으며 질의, 응답을 함으로써 번역을 추진해 나간 일이 일찍이 우리나라에 있었던가? 모르는 것은 편지를 미국으로 붙이는 한편 꾸준히 중학생식으로 직접 원고지에 쓰지 않고 시험지를 둘로 자른 데다가 횡서로 깨알만 하게 써나가 제1차의 시역이 끝난 것은 58년 5월 23일이었다. 전 분량은 시험지 반짜리 525매(본문만)이었다. 말하자면 초역이 완성되기까지

르네 웰렉과 백철

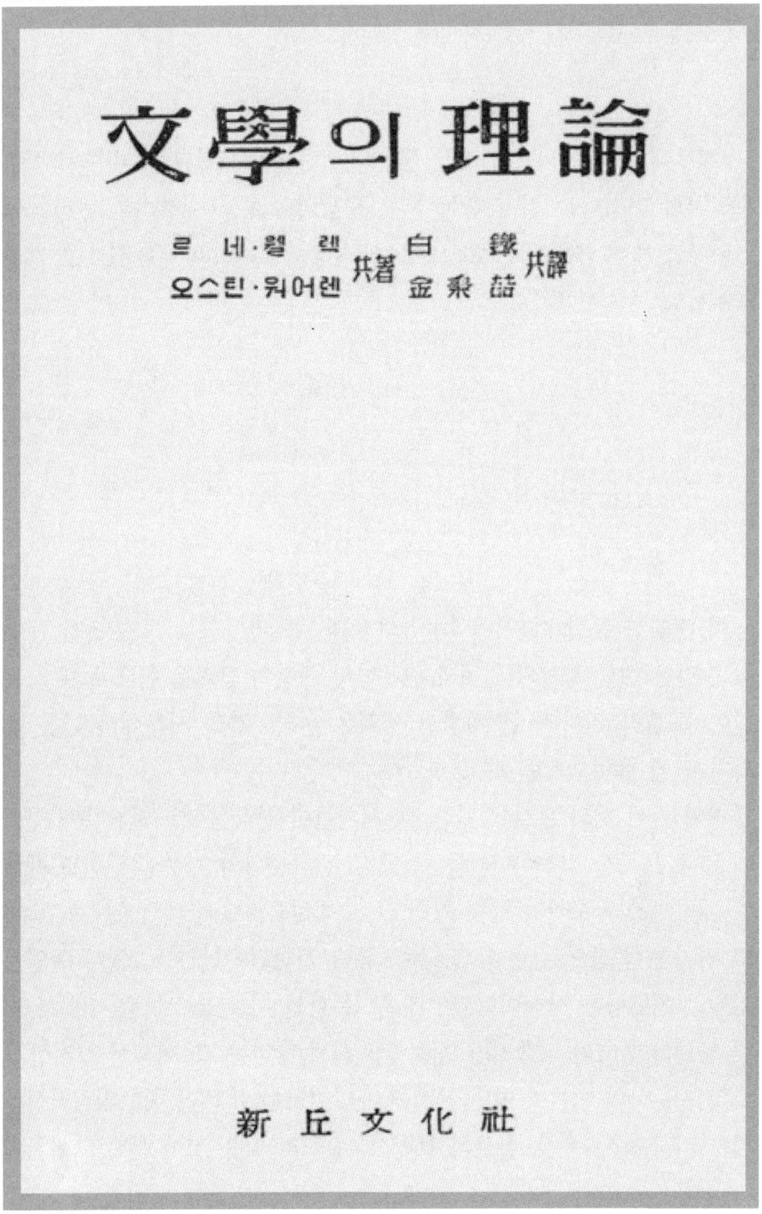

# 文學의 理論

르 네·웰 렌　共著　白　鐵　共譯
오스틴·워어렌　　　金 容 喆

新 丘 文 化 社

『문학의 이론』(1959) 표지

내 능력으로는 1년 7개월이 걸린 셈이다.

—「뒤에 쓰는 말」, 399면

"일부러 원해도 되기 어려운 행운"과 "하늘이 도왔다"가 마주쳐 박수 소리처럼 터져나온 것이 한국어판 『문학의 이론』(신구문화사, 1959.9.25)이었다(당초 이 책 번역교섭은 오화섭 교수가 신청했으나 본인이 다른 일로 포기함으로써 비로소 가능했다).


## 5. 인문학의 근거


이 정교한 문학개론서인 『문학의 이론』을 평가하고 그 효용을 문제 삼는 일은 대학 문과의 권위와 인문학의 존립의 근거를 함께 문제 삼는 일이다. 정작 저자의 한 사람인 웰렉은 한국어판의 서문에서 다음 세 가지 점에 유의했으면 하고 바랐다.

첫째는 이 책의 본질에 관한 것. 저자들이 한국문학은 물론 동양문학에 관해 무식한 점을 우선 들 수 있다. 한국문학의 경우 다행히도 웰렉의 제자인 이학수씨의 「사뇌가연구—고대한국가요에 대한 일본인 학자의 평가를 중심으로」(뮌헨, 1958.3)를 통해 접하긴 했어도 그들이 동양문학에 무지했음은 사실이다. 이 점은 『문학의 이론』의 시선(본질)에서 보면 약간의 참고는 되겠지만 별로 중요하지 않다는 것. 어째서 그러한가. 그것은 문학의 이론이 지닌 본질에서 말미암는다. 비역사적 비지역성인데 자리하고 있는 것, 이른바 보편성 위에 서 있는 것이 문학의 이론인 까닭이다.

문학이 사적으로만 연구될 수 있다고 하는 것은 진화론, 인과율, 연속성에 사로잡힌 19세기의 미몽이었다. 그러나 문학의 이론이란 그 본질 그 자체로 말미암은 기도로서는 비역사적인 것이다. 그것은 마치 그것이 동시발생적 질서인 것처럼 문학을 보려고 하며, 그러한 질서 내에선 국민적 내지 일시적 차이는 소멸되고 마는 것이다. 양의 동서, 위도, 경도, 민족, 정치적 행운, 사회제도 등은 중대하지 않다. 다른 나라의 문학작품이 다른 점에 있어 여하히 중요하다 하더라도 우리들의 중심적 관심사에 있어 그것이 서구의 전통으로부터 멀리 떨어져 있고 고립되어 있으면 있을수록 그것은 우리들의 주요한 문제—즉 문학의 본질, 문학의 가치, 문학의 형식과 장르—에 대해선 한층 더 교훈적이 될지도 모른다.

—「한국어판 서문」

동양문학에 대해 무지하면 그럴수록 이 책의 본질이 잘 드러날 수 있다는 점이야말로 『문학의 이론』이 갖는 의의의 핵심이다. 양의 동서, 시대의 고금을 초월해 있는 것이 문학이론인 만큼 이는 문학사와 작가론 따위와는 뚜렷이 선을 긋는다. 따라서 이 책이 한국의 학도들을 도와 전이(轉移)와 유추에 의해 스스로의 국민문학을 연구하는 데에 참고가 되기를 바란다는 것.

둘째는 이에 멈추지 않고 나아가 문학연구의 방법에 관한 고도의 토의를 이끌어 주기를 바란다는 것. "세계의 각처에서 진행되고 있는 것처럼 문학을 경제적으로 해설하려고 하는 시도가 하나의 보조수단으로 그 정당한 퍼스펙티브 속에 놓여지도록 하는 데 이 책이 도움이 되었으면 하고 바란다"라는 것으로 이 사정이 요약된다. 요컨대 이 책이 동양 또는 한국의 문학연구에 잣대구실 하기를 바란다는 것이다. 요컨대 "문학의 위대한 서구적 전통에 대한 유대의식의 증대"에 이르기를 바란다는 것이다.

셋째는 이 점이 중요한 바, 인문학의 의의에 관한 것.

이 책의 진수는 대상 그 자체에 대한 고려에 있다. 우리들의 경우에 있어선, 그러나, 그 본질과는 분리될 수 없는 예술적인 문학작품에 대한 고려에 있다. 그 본질이란 가치, 인간의 가치, 양의 동서를 가릴 것 없이 고풍숭상의 쓸데없는 '조사(調査)'로 해서 망각되었고, 문학과 모든 예술을 다른 목적에 종속시키고 싶어 하는 방법으로 해서 왜곡되는 수가 많은 중심적인 사실을 의미한다. 이러한 목적이란 과거는 종교적 내지 도덕이었던 것처럼 현대에 있어선 정치적이다. 예술작품이란 그 대상에 몰두하고 상상에 의하여 그것에 관심을 두는 자유로운 상상력과 참된 학문에 의하여 창조되며 자유 분위기 내에서만 오로지 번영할 수 있는 것이다. 그러나 이와 같은 자유란 그 얻어지는 방법이 앙양된 의식과 문학의 여러 가지 효용 및 문학연구의 각종각양의 방법으로 해서만 가능한 것이다 퇴폐적인 방법을 내포하고 있는 인위적인 기반으로부터의 자유, 편견과 협소한 국부적인 퍼스펙티브로부터의 자유, 정치적 및 그 밖의 외부적인 통제로부터의 자유는 문학도뿐이 아니라 모든 한국학도의 이상인 것처럼 우리들의 이상이기도 하다고 우리들은 확신하는 바이다.

인문학의 핵심이란 무엇인가. 문학연구에서 그것은 어떤 방식으로 구축되고 또 지켜질 수 있을까. 이 근본적 물음에 대해 분명한 대답을 이끌어내게끔 이 책이 기여하기를 웰렉은 바라고 있었다. 인문학의 최종목표는 인간의 '자유'에 놓여 있거니와 이것은 그 효용과 그 얻어지는 방법에서만 가능하다는 것. 문학의 경우 '그 앙양된 자유'란 문학의 여러 가지 효용 및 문학연구의 각종각양의 방법으로 해서만 가능한 것이다. '자유로운 상상력'과 '참된 학문'의 결합에서만 인문학이 숨 쉴 수 있다는 것. 여기서 강조되어 있는 것은 '학문(science)'에 '참된'이란 수식어가 붙어있음이다. 방법론을 떠난 학문이 있을 수 없다면, 문학의 학문적 근거도 그 방법론에다 먼저 물어보아야 된다. 여기다 대고 철 이른, 오리엔탈리즘이란 비방의 잣대를 댈 수 있을까. 요컨대 웰렉이 이 책을 통해 한국의 문학도에게 전하고자 한 메시지는 대학에서의 인문학의 성립조건에 관한 것이었다. 문학연구를 통해 인문학도 가능하며 그것을 주도하는 장소가 최강국 미국대학 문과임을 웰렉은 보여주고자 했다.

　웰렉이 한국문학도에 보낸 이 메시지를 쓴 것은 1959년 3월 9일이었고 이를 한국인이 접한 것은 1959년 9월 30일이었다. 이 1959년이란 한국의 대학 문과의 처지에서 보면 그 전과는 선을 긋는 기념비적 해라 해도 결코 지나치지 않는다. 그러나 이러한 인문학으로서의 문학연구의 본질을 과연 이 책의 번역을 통해 당시 한국인이 얼마나 이해했는가를 점검하는 작업은 그 본질과는 별개로 필요한 또 하나의 과제가 아닐 수 없다. 그것은 정작 문과대학 학장 백철 교수의 위상이 이 책과 더불어 어떠했을까를 묻는 일이기도 하다. 이러한 위상 검토를 위해 일단 웰렉의 저서와 이를 둘러싼 뉴크리티시즘의 인문학적 본질과 그 근거를 학문적 수준에서 일단 점검해볼 필요가 있다.

# 제3장 1969년의 뉴크리티시즘 비판

## 1. 문제제기

실로 새삼스럽게 이미 '죽은 말(馬)'로서 정평이 있는 뉴크리티시즘에 대하여 논해보려는 의도는 다음 두 가지 이유에 근거를 둔다. 그 하나는 종래 한국 비평이 전문적인 분석비평의 과정을 겪은 바 없기 때문에 "그것이 곧 뉴크리티시즘 그것이 아니라 하더라도 현대 비평의 특질로서 그 분석비평의 과정을 중요하게 채용해야 할 것"(백철, 「분석비평의 의의」, 『문학의 개조』, 신구문화사, 1958, 305면)을 명분으로 내세워, 뉴크리티시즘을 오늘날 시점에서도 도입할 필요성이 있다고 주장하는 백철 중심의 견해에 대해 필자 역시 동의하면서도 구체적인 문제에서 약간의 회의를 갖기 때문이다. 이러한 필자의 회의는 평소에 외국문학의 방법론을 도입하여 한국문학을 연구할 때 느껴온 일반적인 문제에 관계된 것이다. 그것은 방법론이 용기의 일종일 수 없다는 점과 무관하지 않다. 적어도 한 방법론은 어떤 세계관에서 필연적으로 분비(分泌)된 것이기 때문에, 이 근본문제를 떠나서 어떤 방법론의 일부분만을 분리시켜 그것만을 우리의 요청사항으로 도입할 때, 약간의 표면적 성과가 있을지 모르나 자칫하면 사상 및 방법론의 무한포용용 현상으로 전락할 위험성이 따를지 모른다. 저쪽에서 거의 혈로(血路)를 개척한 것 같은 사상이나 방법론이 우리 쪽에서는 뜻밖의 상식론으로 받아들여지기도 하는 현상이 종종 목도되는 터이다. 이러한 이유로 뉴크리티시즘 역시 우리 쪽에서 받아들일 때, 그 방법론을 분비시킨 세계관을 명백히 파악해두지 않은 마당에서, 그 방법론의 일부분만을 우리의 필요에 의해 도입하는 것은 상당한 문제점이 있을 것이다. 따라서 이 문제를 재검토해볼 필요가 있다.

그 다른 하나는 오늘날 한국문학 연구에서 상당한 영향력을 떨치고 있는 참고서로 판단되는 웰렉·워렌의 공저 『문학의 이론』과 관계되는 것이다. 두루 알려진 대로 이 책은 1942년 간행된 것으로 엘리어트의 『비평의 기능』, 리처즈의 『문예비평 원론』보다 수십 년 후가 되며, 랜섬의 『신비평(The New Criticism)』의 일 년 뒤에 해당된다. 물론 웰렉이 프라하 학파의 포멀리즘의 풍토에서 자란 이유도 있지만, 이 저서 속에 뉴크리티시즘이 모진 비판을 받고 있는 오늘날 이 저서 역시 온전할 리 없다. 따라서 실상 이 저서를 능가하는 다른 대치물이 없다손 치더라도 이것 또한 마땅히 비판의 도마 위에 오르지 않으면 안 될 것이다. 이 저서의 중핵을 이루는 문학연구의 외재적 접근(extrinsic approach)과 내재적 연구(intrinsic study)의 이분법을 어떻게 파악할 것이며, 그 한계가 어디서 연유하는가에 대해서는 뉴크리티시즘의 한계에서 파악될 수도 있을지 모르는 것이다.

이상과 같은 두 가지 이유에서, 그리고 이 두 가지 이유가 함께 오늘날 한국문학연구에서 방법론상의 문제점을 상당히 지닐 수 있는 것으로 판단되기 때문에 새삼스럽게 뉴크리티시즘을 들추어야 할 명분이 있다. 이와 같이 뉴크리티시즘이 우리에게 극복되어야 할 어떤 요청사항이기 때문에, 먼저 이 문제가 한국에서 어떤 경로로 도입되었는가를 살펴두고 나갈 필요가 있다.

필자가 알기엔 뉴크리티시즘이 한국에 도입된 것은, 이런 유행사조와는 달리 영문학자 송욱 교수의 「시와 지성」(1955)에서 보듯 독자적 공부의 깊이에서 나온 것도 없지는 않으나, 1956~1957년을 전후한 백철의 도미 중이 아닌가 생각된다.

> 우리 문단에 뉴크리티시즘이 단편적으로 소개되기 시작한 것은 1956년 무렵부터라고 기억하고 있다. 그러나 뉴크리티시즘이 더 우리 비평계와 독자의 주목을 끌게 된 것은 1957년 말에 내가 미국에서 「클리언스 브룩스와의 인터비유記」, 뒤 이어서 1956년 초에 분석비평의 의의라는 뉴크리티시즘을 소개하는 논문이 국내에서 발표된 것이 더 구체적인 계기로 된 것 같다. 그런 일들로 해서 뉴크리티시즘을 도입한 책임을 나도 모른 동안에 지게 된 듯하다.
> —백철, 「뉴크리티시즘의 행방」, 『세대』, 1966.2, 86면

백철은 「뉴크리티시즘에 대하여」(『문학예술』, 1956.11), 「I. A. 리처즈와의 문학대화」(『사상계』, 1958.5), 「뉴크리티시즘의 제문제」(『사상계』, 1958.11) 등에서 뉴크리티시즘이 지니는 '현대성에 대한 평가와 섭취'를 논하여 단연 그 도입의 고삐를 쥐었고, 그 후 몇 사람의 신인비평가들의 글, 또 몇몇 대학 및 대학원 졸업논문 등에서 성과가 있은 듯하다(김용권·이어령 등의 전후비평가들은 분석비평에 상당한 관심을 보였다. 특히 김용권은 스톨먼의 「뉴크리티시즘」(『문학예술』, 1957.4~5)을 번역한 바 있고, 「뉴크리티시즘과 한국비평문학」(『자유문학』, 1960.10)을 쓴 바 있다). 특히 1964년 하버드 옌칭 교환교수로 다녀온 국문학자 정병욱 교수가 이 방면에 깊은 관심을 기울여 「쌍화점고」(『문리대학보』 10권 1호) 등의 논문을 보였고, 대학원에서 『구운몽』 등의 후진 논문지도에 상당한 성과를 거둔 것처럼 보인다. 그러나 이러

한 성과에도 불구하고 정작 뉴크리티시즘의 분석적 방법론을 뒷받침하고 있는 이 학파의 세계관의 문제, 고쳐 말해서 이 학파의 본질적 소개 및 비판은 별로 행해지지 않은 듯하다. 우리가 이 뉴크리티시즘의 방법론에 동의하고 그 양질을 섭취하기 위해서라면, 마땅히 그 발생적 근거에서부터 본질의 검토를 신중히 해둘 필요가 있음은 물을 것도 없는 일이다. 이 글이 일종의 문제제기의 성질을 띠는 이유가 바로 여기에 있다.


## 2. 뉴크리티시즘 세계관의 근거


신비평가들이 시종일관 현대문명에 대해 회의적인 태도를 취하여 근대과학의 성과를 거부해왔다는 사실이야말로 맨 먼저 우리가 주목해야 될 점이다. 그것은 깊은 보수주의에 뿌리박고 있음을 드러내는 것이다. "그것은 솔직히 말해서 반동적인 운동이며 신비평이라는 명칭은 실상 늘 일종의 역설을 동반하고 있는 것"(G. Watson, The Literary Critics, Pelican Book, 1962, 220면)이라 표현되거니와, 실상 신비평가 자신들이 보수적이라든가 반동적이라는 말을 즐겨 쓰고 있음을 볼 수 있다. 하이맨이 이들을 "반동적 귀족적 종교적 전통"(S. E. Hyman, The Armed Vision, Vintage Book, 1955, 88면)에 뿌리박혀 있다고 정의한 것은 새삼 들출 것이 못 된다. 뉴크리티시즘의 효시이며 최초로 『뉴크리티시즘』이라는 저서를 낸 랜섬이 "생활에 있어서는 귀족적, 종교에서는 의식파, 예술에서는 전통적"(J. C. Ransom, The World's Body, N.Y., 1938. 42면)이라고 자신의 신념을 정의했을 때, 문득 우리는 엘리어트가 "정치적으로는 왕당파, 교적으로는 앵글로·가톨릭, 예술적으로는 고전파"(이 말은 For Lancelot Andrewes 서문 속에 있었으나, 그 후 이 서문을 자신이 제거한 바 있다)라 한 것과 거의 일치하고 있음을 눈치 챌 수 있다. 여기서 잠시 우리가 어리둥절해지는 바는 남부 내슈빌의 한 귀퉁이와 영국의 엘리어트가 무슨 이유로 직선적으로 이어지고 있는가라는 의문에 있다. 이 의문은 랜섬의 경력을 보면 풀릴 것이다.

랜섬은 1888년생이니까 엘리어트와 동년배인데, 그는 남부에서 낳고 그곳에서 교육받고, 밴더빌트 대학을 나왔고, 1910년부터 3년간 옥스퍼드 유학을 했고, 그 후 모교에서 교편을 잡아 A. 테이트, R. P. 워렌, C. 브룩스 등을 가르쳤다. 그는 『도피자(The Fugitive)』(1922.4~12)라는 시전문지를 간행하면서부터 고풍스런 남부세계의 가치발견 운동에 적극적으로 앞장섰고(이 운동이 소위 아그라리아니즘 Agrarianism이다), 1937년 케넌대학으로 옮겨 같은 해 『케넌 리뷰(The Kenyon Review)』를 창간, 그 편집장으로 뉴크리티시즘의 지도자적 위치에 있었다. 이처럼 뉴크리티시즘이 『도피자』로 출발했다는 것은 남부의 전통 수호라는 짙은 귀족주의를 그것이 가지고 잇음을 의미함에 틀림없다. 이들 남부 모더니즘 운동이 남부 농업주의 운동(Agrarianism)으로 발전하여 북부의 물질주의·과학주의·상공업주의에 대한 극심한 대립의식을 그 저류에 깔고 있음이 드러난다(A. Kazin, On Native Ground, Anchor Book, 1956, 329면). 그들은 흙에 밀착한 전통적 남부지역 사회가 개인의 행복과 사회질서 안정에 좀 더 바람직하다고 보는데, 이것은 기독교 사회의 이념이 흙에 밀착한 자족적 그룹에 의해 달성된다는 엘리어트의 견해와 그 내용을 같이하는 것이다. 이들이 흑인 차별을 분명히 긍정한다는 것, 혼자서 20세기에 남북전쟁을 하고 있다는 것 등등은 그들의 이상사회 모델이 귀족적·봉건제적임을 단적으로 말해준다. 그들이 자신의 입장을 반동(reactionary 혹은 counter)이라 즐겨 말할 때 상당한 자부심과 함께 정신적 위기의식이 거기에 깃들어 있음을 간과할 수 없다. 북부 상공업주의의 결과로 1930년대 마르크스주의의 비평이 상당한 세력으로 퍼져나갈 때 이에 대한 대항의식이 강렬했다는 것은 주지의 사실이다. 문학사적인 견지에서 볼 때 뉴크리티시즘의 단계가 마르크스주의의 극복 다음 자리에 놓이고 있음을 보아도 알 수 있는 일이다. 그러나 반동적이고 귀족적이며 봉건제적인 신비평가들의 의식구조가 파시즘의 의식구조와 그 과격성에서 흡사하다는 것은 의심할 여지가 없다. 엘리어트의 한 이론적 거점으로 되어 있는 T. E. 흄은 말할 것도 없고, 정작 E. 파운드가 파시스트로 전락하고 만 사실은 결코 우연이 아니다. 이것은 또한 흄의 이론에 바탕을 둔 주지주의 비평가였던 최재서가 마침내 『국민문학』을 주재하면서 천황제 파시즘으로 전락한 사실과도 결코 무관하지 않을 것이다.

신비평가들이 이렇듯 한편으로 문학과 무관해보이는 세계관을 지니고 있다는 사실을 아는 일이 무엇보다 중요한 이유는 더 말할 것이 못 되리라. 그들의 독특한 언어분석, 고답적인 비평, 철저한 과학주의 및 기교주의적 비평의 근저가 이러한 세계관을 떠나서 파악될 수 없는 것이다. 물론 이들의 세계관이 결코 단순하진 않으며, 더구나 구체적 전개로서의 기술적 비평(descriptive criticism)의 과정은 더욱 복잡성을 띠고 있음은 사실이다. 일반적으로 보아 신비평가 그룹은 다음 두 사람에 근거하고 있는 듯하다. 그 하나는 리처즈이며, 다른 하나는 엘리어트이다.

알려진 바와 같이 영미 현대비평은 엘리어트의 『비평의 기능』(1923)과 리처즈의 『문예비평의 원리』(1924)에서 출발된다. 이 두 저서를 관류하는 문제의식이 뉴크리티시즘의 거점이 되어 있다. 리처즈의 의도는 문학, 즉 시로서 문명에 참가하려는 절실한 기대에 있은 듯하다. 이러한 지향적 욕망은 현대문명에 대한 심각한 위기의식에서 비롯되는 것이다. 매스컴의 일방적 비대는 저급한 예술을 의식의 전면에 강조한다. 이 탐욕적 상업주의는 현대인의 심리적 경험과 반응의 능력을 좀먹어 날로 비속화하고 획일화의 방향으로 현대인을 이끌어간다고 본다.

오늘날에 있어 저급한 문학, 예술, 영화 등등이 큰 세력을 이루어 사람들의 미숙한 태도나 실제에는 적합불능한 태도를 조작해 낸다. 어떤 여성이 아름다운가 어떤 남성이 핸섬하냐 따위의 지극히 본능적이고 개인적인 것 같은 심적 반응이 통속 잡지의 표지나 영화배우에 의해 결정된다.

—I. A. Richards, *Principles of Literary Criticism*, Routledge, 1961, 202~203면

리처즈가 보는 바로는, 이러한 절박한 현대 상황은 어느 의미에선 '자연의 중립화(neutralization of nature)'에 기인한다(Science and Poetry, Norton, 1935, 46면). 즉 시의 발생적 근거인 마술적 세계관의 체계가 붕괴되고 만 것이 현대의 상황이다. 그 결과 이전이라면 시인이었을 사람들이 오늘날은 실험실에 들어앉은 과학자가 되고 말았다. 그러나 과학은 자연현상과 그 과정을 설명할 수는 있어도 세계의 궁극적 본체가 무엇인가를 말해주지 못한다. 종교는 물론 이처럼 과학마저 실패했음에도 불구하고 존재의 본질을 모색해야 할 현대인은 생물학적 위기를 느끼지 않을 수 없다. 이 현대인의 위기는 "적막감, 불안전감, 불모성과 포부의 무근거성, 노력의 공허감, 그리고 문득 소멸하고 말 것 같은 구명수(救命水)에의 갈증"(Science and Poetry, 46면)으로 표현된다. 이 과제를 해결하는 것은 결코 새로운 기적적 수단이 아니고, 여태껏 이어 내려온 시, 즉 시위주설(Poeticism)이라고 리처즈는 주장한다. 여기서 그는 가기술(假記述)의 개념을 도입하지만, 그 개념의 당부당은 별도로 하고라도, 그 발상법의 의미는 분명히 파악될 수 있다. 그런데 그가 내세운 시위주설(詩爲主說)은 구체적으로 무엇인가? 리처즈는 시만이 그 복잡 풍요한 언어작용에 의해 우리의 신경조직을 재조정시킬 수 있는, 풍요한 인간성 회복의 유일한 수단이라고 파악한다. 가령 언어활동을 포괄적(inclusive)인 것과 배제적(exclusive)인 것으로 나눈다면, 전자는 우리 경험의 풍부한 다양성, 복잡성 혹은 모순을 그 자체로 표현하지만, 후자는 배제와 추상의 조작에 의해 경험을 획일화된다. 현대 문명이 그 밑바닥에 영악한 상업주의의 해독이 깔리고 추상의 조작을 그 생명으로 하는 과학적 사고법의 우세로 말미암아 추상화·획일화로 흐를 때, 그것은 필연적으로 반생명적인 것이 아닐 수 없다. 이러한 추상화를 막아내어 생명의 본질을 수호하는 오직

하나의 길이 곧 포괄적 언어에 의한 시인 것이다. 따라서 그가 말하는 시위주설은 문학의 권위회복에 직결된 것으로, 현대 과학주의를 강렬히 의심한다. "예술이 과학의 발달과 함께 발맞추어야 하는 것은 아니다. 오히려 그 때문에 쇠퇴, 소멸할지도 모른다. 그러나 만일 그렇게 된다면 제일급의 생물학적 참해(慘害)가 일어날 것이다."(Science and Poetry, 233면) 이 과학주의의 획일화를 극복하기 위해 어느 누구도 방법론의 정밀성과 실증성에서 리처즈만큼 과학적 접근법을 반영시키지는 못했을 것이다.

한편 엘리어트는, 리처즈가 포함과 배제의 언어에 역점을 두었다면, 사고와 감각의 분열에 역점을 둔 전통과 모럴의 위기에 발상법을 두고 있는 것 같다. 리처즈가 시 언어의 생리적 심리적 문제에 관계된다면 엘리어트는 모럴의 문제에 관련된다고 할 수 있다. 엘리어트는 *Marie Lloyd*(1923)에서 새로운 오락 문명을 다음과 같이 경고한 바 있다.

> 하나의 극장 주위에 백 개의 영화관이 서고 하나의 악기 둘레에 백 개의 축음기가 연주되는 때가 온다면, 그리하여 응용과학이 지상생활을 될 수 있는 한 즐겁게 하기 위한 모든 노력이 완성되었을 때는 전 문명사회의 주민은 멜라네시아 토인과 같은 운명을 띤다 해도 조금도 놀랄 것이 없다.
>
> ─T. S. Eliot, *Selected Essays*, London : Harcount, 1951, 45면

이러한 문명의 획일성을 막아내기 위해 시를 내세우는 것이 엘리어트의 발상법의 하나다. 그것을 엘리어트는 여기서 문학의 사회적 책임론으로 확대시킨다. 그의 비평체계가 시대에 따라 상당히 변모되었지만 (특히 몰개성주의 같은 것이 대표적이다) 끝내 변치 않고 관류하는 것은 "시인은 그의 언어를 유지하고 풍부히 함에 의하여 사회 문명에 대한 책임을 지는 것"(R. W. Stallman ed., Critiques and Essays in Criticism 1920~1948, N.Y., 1949, 105~106면)이라는 사상이다. 엘리어트에게 시적 언어의 강도가 곧 시인 및 문학상의 시의 가치평가 기준으로 되어 있음은 주지의 일이다. 언어

의 빈곤은 바로 정신의 빈곤이며, 그 시인을 포함한 문명의 빈곤에 다름 아니기 때문이다. 엘리어트의 비평에서 이 방법의 예를 들려면 얼마든지 있다. 특히 '형이상학파 시인(The Metaphysical Poets)'에 관한 견해가 그 대표적인 것으로, 이것은 신비평가들의 중심과제의 하나로 되어 있다. 엘리어트가 19세기의 영향에서 벗어나 17세기 전통적 문학으로 향한 의도는, 17세기 시인에게서 언어의 강도 즉 메타포의 강도에 의한 능력을 발견했기 때문이다. 이 메타포 속에 소위 획일화를 구출하는 애매성과 풍요성이 깃들던 것이다. 이러한 언어의 강도가 18~19세기에 와서는 사라졌기 때문에 엘리어트의 시 평가 기준이 17세기에 놓이고, 이를 계승하기 위해 전통론이 모색된 것으로 이해된다. 17세기 이후 영시는 '사상을 느끼고, 감각을 사고한다'는 전통적 능력을 상실했고, 그것은 곧 정신의 빈곤화를 초래한 것이다(Selected Prose, Penguin Book, 1953, 112~113면). 이것이 유명한 '사고와 감각의 분열'론의 골자이다. 따라서 엘리어트의 위기의식이 역사적인 것으로서 전통론으로 발현되지만, 언어의 강도에 의한 문명구제의 관점은 리처즈의 그것과 일치하는 것이라 할 수 있다.

이상과 같이 리처즈와 엘리어트의 위기의식과 언어관이 뉴크리티시즘의 의식과 방법을 지배한 것이라 할 수 있다. 이 두 이론은 영시를 읽는 방법 자체를 변혁한 것이며, 언어에 문명적 규모의 의의를 부여했고, 과학적 분석태도를 장려했다. 언어의 내포적 용법을 과학적으로 분석함으로써 문명에 의한 언어의 획일화를 막으려 했던 것이다. 엘리어트가 비교와 분석만이 비평의 무기(Selected Prose, 19면)라고 했는데(그는 『시의 사회적 기능』에서 이 방법을 수정하지만), 이것은 곧 '사회의식을 뒷받침한 언어분석비평'의 방향을 뜻하는 것으로, 신비평가들이 리듬 분석에서마저도 모럴의식을 느껴야 했던 이유가 된다.

이러한 배경에서 뉴크리티시즘이 이룩될 수 있었다고 할 때, 우리는 신비평가들이 독자적 이론을 전개하기 전에, 이상의 배경을 어떻게 파악했는가를 살펴보아야 될 것 같다. 먼저 대표적 이론가인 랜섬, 테이트, 브룩스를 보기로 한다.

랜섬은 남부가 북부상공업 중심의 물질주의에 휩쓸린 것을 크게 우려한 나머지, 그것에 대처하기 위한 방법으로 유럽 문명의 최고·최량의 부분으로 판단되는 보수적·전통적 부분을, 뉴욕을 뛰어넘어 직접 남부에 연결시키려고 의도한다. 여기서 엘리어트의 전통론과 연결되어 있음은 쉽게 파악될 것이다. 그는 *God Without Thunder*(1930)에서도 리처즈에게 '과학에 대항할 수 있는 문학'의 사고가 불철저함을 탓하며, *The World's Boby*(1938)에서는 "과학이 점점 세계를 추상하여 하나의 유형으로 변모시키고 있음에 대항하여 예술은 거기에 다시 육체를 부여하지 않으면 안 된다"(J. C. Ransom, The World's Boby, 198면)라고 주장한다. 랜섬에 의하면, 과학이 '하나'를 향해 추상하는 인식이론임에 대하여 문학은 '다(多)'를 그 자체로 구체적으로 파악하는 인식이론이라는 명제를 신봉한다. 이 명제 자체는 리처즈의 것과 같으나, 리처즈가 과학에 대항하려는 의욕 때문에 문학의 독자성을 방기하고 과학적 방법으로 넘어갔고, 나아가 시를 인식이론으로 파악하지 않고 심리적 평형(equilibrium)을 얻는 수단(Science and Poetry, 23면)으로 본 것에 대해, 랜섬은 그것이 불철저함을 비난한다. 이로 볼진댄 랜섬은 엘리어트와 리처즈의 태도를 동시에 받아들이면서도 이를 결합하여 능가하려는 강렬성을 띠고 있다고 할 수 있다. 17세기 형이상학과 시인에 대한 랜섬의 견해의 철저성을 엿볼 수 있다. 그는 과거의 영시를 두 개의 대립되는 경향으로 본다. 즉 단순추상화 경향과 구체적 파악의 경향이 그것인데, 전자를 플라토닉 시라 하고, 후자를 피지컬한 시(물질주의적 시)라 한다. 전자는 19세기의 시, 후자는 20세기 이미지즘 시라 하는데, 전자는 지나치게 이상주의에 빠졌고, 후자는 지나치게 리얼리스틱하여 단조로움에 빠져버렸다고 비판하고, 이 양자를 극복하는 마당에서 가장 바람직한 것이 17세기 형이상학적 시라 주장한다.

랜섬보다 11살 아래인 A. 테이트는 신비평가 중 유일한 철학적 두뇌로 알려져 있는데, 그는 일찍이 이 운동의 종언을 선고했고, 비평은 결국 이론일 수 없고 하나의 의식이며 태도에 불과하다는 견해를 갖고 있지만, 이 파 가운데에서는 가장 남부적 반동성이 강한 인물로 알려져 있다. 이 강렬한 반동성 자체가 파시스트적 기질임은 물을 것도 없다. "순수한 과학적 정신이란 독단적 정신주의이다"(A. Tate, Reactionary Essays on Poetry and Ideas, N.Y., 1936, 89면)라고 말하고 그는 인간능력의 무한성을 부정한다. 그가 가톨릭으로 개종한 이유도 여기에 있을 것이다. 테이트의 특징은 시가 완전한 인식 체계라는 주장이 남달리 투철하다는 것, 1936년경에 리처즈의, 시란 심적 반응의 조정 곧 치료수단이란 견해에서 벗어나, '과학보다 뛰어난 인식이론'이라는 방향전환으로 신비평가 수준에서 큰 진전을 보였다는 점이다.

테이트가 이론면의 대표격이라면 브룩스는 실전에서 대표격이라 할 수 있는데, 그의 첫 업적인 『남부 시의 모던과 전통(The Modern Southern Poet and Tradition)』(1935) 및 『모던 시와 전통(Modern Poetry and the Tradition)』(1939)은 리처즈의 포함적 언어론과 엘리어트의 전통론의 충실한 실천이라 할 수 있다. 후에 그가 패러독스, 아이러니 개념을 도입한 것은 자신의 어떤 독자성의 발휘로 보아야 하지만, 『시의 이해(Understanding Poetry)』(1938)로써 이룩한 시교육의 혁명은 실천적 면에서 보인 역량이라 함이 옳다. 이 외에도 리처즈의 제자 엠프슨과 또 리비스 중심의 케임브리지파와도 깊은 연관이 있는 것이다.

이상으로 신비평가들의 세계관이 어디에 기초하고 있는가를 장황히 살핀 것이다. 여기서 그들의 개별적 전개과정을 살피기 전에 이들에게 처음부터 공통된 출발점인 시의 인식적(cognitive) 관점을 고찰해둘 필요가 있다. 실상 여기서부터 리처즈의 이론을 넘어서게 되기 때문이다.

인식으로서의 시(poetry as knowledge)란 뉴크리티시즘의 중심거점이라 할 수 있다. 뉴크리티시즘의 특징은 그것을 방법면에서 볼 때는 시의 형태

(form)를 중시하고 분석을 무기로 하는 곳에 있지만, 그 핵심에 있는 시에 대한 관점에서 볼 때는 시를 인식적으로 보는 데 있다. 그들이 시에서 인식적인 면을 중시한다는 이 점이 시에서 감정적(affective) 혹은 의지적(conative)인 면을 중시하는 리처즈와 대립된다. 랜섬은 시를 본체론적인 것으로 고찰하여 시가 인식임을 분명히 하고 있다. 그는 시가 취급하는 세계를 과학이 다루는 세계에서 구별하여 이렇게 말하고 있다. "과학이 다루는 세계는 정리되고 거세당한, 제어하기 쉬운 세계이다. 시는 우리들이 지각이나 기억을 아무래도 분산적으로 보는 쪽보다 밀도가 짙은, 제어하기 힘든 세계를 그 자체로 읽으려 한다. 이렇게 생각한다면 시는 근본적으로 본체론적으로 독자의 일종의 의식인 것이다"(J. C. Ransom, The New Criticism, Nortolk, Conn., 1941, 28면).

시가 인식이란 점을 더욱 강력히 주장한 자는 테이트라 할 수 있다. "문학은 인간체험의 완전한 의식이다. 여기서 인식이라 함은 인간만이 가능한 독자의 지성에 의한 세계의 통일적인 파악의 일이다."(Reactionary Essays on Poetry and Ideas, 106면) 나아가 그는 비평의 기능은 어느 시대에도, 특히 현대에서는 위대한 문학형식이 우리에게 부여하는 어떤 특수한 독자의 완전한 의식을 유지하여 명시하는 것이라 주장한다. 브룩스 역시 울반의 언어관을 빌려, 시작품이 엄밀히는 다른 말로 바꿀 수 없는 것이라고 하여 다음처럼 주장한다. 그것이 '말하고 있다'는 것은 그 시작품 자체에 대해서만 표현되는 것이다. 그런데 울반은, 그것이 무엇을 말하고 있다는 것은, 시의 상징이 인식을 주고 있음을 강력히 주장한다 (C. Brooks, The Well Wrought Urn, Harvest Books, 1947, 259면). 그렇다면 시를 설명한다는 것이 불가능하지 않겠는가라는 의문이 생긴다. 시가 시에 의해서만 전달되지 않으면 안 되는 인식을 주는 것이라는 생각은 시에 의한 인식이란 것을 고립시켜 시를 분석하고 그 의미를 다른 언어로 표현한다는 것이 불가능해질 것이다. 이러한 위험을 극복하기 위해, 시에 의한 인식을 과학에 의한 인식과 연계하려는 시도가 필연적으로 모색된다.

"우리는 시에 의해 주어진 진실을 표현의 다른 영역에서 주어진 진실, 가령 과학에 의해 주어지는 진실에 연계하려 한다. 내가 아는 비평가로 시만이 구극의 진실을 부여한다고 주장하는 자는 한 사람도 없다"(Brooks, 259~260면)라고 브룩스는 말한다. 랜섬은 이 점에서 다른 사람들보다 온건한 편이다. "시는 하나의 인식행위이다. 과학적 인식과 심미적 인식은 서로 빛을 던지며 밝히는 것이다. 어느 쪽의 인식을 취하든 한편의 인식을 다른 쪽 인식보다 좋아하는 것은 근본적으로는 기질의 다름에 속하는 일이다."(J. C. Ransom, The New Criticism, 294면) 이 인식의 문제는 다시 테이트가 직관에 의해 파악되는 지식을 질적 인식으로, 이성에 의한 것을 양적 인식으로 구분하여 전자는 시, 후자는 과학에 관한 것이라 구분하기도 하는데, 요컨대 시를 하나의 인식으로 보는 데 신비평가의 리처즈 극복의 의미가 있고, 동시에 이 극복에는 과학주의라는 방법론의 갈등에 처형당해야 하는 방법론의 바벨탑이 가로놓여 있는 것이다.


## 3. 뉴크리티시즘의 비평가들


금세기 비평이 과학에 대한 강렬한 위기의식에서 비롯되었고, 이 과학의 추상화 조작에 대항하기 위해 비평이 필연적으로 과학적 방법으로 무장하지 않으면 안 되었으니, 말하자면 손자식(孫子式) 병법(兵法)이라 할 것이다. 비평을 이론화하고 체계화하려는 노력의 이유는 충분히 납득이 된다. "만일 우리가 심리학과 분석비평을 결합할 수 있다면 최근 물리학의 발달에 필적하는 무엇이 달성될 가능성이 있다"(I. A. Richards, Practical Criticism, London, 1929, 208~209면)라고 리처즈가 낙관했듯이 초기 엘리어트도 비개성론에서 백금선(白金線)의 촉매로써 과학적 비유에 집착했고, "비평가의 작업은 전부 비교와 분석이라는 상호 보족적 활동에 포함된다. 비평가는 공인된 비평용구 한 벌을 사용하도록 교육되어, 갖가지 기준원형을 만들 수 있도록 훈련됨이 옳다"(L. Unger, The Man in the Name, Minneapolis, 1956, 136~137면)라고 과학적 용구의 도입을 전폭적으로 주장한 바 있다. 신비평가에게는 이와 같은 이론화에의 무의식적 편향이 충분히 발생적 근거를 갖지만, 그것이 결과적으로 비평주식회사라는 스캔들로까지 번지게 된 것은(On Native Ground, 336면) "작품의 의미로 향해야 할 통찰이 방법론으로 변하여, 그림을 틀에 맞추어 그리듯 우리는 자기목적 비평이라 불리는 것을 갖게 되고 말았다"(A. Tate, The Forlorn Demon, Chicago, 1953, 162면)라고 테이트가 지적한 바와 같은 이유 때문이다.

테이트의 이러한 통찰에도 불구하고, 랜섬의 방법론에의 집착은 투철한 것이었고 그다운 성과를 이룩한 것은 엄연한 사실로 되어있다. 이론체계 그것 때문에 뉴크리티시즘의 실패가 있는 것이 아니라 그 방향이나 방법이 틀렸기 때문이라고 그는 고집했다. 그 예의 하나로 랜섬은 DMDS의 도형을 그린 적이 있다. 먼저 시인이 그의 시를 쓸 때 갖는 이론적 내용이 있다(D.M.−determinate meaning, 확정적 의미). 그 다음 산문과 다른 리듬 즉 확정적 음(D.S.−determinate sound)이 있는 바, 의미 쪽에서 출발하여 시를 쓰려 하면 그 의미와 음의 영역을 통과하여 변화를 겪어야 하고, 반대로 음 쪽에서도 같다. 그 결과 D.M.은 I.S.(indeterminate sound)로 나타난다. 의미와 음의 역학적 움직임에 의해 나타난 작품은 결국 볼록렌즈 모양을 띤다(J. C. Ransom, The New Criticism, 299~300면).

이와 같은 랜섬의 시론은 결국 엄밀한 이원론이라 할 수 있다. 논리적 요소와 비논리적 요소를 그는 달리 구조(structure)와 조직(texture)이라는 술어로 정립한다. 과학적 산문의 생명이 이론성인데 반해 시의 영광은 이 논리와 모순되는 요소, 즉 texture인 셈이다. "모순하는 국부적 조직을 지녀 논리적으로는 적합하지 않은 강조"(The New Criticism, 219~220면)라

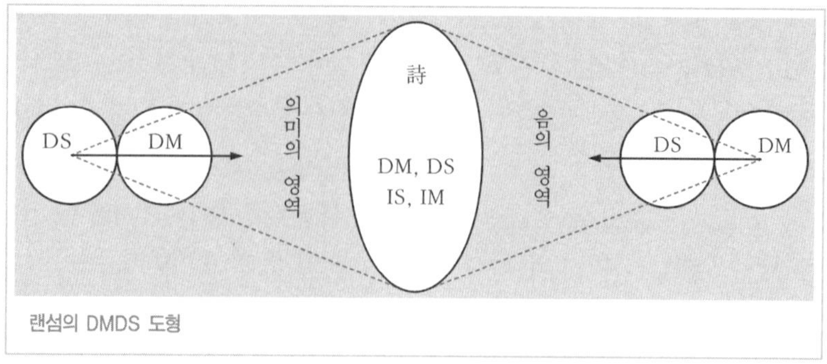

랜섬의 DMDS 도형

고 그는 정의하거니와, 이것은 엠프슨이 앰비규티로 드러낸 것과 같은 것이며, 그보다 한길 떨어지는 것이기도 하다. 결국 랜섬은 시의 논리성을 배제할 수 없었고, 시가 논리적인 한에서 만족을 준다는 입장에 섰기 때문에 브룩스에 의해 "시를 설명(paraphrase)할 수 있다고 생각하는 오류"(C. Brooks, "The Heresy of Paraphrase", The Well Wrought Urn, 192~214면)라 비난당하게 된다. 랜섬 자신은 승복하지 않았으나, 이 방법론에 대한 불만 때문에 이 논문을 절판해버렸다는 것은 널리 알려진 일이다. 어떻게 보면, 랜섬이 구조보다 조직 쪽에 관심과 흥미가 있는 듯도 하지만 결국 그는 양다리를 걸쳤고, 이 어쩔 수 없는 이원론이 온건한 편이기도 하지만 과격한 일원론자들의 비판을 감당하기 어려웠다. 이상과 같은 사실은 비평의 단일한 이론적 체계화가 과연 가능할 것인가에 대한 짙은 의심을 드러낸 것이다.

일원론자로 지목되는 테이트나 브룩스에게도 이론체계의 모색이 실상 불가능했음은 물을 것도 없는 일이다. 사실 테이트는 영리하게도 비평의 이론화가 불가능하다는 주장에 가장 먼저 나선 사람이다. 리처즈의 의사과학성(擬似科學性)을 그는 별로 믿지 않은 듯하다. 『현대 세계에서의 문학의 인간(The Man of Letters in the Modern World)』(1955)의 서론에서 평가가 방법론으로만 근본되지 않음을 드러낸 것은 유명한 일이다. 물론 테이트도 비평의 이론적 체계화를 모색한 바 있다. 이 유혹은 비평가치고 물리쳐 본 자는 아마 없으리라. 흔히 테이트의 이론은 『시의 긴장 (Tension in Poetry)』(1938)을 그 거점으로 든다. 그가 말하는 '긴장'이란 보통 의 의미와는 달리 논리학의 전문용어인 외연(extension)과 내포(intension)에 서 접두사를 뗀 특수한 뜻을 지닌다. "나는 tension이라는 말을 일반적인 비유로서가 아니라 특수한 비유로 사용하는바, 그것은 논리학 용어의 외연과 내포에서 접두사를 취한 것이다. 내가 말하는 것은 시의 의미란 시의 tension인 시 속에 들어 있는 모든 외연과 내포를 유기적으로 조직 한 총체(總體)라는 것이다. 시에서 끌어낼 수 있는 어떠한 비유적 의미도 문자 그대로의 해석에 의한 외연을 부정은 하지 않는다. 문자 그대로의 해석에 출발하여 다소 복잡한 메타포의 의미를 발전시킬 수도 있다. 그 리하여 그 발전의 어느 단계에서도 걸음을 멈추지 않고 파악된 의미를 설명할 수가 있다. 그러나 그 의미는 언제나 수미일관된 것이다."(A Dictionary of New Criticism, Kenkyusha, 1961, 118~119면) 그에게 결국 좋은 시란 이 긴장을 지닌 시를 뜻한다. 좋은 시란 내포와 외연의 양극단에서 거 기에 있는 모든 의미를 통일하는 것을 뜻한다. 그 통일에서 새로운 역 학적 긴장으로서의 시를 바라보려는 것이다. 이러한 테이트의 견해는 랜섬의 이원론적 도식보다 훨씬 철학적임은 분명한 일이다. 그러나 좋 은 시를 파악하는 능력은 방법론으로 해결될 수 없음을 다음과 같이 분 명히 하고 있음에 주목해야 될 것이다.

> 그런데 시에 있어서의 통일된 의미의 활동을 인식하는 힘은 경험에 의해, 문화에 의해, 고쳐 말해서, 우리들의 휴머니즘에 의해 부여되는 것이다. 식별 력은 연역하는 힘에 의해 도움을 받지만, 연역하는 힘 바로 그것은 아니다. 그 것은 언제나 인간이 지닌 모든 능력의 도야에 의해 생겨나는 것이다. 인간이 지닌 모든 능력을 시라는 하나의 경험의 매체에 적용하는 것이다.
> ─ A. Tate, *The Man of Letters in the Modern World*, Meridian Book, 1955, 70면

테이트는 그 자신의 식별력에 의해 어떤 종류의 시를 보는 오류를 지적

한다. 가령 외연에 의해 실패한 경우는 전달의 오류(fallacy of communication), 내포에 의해 실패한 경우는 외연의 오류(fallacy of denotation)라 하지만, 중요한 것은 시의 식별이 인간이 지닌 모든 능력에 의한다는 바로 이 점으로, 이것은 방법 만능주의에서 거의 벗어난 것이 아닐 수 없다. 휴머니즘이 전문화와 별로 관계가 없는 것이다. 이 외에도 테이트는 시를 physical poetry, platonic poetry, metaphysical poetry로 나누어, 엘리어트가 주장하는 사고와 감각의 분열을 표준하여 끝의 것을 가장 바람직한 것으로 보기도 하지만, 이 역시 체계화와는 멀리 떨어져 있다. 극단적으로 그가 "문학비평은 지상에서의 신의 왕국과 같이 부단히 필요하나 또한 영구히 불가능한 것이다. 이 불가능한 입장 자체가 비평의 영광"(The Man of Letters in the Modern World, 174면)이라 주장하기도 하는 것이다.

브룩스에게도 이론의 체계화 의지가, 다른 신비평가에 비하면 투철하나 일관된 것이라 하기는 어렵다. 실천비평가로 알려진 브룩스의 『잘 만들어진 항아리』(1947)는 시를 '역설의 언어'라는 발상에 둔 일원론으로서, 그 전에 쓴 『현대시와 전통』이 부딪힌 곤란을 극복한 것이라 할 수 있다. 이 저서는 '의도를 고려하는 오류(intentional fallacy)'라는 유명한 비평 경향의 직전에 놓이는 것이어서 획기적이라 할 것이다. 대체로 이 저서를 전후로 하여 그 이전을 랜섬 중심의 전기와 구분 짓는 것이 거의 통설로 되어 있다. 특히 시카고학파인 R. C. 크레인의 지적대로 "시인은 Poetry를 쓰는 것이 아니라 개개의 poems를 쓴다"라고 할 때, 브룩스는 대문자로 시작되는 Poetry에 집중되어 있어(The Well Wrought Urn, 231면), 그 결과 뉴크리티시즘의 해체에 박차를 가한 것으로 볼 수 있다. 뉴크리티시즘에 상당한 이해를 지닌 일본학자 야마사키 주히코[山崎壽彦]의 다음과 같은 관찰은 탁견이라 할 것이다. "뉴크리티시즘은 본래 개개의 시를 구체적으로 충실히 면밀히 평가하는 것인데, 실은 그 분석을 통해서 대상인 개개의 시가 아닌, 무엇인가 우주원리라고도 불려질 장대한 것(상징이라든가 원형이라든가 신화라든가)을 논하는 경향이다. 나는 상징주의적 비평을 책하는 것이 아니다. 개개의 작품을 잊고 있다고 지적할 뿐이다. 실상 Poetry보다 앞에 poems가 있는 것이 아닐까? 나는 브룩스가 criticisms(소문자 복수형의 비평)를 배척하고 Criticism(대문자 단수형의 비평, 유일절대의 대원리로서의 비평)의 확립을 시도하려는 경향을 크게 강조할 것이다."(山崎壽彦, 『뉴크리티시즘 개론』, 研究土, 1964, 60면) 이 지적은 오늘날 인류학적 발달에 기초를 둔 신화비평의 위치를 설명해주는 것이기도 하다. 실상 금세기에 많은 새로운 비평이 나왔지만, 그 새로운 경향 전부를 뉴크리티시즘으로 통일된 것으로 받아들이는 것은 위험한 일이다. 『잘 만들어진 항아리』를 두고, 랜섬은 시의 언어에 대한 면밀한 관심은 있으나 분석 쪽으로만 달려 시의 논리적 내용, 즉 structure가 무시되었다고 했을 때, 그것은 랜섬류의 '본체론적 비평'이 아님을 뜻하는 것이 된다. 사실 브룩스 자신이 벌써 일종의 안이한 역사적 상대주의로 후퇴한 것은 아닐까?

뉴크리티시즘의 고비가 아마도 브룩스와 K. W. 윔샛트의 의도적 오류(intentional fallacy)에 있고, 그것이 바로 분석비평이 점유하는 마지막 거점이라면, 금세기 전반의 비평운동은 이론체계화에서 비롯하여, 마침내 그 이론화를 부정하는 인식에서 끝나 버렸다고 할 수 있으리라. 이것이 일반적으로 뉴크리티시즘이라는 이름으로 총칭된 비평운동의 역사일 것이다. 이 역사는 하나의 독립된 과정으로서 자족적인 것이기도 하지만, 20세기 사상사의 줄기에 인접해 있음도 또한 부정될 수 없을 것이다.


## 4. 뉴크리티시즘의 방법론


뉴크리티시즘을 논할 때 실천적인 면을 덮어놓을 수는 없는 일이다. 신비평가의 대부분이 시인비평가 혹은 비평가시인이기 때문이다. "시인인 비평가는 언제나, 자기가 쓰고 있는 종류의 시를 옹호하려 한다. 즉 그가 시에 대하여 쓴 것은 그 자신이 쓰는 시와 관련에서 평가하지 않으면 안 된다"(T. S. Eliot, Selected Prose, 133면)고 엘리어트가 말했을 때, 이것은 대부분의 신비평가의 태도에 해당할 수 있다. 랜섬이 말하는 texture의 문제는 시인으로서의 그가 이미지즘에 관계되어 있다는 사실과, 소위 '노(能)'의 단일 이미지에서 연상된 E. 파운드의 시론과 무관하지 않다. 테이트에게 이 외연과 내포의 통일이라는 tension은 그 실례가 J. 단의 금박 이미지에서 발상되어 있다.

A Valediction : Forbidding Mourning

Our two souls therefore, which are one,
Though I must go, endure not yet
A breach, but an expansion,
Like gold to ayery thinnesse beate.

—H. Griersson ed., *A Poems of J. Donne*, Oxford Univ. Press, 1957, 44면

우리 두 사람은 둘이면서도 하나이지만
내가 떠나지 않으면 안 될지라도
오히려 끊어짐 없이
차라리 확장되는 것이다.
마치 공기처럼 얄팍하게 늘어난
금박 모양으로.

이 시를 두고 테이트는 논리적 의미(외연)가 연인들의 비공간적 실체이기 때문에 양자의 연결이 끊어짐이 없다고 본다. 금(金) 이미지의 명석한 외연은 내포에서 시 전체의 의미를 머금으며, 만일 금 이미지(the finite image of the gold)를 버릴 때, 의미 그 자체를 버리는 것이 된다는 것

이다. 실상 이 태도는 자작시 「남군 전몰자에게 드리는 시(Ode to the Confederate Dead)」의 기저가 되어 있는 것이다. 브룩스에게는 상징주의와의 관계로 되어 있다. 그들은 처음 이토록 개개의 poems에 기초를 두고 이론을 전개하였기 때문에 구체적이었고, 또 그들 자신이 짤막한 시를 쓴 시인이었기 때문에 영시 중 비교적 짧은 서정시를 본류로 보았던 것이다. 그러나 그들의 인식의 출발은 또한 문학적 언어와 과학적 언이의 대립의식의 자각에 있었기 때문에, 필연적으로 Poetry 및 Criticism이라는 단수 대문자의 원리적 세계로 향하지 않을 수 없었다. 그런데 이러한 단수 대문자의 세계는 서정시의 분석만으로는 그 시야가 자동적으로 폐쇄되지 않을 수 없는 상태에 빠진다. 소설, 희곡, 적어도 장시의 탐구로 눈을 돌리지 않고는 이 문제가 한계에 부딪치지 않을 수 없었다. 시인비평가로서의 출발의 한계가 여기에 있을 것이다. 실상 시를 대상으로 논하는 것은 그 형식적 성질이 좀더 용이하게 일반화하기에 편했기 때문인 것이다. 이 자체로써 그것은 쾌락주의와 금욕주의의 공존의 운명을 진 것이다.

이러한 뉴크리티시즘의 고비가 '의도적 오류'로써 이뤄져 있음은 앞에서 이미 말한 바 있다. 1946년 W. K. 윔샛과 M. C. 버즐리가 "The International Fallacy"(『스워니 리뷰』 54호)를 썼을 때, 그리고 1947년 『잘 만들어진 항아리』가 나왔을 때, 그것은 금세기 후반의 비평 풍토를 결정한 것으로 알려져 있다. 고쳐 말해서, 뉴크리티시즘의 정수를 보인 것이라 할 수 있는 것이다. "작가가 아니라 작품을 대상으로 해야 된다"라는 뉴크리티시즘 운동의 필연적이며 완벽한 논리적 귀결이 바로 이것이다.

리처즈는 인간이 사용하는 언어의 의미를 네 가지로 나눈 바 있다. 그 네 번째 것이 소위 의도(intention)란 것이다. "말하는 자가 말하는 것 즉 취의, 말하는 자의 태도 즉 감정, 말하는 자의 듣는 자에 대한 태도 즉 성조: 이 셋과는 별도로 말하는 쪽은 어떤 목적 때문인데 그 목적이 말해질 때 말을 수식한다. 이 목적을 이해하는 것은 의미를 이해하는 일의 일부이다. 말하는 쪽이 무엇을 하려는가를 알지 못하면 어느 정도까지 의미를 전하는 데에 성공한 것인가를 알 수 없는 것이다.”(I. A. Richards, Practical Criticism, 182면) 시에서 이 문제는 말하는 쪽이 바로 시인일 것이다. 리처즈에게서 이 의도는 sense, feeling, tone이 언어의 기능으로 이해되기 쉬운 것과는 달리 다소 모호하다. 『시의 이해(Understanding Poetry)』에서 브룩스가 이 항목을 뺀 것은 이 때문이다. 그러나 리처즈는 의도 역시 언어의 한 기능으로 보아 특히 시에서 중시하여 다음과 같이 말한다. “의도는 기능으로서 다른 세 가지에 비하면 기묘하게 생각될지도 모른다. 그러나 이것은 기능으로 봐야 되는 이유가 있다. 즉 제4의 기능은 우리들의 분석에 도움이 될 경우가 많기 때문이다. 특히 희곡이나 극적인 서정시, 극적 구성을 지닌 소설, 어떤 종류의 아이러니나 탐정적 소설 등에서 흔히 있다. 추리, 즉 작가가 말하지 않을 수 없는 것의 중요성이 작가의 무기로서 쓰이고 있는 경우, 이것을 sense의 틀에 넣는 것을 자연스럽지 못한 것으로 생각한다. 흔적(痕迹)이 희미해지든지 거짓 희망이 드러나고 하는 것은 작가가 말한 것이나 표현한 감정에 의하지 않고, 작가가 문장 어떤 부분을 어떤 순서로 어느 정도 눈에 띄게 하는가에 달려 있을 경우가 있다. 이것을 인식한다면, 다시 나아가 어떤 문학작품의 form이나 구성, 전개가 다른 세 가지 기능의 그 어느 것에도 돌아갈 수 없는 의미를 가지고 있음이 종종 드러날 것이다. 이 의미가 작가가 가진 의도이다.”(Practical Criticism, 355~356면) 시의 의미를 이해하여 시의 가치를 판단하려면 시인의 의도한 바를 알지 않으면 안 된다고 하는 명제를 오류로 보는 것이 소위 윔샛·버즐리의 의도적 오류이다. 먼저 시플리의 문학사전에서 살펴보면 대체로 다음과 같다.

문학작품의 의미를 언급할 경우에는, ① 작품 그것이 가진 의미와, ② 작가가 그 작품에서 표현하려고 의도한 의미를 구별해야 한다. 이 두 개의 의미를 여기서 각각 '실제(實際)의 의미'와 '의도로서의 의미'로 부르기로 한다. 문학작품이 어떤 실제의 의미를 가지고 있다는 것은 그 작품 자체를 조사하여 그 쓰인 단어 및 그 구문을 따져 보면 분명히 드러나는 것이다. 단어의 의미 속에는 명백히 할 수 있는 한도의 그 단어의 역사가 전부 포함되는 것이다. 또 그 작품에서 그 단어의 어의(語義)를 구성하는 데에 참획(參畫)한 모든 연상도 그 속에서 포함된다. 작품의 의미란 이상적인 독자가 그 속에서 발견하는 한도의 모든 것이며, 이상적 독자란 거기에 사용된 단어에 의식되는 어의를 완전히 이해하되, 더욱이 특이한 연상에는 알지 못하는 자인 것이다. 작가가 작품의 의미의 증인이라는 것은 인정되지 않으면 안 된다. 그 작가 독존(獨存)의 연상에 특수한 가치를 인정하지 않으면 안 될 경우도 있다. 이 연상이 작품 전체의 구도가 되었음이 분명하기 때문이다. 그러나 이런 종류의 증언은 작가의 의도와는 구별되지 않으면 안 된다는 것이다. 예를 들면, 어떤 작가가 glory라는 단어에 knockdown argument(최하의 변론)라는 의미를 담으려 의도했음이 분명하더라도, 그 작품에서 glory라는 단어가 독자 및 작품 자체에 유효한 의미로서 그러한 의미를 띤다고 말할 수 없는 노릇이다. 문학작품은 일단 창작되어 버리면 작가의 의도나 사상에서 독립되어 존재하지 않으면 안 된다는 것이다(J. T. Shipley ed., Dictionary of World Literature, 326~327면). 작가의 개인적 특이성도 이 규정에 반대될 수 없다는 것이다. 윔샛과 버즐리는 다시 나아가, 괴테를 위시하여 많은 비평가들이 이 오류를 범하고 있음을 지적했다. 그들은 문학작품을 비평가의 것도, 작자의 것도 아닌 사회적인 것으로 생각한다. 일단 창작되면 하나의 존재로서 사회에 생존하기 때문이다. 이 의도에 관한 오류는 작자의 정신 내에서 시가 발생할 때의 사정에 관한 것으로, 여기서 다시 발생에 관한 오류가 나올 수 있고, 한편 독자의 정신 내에서 시가 일으키는 효과에 관한 오류, 즉 감정에 관한 오류도 있을 수 있다는 것이다.

　이상 의도에 관한 오류를 항목화하면 다음과 같다.

　① 작품 자체의 의미와 작자가 그 작품으로 표현하려고 의도한 의미와는 구별되어야 한다. 전자는 실제의 의미, 후자는 의도된 의미라 부를

수 있다.

②확실히 작품은 작자에 의해 쓰인 것이지만, 작자의 의도는 작품의 기인일 따름이며, 따라서 그것이 결코 기준이 아니다.

③가령 비평가가 작자의 창작의 의도에 흥미를 가졌다고 하더라도, 그것을 복원하는 것은, 많은 경우 불가능에 가깝다. 뿐만 아니라, 작자 자신조차도 후에 자기 작품을 읽을 경우, 창작 당시의 자기 심리가 회상된다고 보장할 수 없다.

④작품의 평가는 푸딩이나 기계의 평가와 같은 것이다. 요리사가 아무리 잘 의도해도 맛없으면 소용없으며, 기계공이 아무리 기계를 잘 만들어도 돌아가지 않는 기계는 무용인 것이다.

⑤문학작품은 아무리 짧은 서정시도 한편의 드라마이다. 말하는 쪽은 드라마에 등장하는 인물이며, 작자 자신은 아닌 것이다(川崎壽彦, 174~175면). 여기에 대한 구체적인 예는 R. W. 스톨만이 편한 『신비평 강의록(New Critic's Notebook)』에 자세히 나와 있다.

이러한 사고는 작품 내에서 통일적 구성원리를 찾으려는 진보적 일원론의 귀결이라 할 수 있다. 랜섬에서 테이트, 브룩스로 내려올수록 이 통일 구성원리는 J. 단의 시에서 '연장된 단일 이미지'의 선으로 19세기 상징주의 시학에 연결되고, 프로이트, 융 및 기타 사조의 영향을 받아 상징, 신화 등 초이성적 유형개념 속에서 파악하려고 하는 것이다. 엘리어트가 「밀턴론」을 수정하고, 테이트가 「신곡론」을, 브룩스가 「실락원론」 등 비교적 긴 시에 관심이 집중되고, 나아가 소설에서 이 방법이 적용되는 것이다. N. N. 홀랜드의 지적에 의하면, 이 의도적 오류론은 프로이트가 본질적으로 섰던 입장이라 한다. 이 경우 "신비평가들이 좋아하는 위트는 단순한 수사적 방편이 아니고 프로이트가 위트 연구에서 밝힌 잠재의식의 과정 속에 뿌리박힌 정서의 등가물"(R. 랭그 본, 김종출 역, 「비평의 임무 재고」, 『논단』 1권 2호, 80면)이라는 지적과 무관하지 않다. 한편 이 의도적 오류론은 소위 웰렉 같은 이념사(history of the idea)학자들과도 밀접히 관계되어 있다. 브룩스가 「비평의 역사와 비평 상대주의」 장에서 논한 것이 바로 이것이다. 하나의 유형 개념을 무시하고는 문학을 학문적으로 탐구할 수 없는 것이다. N. 프라이가 원형으로서의 신화 유형을 내세운 것은 커다란 공헌이라 할 수 있다.

이 의도적 오류가 논리적 귀결일 수는 있으나 실제적 귀결일 수도 있느냐의 여부는 논의의 여지가 있다. 과연 작품이 작자의 것이냐 독자의 것이냐, 혹은 사회적인 것이냐의 문제는 단순치 않다. 다만 뉴크리티시즘의 최대의 공적이 작품 내부의 통일적 구성원리의 탐구에 있다고 한다면, 그것이 과학에 대한 강한 콤플렉스를 머금어 참담한 과학적 언어 분석의 과정을 겪어 이르렀다는 데 있을 것이다. 설사 그 결과 일종의 독특한 허세에 빠진 바도 있었지만, 이 행위의 이해 없이 랭그 본 모양 "뉴크리티시즘은 주류에서 벗어져나간 한갓 파생적 지류"(「비평의 임무 재고」, 71면)라고 하는 것은 천박한 견해이기 쉽다. 뉴크리티시즘이 운동으로는 이미 죽은 말이라고 흔히 언급되나, 그것은 어디까지나 관점의 차이에서 말해져야 하는 것이다.


## 5. 뉴크리티시즘의 한계


우리가 이 관점에서 뉴크리티시즘을 논해보는 마지막 이유는 오늘날 우리가 당면하고 있는 문학연구의 방법론에 관한 것이기 때문이다. 오늘날 한국문학연구에서 당면 문제의 하나가 소위 역사주의 대 분석적 비평의 혼란이 아닌가 생각된다. 이 점을 드러내기 위해서는 그 혼란의 근원의 하나로 파악되는 소위 뉴크리티시즘을 역사 대 비평의 측면에서 다시 살펴보아야 될 것이다.

‘왜 비평가는 발광하지 않는가’라는 질문과 해답을 랜섬 자신이 해놓고 있음에 우선 주목해둔다. 1948년 랜섬은 『아리스토텔레스의 문학비평』에서 하반원과 상반원이 있음을 주장한다. 후자는 문학본질을 탐구하는 철학적인 것이라 하고, 전자는 작품의 언어, 작자의 전기, 작품에 쓰여진 시대 등에 관심을 두는 해석학적인 것이라 분류한다. 이 경우 언어분석적 비평이 전기비평과 동열에 놓이고 있음을 뜻한다(J. C. Ransom, The Literary Criticism of Aristotle, Lectures in Criticism, N.Y., 1949, 9~20면). 그 후의 「구체적 보편─시의 이해에 관한 고찰」이란 논문에서 그는 오히려 후자에 주력하고 있다. 브룩스 자신도 20여 년 전 우리들 중의 누군가가 『시의 이해(Understanding Poetry)』를 자신만만하게 저술했으나, 그것은 불완전한 것이며 진흙 속에 빠져 들어갔다고 쓰고 있다(Brooks and Wimsatt, Literary Criticism : A Short story, N.Y., 1957, 695면). 이러한 견해는 역사와 비평의 관계를 다시 설명하는 것이다. 이 관계를 살피려면 문학사 서술의 문제에 부딪치게 된다. 문학연구의 집성이 소위 문학사라 할 수 있기 때문이다.

일찍이 텐느는 『영문학사』 서론에서 작품은 살았던 한 생물이 남긴 화석의 껍질에 불과하다는 유명한 말을 한 바 있다. 그 생물을 알기 위한 목적 이외라면 그 껍질을 연구할 필요는 없다. 이와 같은 이치로 작가를 알기 위해서는 작품을 배우는 것이다. 이러한 문헌학적 문학연구의 방법이 랑송의 『문학사의 방법』의 중심문제였음은 새삼 말할 것이 못 된다. “서지를 작성하고 연대를 조사하고 이본을 비교하고 출전을 밝히고 경향을 추적하고 기원을 살피기도 하여” 어떤 혼성적 형식의 제요소를 분리하는 방법을 소위 외적 방법이라 하여 비평이란 이름의 내적 방법과 대립하는 것으로 흔히 생각한다. 미국 같은 곳에서는 문학전통이 극히 빈약했기 때문에 유럽 모양 이 외적 방법으로는 아무 일도 하기 어려웠던 점도 있었을 것이다. 그 반동이 내적 방법으로 일방적 비대(肥大)로 나아갔는지도 모른다. 또 내적 방법이라도 비평이 자체의 투철한 이론을 가지지 못할 때는 한갓 시평 같은 인상비평에 떨어져 학문적 권위를 가질 수도 없었다. 분석비평의 몸부림은 이로 볼진댄 미국에서는 필연적 이유가 있었음직하다. 이러한 이유에 거점이 된 것이 앞에서 여러 번 말한 엘리어트와 리처즈의 엄밀한 과학적 방법론의 요청이었고, 문학에서 이 엄밀성은 언어적 조건 이외의 다른 것일 수는 없었다고 파악한 것이다. 또 이러한 방법론은 실상 낭만주의의 극복으로서의 신고전주의와 동시에 일어났다는 점도 결코 우연일 수 없다. 가령 19세기의 바이런·셸리·와일드 등의 작품 자체가 무엇보다도 자기고백적인 것이었고, 이 점이 이 시대의 한 성격인 듯하다.

　이러한 낭만주의적 시대풍토에 저항해 나타난 것이 흄·파운드·엘리어트의 비개성의 문학에 대한 주장, 곧 신고전문학론임은 잘 알려진 일이다. 시인이 벌써 한 영웅일 수 없고, '화학변화의 촉매'일 뿐이며, 따라서 단의 개성에서 단의 작품을 분리시켜야 하고, 언어적 요소로서의 conceit, metaphor, paradox 등이 유일한 평가 기준이 될 수밖에 없었다. "성실한 비평과 감수성이 풍부한 평가는 시인에 대해서가 아니라 시로 향해져야 한다."(T. S. Eliot, Selected Prose, 26면) 이 엘리어트의 명제는 '작품을 작품으로서 읽는 입장'이라는 소위 비평적 입장을 세웠다. 이에 대한 실천적 결과가 브룩스의 『현대 남부시인과 전통』이라는 저서였다. 대체로 백년 정도 지나면 새로운 비평가가 나타나 과거의 문학을 재검토하여 시 및 시인들을 새로운 순위로 자리 매길 필요가 있다는 것은 소위 과거의 현재성(the presence of the past)을 뜻한다(Selected Prose, 17면). 현재의 입장에서 사료의 선택이 엄밀한 일관성을 요청하는 것이라면, 비평이 문학사를 불필요한 것으로 보는 것이 아니라 끊임없이 새로운 문학사를 기술해야 된다는 뜻이 아닐 수 없다. 즉 그것은 시가 독립된 구성체 그 자체에 의해 유지되는 유기체라는 것, 따라서 작자의 의도와는 별개로 존재한다는 명제를 최후의 거점으로 한 것이다. 그들이 대문자 단수로서의 Criticism, Poetry를 내세운 이유도 여기서 유래한 것이다. 그러나 이러한 명제의 난점 또한 치명적인 점을 머금고 있음이 사실이다. 아무리 문학 작품에 내재하는 존재론적 aporia, 즉 작품 자체의 의미가 강하다 하더라도 역사가들이 말하는 작품이 창작될 당시의 의미를 완전히 초월할 수 없음이 명백하기 때문이다. 이 두 개의 입장이 실로 문학연구가 부딪치는 가장 큰 심연인 것이다. 가령 작품 자체의 의미를 주장하는 비평에서는 그것이 실은 비평가 자신의 의미가 아니겠는가? 그 결과 심한 경우는 주관주의 및 가치의 무정부 상태로 전락할 위험성에서 끝내 자유로울 수 없다. 신비평가들이 아무리 과학적 방법론을 내세우더라도 가치 그것의 속성은 분석으로 완전히 해결될 수 없는 노릇이다.

한편 이와 반대로 '작품이 만들어질 때의 의미'를 주장하는 역사주의자들의 난관은 어차피 역사적 상대주의로 전락하기 쉽다. 그 시대의 가치기준이 다음 시대의 한 참고사항일 수는 있어도, 그것이 모든 시대의 보편적 기준이 될 수 없음은 또한 물을 것도 없는 일이다. 이 양자의 난관을 두고 트릴링이 "우리가 과거시대 사람들과 완전히 같이 사고할 수 있다고 생각하는 것도 우리가 그들과 전혀 달리 사고할 수 있다는 것만큼 환상이다"(L. Trilling, Liberal Imagination, N.Y., 187면)라고 말한 바 있다. 결국, 문학작품의 평가의 난관을 두고, 객관주의·주관주의·상대주의가 나타났지만, 퍽 막연한 표현이기는 하나, 우리가 작품을 읽고, 이해하고, 비평하는 행위가 인류 전체의 문명적 경험에 참가한다는 겸허한 자각을 생각할 수밖에 없을 것이다. 이 자각이 뉴크리티시즘을 딛고 전개되는 오늘날 비평 즉 문학연구의 일반적인 경향인 듯한 인상을 받는다. 테이트가 가치를 포함하는 작품평을 시대성에 좌우된다는 이유로 배격한 것보다는 프라이가 그의 『비평의 해부』 말미에서 겸허하게 "심리학, 인류학, 신학, 역사, 법률, 기타 말로 이루어진 모든 것의 구조는 그 원래의 가설적 형태 즉 문학에서 흔히 보는 바와 같은 종류의 신화 또는 메타포로써 내용이 이루어지고 또 구축되었다는 것이 사실이 아닐까?"(N. Frye, Anatomy of Criticism, Princeton Univ. Press, 352면)라고 하여, 말로써 구축될 수 없는 모든 것의 수학적 방정식으로서의 신화를 주장한 것은 인류 전체의 문명적 경험에의 참가라 할 수 있을 것이다.

이상과 같은 문제를 두고 이 시점에서 문학연구의 방법론의 반성을 구체적으로 살펴볼 수 있을 듯하다. 소위 이 경우 구체적이란 저 워렌, 웰렉 공저 *Theory of Literature*에 관한 것이 된다. 이 저서의 보급 빛 영향력이 어떠한가에 대해서는 함부로 말할 수는 없지만 독역·일역 및 한국역이 있음은 사실이다. 이 저서는 우선 문학연구의 외재적 접근(the extrinsic approach to the study of literature)과 내재적 연구(the intrinsic study of literature)로 나눠져 있고, 전자는 전기, 심리학, 사회학, 관념사 및 기타의 5장으로 되어 있고, 후자는 8장으로 되어 있음이 눈에 띈다. 전자를 일본역자 오타 사부로는 비본질적 연구로, 후자는 본질적 연구로 번역했고, 백철, 김병철 교수도 같은 용어로 번역했다. 이러한 역어가 오류가 아님은 새삼 말할 것도 없다. 설사 extrinsic 혹은 intrinsic이라는 단어가 일차적으로는 외재적 혹은 내재적이란 의미지만, 그것을 더 본질적으로 살피면 즉 본체론상으로는 비본질적 및 본질적이란 뜻으로 되기 때문이다. 그러나 이러한 용어는 한국적 문맥에서 볼 때는 다분히 '비본질적'이라는 내포가 멸시를 머금고 있는 것처럼 느껴지는 것이다. 자칫하면 '비본질적'이라는 말이 가짜라는 뉘앙스를 풍기기 쉽다는 점이다. 차라리 그것은 '외적'이라 함이 오해가 덜할지도 모른다. 그러나 이런 것은 별로 중요한 문제일 수 없다. 문제는 이 저서들이 전자보다 후자에 역점을 두고 있다는 엄연한 사실에 있는 것이다. 그들은 extrinsic 다음에 approach란 말을 쓰고 있고, intrinsic 다음엔 study란 말을 붙여 놓았으며, 이 분류 직전에 각각 introduction을 삽입하고 있는 것이다(한국역은 아마도 1948년 판을 텍스트로 한 것으로 판단되는데, 이 속에는 intrinsic study의 introduction이 따로 독립되어 있지 않고 12장에 연속되어 있다. 그 이유가 무엇인지 나로서는 분명히 알 수 없다). 이 extrinsic approach를 그들은 하나의 결정론으로 보고 "확실히 이러한 인과적 설명은 문학연구에서는 매우 과대평가되어 있는 방법이며, 또 이 방법은 분석과 평가라고 하는 중대한 여러 가지 문제를 확실히 해결할 수 없기 때문"(Wellek & Warren, Theory of Literature, Harvest Book, 1956, 61면)이라 파악한다. 다만 각종의 원인지배의 방법(causegoverned methods) 중에는 총체적 환경(total setting)이라는 것이 예술작품을 설명하는 데 알맞은 것으로 볼 따름이라는 것이다. 이에 비하면 intrinsic study야말로 본질적 '연구'라 할 수 있는 것으로 "문학의 학문적 연구에서 자연적이며 현명한 출발점은 문학작품 그 자체의 핵심과 분석"(127면)이라 주장한다. 이 경우 그것은 문학이 지닌 개성적인 것과 진보적인 것을 함께 포함함을 뜻한다. "문학작품은 각기 일반적이기도 하며 동시에 특수하기도 하다는 것, 좀더 바랄 수 있다면 개성적이기도 하며 일반적이기도 하다는 것을 우리가 인식해야 할 것이다. 개성은 완전한 특수성과 특이성으로 구별될 수 있는 것이다. 각기 개인에게 개성이 있듯이 문학작품에도 각기 그 개성적 특징이 있다. 그러나 개개인이 각기 인류와 동성, 동일국민, 동일계층, 동일직업 공통의 특징을 가지고 있듯이 개개의 문학작품도 각기 다른 예술작품과 공통된 특성을 갖고 있다."(7~8면) 이 개성과 진보성을 함께 연구한다는 것은 개성 그것의 주관성 때문에 확산되어 버릴 것임은 인상비평에서 익히 보았다. 여기에서 저자들은 소위 뉴크리티시즘의 structure를 도입한다. "미적으로 무관심한 요소, 즉 materials에 새로운 명칭을 주는 것이 좋을 것이다. 한편 자료가 미적 효력을 획득하는 방식은 '구조'라고 불려도 좋을 것이다. structure는 내용과 형식이 미적 목적을 위해서 조직되어 있는 한 내용과 형식의 양자를 포함하는 개념이다. 따라서 예술작품은 특정의 미적 목적에 도움이 되는 여러 기호가 이룩하는 완전한 체계, 즉 기호가 이룩하는 구조라고 생각할 수 있다."(129면) 여기에서 소위 랜섬이 말하는 본질론의 의미가 잠겨 있음을 볼 수 있다. 소위 이 구조가 이 저서에는 유포니·미터·스타일·이미지·메타포·상징·신화 등으로 나타나고, 바로 이것이 이 저서의 핵심이다.

이렇게 볼 때, 이 저서는 시 또는 문학작품을 사물 그 자체로서 유니

크하지만 그러나 역시 그 장르에 공통한 특징을 가진 것으로, 또 그것을 읽는 독자와 역사적 관계에 의존해서 이동하는 의미는 물론 지속적인 의미를 가진 것으로 취급하였다는 점을 알 수 있다. "시(이 경우 그는 literary work of art를 이렇게 부른다)는 개개의 경험 혹은 경험의 통계가 아니라 경험의 잠재적 원인에 지나지 않는다고 우리들은 결론을 내리지 않으면 안 된다. 이렇듯 참된 시는 규범의 구조(a structure of norms)로서 생각되지 않으면 안 되며, 그 다수 독자들의 실제경험에서 부분적으로만 이해되지 않으면 안 된다"(*Theory of Literature*, 138면)라는 견해는 분명히 이 저서의 탁견에 틀림없다. 그들은 문학작품에서 음(音)이니, 의미·인물·견해 등의 요인이 분할될 것을 논하고 각기 요인이 종속적인 고찰점을 가졌고, 그 각자가 다른 요인과 서로 연결되었음을 잊지 않았다. 그들도 시인하듯이 작품은 각기 독창성을 가지고 있지만, 문학일반의 논의를 가능케 하는 유사점과 공통요소에 대한 무관심을 작품이 지식의 대상으로 한꺼번에 처리할 수는 없다고 본다. 다음 인용이 소위 이 저서의 문제점을 단적으로 드러내고 있다.

> 예술작품은 특수한 본체론적인 층을 가지고 있는 그것, 독자의 지식의 대상이라고 생각된다. 그것은 현실적인 것도 아니며 심의적인 것도 혹은 관념적인 것도 아니다. 그것은 상호 주관적인 관념론적 개념을 가지고 있는 여러 규범의 체계이다. 그것들은 집단적인 이데올로기 속에 이 이데올로기와 더불어 변화하고 있는 것이며, 또 그 문장의 음 구조에 기초를 두고 있는 개인의 심의적 체험을 통해서 비로소 접근할 수 있는 것으로 존재한다고 생각되지 않으면 안 된다. 우리들은 예술적 가치의 문제를 아직 논하지 않았다. 그러나 이제까지 검토해온 것으로 해서 규범과 가치 이외의 구조는 존재하지 않는다는 것이 분명해졌을 것이다. 어떠한 예술 작품이고 간에 그 가치를 고려하지 않고서 이해하거나 분석할 수 없다. 어떤 일정한 구조를 예술작품으로서 내가 인식한다는 이 사실 자체부터가 벌써 가치의 판단을 의미하는 것이다.
>
> —*Theory of Literature*, 144~145면

　이것은 소위 미학상의 영원한 아포리아로 논의되는 가치판단의 절대주의와 상대주의에 대한 고찰인 것이다. 희랍인이 이해한 『일리아드』는 우리들이 이해할 수 있는 『일리아드』와 동일한 것이 아님을 인정한다. 그럼에도 불구하고, 만대를 통하여 변함없는 구조의 본질적 동일성은 있을 것이다. 또 이 구조는 모든 견해가 동일하게 의미심장하게 파악될 수는 없으리라. 그러므로 약간의 견해의 체계(hierarchy of viewpoint), 즉 규범 파악의 비평은 해석의 타당성이라는 개념 속에 은연중 암시되어 있다. 이와 같이 할 때, 소위 절대주의와 상대주의의 극단을 어느 정도 피하게 된다. 이러한 생각을 이 저서들은 투시주의(perspectivism)라 부른다. "이 주의는 가치의 무질서, 개인의 자의의 찬미를 의미하는 것이 아니라 대상을 여러 가지 관점으로부터 알려고 하는 과정을 의미한다."(W. Sutton, *Modern American Criticism*, Prentice Hall, 1963, 229면) 이 투시주의는 각 시대에 걸쳐 비교되는 한 편의 시, 한 편의 문학작품이 발달·변화하여 모든 가능성을 충분히 포함하여 존재한다고 보는 입장인데, 이 주의의 근본적인 명제는 모든 것을 현재라는 확고한 관점에서 바라볼 때 비로소 가능한 것이다. 그러나 오직 현재의 관점으로만 바라볼 때, 이 현재의 관점이 확고 불변한 바탕을 지니지 않으면 무의미해질 가능성이 생긴다. 그런데 이 현재의 관점은 누구나 알다시피 이동하는 것이다. 웰렌스키가 예술적 가치를 기술하는 형용사로 '내재적(intrinsic)'이라는 말 대신 '예술가가 획득한(artist acquired)'이라 한 것은 이미 우리가 뉴크리티시즘을 보아온 마당에서 수긍되는 점이다.

　이 저서가 뉴크리티시즘의 영향하에 쓰였다는 것은 쉽게 짐작할 수 있다. "뉴크리티시즘이 확고한 지반을 닦았을 때 비평사가 아니라 문학 연구 방법론에 하나의 유일한 업적이 나왔으니, 곧 *Theory of Literature*라는 저서이다"(W. Sutton, Modern American Criticism, Pretice Hall, 1963, 229면)라고 셧튼이 『현대 미국 비평』(1963)에서 지적하고 있다. 그는 이 저서가 문학이론(poetics)과 비평을 학문(scholarship)으로 결합시키려 한 점을 고평하되, 이 저서가 지닌 최대의 불만을 바로 extrinsic approach 항목의 편파적인 견해에다 둔다. "문학연구의 외재적 접근, 즉 환경 같은 문학의 외부적 조건에 대한 항목 다섯 개의 짤막한 장으로 되어 있고, 각 장은 평균 12쪽에 불과하다. 문학연구에서의 상호 관련인 전기, 심리학, 사회학, 관념사 및 다른 예술과의 관계는 보잘것없는 것(insignificant)으로 삭제 및 무시되어 있다. 뿐만 아니라, 각장의 기술 방법이 천편일률적이다. 즉 처음에 이들 지식의 원천이 실제로 그리고 가능성으로서의 방법임을 개괄하고, 그 다음으로는 이것들이 주로 외부적 사건임을 결정하고, 끝으로 작품을 이해하는데, 이런 방법은 아무것도 공헌하지 않거나 거의 공헌하지 않는다."(W. Sutton, 231면) 그리하여, 심리학은 "창작행위에 대해선 준비적인 것에 지나지 않는다. 그리고 작품 그 자체 내에서만 심리학상의 진리는 예술적 가치가 되는 것이다. 만일 작품이 일관성과 복잡성을 높인다면, 간단히 말해 작품이 예술작품이라면"(Wellek & Warren, 81면)이라는 결론에 그들이 이른다. 셧튼은 이러한 도그마는 극히 피상적이며, 적어도 의식의 흐름으로서의 포크너나 조이스의 문제점에도 이를 수 없음을 지적하고 있다. 이러한 편견은 「사회학」장에서 그대로 드러난다. 실상 워렌과 웰렉도 마르크시즘 비평이 작품의 잠재적인 사회적 내면을 노출시킨다고 쓰고 있지만, 그 구체적 실례를 외면했고, 심지어 비마르크시스트이지만 탁월한 사회적 비평가 E. 윌슨에 대해서는 언급하려 하지 않았다. "전기적 사실은 가치 평가에 아무런 영향도 줄 수 없다"(W. Sutton, 233면) 따위의 주장을 셧튼은 면밀한 조사에 어긋난다고 비난한다. 셧튼은 물론 소위 투시주의를 고평하지만, 그것이 문맥적 의미의 지나친 강조로 매우 어색함을 지적하며, 또한 intrinsic study 중에서도 몇 개의 오류를 지적한다. 그중의 하나로 메타포, 상징의 개념이 명료하지 않다는 것을 든다.

웰렉 자신은 자기 저서에 대해, 그것이 뉴크리티시즘의 전성 시절에 다소 영향도 입었지만, 사람들의 많은 오해를 사게 된 것이 다소 부당하다는 투의 발언을 다음과 같이 밝혀놓고 있다.

> 내가 믿기엔, 나의 저서 『문학의 이론』이 문학사의 거부로서, 즉 'extrinsic'
> methods에 대한 하나의 공격으로 널리 이해되었다(그러나 이러한 오해는 잘못
> 이다). 그 책에는 「문학사」라는 마지막 장이 실제로 포함되어 있는 것이다. 이
> 장에서 나는 문학사의 훈련에 소홀하는 것에 항하여 강조적으로 논했고, 하나
> 의 새로운 보다 덜 external한 문학사의 원리를 제공하려 했던 것이다.
>
> —R. Wellek, *Concepts of Criticism*, Yale Univ. Press, 1965, 6면

만일 사람들이 오해하듯 『문학의 이론』이란 책이 extrinsic methods만
을 공격하는 것이 목적이었다면, 왜 문학사에 대한 장을 넣어 그것을
논했겠느냐 하는 것이 웰렉의 변호인 듯하다.

이러한 오해 및 결함은 아마도 그가 러시아 및 체코의 형식주의 비평
에 강하게 영향 받았다는 이유에서도 연유하리라. 내용과 형식을 구조
라는 이름으로 통일한 것이 뉴크리티시즘의 성과로서 또한 관계 지어
질 것이다. 체코 태생이며 프라하 대학에서 수업한 웰렉이 러시아 및
체코의 형식주의에 크게 영향 받았고, 이 formalist idea를 영미에 소개했
고, 『문학의 이론』으로 종래 문학연구의 방법론의 혁신을 일으켰음은
정작 완고한 정신사적 풍토인 독일의 Kayser 같은 사람의 *Das Sprachliche
Kunstwerk*(1948) 같은 저서를 낳게 한 것에서도 반증된다. 앞에서 이 저서
의 결함을 지적한 셧튼 역시 다음과 같이 끝을 맺고 있음은 매우 인상
적이다.

> 『문학의 이론』은 마치 브룩스와 워렌의 *Understanding Poetry*가 대학생층에 준
> 영향과 같이 대학원생이나 교수층에 유의한 분석 비평의 영향을 갖고 있다.
> 이 저서는 그들이 제기한 이론과 용법을 답변하는 데 실패했기에 선생보다
> 학생 간에 더 많이, 그리고 종종 비판되어 왔다. 그러나 그 제기된 질문들이
> 아무리 중대한 것일지라도, 설사 그것이 최후의 해결이 없는 것이라 할지라도

아직껏 (이 책 이상으로) 발견되어 있지 않다.

— W. Sutton, 237면

만일 셧튼의 이 견해를 우리가 한정한다면, 이『문학의 이론』이란 책은 우리가 문학연구방법에 부딪칠 때마다 여기서 출발해야 됨을 뜻하는 것이 된다. 도달점이 아니라 끝없이 출발해 나와야 하는 것이다. 마치 셧튼이 has라는 현재형을 쓴 것과 같다. 고쳐 말하면, 이 저서가 해명하지 못하는 문제에 부딪칠 때 우리는 N. 프라이의『비평의 해부』(1957)에 부딪칠 수 있다는 뜻이다. 이 저서는『문학의 이론』이후 나온 가장 야심적이며, 그 야심에 못지않은 규범체계의 완성으로 평가되어 있다(W. Sutton, 249면). 그것은 문학에서 개념적 하부구조(frame work)를 찾는 것인데, 이 구조를 비평가의 선입견적 편견에서 찾는 것이 아니라 작품의 특성에서 찾으려는 것이다. 소위 신화로서 모든 이야기의 방정식의 획득인 것이다. 그러나 이러한 문제는 또 다른 차원을 상정하는 것이리라. 비평가가 발광하지 않는 이유는 이것으로 다소 설명되었을지도 모른다. 즉 뉴크리티시즘의 콤플렉스는 과학 그것의 위기의식의 자각으로 말미암아 자족적으로 해소되기에 이른 듯하다.


## 6. 결론–한국문학 연구와 관련하여


문학비평을 크게 보아 두 가지 범주로 나눌 수 있다면, 그 하나는 문학이론의 확립을 구경의 목표로 하는 입법비평(legislative criticism)이며, 개개의 작품평가를 다루는 묘사비평(description criticism)이 그 다른 하나가 될 것이다. 왓슨은 이 둘 중 후자가 영문학비평의 주류임을 주장한 바 있다(G.

Watson, 16면). 영문학비평 뿐만 아니라, 여러 다른 나라도 이러한 사정이 있었는지는 모르나, 한국에서는 다분히 입법적 비평이 신문학 비평계를 지배해온 것으로 판단된다. 월탄의 「설리적(說理的) 비평」, 김동인의 작품평과 기타의 약간을 제하고는, 민족주의적 이상주의 및 계급주의라는 이데올로기의 결정론이 있었다고 한다면, 그것은 입법비평 중에도 지극히 거친 것이라 할 수 있다. 처음 뉴크리티시즘이 묘사적 비평과 입법적 비평, 즉 이론화를 동시에 추구했으나 입법적인 쪽은 실패했고, 이 점에서 보는 한 뉴크리티시즘 운동은 끝난 것이라 할 수 있으나, 묘사적 비평으로서의 가닥은 오래도록 건재한다고 할 것이다. 따라서 분석적 비평을 가져보지 못한 한국 비평계에 뉴크리티시즘의 분석적 방법을 어느 시점에서도 일단 받아들일 필요가 있다는 주장은 충분히 납득이 갈 것이다. 실상 백철은 다음과 같이 분명히 그 명분을 내세운 바 있다.

> 뉴크리티시즘이 이제 와서 기성의 것으로서 비판을 받고 있는 것이 저쪽 비평계의 현실이라는 것을 보고 있으면서도 나로선 어디까지나 한국 비평계의 딴 현실에 서 있는 입장에서 뉴크리티시즘은 한 번 우리 문단에 소개하면서 그 세례를 받게 하는 것이 유익함이 되리라는 것을 믿었던 것이다. 그러나 우리 비평의 기정사실과 대조해볼 때에 이 실제적인 분석의 비평이 우리에게 큰 반성을 주는 것은 사실이다. 지금까지 우리가 해 온 비평이란 사실 디렛탄트 이상을 가지지 못한 점이었다. 그런 막연하기만 하던 비평이란 유독 비평가라는 전문가의 입장을 자처하지 않은 독자로서도 말할 수 있는 것이다. 비평가가 작품을 감상하는 전문가라면 그는 좀더 전문가다운 지식과 함께 감정 분석을 하는 전문적인 수법을 활용해야 할 것이다.
>
> ―「뉴크리티시즘의 행방」, 88면

백철의 이 명분에 우리는 충분히 동의할 수 있다. 더구나 그가 "특히 그것이(뉴크리티시즘―인용자) 비판을 받고 있는 그 언어조건에 작품평가의 전부를 맡겨 버리는 편중에 대하여 오직 비평의 일부 투시의 방법으로서만 효용할 길을 열어야 할 것”(「뉴크리티시즘의 행방」, 92면)이라 했을 땐 더욱 그러하다. 그럼에도 불구하고, 우리가 백철의 견해에 의혹을 품는 것은 무엇 때문인가? ‘오직 비평의 일부 투시의 방법’이 구체적으로 무엇이냐고 묻는 것은 별도로 하고라도, 우리가 보기엔 백철은 다소 전문적인 것으로 보이는 언어분석만 다루면 그것이 곧 뉴크리티시즘의 영향 내지 그 자체인 것으로 보는 것 같은 인상을 주기 때문이다. 혹시 이러한 인상을 받은 것이 필자의 서투른 오독에서라면 다행일 것이다. 가령 나아무개 씨의 신춘 평론 「로고레부류숀—이상의 언어분석」(1969)이 “한국말의 효용성에 대해서 시각적인 이미지 전달로선 약하고, 그 대신 논리적인 기능을 쓰는 면을 강조한 것”(「뉴크리티시즘의 행방」, 93면)을 뉴크리티시즘 영향의 한 부분적 예로 들고 있는 것 같고, 또 누구의 언어분석을 들기도 하는데, 필자가 보기엔 이러한 것은 뉴크리티시즘과 무관한 것이라 생각된다. 뉴크리티시즘에서 언어분석을 한다는 것은 결코 막연한 것이 아닌 것임은 앞에서 자세히 살펴본 바와 같다.

여기에서 다음 몇 가지 점을 생각해두는 편이 편리할지도 모른다. 가령 어떤 시작품 혹은 소설에 사용된 낱말을 분석해서 그 통계를 잡아 무엇무엇이 얼마의 비율로 사용되었다든가 하는 것은 실로 뉴크리티시즘의 방법과는 거의 무관한 것이다. 문체론의 서투른 함정도 마찬가지다. 물론 이러한 연구가 전혀 무의미하다는 것은 결코 아니다. 아마도 작가론을 위해, 그 작가의 기호나 성향이나, 주제의식에 일조를 할 수가 있기 때문이다. 또 누구 시의 리듬 분석이란 것도, 컴퓨터를 사용하든 소노그라프를 사용하든 마찬가지의 공헌 이상일 수 없다. 이러한 류의 연구가 작품 자체를 대상으로 했다는 오직 한 가지 이유로 소위 intrinsic study라 한다면 실로 엄청난 망발이 아닐 수 없으리라. 이런 류의 연구야말로 비본질적 연구(웰렉이 말하는 extrinsic approach와는 전혀 다른)에 불과할 것이다. 그 다음으로 지적해두고 싶을 것은 한국 고전문학연구에서 작품 자체를 평가하는 것에 얼마나 어려운 난관이 있을까 하는 점이다. 우리는 「쌍화점」, 「가시리」 등등이 노래로 불리었음을 알고 있다. 소위 고려가요라 통칭하고 있지 않은가? 물론 「쌍화점」이 김원상의 창작일 가능성을 충분히 인정하더라도 기녀에게 가르친 관현방(管絃房)의 노래였다는 사실이 무시될 수 없다. 따라서 이러한 작품을 그 사(詞)만을 분리시켜 문학적인 방법으로만 다루기는 좀 어려운 일로 생각된다. 실로 영성한 우리 고전은 유리그릇 다루듯 조심해야 할 것임은 물론이다. 이러한 역사성 앞에 형이상학적인 시에서 연역해낸 뉴크리티시즘의 날카로운 언어분석으로 달려든다는 것은 자칫하면 이 고려자기를 깨뜨릴 위험이 있을지도 모른다는 느낌이 드는 것이다. 또 하나 여기서 강조해두고 싶은 것은 해방 직후의 국수주의적 국문학이 남녀상열지사(男女相悅之詞)라 하여 사리부재(詞俚不載)한 조선조 문인을 공격하는 풍조가 있었는데, 우리가 알기엔, 남녀상열지사나 적나라한 남녀감정을 드러낸 것이라 하여 그것이 곧 상품(上品)의 예술이 될 수 없다는 점이다. 왜 이런 말을 하느냐 하면 우리가 뉴크리티시즘을 받아들일 때, 그 분석적 방법보다 선행하는 세계관의 파악이, 그리고 그 적용이 중요함을 드러내기 위함인 것이다. 되풀이하거니와 뉴크리티시즘은 두 가닥의 세계관의 결합이다. 하나는 감각과 사상의 결합으로서의 17세기 J. 단의 형이상학적 시의 세계관과, 다른 하나는 자연의 중립화로 표현된 리처즈의 세계관이다. 한국문학에서 참된 뉴크리티시즘의 도입 및 그 영향을 문제 삼는다면 그것은 바로 이러한 세계관을 검토하여 한국작품 중에도 어느 시기, 가령 향가나 고려 혹은 근조문학(近朝文學) 중에서 감각과 사상의 분리의 시기가 없는가를 검토하는 일이며, 자연의 중립화가 어느 시기 어느 작품에서 문제될 수 있는가를 살피는 일이 가장 바람직할 것이다. 이러한 검토를 행해본 결과, 그러한 징후를 한국 작품에서 과연 발견할 수 있느냐 없느냐의 여부는, 즉 그 성과는 이 경우 별개의 문제이다(김용권은 한국 고대시는 고사하고 현대시조차도 존 단 혹은 마벨의 시와 비견할 수조차 없다는 것, 동양과 서양의 이질성 등을 들어 "신비평의 방법을 우리의 작품에 적용하려는 것은 착오(?)에서 나온 허망한 생각"(「뉴크리티시즘과 한국비평문학」, 236면)이라 했으나, 필자는 이 방법 이전에 그것을 분비한 세계관에서 문제점을 찾자는 것이다). 무지한 소견일 것이지만 필자로서는 『두시언해』에서, 그리고 윤고산의 시조에서 이러한 징후의 일단을 엿볼 수도 있을 것 같고, 특히 「제망매가」에서도 살펴낼 수 있을 듯하다. 또한 근조 후기 판소리를 가운데 두고, 시가 문학과 산문계 문학의 분리 과정은 예사로 생각되지 않는 것이다.

그 다음으로는 웰렉이 말하는 '규범의 구조'를 적용해보는 일이다. "작품이 그것만의 독특한 지식의 대상으로 나타난다"는 것, 약간의 '견해의 체계'를 조정하기 위해서는 아마도 조만간 한국문학이 재정의되어야 할 것처럼 느껴진다. 대담한 주장일지 모르나, 한글 혹은 정음으로 된 것만이 일차적인 한국문학이라 보는 통설은 아마도 조만간 난관에 부딪칠 것이다.

끝으로 분석비평의 기술적 문제가 남을 것 같다. 신비평가들이 이룩해낸 분석방법은 그들의 세계관에 직결되어 있었고, 그 세계관 이동에 따라 변모했다는 점을 또한 망각할 수 없다. 전달의 오류, 감정에 관한 오류(affective of fallacy), 전달의 미망(heresy of communication), 외연의 오류(fallacy of denotation), 표현형식의 오류(fallacy of expressive form), structure, tension, texture, pseudo-reference 등등의 태도나 방법은 그들 각자의 문제해결을 위한 실천적 혈로의 개척이었던 것이다. 그중에서도 intentional fallacy의 도달점은 단순히 이 방법만을 도입할 수 없는 상태인 것이다. 가령 이 intentional fallacy의 방법을 우리가 도입하려면, 그들이 여기에까지 도달해온 이해의 파악 없이는 다분히 공전될 공산이 큰 것이다. 따라서 우리가 뉴크리티시즘을 받아들일 땐 극복되어야 할 많은 문제가 있다는 것, 그러면서도 끝내 그러한 방법을 도입하기 위해서는 상당한 인내와 열의가 요청된다는 사실을 알 필요가 있을 듯하다. 이 인내와 열의를 넘어서는 곳에 방법의 의미가 있을 것이다. 방법이 결코 용기(勇氣)일 수는 없는 이유가 이것이다.

끝으로 사족을 붙여 둔다면, 한국비평에서 뉴크리티시즘의 방법이 descriptive한 면에서 어느 정도 진행되어 성과를 거둔 것은 송욱 교수의 『시와 지성』(1955)를 비롯 『시학평전』(1963)에서이며, 영문학자 김종길 교수가 수년간 시도한 시월평에서일 것이다(김종길, 「의미와 음악」, 『사상계』, 1966.3~5이 뉴크리티시즘의 실천적 면이다). 실제 비평의 경우 이어령·김우창·이상섭 등의 활동이 그 뒤를 이어 그만큼이나마 비평의 능력을 높였다고 볼 것이다(유종호, 「영미 현대비평이 한국비평에 끼친 영향」, 『동시대의 시와 비평』, 민음사, 1982 참조).

# 제4장 백철의 글쓰기론 — 지루한 호흡, 조급한 숨결

## 1. 국어국문학과 3분법의 기원

백철이 이룩한 『문학개론』(및 『세계문예사전』)과 『조선신문학사조사』의 업적이 제도적인 수준에서 정착하게 된 것은 6·25를 겪고 사회 및 대학이 안정기에 이른 1960년대 중반기라 할 것이다. 이러한 사실은 동시에 새로운 위기를 말해주는 것이 아니면 안 되었다. 그것은 인문학의 속성상 불가피한 것이었다.

인문학이란 새삼 무엇이뇨. 또 제도적 확립이라 할 때 그 제도란 새삼 무엇이뇨. 웰렉의 『문학의 이론』 한국어판 서문의 다음 구절이 적절히 전자의 물음에 대해 잘 대답하고 있다. 한 번 더 음미해두기로 한다. 인문학의 대상이란 어떤 현상이나 사물의 본질 탐구에 있다. 그 본질이란 또 무엇인가. 가치, 곧 인간의 가치를 가리킴이다. 그 가치란 많은 경우 동서고금을 가릴 것 없이 고풍숭상의 쓸데없는 조사로 해서 망각되었거나 다른 목적에 종속시키고 싶어하는 방법으로 해서 왜곡되어 있다. 이를 찾아내어 그 본질에로 되돌리기 위해서는 '자유로운 상상력'과 '참된 학문'(방법론)에 의해 비로소 이루어진다. 『문학의 이론』이란 저술은 이러한 인문학의 존립과정 및 그 효용을 문학 분야에서 이루고자 한 입문서였다.

요컨대 그것은 '자유'를 가운데 둔 앙양된 의식과 방법론으로 정리된다. 이 인문학적 정신이란 그 속성상 굳어짐을 본질로 하는 제도적인 것과는 정면으로 대립되게 마련이다. 6·25를 겪고 안정을 서서히 찾은 대학 국어국문학과 제도가 굳어지기 시작했을 때 그 위기가 도래하기 마련이었다. 인문학으로서의 본질과 효용성이 이 굳어지는 제도를 의식하기 시작했다면 어떻게 될까. 물을 것도 없이 대학 문과는 활성화를 잃고 현실 안일주의에 주저앉게 마련이다. 바로 이 시기에 문과대학장 백철 교수의 도미가 1년간 이루어졌다. 다시 한 번 인문학으로서의 대학 문과 제도의 쇄신이 이루어질 가능성이 주어졌던 것이며, 당연히도 그리고 혼신의 힘으로 백철 교수는 이 세기적 사명을 수행했다. 뉴크리티시즘의 소개와 『문학의 이론』 번역이 눈부신 것은 이 때문이다. 세계사적 시선에서 20세기 비평을 개관한다면 대략 아래와 같은 6개의 범주로 정리된다.

첫째로 마르크스주의 비평이 맨 앞에 있다. 그것은 리얼리즘(전형론, 반영론)을 기반으로 한다.

둘째로는 심리비평이 있다. 눈에 보이지 않는 무의식의 방대한 신대륙이 그 베일을 벗겨주기를 기다리고 있는 것이다. 프로이트는 물론, M. 보트킨의 『시에서의 원형』, E. 윌슨의 『활과 상처』에서 볼 수 있다.

셋째로는 언어적·문체적 비평이 있다. 말라르메가 말한 것처럼 "시란 아이디어로 쓰는 것이 아니라, 말로 쓰는 것임"을 증명이라도 하듯 러시아의 형식주의 이론이 아득히 펼쳐졌다. 소쉬르·트루베츠코이·야콥슨·리처즈·엠프슨 등이 이 범주에 든다. 이른바 미국의 뉴크리티시즘도 이런 계보에 이어지는 것이다. 이것은 시를 긴장의 구조물로 보고, 그러한 발현 방식의 비평적 단위를 아이러니로 파악하는 방식이다. 가령 한 문맥 안에 잡다한 요소들이 받는 일종의 제약을 문제 삼는 일도 이에 포함된다.

네 번째로는 유기적 형식주의 비평으로 크로체를 비롯하여 발레리, 리버스 등이 이 범주에 든다. 올슨을 위시한 시카고 학파들과 A. 테이트, A. 위렌 등의 구성파들도 이에 관련된다.

다섯 번째로 신화적 비평이 그것이다. 융의 잠재의식과 N. 프라이, F. 퍼그슨의 장르 이론 등이 여기에 속한다.

마지막으로 실존주의 비평이 있다. 하이데거를 비롯하여 사르트르의 이론이 그것이다. 인간의 본질을 죽음과 관련시킨 철학적 탐구가 이에 해당된다(R. 웰렉, 「20세기 비평의 주된 흐름」, 『예일 리뷰』, 1961년 가을호).

보다시피 뉴크리티시즘은 세 번째 범주에 드는 것이다. 여러 유형 중 유독 뉴크리티시즘이 지닌 매력이란 무엇이었던가. 이 물음은 음미사항이다. 곧 좌익 이데올로기에도 기울 수 없으며 그렇다고 우익 이데올로기에도 마음이 내키지 않은 일부 신세대에 있어 가치중립적이며 본체론적 이론인 뉴크리티시즘은 실로 알맞은 도피처요, 안전한 보금자리이기도 하였다. 역사·사회적 모든 조건과는 무관한 자리에서 문학을 논의하고 즐기는 것이야말로 뉴크리티시즘의 속성인 만큼 비록 본바닥에선 한물 지난 이론이지만, 여기에 빠져들면 그럴수록 상아탑의 성곽은 굳고 확실해지는 것이었다. 현실과 동떨어진 상아탑의 주민이 되어 버팀으로써 이들이 대학 문과의 학문적 토대를 쌓을 수 있었다.

그러나 당연히도 거기에는 일정한 한계가 엄존했다. 대학 속의 학문을 하는 자의 자세가 전문가적인 위치에 놓일수록 그것은 제도적인 장치에 유착된다는 점을 피할 수 없다. 물을 것도 없이 전문가의 연구는 엄밀하고 체계적이며 완성도가 높을 수밖에 없다. 문학연구의 경우는 어떠했을까. 현실적 기법에만 관심을 둠으로써 문학작품 형성에 어떠한 현실적 경험이 실제로 관여했는가를 생각하는 역사의식 쪽을 소홀하게 취급하고 있지 않았던가. 연구가 전문적이면 그럴수록 예술이라든가 사상 등을 창조할 때의 그 생생한 부분은 잃게 마련인 것. 학문의 객관성이라는 미명하에 그들은 비인격적인 이론 및 방법에로 치달을 수밖에 없다. 다시 말해 예술을 한 묶음의 선택이라든가 중대한 순간의 결단, 또는 한 묶음의 관계 또는 연대의 산물이라는 사실을 몰각하게 되기 십상이다. 한 작가가 지식인으로서 역사적 상황에 놓여 고투한 그 상황 선택의 생생한 현장의 고뇌나 감각을 전문가들이 결코 알아차리지 못하거나 외면하게 된다면 그 결과는 어떻게 될까. 제도 속에 묶여 종국엔 그 제도에 안주하는 형국이 빚어지게 마련이다. 작품을 읽고 그것에서 오는 자신의 감동과 발견의 감각이 압살된 문학연구란 방법론에 희생된 경우라 할 것이다. 전문가의 지위확보를 위해 모든 것을 희생한 결과 자발성이 상실되어 남의 명령을 듣는 길만이 열려 있는 셈이다. 비록 인문학 분야에서 말해지는 정치적 적정(political correctness)이 이 사태를 가리킴이다(E. 사이드, 『지식인이란 무엇인가』, 일역판, 129면).

문과대학장 백철 교수가 그 특유의 장기이자 습성이기도 한 '웰컴! ○○'의 실력을 이번에도 유감없이 발휘하여 대학 문과 및 아카데미의 평단에 화제의 주인공이 되었지만, 바로 그 기질의 속성상, 그 효능은 제한적이자 동시에 일시적이지 않으면 안 되었다. 곧 그는 또 다른 '웰컴! ○○'을 준비하지 않으면 안 되었다. 여기에는 뉴크리티시즘 자체에도 그 한계가 있었지만 더욱 중요한 한계는 분단 상황에 놓인 전후 한국적 현실 및 한국 비평사 자체에서 왔다.

## 2. 뉴크리티시즘 도입 풍경

뉴크리티시즘이 이 땅에 소개된 것은 언제였던가. 그 연원을 따지자면 1930년대 김기림, 최재서에 의해 도입된 주지주의에까지 소급되겠지만 그와는 별도로, '뉴크리티시즘'이란 이름 그대로 소개된 것은 백철의 다음 기록이라 볼 것이다.

> 지난 7월 8일부터 런던에서 개최된 P. E. N 제28차 대회에선 예의 '작가와 독자대중'이란 메인 타이틀을 앞에 걸고 문학전반에 관한 토의가 있는 가운데서, 분과회의로선 문학비평의 부문이 가장 중대시되는 것을 보았다. 즉, 다른 분과회의들은 같은 시간에 각 분실로 나누어서 문제가 토의된 것과 비교하여 비평은 전체회의로서 토의된 점이다. 생각하니 현대의 문학에 있어선 비평이 그것에 대한 전체적인 지반과 같은 의의를 띠고 있는 것이다. 그러나 비평에 관한 토의내용에 대해선 이미 보고강연회와 딴 논문에서 언급한 바도 있고 해서 여기서 그것을 반복하려고 하지 않고, 여기선 그 비평문제로서 특수한 자료라고 할 수 있는 '뉴크리티시즘'에 대한 동회의의 견해를 전달하려고 한다.
> —「뉴크리티시즘에 대하여」, 『문학예술』, 1956.11, 176면

1956년 7월 런던에서 열린 국제 '펜'대회의 보고문으로 쓰인 이 글에서 백철은 뉴크리티시즘의 장점 및 그 위대성을 소개한 것이 아니라 이와는 정반대로 얼마나 이 뉴크리티시즘이 문학비평에서 유해한 것인가를 드러냄에 주력했다. 그도 그럴 것이 그해 '펜'대회의 주제가 뉴크리티시즘 비판에 집중되었던 만큼 정직하게 백철은 이 상황을 본 대로 소개했을 따름이다.

펜대회의 큰 주제는 '작가와 독자'이지만 그중 비평분과의 그것은 '비평가는 연락장교 이상일 수 있는가'였고, 그 부제는 '너무 아카데믹한 비평이 있지 않은가'였다. 당초 이 분과의 목표란 뉴크리티시즘 비

판이었음이 잘 드러났다. 뉴크리티시즘을 향한 첫 번째 비판자는 피터 그린(영국)이었고, 두 번째는 마리오 프랫츠(로마 대학)였다. 후자의 주장이 적절한 비판이라고 본 백철은 이렇게 인용했다.

뉴크리티시즘의 학파는 하나의 닭을 잡는데 있어서 그 전통적인 관절을 칼과 가위로써 잘게 썰어내는 것에도 만족하지 않고 그 이상의 여러 가지 도구들, 가령 톱이라든지 불도저라든가, 그리고 그 닭을 신식형으로 베기 위하여 원자탄까지 끌어내는 격이다. 다시 말하자면 '뉴크리티시즘'은 온갖 과학들, 심리학, 사회학, 생물학……등의 모든 방법을 사용하고 있다. 그것은 한 작가에게서 온갖 의미를 추출하는 데 필요한 방법인 것이다. 이런 모양으로 '뉴크리티시즘'은 '자거노트의 수레'(인도 신화에 나오는 크리슈나의 우상을 커다란 수레에 실고서 행렬하는 인도의 연중행사의 하나)와 같이 방대하고 번거로운 것으로 되어버렸으며 왕왕이 그 결과는 태산명동에 서일필의 격으로 되어버리는 것이다. 그 접근의 방법은 좋으나 그 결과는 흔히 보잘것이 없다. 이런 성질의 비평은 아카데믹한 방면에 종사하는 미국의 젊은 학자들의 손에서 키워지고 있지만 결국 그것은 난숙기의 문화적 현상으로서 생겨지고 있는 것이다. 그런데 미국과 같이 어제까지도 이 나라는 새로운 문학이 나는 처녀지로 생각되어온 곳에서 이런 현상이 나타난 것은 이상스러운 일이다. 하여튼 여기서 결정적으로 말할 수 있는 것은 오늘은 많은 아카데믹한 비평이 유행되고 있다는 사실이다.

—「뉴크리티시즘에 대하여」, 180면

이 글에서 주목되는 곳은 다음 두 가지. 태산명동 서일필이라는 것이 그 하나. 말을 바꾸면 뉴크리티시즘이란 보잘것없다는 것이다. 다른 하나는, 이 점이 중요한데, 뉴크리티시즘이 오늘날 유행하고 있음이 '결정적 사실'이라는 점이다. 그렇게 효용면에서 보잘것없는 것이 뉴크리티시즘이라면 그따위에 열중하기나 공부하기 혹은 소개하기 따위란 무의미한 것이 아닐 수 없다. 그럼에도 백철이 이를 중심으로 펜대회를 소개했고, 이듬해 도미해서 그토록 이것에 빠져 혼심으로 '웰컴!'을 외치며 광분한 이유는 무엇일까. 이 물음에 대한 해답은 '결정적 사실' 속에 잠복해 있다.

뉴크리티시즘이란 이름의 아카데믹한 비평이 유행하고 있음이 오늘 날엔 '결정적 사실'이라면 이쪽에 매달리는 길이야말로 백철의 기질인 '웰컴!'의 영역이 아닐 수 없다. 그것도 최강국 미국의 것이라면 이것의 소개야말로 신바람 나는 일이 아닐 수 없다. 도미 1년 만에 귀국한 백철 교수의 뉴크리티시즘에 대한 소개는 실로 신들린 형국이었다. 물론 백철은 「뉴크리티시즘의 제문제」(『사상계』, 1958.11)에서 이모저모 뉴크리티시즘의 한계 및 약점을 지적했지만, 우리가 배워야 할 점을 ①문학을 그 자체의 내적 근거에서 파악하기, ②언어의 조건에서 특별히 임해야 할 것, ③분석비판의 방법론 등이라 지적했지만 매우 신중히 이렇게 말했음도 사실이다.

> 그러나 내가 보기엔 아카데믹한 학파가 비록 직업적인 작가들한테 공격을 받고 있다 하더라도 의연히 그들은 미국 문학계의 커다란 세력이며 그것은 단순히 대학이나 학생 등에게서만 세력을 갖고 있을 뿐 아니라 저널리즘 측도 비교적 고도한 면은 이 아카데믹파가 차지하고 있는 사실을 지적할 수 있다. 특히 문학비평계에 있어서는 이 방면의 세력이 더 크기도 하고 또 그것이 현대 미국 비평의 대표적인 특징이기도 하다. 이제 내가 미국의 현대비평의 동태로서 주요한 것을 말하고자 하는 것도 그 아카데믹한 파의 비평가들, 소위 뉴크리틱(new critic)을 중심으로 하는 것이다. 내게는 그 파의 비평이 더 흥미도 있고 현대비평으로서 중요한 특색도 있고 다른 어느 나라에서도 이와 꼭 같은 현대비평이 없는 점과 특히 우리 한국의 현대비평과 대조해볼 때 결정적으로 차이가 지는 대질적인 의미도 있어서 그 면을 주로 해서 현대비평 이야기를 하는 것이다.
>
> —「뉴크리티시즘의 제문제」, 401면

그렇다면 신세대의 비평가이자 정작 뉴크리티시즘을 전공한 김용권의 견해는 어떠했을까. 뉴크리티시즘에 대해 소박한 견해를 가진 사람과 선의의 견해를 가진 사람으로 구분한 김용권은 스스로를 후자에 넣어 이렇게 자기 소견을 말했다.

> 신비평의 분석적인 원문정독 내지 원문밀착주의의 방법을 우리의 비평문학 속에 어느 정도로 어떻게 도입시킬 수 있을까 또 그러한 치밀한 분석의 대상이 될 만큼 밀도가 짙은 소설과 시작품이 과연 우리 문학에 있을까 하는 데 회의를 느낀다는 것이다. 가령 신비평의 실례를 기억하는 사람이라면, 이를테면 영국 17세기의 형이상적 시인의 한 사람인 앤드루 마블의 시 「정원」을 분석한 W. 엠프슨이라든가, 역시 같은 계열의 시인 존 단의 시 「성도에 열하다」를 분석한 부룩스나 M. 크리거 등의 예를 기억하는 사람이라면, 우리나라의 고대시는 고사하고, 현대시만 하더라도, 그러한 면밀하고 다각적인 분석을 견딜 수 있고, 그토록 다양한 의미의 가능성을 제시할 수 있는 작품이 있을까 하는 생각을 가질 것이다. 여기서 의식되어 있건 안 되어 있건 간에 이러한 느낌을 밑받침하고 있는 기본전거라 할까 가정이라 할 것은, 동양과 서양의 문학작품, 역사적 배경, 비평의 전통 사이에 가로 누운 엄연한 이질성이라는 것이다. 따라서 신비평의 방법을 우리의 작품에 적용하려는 것은 공간착오(?)에서 나온 허망한 생각이 아닐까 여겨지는 것이다. 모씨는 신비평을 해설한 일문에서 신비평의 특징을 언급하고 그것을 우리나라 비평문학에 도입하는 데 있어서는, 어디까지나 우리의 것을 살려가면서 제한적으로 그것을 사용하자는 견해를 피력하였는데, 제한적인 사용이 구체적으로 어떤 것인지는 설명하지 않았다.
>
> ― 「뉴크리티시즘과 한국비평문학」, 『자유문학』, 1960.10, 285~286면

두 가지 점이 지적된다. 한국 작품에 언어적 엄밀성의 접근이 가능할지 의문이라는 것이 그 하나. 다른 하나는 한국 비평에다 도입하여 제한적으로 사용함에도 의문이라는 것. 여기에 나오는 '모씨'란 위의 백철 교수를 가리킴이었다. 요컨대 김용권의 시선에서 보면 뉴크리티시즘의 한국 비평에의 도입엔 회의적이었음이 판명된다. 물론 막연한 관념적 비평이 많은 한국 비평이 조금 시정될 수는 있겠지만 그 수용 선택여부

는 어디까지나 각 비평가 자신의 자유라는 것. 김용권이 말하고자 한 것은 한국 비평가의 교양에 관해서였다. 뉴크리티시즘의 도입이나 수용이란 그 방법론에서가 아니라 사상(교양)의 수준에서 행해질 성질의 것이다. 전기적 비평이나 인상 비평도 깊이 공부한 경험도 없는 이 땅의 비평임을 염두에 둘 때 비로소 김용권의 교양론이 '웰컴' 쪽과 구별될 것이다.


## 3. 비평의 4영역(1)


　백철 교수가 국제펜클럽 한국본부위원장(제10~19대, 18년간 재임)으로 취임한 것은 1963년이었고 제37차 대회를 서울에서 개최할 때 그 대회장으로 활약한 것은 1970년이었다. 한편 대한민국 예술원 회원으로 선임된 것은 1966년이었고, '교수 중의 교수' 자격으로 하와이 대학의 초청을 받아 3개월간 한국문학을 강의한 것은 1971년이었고, 중앙대학 대학원장, 사회개발원장, 문리대학장을 겸하고, 정부로부터 공로훈장 모란장을 받은 것은 1972년이었다(정년 뒤엔 일시 세계 평화 교수 아카데미에 가담한 바 있다). 이러한 활동들은 교수 백철의 사회적 평가의 어떠함을 보이는 것이라 하겠다. 이 중에서 문학과 관련된 것으로 유의해야 할 것은 펜과의 관계이다.

　세계 속의 한국문학을 의식하기 시작한 것은 한국 펜클럽 창립(1954. 10.23)에서부터라 할 것이다(1953년 베니스에서 열린 유네스코 주최 회의에 김말봉·김소운·오영진 등이 참가한 바 있고, 1959년엔 모윤숙 등이 또한 참가한 바 있기는 하다). 위원장에 변영로, 부위원장 모윤숙·김기진, 사무국장 주요섭, 중앙위원에 김광섭·이헌구·백철·이하균·조용만 등이었다. 한국이 정식회원으로 가입된 것은 1955년 비엔나에서 열린 제27차 대회(변영로, 김광섭·모윤숙 참가. 보고내용 기타는 『펜』 제3호 1955.12에 상세함) 때였고, 29차(도쿄대회)에서는 19명이나 참가했다(이근삼, 「국제 펜클럽 한국본부」, 『해방문학 20년』, 정음사). 백철이 처음 참가한 것은 제28차(런던) 대회였다. 뉴크리티시즘 소개가 이로써 가능했다. 제29차(1958년)에도 31차(1960년), 33차(1965년)에도 참가했고, 드디어 펜 한국본부 위원장으로 군림하여 서울대회까지 주관하는 능력을 보였다(제29차는 파견대표가 아니고 도미 도중에 참가한 경우). 임기 2년의 펜 회장직을 무려 18년이나 장기집권할 만큼 그의 역량은 대단했다.

1970년 6월 29일 제37차 국제 P. E. N 클럽 서울대회의 주제는 「동서문학의 해학(Humour in Literature : East and West)」이었다. 박정희 대통령이 축사를 했다. 5일간 약 50명의 발표가 조선호텔에서 벌어진 이 대회에 참가한 일본대표 가와바타 야스나리의 축사 "문학대회는 실패한 적이 없다"라는 말이 인상적이라고 집행 위원장이자 총대표인 백철이 적었거니와 이 대회의 성과는 세계 속에 처음으로 한국문학을 대대적으로 드러낸 점에서 찾아진다(백철, 「세계문학과의 대화—37차 P. E. N회의의 의의와 성과」, 『문경』 28~29호, 1971, 15~32면).

P. E. N을 통한 백철 교수의 이러한 국제적 활동은 동경고등사범학교 영문과 출신의 그 다운 자질에다 또 하나, 문학판이라면 어디에나 끼어드는 마당발 성격이랄까 관심 확대의 기질에서 말미암았다고 볼 것이다. 이러한 지향성이 도미 교환교수 1년간의 뉴크리티시즘과의 만남에서 황홀하게 폭발할 수 있었다.

뉴크리티시즘 도입 및 소개의 선편을 잡은 백철은 대학사회에서는 물론 문단 저널리즘에서도 이전과는 선을 긋는 막강한 실력자로 군림할 수 있었다. 6·25 직후 동국대 교수 백철은 우리 문단의 결함을 세계적 문학동향에 대한 무지에 두었다. 그러기에 자기 독선과 자기 취미에 도취한 결과를 낳았다고 지적, "이러한 문단의 결함들은 금후 문과대학과 그 졸업생이 직접 배경으로 되고 문단의 신인으로서 그것을 신구성하게 될 때 크게 극복 지양될 것"(『동대신문』, 1953.3.11)이라 했는데, 그로부터 5~6년 만에 그는 펜과 뉴크리티시즘을 통해 그 단계에 바야흐로 육박한 형국이었다. 행정가로서의 문과대학장에 멈추지 않고 문학이론으로써도 우뚝 서기, 국제회의 참가자의 여행꾼에서 멈추지 않고, 당당히 국제무대에서 세계적 문학 감각을 얻어내기에 그는 성공을 거두었다. 폐쇄적인 문단과 대학 문과사회에 가히 백철은 실력자로 군림했다. 그 실력자의 군림이 얼마나 눈부셨는가를 한국문학비평 범주의 시선에서 정리한다면 어떠할까.

세상 사람들은 문학을 논의하는 일을 두고 문예비평 혹은 문학비평이라 부른다. 오늘날 세속적으로 전개되고 있는 문학비평은 다음 네 가지 주요한 형태로 정리할 수 있다(E. 사이드, 山形和美 역, The World, The Text and The Critic, 법정대출판국, 1995, 서장).

①현장비평 또는 실천비평

서평을 비롯해 문학 저널리즘에서 시행되는 유형이 이에 속한다. 우리 신문학사의 경우 월평 영역이 이를 대표한다. 그때그때의 작품을 읽고 시대감각과 그 작가의 정신을 동시에 평가하는 이 영역의 강점은 그만큼 생생한 현장감에서 온다. 말을 바꾸면 참을 수 없는 조급성이 그 속성이다. 물론 전체적 시각 결여라든가 문학사적 맥락에 소홀함으로써 생기는 침소봉대의 결함이 지적될 수도 있지만 한치 앞을 내다볼 수 없는 시대성 앞에서는 생생한 현장감(참을 수 없는 조급성)이 가져오는 감각은 신선할 수밖에 없다. 일제 말기 시인 임화의 창작월평, 이원조의 창작월평 등은 이 점에서 평가될 수 있거니와 이 방면에서 백철만큼 철저한 경우는 유례가 없었다.

백철이 6·25와 해방 직후를 뺀 어느 순간 어느 현실에도 소설 월평을 중단한 바 없다는 사실만큼 기적적인 일은 없다. 일시적·시류적 글에 지나지 않는다고 이 현상을 대수롭지 않게 보는 것은 비평사를 무시하거나 우습게 보는 것이라 할 것이다. 왜냐하면 어떤 걸작이나 문학적 현상도 이 월평을 떠나서는 생심도 할 수 없기에 그러하다. 참을 수 없이 조급한 것, 그것이 현장비평의 속성이기에 그러하다. 이 점에서 백철만큼 현장비평에 열정적인 경우는 찾기 어려우며 더욱 놀라운 것은 그 지속성이다. 학장, 대학원장이자 펜클럽 한국 위원장인 백철은 애송이 비평가나 하는 허드렛일이라 멸시하는 월평을 한 번도 쉬지 않고 열정적으로 썼다. 황순원과의 대판 논쟁이 벌어진 것(1960.12)도 바로 현장비평에서 발단된 것이었다.

②학문적 문학사

이것은 고전학, 철학 등 문화사라 불리는 19세기에 행해진 전문분야의 흐름을 흡수한 것으로, 브란데스(Georg Brandes, 1842~1927)의 6권으로 된 『19세기 문예사조사』(1872~1890)에서 그 정점을 보였다. 백철의 역저 『조선신문학사조사』(1948~1949)의 방법론을 제공한 것으로 알려진 이 저술은, 종족(race)·환경(millieu)·시대(moment) 등의 방법론에 의해 쓰인 텐의 명저 『영문학사』에 영향을 받은 것.

브란데스가 선 자리는 문예 발전의 역사를 인류진화 현상의 일부로 해석한 곳에 있었다. 예술을 위한 예술을 배척하고 인생을 위한 예술 편에 섰기에 브란데스는 당연히도 예술의 형식미에는 주의를 덜 기울이었다. 그의 방법론은 뚜렷한 작가의 인격 및 인생관을 포착하여 그것을 작가의 생활과 결부시키고 나아가 그것을 시대의 환경과 교섭시켜 고찰함에 있었다. 이러한 방법은 작가의 사상이 브란데스의 인도주의 사상과 어긋날 때 혹평할 수밖에 없는 점이 결점으로 지적된다. 단순한 문예비평이 아니라 인생 비평, 문명 비평이란 점에서 브란데스의 저술은 독특한 매력을 지닌 것이며, 그의 대표작으로 평가된다. 그는 서문 첫줄을 이렇게 썼다.

이 저술에 있어 내가 기획하는 데는 유럽 문학에 있어 어떤 주요한 집단과

운동의 연구에 의해 19세기 전반의 심리 요강을 드러내고자 함에 있다. (…중략…) 따라서 이 저서의 중심문제는, 19세기 초기에 있어 시작된 18세기 문학에 대한 반동과 그 반동의 극복에 있다. 이 역사적 사건이 워낙 전 유럽에 관련된 만큼 이를 이해하기 위해서는 문학의 비교연구 이외에는 방도가 없다. 따라서 나는 이와 같이 영·불·독 3국 문학의 가장 중요한 운동을 동시에 관찰함으로써 이를 이루고자 한다.

—일역판 제5~6권에 해당, 『이민문학』, 春秋社

범위, 연구 태도(입장) 그리고 연구방법론이 보다시피 먼저 제시되어 있거니와 이 중 방법론에 먼저 주목할 것이다. 이른바 영·독·불 3개국 문학의 비교연구에서 얻는 이익은 다음 두 가지. 하나는 우리가 그것을 동화할 수 있는 정도에 따라 우리에게 접근된다는 점. 다른 하나는 자국문학을 우리가 그것을 개관할 수 있는 정도에 따라 먼 곳에로 끌고 갈 수 있다는 점. 사람은 누구나 너무 가까운 것도 너무 먼 것도 볼 수 없는 법. 그러나 문학의 과학적 고찰은 말하자면 우리에게 확대와 축소를 가능케 하는 망원경 몫을 한다. 이로써 자연적 시각의 환각을 교정하지 않으면 안 된다.

종래 각국은 문학에 있어 서로 멀어져 상호간의 이익을 얻기에 많은 장애가 있었다. 비유컨대 이런 현상은 우화 '여우와 학'의 관계와 같다. 여우가 학을 초대했으나, 산해진미를 접시에 담아 내놓았기 때문에 학이 먹을 수 없었고, 반대로 여우를 초대한 학은 목이 긴 병에 담아 음식을 내놓았기에 여우를 실망시킬 수밖에 없었다. 각국은 긴 역사적 환경 속에서 저마다의 주둥이와 혓바닥을 키워왔던 것이다. 이를 극복함이 문학연구의 대문제라고 브란데스는 보았다. 그렇다면 과연 브란데스의 문예사조사 서술 방법은 어떠했을까. 아주 뚜렷이 그는 이렇게 언명해 놓아 인상적이다.

내가 서술코자 하는 바는 완전히 희곡의 성질과 형식을 갖는다. 첫째는 역사적 운동이다. 내가 논구하는 대상들, 곧 6개의 다른 문학 집단은 커다란 희곡의 6막에 완전히 상응하고 있다. 집단(1), 곧 루소에 의해 고취된 이민문학에 있어 반동이 시작된다. 그러나 이 문학에서 반동적 조류는 일찍이 닿는 곳마다 혁명적인 것과 뒤섞였다. 집단(2), 곧 독일의 가톨릭교적 경향을 가진 낭만파에서 반동은 점점 높아져온다. 이 파는 동시대의 자유 및 진보 사상에서 점점 벗어난다. 제3의 집단(3), 곧 조세프 드 메틀이나 청교도시대의 라므네나 왕정복고 사이에 있어 일찍이 정통파 및 교회파의 유력한 후원자였던 시대의 라바루티 및 빅토르 위고 등의 문학자로부터 형성된 집단은 격렬하고 우세한 반동에 의해 현저해졌다. 바이런 및 영국에 있어 그의 동시대의 문학자는 곧 제4집단(4)을 이룬다.

대희곡에 있어서 전회(轉回)를 일으킨 것은 참으로 이 바이런이다. 희랍 독립전쟁이 일어났다. 참신한 바람이 전 유럽을 휩쓸었다. 바이런은 희랍군에 몸 던져 장렬히 죽었다. 그의 죽음은 대륙의 모든 문학파에 큰 인상을 주었다. 이리하여 7월 혁명 직전 앞에 프랑스 문학자 대부분은 모두 그들의 주의를 바꾸었다. 그들은 제5집단(5), 즉 프랑스의 낭만파를 형성한다. 이 새로운 자유운동에 가담한 자는 라므네, 위고, 라마르틴, 뮈세, 조르주 상드 등이다. 이 풍조는 프랑스에서 독일에 유입되고 거기서도 자유사상의 승리를 보여주었다. 그것은 내가 최후로 논술하고자 하는 제6집단(6), 곧 소장 독일파에 의해 이루어졌다. 이 파의 문학자는 독립전쟁 및 7월 혁명에 의해 고취된 것. 프랑스 문학에 의해 촉발된 것으로 프랑스 문학자와 같이 바이런 등을 자유운동의 주도자로서 숭앙했다. 이 파에 속하는 문학자의 두목은 하이네, 비르네(조금 뒤엔 아우에르바흐) 같은 유태인 출신이나 그들은 동시대의 프랑스 문학자와 같이 1848년의 격변을 유도케 했다.

우리들 덴마크인은 이 하나의 대희곡에서 하나의 교훈을 얻을 수 있다고 나는 믿는다.

—「서문」, 吹田順助 역, 10면

백철의 기념비적 저술인 『조선신문학사조사』는 자기 말대로 브란데스의 『19세기 문예사사조』에서 힌트를 얻은 것이다. "19세기 문예 사조사는 내가 고사 시절에 일역판을 읽고 크게  감명을 받은 명저로서 그 감명을 옮겨서 조선신문학사조사의 이름을 쓴 것"(『후편』, 350면)에서 보듯 단지 제명만 옮겨온 것이 아님은 확실하다. "근대 사조가 들어온 이후의 조선의 문학"이라는 것. 요컨대 '근대사조' 중심의 서술을 백철은 목표로 했던 것이다.

백철의 신문학사의 저술은 상·하로 되어 있지만, 실제로는 방법론상 별개의 저술로 볼 수 있다. 하권을 현대편이라 하여 상권과 구별했음이 그것이다. 상권은 브란데스가 말하는 19세기 사조를 중심으로 논한 것으로 낭만주의에서 비롯하여 자연주의에 이르기까지에 해당된다. 이 기간은 백철이 직접 문단에 관여하지 않았음을 또 다른 특징으로 한다. 어디까지나 브란데스에 기대어 조선의 신문학사를 서술한 것이었다. 그러나 하권의 경우는 사정이 썩 다름에 주목할 것이다. 무엇보다 백철은 브란데스의 영향권에서 벗어났음이 지적된다. 하권은 19세기 사조가 아니고 벌써 20세기 사조를 다루고 있기 때문이다. 나침반인 브란데스에서 한 발 물러난 백철은 무엇을 표준으로 하여 하권을 내야 했을까. 바로 이 점에서 하권의 권위랄까 방법론이 결정되었다. 체험적 역량이 이에 해당된다. 과연 20세기 문학사조란 무엇인가. 프롤레타리아의 문학에서 비로소 20세기 문학사조가 성립된다고 할 때, 이 점에서 백철은 그 누구보다도 민첩할 수 있었다. 동경고사 시절부터, 학업 및 교사의 길을 포기하다시피 하고 혼신의 힘으로 뛰어든 열정적인 사상운동이 바로 프롤레타리아문학사상인 만큼 그는 이 점에서 누구보다 민첩할 수 있었다. 20세기 조선의 문학사조 기술이란, 백철 자신의 개인적 체험의 기술에 해당되었다. 그 기술이 생생할 수밖에 없고 실감을 동반했기에 그만큼 확실성과 정밀성 및 성실성까지 겸할 수 있었다.

6장으로 이루어진 현대편에서 백철의 기술이 가장 뛰어난 곳은 제4장이다. 그는 이 장의 제목을 「위기! 1936년 이후 주조상실과 문학 지상주의」라 했다. "1935년 카프가 해산된 뒤부터 1940년경까지 약 4~5년간의 기간을 획하여 나는 조선 현대 문학의 분해기로서 그 현상을 추구하려고 한다"(『조선신문학사조사』(하), 254면)라고 규정한 이 시기의 기술에서 그는 '위기!'라는 감탄사를 제4장의 큰 제목으로 삼았던 것이다. 그러나 놀랍게도 이 제4장만큼 객관적 서술의 밀도 및 구성의 완성도가 뛰어난 장면을 달리 찾기 어렵다. 두 가지 이유를 들 것이다. 작품 및 문단의 역량이 이 무렵에 가장 충실했다는 점이 첫째로 지적될 수 있다. 요컨대 기술될 수 있는 작품 및 사건이 가장 풍부했기에 이를 서술할 수 있는 힘도 증폭될 수밖에 없었다. 둘째로는 기술자인 백철의 자신감을 들 것이다. 이 시대 및 작품만큼 그가 잘 아는 곳은 달리 없었다. 이전 영역마다 그의 손길이나 입김이 닿지 않은 곳은 단 한 곳도 없었기에 이 자신감이 저술의 밀도를 높일 수 있었다. 이상 두 가지 사실이 증폭되어 서술의 완성도를 가능케 한 것이다.

이로써 백철의 활동 중 ① 현장비평과 ② 학문적 문학사의 두 영역의 위상이 어느 수준에서 밝혀진 셈이다. ①·② 유형에서는 백철의 오른편에 나설 자는 아무도 없었다. 특히 ②에서는 실로 독보적이었다.


## 4. 비평의 4영역(2)


세속적으로 전개되는 문학비평의 네 가지 유형 중 세 번째는 문학감상 또는 문학해석이다.

③ 문학감상 또는 문학 해석

이 영역은 주로 학문적인 것이긴 하나 ①·② 유형과는 달라서 그 방면의 전문가나 정기적으로 등장하는 집필가에 한정되지 않는다. 문학감상이란 대학 교수들이 가르치고 실천하는 영역으로 가령 시의 독법, 철

학적 시인에서 보이는 기묘한 미학발견 또는 도덕적·정치적 의미에로
환원되지 않는 작품의 독자적 특성을 지적하기 등이 이에 해당된다. 이
영역에서 작가이자 비평가인 김동리만큼 민첩한 경우는 매우 드물다.
그의 평론 「청산과의 거리」(『야담』, 1948.4)는 김소월론으로 쓰인 것이지
만 어째서 「산유화」 한 편만이 '기적적 완벽성'에 해당되는가를 유례
없는 방식으로 해명한 명평론이다.

　　산에는 꽃 피네
　　꽃이 피네
　　갈 봄 여름 없이
　　꽃이 피네.

　　산에
　　산에
　　피는 꽃은
　　저만치 혼자서 피어 있네.

　　산에서 우는 적은 새여
　　꽃이 좋아
　　산에서
　　사노라네.

　　산에는 꽃이 피네
　　꽃이 지네
　　갈 봄 여름 없이
　　꽃이 지네.

　　이것이 「산유화」 전편이다.
　　시 제2연에 "산에 산에 피는 꽃은 저만치 혼자서 피어 있네"라고 한 구절이
있는데, "저만치 혼자서"라는 "저만치"는 대체 무엇을 의미하는 것일까. 이것

이 어떤 거리를 의미하는 것임은 더 말할 나위도 없지만, 이 거리는 대체 어디서 어디까지며, 무엇에서 무엇까지란 뜻인가. 나는 그가 '저만치'라고 손을 들어 가리킨 듯한 거리의 의미를 검토함으로써 김소월 시의 본질을 구명해보려고 한다.

―『김동리 대표작선집』(6), 삼성출판사, 128면

소월 시의 대부분이 미완성품이며 형식상 실험에 지나지 않지만 어째서 유독 「산유화」 한 편이 완벽한가를 해명함에 있어 김동리는 오직 이 작품에 나오는 단어 '저만치'에 집중시킴으로써 이루어내었다.

소월은 옥녀나 금녀로써 메워지지 않는 그의 정한의 구경이 '자연' 혹은 '신'을 찾고 있다는 것을 스스로 생각할 수 없었던 것이다. "산에 산에 피는 꽃은 저만치 혼자서 피어 있네" 할 때 그는 그 산이 무엇인지를 몰랐으며 다만 그 청산과 자기와의 거리를 사무친 감정으로 '저만치'라고 손가락질로 가리킬 수 있었던 것뿐이다. 그리고 그가 청산과 자기와의 거리를 '저만치'라고 손가락질로 가리킬 수 있는 순간은 그가 가장 그의 '임'의 품속에 깊이 안길 수 있는 순간이기도 했던 것이다. 이 순간 그의 체내의 맥박은 청산의 그것에 가장 육박했을 때요 이 순간의 맥박이 그의 시혼을 불렀을 때 저 '산유화'의 기적적 해조는 구성되었던 것이다.

―『김동리 대표작선집』(6), 133면

이 자연과 인간 사이의 '저만치'의 거리를 소월은 무의식중 직관했다고 봄으로써 김동리는 소월시의 본질에 육박했을 뿐만 아니라 실상은 그 자신의 문학관을 무의식중에 펼쳐 보였다. '구경적 생의 형식'으로서 정립된 김동리의 문학관이 소설의 「산유화」에서 새삼 증명된 형국이었다. 소월론이 바로 김동리론인 소이연이다. '청산과의 거리'가 우리말로 쓰인 가장 우수한 김소월론의 하나이자 동시에 김동리 자신이 펼친 김동리론이라는 '기적적 현상'이 이로써 이루어졌던 것이다(김윤식, 『작가론의 새 영역』, 강, 2006).

이런 점에 견주어보면 백철은 이 영역에서 매우 둔감했다고 할 것이다. ② 유형에서는 백철만큼 독보적인 존재가 없었기에 ① 유형을 논할 때도 그러했지만 ③ 유형을 문제 삼을 때도 백철의 시선은 ② 유형에서 벗어날 수 없었다. 그의 시선에 들어오는 것은 모두가 ② 유형에 흡수되어 버리는 것이었다. 한없이 지루한 글쓰기는 이에서 왔다. 가령 소월의 「산유화」의 '저만치' 대목을 인용한 뒤 백철은 이렇게 적었다. "이 점에 대해선 일부러 어렵게 해석하는 사람들도 있지만 그저 그대로 감상하는 것이 좋을 듯합니다. 말하자면 인간사회란 헛된 명예를 다투고 과장과 가식이 많은데 비하여 자연은 저처럼 겸허한 모양으로 서 있는 세계임을 못내 부러워한가 봅니다"(『문학의 개조』, 신구문화사, 1958, 216면)라고. 그 대신 백철은 신들린 듯이 김소월의 활동배경 및 시대 따위의 문학사적인 기술에 몰두한다. 말을 바꾸면 소월시의 기적적 완벽성을 해명함에 있어 백철은 문학사조사의 먼 시선에서 다음처럼 여지없이 증명하고자 덤볐던 것이다.

또 하나는 소월은 세상이 아다시피 안서 김억씨를 스승으로 해서 시인이 된 사람입니다. 그런데 안서는 우리나라 신시운동의 초기에 있어서 선구적인 공로가 큰 사람으로서, 주로 무슨 일에 공이 컸느냐 하면 19세기 말의 프랑스의 퇴폐적인 상징주의적인 시, 즉 보들레르·베를렌 등의 시편을 번역해내고, 또 그 세기말적인 사조를 칭찬해서 소개해 들인 점입니다. 1920년을 전후 해서 우리 신시단에 상징주의풍의 시가 나타나게 된 것, 뒤에 백조파의 시인들이 모두 상징풍의 사람들이었던 것은, 확실히 이때 안서의 영향이 컸던 것으로 보여집니다. 그리고 당시 문단 전체로 보면 적어도 그 삼분지 이가 퇴폐적인 비관주의적인 경향으로 흘렀는데, 그 원인은 물론 3·1운동의 실패 뒤의 사회적인 일반 분위기도 있었지만, 그러나 여기에도 김억씨가 세기말적인 것을 칭찬해서 받아들이고 선전한 효과가 컸던 것입니다. 그런데 소월은 직접 김억씨의 개인지도 밑에서 공부하면서도 그 영향을 받지 않은 것입니다. 그의 시에서 당시의 상징풍을 볼 수 없으며, 또 그때의 풍조인 퇴폐적인 경향도 그대로는 나타나질 않았습니다. 이런 경우에 선생의 제자에 대한 영향은 특별히 큰 것인데 여기서도 소월이 아무 그런 풍조적인 영향을 받지 않았다면, 그만치 소월은 개인적인 독자적인 시인인 것을 잘 증명해주는 것이었습니다.

—『문학의 개조』, 214~215면

이 얼마나 우회적이며 지루하며 지겨운 글쓰기인가. 한없이 지루하고 그래서 지겨운 글쓰기, 망원경의 글쓰기가 아니면 안 되었다. 그러면, 네 가지 비평 형태 중 마지막에 해당되는 제4유형은 무엇일까.

④ 문학이론

이 영역에 설 때 1958년은 백철 비평에서 실로 획기적이자 동시에 이 땅의 비평사에서도 선을 긋는 분수령에 해당된다. 뉴크리티시즘 도입이 비로소 이 땅에 그 이론적 터전을 어느 수준에서 만들 수 있었기 때문이다. 대체 문학이론이란 무엇인가. 이 물음에 앞서 이론(theory)의 속성을 살필 필요가 있다. 다음 네 가지로 그 요점이 정리된다.

㉮이론은 학제적(學際的 : interdisciplinary)이다. 본래의 학문분야를 넘어 영향력을 갖는 언술이라는 것. ㉯이론은 분석적·사변적이다. 섹스, 언어, 글쓰기, 의미, 주체 등이라 부르는 것에는 대체 무엇이 관여되어 있는가를 밝히는 시도라는 것. ㉰이론은 상식이라 믿고 있는 개념들을 비판한다. ㉱이론이란 스스로에게 되돌아온다. 요컨대 생각하는 것에 생각하고 문학이나 그 주변의 다른 언설의 실천에 있어 사물을 이해할 때 사용하는 범주를 다시 살피는 것이다(G. Culler, Literary Theory, Oxford Univ. Press. 1997, 14면).

그 결과 이론이란 무서운 괴물에 흡사해진다. 그 누구도 이론을 정복할 수 없기 때문이다. 어떤 현상도 텍스트도 이론을 위해 있지 않으며 끊임없이 새로운 문제를 일으키는 것이 그 속성인 까닭이다. 이론을 공부하며 나아갈수록 그 이론에 새로운 의문이 생기며 그 순간 그는 이미 이전으로 되돌아갈 수 없는 처지에 직면한다. 문학의 이론도 사정은 같다. 문학을 두고 '상상력에서 생긴 작품'이라 정의할 때 이런 사고방식은 18세기 말 독일 낭만파의 이론가들에게까지 소급되어야 하며 그러니까 그것은 단지 그 무렵의 서구적 편견에 지나지 않는다. 셰익스피어를 읽어야 고상한 인격형성에 도움이 된다는 고급예술의 존재가치를 인정하는 이론이란 한갓 망상인지도 모를 일이다. 베토벤을 들으며 독일 장교들이 유태인을 가스실로 보낸 사실 앞에 위의 이론은 어떤 설명을 할 수 있을까.

이러한 이론의 속성 앞에 그 누구도 자신 있게 맞설 수 없음은 명확하다. 뉴크리티시즘도 그것이 이론의 범주이기에 예외적일 수 없음도 명확하다. 그럼에도 이 정복되지 않는 뉴크리티시즘이 적어도 전후 한 국문단에 압도적으로 군림했음은 웬 까닭일까. 이 물음에는 다음 두 가지 점이 우선적으로 고려된다.

첫째, 6·25로 인한 문화적 공백상태를 들 것이다. 따지고 보면 뉴크리티시즘의 원조격인 분석비평이란 1930년대에 이 땅에서도 소개 및 실천까지 된 바 있다. 최재서의 주지주의, 김기림의 과학으로서의 시의 인식 등이 그것이다. 이러한 문화적 연속성은 해방공간의 혼란과 6·25로 말미암아 여지없이 끊겼다. 6·25를 겪은 전후세대는 스스로가 아비도 없이 하늘에서 떨어진 씨앗이라 공언할 정도였다.

> 엉겅퀴와 가시나무 그리고 돌무더기가 있는 황료한 지평 위에 우리는 섰다. (…중략…) 그리하여 우리는 화전민이다. 우리들의 어린 곡물의 싹을 위하여 잡초와 불순물을 제거하는 그러한 불의 작업으로써 출발하는 화전민이다. 새 세대 문학인이 항거해야 할 정신이 바로 여기에 있다.
> —이어령, 「화전민 지대」, 『경향신문』, 1957.1.11

기성세대에다 대고 이렇게 외쳐마지 않았다. "시는 표어에서 끝나고 소설은 야담에서, 또한 평론은 정실과 당파의 의전문(儀典文)으로 귀결된 이 적막한 한국 문단의 침체가 누구에게서 이룩했는가를 당신들이야말로 잘 알고 있을 것이다"라고. 이 나라 문학사를 연속선상에서 본 사람이라면 감히 이렇게 말할 수 없다. 1930년대 한국문학의 실적으로 보면 위의 진술은 일종의 폭언이자 명예훼손죄에 해당된다. 그러나 해방공간과 6·25의 문단현실에서 보면 당연한 비판이라 할 만하다. 체계적으로 자국의 문화 및 문학을 배우지 못하고 6·25로 인해 한길 가에 버려진 신세대의 처지에서 보면 스스로 족보 없는 고아로 자처할 수밖에 없었다. 신세대에 있어 한국문학 중 그래도 소금장수 애기에서 벗어난 것으로 보이는 것은 「날개」(1936)의 이상 정도였다. 이어령의 첫 평론이 「이상론」(『문리대학보』, 1955.9)이었음은 이를 가리킴이다.

이에 대한 구세대의 반응은 어떠했던가. 구세대의 대표격으로 나선 이는 비평가 백철이었다. 명목상이지만 이미 신인활동을 하고 있는 이어령의 평론 「현대사의 환위와 환계」(『문학예술』, 1956.10), 「비유법 논고」(『문학예술』, 1956.11)를 정식으로 문단에 추천한 백철이 이어령과의 '세대의 대결'을 펼친 것은 백철이 미국에서 귀국한 1958년 말이었다(이어령과 백철은 사제관계였다. 문리대에 문학특강으로 나온 강사는 백철·조연현 등이었고, 학점은 없었다. 최일남 증언, 2007.1.2). 비록 10개월이나 뉴크리티시즘을 현지에서 체험하고 귀국한 백철은 신·구세대의 공통점을 암시하고자 했다.

결국 이군과 같은 신세대와 나와 같은 낡은 세대가 하는 일에 있어서 뭣이 달라야 하고 뭣이 공동과제로 되느냐 하는 것은 결국 두 세대는 같은 분모 위에 놓여진 두 가닥의 분자들, 세대론 대립하고 시대로서 공통된 것, 따라서 역사적인, 현실적인 의미에서나 문학사적인 현대 문학의 재건창조에 있어서나 우리는 먼저 말한 전통의 문제 등을 비롯하여 의외로 공동작업에 착수할 일도 많은 것으로 느껴지는 것이다. 이것은 내가 결론적으로 신·구 두 세대의 의미 있는 협조론을 말하고 있는 것이 아니다. 나는 여기서도 두 세대가 결정적으로 대립되는 면은 그대로 전제하고 있다. 필경 우리 두 세대는 밭을 경작하는 방법에선 타협 없이 대립되는 반면에 그러나 필경은 두 세대는 황무지를 개척하고 있는 터전에선 공동작업을 하고 있다는 의식이 필요하다는 것이다.
—「반항과 공동의 의식—친애하는 이어령군에게」, 『자유문학』, 1958.12, 134면

신·구세대의 차이점과 공통점의 바탕 위에서 해야 할 공동작업이란 무엇인가. 물을 것도 없이 전후문학의 건설이다. 문제는 그 방법론이겠는데, 백철에 있어 그것은 곧바로 뉴크리티시즘이었다. 19세기의 문예사조에 바탕을 두고 저널리즘에 민감한 반응을 보이며 살아온 백철의 안중에는 최재서·김기림·이양하 등의 분석주의는 없었다. 인상비평에 시종한 그로서는 아카데믹한 서구이론에 대해서는 거의 무지했다. 이 점에 보면 신세대의 무지와 동격이라 할 것이다. 이런 백지 상태의 백철이 이미 한물 지난 것으로 평가받는 뉴크리티시즘에 체험적으로 부딪혔을 때의 놀라움이란 얼마나 굉장했을까. 흡사 신대륙의 발견에 견줄 만했을 터이다. 한물 지난 이론으로 평가받고 있는 뉴크리티시즘이지만 그에게는 난생 처음 풍문으로 듣던 본바닥의 이론에 부딪친 것이었다. 그가 뉴크리티시즘을 쉴 새 없이 소개한 글의 행간에서 이 점은 생생히 감지된다. 막연히 듣던 뉴크리티시즘의 실상이란 흡사 채프먼 역 『호머』를 처음 읽고 놀란 키츠의 형국이었을 터.

> 그때 나는 느꼈다. 새로운 유성(流星)이 시계에 헤엄쳐 들어왔을 때의 어느 하늘의 관찰자처럼(Then felt I like some watcher of the skies when a new planet swims into his ken. On first looking into Chapman's Homer)

이렇게 백철은 세계 최강국 대학 강단에서 느껴마지 않았다. 언제나 서양의 위대한 사상을 웰컴! 하며 받아들이기에 급급했던 식민지 평론가 백철이 아니었던가. 이제 난생 처음 본바닥에 부딪쳤던 것. 이러한 생생한 체험을 갖고 귀국한 문과 대학장 백철은 또 하나의 새로운 유성을 보았다. 그가 가르친 바 있는 이어령이었다. 세대의 대결이자 동시에 공동의식의 지평이 저만치 보였다. 구세대 백철의 손엔 최신식 무기 뉴

크리티시즘이 쥐어졌고, 신세대 이어령의 손엔 또 다른 불패의 무기 수
사학이 쥐어져 있었다. 비유론과 뉴크리티시즘의 공동작업의 장이 바로
분석비평이었다. 이 순간 백철은 구세대이자 신세대였다. 그러나 이러
한 백철의 새로운 선택이 현장비평가로서의 그의 퇴장을 의미했다. 아
이러니컬하게도 이 사실을 그는 까맣게 몰랐다. 그가 이 사실을 깨달은
것은 뉴크리티시즘이 도입된 지 10년이 지난 시점에서였다.

> 실제로 작품평에서도 젊은 비평가들은 별로 뉴크리티시즘을 의식하지 않으
> 면서도 작품 조건을 한 번 분석하는 과정은 다 전제하고 있다고 보면, 그런
> 비평관의 배경엔 뉴크리티시즘의 도입관계라고 보아야 할 것 같다. 그렇게 일
> 반적인 영향을 주게 된 구체적인 계기가 된 것은 저쪽 뉴크리틱으로서도 특
> 히 실제분석가로 이름 난 클리언스 부룩스의 *Understanding Poetry*와 *Understanding
> Fiction* 등의 작품분석의 저자들이 우리 한국의 젊은 문학도 간에 많이 읽혀지
> 고 있는 관계라고 나는 보고 있다.
> —백철, 「뉴크리티시즘의 행방」, 『세대』, 1966.2, 94면

신인 나종인·송영목 등의 데뷔 평론은 물론 김현 등의 현장비평의
등장은 이미 뉴크리티시즘의 방법 그대로는 아닐지라도 분석적인 평론
에로 크게 기울고 있었는바, 이 사실은 여전히 계몽주의적이고 인상주
의적인 시선에 매달리고 있는 백철의 현장비평의 종언을 의미하고 있
었다. 뉴크리티시즘의 '웰컴!'을 소리 높이 외쳤던 장본인 백철 자신은
여전히 구태의연한 자리에 머물렀던 것이다. 뉴크리티시즘이 지닌 전문
성을 백철이 흉내 낼 수 없었던 점과 아울러 문과대학장의 보수주의적
인 체면이 그의 '웰컴!'을 억제했을 뿐이었다. 간단히 흉내 낼 수 없는
전문성 앞에 백철의 '웰컴!'주의가 무용해진 장면이라 할 것이다.

뉴크리티시즘의 한국영향이란 우선 전문적인 것으로선 이상과 같은 특수한
몇 개의 데이터를 냈을 뿐 결코 일반성을 띤 것은 아니었다고 보고 우선 나만

해도 더 목표하는 것은 작품의 사회적인 기능이 또는 작품이 현실적으로 존재하는 모럴리티 같은 것인데 미적인 가치분석에 시종하고 싶은 것이 아니니 말이다. 그러나 뉴크리티시즘의 영향성을 더 상식적인 뜻에서 보면 상당히 넓게 그 세력을 펼치고 있지 않는가 본다. 가령 작품분석이라는 용어 같은 것은 비평계의 한 유행어로 되다시피 한 사실이다. 더 전문적인 용어지만 소위 '의미론'이라는 말도 근래는 흔히 듣게 되는 것과 같다.

—「뉴크리티시즘의 행방」, 93~94면

정작 뉴크리티시즘을 이론으로 도입해서 크게 깃발을 흔든 장본인 백철은 여전히 구태의연한 인상주의에 머물렀다. 그는 아무리 발버둥쳐도 뉴크리티시즘의 전문성(과학성)을 흉내 낼 수도 배울 수도 없었다. 매우 다행히도 그 무렵 뉴크리티시즘은 크게 비판당하고 있는 시점이기도 했다. 바로 이 점에서 현장비평가 백철은 종말을 향하고 있었다.

## 5. 이론과 실전–작가 황순원과의 논쟁

문학의 이론이란 새삼 무엇인가. 그것은 백철·김병철 공역의 『문학의 이론』이 아니면 안 되었다. 문학의 이론을 대표하는 비평가로는 의식적이든 아니든 좋든 싫든 백철이 되지 않으면 안 되었다. 그는 세속비평 ①현장비평, ②문학사, ③미학, ④문학의 이론 중 ②와 ④를 그의 전매특허로 갖지 않으면 안 되었다. ②는 『조선신문학사조사』로 대표되었다면, ④는 『문학개론』(1947), 『세계문예사전』(1955)과 그 연장선상에 있는 웰렉·워렌의 『문학의 이론』 번역으로 대표된다. 한 손에 저 불패의 무기인 『조선신문학사조사』를, 다른 한 손엔 뉴크리티시즘의 변형인 『문학의 이론』을 쥔 거인 백철 교수가 탄생한 것이었다. 이 순간

①을 일삼던 전반기의 비평가 백철은 종언을 고했다. 그 대신 탄생한 것이 교사 백철이었다. 후반기 백철의 탄생이었다. 이 두 명의 백철형(型)은 엄밀한 기하학적 대칭성을 이루고 있다. 이 대칭성의 구조와 위치 및 현장의 풍경을 한꺼번에 보여주는 사례의 하나가 1960년 말에 일어난 황순원·백철 논쟁이다.

1960년의 창작계를 총평하는 자리에서 백철은 문학사적 전환기를 전제하고 최대의 문제작으로 최인훈의 「광장」(1960)을 내세웠다. 이 작품을 논의하기 위한 준비단계로 백철이 내세운 것이 황순원의 장편 「나무들 비탈에 서다」였다. 두 회에 걸친 「전환기의 작품자세」(『동아일보』, 1960.12.9~10)의 첫회는 「나무들 비탈에 서다」에 할애되었는바 그 부분을 보이면 다음과 같다.

우선 황순원씨의 장편 「나무들 비탈에 서다」(『사상계』 연재)에 대해서 몇 마디 소감을 적어본다. 이 작품은 어려운 시대를 걸어가는 인간들을 그렸다. 전란과 실망의 시대, 그 속에서 수난을 하는 젊은 남녀들. 그리고 끝에 가서 비탈을 끝까지 걸어가려는 듯한 여주인공의 작은 의사 표시 같은 것, 그것은 좋다! 고 생각한다. 이 작품에서 감명된 것은 특히 첫 장면들이다. 즉 '형태', '동호' 등의 주인공들. 그들이 수색대로서 적군이 지나간 촌락을 수색하는 데서부터 동호의 회상이 '추파령 전방'의 전투장면으로 넘어가는 대목의 전후까지 약 20페이지에 걸친 대목은 생기를 띠었다. 서스펜스의 긴장한 장면 전개, 적은 대화를 활용해서 장면의 전환 등. 그리고 작품의 결구조건으로선 하반 뒤에 가서 '형태'와 '숙이'와의 장면에서 첫머리의 촌락장면 등을 이메지로 연락시킨 것과 '선우상사'가 죽을 때의 되풀이한 대사 등의 효용을 다 중요시한다.

하지만 정말 작품의 효과란 작품의 여러 가지 조건을 전체적으로 종합해서 얻어지기 때문에 이 전체성에선 불만스럽다. 작자로선 이제 비로소 그 전란을 작품화할 시기라고 봐서 이 장편을 구상한 줄 알지만 첫째로 그 전란에 대한 체험적인 폭과 깊이가 새 구상과 질에 해당한 것이 아닌 듯하다. 이런 작품세계면 벌써 젊은 작가들의 작품들이 실험들을 한 것이 아닌가 보는 것이다. 인물형들의 설정과 종착도 예를 깨뜨리지 못하고 차라리 기성형들이다. 가령

"대체 언제 어디서 누구 땜에 이런 무능자가 되지 않으면 안됐느냐 말야, 응?"
등을 반문하는 형의 인물들.

그러면 작품적인 결구에 있어선 충분히 유기적인 연속과 종합을 했는가 하면, 작가가 작품구성을 하는 데 있어서 평면성을 피하고 전후 내외 관계를 입체적으로 묶으려는 노력은 눈에 띄지만 요는 그 조건들이 충분히 유기적인 관계에서 된 것이 아니고 틈새가 많이 벌어져서 어수선한 인상을 준다. 인물들의 등장 퇴장 심리적인 것에 대한 행동적인 해결 등의 사이에는 모순과 거리가 눈에 뜨인다. 사건들을 투입시키는 데서도 필연을 결한 데가 적지 않다.

가령 거리를 가는 여자(숙이)의 구두 뒤꿈치에 신문지 조각이 묻어 다니는 것의 묘사, 또는 몇 군데의 성장면의 묘사 등에는 적지 않게 트리비얼리즘을 범하였다. 끝으로 주제적인 것과 관련하여 사건의 해결인데 비탈을 걷게 할 바엔 내쳐서 4·19적인 가파른 비탈에까지 세워보는 것이 필요치 않을까 하는 생각이다. 이것은 강요는 아니다. 하지만 기왕 근래의 위기적인 현실의 무대로 쓸 바에는 그 무대가 여기까지 연장되는 것이 필연성이 아닌가 보기 때문이다. 그렇게 되었다면 결말이 크게 극화되는 조건도 생기고 막을 내리는 대사도 이 작품의 것과 같이 여자의 작은 목소리의 것이 아니고 좀더 큰 암시를 던진 것이 되었을지 모르다고 느껴졌다.

—『동아일보』, 1960.12.10

이에 대한 잡문 안 쓰기로 소문난 작가 황순원의 반론은 다음과 같거니와 그 전문을 그대로 옮기는 것은 백철의 현장비평의 어떠함을 이 글이 썩 잘 드러낸 것으로 보이기 때문이다.

지난 12월 9일자 『동아일보』 석간에 게재된 백철 씨의 「전환기의 작품자세」라는 글 속에 내 졸작 「나무들 비탈에 서다」에 대한 평문을 읽고 작자로서 몇 마디 하지 않을 수 없어 붓을 들기로 한 것이다. 비평가란 인상비평이건 분석비평이건 간에(뉴크리티시즘도 예외일 수 없다) 우선 대상 작품을 이해하는 데서부터 시작되는 걸로 나는 알고 있다. 이 지극히 상식적인 이야기를 여기 해야 하는 것은 다름 아니라 백철 씨는 남의 작품을 이해는커녕 그 줄거리조차 제대로 붙잡지 못하고 있기 때문인 것이다. 예를 들면 씨의 상기 글 가운데 "…… 선우상사가 죽을 때의 되풀이한 대사……" 운운한 구절이 있는데, 대체 「나무들 비탈에 서다」라는 작품 속 어디에서 '선우상사'가 작자도 모르게 죽는다는 말인가. 죽지도 않은 그가 죽으면서 되풀이한 대사는 또 어떤 것이었단 말인가.

그리고 씨의 글 가운데 이런 구절은 또 어떻게 된 것인가. "가령 거리를 가는 여자(숙이)의 구두 뒤꿈치에 신문지 조각이 묻어 다니는 것의 묘사……." 이 부분의 묘사가 "트리비얼리즘을 범했다"는 씨의 평어로 보아 이 대목을 씨는 꽤 정독한 것으로 본다. 그러고도 거리를 가는 여자를 '숙이'로 오인하고 있는 것은 대체 어떻게 된 일인지 그 영문을 알 길이 없다. 적어도 '숙이'는 이 소설의 여주인공이다.

이를 거리를 가는, 이름도 없이 등장하는 여자와 혼동하고 있다는 사실은 씨가 얼마나 남의 작품을 헛읽는다는 증좌가 아니고 무엇인가. 아니 이 문제는 백보를 양보하여 씨의 착각이나 오독이라 해두자. 이보다는 씨가 이 콘텍스트에서 "트리비얼리즘을 범했다"는 평언이 문제다. 원래 소설에서 주제 전개와 관련된 인물의 성격을 나타내기 위한 어떠한 사소한 사건의 묘사도 결코 씨가 말하듯이 "트리비얼리즘을 범한" 것은 아니다.

이 작품의 어떤 부분이 어떻게 해서 "트리비얼리즘을 범한" 것이 되는지 그 구체적인 예를 씨가 항용 애용하는 듯한 어휘대로 코멘트해주기 바란다.

다음에 또 한 가지, 「나무들 비탈에 서다」 전편을 통해서 가장 빈번히 나오는 남주인공의 이름, 즉 '현태'를 두 번씩이나(씨가 씨의 짧은 글 속에서 쓴 두 번 다) '형태'라고 한 것은 어찌된 일인가. 이것은 혹시 신문사의 오식일는지 모르나(사실 그렇게 됐기를 바란다) 만약 그렇지 않다면 씨는 남의 작중 인물의 창씨개명을 제멋대로 해도 무방하다는 불순한 생각의 소유자이거나 기억력 상실자로밖에 볼 수 없다.

일언이폐지하고 위에 든 예 같은 것은 아마 중학생 정도의 지능지수를 가진 사람이면 누구든지 남의 작품을 읽고 씨처럼 엉뚱한 이야기는 하지 않으리라고 보는데 씨의 생각은 어떤가.

이래가지고서야 씨가 아무리 문예비평가적인 어휘들—"새 구상과 질"이 어떠니, "인물형들의 설정과 종착"이 어떠니, "작가가 작품 구성을 하는 데 있어서 평면성을 피하고 전후 내외의 관계를 입체적으로" 어떠니 하고 상투어를 나열해보았댔자 무슨 소용이 있단 말인가.

끝으로 한 가지만 더 이야기하고 그만두겠다. 씨는 "주제적인 것과 관련하여 사건의 해결인데, 비탈을 걷게 할 바엔 내쳐서 4·19적인 가파른 비탈에까지 세워 보는 것이 필요치 않을까 하는 생각이다. 이것은 강요는 아니다. 하지만 기왕 근래의 위기적 현실을 무대로 쓸 바에는 그 무대가 여기까지 연장되는 것이 필연성이 아닌가 보기 때문이다." 했는데 나는 이 구절을 읽고 아연 실색하지 않을 수 없었다.

씨가 내게 강요하건 안하건 간에 이런 망언을 어떻게 할 수 있는가. 「나무들 비탈에 서다」가 금년 정월 『사상계』에 발표되기 시작했을 때는 이미 작품 전체의 구상이 완료돼 있었던 것이다. 따라서 처음부터 이 작품은 4·19와는 관계없는 하나의 독립된 작품인 것이다. 물론 앞으로 내가 4·19와 관련된 작품을 새로 쓰는지는 모른다. 그러나 씨의 어처구니없는 주문대로 이 작품과 4·19를 마구 가져다 붙일 수는 도저히 없는 것이다. 작가란 스카치테이프일 수는 없기 때문이다.

가령 도스토예프스키에게 다음과 같은 것을 주문한다고 하자. 어째서 당신은 『죄와 벌』에다 『카라마조프 형제』를 덧붙여서 좀더 위대한 소설을 만들지 않았는가. 이 주문을 들은 도스토예프스키는 무어라 대답을 할 수 있을 것인가. 모르긴 몰라도 그저 어이없어 웃는 수밖에 별도리가 없을 것이다.

제발 앞으로 다시는 이런 문제를 가지고 이렇게 원고지에다 잉크를 묻히는 일이 없었으면 좋겠다.

—「비평에 앞서 이해를」, 『한국일보』, 1960.12.15

첫째, 작품을 정독하지 않았다는 것. 뉴크리티시즘과 얼마나 동떨어져 있는가를 느낄 수 있는 대목이다. 아무리 장편이라도 줄거리도 주인공 이름도 파악하지 못했다 함은 분명 변명의 여지가 없는 것이지만, 중요한 것은 그러니까 백철의 시선에서 보면 별로 비난 받을 성질의 것이 못 된다. 중단 없이 현장비평을 해온 백철로서는 정독 따위란 대수롭지 않은 물건이었다. 그만큼 소설을 매달 열심히 읽은 자도 없으며 이를 괴발이든 개발이든 월평으로 써낸 비평가도 백철을 빼면 신문학 생긴 이래 아무도 없었다. 이 점에는 누구나 탈모해왔기에 그는 계속 그렇게 할 수 있었다. 요컨대 하나의 암묵적인 양해사항이 아니었던가. 백철은 이 점에 대해 무관심할 수조차 있었다.

둘째, 트리비얼리즘 여부에 관한 것. 이 점에 관해서는 작가와 비평가 사이에 견해차이가 있을 수 있는 만큼 논전으로 될 만하다.

셋째, 6·25와 4·19의 관계에 관한 것. 원리적으로 보아 이 점은 논쟁거리가 될 만한 것이다. 개작 문제에 관련되기 때문이다. 그러나 중요한 것은 정작 개작 여부에 있지 않고 그 부당성을 설명함에 논거로 든 사례에 있다. 곧 도스토예프스키에게 어째서 그대는 『죄와 벌』에다 『카라마조프 형제』를 덧붙이지 않았는가라고 강요할 수 있는가.

이상의 세 가지 반론에 대한 백철의 반응은 어떠했을까.

첫 번째 것은 백철로서는 약간의 비난을 받을 정도이지 결코 심각한 것은 아니었다. 저널리즘에 민감히 반응하여 온갖 현장비평을 해온 그로서는 위에서 지적한 바와 같이 크게 문제될 것은 아니었다. 그는 첫 줄에 이렇게 썼다.

> 작품평이나 그 논에서 우리가 중립을 두고 시비를 가릴 것은 그것이 작품의 질적인 것, 구체적으로 그것의 스트럭처 등을 통하여 작품의미를 올바르게 인식 파악했는가 못했는가를 따져보는 일이요, 활자화된 한 인물의 이름(내 글씨 탓인지 식자공의 잘못인지는 동아의 교정부에 가서 다시 조사를 해봐야 알겠다)으로서 '현태'가 '형태'로 나와 있다든지 '선우 2등 상사'가 '선우상사'로 되어 있다든지 하는 것 같은 말단적인 논란으로 되어질 것이 아니다.
> —「작품은 실험적인 소산」, 『한국일보』, 1960.12.18

둘째, 트리비얼리즘에 대해서는 이렇게 응수했다.

> 예의 트리비얼리즘 이야기인데 나는 그 여자(여주인공) 구두 뒤꿈치에 붙어 다니는 신문지 조각의 구체적인 묘사를 트리비얼리즘이라고 지적했다. 여기에 대해서 작가는 예스인가 노우인가 명답하면 그만이다. 아직 작가는 납득이 안

가는 모양이다. 황씨는 그 구체적인 사실을 코멘트하라 했다. 좋다, 나는 이 작품에 대하여 전면적 분석을 하여 작가가 만족하도록 구체적인 데이터를 제시할 용의가 있다. 지금 당장은 연말인 때문에 충분한 지면을 얻을 수가 없어 여기선 구체적인 일을 못한다.

─『한국일보』, 1960.12.18

중요한 일인데도 지면 탓으로 돌려 훗날을 기했다. 일종의 요령이라 할 수도 있겠으나 문제 자체가 승패가 날 논쟁이라 하기 어려운 점이 지적될 수 있다.

셋째, 도스토예프스키 문제. 여기에 대해서 백철의 반격은 썩 여유 있는 것으로 되어 있다.

나중으로 또하나 황씨는 자신의 소설작법을 합리화할 생각으로 멀리 '도스토예프스키'를 증인석에 초대했는데 이것도 좀 착각을 한 것 같다. 황씨의 의견이란 내 말대로 하면 『죄와 벌』과 『카라마조프 형제』를 한데 붙여놓으면 더 위대한 소설이 될 것이라는 말인가 반문인 것인데 결국 황씨가 반증하려고 한 것이 무엇인가. 그 두 작품이 주제나 제재성에서 서로 필연의 연락이 된다는 말인가. 또는 작품적인 의도에 공통성이 있다는 말인가. 혹은 같은 작가의 작품들이면 어느 것이나 서로를 가져다 야합을 시킬 수 있다는 이야기를 내가 했다는 말인가. 그리고 '도스토예프스키'의 작가적 위치나 그 작품 성격인데 황씨도 알다시피 그는 현대적인 문학의 선구가 된 사람으로서 당시 서구의 '리얼리스트'들과 달라서 인물의 성격 행동묘사를 내부적인 의식에서 동기를 찾은 사람이며 그만큼 작품의 수법도 다른 사람들과 같이 재단을 짜고 감을 말아놓듯이 쓴 것이 아니라 퍽 실험적인 수법을 취한 작가로 알고 있다.

그는 1870년 10월부의 편지에서 『악령』을 쓸 때의 이야기를 고백하여 "나는 연구할 때까지 연구하고 완전히 구상된 것으로 알고 있었는데 다음에 정말 '인스피레이션'(지금 말로는 아마 절박한 이미지의 파악)이 왔기 때문에……이미 쓰기 시작했던 것을 삭제하기 시작했다……. 나는 이 일 년간째 버리고 변경하는 일밖에 하지 않았다. 적어도 10회는 '플랜'을 바꾸고 전혀 다시 처음부터 쓰기로 하였다……." 운운 여기서 '도스토예프스키'의 작품적인 수법도 암시가 되는 것 같다.

　기왕이면 ‘플로베르’와 같이 작품을 쓰기 시작할 때는 벌써 끝의 행구를 예상하고 쓴다는 창작관을 표시한 사람의 예를 들 것이지 하필이면 ‘도스토예프스키’를 그 증인으로 택했을까. 하여튼 나의 경애하는 황순원 작가의 문학에 대한 지성이 이렇게 도도하고 그 소설작법이 이렇게 고전주의(!)적인 데 대하여 나도 한번 ‘아연실색’해본다.

—『한국일보』, 1960.12.18

‘아연실색’이란 표현으로 마무리된 이 장면은 말끝마다 서구 문예사조를 달고 다니며 전가의 보도인양 휘두르는 백철 비평의 오만하고도 허풍스런 대목이다. 겉으로는 4·19를 내세웠지만 이 논쟁의 핵심에 놓인 것은 창작방법론이었음이 판명된다. 도스토예프스키의 위대한 점은 그의 끊임없는 실험성에 있다는 것이 백철 비평관의 예리함이었다. 『악령』을 쓰는 마당에서 도스토예프스키는 이렇게 말해놓지 않았던가. “나는 연구할 때까지 연구하고 완전히 구상된 것으로 알고 있었는데 다음에 정말 인스피레이션이 왔기 때문에 이미 쓰기 시작했던 것을 삭제하기 시작했다. 나는 이 일 년간 빼버리고 변경하는 일밖에 하지 않았다. 적어도 10회는 플랜을 바꾸고 전혀 다시 처음부터 쓰기로 하였다”(1870.10의 편지에서)라고. 여기까지 이르면 황순원·백철의 논쟁의 양상은 실상 플로베르와 도스토예프스키의 창작방법의 논쟁, 다시 말해 ‘고전적 창작방법’ 대 ‘실험적 창작방법’으로 확대되었음이 판명된다. 작가 황순원도 이 점을 알아차렸기에 다음 같은 말로 논쟁을 마무리지었다.

　아무래도 우리의 이 ‘대화’는 싱겁게 된 것 같다. 그 원인은 “소설 작법이 이렇게 고전주의(!)인” 작가 황순원 때문인지 그렇지 않으면 “항상 새로움(?)을 모색하고 추구해 마지않는” 비평가 백씨 때문인지는 모를 일이나 여하간 백씨가 앞으로 자기의 잘못을 솔직히 시인하고 나오지 않는 한 이 ‘대화’는 이 이상 끌고 갈 필요가 없을 것이다.

—「한 비평가의 정신자세」, 『한국일보』, 1960.12.21

이 논쟁에서 드러난 중요한 것은 황순원 창작방법의 특성이다. 「나무들 비탈에 서다」를 통해 이 특성이 선명히 드러났다. 소설 「나무들 비탈에 서다」가 황순원 소설에서 유독 의미 깊은 것도 바로 이러한 창작방법론의 관련성에서 왔다. 요컨대 이 작품은 황순원 소설작법의 '전형성'에 해당되었던 것이다. 그렇다면 「나무들 비탈에 서다」를 단행본으로 만들 때의 위와 같은 세 차례에 걸친 개작이란 또 무엇인가. 혹시 그것은 이런 논쟁과 관련된 것이었을까. 이런 의문은 대작가 황순원 문학론에서는 자주 던져볼 필요가 있다.

연재가 작가에게, 저에게 불편한 것은 등장인물 같은 것을 중간에 고칠 수가 없다는 것입니다. (…중략…) 잡지에 발표할 때에는 초고요, 이것을 단행본으로 발간할 때 수정을 가하면 재고라고 불러둘까요. 그리고 전집에 수록할 때 마지막 손질을 하여 결정판을 만드는 심정.

—『신동아』 황순원 인터뷰, 제3권 4호, 1966.4, 177면

개작에 유독 민감한 까닭은 과연 무엇일까. 이 물음에 대한 한 연구자의 해명이 정곡을 찌르고 있다. 다음 두 가지 이유를 이 연구자가 들었는바 하나는 "이데올로기적 억압에 의한 심리적 강박"이며 다른 하나는 "완성도 높은 작품을 지향하는 투철한 작가의식"이다(박용규, 「황순원 소설의 개작 과정 연구」, 서울대 박사논문, 2005, 6면). 전자에 대해서는 그가 국민보도연맹에 가입한 사실(『조선일보』, 1949.12.2)에서 어느 수준에서 설명될 수 있다. 반공을 국시(國是)로 하는 '대한민국 정식정부'(김동리)에서 작가 활동을 해야 했던 전향자 황순원의 처지에서 보면 이데올로기적 과잉 반응은 필연적이었으리라. 『문예』 창간호(1949.8)에 황순원의 소설 「맹산할머니」가 실렸을 때 용공적(容共的) 편집이라 하여 주간 조연현이

당국에 불려간 사실도 있었다(『조연현 전집』(1), 어문각, 248면). 민감한 작가이면 그럴수록 이에 대한 과잉 반응이 증대되었을 터이다. 그러나 이것만으로는 개작에 대한 집요성이 모조리 설명되지 않는다. 위의 연구자가 지적한 대로, '완성도'를 향한 강박관념이야말로 본질적인 황순원 식 지향성이었을 터이다.

이 논쟁에서 중요한 것은 승패에 있지 않고 백철 식 글쓰기의 특징이 생생히 드러나는 데에서 찾아진다. 무엇보다 선명한 것은 극대화와 극소화의 구성법이다. 장편이자 연재소설 「나무들 비탈에 서다」(『사상계』, 1960.1~7)를 논의함에 있어 백철은 구체적 장면(여주인공의 구두, 전투장면, 선우상사의 죽을 때의 대사 등)을 제시했다. 현장비평에 임하는 한 누구도 이런 극소화의 장면을 피할 수 없게 되어 있다. 현장비평이란 현미경의 자리에서만 비로소 가능한 까닭이다. 발표 당시의 작품이란 한결같이 사소하고 사적인 현상들이지만 그 대신 생생하여 비린내가 풍기기 마련이다. 이 점에 제일 오래 그리고 전문적으로 임해온 백철에 있어서는 이것이 글쓰기의 제일 중요한 기둥의 하나가 아닐 수 없다. 이 왜소하고 사적이고 개별적이며 따라서 일시적인 월평 나부랭이를 그대로 두지 않는 놀라운 비결을 백철은 갖고 있었는데 바로 극대화 시선의 도입이 그것이다.

한없이 멀고 길고 아득한 글쓰기. 곧 서구 문학사조 및 서구 작가의 시선 도입만큼 백철을 그답게 하는 것은 없었다. 브란데스의 19세기 서구 문예사조사를 비롯, 20세기의 서구 작가들에 대한 지식을 백철은 전가의 보도처럼 휘둘렀다. 참을 수 없이 짧은 호흡, 현미경의 글쓰기로서의 현장비평인 월평을 쓰는 극소의 세계에다 바로 이 극대의 세계를 대치시킴으로써 기묘한 권위를 창출해내는 것이야말로 백철 비평의 매력이자 힘이며 또한 그 가치였다. 현미경과 망원경을 동시에 사용함으로써 백철은 글쓰기를 일삼았기에 그의 비평에는 그림자가 있을 수 없고 동시에 밀도랄까 질이란 당초에 없었다. 한없이 긴 호흡이고 참을 수 없이 짧은 숨결이 있을 뿐이었다. 그가 '웰컴! ○○'라 외칠 때 그것은 망원경의 번득임이었고, 이 크고 벙벙한 이불로써 갓 태어난, 그래서 아직도 온기가 남아 있는 벌거숭이 작품철을 에워싸게 했다. 그 두 울림 속에서 또 다른 기묘한 메아리가 쳤다. 누구도 흉내 낼 수 없는 백철 글쓰기의 매력이 거기 있었다. 허윤석의 「해녀」, 김성한의 「무명로」, 박영준의 「우정삽화」, 이무영의 「연사봉」, 박용구의 「1947년」 등 1950년도 2월 소설평에서 백철은 발자크와 프루스트로도 모자라 톨스토어, 도스토예프스키, 체호프, 모파상까지 동원했고(「소설의 질」, 『국도신문』, 1950.2), 한무숙의 「환상」, 염상섭의 「가두점포」를 논할 땐 매슈 아놀드, 졸라, 지드까지 동원했다(「현실성과 시사성」).

이 백철 식 극대화가 극히 상식적인 수준이었음도 사실이었다. 전문가의 견해가 아니기에 그만큼 설득력을 갖출 수가 있었다. '사람은 생물이다'라는 논의에 해당되는 것이어서 절대로 틀린 명제는 아니지만 그러나 이 명제는 아무런 구체성을 갖지 않는다. 한없이 지루한, 지겨운 글쓰기가 여기에서 온다. 다르게 말해 하나마나 한 것이었다. 그렇지만 그 효과는 실로 컸다. 백철이라는 시시한 한국인의 말이 아니고, 저 세계 최강의 나라의 것이었고 따라서 이 절대 권위의 탈을 쓴 형국이었다. 독자를 안심시킬 수 있는 권위란 여기에서 왔다.


## 6. 얕게나마 도랑 파서 물꼬 트기


이러한 극대화의 변종이 신문학사이다. 구체적 현장비평에서는 서구 문학의 망원경이되 그가 사용하는 또 다른 무기가 이 땅의 신문학사라는 망원경이었다. 현재 탄생되는 어떤 작품도 이광수의 「무정」이나, 이상의 「날개」 또는 이효석의 「돈」이나 채만식의 「태평천하」의 그늘 아래 있다고 백철이 주장할 때 이에 대해 불평을 할 수 있으나 아무도 이에 반박할 수 없었다. 뉴크리티시즘을 묘사할 때도 사정은 같다. 뉴크리티시즘의 행방을 문제 삼는 마당에서 그는 이렇게 우회할 수조차 있었다.

> 아다시피 한국의 문학비평은 일찍이 이광수의 작품 선후평에서 싹이 텄지만 그것이 더 확실한 문단적인 기능을 하기 시작한 것은 1920년대에 와서 그러니까 자연주의 신경향파 문학 등의 시기와 함께, 가령 주요한 등이 『개벽』지 등에 문예시평을 쓰면서 생활문학을 논한 사실을 예거하면서 그 초기의 과정을 말할 수 있겠는데, 특히 이 1920년대에 있어서 비평의 시대라고 할 수 있는 시기는 그 후반기, 즉 프롤레타리아문학의 전성기에서라고 지목을 하게 된다.
>
> 그런데 여기서 프롤레타리아문학비평은 말할 나위도 없고 이광수, 주요한 등의 비평관들을 다 넣어서, 총괄적으로 그때 한국비평의 기능을 어디다가 치중해서 본 것인가 하면 한 마디로 해서 사회적인 계몽선전이었던 것이다.
>
> 여기 참고 삼아서 프롤레타리아문학시대의 대표적인 비평관과 그 작품평의 예시를 하나씩만 해본다. 이 두 개는 다 1927년도의 것들, 그러니까 프로문학이 목적 의식론을 내세우면서 소위 제2기의 문학으로 방향전환을 하던 시기의 것들이다.
>
> —「뉴크리티시즘의 행방」, 『세대』, 1966.2, 88면

극대와 극소의 방법론으로 백철 비평이 구성되었다는 사실만큼 핵심적인 것은 따로 없다. 그것은 백철 비평의 균형감각을 가리킴이자 동시에 백철 비평의 초점 없음, 밀도 없음을 가리킴이다. 그리고 중요한 것은 이러한 비평의 효용성이었다. 이식문학으로 출발한 신문학사 이래 한국의 저널리즘과 그 수용층인 독자에겐 이런 비평이 체질에 맞았다는 사실을 지적할 수 있다. 요컨대 제도화되었던 것이다.

그러나 이러한 효용성도 종말을 고할 시기가 왔다. 뉴크리티시즘 도입과 함께 그 시기가 찾아오기 시작했고, 그러한 징후가 황순원과의 논쟁, 곧 「광장」의 출현이다. 1960년대 세대의 문학이 등장함으로써 전후

세대의 옹호자이자 동반자로 변신까지 한(이어령 포섭) 구세대의 백철 비평도 서서히 종말에 이르지 않으면 안 되었다. 한없이 지겨운 망원경은 그것대로, 참을 수 없이 짧은 현미경은 현미경대로 분리되는 시기가 온 것이다. 백철이 갈 곳은 문과대학장의 자리였다. 문학과의 교수직이란 새삼 무엇인가. 교사되기의 길이 아니면 안 되었다. 그것은 그가 증오한 길이기도 했다. 그의 전반기가 비평가 되기였다면, 이 후반기는 교사되기의 길이었다. 이에 선택의 여지는 없었다. 비평가 되기를 증오하고 또 무시하며 교사되기에 혼심으로 나아가기가 있을 뿐이었다. 그는 이 일을 정직히 '이론적인 일'이라 했다. 단행본으로는 마지막 저술인 『한국문학의 이론』(정음사, 1964)에서 그는 나름대로 근대문학과 고전문학의 독자적 이론구축을 시도했지만 미완으로 그치고 말았다. 그 전말을 이렇게 적어 마지 않았다. 이 책 속엔 중후한 논문 「고대문학 이론의 비교」(『문경』, 제17호, 1964.4)가 실려 있어, 중국의 고대문학 이론과 한국 고대문학 이론의 대비적 탐구를 모색했던 것이다.

내 주변에 가까이 있는 동료나 독자들이 근년에 내가 하는 이론적인 일에 대하여 어떤 평가를 하는 것인지 나는 알지 못하고 있다. 혹시 여기서 내가 의사표시를 하는 것과 나를 보고 있는 이들의 평가와는 아주 어긋나는 것인지 모른다고 생각하면 두려움도 크다.

만일 내가 하고 있는 이론(理論) 일에 어떤 문학운동적인 의욕 같은 것이 이어져 있었다고 하면 그것은 운하를 작업하고 있는 사람들의 의식 같은 것이다.

그러나 다시 생각하면 내가 하고 있는 일이 그렇게 엄청난 커다란 작업이 아니리라. 나깐에는 힘을 다해서 해보는 것이지만 그와 비례하여 그 결과는 아주 적은 것밖에 되지 못하는……

내가 산골에서 자라던 어린 시절, 여름 소낙비가 갓멎은 뒤에 집 뒷산 밑에 있는 우물가의 밭머리에서 물장난을 하고 놀던 기억이 여기 우연하지 않게 떠오른다. 밭머리를 흘러오는 빗물을 한 곬으로 모아서 적은 냇물을 만들곤 했다. 그러나 조금 뒤에는 웃물이 끊어지고 바닥은 말라버리고 여기저기 패인 곳에만 조금씩 물이 남아 고였다. 그 뒤에 내가 하는 일은 그 마른 바닥에 뜸 뜸이 고여 있는 웅덩이 물들을 서로 연결을 시키는 일, 그래서 호박잎대를 따 다가 여러 개를 묶어 파이프처럼 해서 가까이 있는 우물로부터 물을 빨아올 려서 물꼬를 대면 거기 다시 맑은 물길이 흘러서 그 고인 물들과 합류되어 제 법 맑은 냇물같이 흘러가는 풍경을 흐뭇하게 바라보았다.

내가 근래 하고 있는 이론작업이란 어딘지 그런 어렸을 때의 스토리와 의미 가 통하는 데가 있다. 여기저기 고인 물을 서로 연결시키는 조그만 운하의 작업.

돌아다보면 그 신문학사 상류의 변경에는 많은 냇물들이 흘러간 자리가 허 옇게 눈에 뜨인다. 그 소낙비 뒤의 홍수의 풍경과 같이 그때마다 난물이 흘렀 으나 얼마 안 가서 물줄기는 끊기고 여기저기에 조금씩 웅덩이물이 남아 있 는 서글픈 풍경. 이것은 지드가 일찍이 현대의 문학유파에 대해서 큰 우물 대 신에 얼마든지 적은 우물들이 많이 생겨버린 것을 슬퍼하는 이야기와 비길 수도 없다. 그래도 그 적은 우물들은 약하게나마 샘이 솟고 있었지만 여기선 땀이 패인 곳에 고인 물들이지 도대체 샘물의 원천과 연락이 닿지 않고 있는 빈곤성이다. 이제 우리 현대문학이 어떻게든지 해놓아야 할 일은 어딘지 그 대룽과 또 거기서 뻗어온 산맥의 깊은 계곡에서 맑은 원천을 찾아내여 그것 과 여기저기 고인 물들을 연결 합세시켜서 도도한 한국문학의 유파를 형성하 는 일이다.

그러한 운하의 의식에서 나는 적으나마 이론적인 일을 해온 것이 여기 『한 국문학의 이론』이라는 이름을 불러보게 되었다.

—『한국문학의 이론』 후기

평북 벽촌 소지주 가문에서 차남으로 태어난 민감한 소년의 당초의 길은 교사되기의 길이었다. 그러나 그를 둘러싼 시대는 그로 하여금 문 학자 되기를 강요해마지 않았다. 프롤레타리아문학의 길이 그로 하여금 이번엔 비평가의 길에로 몰아넣었다. 일 년 반의 옥살이까지 시켰다. 전 통의 풍요로움도 개인적 재능이나 자질도 모자라는 풍토에서 귀국한 이 식민지 청년에게 이번엔 저널리즘이 한순간도 멈출 수 없게 채찍질 을 휘두르며 속삭였다. "너는 교사가 아니다. 영생고교 교사직이란 없다. 있더라도 그것은 한갓 룸펜생활에 다름 아니다"라고. 그는 그 속삭임에 매진했다. 그 비평가 되기의 길의 절대경이 마침내 펼쳐졌다. 『매일신문』 학예부장 및 북경 주재 특파원의 자리가 그것이었다. 이 순간 그의 꿈은 완벽해졌다.

그러나 이런 황홀경은 해방과 더불어 끝났다. 해방공간, 6·25공간을 거치며 "내가 이 메마른 땅에, 얕게나마 삽을 넣어 도랑을 파고 물꼬를 대는 일을 시작했다는 것은 내가 느끼는 보람"이라 말할 때, 또 외형적·현실적인 것에 빠져, 근원적인 사상적 깊이에 나아가지 못한 것이 '나의 큰 결함'이라 말할 때, 이는 단지 겸허함에 멈추지 않는다. 말년에 그는 1960년대까지 신문학사를 보충하는 일, 그리고 국문학사 고대편을 완성시켜 보겠다고까지 말했다(권영민과의 좌담, 「나의 인생 나의 문학」, 『인간 탐구의 문학』, 창미사, 1986, 342면). 후대인이 이를 완성하기 위한 땅고르기의 작업이라 했다. 그의 말대로 '시작이 반'이라는 말도 있으니까. 그러나 육당의 기미독립 선언서의 표현으로 하면 '착수가 곧 성공'이다.

그의 앞에 이번에 교사되기의 길이 놓여 있었다. 시대가 이번엔 그로 하여금 속삭이며 또 채찍질해 마지않았다. "아가야, 문학이란 한갓 헛것이다. 현실이 전부란다"라고. 헤겔이 또한 덧붙였다. "이성적인 것이 현실적이요, 현실적인 것이 이성적이다"라고. 어느 틈에 그는 문과대학 학장이 되어 있었다. 그의 한쪽 손엔 불패의 무기 『조선신문학사조사』가, 또 다른 한쪽 손엔 『문학개론』과 『세계 문예사전』, 『문학의 이론』이 쥐어져 있었다. 이로써 그는 극단과 극단을 횡단했다. 아가야, 문학이란 환각이란다. 그것은 룸펜생활에 다름 아니란다, 라고 외치는 소리에 귀 기울이며 그가 숨을 멈춘 것은 1985년 10월 13일이었다. 중앙대학 대학원장 및 문과대학장을 거쳐 정년퇴직(1973.8.31)을 한 지 12년이 흐른 시점이었다.

서울 동작구 흑산동 산 38의 25호. 그는 부인 최정숙, 자녀 4남 3녀를 두고 숨을 거두었다. 향년 77세. 문예진흥원 광장에서 펜클럽 주관 중앙

백철의 장례의식

대 후원으로 문인장을 치른 것은 10월 25일 오전이었다. 장지는 충남 예산군 덕산면 낙상리의 선산.

마침내 백철 그는 비평가 되기에도 최선을 다했고 동시에 교사되기에도 최선을 다했다. 어느 쪽에나 유감이 있을 수 없었다. 그가 한글전용 쪽에도 찬성했지만 한글전용 반대쪽에도 찬성할 수 있었던 곡절은 이와 무관하지 않을 터이다. 이 땅에서 한 생에 한 길 걷기도 어려운데, 이 땅에서 한 생에 두 길을 걷고 그것도 거의 완벽하게 걸어간 사람이 있었다. 그 이름은 비평가 백철이자 교사 백철이다.